经典透视与批评

郭 丹 著

人民出版社

责任编辑:詹素娟
封面设计:周涛勇

图书在版编目(CIP)数据

经典透视与批评/郭 丹 著. -北京:人民出版社,2015.5
ISBN 978-7-01-014223-4

Ⅰ.①经… Ⅱ.①郭… Ⅲ.①中国文学-古典文学研究-秦汉时代
  Ⅳ.①I206.2

中国版本图书馆 CIP 数据核字(2014)第 278088 号

经典透视与批评

JINGDIAN TOUSHI YU PIPING

郭 丹 著

人民出版社 出版发行
(100706 北京市东城区隆福寺街 99 号)

北京中科印刷有限公司印刷 新华书店经销

2015 年 5 月第 1 版 2015 年 5 月北京第 1 次印刷
开本:710 毫米×1000 毫米 1/16 印张:26.75
字数:425 千字

ISBN 978-7-01-014223-4 定价:68.00 元

邮购地址 100706 北京市东城区隆福寺街 99 号
人民东方图书销售中心 电话 (010)65250042 65289539

序

　　陆游诗曰:"呜呼大厦倾,孰可任梁栋? 愿公力起之,千载传正统。"(《喜杨廷秀秘监再入馆》)这四句吟论,反映了诗人对传统学术正脉的孜孜追求,也俨然是中国古代正直知识分子学术情操的典型写照。清儒方东树所谓"表人物,正学脉,综名实,究终始"(《刘悌堂诗集序》),方宗成云:"标名家以为的,所以正文统也"(《桐城文录序》),皆合斯旨。因此,我常想,对先辈优秀学者的最好纪念,莫过于承传其学术,弘扬其文绪。

　　一所百年高校,必有深厚的学术蕴蓄。福建师范大学创校于清光绪三十三年(1907),百余载间,英贤辈出,晖光日新。若如国学宗师六庵先生者,其宏敷艺文的纯风休范,允属我校文学院在特定时期中国古代文学学科建设的学术标帜。记得他在二十世纪五十年代所撰诗有"及门子弟追洙泗,开国文章迈汉唐"之句,多年来为学界识者所激赏,盖缘诗句抒发了一位敦厚学者对所从事的教学和著述事业的豪迈情怀。

　　先师六庵教授,姓黄氏,讳寿祺,字之六,自号六庵,学者称六庵先生。民国元年(1912)生于福建霞浦,公元1990年卒于福州。早岁游学北平中国大学国学系,师事曾国藩的再传弟子尚节之(秉和)及章太炎的高足吴检斋(承仕)等著名学者。曾执教于北平中国大学、华北国医大学、国立海疆学校、福建省立师范专科学校等高校,1949年以后,长期担任福建师范大学(初名福建师范学院)中文系教授、系主任、副校长等职,兼任福建省政协常委、福建文学学会会长、福建诗词学会会长、中国周易学会顾问等。先生毕生以教书育人为己任,敦于培才,勤于著述;精研群经子史,尤深于《易》;通贯诗律,博赡文词。有《群经要略》、《易学群书平议》、《汉易举要》、《周易译注》、《楚辞全译》、《六庵诗选》等行世。

学科建设，固需旗帜，更需队伍，尤其是组建能承前启后的优质学术团队。我校文学院各学科的建设多年来卓有成效，蜚声海内外，端赖于有这样的体认和措施。如现代文学学科以桂堂先生为旗帜，形成了坚壮的学术群体；古代文学学科以六庵先生为旗帜，聚合着谨实的科研力量。今文学院以六庵、桂堂的名义编为文库，分别捃采古代与现代文学两大学科群中诸多学者的学术成果，汇集出版，其用意宜颇深厚：既可缵绍前修，又堪率勉后学，于我院将来学科建设的进一步发展，及与学术界的多方交流共谋进步，应当均有重要意义。

《六庵文库》初辑，汇合了我院古代文学学科文学专业与语言专业十二位教授的学术著作，人各一集。其中治古文学专业者六，有陈庆元《文学文献：地域的观照》，述八闽文学之史迹；郭丹《经典透视与批评》，探索先秦两汉文学经典之源头与精华；李小荣《晋宋宗教文学辨思录》，寓佛道文学之潭思；欧明俊《古代文体学思辨录》，作各类文体之谛辨；涂秀虹《叙事艺术研究论稿》，论古代小说戏剧叙事之精义；拙稿《学约斋文录》乃滥厕其间，略抒关乎旧学的些微浅见，未足道也。治语言专业者亦六，有马重奇《汉语音韵与方言史论稿》，判析音韵而兼及方言；谭学纯《问题驱动的广义修辞论》，宏拓修辞而绎寻新义；朱玲《中国古代小说修辞诗学论稿》，推扬修辞而衍及诗学；陈泽平《福州方言的结构与演变》，专注一域而精研其语；祝敏青《文学言语的修辞审美建构》，立足文学而考鉴修辞；林志强《字学缀言》，辨字考文而泛涉金石。凡诸家所论撰，皆不离本学科范畴，其学术造诣之浅深若何，固有待于学界确评，但其中所呈现的克承前辈学风，商兑旧学、推求新知的精神，则是颇为鲜明的。

我曾忝列六庵先生门墙，1982 年研究生毕业后即留校任先生的学术助手，直至先生辞归道山。回思数十年的为学历程，每前行一步，都凝聚着先师培育的心血。今承命为《六庵文库》制序，不胜厚幸之至，因就文库的编纂始末，略书数语，以赞明其意。同时，也藉此企望与学界同道共勉互励，取长补短，为踵继先辈学者的优良学风，"传正统"、"正学脉"，而共同奉献绵薄之力。

张善文谨述于福州

公元 2014 年 7 月岁在甲午大暑后三日

胸襟 学识 情怀

业师郭丹先生的又一部论著即将出版,作为学生的我心中自是钦佩。然先生嘱咐我为此书写一篇序言,此又令我惶恐一番,唯恐词不达意,难以企及先生的高度。忽转念一想,此番对话也未尝不失为是先生学术情怀的又一次体现,故心中才淡定了一些。清代诗论家沈德潜在《说诗晬语》中曾说:"有第一等襟抱,第一等学识,斯有第一等真诗。"我以为,此话不仅适合于论诗,而且适合于论学,即学者有一等胸襟和一等学识,斯有一等学问。今读先生的论著,感念其胸襟,快意其学识,此情形庶几近于沈德潜所云的境地乎?

这部论著乃集结先生历年发表的40篇论文而成,主要内容当以先秦两汉文学和文献研究为核心,并涉及与此核心内容相关的诸多论题,包括《诗》、《骚》发微与研究;散文文体与史传文学研究;《左传》、《国策》散点透视;《庄子》与寓言研究;文学思想散论与文学史的思考这五个部分。所涉及的典籍都是先秦两汉文学和批评史的经典著作。《诗》、《骚》发微与研究之中有解颐之妙旨焉。如论《诗经》中的图腾崇拜,《诗经》恋歌与原始宗教信仰之间的关系,《诗经》"言志"和"缘情"的和谐统一,"郑声"的内涵,上博楚简《孔子诗论》所反映出的《诗》学思想,《四库全书总目》中的《诗经》批评思想,《离骚》的审美特征,《四库全书总目》的楚辞批评特点,此等论题皆依据原典文献的要义而立说,审慎落笔,切中肯綮,新见迭出。散文文体与史传文学研究之中有平实之高论焉。如论先秦时期的散文特点,先秦散文的文体特征,先秦史传文学作品中的文体萌芽与雏形,中国古代史学与史传文学的共性特质,史传文学中的美学特征,史传文学与中国古代小说的关系,《史记》的文气等,这些论题虽有学人涉猎其间,然先生以犀利的眼光,独到的判断力,找到拓展之地而有新的见解和阐说。《左传》《国策》散点透视之中有精思而发明焉。如论《左传》"言事相兼"的叙事特点,《左传》人物形象系列及其意义,《左传》的写人艺术,《左传》行人辞令之修辞艺术,《左传》与两汉经学的关系,《战国策》的人物形象以及战国策士的思想,此类选题皆抽绎《左传》、《战国策》之意蕴而来,内容厚重,文脉清晰,且文论与史论相互发明,自有衔华佩实之彦。《庄子》与寓言研究之中有闳通而大文焉。如论《庄子》的文学色彩,中国古代寓言的艺术审美特征,《庄子》、《韩非子》、《战国策》、《吕氏春秋》的寓言特色,等等论题皆驰骋文苑,沿波讨源,述诸子之文采,叙寓言之高妙,灼然而有益于艺林。文学思想散论与文学史的思考之中有博学而析疑焉。如论"宗经立义"的批评史价值,先秦两汉文论发展脉络,春秋时期文学思想精要,刘勰对陆机艺术构思论的继承和发展,先秦文学史研究的思考,古代文学研究的"回归本体"与"当下关怀",此等论题经纬广大,所论独具手眼,格调殊俗,颇有登高望远的意味,使学者产生反本修古、不忘其初、立志高远、心系前沿的自省意识,并由此见出先生淳厚的学术情怀。这样,五部分的内容互相关联,逐层推进,不仅从共时性的角度对先秦两汉重要的经典文献进行了深入的研究,而且从历时性的角度对文学史上聚焦的"链条性"问题进行了深入的剖析,并作出解答,从而为先秦两汉文学与文献的研究以及中国古代文学史的研究提供了新的话语资源。

质而言之,五部分的研究内容可用三个字来概括,尽管这样的概括还需得到师友进一步的补充,从而深契先生讲学论道的要领。一曰广。诸凡与先秦两汉文学研究相关的经史子集的内容,皆有所涉猎,有所高论,且视野开阔,大含细入,娓娓道来,我辈自觉耳目为之清新,心思于焉顿悟。二曰专。先生曾师从刘方元、刘世南两位高师,研习国学自然厚实,加之耽思旁讯,所研文境自然深广。然亦精于所专,尤擅长《诗经》、《楚辞》、《春秋》、《左传》、《战国策》、《庄子》等经典文献的研究,并以此为基石,拓展学术研究的领域。从先生所著的《春秋左传直解》、《左传全本全注全译》、《左传国策研究》、《史传文学:文与史交融的时代画卷》等书中,自可略见先生之学术精义。三曰深。论述不仅深于文学文本研究、文学史研究以及相关学术领域的研究,而且深于分析,找到问题,解答问题。正如台湾学者邱燮友先生评价郭师《古代文学精华》一书中所说:"郭丹先生分析的审慎,著笔处,可以看出他锐利的见解。"这样,立足历史语境和逻辑的线条,先生就对先秦两汉文学与文献以及中国古代文学史中的诸多论题进行了全方位的研究,发潜阐幽,博综该洽,将广度、力度和深度融为一体。要之,这些论文,既不为穿凿之谈,也不作浮夸之论。枕藉经史,要皆心得之言;笃志子集,罔非文华之蕴。历览史编,正伪纠谬,成书具在,卓然名家,颇能启人心志。

先生尝言,学术研究方法要规范而切当。这些论文除了采用文学研究的方法之外,还借用哲学、考古学、社会学、宗教学、艺术学、心理学等邻近学科的成果开展学术研究工作,从而使论题的研究更加深邃。当然,学术研究的方法中也存在一个境界问题,即平和中庸、收放自如的境地问题。清初杜诗学大家朱鹤龄在《杜工部诗集辑注》中曾认为,"训释之家,必须事义兼晰",意思是诗中之事与诗中意旨都要解释清楚,并且把两者有机地结合起来,既不可释事忘义,又不可弃事发义,这样才能于考注字句之外,贯穿杜诗的大意,阐发杜诗的微旨。我以为,此方法不仅在杜诗学研究中为人称许,而且在考论型学术课题的研究中也颇为得当。在先生的考论型论文,如《关于〈诗经·召南·行露〉的解释》、《读上博楚简〈孔子诗论〉札记》等文中,他使用的研究方法正与朱鹤龄所倡导的方法暗合,即训辞与释义并举。同时,又恰当地处理事与义的关系,将文献考索和理论阐发融合起来,使考论型文章的肌理徜徉于传统学术规范和现代学术规范之间。如此,则既可避免文献空疏的弊端,又可避免过度阐释的痼疾,故结论颇令人信服。

先秦两汉文学和文献的研究是中国古代文学和古典文献学研究的一个难点领域。前辈学者和当代学者都为这个领域的学术推进作出了艰辛的努力,也取得了丰硕的研究成果。如何站在新的起点上再有所创获,既秉承传统学术精神,又不乏当代学术眼光,是值得深思的大课题。于此,先生的论著不妨视为是进一步推进研究工作的一个典型个案。至少,它启迪学人进行反思的话题是：文献功底；理论表达；通观视野；方法融通；等等不一而足。而更为关键的一点是如何置身于当下的语境展现学术研究的筋骨和精神。但愿这些反思不要成为沉重的话题而是学人性情的又一次自觉。正如先生在《大学之大》一书中所说："专的读书，的确很累，有时候会让你生厌，但当你获得成果时，那里的快乐，也不言而喻。"

学无止境，高山仰止。上述所言，既是一次学习心得不成熟的表达，又是一次郭师提携我学业进步的体现。回想起十余年前我在福州求学于先生的情景，油然而生再度聆听教诲的念想，亦暗暗愧疚自己学业的淹留。孔子曾云："志于道，据于德，依于仁，游于艺。"在学术大道上，我辈要走的路还很长。

祝先生学术之树常青！

受业弟子　孙纪文　谨记
2013 年岁末于成都西南民族大学

目　录

CONTENTS

诗、骚发微与批评

《诗经》中的图腾崇拜

图腾崇拜是母系氏族社会的产物,无论从考古发现,历史文献记载以及民族学资料来看,中国原始社会的图腾都是大量存在的,而且已作为一种原始宗教信仰和抽象观念,深深积淀在先民的头脑中成为原始意象,影响着古代文学艺术的发生和发展。《诗经》的时代距离母系氏族时代已相当遥远,然而仍可从这部诗集中发现图腾崇拜这一远古时期人类精神碎片与心理残迹。

潜在记忆的痕迹:史诗、祭祀诗中的图腾崇拜

在氏族社会时期,各氏族部落都信仰图腾。氏族社会的人们相信,各氏族分别源出于各种特定的物类(大多数为动物,如某种鸟兽、鱼类等,其次为植物和其他物种),因此便把这种物类作为本氏族的图腾物。图腾信仰认为,人与这种图腾物之间有一种特殊的血缘关系,每个氏族都源于某种图腾,并为该图腾所繁衍。于是这种图腾就成为该氏族的祖先神、保护神,也成为该氏族的徽号和象征。图腾是一种神圣的、与己有亲密关系的崇拜对象,人们对它除了崇敬,更有一种神秘感,因此创造出许多有关图腾的故事,以及具有图腾崇拜色彩的感生神话。在《诗经》中,图腾物或图腾崇拜,作为"人的祖先的往事遗传下来的潜在记忆痕迹"(舒尔茨:《现代心理学史》)的原始

意象,首先存留在那些歌唱民族起源、始祖诞生的具有民族史诗性质的诗歌和对先祖的祭祀诗歌之中。

有人认为,"直到殷商之时,母系氏族文化尚是十分主要的文化形态"[①]。所以,作为母系氏族文化的产物——图腾崇拜,在商族人的祭祀诗中,有鲜明的痕迹。《商颂·玄鸟》云:"天命玄鸟。降而生商。"这是众所周知的殷商民族祖先契诞生的神话,证明商族人以玄鸟为图腾。《毛传》:"玄鸟,鳦也,春分玄鸟降,汤之先祖有娀氏女简狄配高辛氏帝,帝率与之祈于郊禖而生契,故本其为天所命,以玄鸟至而生焉。"《郑笺》:"天使鳦下而生商者,谓鳦遗卵。娀氏之女简狄吞之而生契。"关于简狄生契的同类记载,又可见于《礼记·月令》、《山海经·大荒东经》、《楚辞·天问》、《吕氏春秋·音初篇》、《史记·殷本纪》等古代文献之中。《礼记》乃战国至秦汉年间书,《山海经》的成书,最早不过战国初年,《商颂》为商人之诗,所以从时间上说,《商颂·玄鸟》便是最早的记载。鸟图腾是古代东夷族(东方集团)的主要图腾形式,其覆盖面非常广阔,从辽东半岛到南海,中国全部海岸地区的主要图腾形式几乎都是鸟图腾。从帝俊(即帝喾、高辛氏)到舜,从少昊、后羿、蚩尤到商契,都是以鸟为图腾的部落氏族。在远古氏族人们的观念中,图腾与祖先或先妣往往是同一的东西。久而久之,图腾崇拜与祖先崇拜浑然一体难以区分。每个氏族对本族图腾都有一套祭祀仪式,都定期或经常祭祀自己的图腾。远古氏族坚信"氏族的图腾变为本氏族的特殊保护者",祭祀的目的是为求得祖先与图腾的庇佑,所以在祭祀祖先的颂诗中,从歌颂先祖而推及图腾,对图腾进行摹叙或赞颂,成为一项重要内容。在这里,艺术与宗教仪式已经结合在一起。因此"艺术与仪式同享的冲动,是想通过再现,通过创造或丰富所希望的实物或行动来说出、表现出强烈的内心感情或愿望"[②]。《玄鸟》是祫祭先祖之诗,商族人从图腾观念出发,首言契祖之感生,再言成汤之立国,次言高宗中兴,最后又回应到商承天意,福禄无穷。这正是远古图腾祭祀遗风在《玄鸟》一诗中的投影。

①　史双元、郑朝晖:《中国古神话特质》,《南京师大学报》1989 年第 4 期。

②　[英]赫丽生:《古代的艺术与仪式》,转引自叶舒宪编《神话——原型批评》,陕西师范大学出版社 1987 年版,第 79 页。

《商颂》中的《长发》,是商族人大禘祖先之诗,开篇先言契之功绩,接言契之诞生:"有娀方降,帝立子生商。"有娀氏长女简狄,正当少壮之年,上帝立她为帝喾之妃。吞燕卵而生契。契乃本之天意,为天所启,天之骄子,灵异而贤能,其后世世相传,商族日益强盛。既然如此,如何叫人忘记那冥冥之中赫赫辉煌的图腾神呢?

《商颂》中的《殷武》,是祭祀高宗武丁之诗。其中称商汤说:"昔有成汤,自彼氐、羌,莫敢不来享,莫敢不来王,曰商是常。"据《史记·殷本纪》载:"帝武丁祭成汤,明日有飞雉登鼎而呴,武丁惧。祖己曰:'王勿忧! 先修政事。'……武丁修政行德,天下咸欢,殷道复兴。帝武丁崩,子帝祖庚立。祖己嘉武丁之以祥雉为德,立其庙为高宗。"这可看作上引诗的本事。所谓"飞雉登鼎而呴",其中的"飞雉"恐为图腾玄鸟的衍变。① 可见,商族人歌颂武丁,也与图腾有千丝万缕的联系。

《商颂》五篇,均为祭祀之诗,所祭之祖,以契、成汤、高宗为主。"《那》诗专言乐声,至《烈祖》则及于酒馔焉。"② 其余三首则以颂叙先祖功德为主。我疑此五首本是一个有机整体,是一组组诗,表现了图腾祭祀仪式的整个过程,而贯串中的图腾物,便是祭民观念中潜在的祖先神祇的原型。

作为图腾崇拜的原型在祭祀诗和史诗中的存在是相当普遍的。因为"只要创出这些神来的那个民族还存在时,这些神就始终在人们的观念中存在着"③。周民族史诗《生民》也是如此。诗的首章叙述姜嫄孕育后稷之神异:"厥初生民,时维姜嫄。生民如何,克禋克祀,以弗无子。履帝武敏歆,攸介攸止。载震载夙,载生载育,时维后稷。"《史记·周本纪》、《太平御览》引《元命苞》以及《生民》孔疏引《河图》,都作姜嫄"履大人迹而生稷"。孙作云则认为是姜嫄踩着大熊的足迹而生了后稷,周族原本以熊为本族的图腾。④ 而丁山先生又认为姜嫄应为"名姜,姓嫄",姜嫄即嫄姜,也就是"羭

---

① 《中州学刊》1990 年第 1 期载郑杰祥《玄鸟新论》一文认为:古代商族最早应是以雄鸡为本族崇拜的图腾。所论甚详,可参看。又,《淮南子·坠形训》:"有娀在不周北,长女简狄,次女建疵。"或认为简狄可能即鸟之化身,"狄"同"翟";翟,一种长尾野鸟,则"雉"是也。

② 姚际恒:《诗经通论》,顾颉刚标点,中华书局 1958 年版。

③ 恩格斯:《费尔巴哈与德国古典哲学的终结》,五十年代出版社 1953 年版。

④ 孙作云:《诗经与周代社会研究》,中华书局 1979 年版。

羊"。羱羊者,墳羊也,即"土之怪曰墳羊",具有生殖神格。[①]但从文化系统看,殷周两族之起源似乎都以鸟为原生态图腾。《国语·周语上》:"周之兴也,鸑鷟(韦注引三君云:鸑鷟,凤之别名也。)鸣于岐山。"又《墨子·非攻下》言周武王将伐纣,"赤鸟衔珪,降周之岐社"。都可说明周民族与鸟图腾之关系。图腾是始祖神,也是氏族的保护神。据《生民》《毛传》《郑笺》:玄鸟至之日,姜嫄随高辛氏帝喾祀郊禖之时,履上帝大神母指之迹而感生后稷。《生民》言后稷之灵异,说:"诞置之寒冰,鸟覆翼之。鸟乃去矣,后稷呱矣。"《毛传》:"大鸟来,一翼覆之,一翼藉之","于是知有天异,往取之矣。后稷呱呱然而泣"。《孔疏》:"既知有神,人往收取,鸟乃飞去矣。后稷遂呱呱然而泣矣。此其有神灵之验也。"后稷初生,乃团圞一个肉胞,置之隘巷、置之平林虽不死,但只是得神鸟之"覆翼",才破胞而出,哭声震天。所以后稷之生,乃得鸟图腾神之护佑。方玉润谓此诗乃周人"特推原其故耳"(《诗经原始》)。"推原其故",使我们看到"经过许多世代的反复经验的结果所累积起来的剩余物"(舒尔茨:《现在心理学史》)——遥远的周族先人原始时期的图腾原型。正因为如此,《生民》首章显得灵异、神秘而且瑰丽,把读者带入了一个美妙的神话境界之中。"推原其故"在颂美先祖先妣时似不是可少的。《鲁颂·閟宫》之首章,亦歌颂姜嫄后稷之德:"閟宫有侐,实实枚枚。赫赫姜嫄,其德不回。"《艺文类聚》八十八引《春秋元命苞》云:"姜嫄游閟宫,其地扶桑,履大人迹生稷。"如此,则姜嫄、閟宫,是同一轨迹上的两个坐标点。鲁人颂美姜嫄,不但有强烈的图腾意识,而且洋溢着一种发自集体无意识的优越感。

古代中国并非只有一个统一的图腾,商周人以鸟为图腾,嬴姓秦人亦以鸟为图腾,原始时期的夏人以蛇(即龙)为图腾。"人首蛇身"的伏羲、女娲,正是其图腾物的人格化。炎帝族以鱼为图腾,黄帝称有熊氏,太昊、少昊为风姓,古代风、凤相通,当以凤鸟为图腾。一方面,氏族发展,图腾随着增生,原生态图腾会分化出次生态图腾、家族图腾和个人图腾,所以,一个氏族的图腾又并非单一的。另一方面,就中华民族的发展来说,远古华夏各氏族

---

① 丁山:《中国古代宗教与神话考》,上海书店 1979 年版,第 8 页。

部落经过不断兼并、融合,其图腾也不断演变融合,最后形成了以龙、凤这一对抽象物为主的图腾标志。所以我们看《小雅·斯干》里说:"大人占之:维熊为罴,男子之祥;维虺维蛇,女子之祥。"意为梦见熊罴是生男的预兆,梦见虺蛇是生女的预兆。《小雅·无羊》说:"牧人乃梦,众维鱼矣,旐维旟矣。"占梦的结果说,梦见水中鱼多,乃是丰收有余的象征;梦见画有龟蛇和鸟类的旗子,又是人丁兴旺的先兆。这两首诗所写的梦象,都与子女生育、人丁兴旺、丰收有余有关,而熊罴、虺蛇、大鱼、鸟旗,或许正是原始图腾在梦中的显示。再如《小雅·正月》说:"瞻乌爰止,于谁之屋。"乌是周王朝受命于天的象征。传说中周朝将兴时,有一只遍体通红的"大赤乌"口衔谷种降临在周王宫屋上,现在这只大赤乌要飞到别的屋上,可见周室要灭亡了。[1] 大赤乌,亦即鸟（或凤）图腾之变形。至于"龙凤"之原型,则更多见,下文还将论及。

意象与象征：比兴中的图腾崇拜

文学原型是一种具有约定俗成的语义和联想群的意象。从逆反方向来说,从语义和意象群之中,可以探寻存在其中的文学原型。已有众多的资料表明,许多史前艺术形象都是基于动物崇拜或祖先崇拜的图腾形象。图腾崇拜作为一种原始观念,存在先民的原始意识之中,也成为一种思维方式与内心意念的载体,因此不但构思出许多有关图腾的故事,而且也用图腾的意象与象征意义作为故事或歌咏的表现媒介与手段。在《诗经》的比兴意象中,可以发现深藏在意象深层中的图腾崇拜原型,先民在祭祷先祖、歌唱生育繁殖等内容时,经常自觉地与自己的氏族图腾联系起来,使图腾物具备某种象征意义。具有象征意义的意象一旦形成,便会被人们重复使用。随着时间的流逝,在从一个诗人到另一个诗人,从这一类诗到另一类诗的过程中,只要所咏的母题相同,这种图腾的象征意义一边被反复运用,一边又在新的上下文中激发出新的生命力,从而发展了文学生命。

---

① 杨和鸣、李中华:《诗经主题辨析》下篇,广西教育出版社1989年版,第117页。

　　如前所述,鸟图腾信仰在远古时期的覆盖区域非常广。鸟图腾物既然作为祖先的象征、氏族的保护神和部落人的精神力量,在先民的头脑中留下了非常深刻的印象。他们歌颂祖先,便自然而然地用鸟的形象作为起兴的物象。《吕氏春秋·音初篇》云:"有娀氏有二佚女,为之九成之台,饮食必以鼓。帝令燕往视之,鸣若谥隘。二女爱而争搏之,覆以玉筐。少选,发而视之,燕遗二卵。北飞,遂不反。二女作歌,一终曰:'燕燕往飞!'实始作为北音。"这一则记载,可以作为"天命玄鸟,降而生商"的注脚。"燕燕往飞"作为一首原始诗歌,其以"燕燕"作为歌唱对象,既是对图腾神燕(玄鸟)的赞美,又是对图腾神充满希望的呼唤。原始人思维方式的一个重要特征,就是不对事物进行由表及里的分析,而是"从单纯的共在关系中直接发现因果"①。"燕燕"与图腾的共在关系,使"燕"这一物象在思维中产生了多重的象征——隐喻关系,由此产生的原始意象与图腾崇拜及与图腾崇拜有关的祭祖怀念贤人等内容都联系起来,以至扩大到其他的鸟类兴象中。所以我们看到《诗经》中不少这一类以鸟进行比兴的兴象,如《邶风·燕燕》:"燕燕于飞,差池其羽。"《唐风·鸨羽》:"肃肃鸨羽,集于苞栩。"《小雅·伐木》:"伐木丁丁,鸟鸣嘤嘤。"《小雅·鸿雁》:"鸿雁于飞,肃肃其羽。"《小雅·小弁》:"弁彼鸒斯,归飞提提。"《小雅·黄鸟》:"黄鸟黄鸟,无集于穀,无啄我粟。"等等。这些"燕燕"、"鸨羽"、"黄鸟"、"鸿雁",恐怕都是"玄鸟"的变形,而诗的内容,又大多与歌咏祖先、祈祖福祐、怀念父母有关。②

　　再举一例。《秦风·黄鸟》诗云:"交交黄鸟,止于棘。谁从穆公?子车奄息。"(二三章仿此)这是一首哀悼子车氏三子为秦穆公殉葬的诗。有的研究者认为此诗以黄鸟止于棘来起兴,是反衬之法,即以婉转啼鸣的小鸟之生反衬"三良"之死,更使人感到悲伤。③此说似嫌牵强。我们知道,秦人以鸟为图腾,《史记·秦本纪》在叙述秦世系的时候说:"秦之先,帝颛顼之苗裔孙曰女脩。女脩织,玄鸟陨卵,女脩吞之,生子大业。"大业乃秦人祖先。

---

① 卡西尔:《象征形式哲学》第二卷,甘阳译,上海译文出版社1985年版,第149页。
② 关于鸟类兴象与图腾崇拜的关系,赵沛霖同志《兴的起源》一书所论甚详,可参阅,本文不赘述。
③ 杨和鸣、李中华:《诗经主题辨析》上篇,广西教育出版社1989年版,第389页。

大业之子大费,"佐舜调驯鸟兽,鸟兽多驯服,是为柏翳"。秦人祖先之中还有孟戏、中衍两人,皆"鸟身人言",说明秦人属于鸟图腾。时至春秋,鸟这一物象与图腾祖先的"共在关系"所形成的象征联系,仍潜在于秦人的意识中,因此,秦人看见"三良"将死时"临其穴,惴惴其栗"的惨状,发出了"彼苍者天,歼我良人"的哀号,此时悲苦无告,自然而然发出"交交黄鸟,止于棘"这种对图腾保护神的呼告。这个例子,正是鸟类兴象与图腾原型关系的记号证明。

关于以鱼类作为兴象,闻一多曾指出:以鱼类象征"配偶"(或情侣),"这除了它的繁殖功能,似乎没有更好的解释"(闻一多:《神话与诗·说鱼》)。然细加研究,以鱼类作为比兴的兴象,其根源,仍应在于以鱼为图腾物的图腾崇拜。

其一,在中国的远古时代,确实存在过以鱼为对象的图腾崇拜。我国已发掘的新石器时期彩陶遗址近两千处,其中仰韶文化占总数一半以上,而鱼纹出土的遗址有二十多个。[①] 其中半坡型仰韶文化的彩绘最为丰富,基本为鱼纹或变体鱼纹。"彩陶纹饰是一定的人们共同体的标志,它在绝大多数场合下是作为氏族图腾或其他崇拜标志而存在的。""仰韶文化的半坡类型与庙底沟类型分别属于以鱼和鸟为图腾的不同部落氏族。"[②] 在西安半坡、临潼姜寨、宝鸡北首岭和汉水南郑等仰韶文化遗址中所出现的"人面鱼纹"彩陶,更具有鲜明的图腾性质。[③] 恩格斯指出:"人在自己的发展中得到了其他实体的支持,但这些实体不是高级实体,不是天使,而是低级的动物。由此就产生了动物崇拜。"[④] 古人临河而居,鱼类是重要的食物,成为人们生存的重要依赖物,直接的生存需要使作为食物的鱼类这一动物上升到神格,进而产生了鱼图腾崇拜,"人面鱼纹"正是这一图腾意识的显现。《山海经·大荒西经》云:"炎帝之孙名曰灵恝,灵恝生氏人,是能上下于天。"《海内南经》:"氏人国在建木西。其为人人面而鱼身,无足。"氏人的形状是人的脸,鱼

---

① 吴耀利:《略谈我国新石器时代彩陶的起源》,《史前研究》1987年第2期。

② 石兴邦:《有关马家窑文化的一些问题》,《考古》1962年第6期。

③ 陶思炎:《中国鱼文化》,中国华侨出版公司1990年版,第79页。

④ 《马克思恩格斯全集》第二十七卷,人民出版社1972年版,第63页。

的身子,能够乘着云雨,上下于天,是人鱼合体的图腾神,证明鱼图腾是炎帝族中的一种图腾。《山海经·东山经》中所记诸神山,其中多产各种鱼,又有"衈用血"（即取鱼血衅祭器的意思）的记载,文献资料都可证鱼图腾的存在。

其二,常言的生殖崇拜,是指对生育能力的崇拜,而不是性崇拜。我们发现,《诗经》中的鱼类兴象,主要出现在《诗经》中的许多恋歌之中,这些恋歌鱼兴象的运用,其隐义主要还是指男女交合,是一种性崇拜,似乎看不出有对生殖崇拜的迹象。再者,上述所举之恋歌,都与上巳节祓禊之俗有关。这一风俗仪式,多在水边举行,最容易见到的是鱼,因此,鱼图腾的原型意象最容易被"激活"。"人面鱼身"、"衈用血"的记载,说明原始人具有鱼人之间血缘相通的观念,鱼类原型的被"激活",透露出人和鱼之间的转体混血、通感呼应的原始观念信息,在这种通联交感过程中,产生了比拟联想作用,因此自然的以鱼作为歌咏的起兴物象。同时,早期的祓禊活动常伴随有水中或水滨的性行为,人们以鱼为物象起兴,容易引起图腾感生的观念联想,所以它既是对鱼神的一种亲近,又是一种拟神、乐神的行为。综上所述,可以说鱼类兴象的产生,其源仍在古代的图腾崇拜。

龙、凤凰这一对中华民族共同的图腾物,前已说过,是华夏各民族经历漫长时期逐渐融合统一而形成的图腾神。以龙、凤作为比兴的物象,当然也是以远古图腾崇拜的传统观念为基础的。《诗经》中写到龙、凤的诗,如《秦风·小戎》:"龙盾之合,鋈以觼軜。"《周颂·载见》:"龙旂阳阳,和铃央央。"《鲁颂·閟宫》:"龙旂承祀,六辔耳耳。"《商颂·玄鸟》:"龙旂十乘,大糦是承。"《大雅·卷阿》:"凤凰于飞,翙翙其羽。亦集爰止,蔼蔼王多吉士。"等等。远古人出于对图腾的崇拜,常将自己打扮成图腾的模样,或在身上、用具上饰以图腾形象,以此祈求图腾神的福佑,这实际上具有一种模拟比况的象征意义。以龙饰盾,以龙饰旗,以凤凰比吉士,其源即出于这种原始观念（不过有时它只是一种描述,不一定就是用来作比兴）。这种形式,经过长期自然的隐喻转换,形成了语义上的图腾原型的比喻体。所以龙与凤,不但是具有抽象意义的图腾符号,又成为一种祥和、吉泰、繁荣、贤明、睿哲的象征物。龙与凤凰这种象征物,一旦作为主导意象在特定的作品中形成,它可以由别的诗人按照个性化的独特方式被反复运用。于是,我们看到了后世作品中从龙、凤原型中演变出来的异彩纷呈的象征形态。

关于《诗经》中的图腾崇拜还可以举出一些例子。前面已提到,《国风》中的许多恋歌,就与图腾崇拜有关,孙作云认为,这些诗与上古时期暮春三月男女会合、祭祀高禖祓禊求子的风俗有关。① 上古时期的祭祀高禖神本来带有非常浓厚的图腾意识。高禖神是管理结婚生子的女神,实即各部落所认为的最初的女祖。因此祭高禖往往有盛大的仪式,《礼记·月令》记载说是天子亲往,后妃群从,祭以太牢。可以想见其隆重。祭祀高禖,祓禊求子的祭仪,不但规模盛大,而且具备宏大的神庙欢会的性质。人类学家研究结果认为,古代图腾成员在大规模的祭祀仪式中(尤其是祭祀先祖和图腾神时),常有大规模的男女欢会,即祭祀与性爱相结合。追其源,乃是原始人从巫术交感原理出发,以人间男女交合促进万物繁殖,使农作物与人类子息共荣观念的体现。这样,春天的祭祀就有了多种功能:既是祭奠先祖、崇敬图腾,又可祈求子息;男女欢会,既有繁育子息的实际功用,又可以此“激动”自然界,“激动天地日雨等长养之力”,使人类与万物一同繁衍增殖。《诗经》中祭祀高禖、祓禊求子的恋歌,与这种图腾祭祀与神庙欢会的节俗有极密切的关系。所以,到了《诗经》的时代,礼教的束缚虽已初步形成,男女婚恋受到家庭、父母、宗教的干涉变得越来越不自由了,为何还有那么多非常开放的男女恋歌? 而这些恋歌描写的景物及时间多是春天,甚至《周礼·地官·媒氏》中还记载用行政命令手段让男女自由欢合。联系上古时期的图腾崇拜及其礼仪特点,也就不难理解了。

图腾本来是母系氏族社会的信仰,父权制产生以后就衰弱了。人为的宗教兴起之后,图腾信仰又进一步受到冲击,但是并没有销声匿迹。图腾崇拜作为一种原型意象,“它们为我们祖先的无数类型的经验提供形式,它们是同一类型的无数经验的心理残迹”②。这种经验形式与心理残迹,仍然在文化、艺术、心理等方面起作用,又以别的形式或者文学、艺术相结合,被人为地

---

① 孙作云:《诗经恋歌发微》,《诗经与周代社会研究》,中华书局 1979 年版。
② 荣格:《心理学与文学》,冯川、苏克译,三联书店 1987 年版,第 120 页。

保存下来。尽管《诗经》产生的年代离开了图腾崇拜兴盛的时代十分遥远，诗人创作这些诗歌似乎深信自己是在绝对自由中进行的，根本意识不到有一种"异己的意识"在操作着自己，这就是图腾崇拜的原始意象（当然也包括其他原始意象）的潜在影响。只是这种影响"历时愈久，图腾意识愈淡，而修辞意味愈浓"（闻一多：《诗经通义·周南》）罢了。当它的原始宗教观念消失，而变成为一种审美形式时，这些原始意象便转换成为各种艺术"母题"和语言词汇，极大地丰富了文学艺术创作。今天，我们追寻这些原始意象的意蕴，对于理解《诗经》中某些篇章所残留的深层次中的原始社会背景，探寻某些物象所保留的传统意念色彩，并引导人们从艺术起源论的角度进行思考，或许不无裨益。

原载《福建师范大学学报》1992年第3期，《文汇报》1992年10月27日第7版《中外文摘》中《学术新论》专栏加以介绍

《诗经》恋歌与原始宗教信仰

孙作云在《诗经恋歌发微》一文中列举了 23 首恋歌,认为它们与上古时期暮春三月男女会合、祭祀高禖、祓禊求子的风俗有关。[1] 这已为众多的学者所首肯。但是,笔者似感意犹未尽。对于部分恋歌所反映的民俗礼俗,还可以再提出两个疑问:一是祭祀高禖、祓禊求子风俗的性质是什么? 这种风俗为什么都是在春季三月进行? 二是"诗三百"的时代,礼教的束缚已经形成,但从恋歌所描写的男女会合自由恋爱的情景看,为什么每年二三月间又有一个开放自由的时间呢? 简而言之,《诗经》恋歌民俗的原型是什么呢?

笔者认为,《诗经》恋歌中的这些民俗礼俗,与原始宗教中的图腾崇拜及原始人的巫术交感观念有密切的关系。

图腾崇拜是鼎盛于母系氏族社会的原始宗教信仰。其时人们只知其母不知其父,也不清楚男女性结合与生育的因果关系,而误认为是图腾物入居母体(或感应)而生了人,因此把各自的图腾物作为祖先神来敬奉,认为本氏族都起源于某一种图腾,并为该图腾所繁衍,于是这种图腾就成为该氏族的祖先神、保护神,也成为该氏族的徽号和象征。在上古原始民族心目中,图腾与祖先是同一的东西。随着时代的推移,图腾神纷纷向祖先神演化,图腾物逐渐演变成祖先的抽象物。因此人们崇拜图腾与崇拜祖先,祭祀图腾与祭

---

① 孙作云:《诗经与周代社会研究》,中华书局 1979 年版。

祀远祖,往往是二而一的事情。其目的,不外是求得神灵保护,以祈子嗣不绝,人丁旺盛。在上古人的信仰中,高禖神是管理结婚生子的女神,实即各部落所认为的最初的女祖。闻一多认为:"古代各民族所祭的高禖全是各民族的先妣。"(《神话与诗》第 98 页)所以,高禖神即祖先神,而祖先神与图腾又有极密切的关系。《商颂·玄鸟》云:"天命玄鸟,降而生商。"这是众所周知的殷商民族祖先契诞生的神话,证明商族人以玄鸟为图腾。《郑笺》云:"天使鳦下而生商者,谓鳦遗卵,娀氏之女简狄吞之而生契。"春分时节,燕子(玄鸟)飞来,汤之先祖即有娀氏之女简狄祈于郊禖,吞玄鸟蛋生了契。① 因此,玄鸟成了商族人的图腾,有娀氏之女简狄成为他们的女祖。从商始祖契的感生神话,可以看出商族人对其祖先的认识,是从图腾观念上得来的。周族也是图腾崇拜十分盛行的部落,周祖弃之母姜嫄感巨人迹而生弃的神话,也表明周人对祖先的认识与图腾崇拜的关系。上述的郊禖即高禖,"祈于郊禖",是图腾祭祀,也是求子之祭。图腾、高禖与求子有其内在的联系。所以,《诗经》恋歌所反映的上古习俗带有非常浓厚的图腾意识与图腾崇拜色彩。

那么,为什么这种祭祀高禖之礼总是在春天三月呢? 为什么这个时期男女的结合特别自由开放呢? 我们读《诗经》中的其他婚恋诗篇,发现当时男女的婚恋已受到家庭、父母、宗族的种种干涉越来越不自由。自由恋爱,是"淫奔",是"大无信也,不知命也"(《诗经·鄘风·蝃蝀》)。"娶妻如之何,非媒不得。"(《诗经·齐风·伐柯》)在礼教束缚已经形成且日益严厉的时代,竟有这样一个自由开放的时间,这似乎不可理解。不但如此,《周礼·地官·媒氏》还明确规定:"媒氏掌万民之判。中春之月,令会男女,于是时也,奔者不禁。若无故而不用命者罚之,司男女之无夫家者而会之。"这是用行政命令手段让男女自由欢合。这其中的原因,似乎没有学者作出令人满意的解答。

如前所述,既然祭祀高禖被褉求子之祭与原始宗教信仰有密切的关系,问题的症结似还应从这里得到解答。我认为,追溯其源,此乃原始人以人间

---

① 关于简盛契的记载,又可见《礼记·月令》、《山海经·大荒东经》、《楚辞·天问》、《吕氏春秋·音初篇》及《史记·殷本纪》等。

男女交合可以促进万物繁殖,使农作物与人类子息共荣的巫术交感观念的延续和再现。英国人类学家弗雷泽提出:原始人认为,人与自然之间是交相感应的,农作物的生产与人类的生产都遵循着同一个原则,因此可以通过"模仿巫术"以"相似率"来相互促进,故而人间的男女交合可以促进万物繁殖,因此"人们常常在同一时间内用同一行动把植物再生的戏剧表演同真实的或戏剧性的两性交媾结合在一起,以便促进农产品的多产、动物和人类的繁衍"(弗雷泽:《金枝》)。这种"在仪式上放任性,并不只是纵欲,乃是表现对于人与自然界底繁殖力量的虔敬态度:这种繁殖力量,是社会与文化底生存所系,所以要被宗教所注意"(马林诺夫斯基:《巫术科学宗教与神话》)。氏族图腾成员在大规模的祭祀仪式中(尤其是祭祀祖先与图腾神时),常有大规模的男女欢会,也就是祭祀与性爱结合,以此来促进人类与自然万物的繁荣。古巴比伦每年春分举行新年庆典之际,部落男女集合于野,一方面是保证人类社会的生殖绵延和大地回春、万物复苏的集体交媾,另一方面是象征参加庆典者死而复活的成年入社礼。(叶舒宪:《探索非理性的世界》)有资料说明,世界许多地区祀奉农神的祭典中,添上了用男女交合来象征万物生育的花样。弗洛伊德曾举过近代的例子:"在爪哇的某些地方,当稻米即将开花时,农夫们带着妻子在夜间到达他们的田园,藉着发生性关系期望勾起稻米的效法以增加生产。"[1] 以上所说的风俗,在中国的上古时期也同样存在。已有学者指出,中国上古时代的原始宗教习俗中,就有祭祀与性爱相结合的情况,《墨子·明鬼》下篇所载:"燕之有祖,当齐之社稷,宋之桑树,楚之有云梦也,此男女所属而观也。"就是如此。郭沫若《释祖妣》一文中指出:"祖社同一物也。祀内者为祖,祀外者为社,在古未有宗庙之时,其祀殊无内外。此云'燕之有祖,当齐之社稷',正祖社为一之证。古人本以牡器为神,或称之祖,或谓之社,祖而言驰,盖荷此牡神而趋也。此习近时犹有存者。扬州某君为余言,往岁仲春二月上巳之日,扬州之习以纸为巨大之牝牡器各一,男女群荷之而趋,以焚化于纯阳观之前,号曰迎春,所谓'男女之所

---

① 弗洛伊德:《图腾与禁忌》,中国民间文艺出版社 1986 年版,第 5 页。

属而观'者,殆即此矣。"① 郭氏进一步从现代民俗现象上阐述了原始宗教中的这种习俗。闻一多在《高唐神女传说之分析》中说:"《春秋》庄公二十三年'公如齐观社',三传皆以为非礼,而《谷梁》解释非礼之故'是以为尸女也'。郭(沫若)先生据《说文》:'尸,陈也,象卧之形。'说尸女即通淫之意,这也极是。"(《神话与诗》第 97 页)祭祀高禖的活动往往如此,有大规模的群体"通淫"。闻氏又说:"齐国祀高禖有'尸女'的仪式,《月令》所载高禖的祀典,确乎是十足的代表着那以生殖机能为宗教的原始时代的一种礼俗。"(《神话与诗》第 106 页)其实我们看《召南·采蘋》诗,末章云:"于以奠之? 宗室牖下。谁其尸之? 有齐季女。"所写也是仲春社礼的情景。末两句告诉我们,该社礼祭祀时由一青春少女充当主祭者——"尸",而实行神前交媾,诗中充满了人神相娱的意味。《礼记·月令》云:"(仲春之月)是月也,玄鸟至。至之日,以大牢祠于高禖。天子亲往,后妃帅九嫔御。乃礼天子所御,代以弓韣,授以弓矢,于高禖之前。"天子亲往,后妃群从,祭以太牢,可以想见其礼之隆重。原始人的图腾信仰与崇拜,本来就特别重在血统信仰上,体现在生殖礼教上。阳春三月是一年之中开始从事农业生产劳动的时间,此时正是草木争荣、动物交尾的时节,这时举行盛大的高禖神祭礼,"令会男女",人神欢娱,正好以人类的两性交合感应神灵,感应自然万物。《白虎通义·嫁娶篇》说:"嫁娶必以春日何? 春者,天地交通,万物始生,阴阳交接之时也。"说明原始时期的无数交感观念,在远古时期存在,在上古时期仍有孑遗。这样,春天的祭祀就有了多种功能:既是祭奠先祖、崇敬图腾,又可祈求子息;令会男女,既有繁育子息的实际功用,又可以此"激动"自然界,"激动天地日雨等长养之力",使人类与万物同一繁衍增殖。既然如此,作为一个传统的农耕民族、农业社会,对于这种春天的祭祀与男女交合的重视,则是自然的了。

这种祭祀高禖与神庙欢会男女性爱关系,还可以从祭祀的场所上得到说明。古人祭祀高禖神、祭生殖神与祭社稷神常在同一场所。《鲁颂·阂宫》

---

① 郭沫若:《甲骨文研究·释祖妣》,《郭沫若全集·考古篇》第一卷,人民文学出版社 1982 年版,第 19 页。

《毛传》释"闷宫"为"先妣姜嫄之庙",又引孟仲子语,谓"闷宫"为"祺宫"。闻一多指出:祺宫即高祺之宫;闷宫是高祺之宫,又是姜嫄的庙;闷、密同,即指(男女)行秘密之事。(《神话与诗》第98页)再如《陈风·衡门》之"衡门"即"横门","当是陈国都城东西头之门",也是男女幽会之所。闻氏认为,"古代作为男女幽会之所的高祺,其所在地,必依山傍水,因为那是行秘密之事的地方"。(闻一多:《神话与诗》第131页)孙作云认为:《鄘风·桑中》"期我乎桑中,要我乎上宫"之"桑中",即《墨子·明鬼下》所说的"桑林之社","上宫"亦即《明鬼下》所说"男女所属而观"之所。①《桑中》《正义》也说:"与我期望于桑中之野,要见我于上宫之地","而期于幽远之处而与之行淫"。这些,从祭祀的地点与男女会合的性质,都足以证明宗教祭祀、祭高祺神时与男女性爱的关系。

孙作云所举23首《诗经》恋歌,虽产生于不同的时地,但总而观之,生动地展现了上古时期祭祀与性爱相结合的欢会节俗的情景。诗的内容、气氛与男女情恋欢合的谑语谑词,都透露了这方面的气息。我们看这些诗的描写:"溱与洧,方涣涣兮";"士与女,殷其盈矣";"洧之外,洵讦且乐"(《溱洧》)。"齐子归止,其从如云。"(《敝笱》)春天三月溱水与洧水岸边,盛大的神庙欢会吸引着群群男女,其规模是盛大的,气氛是热烈的。"令会男女"目的在于求子,在于祈求万物的繁盛,所以男女间的相会又是自由的。此刻男女杂沓,极乐狂欢,相互戏谑逗趣:"维士与女,伊其相谑"(《溱洧》);"善戏谑兮,不为虐兮"(《淇奥》);"子不我思,岂无他人?狂童之狂也且!"(《褰裳》)在这热烈的气氛中,有男女间焦急的等待:"人涉卬否,卬须我友"(《匏有苦叶》),"不见子都,乃见狂且"(《山有扶苏》);有男女间的相互暗示、挑逗:"籊籊竹竿,以钓于淇"(《竹竿》),"敝笱在梁,其鱼鲂鳏"(《敝笱》);"维鹈在梁,不濡其翼"(《候人》),"九罭之鱼,鳟鲂"(《九罭》)。诗中的"竹竿"、"钓"、"维鹈"、维鹈不抓鱼、九罭得鳟鲂,皆为性的欲求和谑语。当这些谑语暗示仍不能尽情表达内心的迫切时,欢合的企求就更为大胆直露了:"彼狡童兮,不与我言兮";"使我不能餐兮","使我不能息兮"

① 孙作云:《诗经与周代社会研究》,中华书局1979年版,第305页。

（《狡童》）；"未见君子，惄如调饥"（《汝坟》）；"泌之洋洋，可以乐饥"（《衡门》）；"彼其之子，不遂其媾"；"婉兮娈兮，季女斯饥"（《候人》）。正如闻一多所言，所谓的"调饥"、"斯饥"、"食"、"不能餐"等，已是相当明朗化的性行为之讔语了。

经过这样的交流、相谑、逗趣之后，欢合的气氛进入高潮。先是互相馈赠礼物以定情；"士与女，方秉蕑兮"；"伊其将谑，赠之以芍药"（《溱洧》）；继则相邀以至野外欢合："期我乎桑中，要我乎上宫"（《桑中》）；桑中、上宫、即"所期之地"（《桑中》《毛传》）。《溱洧》《正义》曰："于此之时，有士与女方适野田，执芳香之兰草兮，既感春气，托采香草，期于田野共为淫泆。……维士与女，因即其相与戏谑，行夫妻之事。"此时，"鲂鱼赪尾，王室如燬"（《汝坟》），按闻一多说，"如燬"，指"性的冲动象火一样激烈"；孙作云解释说："据生物学说，有一些鱼在春天交尾时期，尾巴发红，以招引异性。"二者皆说明诗用比兴的本意。而《候人》中的"荟兮蔚兮，南山朝隮"，即《蝃蝀》中的"朝隮于西，崇朝其雨"，也就是"朝云朝雨"，乃谓行夫妇之事。以闻氏孙氏所论，可以说这几句诗，乃是男女欢合神前交媾的直接描述了。

这些恋歌描写的情景，时间都在二三月——"既感春气"，地点除了在祭祀场所外，还有水边，或"期于田野"；"托采香草"，互赠之物，也多是"兰"、"芍药"、"芄兰"、"彤管"、"荑"等植物。说明祭祀与性爱及自然万物繁衍的关系。这些与原始交感巫术之"激动"自然界使之生长繁殖皆相吻合。古人春天祭高禖、祓禊求子与神庙欢合的风俗，在我国一些少数民族之中仍然流行，如云南大理白族地区举行的"绕山林"的风俗，即是一种原始宗教习俗的遗留。随着时间的流逝，这种原始宗教习俗的形成或有所改变，有的还加入了其他的内容，然而追溯其原型，正在于原始人的宗教观念与宗教信仰之中。

原载《江淮论坛》1993 年第 3 期

《诗经》中的言志与缘情

一

在中国古代早期的诗歌理论中，有"诗言志"的说法。这个被朱自清称为中国诗论"开山的纲领"的话，见于《尚书·舜典》：

> 诗言志、歌永言，声依永，律和声。八音克谐，无相夺伦，神人以和。

"诗言志"的意思，是说诗歌是用来表现作者的思想感情的。但是，对于古人的这种"言志说"，朱自清认为："这种志，这种怀抱，其实是与政教分不开的。"（朱自清：《诗言志辨》）通观《舜典》中的这段话，说明诗和乐一样，起着"言志"和教育人的作用。所以这里的"诗言志"有着两层意义：一是抒发作者的思想。如《左传》襄公二十七年："志以发言。"《汉书·艺文志》："诵其言谓之诗。"可见"诗言志"是为了表现心志，即作者的思想。另一层意义是认知和教育作用。言志的诗必须具有影响人和对人进行道德规范的力量（当然也包括"采诗观志"）。从"持其性情"，到"止乎礼义"，一直发展为"温柔敦厚"的儒家诗教，"诗言志"的教育作用被统治阶级作为诗教说的工具。因此"志"便被解释成符合礼教规范的思想。正因为如此，后来常把"言志"与"缘情"对立起来，认为"言志说"只讲表现思想，不讲表现感情；"缘情说"只讲抒发感情，不讲表现思想，甚至由此发展成为不可调和的两派理论。

实际上,在诗歌里,"情"与"志"本是一个东西,"言志"与"缘情"并无本质的区别。这在先秦两汉的诗论、乐论中都已经注意到。《荀子·乐论》说:"夫乐者,乐也。人情之所必不免也。"荀子论乐,认为音乐通过抒情言志。他注意到了"言志"中还包含有"情"的特性。只是他强调要"以道制欲",对"情"要给以严格的儒家之道的规范。这当然是因为荀子还仍然遵循着孔子诗论诗学的基本观点。又《礼记·乐记》中说:"凡音者,生人心者也。情动于中,故形于声,声成文,谓之音。"古代诗乐是不分家的,《乐记》对"声""情"的阐发,同样说明诗乐是人的感情而非单纯理性观念的表现。《诗大序》论诗,有许多观点脱胎于《乐记》,《诗大序》在提出"诗者,志之所之也"的同时,又接着说:"在心为志,发言为诗。情动于中而形于言","变风发乎情"。这是它在坚持儒家的"言志说"时,又不能不正视于"情"和"志"的不可分割。孔颖达在《诗大序正义》中把这种观点阐述得更清楚:"诗者,人志意之所适也。虽有所适,犹未发口,蕴藏于心,谓之为志。发见于言,乃名为诗。言作诗者,所以舒心志愤懑,而卒成于歌咏。故《虞书》谓之'诗言志'也。包管万虑,其名曰心;感物而动,乃呼为志。志之所适,外物感焉。言悦豫之志则和乐兴而颂声作,忧愁之志则哀伤起而怨刺生。"在《左传》昭公二十五年的《正义》里,孔颖达还说:"在己为情,情动为志,情志一也。"可见,叙志言情是创作的很自然的缘起和目的。后来的白居易说他的创作是"闻见之间,有足悲者,因直歌其事"(白居易:《秦中吟序》)。"直歌其事"是"言志","有足悲者"是"缘情",二者是统一的。所以,后来许多人便把"情""志"并称。如《尹文子上篇》:"乐者所以和情志。"挚虞《文章流别论》:"夫诗虽以情志为本,而以成声为节。"至于刘勰的《文心雕龙》,更是有许多地方将"情志"合为一词而用,代表作家的思想感情。

陆机的"诗缘情"说提出以后,"言志"和"缘情"似乎成为不能相容的对立的两大阵营。在现代,有人甚至认为"言志"说坚持了现实主义的诗歌理论,"缘情"说倡导了形式主义与唯美主义。其实,这样的看法是根据不足的。"诗言志"是从读者角度论诗,"诗缘情"是从作者的角度论诗,各有侧重。说"诗缘情"与传统的"诗言志"或"吟咏情性"有着继承关系，都将诗看作作者内心世界的表现，说明情志动于中而发为诗。因此，"诗缘情"与"诗言志"并没有截然的对立。《文选》李善注"诗缘情而绮靡"这一句曰："诗以言志，故曰缘情。"五臣李周翰曰："诗言志故缘情。"可见古人理解"缘情"说，并没有和"言志"对立起来，而是了解"缘情"中的"言志"的内涵。陆机"缘情"说的提出有他的时代的原因，但是他并非只讲表现感情，目的在于要冲破儒家的"止乎礼义"的束缚。可以说，依然是"言志"之中有"缘情"，"缘情"之中又体现着"言志"。

前人，尤其是先秦时代的人，论诗均离不开《诗经》。据闻一多的考证，"诗言志"的"志"，在《诗经》产生的时代，就包含着记诵、抒情、叙事三重意义的。(《闻一多全集》，《歌与诗》)遵循着这个启示，我们来考察《诗经》的创作实践，可以发现在《诗三百》的创作中情与志的和谐统一。只是自孔子说《诗》开始，片面强调《诗》的"箴谏"、"美刺"作用，也就是片面地强调了"言志"说中的政教作用，因而掩盖了《诗经》创作中"情"与"志"的和谐完美结合的事实。所以，下面就从《诗经》作品的内容来说明在我国第一部诗歌总集中，"言志"和"缘情"二者本来是和谐的统一体。

二

为了说明的方便，且把《诗经》作品分为几个类型来论述。

第一类是作者在诗中点明了作诗的目的和功用的诗。这一类主要是美刺诗，是直接表现儒家所谓"诗言志"目的的作品。这类诗在《诗经》中有12处之多。其中点明"缘情"而作的有两首，即：

《魏风·园有桃》："心之忧矣，我歌且谣。"

《小雅·四月》："君子作歌，维以告哀。"

《园有桃》与《王风·黍离》一样，是一首流浪者忧时之歌。他满心忧伤，却又无人理解。因此唱此歌以抒发心中之忧。作诗是为了表达自己不满和忧伤的心情，也是对社会上不良现象的讽刺。

《四月》是一首抒写离乡远役,忧乱惧祸的诗。诗人看到季节变迁,触景生情,感发而作。正是所谓"气之动物,物之感人,故摇荡性情,形诸舞咏"(梁·锺嵘:《诗品序》)者也。诗中运用比兴手法描写了上天无路、入地无门的处境和去国离乡的满怀忧惧的心情。"君子作歌,维以告哀",乃为表达苦情而作。

另外十首,直接点出"怨刺"或"美颂"的目的。这些诗,带着明显的"言志"功用。但是仍然可以看出它的"缘情"特征。

《小雅·节南山》:"家父作诵,以究王讻。"作诗是为究诘当时的太师尹氏。诗的最后几章,感叹周朝政治日坏,揭露那些佞臣的丑态,惋惜周王不能改正自己的错误。诗中"昊天不庸","昊天不德","不吊昊天",反复地呼天而诉。其中"忧心如惔,不敢戏谈"、"忧心如酲,谁秉国成"几句,抒发了深沉的感慨。诗中这些感情成分,都是在直陈时弊和说理中表现出来。作者的目的是"究王讻",但是正因为有这种忧国忧民的感情的激发,使得这首诗从根本上区别于一般的谏诗,也区别于一般的说理诗,成为一篇优秀的诗歌作品。

《小雅·巷伯》云:"寺人孟子,作为此诗。凡百君子,敬而听之"。作者遭人谗毁,作诗以发泄心中的怨愤。诗中第一、二章用织锦的文采和张口的箕宿来比喻谗人的巧言和狠毒;第五、六章写诗人自己对于谗人的愤恨和诅咒;尤其在第六章中,诗人无法抑制他的愤怒,要把谗人投送到天上去,让天去处理。此时怨恨的心情达到了顶点。

其他的如《陈风·墓门》,刺一个"不良"的统治者。诗中表现了人民反抗不良统治者的强烈情绪。《大雅·桑柔》是芮良夫刺厉王的诗。目的是要告诫厉王应宽政爱民。作诗是要陈述厉王的过失。但是,从激烈的言词中,首先让人感受到的是扑面而来的愤恨之情。

上述这些诗,都是怨刺诗。怨刺诗,或写忧时伤乱、悲愁感叹,或写离乡远役、忧乱惧祸,或叙为人构陷、无由自明,作者抒发的是一己之情感,反映了对当时社会的政治的强烈不满。作者的目的要倾诉自己不幸的遭遇,首先表现出来的是发愤怨悱之情,是情动于中的产物。虽然有的诗中说明目的在于"怨刺",其实仍离不开表"情"。《国风》和《小雅》中的其他一些怨刺诗也是如此。

美颂的诗,它的赞颂言志的目的更加明显。但是也可以把握到作者缘情而作的动因。《大雅·崧高》是尹吉甫送申伯就封于谢以统帅南邦而作。诗中通篇赞颂申伯的清风化育。《大雅·烝民》赞美宣王使贤任能及仲山甫才德出众。这些美颂诗,虽不免有谀颂之处,其中亦不乏真挚的感情。其他如《公刘》、《皇矣》、《大明》等,赞美公刘、文王、武王的业绩,充满着赞颂喜悦之情。特别是《公刘》,每章都用"笃公刘"开头,对公刘尽情赞美,乃是发自于内心的诚挚感情。反之,同样是美颂之诗,《大雅·下武》、《周南·樛木》,歌颂文王、武王,歌颂贵族,只有一些说教的话,内容空洞陈腐,本是一种应酬之作,谈不上有什么感情,也就不知所言何"志"。可见"言志"不与"缘情"相结合,作品是没有感人的力量的。

第二类是《诗经》中大量的民歌。这些诗大部分是抒情诗。朱自清说:《诗经》里一半是'缘情'之作。"(朱自清:《诗言志辨》)主要是指这类诗。这些诗的作者在创作时,并非有明确的某种功利的要求,而是心志的自然的抒发,感情的自然的流露。"里巷歌谣之作","男女相与咏歌","各言其情者"而已。所谓"哀乐之情感,歌咏之声发"也。(班固:《汉书·艺文志》)"诗缘情",诗源于情也。然而也同样达到言志的目的。

其中许多恋爱婚姻的诗最是明显。它写相思时不只写缠绵的感情;写欢呼时没有什么轻佻的词意;诉说不自由的痛苦时,表现了作者纯洁而不屈的心情。它使人感到很朴素、很醇正,而没有故作矜持、忸怩作态。在这些诗中,首先流露的是一种高尚的优美的意趣和感情。然而却委婉地表达了自己的心志。

大家所熟悉的《周南·关雎》,诗中描写了一个青年男子对"窈窕淑女"的恋慕之情。女子的窈窕形象使他钟情,使他"寤寐求之"、"辗转反侧",并幻想着结为伴侣的美好愿望。这些都是热烈的爱慕之情冲击的结果。作者先是倾吐自己的爱慕之情,进而表达了结为伴侣的心志。读这首诗,首先感染我们的是热烈的感情。后来有的人只看到它求侣言志的目的,就简单地把它当作一首求婚歌,这其实是只抓住芝麻,丢弃了西瓜。

又如《郑风·大叔于田》,诗中赞美一个勇敢的善猎的青年,写他的御车技艺的娴熟,写他的善射,写他的壮勇,写他的从容,从各个角度来表现他的英勇和壮美,字里行间洋溢着赞颂之情,爱慕之意也在其中。

大家同样熟悉的《氓》,也是一首优秀的抒情诗。全诗用抒情的笔调叙述女主人公的不幸遭遇,抒发了女主人公被弃的愤懑。诗中告诫说:"于嗟女兮,无与士耽。士之耽兮,犹可说也;女之耽兮,不可说也。"这富于哲理性的话,是女主人公从自身的遭遇之中总结出来的理性认识。她的眼光是很锐利的,看到了社会的本质问题,发出了带有社会意义的呼喊。这就不只是抒情,又具有深刻的教育作用。

最有意思的是《陈风·东门之池》。这是一首情歌,三章都是称赞女子的。大概是一个男子看上了美丽的姑娘,先抛出一串的颂歌,表示自己的爱慕之心,又试探女子的情意如何。这很像现代一些少数民族中仍然流行的"邀歌"。

民歌中的怨刺诗,也同样具有"缘情"和"言志"相结合的特征。

《魏风·硕鼠》,以巧妙的比喻揭露了统治者对人民的剥削。对统治者沉重剥削的怨恨激励着作者写出了这样一篇优秀的作品。每章最后提到的"乐土"、"乐国",是他们对理想的追求,是要摆脱剥削压迫而实现平等社会的强烈愿望。这是发自内心的"心志"。

《左传》文公六年说:"秦伯任好卒,以子车氏之三子奄息、仲行、𬴊虎为殉,皆秦之良也。国人哀之,为之赋《黄鸟》。"《秦风·黄鸟》细致地描写了无辜的子车氏三子临穴时可怜的悲惨情状,对他们表示了深沉的哀悼和无限的同情。每章诗的后半部分都是"彼苍者天,歼我良人。如可赎兮,人百其身",构成了全诗哀婉动人的基调。作诗之意在谴责统治者用活人殉葬的罪恶行径,表现了作者的强烈感情。"国人哀之","缘情"而作也。

这一类诗大多以抒情为主,在抒情中又包含着"言志"的客观效果。从这些"缘情"诗中,真实地反映了当时的社会面貌。

第三类是《诗经》中许多运用"比兴"的诗。用比兴言志,也用比兴言情。比兴是"缘情"的需要和手段,增强了抒情的效果。作者通过形象思维巧妙地寓托自己的感情,从而曲折地表达自己的心志。

前面所举的《周南·关雎》和《陈风·东门之池》,就是用比兴来抒情言志的。《东门之池》中男子的"邀歌"，开头是"以所见之物起兴"，显得委婉而贴切。《陈风·墓门》开头也用了比兴，把不良的统治者比成"墓门之棘"，"墓门之鸮"，加重了憎恨的感情。

《郑风·野有蔓草》，写一对情人清晨在郊野"邂逅相遇"的欢喜之情。"野有蔓草，零露漙兮"，"野有蔓草，零露瀼瀼"。这里有着一种绿意正浓的滋润而富有生趣的可爱的景色，这种景色和诗人"邂逅相遇"的喜悦心情相辉映。这样的比兴，加重了感情的色彩。

《鄘风·相鼠》是卫国人民斥责统治者偷食苟得、愚昧无耻的诗。诗中以偷吃的老鼠起兴，斥责处于高位的统治者不如老鼠，用讨厌的老鼠象征统治者，贴切地表现了人民的厌恶和愤怒。巧妙地运用比兴，使感情的怒火发泄得淋漓尽致。

他如《秦风·蒹葭》，诗的开头用比兴手法引出对"伊人"的深切思念。比兴之用，不仅在托物言情，而且通过借景言情，寓情于景，织成了情景交融的意境，思念之情感人至深。《小雅·采薇》的末章，通过比兴手法的运用，触景生情，把戍边征夫归途中雨雪饥渴的苦楚和痛定思痛的心情表现得非常深刻。所以清代的袁枚说："《三百篇》半是劳人思妇率意言情之事。"（袁枚：《随园诗话》）

"缘情"而起以用比兴，"先言他物以引起所咏之词"，这确是一种巧妙的艺术手法。这些运用比兴的抒情诗，都是作者酿集到饱和状态而借助于客观外界事物迸发出的强烈情感的产物。比兴的运用，是"缘情"之作最常见的艺术手法。比兴的运用，加强了抒情效果，当然也使心志表达得更加充分了。

三

综上所述，从《诗经》的创作实践来看，不论是劳动人民的诗歌，还是贵族文人的作品，不论是怨刺箴谏之诗，还是赞美歌颂之什，凡是思想性和艺术水平较高的诗作，都表现出"言志"和"缘情"的和谐统一。"缘情"本来是诗歌创作固有的艺术特征。"缘情"中表现心态，"言志"中充满着感情。正因为"情"和"志"的完美结合，使《诗经》在思想性和艺术性都达到了非常高的境界。许多优秀诗篇在这方面都为后代的创作提供了光辉的典范。

诚然,在文学创作中"情"与"志"的统一是必然的现象。即使任何"言志"的文学创作,也伴随着情感的活动。作家只有对某种事物发生感情,才能进一步引起去了解和表现这一事物的欲望,也才能更好地表现这一事物,达到"言志"的目的。所以一个完美的文学作品,本应该是"情"与"志"的统一体。从诗歌的起源来看,在原始诗歌中,所谓"举重劝力之歌",或者是"杭育杭育"的号子,都是因为劳动的需要,有直接的功利目的,但同时也抒发感情。而感情的抒发更有增强功利效果的作用。可以说"情"与"志"本是诗歌创作动因的统一体。《诗经》中那些直接表现"饥者歌其食,劳者歌其事"的作品,感情的激发同样是重要的因素。

但是儒家的说诗传统,却片面地强调了"诗言志"的政教作用的一面,把"言志"与诗的实用功能紧密联系在一起。"对诗的抒情特点的认识似乎并未得到广泛的认可,并未被明确地作为理论概括提出来。它被实用的功能冲淡。"[1] 这种强调实用功能的"言志"说是春秋战国时期对诗的性质的一种普遍认识。而这种理论的倡导和光大,又跟孔子有直接关系。

孔子说诗中的"兴、观、群、怨"说,"思无邪"说,"温柔敦厚"说等,强调了诗的包括个人的修身和社会功利在内的实用功能,强调了"事父""事君"的为统治阶级服务的政治作用。诗教说的中心是强调文艺必须紧紧地为政治服务。所以这样的"言志"说的实际内容即是政治教化,即儒家之道。孔子解诗,都是围绕着这个宗旨。以此说解《诗经》,不但常歪曲了《诗经》作品的原意,更抹杀了"缘情"的特性。"诗言志"的话虽出于《尚书·舜典》,但有学者认为是后于孔子的伪托。[2] 诚如是,则仍然是孔子"诗教"说的继承。

《毛诗序》的作者是认真研究过《诗经》作品的内容的。序中所说的"在心为志"和"情动于中",就是总结了《诗经》所由产生的两方面的根据而提出来的。诗是内心志意的表达,又是内在情感的自然流露。但是由于

---

① 罗宗强:《诗的实用与初期的诗歌理论》,《文学遗产》1983 年第 4 期。

② 张心澄:《伪书通考》断为后人伪托,上海书店出版社 1998 年版,第 154 页。敏泽:《中国文学理论批评史》认为是战国时人补订,人民文学出版社 1982 年版,第 43 页。

狭隘的功利主义的要求,对诗的社会功能的片面强调,《毛诗序》解诗,主要立足于"美刺"。朱自清说:"所谓诗言志,最初的意义是讽与颂,就是后来美刺的意思。"(朱自清:《诗言志辨》)《毛诗序》中虽提到"情",仍是用来为这样的"言志"目的服务,并被限制在儒家"礼义"的界线之内,诗歌所抒之情不能超越儒家伦理道德的范围。但是,《诗经》的"缘情"的特性是客观存在的。《诗经》中凿凿声明为"美刺"而作的诗,尚且是伴随着强烈的感情活动,甚至是直接源于情的产物,更不用说大量的抒情诗了。所以司马迁说:"《诗三百篇》,大抵贤圣发愤之所为作也。"(司马迁:《报任安书》)《文心雕龙·情采篇》说:"盖风雅之兴,志思蓄愤,而吟咏情性,以讽其上,以为情而造文也。"这些都说明《诗经》的作者是心有情志,胸怀忧愤,抒发了强烈的感情,又实现了言志的目的。《文心雕龙·明诗篇》中说:"人禀七情,应物斯感,感物吟志,莫非自然。"就是把"情"和"志"作为两个互相补充的概念提出来的。一方面从言志美刺的角度出发,指出诗有颂美匡恶的作用,另一方面又从发愤抒情的角度出发,指出诗有吟咏性情的特点,把"言志"和"缘情"很好地统一起来。如果说坚持"言志"说只是对诗的社会功能的片面强调,那么可以说,"缘情"说的提出,便是对它的纠正和补充。陆机"诗缘情"说的提出,对破除"言志"说的片面,冲破儒家"礼义"界限和封建道德对情的束缚,是有积极意义的。

因此,我们认真地体会一下《诗经》的作品内容,从那些优秀诗篇中来探讨"言志"说和"缘情"说的关系,作为我们今天文学创作的借鉴,仍然是很有意义的。

原载中国诗经学会编《第三届诗经国际研讨会论文集》,香港天马出版社 1998 年版

关于《诗经·召南·行露》的解释

　　厌浥行露。岂不夙夜，谓行多露？

　　谁谓雀无角？何以穿我屋？谁谓女无家？何以速我狱？虽速我狱，室家不足。

　　谁谓鼠无牙？何以穿我墉？谁谓女无家？何以速我讼？虽速我讼，亦不女从。

　　这是《诗经·召南·行露》诗。全诗三章，是一首女子拒绝男子婚姻的诗歌。

　　对于此诗的理解，历来不同，被认为是"较难理解"的。参阅历代各家注说并细读全诗，认为较难解释的原因大致可归纳为如下几点：

　　一是认为诗简有残缺，第一章为"乱入"，与二、三两章不能连贯，"狱讼"之事不明。二是认为第一章与二、三章是连贯的，但在表现手法上，是赋？还是兴？众说不一。三是对二、三章的叙述主体，各持己见。或认为是女子本人（较多人持此说），或认为是女子的家长（如余冠英：《诗经选》），或认为是男子（如闻一多：《风诗类钞》、张西堂：《诗经六论》）。这些分歧，影响了对全诗的理解。

　　对于上述问题，且做如下分析：

　　关于错简乱入，宋王柏《诗疑》已提出，认为"《行露》首章与二章意全不贯，句法体格亦异，每窃疑之"。此后各代不断有人提出质疑，说法基本上与王柏同，已故孙作云先生在他的《诗经的错简》一文中说："第一章残缺殊甚，简直无法推测它的原始面目，及其下章的迭咏形式，但其为另一首诗，则灼然无疑。大概，这一首诗是男子挑逗女子之词，下一首是女子拒绝男子之词。因二诗内容相连，故丢掉了前一首的迭咏章，而与下一首相训结，以成今式。"为什么会"乱入"呢？孙指出："主要原因是因为这两首诗在内容上有其共通之处，……因而使两首诗误合为一。"

认为是错简，历来只是从字面上去揣测，并无确凿的证据。孙作云认为第一章是"男子挑逗女子之词"，也不确切。但他指出"有其共通之处"，却为理解第一章与全诗的关系指明了门径，只可惜他未作深入分析。这"共通之处"是什么呢？细致地理解全诗，就是指第一章"比兴"手法的运用。搞清这一点，能充分说明第一章并非错简乱入，而是与二、三章有机联系的统一整体。

先谈谈第一章的表现手法问题。

第一章《毛传》曰："兴也。"《郑笺》以为赋，并说："夙，早也。厌浥然湿，道中始有露，谓二月中嫁娶时也。言我岂不知当早夜成婚礼与？谓道中之露大多，故不行耳。"郑持赋说，且认为诗中所咏，即"当早夜成婚礼"之事，时间是"二月中嫁娶时也"。

朱熹也认为赋。《诗集传》云："赋也……言道间之露方湿，我岂不欲早夜而行乎？畏多露之沾濡而不敢尔。"朱说基本上与郑同，同时点出"畏多露之沾濡"的含意。

对于"赋"说，早已有人提出反对。汪龙《毛诗异议》云："传以行人之畏露，兴贞女之畏礼，义本正大。郑必传合婚姻之时。夫礼不足而强委禽，岂复论时之可否乎？"汪持毛说，反对《郑笺》谓"二月中嫁娶时"的说法。

胡承珙《毛诗后笺》云："传以厌浥为多露濡湿之意，三句一贯，语本直截。"并认为《郑笺》的解释"于经文三句中多一转折，不如毛诗为允。"胡说承三家诗中的齐诗说，指出了《郑笺》的不妥，同意《毛传》的"兴"说。胡还进一步阐述："厌浥者，道中之露也。然必早夜而行，始犯多露。岂不早夜而谓多露之能濡己乎？以兴本无犯礼，不畏强暴之侵凌也。"这段话，已点明了第一章的起兴的手法及所兴之意。这种看法，与陈奂《诗毛氏传疏》是一致的。

再看姚际恒《诗经通论》论《行露》篇："'一章'此比也。三句取喻违礼而行，必有污辱之意。集传以为赋。若然，女子何事蚤夜独行？名为守贞，迹类淫奔，不可通矣。或谓蚤夜往诉，亦非。"姚反对"赋"说，对《诗集传》的"贞女之自守如此"的说法提出批评。《诗经通论》的可贵之处，就在于它不依傍"诗序"，不附和集传，能从诗的本义中探求诗的意旨，从而对《诗经》的内容做了比较实事求是的解释。胡、姚二人的说法值得我们的重视。

近人黄焯在《毛诗笺疏质疑》中的说法："笺则以为赋，谓道中始有露，为二月中嫁娶时，殊非诗义。"这也是反对"赋"说的。

上面不厌其烦地征引了前人的论述，意在说明《行露》第一章的表现手法就是"兴"。前代一部分研究者持"兴"说，是对的，可以作为借鉴。但又还没有把之所以为"兴"的原因说明白，仍有雾中看花、不甚分明之感。因此再做如下分析。

第一章共三句。从诗句上看，可按余冠英《诗经选》译为："道上的露水湿漉漉。难道清早不走路，还怕那道儿湿漉漉？"即以行人不怕行露，兴女子不畏侵凌之意。这就是第一章用以起兴的含意。

郑玄的"赋"说，前人驳之甚明。朱熹主"赋"，说："盖以女子早夜独行，或有强暴侵凌之患，故托以行多露而畏其沾濡也。""托以……"就是"兴"意。既是"兴"，又言"赋"，前后便产生了矛盾。朱熹在对"赋、比、兴"的解释上，有其正确的一面，但他在解释《诗三百》时，像郑玄那样把某诗硬归结为"兴"或"赋"，这是他的缺陷。所以清人陈廷焯批评说："风《诗三百》，……后人强事臆测，系以比、兴、赋之名，而诗意转晦。"朱熹没有意识到在整个艺术创作过程中，总不是孤立地使用一法，而是"比、兴互陈"，结合起来使用的。① 所以他在《诗经》的解说中常出现矛盾，姚际恒对朱说提出批评，是有眼力的。

就"兴"的表现手法而论，"兴者，先言他物以引起所咏之词也"。朱自清说："毛传'兴也'的'兴'有两个意义，一是发端，一是譬喻；这两个意义合在一块才是兴。"（《诗言志辨》）姚际恒的"此比也"，实际上也是指

---

① 参见郭绍虞、王文生：《论比兴》，《文学评论》1978 年第 4 期。

"兴"。只是在"一是发端,一是譬喻"中,他只看到比喻的一面。《行露》的第一章,就是兼起"发端"和"譬喻"作用的。"兴者,但借物以起兴,不必与正意相关也"(姚际恒:《诗经通论·诗经论旨》),或者"凡景物相感,以彼言此,皆谓之兴"(黄宗羲:《汪扶晨诗序》)。"厌浥行露。岂不夙夜,谓行多露?"既不是指男女一早去听狱讼,也不是指"二月中嫁娶时""早夜成婚礼之事",而是用"兴"的手法,以行人不怕行露,兴女子不畏侵凌。这就是用"象下之义"来"取义"而"兴"。这种"兴"的手法,符合《诗经》的比兴习惯。朱熹的"故托以行多露而畏其沾濡也",实际上已道出了这种"兴"的譬喻作用,只因以教条说诗,仍要坚持"赋"说。

综上所述,可以说:第一章是以起兴开端,用"不畏多露能濡己"来兴女子不畏强暴之侵凌。并由此引入后两章对强暴男子的斥责,这与二、三章的不畏"速我狱"、"速我讼",在内容上是一贯的。第一章是兴,二、三章也是以起兴发端,三章在表现手法上又是一致的。在艺术形象上是有机的联系的,是完整的一首诗。第一章并非错简乱入。

从《毛传》、《郑笺》到朱熹及后世不少学者,在解说《行露》这首诗时,对诗中女子拒绝强暴婚姻,归结为"遵礼贞行"。郑玄说此诗即《周礼·媒氏》所司:"仲春三月,令会男女,于是时也,奔者不禁……凡男女之阴讼,听之于胜国之社。"《毛传》说:"婚礼纯帛不过五两。"《列女传》《韩诗外传》都认为"申女许嫁于酆,以礼不备,必死不往,而作此诗"。《诗集传》说是"南国之人,遵召伯之教,服文王之化,有以革其前日淫乱之俗。故女子有能以礼自守"。"以礼自守"也好,"贞女之畏礼"也好,都是按照"温柔敦厚的诗教",以"止乎礼义"的标准来说诗,把它纳入礼教的轨道,附会于某一实事中。作为对一首民歌的理解,结果是误入歧途。

下面再谈谈第二、三章的解释。

《诗序》说此诗是"召伯听讼也"。郑玄发挥为"男女之阴讼,听之于胜国之社"。由此可见,此诗是"听讼"时男女某一方的置辩之词。从《郑笺》看,显然指的是女方的置辩。

刘向《列女传·召南申女》载:"召南申女许嫁于酆,女终以一物不具,一礼不备,守节持义,必死不往,而作诗曰……"召南申女的故事历来被人认为是《行露》诗所咏之事。召南申女的故事为后人所增写,此说不一定是事实,但可看出汉人对此诗的理解,是女子为了拒婚而作的答复。

这个说法也多为后人所取。如朱熹说是女子"自述己志,作此诗以绝其人",胡承珙《后笺》认为是女方的"决绝之词"。吴闿生《诗义会通》说"详其词义,当是女子自作"。孙作云先生认为是"女子拒绝男子之词"。这些例子,取其一点,即说明《行露》诗是女子答复之词,是历代注家较一致的看法。笔者认为这是对的。而余冠英《诗经选》认为此诗是"一个强横的男子硬要聘娶一个已有夫家的女子,并且以打官司作为压迫女方的手段。女子的家长并不屈服,这诗就是他给对方的答复"。余冠英认为诗歌是女子家长所述。这种说法,似乎大可商榷。

第二章"谁谓女无家?何以速我狱?"二句,《诗经选》译为"谁说我女儿没婆家?怎么送我进监狱?"看译诗,显然是把"女"译为"女儿","家"译为"婆家"(《诗经选》第 15 页注 5:"家",夫家)。我认为,这里的"女"应解为"汝",指男子;家,即指妻室。

"女"可解作"女儿",但亦同"汝","对我之称"(可见《康熙字典》引《集韵》《韵会》:"同汝,对我之称")。另一方面,《诗经》的用词,代表了那个时代的语言习惯。从整部《诗经》来看,"女"作"女儿"解的,如《小雅·斯干》:"乃生女子,载寝之地。"这里作"女儿"解的是"女子"这一个双音词,实质是指"女孩儿",非单一"女"字。《诗经》中还有以"子"字作"女儿"解的,如《陈风·东门之枌》:"子仲之子,婆娑其下。"《诗集传》云:"子仲之子,子仲氏之女也。"但是翻遍整部《诗经》,除《行露》一首外,有 44 诗出现 96 次"女"字,都没有见到单一的"女"字作"女儿"解的,而作"汝"解却有 43 处之多。由此可见,从《诗经》的用语习惯上说,"女"字作"汝"解,更为确切。

再说"家"字。《康熙字典》"家"字注:"又夫以妇为家(《礼·曲礼》),三十曰壮有室。"《左传》僖公十五年:"逃归其国,而弃其家。"杜预注:"家,谓子圉妇怀嬴。"《辞海》"家"字条注:"家,古时夫妇互称为家;可称夫家,亦可称妻室。"《诗经》反映的是西周初期到春秋中叶这一时代的生活。在这个时代,一夫一妻制已确立,而且在法律上加以确认。男子的求婚既然被女方拒绝，"谁说你没有妻室？"指明男子已有妻室，不可再逼娶，作为女子拒绝的理由，则是最充分和最有力的。所以这个"家"字，应指男子之妻室。

体味全诗，一个突出的感觉是，女子对男方的拒婚态度非常坚决。在诗的结构上，二三章采用了复沓式，作用就在于反复强调和加深语气，使感情更加强烈。可以看出，男子为了达到强为婚娶的目的，采用过各种不正当的手段。这些都遭到了女子的拒绝。第二章回答说："谁说你没有妻室？（既然如此，又为何要逼娶我？）使我吃官司？即使吃官司，也不能与你成夫妇。"第三章更进一步表明态度："……就是吃官司，我也绝不从你。"这样的态度，是表明要与男子的恫吓抗争到底。女方既然拒婚，从这样决绝的态度来说，拒婚的理由和对男子的答复，由女子本身说出，不是更为有力吗？

所以说，《行露》诗既非女方的家长给男子的答复，也不是男子"报之以辞"，而是女子拒绝男子强为婚娶的坚决的反抗。

过去解此诗，多认为"室家不足"是"室家之礼不足"。女子是守礼的，这是她拒婚的理由。此说起源于《毛传》《郑笺》。"《笺》则以'行露'为始有多露，是二月嫁娶正时，多露则二月四月已过婚时，故云礼不足而强来。"（引陈奂：《诗毛氏传疏》）"室家"，本可解为"夫妇"。如《周南·桃夭》："之子于归，宜其家室。"（"家室""室家"同）在《诗三百》篇中，除《行露》外，用"室家"者凡十一处（见哈佛燕京学社引得编纂处：《毛诗引得》），都不解为"室家之礼"。硬把"室家"解成"室家之礼"，这是犯了增字解经的毛病。后人为了符合"止乎礼义"的准则，解诗时便随意增字附会，此本不足为训。"室家不足"即"不足以成室家"，译为白话就是"想让我同你成为夫妇是办不到的"。

诗中所述的"狱讼"之事，或认为是"贞女之自守如此，然犹或见讼而召致于狱"，或认为是"因不肯往以致争讼"，或认为"原委已不可考"。这些，倒大可不必去探微发隐，过于拘泥。"召南申女"的故事，可备一说，但应注意，这是民歌，最初的发端，可能针对某事而咏唱。流传久了，便具有对欺凌女子的男子强暴行为的斥责和嘲讽的广义作用。"狱讼"是否构成，结果如何，不得而知。男子为达到目的，不惜采用各种手段。在女子的回答中，"速我狱"作为假设之词，也是可以成立的。女子态度坚决，可以死相拒，更何惧以狱讼相压？如此，又何须去追寻什么"原委"呢？

总结起来说，《召南·行露》的第一章，是用起兴的手法，以行人不怕行露，兴女子不畏强暴侵凌。第二章，女子以坚决的口气，斥责男子强为婚娶的威胁，杜绝男子的痴心妄想。第三章，女子进一步表示与男子的欺凌抗争到底。全诗三章，浑然一体。在艺术形象上是一致完整的，鲜明生动的，塑造了一个敢于反抗不合理婚姻的女子形象。在诗中，女子的反抗性格相当鲜明，反抗态度坚决而强烈。我们只要不囿于古人的诗教说中，正确地理解此诗，便觉得这个反抗性格的可爱。它与《国风》中其他的反映婚姻问题的诗歌一样，也是一首闪耀着现实主义精神的优秀诗篇。

原载《龙岩师范专科学校学报》1983 年第 1 期

漫说"郑声"

《礼记·乐记》说:"郑卫之音,乱世之音也……桑间濮上之音,亡国之音也。"《论语·卫灵公》:子曰:"放郑声,远佞人。郑声淫,佞人殆。"《阳货篇》:子曰:"恶紫之夺朱也,恶郑声之乱雅乐也。恶利口之覆邦家者。"孔子对"郑声"不但大加批评,简直是深恶痛绝。可是,历来有人认为"郑声"就是"郑诗"。最典型的是朱熹,他认为孔子所恶的"郑声"就是"郑诗",也就是《诗经》中的"郑风",并且把《郑风》里的许多作品称之为"淫奔之诗"。

其实,"郑声"和"郑诗"是不能等同而论的。"郑诗"指文辞,"郑声"指乐曲,前人已多有论及。如明人杨慎就在《丹铅总录》中指出过(见《论语译注·卫灵公放郑声》,杨伯峻注引)。戴震《东原集》卷一也说:"凡所谓'声',所谓'音',非言其诗也。如靡靡之乐,涤滥之音,其始作也,实自郑卫、桑间濮上耳。然则郑卫之音非郑诗、卫诗,桑间、濮上之音非《桑中》诗,其义甚明。"姚际恒说:"夫子曰:'郑声淫。'声者,音调之谓;诗者,篇章之谓,迥不相合。"姚又说:"春秋诸大夫燕享,赋诗赠答,多《集传》(按指朱熹《诗集传》)所目为淫诗者,受者善之,不闻不乐,岂其甘居于淫佚也!"这是从郑诗使用场合方面说明郑声非淫。又说:"季札观乐,于郑卫皆曰'美哉',无一淫字。此皆足证人亦尽知。然予谓第莫若证以夫子之言曰:《诗三百》,一言以蔽之曰,思无邪。'如谓淫诗,则思之邪甚矣,曷为以此一言以蔽之耶?"（以上所引姚际恒之说,均见《诗经通论·诗经论旨》）这是从季札对"郑诗"及孔子对《诗经》的评价,说明郑诗与郑声是两回事。所以黄汝亨《诗古序》直接批评朱熹说:"如执'郑声淫'说,而郑卫之诗概从淫邪,不知夫声之非诗也。"

"郑诗"是郑地的诗歌,"郑声"是郑地的音乐。二者非一。"郑声淫"不等于郑诗亦淫。虽然声和诗有密切的关系,然而声毕竟不能等同于诗。上举前人之说,已甚详明。但愚意似犹未尽,姑再试论之。

先谈谈什么是"声"。

《说文解字》:"声,音也。"《尚书·舜典》:"声依永"。《伪孔传》:"声谓五声宫商角徵羽。"《礼记·月令》:"止声色"郑注:"声谓乐也。"《左传》昭公二十五年:"章为五声"孔疏:"声是质之响。"《淮南子·时则》:"去声色"注:"声,丝竹金石之声也。"

类似这样的解释,还可以找到许多。我认为,在先秦时代,人们对声的概念,就是指乐器所发的音乐。所谓"质之响",指宫商角徵羽这些音高或音阶。这些"声"组合起来,便是音乐旋律,所谓"声成文"是也。《说文解字》段玉裁注"声,音也"说:"此浑言之也,析言之,则曰生于心有节于外谓之音。宫商角徵羽,声也;丝竹金石匏土革木,音也。"段说是。音是音色。声是器乐的曲子。它在周代主要是用琴瑟、钟鼓、鼗磬等乐器奏的,后来逐渐采用了竽、筝、筑、缶等偏于丝竹方面的乐器来奏。因此《淮南子》注"声"是"丝竹金石之声也"。有人认为《周南》、《召南》的"南"和"雅颂"都是古代乐器的名字。郭沫若说:"诗之《周南》、《召南》、《大小雅》,睽其初当以乐器之名,孳乳为曲调之名,犹今人之言大鼓、花鼓、渔琴、简板、梆子、滩簧耳。"余冠英说:"风是各地方的乐调,'国风'就是各国的土乐的意思。"因此可以说"郑风"就是郑国独特的乐调,这种乐调的音乐曲子,即是"郑声"。

从诗乐的发展过程看,"声"和"诗"有合也有分。孔颖达《毛诗大序正义》说:"初作乐者,准诗而为声。声既成形,须依声而作诗。故后之作诗者,皆主应于乐文也。"在雅乐繁荣时期,诗和乐是紧密结合的。但是到了春秋末期以至于战国,也就是在孔子时代,就已出现了"声"和诗分而独立的情况。到战国时期,音乐可以完全脱离诗而独立演奏了。这时期的诗乐变化,是社会发展的结果。在郑声流行时,演奏"郑声"并非以诗为主,而是以乐曲为主,诗则附庸于乐曲。顾颉刚《古史辨》三《诗经在春秋战国间的地位》一文说:"新声与郑声都不是为了歌奏《三百篇》而作的音乐,是可以断言的。"我认为说得很有道理。

"郑声"有什么特点呢?

春秋时期,出现了一种"新乐"。"郑卫之音"即是"新乐"。《文选》李善注引许慎曰:"郑卫,新声所出国也。"《礼记·乐记》说:

> 魏文侯问于子夏曰:"吾端冕而听古乐,则唯恐卧;听郑卫之音则不知倦。敢问古乐之如彼,何也? 新乐之如此,何也?"子夏对曰":今夫古乐:进旅退旅,和正以广,弦匏笙簧,会守拊鼓;始奏以文,复乱以武,治乱以相,讯疾以雅。君子于是语,于是道古;修身及家,平均天下,此古乐之发也。今夫新乐:进俯退俯,奸声以滥,溺而不止……乐终不可以语,不可以道古,此新乐之发也。"

从子夏对"新乐""古乐"不同的评论,我们知道新乐不像古乐那样是为道古述礼而作,它不符合儒家所讲的"乐德"。但是却具有鲜明的音乐形象,很强的感染力,竟然使一国之君沉湎于此而不知倦。《国语·晋语八》记曰:

> 晋平公说新声,师旷曰:公室其将卑乎! 君之明兆于衰矣。夫乐以开山川之风也,以耀德于远也。风德以广之,风山川以远之,风物以听之,修诗以咏之,修礼以节之,夫德广远而有时节,是以远服而迩不迁。

韦昭注"新声"说:"卫灵公将如晋,舍于濮水之上,闻琴声焉,甚哀,使师涓以琴写之。至晋,为平公鼓之,师旷抚其手而止之曰:'止,此亡国之音也。昔师延为纣作靡靡之乐,后而自沉于濮水之中,闻此声者,必于濮水之上乎!"从师旷称赞古乐劝止晋平公的话来看,新乐不合于诗,不合于礼,无节制,声调的变化大;从韦昭注,可知"新乐"是一种"靡靡之乐",在他们眼里是"亡国之音"。

《礼记·乐记》说:"世乱则礼慝而乐淫,是故其声哀而不庄,乐而不安,慢易以犯节,流湎以忘本,广则容奸,狭则思欲,感条畅之气,灭平和之德。"这里在批评"世乱"之"乐淫",同样也告诉我们"新乐"有哀、乐、不庄、慢易等特点,能"感条畅之气",使人"流湎以忘本"。实际上,它变雅乐的庄严呆板为活泼悦耳,变雅乐的简单质直为复杂细腻。这是一种"至妙"之音乐。正如嵇康《声无哀乐论》里所说:"若夫郑声,是音声之至妙。妙音感人,犹美色惑志,耽盘荒酒,易以丧业。自非至人,孰能御之?"难怪它会风靡一时,引起人们极大的兴趣。

另一方面,从春秋发展到战国,奏乐使用的乐器也发生了变化。春秋时主要用钟鼓、琴瑟、籈、磬、柷等乐器,这些乐器发声较典雅、庄重、缓慢、和谐,适合于演奏古乐,战国时主要是丝竹金石之声,发音清越,缠绵哀怨,急管繁弦,变化多端,更利于新乐。这个变化当然不是一朝一夕的,可以设想,就在春秋时期,在音乐发展步伐较快的郑卫之地,已经用这些丝竹乐器在演奏,所以演奏起来特别动听感人,这个变化的结果,也就使音乐逐渐脱离了歌诗而独立起来(参见顾颉刚:《古史辨》三《战国时的诗乐》一文)。

季札观乐时所听到的"其细已甚,民不堪也"的郑风,应就是这种具有丰富的音乐形象和很强的娱乐性的音乐。实际上"郑声淫"的"淫",非指"淫乱"之"淫"。清人陈启源《毛诗稽古编》说:

> 夫子言郑声淫耳,曷尝言郑诗淫乎? 声者乐也,非诗词也,淫者过也,非专指男女之欲也。古之言淫多矣。于星言淫,于雨言淫,于水言淫,于刑言淫,于游观田猎言淫,皆言过其常度耳。乐之五音十二律长短高下皆有节焉。郑声靡曼幼眇,无中正和平之致,使闻之者导欲增悲,沉溺而忘返,故曰淫也。

"郑声"的"淫",就是超过了儒家礼义所规定的常度,所以孔子谓之"淫"。现在看来,"郑声"的"淫慢"之处,它的"靡曼幼眇"的特点,正是它的优点。这种音乐由于活泼抒情,花俏多变,而才被斥之为"靡靡之乐"。

了解了"郑声"的特点,那么孔子为什么要"放郑声""恶郑声",也就不难理解了。先秦时代,随着社会物质文明日益发展,人们对音乐艺术的要求已不满足于仅作为一种政治说教的工具,而是希望作为一种娱乐性的文艺样式专供人们欣赏和享受。那些过惯了荒淫奢靡生活的诸侯贵族,当然是追求这种享受的先锋。新乐正满足了这种要求。这样的音乐一流行,述礼的雅乐难怪一蹶不振。春秋战国时期各国喜欢郑声,看来是很普遍的,清胡寅《明明子论语集解义疏》中说:"春秋时列国皆好郑声,至以歌伎为赂遗之物。"孔子所处的时代,是"礼坏乐崩"之时,礼制的破坏,一方面是新乐的流行,一方面是雅乐的衰败。雅乐的衰败,表现在一是不为人喜欢。宰我说:"三年不为礼,礼必坏;三年不为乐,乐必崩。"(《论语·阳货》)可见此时雅乐并没有那样深入人心,否则,为何短短的三年"不为",就会"礼坏乐崩"呢?二是在音乐上的僭越。《论语·八佾》中说:"孔子谓季氏,八佾舞于庭,是可忍,孰不可忍也?""八佾"为周天子所用,季氏舞于庭,是大不敬,是僭越。鲁国的大夫孟孙、叔孙、季孙在祭祀时唱了《周颂》中的《雍》,也违反了周礼。这些都是在乐和礼上的僭越。而新乐的流行,又促进了上述两种情况的发展。本来,乐所以为治,非所以娱乐也。教乐和学乐都是为了达到"中和祗庸孝友"(《周礼·春官·大司乐》)的政治目的,用乐来宣扬和学习统治阶级的道德品质。孔子喜欢并陶醉其中的就是《关雎》、《韶》、《武》等"尽善尽美"的雅乐。新乐不载礼,不依礼而奏,完全破坏了雅乐的正统地位和它的政教作用,当然要引起孔子的极大反感。孔子在文艺上是提倡复古,反对革新的。他说"郑声淫"的那段话,原话是:"行夏之时,乘殷之辂,服周之冕。乐则《韶》《舞》。放郑声,远佞人。郑声淫,佞人殆。"完整的理解这段话,孔子提倡什么、反对什么是很清楚的。"郑声"是新乐,代表了当时音乐的革新,是当时音乐发展的新成就,孔子却反对它。

从郑诗的内容看,其中有许多爱情诗,本来,在孔子眼中,即使是这些诗,也可以作为戒刺的反面教材,所谓"凡诗之言,善者可以感发人之善心,恶者可以惩创人之逸志"(朱熹:《论语集注》),同样可以达到"厚人伦,美教化,移风俗"的目的。所以孔子说:"诗三百,一言以蔽之曰:思无邪!"但是这些爱情诗一旦配上"郑声"演奏,反是如鱼得水,使这些"淫奔之诗"相得益彰,不但起不到戒刺的作用,竟使国君们也流连忘返,甚至趋而学步。如是,则国将何以治耶?这不是与儒家诗教的目的完全相反吗?它的威胁如此之大,难怪乎孔子把它与"利口之覆邦家者"一样看待。这当然可"恶"而且非"放"不可了。

所以,从音乐本身发展的角度来看,"郑声"是音乐上的进步,是音乐发展的标志。正是这种发展,奠定了两汉及后代乐府繁荣的基础。只是这样的新乐,离开儒家的"中和祗庸孝友"、"止乎礼义"的"乐德"是越来越远了。

原载《语文园地》1986 年第 5 期

关于上博楚简《孔子诗论》研究的几点思考

上海博物馆整理的战国楚简,包括了许多重要的文献,其中定名为《孔子诗论》的一篇论《诗》著作,更是弥足珍贵。几年来,不少学者对此篇文献进行了深入的研究,包括简牍的研究和文字的考订释读,发掘了很多有价值的东西,取得了很大的成绩。细读29简《孔子诗论》①,从理论内涵上来看,我觉得起码应有三个方面值得我们注意。

一、《孔子诗论》与儒家传统诗论的关系

从总体上来看,《孔子诗论》(以下简称《诗论》)与儒家传统的论《诗》思想是相衔接的。所谓相衔接,可以有前后两个参照系,一个是孔子孟子的《诗》学思想,一个是汉儒的《诗》学思想。如在第二简中,《诗论》作者评《讼》(颂)诗是:"坪德也,多言后,其乐安而迟,其歌绅而易,其思深而远,至矣。"《诗序》云:"颂者,美盛德之形容,以其成功告于神明者也。"这正是"坪德"的意思。而且所论"其乐安而迟"(音乐安和迟缓)、"绅而易"(舒

---

① 本文所依据的版本,主要是马承源主编:《战国楚竹书》(一),上海古籍出版社2001年版,并参考陈桐生《孔子诗论研究》之《孔子诗论》简注。

缓简易），正符合《颂》诗的宗庙音乐的特征。"其思深而远"，也是符合《颂》诗的情感和思绪特点的。第三简对《少夏》（《小雅》）的评价是"多言难，而悁怼者也，衰矣，少矣"，意为反映的是国家和个人的灾难、政治的衰败，为政者的寡德。《小雅》多怨刺诗，特别是汉儒所说的"变雅"部分。正如《诗大序》所说"王道衰，礼义废，政教失，国异政，家殊俗，而变风变雅作矣"。第三简评《邦风》（《国风》）是"其纳物也，溥观人俗焉，大敛材焉，其言文，其声善"。"纳物"是博览风物，"溥观人俗"是普观民情风俗。"大敛材"指的是广泛地收集材料。我们知道，从先秦到汉儒，关于《诗经》的采集，有"采诗"一说，所谓"故古有采诗之官，王者所以观风俗，知得失，自考正也"（《汉书·艺文志》）；"孟春之月，群居者将散，行人振木铎徇于路以采诗"（《汉书·食货志》）。而且据何休《公羊传·宣公十五年》注："男年六十，女年五十无子者，官衣食之，使民间求诗。"无论是采诗的功用或是采诗的范围，"纳物"、"大敛材"的记载正可以和汉人的材料相应证。后代有的学者欲否定汉人的"采诗说"[①]，我认为《孔子诗论》的材料恰可证汉人"采诗说"之不谬。而且此简评《国风》是"其言文，其声善"，若与《雅》、《颂》相比，《国风》确实更富有文采，音乐也更为动听。《诗论》评曰"其声善"，正符合孔子"乐而不淫，哀而不伤"的标准。

《诗论》对《关雎》有多次的评论，第十简有"《关雎》以色喻于礼"的话；第十四简又有"其四章则喻矣：以琴瑟之悦，凝好色之愿；以钟鼓之乐……"的话，同样也应是论《关雎》。《关雎》中的"君子"，以"好色"始，然而并没有越过礼义的界限，最后是想象着"琴瑟友之"、"钟鼓乐之"。所谓"凝好色之愿"，可理解为"君子"把"好色之愿"凝固于琴瑟和钟鼓之中，这正是"以色喻于礼"——以"好色"始，以归于礼义终。汉儒《诗大序》所说的"发乎情，止乎礼义"，遵循的也是与《诗论》一样的逻辑思路。第二简中评《讼》的用语"其乐安而迟，其歌绅而易，其思深而远，至矣"的句式，与《礼记·乐记》中"治世之音安以乐"几句非常相似，这或许可以帮助我们对二者之间的关系产生一点启发。

细读《孔子诗论》，我们可以发现它评论《诗经》中的作品不但能准

---

① 如崔述：《读风偶识》卷二《通论十三国风》所论。

确抓住诗的内涵,而且与传统的儒家《诗》学思想有许多相同的地方,包括《毛诗序》。如第八简对《小雅》中的《十月》、《雨无政》、《节南山》、《小弁》等的评述,与《毛诗序》基本相同,有的可与《毛诗序》相阐发。从孔子、孟子的论《诗》,到《孔子诗论》,再到汉儒的《诗》论,三者应是同一条理论轴线上的三个环节,这应引起我们的注意。

二、《孔子诗论》中的情志关系论

《孔子诗论》中的第一简有一段很重要的话:"诗亡(无)隐志,乐亡(无)隐情,文亡(无)隐言。"这是《孔子诗论》中很重要的一个思想。这是对诗乐功能和情志关系的重要揭示,它构成了"诗—乐—文,志—情—言"的关系。这一段话,是不是可以给我们以下几点启发。一是在诗乐一体的《诗经》时代,诗(歌词)和乐(配歌词的音乐)是有各自的功能的,诗侧重在言志,乐侧重在抒发情感。所以《尚书·尧典》中提出的"诗言志"的诗论主张,重在阐明"诗"即歌词的功能(实际上《尚书·尧典》所说"诗言志,歌永言,声依永,律和声",也是将诗、歌、律即歌词和音乐分开的),这是对的。只是后人将"诗言志"之"诗"理解为诗歌的整体甚至文艺作品的总称,并强调其言志的功能,这是后人理解的偏差。而《孔子诗论》把这三者的分工阐述得十分清楚,并且强调"无隐志,无隐情,无隐言"。从《孔子诗论》中的这句话可以帮助我们理解传统"诗言志"理论的内涵。二是《孔子诗论》中的这句话强调了情和志的关系。"诗"和"乐"虽不同,但在《诗经》中是合为一体的,情和志也应是统一的。所以在第一简中"志""情""言"并举。其实在先秦至两汉时期,人们并没有把"志"和"情"割裂开来。《荀子·乐论》说:"夫乐者,乐也。人情之所必不免也。"《礼记·乐记》说:"凡音者,生人心者也。情动于中,故形于声,声成文,谓之音。"《尹文子上篇》说:"乐者所以和情志。"至于《诗大序》更是明确说:"在心为志,发言为诗。情动于中而形于言,……"情志本是一个统一体。①

---

① 关于《诗经》中情和志的关系,可参看拙文:《诗经中的言志与缘情》,中国诗经学会编《第三届诗经国际研讨会论文集》,香港天马出版社1998年版。

在第二十简中《诗论》作者提出"其隐志必有以谕也",即内心的情志一定要说出来,也就是"亡隐志"。而在如第十五、十六、十七、二十二等简中,作者对《甘棠》《燕燕》《扬之水》《宛丘》等诗的评价中,都是主张或赞赏其情之热烈,这就是"亡隐情"。三是在"诗—乐—文,志—情—言"的结构中,"诗—乐—文"是《诗》的形式,"志—情—言"是《诗》的内容或者说情志。("言"如果按照李学勤的释读为"意",就更清楚了。①)结构和形式构成了一个和谐统一的系统,无一可以偏废。孔子曾说过"辞达而已矣";《左传·襄公二十五年〉引孔子之言曰:"《志》有之:'言以足志,文以足言。'不言,谁知其志? 言之无文,行而不远。"这些论述,对"言意"关系或"言志文"关系进行了阐发。六朝时期的"言意文"之辨,也是承先秦的"言意"关系而来的。现在从《孔子诗论》中的这个结构,可以使我们加深对"言意文"关系的理解,同时也可以引发我们对孔子文学目的和形式内容关系的进一步思考。

三、《孔子诗论》的论《诗》品格与传统的孔、孟说《诗》的比较

在传统的孔孟《诗》学思想中,孔子《诗》学的"思无邪"说,"兴观群怨"说,"温柔敦厚"说,强调了包括个人的修身和社会功利在内的实用功能,强调了"事父""事君"的政治作用。孟子《诗》学除了提出"知人论世"和"以意逆志"的方法论之外,其"王者之迹熄而《诗》亡,《诗》亡然后《春秋》作"(《孟子·离娄下》)的观点更是把《诗》当作历史政治文献了。总之,孔、孟的说《诗》更加政治化。这也是后儒把"诗言志"理解为政治化的最根本的导向原因。与传统的孔孟《诗》学思想相比较,《孔子诗论》所反映出的《诗》学思想更符合诗歌作为文学作品的情感特征,即《诗论》更切近诗歌本质,更合符文学本质。

前面已经说到,"诗—乐—文,志—情—言"的结构已经体现了《孔子诗论》作者的《诗》学观。从《诗论》所论及的具体的《诗》作品来看,大

---

① 李学勤:《谈〈诗论〉"诗亡隐志"章》,《文艺研究》2002 年第 2 期。

多是感情比较激烈的，不管是美颂的感情，还是怨刺的感情，说明《诗论》作者是比较重视诗歌的情感特征的。这一点非常可贵。引人注意的是第三、八、十、十一、十四、十六、十七、十八几简。第三简评《小雅》是"多言难，而悁怼者也，衰矣，少矣"。第八简所论的是《小雅》中的《十月》《雨无正》《节南山》几首著名的怨刺诗。把这两简的评论相对照，就可以看出作者对怨刺感情的态度。第十简说"《燕燕》之情"，第十一简说："情，爱也。《关雎》之改，则其思益矣。"第十六简说："《燕燕》之情，以其独也。"第十七简则称"《扬之水》其爱妇烈"。这些诗，都是感情激烈的作品。可以看出，《诗论》作者是欣赏或者说是推崇这些作品的，甚至称《扬之水》作为"爱妇"之词，其特点是"烈"。① 而第十八简的"《木瓜》之报，以喻其悁者也。《杕杜》，则情喜其至也"也是称赞《木瓜》的怨情和《杕杜》得到夫君将返的喜卦之后的欣喜之情。这些，都反映出《诗论》作者主情的倾向。再如第四简："曰：诗，其犹平门，与贱民而逸之，其用心也将何如？曰：《邦风》是也。民之有悬悬也，上下之不和者，其用心也将何如？"此简的大意是说《邦风》（《国风》）有如城门，贱民亦可自由出入；百姓有怨愤，可以从《邦风》中得到解释，因此《诗》有泄导人情，凝聚民心的作用。这是强调《邦风》的情感功效。

第二十一简《诗论》作者引孔子曰："《宛丘》，吾善之。《猗嗟》，吾喜之。《鸤鸠》，吾信之。《文王》，吾美之。"这是用"善"、"喜"、"信"、"美"几个字来概括自己阅读作品的感受。第二十二简又说："《宛丘》曰：'洵有情，而亡望。'吾善之。《猗嗟》曰：'四矢反，以御乱。'吾喜之。《鸤鸠》曰：'其义一氏，心如结也。'吾信之。《文王》□：'文王在上，於昭于天。'吾美之。"这是对前一简所善、所喜、所信、所美的具体解释。《陈风·宛丘》这两句写一男子对巫女的爱慕与失望的复杂心情，感情是非常真挚的，所以说"善之"；《齐风·猗嗟》这两句赞美青年射手的高超射技能抵御外辱，所以说"喜之"；《曹风·鸤鸠》这两句称颂君子言行一致，用心坚定，所以说

---

① 第十七简的《扬之水》，愚意以为指《郑风·扬之水》。《郑风·扬之水》为夫妻之词解较妥，朱熹《辨说》曰："此男女要结之词，序说误矣。"闻一多《风诗类钞》解释为"将与妻别，临行慰勉之词也"。《王风·扬之水》写成卒思归，与爱妇无涉。《唐风·扬之水》反映的是晋之内乱，更与爱妇无涉。由《诗论》之说正可反证《郑风·扬之水》的主题。

"信之";而"美"《文王》的这两句,赞美文王受命作周,与第五简称颂《清庙》有相通之处。了解这些诗的内容和所善、所喜、所信、所美的原因,我们就可以体会到《诗论》作者对情感的态度了。《诗论》作者重情、主情的诗学倾向恐怕不是偶然的,我们看同时出土的战国楚简中的《性情论》中对"情""性"的论述,就知道其渊源有自。

传统儒家说《诗》,虽不排斥情,但总要把它纳入礼的轨道。这一点,《诗论》作者也是这样。如第十简说"《关雎》以色喻于礼",第十一简说"情,爱也。《关雎》之改,则其思益矣"。"情"和"爱"是相联的,但又要以礼节之。《诗论》作者多次以"改"字论《关雎》,按照李学勤的说法,"改"字训为"更易"①,所以《关雎》是从"好色"改易到遵循礼义上来,这就好了。再如第二十五简谓"《大田》之卒章,知言而有礼",言辞得当而且有礼。这些都可以看出《诗论》作者对礼的态度。

在《诗论》中,作者多以感悟的方式论《诗》,犹喜以一字评之,如"《关雎》之改,《樛木》之时,《汉广》之知,《鹊巢》之归,《甘棠》之保,《绿衣》之思,《燕燕》之情,……"(第十简),"《邶风·柏舟》,闷。《谷风》,背。《蓼莪》有孝志"(第二十六简),或点出作品的内容,或点出作品的情感,大都准确而精当的。从心理学的角度来说,感悟式的评论,往往是读完作品后读者心理上感受到的最强烈的印象,因此是比较准确的。同时,从《诗论》中可见这种感悟评点式的论诗方式,并不留待后代学者的发明创造,《孔子诗论》作者时代已相当娴熟了。

上博楚简《孔子诗论》已经有不少学者做了很有成就的工作,除了马承源先生等给我们提供了很好的《战国楚竹书》文献外,廖名春、朱渊青、江林昌、陈桐生、刘信芳诸先生对《孔子诗论》的研究也取得很大成绩。但是,对竹书理论内涵的阐释和研究并未就此结束,而应进一步深入。因此不揣浅陋,谨提管见,以就教于方家。

原载《湖北大学学报》2006年第1期,收入汤漳平主编《出土文献与中国文学史研究》,河南人民出版社2010年版

① 李学勤:《〈诗论〉说〈关雎〉等七篇释义》,《清华简帛研究》2002年第3期。

读上博楚简《孔子诗论》札记

上海博物馆整理的战国楚简,包括了许多重要的文献,其中定名为《孔子诗论》的一篇论《诗》著作,更是弥足珍贵。几年来,不少学者对此篇文献进行了深入的研究,包括简牍的研究和文字的考订释读,发掘了很多有价值的东西,取得了很大的成绩。细读 29 简《孔子诗论》①,从理论内涵上来看,仍有许多值得挖掘的,今以读楚简的体会,依每一简之次序,札记如下。

第一简　……行此者其有不亡乎？孔子曰:"诗亡隐志,乐亡隐情,文亡隐言。……

第一简中的"诗亡隐志"这三句,是《孔子诗论》中很重要的一个思想。这是对诗乐功能和情志关系的重要揭示,细释这三句话,它构成了"诗—乐—文,志—情—言"的关系。这一段话,是不是可以给我们以下几点启发。一是在诗乐一体的《诗经》时代,诗（歌词）和乐（配歌词的音乐）是有各自的功能的,诗侧重在言志,乐侧重在抒发情感。所以《尚书·尧典》中提出的"诗言志"的诗论主张,重在阐明"诗"即歌词的功能（实际上

---

① 本文所依据的版本,主要是马承源主编:《战国楚竹书》（一）,上海古籍出版社 2001 年版,并参考陈桐生:《孔子诗论研究》之《孔子诗论》简注,中华书局 2004 年版。

《尚书·尧典》所说"诗言志,歌永言,声依永,律和声",也是将诗、歌、律即歌词和音乐分开的),这是对的。只是后人将"诗言志"之"诗"理解为诗歌的整体甚至文艺作品的总称,并强调其言志的功能,这是后人理解的偏差。而《孔子诗论》把这三者的分工阐述得十分清楚,并且强调"无隐志,无隐情,无隐言"。从《孔子诗论》中的这句话可以帮助我们理解传统"诗言志"理论的内涵。二是《孔子诗论》中的这句话强调了情和志的关系。"诗"和"乐"虽不同,但在《诗经》中是合为一体的,情和志也应是统一的。所以在第一简中"志""情""言"并举。其实在先秦至两汉时期,人们并没有把"志"和"情"割裂开来。《荀子·乐论》说:"夫乐者,乐也。人情之所必不免也。"《礼记·乐记》说:"凡音者,生人心者也。情动于中,故形于声,声成文,谓之音。"《尹文子上篇》说:"乐者所以和情志。"至于《诗大序》更是明确说:"在心为志,发言为诗。情动于中而形于言,……"情志本是一个统一体。[①] 在第二十简中《诗论》作者提出"其隐志必有以谕也",即内心的情志一定要说出来,也就是"亡隐志"。而在如第十五、十六、十七、二十二等简中,作者对《甘棠》《燕燕》《扬之水》《宛丘》等诗的评价中,都是主张或赞赏其情之热烈,这就是"亡隐情"。三是在"诗—乐—文,志—情—言"的结构中,"诗—乐—文"是《诗》的形式,"志—情—言"是《诗》的内容或者说情志。("言"如果按照李学勤先生的释读为"意",就更清楚了。[②])结构和形式构成了一个和谐统一的系统,无一可以偏废。孔子曾说过"辞达而已矣";《左传·襄公二十五年》引孔子之言曰:"《志》有之:'言以足志,文以足言。'不言,谁知其志?言之无文,行而不远。"这些论述,对"言意"关系或"言志文"关系进行了阐发。六朝时期的"言意文"之辨,也是承先秦的"言意"关系而来的。现在从《孔子诗论》中的这个结构,可以使我们加深对"言意文"关系的理解,同时也可以引发我们对孔子文学目的和形式内容关系的进一步思考。

---

① 关于《诗经》中情和志的关系,可参看拙文:《诗经中的言志与缘情》,中国诗经学会编《第三届诗经国际研讨会论文集》,香港天马出版社 1998 年版。

② 李学勤:《谈〈诗论〉"诗亡隐志"章》,《文艺研究》2002 年第 2 期。

第二简 ……寺也。文王受命矣。《讼》,坪德也,多言后,其乐安而迟,其歌绅而易,其思深而远,至矣。《大夏》盛德也,多言……

《讼》即《颂》,"坪德",即平成天下之德(用马承源说)。《诗序》云:"颂者,美盛德之形容,以其成功告于神明者也。"这正是"坪德"的意思。所论《颂》诗"其乐安而迟"(音乐安和迟缓)、"绅而易"(舒缓简易),正符合《颂》诗的作为宗庙音乐的特征。"其思深而远",也是符合《颂》诗的情感和思绪特点的。此简中评《讼》的用语"其乐安而迟,其歌绅而易,其思深而远,至矣"的句式,与《礼记·乐记》中"治世之音安以乐"几句非常相似,这或许可以帮助我们对二者之间的关系产生一点启发。

第三简 ……也,多言难,而悁怼者也,衰矣,少矣。《邦风》,其纳物也,溥观人俗焉,大敛材焉,其言文,其声善。孔子曰:"唯能夫……"

《邦风》即《国风》。"纳物"是博览风物,"溥观人俗"是普观民情风俗。"大敛材"指的是广泛地收集材料。从先秦到汉儒,关于《诗经》的采集,有"采诗"一说,所谓"故古有采诗之官,王者所以观风俗,知得失,自考正也"(《汉书·艺文志》);"孟春之月,群居者将散,行人振木铎徇于路以采诗"(《汉书·食货志》)。而且据何休《公羊传·宣公十五年》注:"男年六十,女年五十无子者,官衣食之,使民间求诗。"无论是采诗的功用或是采诗的范围,"纳物"、"大敛材"的记载正可以和汉人的材料相应证。后代有的学者欲否定汉人的"采诗说"[①],我认为《孔子诗论》的材料恰可证汉人"采诗说"之不谬。此简评《国风》是"其言文,其声善",若与《雅》、《颂》相比,《国风》确实更富有文采,音乐也更为动听。《诗论》评曰"其声善",正符合孔子"乐而不淫,哀而不伤"的标准。

① 如崔述:《读风偶识》卷二《通论十三国风》。

第四简　……曰：诗，其犹平门，与贱民而逸之，其用心也将何如？曰：《邦风》是也。民之有罴倦也，上下之不和者，其用心也将何如？

"诗，其犹平门"，此句李零释为"《邦风》如同城门，即使是贱民也可以自由出入"。此说费解。此简论述诗的功用。诗可以泄导人情，解除疲倦；诗还可以沟通上下，协调上下之矛盾。此观点，与《诗大序》是相同的。而且，诗在宣泄心情、协调矛盾方面可以起这样大的作用，说明作者充分认识到情感的作用。此简的大意是说《邦风》（《国风》）有如城门，贱民亦可自由出入；百姓有怨愤，可以从《邦风》中得到解释，因此《诗》有泄导人情，凝聚民心的作用。此简强调《邦风》的情感功效。

第五简　……是也，又成功者何如？曰：《讼》是也。《清庙》，王德也，至矣。敬宗庙之礼，以为其本；秉文之德，以为其蘗。肃邕……

《清庙》为《颂》始，乃歌颂周文王之德，《诗序》："《清庙》，祀文王也。"简文称"至矣"，意谓文王之德至矣。《清庙》诗八句，在表达歌颂之意上亦可谓至矣。"秉文之德"是《清庙》成句，作者之意乃从《清庙》之始说明《讼》确为"坪德"之作。

第六简　"……多士，秉文之德"，吾敬之。《烈文》曰："乍竞唯人"，"不显维德"，"於乎，前王不忘"。吾悦之。"昊天有成命，二后受之"，贵且显矣。《讼》……

"吾敬之"，指的是敬文王之德。《烈文》是歌颂成王之诗，作者拈出这几句，是赞颂成王能尊贤、崇德、继承前王之法，故曰"吾悦之"。《昊天有成命》，《毛诗序》说是"郊祀天地也"。诗中开头是"昊天有成命，二后受之，成王不敢康，夙夜基命宥密"，联系诗句，"贵且显"是指对文、武、成三王的歌颂。

第七简 ……"怀尔明德"，曷？诚谓之也。"有命自天，命此文王。"诚命之也，信矣。孔子曰："此命也夫，文王虽欲已，得乎？此命也。"

此简内容引《大雅》中的《皇矣》《大命》来歌颂文王。"孔子曰"云云，说明文王明德，上帝之命文王顺理成章。

第八简 《十月》善諪言。《雨亡政》、《节南山》，皆言上之衰也，王公耻之。《小旻》多疑，疑言不中志者也。《小宛》其言不恶，少有危焉。《小弁》、《巧言》，则言谗人之害也。《伐木》……

此简所评论的这几首诗，都是《小雅》中著名的讽刺诗。诗论作者所评，皆符合原诗之旨。《毛诗序》谓《雨无正》、《节南山》、《小旻》皆为"大夫刺幽王"，诗论作者说"言上之衰，王公耻之"，可以说比《毛诗序》更具体和进一步。《小宛》是周大夫遭逢世乱兄弟相诫之诗，诗论作者说是"其言不恶"，抓住了此诗的特点。由此可以看出，诗论作者对《诗》的理解是很准确的。诗论内容可以和《毛诗序》相阐发。把第三简对《小雅》的总体评论和此简中对具体诗的评论相对照，就可以看出作者对怨刺情感的态度。

第九简 ……实咎于其也。《天保》，其得禄蔑疆矣，赞寡德故也。《诤父》之责，亦有以也。《黄鸣》则困而欲反其故也，多耻者其病之乎？《菁菁者莪》则以人益也。《裳裳者华》则……

《毛诗序》曰："《天保》，下报上也。君能下下以成其政，臣能归美以报其上焉。"《正义》曰："君能下其臣下，……故臣亦宜归美于君，作《天保》之歌以报答其上焉。"此可印证"赞寡德"之意。《诤父》即《祈父》，《毛诗序》说《祈父》是"刺宣王也"；《郑笺》谓"刺其用祈父，不得其人也"。

诗中刺祈父不能让百姓安居。此简说"《谇父》之责,亦有以也",与毛序和郑笺相洽。《黄鸣》即《黄鸟》。汉人认为《黄鸟》是弃妇诗,而朱熹引吕祖谦说,谓此诗乃平民流离异乡,思返故土。从此简看,"困而欲反其故",即流落于异乡,欲返回故土,朱说为确。《菁菁者莪》,《毛诗序》谓"乐育材也",亦有他说,但以《诗论》"以人益",应指"乐育材"之说为善。此简仍评《小雅》诗,概括各诗之精髓。

第十简 《关雎》之改,《樛木》之时,《汉广》之知,《鹊巢》之归,《甘棠》之保,《绿衣》之思,《燕燕》之情,盖曰终而皆贤于其初者也。《关雎》以色喻于礼,……

以一字评诗,其方式非常新颖,这在先秦诗论乃致中国古代诗论中都是首创。此简所评皆《国风》中诗,或评诗之功能(《关雎》之改,由"好色"到循礼义,即后面的"以色喻于礼"),或点出诗之内容(《鹊巢》之归,"之子于归"),或揭示作品的情感(《燕燕》之情)。《樛木》为祝贺爱情美好之诗,《诗论》作者评为"时",此"时"似释"合时宜"更为妥帖。[①]

此简评"《关雎》以色喻于礼",是指《关雎》是以好色始,以归乎礼义终,这与《毛诗序》所说"发乎情,止乎礼义"是一致的。

第十一简 ……情,爱也。《关雎》之改,则其思益矣。《樛木》之时,则以其禄也。《汉广》之智,则智不可得也。《鹊巢》之归,则俪者……

传统儒家尤其是汉儒说《诗》,虽不排斥情,但总要把它纳入礼的轨道。这一点,《诗论》作者也是这样。如第十简说"《关雎》以色喻于礼",此简说"情,爱也。《关雎》之改,则其思益矣。"由此简可以探讨诗论作者的情爱观:一方面主张有情,"情"和"爱"是相联的,但又要以礼节之。

---

① 陈桐生释为"时运",似不妥,见《孔子诗论研究》第263页。

第十二简 ……好，反纳于礼，不亦能改乎？《樛木》，福斯在君子，不……

此简的前一句继论《关雎》，反纳于礼，最终归之于礼。上简说能"改"，"则其思益矣"，说明最终要"止乎礼义"。《樛木》有"乐只君子，福履绥之"，故《诗论》说"福斯在君子"，此说胜于《毛诗序》。

第十三简 ……可得，不攻不可能，不亦智极乎？《鹊巢》出以百两，不亦有俪乎？《甘棠》……

俪，或作"离"①，或作"惠"②，以上下文和诗的原意看，作"俪"胜。简文内容有残缺，但可以看出是紧接着前面的评论，而且逐渐的细化。从第十到第十三简应参互见之。

第十四简 ……两矣。其四章则喻矣：以琴瑟之悦，凝好色之愿；以钟鼓之乐，……

此简同样也应是论《关雎》。《关雎》中的"君子"，以"好色"始，然而并没有越过礼义的界限，最后是想象着"琴瑟友之"、"钟鼓乐之"。所谓"凝好色之愿"，可理解为"君子"把"好色之愿"凝固于琴瑟和钟鼓之中，这正是"以色喻于礼"——以"好色"始，以归于礼义终。汉儒《诗大序》所说的"发乎情，止乎礼义"，遵循的也是与《诗论》一样的逻辑思路。

第十五简 ……及其人，敬爱其树，其保厚矣。《甘棠》之爱，以召公……

"保"应读为"报"③。此简论《召南·甘棠》，《左传·襄公十四年》：

---

① 廖名春：《上海博物馆藏诗论简校释》，《中国哲学史》2002 年第 2 辑。
② 王志平：《诗论》笺疏，《上博馆藏战国楚竹书研究》，上海书店出版社 2002 年版。
③ 李学勤：《〈诗论〉说〈关雎〉等七篇释义》，《清华简帛研究》2002 年第 3 期。

"周人之思召公焉,爱其甘棠。"此简所论切合诗旨。

第十六简 ……召公也。《绿衣》之忧,思古人也。《燕燕》之情,以其独也。孔子曰:"吾以《葛覃》得氏初之诗,民性固然。见其美必欲反其本。夫葛之见歌也,则……"

从第十简开始皆评《国风》中诗。第十一简说"情,爱也",此简说"《燕燕》之情,以其独也",在"情爱"关系上,作者主张用情专一,哪怕是兄妹之情。"孔子曰"的几句话,有几点值得注意:一、《葛覃》得氏初之诗"(氏初,意谓"敬初反本"①,是"民性固然"(民性即人性);二、"民性固然"是其美;三、见美则应反其本,则本为民性。

第十七简 ……《东方未明》有利辞。《将仲》之言,不可不畏也。《扬之水》其爱妇烈。《采葛》之爱妇……

此简评四首诗,《东方未明》是《齐风》中的怨刺诗,《毛诗序》谓"刺无节也",故诗论说是"有利辞"。另两首是爱情诗。《诗经》中有三首《扬之水》。《唐风·扬之水》为刺晋召公,与爱妇无涉。《王风·扬之水》是征夫之词,有"彼其之子,不与我戍申","曷月予还归哉"之句,是征夫思念妻子之词,亦可视为妻子思念征夫,故有爱妇之说。《郑风·扬之水》或以为是兄弟之词,亦可理解为夫妻间劝解之词②,朱熹《诗集传》谓此为男女要结之词。由此简诗论亦可印证夫妻之词一说,但不指《唐风·扬之水》。

此简所评的四首诗,皆感情激烈之诗,如称赞"爱妇"感情之"烈"。从总体上看,诗论作者是主张或可说欣赏感情激烈的作品,反映出作者"主情"的倾向。

---

① 陈桐生:《孔子诗论研究》,中华书局 2004 年版,第 266 页。
② 杨合鸣、李中华:《诗经主题辨析》,广西教育出版社 1989 年版,第 269 页。

第十八简 ……因《木瓜》之报,以喻其悁者也。《杕杜》,则情喜其至也。

此简论《卫风·木瓜》,悁,指怨情;但就《木瓜》的内容来说,似无怨情可说;如从其热烈的期待的反面来说,似亦可通。《小雅·杕杜》为思妇盼望征夫之诗,故曰"情喜其至"。若将此《杕杜》指为《唐风·有杕之杜》,似也可通。二者皆以"有杕之杜"开篇,《唐风·有杕之杜》是一首情歌,写女子期待情人的到来。

第十九简 ……□志,既曰天也,犹有悁言。《木瓜》有臧愿而未得达也。交……

《木瓜》表现的是一种热烈的感情,欲通过互赠礼物以永结友好之情。诗论作者说是有"悁言"、"有臧愿而未得达"(有美好的愿望未能表达出来),这与《诗集传》所说:"言人有赠我以微物,我当报之以重宝,而忧未足以为报也,但欲其长以为好而不忘耳。"比较接近。诗论可以帮助我们加深理解诗意。

第二十简 ……币帛之不可去也,民性固然。其隐志必有以谕也,其言有所载而后纳,或前之而后交,人不可干也。吾以《杕杜》得雀……

此简或谓继论《木瓜》①。此简集中论行礼之仪。这里提出"其隐志必有以谕也",隐志,内心之情志,必定要说出来,在礼交时更是如此。礼交时既要言语,又要礼物,所以是"其言有所载而后纳";"言有所载"是指用语言表情达志。时人礼交时又常引诗,要"亡(无)隐志",必须"有以谕",就要考虑采用什么方法,引诗也是一种方法。因此此简又印证第一简所说的"诗亡隐志,乐亡隐情,文亡隐言"。

---

① 陈桐生:《孔子诗论研究》,中华书局 2004 年版,第 267 页。

第二十一简　贵也。《将大车》之嚣也,则以为不可如何也。《湛露》之益也,其犹驰与? 孔子曰:"《宛丘》,吾善之。《猗嗟》,吾喜之。《鸤鸠》,吾信之。《文王》,吾美之。《清》……"

此简评的几首诗,可见孔子的态度。并可与下一简联系起来看。《宛丘》写的是一位女子对跳舞巫师的爱慕,孔子以之为善,即认为它的感情是值得肯定的;《猗嗟》赞美青年射手,旧说射手乃鲁庄公。孔子喜之,不过,是喜其射艺,抑或喜其人? 这里没说。《鸤鸠》美君子用心如一,孔子说"吾信之",信什么? 应指信服"淑人君子""其仪一兮""其心如结"(如结,专一)。对于《文王》孔子"美之",与前面评《文王》是一致的。

第二十二简　……之。《宛丘》曰:"洵有情,而亡望。"吾善之。《猗嗟》曰:"四矢反,以御乱。"吾喜之。《鸤鸠》曰:"其义一氏,心如结也。"吾信之。《文王》□:"文王在上,於昭于天。"吾美之。

此简是对第二十一简的具体解释。由此可以知道孔子所善、所喜、所信、所美的内容。"洵有情"两句是《宛丘》中的句子,由此简可知孔子赞赏的正是诗的主人公的深挚的感情。"四矢反"两句是《猗嗟》中最后两句,说明孔子所喜是其射艺。当然,由射艺而及人,也是顺理成章的。《鸤鸠》诗的两句今本是"其仪一兮,心如结兮",与此简稍有互异,然意思不变,由此简知道孔子信服的是表里如一、内心固结、用心坚定的君子。从这两简的评价,可以看出孔子对于诗的情感态度。孔子崇尚有真情的诗,赞赏情感浓烈的诗,这种重情、主情的诗学倾向,就是第一简所说的"亡隐情"。

第二十三简　……《鹿鸣》,以乐始而会,以道交见善而效,终乎不厌人。《兔罝》其用人,则吾取……

此简论《小雅·鹿鸣》的宴乐过程。此简的评述实际上描述了由奏乐始而以行礼仪规则结束的过程，"以乐始而会"正切合《鹿鸣》开头的"我有嘉宾，鼓瑟吹笙"的场面。《鹿鸣》第二章有"视民不恌，君子是则是效"诗句，正是"道交见善而效"，即以礼仪法则交往，并以之为榜样以资效法。第三章说"我有旨酒，以燕乐嘉宾之心"，即"终乎不厌人"。《周南·兔置》赞美"赳赳武夫，公侯干城"，诗论亦点明主题。

第二十四简 以□之故也。后稷之见贵也，则以文、武之德也。吾以《甘棠》得宗庙之敬，民性固然。甚贵其人，必敬其位；悦其人，必好其所为，恶其人者亦然。

此简前面解释《大雅·生民》之意。《生民》是歌颂后稷之诗，《毛诗序》说："后稷生于姜嫄，文武之功起于后稷，故推以配天焉。"此简说"后稷之见贵也，则以文、武之德也"，与《毛诗序》同。

此简后面评《召南·甘棠》，《甘棠》是赞美召伯之诗，甘棠树乃召伯所种，爱其人而及其树，所谓"爱屋及乌"者也。此简可与第十五简参互相看。《诗论》作者由《甘棠》而要揭示一个规律，即"甚贵其人，必敬其位"等几句所说的内容，此乃"民性固然"。

第二十五简 ……《肠肠》小人。《有兔》不逢时。《大田》之卒章，知言而有礼。《小明》，不……

《有兔》指《王风·兔爰》，《兔爰》是感伤时局之诗，诗中说："我生之初，尚无为。我生之后，逢此百罹。"《毛诗序》说："《兔爰》，闵周也。桓王失信，诸侯背叛，构怨连祸，王师伤败，君子不乐其生焉。"诗论谓不逢时，亦点明诗旨。《小雅·大田》是农事诗，内容如《豳风·七月》。诗论谓卒章知言而有礼，知言，指言辞得当；有礼，应指诗中卒章的"来方禋祀，以其马辛黑，与其黍稷。以享以祀，以介景福"。

第二十六简 ……忠。《邶·柏舟》，闷。《谷风》，背。《蓼莪》有孝志。《隰有苌楚》，得而悔之也。……

《邶·柏舟》，《毛诗序》谓"言仁而不遇也。卫顷公之时，仁人不遇，小人在侧。"如是则指诗人被群小所制，不能奋飞。或谓乃怨女之诗，《诗集传》曰："妇人不得于其夫，故以柏舟自比。"从诗中"如有隐忧"、"忧心悄悄"等句看，表现了诗人的悲怨，所以诗论评曰"闷"，是针对诗的情感内容来说。

《邶风·谷风》为弃妇诗，《小雅·谷风》《毛诗序》谓"刺幽王也。天下俗薄，朋友道绝焉"，《诗集传》曰"此朋友相怨之诗"。诗论评之曰"背"，从诗中有"弃予如遗"、"忘我大德"等句看，"背"的评价切合诗意，亦可证此《谷风》乃《小雅·谷风》而非《邶风·谷风》，《毛诗序》与《诗集传》的评断不差。

《小雅·蓼莪》是孝子之诗，"咏《蓼莪》则孝子悲"（晋束皙：《读书赋》）诗论谓其"有孝志"，亦切合诗意。

《桧风·隰有苌楚》是哀伤乱离之诗，说"得而悔之"，似费解；或指国势乱离（桧终为郑桓公所灭），得而悔之？

我们可以发现，在《诗论》中，作者多以感悟的方式论《诗》，犹喜以一字评之，如第十简"《关雎》之改，《樛木》之时，《汉广》之知，《鹊巢》之归，《甘棠》之保，《绿衣》之思，《燕燕》之情，……"，此简"《邶风·柏舟》，闷。《谷风》，背。《蓼莪》有孝志"，或点出作品的内容，或点出作品的情感，大都准确而精当的。从心理学的角度来说，感悟式的评论，往往是读完作品后读者心理上感受到的最强烈的印象，因此是比较准确的。同时，从《诗论》中可见这种感悟评点式的论诗方式，并不留待后代的学者，《孔子诗论》作者时代已相当娴熟了。

第二十七简 ……如此,《何斯》雀之矣。离其所爱,必曰:"吾奚舍之? 宾赠是也。"孔子曰:"《蟋蟀》知难。《中氏》君子。《北风》不绝人之怨。子立不……"

《何斯》应指《小雅·何人斯》(马承源说),《何人斯》诗意本较难确解,《毛诗序》谓"《何人斯》,苏公刺暴公也"。然诗之内容与苏公暴公无涉,"雀之矣"三字不知何指(第二十简有"吾以《杕杜》得雀……"句,亦不知所指)。①

《唐风·蟋蟀》是一首岁暮抒怀之诗,其中充满对时光易逝的感叹,孔子谓"《蟋蟀》知难",可以帮助我们理解诗人感叹的原由,盖由于世事之艰难(知难,知世事之艰难——用胡平生说)。

《中氏》君子,未知所指。

《北风》不绝人之怨,似可指《毛诗序》的"《北风》,刺虐也。卫国并为威虐,百姓不亲,莫不相携持而去焉",以及《诗集传》的"言北风雨雪,以比国家危乱将至,而气象愁惨也,故欲与其相好之人去而避之"。《诗论》点明怨之主旨。

第二十八简 ……恶而不文。《墙有茨》,慎密而不知言。《青蝇》知……

《鄘风·墙有茨》诗曰:"墙有茨,不可扫也。中冓之言,不可道也。所可道也,言之丑也。"《韩诗》曰:"中冓,中夜,谓淫僻之言也。"诗论说"慎密而不知言",正与《韩诗》说吻合。

---

① "离其所爱"三句,亦不知所指,陈桐生谓"似与《木瓜》有关"(《孔子诗论研究》第271页),亦似无据。诗论两次论及《木瓜》,第十八简有"因《木瓜》之报,以喻其悁者也"之论,第十九简有"《木瓜》有藏愿而未得达也"之论,与此三句似都搭不上。

第二十九简 ……《卷耳》不知人。"涉溱"其绝,聿而
士。角□妇。《河水》知……

《卷耳》是怀人之诗,但谁怀谁,所怀之人在何处,都不明确,故可作多种
解。此简说"《卷耳》不知人",应是就此所发。

《郑风·褰裳》有"子思惠我,褰裳涉溱",故此简的"涉溱"不指篇名,
而应指《褰裳》中的诗句,"其绝"之"绝",即"涉",渡过。而非如有的
解为"诗中女主人公似有绝情分手之意"①。

原载《福建师范大学学报》2007 年第 4 期

---

① 陈桐生:《孔子诗论研究》,中华书局 2004 年版,第 272 页。

《四库全书总目》中的《诗经》批评

一

《四库全书总目提要》①（以下简称《总目》）是目录学著作，实际上也是一部文学批评著作。朱自清说："《四库全书总目提要》集部各条，从一方面看，也不失为系统的文学批评，这里纪昀的意见为多。"（《诗文评的发展》）其实不但集部各条如此，经、史、子各部都含有不少文学批评和文学理论内容。"经部"中的"诗类"，便有丰富的《诗经》研究理论和批评意见。

《总目》中"经部"有"诗类"目录2卷，"诗类存目"2卷。此所谓"诗"，即指《诗经》。且看《总目》所收各朝代《诗经》研究目录总数：

	两汉	六朝	唐	宋	元	明	清	附录	总计
著录	2	2	1	18	7	10	22	1	63
存目				5		44	35		84

"诗类"目录2卷，共收著作62部941卷，附录一部10卷；存目2卷，共收著作84部913卷。实际上，从西汉至清乾隆朝，《诗经》研究著作远不止于此，其中还有一些出于政治原因所不收的著作，如王夫之的《诗广传》，因

---

① 本文所用《四库全书总目提要》，以中华书局1965年影印本为据。

书中有不少借以宣传自己政治、哲学观点而为清朝统治者所忌讳（《总目》收王夫之《诗经稗疏》四卷，盖因"是书皆辨正名物训话，以补传笺请说之遗"——该条提要），但也可以了解两千年《诗经》研究的大势，以及不同朝代《诗经》研究的兴衰状况，展示了从汉代至清乾隆朝这横跨两千年的《诗经》研究史。

目录学著作，本身就具有学术史的性质。通过历代各类学问、专书的胪列，并对各类学问、各种专书撰写内容提要，可以"辨章学术，考镜源流"。《总目》也是如此。《总目》各部有总叙，各类有小序。这些总叙和小序，都有很鲜明的学术史的味道。以《总目》作者的眼光来说，《诗经》在他们眼里依然是"经"，故列入"经部"，著者也总离不开以经学的标准来审视近两千年的《诗经》研究。在《经部总序》中，著者总述两千年的经学研究历史，认为"自汉京以后，垂二千年，儒者沿波，学凡六变。……要其归宿，则不过汉学、宋学两家"。《诗经》作为经学中的一种，当然也离不开这一特征。因此"诗类"小序一开头就此切入两千年的《诗经》研究历史：

> 诗有四家，毛氏独传。唐以前无异论。宋以后则众说争矣。然攻汉学者意不尽在于经义，务胜汉儒而已。伸汉学者意亦不尽在于经义，愤宋儒之诋汉儒而已。各挟一不相下之心，而又济以不平之气，激而过当，亦其势然欤。

这个意思，在明代胡广《诗经大全》提要说得更为详细：

> 自北宋以前，说诗者无异学。欧阳修苏辙以后，别解渐生。郑樵周孚以后，争端大起；绍兴绍熙之间，左右佩剑，相笑不休。迄宋末年，乃古义黜而新学立。故有元一代之说诗者，无非朱传之笺疏。至延祐行科举法，遂定为功令，而明制因之。

在这两则目录中，著者突出了宋代《诗经》经学的新变和论争。在《毛诗正义》提要中，著者也详细叙述了自魏王肃至宋欧阳修以及明人宗朱传的情况）。宋代的《诗经》研究，兴起了自由研究、注重实证的思辨学风，其中虽不免穿凿臆断之弊，但对于以传、序、笺、疏四位一体的汉学《诗经》研究，无疑是一个革新,一个冲击。《总目》的著者是推重汉学而不满宋学的,这在"诗类"目录的许多条目中可以感受到这一点。但对于《诗经》研究史上的汉学宋学之争,似乎表现出一种不偏不倚的态度,以为他们不过是意气用事、师门争胜而已,因此认为对于古人之说,"全信全疑,均为偏见"。这也体现了《总目》著者一贯的雍容大度、心平气静的批评风度。

二

宋代《诗经》研究,出现了一个新的局面。首先是围绕废序与尊序进行一场斗争。《总目》作者在目录中对此亦进行了总结。

历来认为废序派之始作俑者与坚定派为郑樵、王质、朱熹。其实,北宋欧阳修、苏辙已开其端。《毛诗本义》提要指出:"自唐以来,说诗者莫敢议毛郑,虽老师宿儒,亦谨守小序。至宋而新义日增,旧说几废。推原所始,实发于修。"《钦定诗经传说汇纂》提要云:"其舍序言诗者,萌于欧阳修,成于郑樵,而定于朱子之集传。"欧阳修的《毛诗本义》对《诗序》、《毛传》、《郑笺》都进行了批评。苏辙的《诗集传》对子夏作序,亦提出疑义,认为"世传以为出于子夏,余窃疑之","以诗之小序反复繁重,类非一人之词,疑为毛公之学,卫宏之所集录"(《诗集传》提要);大概修、辙二人均北宋之大儒,《总目》作者还不敢太过指斥,因此评之曰"修作是书(指《毛诗本义》),本出于和气平心,以意逆志,故其立论未尝轻议二家(指毛郑),而亦不曲徇二家。其所训释,往往得诗人之本志";苏辙"取小序首句为毛公之学,不为无见"。然而怀疑子夏作序,乃是对诗序的孔子嫡传说提出了挑战。

对于宋代攻序尊序之争,《总目》作者有一段很好的总结:

> 盖南宋之初,最攻序者郑樵,最尊序者则处义矣。考先儒学问,大抵淳实谨严,不敢放言高论。宋人学不逮古,而欲以识胜之,遂各以新意说诗。其间剔抉疏通,亦未尝无所闻发,而末流所极,至于王柏《诗疑》,乃并举二甫而删改之。儒者不肯信传,其弊至于诬经,其究乃至于非圣,所由来者渐矣。(《诗补传》提要)

郑樵《诗辨妄》、《诗传》已散失,故《总目》未收。但《总目》作者多次
提到郑樵在宋代废序派中的作用。而对于废序派的另一名学者王质,《总
目》作者批评说:"质说不字字诋小序,故攻之者亦稀。然其毅然自用,别出
心裁,坚锐之气,乃视二家(指郑椎、朱熹)为加倍。"王质说《诗》之法,是
不一一攻诋诗序,而是"去序言诗","以意逆志,自成一家"。王质"自称覃
精研思几三十年,始成是书",但《总目》作者认为"然其冥思研索,务造幽
深,穿凿者固多,悬解者亦复不少"(所引均见《诗总闻》提要)。可见作者
认为王质故作幽深,穿凿附会,不可取也。

朱熹的《诗集传》,是《诗经》研究史上里程碑式的成果。朱熹论
《诗》,认为《诗序》害诗,"乱诗本意",所以"今但信诗,不必信序"(《朱
子语类》卷八十一)。朱熹所用之法,实同为"去序言诗"。但是朱熹与
郑樵、王质相比,无疑要高明得多。他并不完全摒弃汉儒的成果,而是有
所吸收,以求实的精神考证《诗经》内容,包括文字训诂声韵。更重要的
是朱熹开始将《诗经》当作文学作品来看待,提出了不少真知灼见。这
无疑是《诗经》研究史上一大进步。故《总目》《诗总闻》提要引黄震
《日钞》云:"晦庵先生因郑公之说,尽去美刺,探求古始,其说颇惊俗。"朱
熹说《诗》,本宗毛、郑。《总目》《诗集传》提要言之甚详:"(朱子)注诗
亦两易稿。……(初稿)其说全宗小序,后乃改从郑樵之说。"朱熹自己
说过:

> 《诗序》实不足信。向见郑渔仲有《诗辨妄》,力诋《诗序》,其间
> 言语太甚,以为皆是村野妄人所作。始亦疑之。后来仔细看一两篇,因
> 质之《史记》、《国语》,然后知《诗序》之果不足信。(《朱子语类》卷
> 八十)

可见朱熹攻序,虽受郑樵的影响,但还是建立在独立思考的基础之上。《总
目》作者对朱熹之废序攻序并不赞同,虽承认其"不能全谓之无所发明",
又批评"《集传》亦确有所编"(毛诗原附提要);在《钦定诗经传说汇纂》
提要中云:"盖集传废序,成于吕祖谦之相激,非朱子之初心。故其间负气求
胜之处,在所不免。原不能如《四书集注》,句诛字两,竭终身之力,研辨至

精。"其中也可以感觉到作者对《诗集传》的批评。大概朱熹《诗集传》于后世影响太大，且又被钦定为科举考试的教科书，《总目》对其批评因此客气了不少。

《总目》作者批评最为激烈的是王柏。王柏乃朱熹三传弟子，在宋代的疑经风气中，王柏可谓走到了顶峰。王柏不但疑序，而且疑经。这就触动到经学的根本地位，发展下去，只怕是"其弊至于诬经，其究乃至于非圣"（《诗补传》提要），诬经非圣，离经叛道，这还了得！当然要遭到痛斥了。《总目》作者最为痛恨者是王柏"攻驳毛郑不已，并本经而攻驳之；攻驳本经不已，又并本经而删削之"。（《诗疑》提要）王柏主张将《召南·野有死麕》等32篇删掉，认为此乃汉儒窜入，有辱圣经。对此，《总目》作者斥之为"此自有六籍以来第一怪变之事也"，并反驳说："此三十二篇之窜入，如在四家既分以后，则齐增者鲁未必增，鲁增者韩未必增，韩增者毛未必增，断不能如是之画一。如在四家未分以前，则为孔门之旧本确矣。"应该说，王柏的删诗实为无端，《总目》的反驳不为无理，难怪《总目》作者要大声断喝："柏何人斯，敢奋笔而进退孔子哉。"（均见《诗疑》提要）

对于《诗序》，《总目》作者在卷十五《诗类一·诗序》提要便详列了关于《诗序》的论争，承认"诗序之说，纷如聚讼"，"为说经之家第一争话之端"，又不厌其烦地列举郑玄、王肃、《后汉书·儒林传》、《隋书·经籍志》、韩愈、程大昌、邱光庭、曹粹中、马端临等尊序攻序各家之说，从诸家之论及源流变化中认定：

> 其说皆足为小序首句原在毛前之明证。
> 其说尤足为续申之语出于毛后之明证。

并推出自己的看法：

> 序首二语为毛苌以前经师所传，以下续申之词，为毛苌以下弟子所附。

《总目》作者将序首二句与下文分开，认为出于不同作者；就是序首二语，亦不认同为子夏作或子夏、毛公合作，只称"毛苌以前经师所传"，这样的论断，较为客观且令人信服。

三

有元一代的《诗经》研究，《总目》认为有笃实之风，而且对明初产生影响。《诗解颐》提要称："盖元儒笃实之风，明初尤有存焉，非后来空谈高论者比也。"但元人的著作，多为发明朱子《集传》之说，因此在《总目》作者眼里，似无可采处。如刘瑾《诗传通释》、朱公迁《诗经疏义》、刘玉汝《诗缵绪》等，故《总目》概而言之："故有元一代之说诗者，无非朱传之笺疏。"（《诗经大全》提要）

明代《诗经》研究，比较驳杂，甚至不乏有以造伪为能事者。丰坊所撰《鲁诗世学》《诗传》即是伪作，其书"往往自出新义，得解于旧注之外。恐其说之不信，遂托言家有鲁诗，为其远祖稷所传，一为子贡诗传，一为申培诗说，并列所作世学中。厥后郭子章传刻二书，自称得黄佐所藏秘阁石本"（《诗传诗说驳义》提要）。因此《总目》斥之为"其书变乱经文，诋排旧说，极为妄谬"（《鲁诗世学》提要）。但是，应该说明代的《诗经》研究，学风已稍起变化。

明代的《诗经》研究，崇尚内心感悟式的读《诗》理念和方法，尤其是明代诗派理论对《诗经》研究产生了重大影响，《诗经》研究出现了新局面。然而《总目》作者对此并不赞同，因此对明人著作多有批评。如：《国风尊经》（旧本题明陶宗仪撰）："其穿凿不通，不可枚举。"《诗序解颐》（明邵弁撰）："中多臆论，所定小雅世次诸条，尤无确据。"《诗经说通》（明沈守正撰）："其胶固不解，更甚于训诂之家，乌在其能得言外意也。"《毛诗解》（明钟惺撰）："谬陋殆难言状。"

上举这些著作，均不免有所缺失，这本不奇怪，因为他们并不以训诂考据为重，而是将《诗经》当作文学作品来赏析的，这尤为《总目》作者所痛恶（这一点下文将论述）。如明人许天赠撰《诗经正义》，全书不载《诗经》原文，"但标章名节目，附以己说"，"全为时文言之"，这正是不拘于纲常说教，各抒己见说诗，而《总目》作者批评之"颇为弇陋"，"经学至是而弊极矣"。从总体上看，《总目》对明代的《诗经》研究，多给予批评甚至否定，如谓

"明代说诗,喜骋虚辨"(《毛诗稽古编》提要),"明季说诗之家,往往簸弄聪明,变圣经为小品"(《毛诗陆疏广要》提要),以至于感叹"明人解经,真可谓无所不有矣"(《言诗翼》提要)。有清是推翻明朝建立起来的王朝,对前朝多有否定,因此,《总目》对明代《诗经研究》的批评与否定,也与清代统治者的这种意识有关。

与"明代说经,喜骋虚辨"的风气不同,清代学风大变。概括起来,不外于复古与征实。清初康熙钦定撰成《诗经传说汇编》二十四卷,以朱熹《诗集传》为纲,并详录汉、唐传、笺、序、疏可取之训解,后乾隆又御纂《诗义析中》二十卷,"训释多参稽古义","分章多准康成,征事率从小序"(《钦定诗义析中》提要),目的均在于综合汉学宋学,为汉学复兴创造条件。二书因均为皇帝钦定,《总目》作者当然得歌颂有加,称赞其"于学术持其至平,于经义乃协其至当"(《钦定诗经传说汇纂》提要)。本来,清初诸家,已认识到明代学风的颓衰,"新奇谬戾不可究诘"(皮锡瑞:《经学历史》语),因此欲起而力挽狂澜于既倒。这里包括王夫之、陈启源等人。王夫之的《诗经》研究,论成就和影响,当在《诗广传》,可惜《总目》未著录(已见前述),但王夫之的《诗经稗疏》,《总目》给予很大的肯定,称"是书皆辨正名物训诂,以补传笺诸说之遗","确有依据,不为臆断","持论明通,足解诸家之缪辖"(《诗经稗疏》提要)。陈启源的《毛诗稽古编》,"阅十有四载,三易稿乃定"。所谓"稽古编","明为唐以前专门之学也",也就是复兴汉学,以唐以前的资料,研究《诗经》本义,因此《总目》称赞"其间坚持汉学,不容一语之出入,虽未免或有所偏,然引据赅博,疏正详明,一一皆有本之谈"。《毛诗稽古编》是清初汉学复兴的标志,《总目》认为"国初诸家,始变为征实之学,以挽颓波,古义彬彬,于斯为盛,此编尤其最著也",成为改变颓风的一面大纛。

在清初复古征实的思潮中,另一位引起《总目》作者注意的学者是毛奇龄。《总目》《诗类二》著录毛奇龄《诗经》著作有《毛诗写官记》、《诗札》、《诗传诗说驳义》、《续诗传鸟名》等,《存目二》著录有《白鹭洲主客说诗》、《国风省篇》等。毛奇龄《诗传诗说驳义》针对明人丰坊《鲁诗世学》之伪,以其"托名于古,乃引证诸书以纠之",对于揭穿丰坊《鲁诗世学》之伪妄,打破对《诗集传》的迷信无疑起了作用。毛奇龄的辨伪复古,虽有其功,不过也常有瑕瑜并见的毛病,《总目》称为"奇龄之说经,引证浩博,善于诘驳,其攻击先儒最甚。而盛气所激,出尔反尔,其受攻击亦最甚"(《诗沈》提要),认为有矫枉过正之嫌。

就《总目》所著录的《诗经》研究著作来看,已可见乾嘉学风的端倪。如钱澄之《田间诗学》,尊崇小序,"大旨以小序首句为主",并采宋代二程以来诸儒论说,"持论颇为精核,而于名物训诂山川地理言之尤详"(《田间诗学》提要),黄中松《诗疑辨证》,"主于考订名物,折衷诸说之是非,故以辨证为名",《总目》认为"在近人中,犹可谓留心考证者焉"(《诗疑辨证》提要)。而不少著作,或"以小序为宗,而参以《集传》"(《读诗质疑》提要),或"斟酌于小序朱传之间"(《诗沈》提要),或"不专主小序,亦不专主集传"(《毛诗日笺》提要),或"欲尊集传而又不能尽弃序说,欲从小序而又不敢显悖传文"(《诗经详说》提要),均可以看出综合汉学宋学而以汉学为宗的倾向。

四

《总目》中的《诗经》批评思想,最主要的是坚持汉学正统观念。如前所引,《总目》批评宋代废序派是"诬经""非圣",而尊序派如范处义等则"笃信旧文,务求实证,可不谓古之学者欤"(《诗补传》提要),认为宋人戴溪所撰《续吕氏家塾读诗记》"皆平心静气,玩索诗人之旨,与预存成见,必欲攻毛郑而去之者,固自有殊"(《续吕氏家塾读诗记》提要),由此均可见《总目》作者坚持汉学正统的立场。其实,《总目》作者对朱熹也是颇有微词的,认为其"尽去美刺","其说颇惊俗"(《诗总闻》提要)。在《东莱诗集》提要中说"朱子以诗为馀事",故论诗"未必遂为定论"。《风雅翼》提要中谓元刘履"悉以朱子《诗集传》为准",是"不明文章之正变","不明文章之体裁"。以至于讥讽"有元一代之说诗者,无非朱传之笺疏"。这些批评,多不见于《诗集传》提要,大概因朱熹《诗集传》后来成为钦定读本,《总目》的批评不好过于露骨,于是效司马迁的"互见法"而见其微旨。

《总目》坚持汉学正统观念的另一表现,是恪守"发乎情,止乎礼义"的诗教说和美刺说。纪昀曾认为:"《书》称'诗言志',《论语》称'思无邪',子夏《诗序》兼括其旨曰'发乎情,止乎礼义',诗之本旨尽是矣。"(《纪文达公遗集》卷九《抱绿轩诗集序》)此乃纪昀论诗的总原则。朱熹虽从文学角度认定《诗经》中的"里巷歌谣"有许多"男女相与咏歌各言其情"的情歌,但又斥之为"淫奔之诗"、"淫奔期会之诗",尤认定孔子所恶的"郑声"即"郑诗",亦即《诗经》中的《郑风》。王柏因此还大砍情诗,要将它们全部放黜,"一洗千古之芜秽"。对于宋儒的"淫诗"说,《总目》是认同的,在评清人杨名时的《诗经劄记》中便说:"其论郑风不尽淫诗,而圣人亦兼存淫诗以示戒,论亦持平。而谓郑声即郑诗,力驳郑樵之说,则殊不然。淫诗可存以示戒,未有以当放之淫声被之管弦可以示戒者也。"(《诗经劄记》提要)这里认为淫诗可以示戒,自有它的教化作用。而且进一步从示戒教化的角度说明《郑风》并非"郑声"。在清人毛奇龄与杨洪才就《诗经》情诗的辩论中(杨洪才主朱子淫诗说,毛奇龄则谓《郑风》无淫诗),《总目》提出己见:"夫先王陈诗以观民风,本美刺兼举以为法戒。既他事有刺,何为独不刺淫?必以为郑风语语皆淫,固非事理,必以为郑风篇篇皆不淫,亦岂事理哉。……亦安得概以'淫者必不自作'一语,遂谓三百篇内无一淫诗?"(《白鹭洲主客说诗》提要)"淫诗"是有的,然淫诗可以示戒,可以美刺,可以刺淫,这样,"淫诗"也就纳入了教化的轨道了。

在涉及郑风是否淫诗的问题上,《总目》的论述还涉及到诗歌创作的概括、提炼等问题。《总目》在《白鹭洲主客说诗》提要中说:"人心之所趋向,形于咏歌,不必实有其人其事。六朝子夜诸曲诸歌,唐人香奁诸集,岂果淫者自述其丑?亦岂果实见其男女会合,代写其状?不过人心佚荡,相率摹拟形容,视为佳话,而读者因知为衰世之音。推之古人,谅亦如此。"诗中所咏,不必一定为确指某人某事,实在是典型化概括化的结果,这不仅在于那些所谓"淫诗",其他诗的创作也莫不如此。

《总目》要维护汉学正统、维护毛郑说诗,因此对明代反传统的《诗经》研究甚为反感,尤其对竟陵派的诗学主张,常予以驳斥。竟陵派承"七子"之绪,提出"求古人真诗所在"的主张,认为"真诗者,精神所为也","夫真有性灵之言,常浮出纸上,决不与众言伍"(谭元春:《诗归序》)。对于"诗三百",竟陵派认为"诗,活物也。游、夏以后,自汉至宋,无不说诗者,不必皆有当于诗,而皆可以说诗,其皆可以说诗者,即在不必皆有当于诗之中。非说诗者之能如是,而诗之为物,不能不如是也"(《隐秀轩集·诗助》),即子夏子游说诗,汉儒说诗,宋儒说诗,歧义百出,各不相同,既然如此,何必推崇毛郑? 以己为古好了。在这些理论影响下,明代《诗经》研究走上了真正文学研究的道路。如竟陵派代表人物钟惺评点《诗经》,即以感悟式的理解进行文学赏析式的评述。对此,《总目》持强烈的反对态度。

《总目》《存目一》录钟惺《诗经图史合考》和《毛诗解》二书,批评他"于经义一字无关","谬陋殆难言状"。除了钟书本身的原因外(如引丰坊伪:《申培诗说》),《总目》作者多少是带有成见的。明人万时华的《诗经偶笺》是受竟陵派诗论影响而产生的以读者体悟解诗的著作,《总目》在《诗经偶笺》提要中批评说:"诗道至大而至深,未可以才士聪明测其涯际。况于以竟陵之门径,掉弄笔墨,以一知半解,训诂古经。"并且不赞同万时华在《诗经偶笺》序言中指出的"今之君子,知《诗》之为经,不知《诗》之为诗,一弊也"的批评。实际上"知《诗》之为经,不知《诗》之为诗",正是汉儒以来读《诗经》的大弊病之所在。《总目》在明人贺贻孙的《诗触》提要中批评说:"其所从人,乃在钟惺诗评。故亦往往以后人诗法诂先圣之经,不免失之挑巧。"对于这些注重从自身审美特征来研究《诗经》的著作,《总目》虽也承认有"扫除训诂之胶固,颇足破腐儒之陋"(《诗经偶笺》提要)的作用,承认有"颇胜诸儒之拘腐"(《诗触》提要)的优长,但仍要严厉斥责为"盖钟惺谭元春派盛于明末,流弊所极,乃至以其法解经,《诗归》之贻害于学者。可谓酷矣"。这些,都可以看出《总目》作者维护正统的批评观念。

既然坚持正统,所以《总目》最推崇的是孟子的"以意逆志"方法。但是明人已意识到"以意逆志"实际上的困难,万时华在《诗经偶笺》中就认为:"孟子之论说诗,以意逆志。夫千载之上,千载之下,何从逆之?"因此认为可以不拘泥前人成说,而重在自己读诗之后的体会。但是《总目》认为这有"强经从我"之嫌,不可取。

在《总目》的《诗经》批评中,关于《诗》与音乐的关系,也应引起我们的注意。明人将《诗经》与汉魏乐府视为同类,胡应麟即认为"周之《国风》,汉之乐府,皆天地元声"(《诗薮》外编卷一)。贺贻孙的《诗触》也持类似看法。贺贻孙的《诗触》,第一篇论诗与歌谣讴诵谚语之不同,三百篇皆乐章。《总目》认为"其说甚是"。《诗经》中的《国风》、《小雅》有不少是民歌,这是一般论者都不否认的,《总目》也认同这一点,认为"三颂者,郊祀歌之类也,自谐管弦者也。二雅十五国风者,相和歌之类也,采以被之管弦者也"。但是,贺贻孙不但将汉魏之乐府、宋代之词与《诗经》等同,甚至将元之南北曲也与《诗经》相垺,则把神圣的儒家经典与俚俗文学等量齐观,《总目》当然不能苟同,叹之"则不尽然"。《总目》认为"无论宋词、元曲各有宫调,其句法之长短、音律之平仄、字数之多少具有定谱,不可增减,与三百篇迥殊,即汉魏乐府有倚声制词者,亦有采诗入乐者",观郭茂倩《乐府诗集》可知。如果将宋词元曲都等同于《诗经》,有损于《诗经》的儒家经典的崇高地位,这与《总目》维护汉学正统的观念相悖,当然不能赞同了。

原载《福建师范大学学报》2002 年第 4 期

张西堂的《诗经》研究

一、张西堂《诗经》研究概况

张西堂（1901—1960），原名張汉、張鼎，曾用名一止、今是、尚士，西北大学教授，曾在武汉大学任教。张西堂的《诗经》研究，集中在他的《诗经六论》这部书中。① 张先生自己在书的《自序》中说："这里搜集的六篇论文，有的是我一九三一年到一九三三年在武汉大学讲授《诗经》时写的，有的是我一九五三年到一九五六年在西北大学讲授《诗经》时写的，现在把它收集成册，命名为《诗经六论》。"此书所收的 6 篇论文是：

第一篇，《诗经》是中国古代的乐歌总集；

第二篇，《诗经》的思想内容；

第三篇，《诗经》的艺术表现；

第四篇，《诗经》的编订；

第五篇，《诗经》的体制；

第六篇，关于毛诗序的一些问题。

---

① 本文所用张西堂《诗经六论》，见商务印书馆 1957 年版，本文引文均见该书，页码随文注出，不再加附注。张西堂在该书第 50 页有［附注］1：本篇及下篇中关于诗篇训诂与诸家不同之处，另详拙著《诗经选注》。可惜张先生的《诗经选注》迄未得见。

20 世纪 50 年代的大陆,《诗经》研究并未蔚为大国,张先生此著,因其积累了 30 年代的成果又有所充实发展,因此在大陆的《诗经》研究学术界流传较广,并有相当的影响。许多年来,在大陆的学人,都把此书作为学习《诗经》的必读书目。随着《诗经》研究的深入,这 6 篇论文所论之问题,现在看来似乎已不成什么问题,但是,如果站在作者发表的时代来看,张先生的研究成果是有积极的开创意义的,有些结论,现在也仍然有价值。而他所采用的研究方法,更是值得我们借鉴。本文拟将其 6 篇论文的成果逐一加以介绍,再从方法论的意义上做一些总结。

二、《六论》所论之内容

第一篇,关于《诗经》是中国古代的乐歌总集,诚如张先生自己所说:"目的是从一般的诗歌的起源,《诗》三百篇的采删,《风诗》之决非徒歌,古代歌舞的关系,古代'诗''乐'的关系来证明《诗经》所录当全为乐歌。"① 张先生认为,《诗经》是中国秦汉以前的乐府,正如汉乐府一样,《诗经》中的诗歌,绝大部分是来自各地方的民歌。张先生从诗经产生的社会基础和与生产劳动的关系,说明其起源是生产劳动的结果。对于《诗经》所录全是乐歌,张先生先引旧日学者之说,包括《史记·孔子世家》、郑樵《通志·乐略》、范家相《诗沈》等,以证诗乐本来是不分的,《诗经》所录全是乐歌。又举古代文献十种,包括《墨子·公孟》、《荀子·劝学》、《仪礼·乡饮酒礼》、《左传·襄公二十九年》、《史记·孔子世家》、《郑风·子衿·毛传》、《汉书·食货志》、《公羊传·宣公十五年注》、《郑志》、《困学记闻》等的论述,说明无论"二南"和风、雅、颂,在古代都是入乐的。这样,就为《诗经》入乐找到了文献依据。

宋代程大昌作《诗论》17 篇,谓《南》《雅》《颂》入乐,自《邶》至《豳》是不入乐的,只是徒歌。此说影响到朱熹、焦竑和顾炎武。朱熹认为变风变雅都不入乐,焦竑不承认《风》诗为乐歌。顾炎武则由此主张诗有入乐

与不入乐之分。对此,张先生引了陈启源《毛诗稽古篇》、马瑞辰《毛诗传笺通释》和俞正燮《癸巳存稿》等清儒的意见,甚至康有为、皮锡瑞的意见加以驳斥。虽然如此,张先生还是认为以上数人对于《诗》三百篇本文是否为乐的形式,尚未说清楚。所以又引了顾颉刚的《论诗经所录全为乐歌》一文为证,确认"现存的《诗》三百篇中,有的是诗人所作而后被之管弦,有的是由徒歌以后变成乐歌的"①。论述到此,对于《诗》三百篇都是乐歌的结论应该是没什么问题了,但是,张先生仍意犹未尽,还补充了四个理由。一是从诗的职掌及其搜集来看,它经过乐师之手,所以被之管弦而变为乐歌。二是风是声调,《风》决非徒歌,所以《诗经》所录当全为乐歌。三是从古代歌舞的情形来看,《诗经》所录当全为乐歌。在这一点上,张先生引了《诗经》中的许多篇章,证明古代歌舞是同时的,歌诗都是可以被之管弦的,而且当时乐器已很发达,多用来伴奏,证明诗即是乐歌。四是从《诗》与乐经的关系看,"乐"本无经,乐歌就是诗。

由以上的论证,张先生得出"《诗经》是中国古代的乐歌总集"的结论。

在第二篇"《诗经》的思想内容"中,张先生把《诗经》中的内容分为"关于劳动生产的诗歌"、"关于恋爱婚姻的诗歌"、"关于政治讽刺的诗歌"、"史诗及其他杂诗"四大类。张先生分析《诗经》的思想内容,其理论依据是"应当依据这一经典名言,'艺术是属于人民的,它的最深的根源,应该出自广大群众的最底层'"②。所以他着重分析《风》诗和二《雅》,附带地谈一下《雅》《颂》。

关于劳动生产的诗歌,张先生举了《国风》、《小雅》、《鲁颂》、《周颂》中近二十首诗,分析其田猎畜牧描写和风俗、农业劳动的情况,妇女的劳动采撷蚕桑等。其中对于《召南·驺虞》《豳风·七月》和《邶风·绿衣》等诗的分析特别细致。

在关于政治讽刺的诗歌这一类中,张先生特别注意到《国风》中的许多诗歌。并把它们大体上分类,咒骂统治阶级恶毒强狠的,如《鹑之奔奔》《北

---

① 张西堂:《诗经六论》,商务印书馆 1957 年版,第 13 页。
② 同上书,第 20 页。

风》《黄鸟》《鸱鸮》;刻画他们剥削贪婪的,如《葛屦》《伐檀》《硕鼠》;暴
露他们荒淫无耻的,如《墙有茨》《东方未明》《相鼠》;有怨恨劳役战乱的,
如《小星》《式微》等;还有讽刺贵族傲慢无能和贵族阶级的没落以及表现
亡国的悲哀的。这样的分类分析,可谓细致。在《国风》的这些诗中,张先
生特别提出《鹑之奔奔》和《鸱鸮》,认为它们“具有极强烈的人民性的
诗”①。二《雅》中的讽刺诗,张先生举了比较著名的 20 首,对其中的《节
南山》《十月之交》等进行详细的分析,认为这些都是士大夫所作的政治讽
刺诗。

在史诗及其他杂诗这一类中,张先生首先把《载驰》《竹竿》《泉水》都
归于爱国主义的诗篇,并认同魏源的考订,都归于许穆夫人所作。魏源的说
法并不完全可信,但张先生从诗中的一些句子推定它们之间的联系,亦可备
一说。史诗当中,张先生对《大雅》中的《生民》《公刘》《緜》《皇矣》《大
明》分析特别详细,这是一致认同的周民族史诗,后来的许多文学史对这五
首周民族史诗的分析,基本上与张先生的解读相同,说明张先生的影响。此
外他认为二《雅》中的《出车》《采芑》《江汉》《六月》《常武》这五首诗
以及《鲁颂》的《泮水》《閟宫》《商颂》的《玄鸟》《长发》《殷武》也可
以当着史诗来看,这个看法值得我们注意。

在《诗经的思想内容》这篇论文中,我们可以发现张先生的一个立论基
础即是人民性和阶级性,特别是人民性。比如认为《七月》“最具有坚强的
人民性”②,而像《良耜》这样的诗,“就思想实质来说,是没有什么人民性
的”③,因为像《良耜》《载芟》是歌颂“统治阶级丰收”④的。在分析政治
讽刺诗时,张先生还注意到《风》诗是来自劳动人民的最底层的,和二《雅》
的比较,他特别注意到“作者的阶级本身是不同的”⑤。在对四类诗进行分析
时,张先生基本上都是确立在这样的立场的。甚至在最后谈到如《召南》的

---

① 张西堂:《诗经六论》,商务印书馆 1957 年版,第 40 页。
② 同上书,第 22 页。
③ 同上书,第 23 页。
④ 同上书,第 25 页。
⑤ 同上书,第 35 页。

《甘棠》、《卫风》的《淇奥》等诗时，说"这些诗所歌颂的人物必是能够'为人民服务'的人物，所以尽管他们是封建领主或是士大夫阶级，歌颂他们的诗得以流传到今日"①。可能张先生此篇论文做于20世纪50年代，时代的影响，张先生尽可能的用了当时的特别是"人民性"的理论武器，以及"为人民服务"这样的当时术语。我们可以看出他是想努力地迎合时代的要求尽量地用得娴熟一些，但还是比较生硬。不过，也可以看出，虽然张先生在分析时贴了一些人民性和阶级性的标签，但他对诗的分析是实事求是的，是可信的。

在《诗经的艺术表现》这篇论文中，张西堂先生有意识的避开过去的学者"多从赋比兴和双声叠韵的角度"，"改从新的文艺理论及民歌表现方法的角度来谈"②，分为八项：一是概括的抒写；二是层叠的铺叙；三是比拟的摹绘；四是形象的刻画；五是想象的虚拟；六是生动的描写；七是完整的结构；八是艺术的语言。但是，赋比兴的确是《诗经》艺术表现方法中太重要的一个部分，所以，张先生还是在这篇文章中花了一些笔墨来谈赋比兴。他引了从郑玄、挚虞、孔颖达、朱熹、郑樵到姚际恒的说法，首先认为"不应当将赋比兴也当作诗体"。赋是直接陈述事物，比是用另外的一些事物作比拟譬喻，兴不过是一个"起头"③。其次，张先生不同意朱熹所谓的"兴而比"、"比而兴"、"赋而兴"和"兴而赋"的说法，认为"兴而比"就是比，"兴而赋"就是赋，不必另外立一些名词。50年代的文学史对赋比兴的解释和定义，基本上和张先生相同。

对于八项的艺术表现，张先生在每一项中都举出几首诗来加以阐释。在"层叠的铺叙"这一项中，他特别举出"渐层"的方法，其实也就是层递的方法。在"比拟的摹绘"这项中，他从修辞格的角度把《诗经》的比拟分为明喻、隐喻、类喻、博喻、对喻、详喻等六种，这就比一般的说比喻要细致得多了。在"形象的刻画"这项中，他分析了《硕人》中的卫庄姜的形象，认为写出了"典型环境中的典型性格"，这，也是他用新的文艺理论的一个尝试。在

---

① 张西堂：《诗经六论》，商务印书馆1957年版，第49页。
② 同上书，第5页。
③ 同上书，第52—53页。

"想象的虚拟"这项中,张先生举出《魏风·陟岵》的写作方式,是从对面写来,对杜甫的《月夜》和王维的《九月九日忆山中兄弟》都产生了影响。在"艺术的语言"这项中,张先生从修辞学的角度举出了引用、比喻、拟记、摹绘、详密、借代等二十个格,并认为如再细分,甚至可以分为三十几个格,每一种都有例句。在这二三十个修辞格里,未免有些与前面有所重复,但正是这样的条分缕析,才可见出"《诗经》的表现手法已经达到极高度的艺术成就"①。对于《诗经》的艺术表现手法,旧说的确多注重赋比兴,张先生从修辞学、典型形象、思维和结构特点等进行分析,在 20 世纪 50 年代,真正是一种新方法的运用了。此又是难能可贵的。

在《诗经的编订》这篇论文中,张先生主要探讨采诗和删诗的问题。这是几千年以来聚讼纷纭的话题。张先生的方法是从旧说开始,一一加以辨析。关于采诗之说,张先生引古籍所载认同存在采诗之事的八说,从《礼记·王制》到《文选·三都赋序》。但张先生认为这些记载都不足深信,因为说法不同,前后不一致。而且为何有的国有诗,有的却无诗留存。周室东迁之初,还有许多小国存在,为何无诗存留呢?张先生进一步提出,"古代所谓采诗之官,徇于路以采诗,当时不必有其事"②。但是一定有个做搜集工作的人,这就是当时的乐师。他从《论语》《礼记》等文献材料说明是有专人搜集的,其人就是太师。因此,张先生认定:"采诗之官,古时固然没有,然而搜集当时诗歌的却一定另有人在。这应当就是当时的太师,其后以讹传讹,才发生了巡行采诗等等臆说。"③ 采诗的说法,古代典籍的记载是否可信,当然可以讨论,但也未必全无来历。张先生立论的逻辑起点,是在他第一篇论文里说的,诗三百篇都是乐歌。《诗经》本来是当时乐师采集民歌等入乐的。

关于孔子删诗说,张先生列举了主张删诗和反对删诗的几家说法,主张删诗的包括《史记·孔子世家》、欧阳修、王应麟《困学纪闻》、卢格等,反对删诗的有朱熹、叶水心、苏天爵、黄淳耀等。这是针锋相对的两个阵营。对于

---

① 张西堂:《诗经六论》,商务印书馆 1957 年版,第 77 页。。
② 同上书,第 81 页。
③ 同上书,第 83 页。

后者,张先生认为反驳《史记》仍不够充分和有力。于是再引证朱彝尊《诗论》和赵翼《陔馀丛考》详加引说。朱彝尊反驳《史记》"孔子去其重,取其可施于礼义"和欧阳修删章句删字的说法,认为诗之逸,在于秦火、作者整齐章句、乐师只记其音节而亡其辞等原因造成的。而赵翼又从逸诗的数目来证实朱彝尊的说法。这些引论,对于反驳删诗说是十分有力的。但是张先生仍不满足,再举郑樵、马端临、赵坦、王崧等人之说,谓"正乐"即删诗,即"去其重"之非,以方玉润等人的说法加以驳斥。这样的反驳,本也已相当有力了,但张先生再以己意申述五点理由,以反驳《史记》之谬。一是《史记·宋世家》说《商颂》是宋襄公时正考父所作,与《孔子世家》相矛盾。二是《史记》"去其重"的话与下文不合,去其重不是去其不可施于礼义,所去的逸诗在数量上也不符合实际,而且《史记》文字本有许多窜乱,从意义、事实、情势三点来看,孔子去其重之说皆不可信。三是从《孔子世家》全文来看,也有为后人所窜乱者,其中说诗的地方,也不免窜乱,因此才会与《宋世家》不合,与三家之义也相违背。四是逸诗也非三百篇之逸,有的逸于孔子之前,有的逸于三百篇之后,并不是孔子删削而后逸的。五是本无采诗之说,则古诗三千之说,自然也不可信。由此,张先生得出结论说,"现在的《诗》三百篇,就是鲁太师所传"[①],"现在流传的《诗经》,本是当时乐师采集入乐的乐歌,在孔子时,它在合乐演奏的过程中就已经编订流传,不是孔子编订的"[②]。

对于《诗经的体制》,张先生主要讨论"二南"和风、雅、颂的定义和区别。张先生认为"南"应从《风》诗中分出来。四诗应该是:南、风、雅、颂。而且,"严格地要认南、风、雅、颂这四诗的区分是从乐器或声调来区分,我们以《诗》三百篇证《诗》三百篇,可以看出这种意见是绝对正确"[③]。张先生举了六种对于"南"的解释,一一甄别之后,认定"南是一种曲调,是由于歌唱之时,伴奏的是一种形状像'南'而现在读如铃的那样的乐器而得名,南是南方之乐,是一种唱的诗,其主要的得名的原因只是由于南是一种乐

---

① 张西堂:《诗经六论》,商务印书馆 1957 年版,第 96 页。
② 同上书,第 97 页。
③ 同上书,第 100 页。

器"①。在十五国风里,周南、召南的确不像其他十三国一样,是具体的国名。过去说二南是周公、召公之领地,那么为什么它和其他十三国不统一呢? 这也是我们时常考虑的问题。张西堂先生这里将二南与其他十三国风分开来,取《诗经》本身的例证和郭沫若的考证,说明雅、南均属于乐器。这的确给我们以很大的启发。

关于"风",张先生举了从《毛诗序》到顾颉刚共十二种说法,而赞同风为声调说。"风指声调而言,《郑风》就是郑国调,《卫风》就是卫国调。"② 张先生的这个说法,为后来的学者所认同,余冠英就采此说。③ 关于"雅",张先生举了旧说七种而赞同章炳麟的说法,雅也是一种乐器。大小雅的分别,非政之有大小,大小雅同样当以音别。张先生对诗之正变,也同样持不赞同之意见。关于"颂",张先生引了旧说四种而基本赞同王国维的意见,即王所说的《颂》之声较《风》《雅》为缓。但张先生认为王国维也忽略了《颂》与乐器的关系。张先生认为:"《颂》的得名,应当也如《南》《雅》一样,是由于乐器。这个乐器应当是'镛',就是所谓的大钟。"④ 张先生还举出四个理由说明"颂"即"钟":①"颂""庸(镛)"古字通用;②从《周颂·有瞽》等诗可以知道祭祖所用乐器有镛;③古代歌舞也用钟为乐器,从《商颂·那》篇可知;④颂是祭神的舞曲,宗教仪式也多用钟为乐器。所以"颂"即"庸(镛)",就是大钟,是一种乐器。所以《南》《雅》《颂》都是乐器,《风》是声调。这样,张先生的结论是,四诗都是因音乐而得名,其体制就是"以音乐为诗的形式"。张先生对《诗经》体制的研究,紧紧扣住音乐,应该说其基本的立足点是正确的。

《关于毛诗序的一些问题》,张先生所用的材料更为丰富。首先,对于大、小序之分,张先生列举了前人六种说法八个名称。但是张先生同意《释文》的说法,取消大、小序之分。至于《毛诗序》的作者,张先生综合了前人的论述,列了十六种说法,并一一引后人有关文献加以驳斥。为了使意思更加明

① 张西堂:《诗经六论》,商务印书馆1957年版,第106页。
② 同上书,第108页。
③ 余冠英:《诗经选》,人民文学出版社1982年版,第2页。
④ 张西堂:《诗经六论》,商务印书馆1957年版,第113页。

白,张先生特将前人所论归结为十点,以证明《毛诗序》之谬妄。这十点是:①杂取传记;②叠见重复;③随文生义;④附经为说;⑤曲解诗意;⑥不合情理;⑦妄生美刺;⑧自相矛盾;⑨附会书史;⑩误解传记。① 这十点,可以看出《毛诗序》和《诗》本身、和其他的文献如《左传》《礼记》等的违异。最后认为"郑樵说'《诗序》村野妄人所作',并不是故意惊世骇俗,事实原如此"②。张先生这些材料和观点,对于《毛诗序》的批驳,是相当有力的。虽然我们现在重新来审视《毛诗序》,有些问题还可以做一些商榷,特别是上海博物馆发现并公布了战国楚竹书里的《孔子诗论》后,对于《毛诗序》主要是"小序",应该有一些新的体认,但张先生对《毛诗序》的梳理论述,无疑的给我们以许多启发。

三、张西堂《诗经》研究的方法及其意义

今天我们来总结张西堂的《诗经》研究,有几个方面是很值得我们注意的。

首先是张先生《诗经》研究的成果及其影响。张先生此书中关于《诗经》是中国古代的乐歌总集、关于"南"《风》、《雅》、《颂》的体制性质,虽并非都是张先生的创见,但经过张先生的梳理论证,其结论更加可信。我们现在都认为《诗经》的时代,其实是诗乐舞一体的,这就说明《诗》三百的确是一部乐歌的总集。从春秋时期人们的用诗情况也可以证明这一点。南、风、雅、颂都是乐调,大体上也为大家所认同。当然,他认为南、雅、颂都是乐器,似尚可商,然谓"颂"即"庸"即"钟",还是很有道理的。关于孔子删诗说,自唐代以来,已有反对者,经张先生的梳理论证,孔子不曾删诗之说,似无再有异议。③ 关于《毛诗序》的作者,经张先生这样的梳理论证,认为

① 张西堂:《诗经六论》,商务印书馆 1957 年版,第 133—138 页。
② 同上书,第 139 页。
③ 袁行霈主编《中国文学史》第一卷第二章《诗经》第一节"《诗经》的编定"中说:"孔子对'诗'做过'正乐'的工作,甚至也可能对'诗'的内容和文字有些加工整理。但说《诗经》由他删选而成,则是不可信的。"高等教育出版社 1999 年版,第 61 页。

《毛诗序》的作者非孔子、子夏、卫宏等作,也已经比较清楚了。至于是否村野妄人作,虽可待讨论,但张先生所列举的材料,提供了很清晰的思路,有利于后人的探索。当然,有的问题也还有待商榷,如采诗,古代文献记载采诗之事,并非空穴来风,应有所依据,可以再讨论。

其次,在20世纪二三十年代起,顾颉刚、闻一多等对《诗经》的文本进行了深入的分析,但总体来看,对《诗经》作品进行深入的微观分析还是不多的。张先生曾做过《诗经选注》,对《诗经》作品当然是非常熟悉的。所以他的《诗经的思想内容》和《诗经的艺术表现》两篇文章,大概作于1953年到1956年在西北大学时期,列举了大量的《诗经》作品,对作品的微观分析相当的深入细致。如对《驺虞》、《苤苢》、《绿衣》、《谷风》、《氓》、《鹑之奔奔》、《鸱鸮》、《节南山》、《生民》等,都能够抉微入里,剖析出诗歌的内涵,后来有些文学史沿用了张先生的分析。

如前所述,因了时代的原因,张先生有意识地用新的理论和方法来分析《诗经》作品,这是难能可贵的。大家知道,在20世纪50年代初开始,大陆的理论界对于中国古代文学作品,特别强调所谓的人民性和阶级性,以此标准去衡定一篇作品。此外,就是所谓"典型形象"的理论。在《诗经的思想内容》这篇论文里,我们可以发现张先生是很鲜明地坚持以人民性为其分析标准的。当然,这样的分析,现在来看,可以看出时代影响的痕迹,即"左"的理论的影响,也可以发现张西堂向新时代理论靠拢的努力。但是今天来看,也不可将作品只局限在这样的理论视野中,否则,就有"固哉高叟"的感觉了。比如《良耜》,是《周颂》中一首很重要的农事诗。《良耜》写的是周王秋报社稷,其中虽写到"妇子"即后妃和王子,而且也写出了丰收的盛大景象,但要说它"实在看不出有丝毫农民大众的思想实质和具体生活内容",说"如就思想实质来说,是没有什么人民性的",则显然有些偏颇了。[①] 再如《鸱鸮》,是一首禽言诗,母鸟诉说自己经营巢窠的辛劳和目前处境的艰苦危殆,但一定要将鸱鸮比成是恶毒的统治阶级,似也未必。可以看出,张先生使用新理论是比较生硬的。也就是说一定要用这样的理论来诠释诗,有时并不

---

① 张西堂:《诗经六论》,商务印书馆1957年版,第23页。

贴切。再比如前已提及，他认为《卫风·硕人》的形象，"是有代表性的，是有所谓'典型环境中的典型性格'的"①。就《硕人》这首诗来说，可以看出张先生对"典型形象"的理论的理解是过于简单化了。如果和闻一多相比较，就可以看出区别。闻一多对《诗经》的研究，除了用传统的考古学、文字学、音韵学、民俗学进行考辨外，他也用了现在大家已熟悉的原型批评和文化人类学的方法。虽然那时还没有这样的理论名称，但是闻一多实际上在运用这样的新的方法，而不给人生硬勉强的印象。

第三，张西堂《诗经》研究的最重要的方法，还是传统的方法。蒋立甫在总结戴震的《诗经》研究的贡献时说，戴震的研究方法有两条最为重要：一是罗列比较法；二是以诗证诗法。② 综观张西堂的《诗经》研究，也以这两个方法最为突出，也可以说张先生继承了乾嘉学派大师戴震的传统。这在第一篇、第四篇、第五篇、第六篇中特别显著。罗列比较，即先罗列历代有代表性的说法，进行梳理分析，并提出对各家说法的意见，最后断以己意。如前所述关于孔子删诗说，即先列举《史记》、欧阳修、王应麟《困学记闻》、朱子发、卢格等主删诗派之说，又举孔颖达、朱熹、叶水心、苏天爵、朱彝尊、赵翼、崔述、李惇等的反对删诗说，此后，再举郑樵、马端临、赵坦、王崧四人之"正乐"即删诗说加以分析，最后张先生自己对《史记·孔子世家》的话进行五个方面的剖析驳斥，这样多方征引罗列，比较分析，反复论证，最后得出自己的结论。在《诗经的体制》一文中，张先生"说南"列了六中说法，"说风"列了十二种说法，"说雅"列了七种，"说颂"列了四种，进行比对分析。对于《毛诗序》的作者，张先生也是采用这样的方法，前已论述，此不重复。

以诗证诗法，按张先生的说法，叫"以诗三百篇证诗三百篇"或"以本经证本经"。在分析"南"与"风"不同时，他举了许多《诗经》本身的例子，为证明"南"是乐器，他举了《小雅·鼓钟》篇，并确认："以'以籥'证明'以雅以南'，雅南当然也属于乐器无疑。以本经证本经再明白没有了。"（第105页）在"说雅"中，也说"由诗三百篇证诗三百篇，《雅》是决然的

---

① 张西堂：《诗经六论》，商务印书馆1957年版，第62页。
② 蒋立甫：《戴震诗经研究的贡献》，《第三届诗经国际学术研讨会文集》，天马图书有限公司1998年版，第247页。

指乐器而言"（第110页）。证明"颂"就是"钟"，张先生也引用了《小雅·鼓钟》《大雅·灵台》《周颂·有瞽》《商颂·那》等诗加以证明。这种方法，从《诗经》文本中去寻求解释和答案，避免了随意曲解的毛病，是很值得学习的。所以，张西堂的这种方法，体现了朴学的严谨扎实的学风，更值得现在的学人学习和继承。

　　本文主要据张西堂的《诗经六论》论其《诗经》研究的成绩。张先生在该书第50页有［附注］1："本篇及下篇中关于诗篇训诂与诸家不同之处，另详拙著《诗经选注》。"据了解，张先生的《诗经选注》未曾刊行，迄未得见，无法对其《诗经选注》进行评述。张西堂的《诗经六论》从篇幅来说并不算多，但在6篇文章中提出的结论和他所使用的研究方法，都是值得我们重视的。

　　　　　　　原载《西北大学学报》2009年第3期，2007年
　　　　　　11月台湾"中研院"文哲所经学研讨会宣读论文

附:本文在写作时，为了解张西堂的生平，得到张弘（普慧）的诸多帮助，谨此致谢。

《离骚》审美特征三题

  《离骚》这部伟大的作品,集中体现了屈原的性格、思想、政治倾向和远大的理想,曲折地反映了屈原时代新旧力量尖锐冲突斗争的社会现象,展现了战国末期这一历史时期的楚国及整个时代的真实面貌。一部《离骚》,鲜明地刻志着屈原的文学的独特性和特殊性,呈露出独特的审美价值。诵读《离骚》,可以触摸到屈原的纯美的心灵,为他的崇高理想所鼓舞,体验到他的高尚情操,为他的情感所熏陶,感受到他的高洁品质,因他的忠贞和壮伟而崇敬。这样一部具有高度审美价值的艺术作品,深入探索它的审美特征,或许能更准确地把握它的艺术本质力量。因此,本文着重以《离骚》所表现出来的人格美、崇高美与悲剧美以及作者审美情感的内在节奏等几个方面加以探索,以揭示其美学意义之所在。

一、《离骚》的人格美

  《离骚》一开始,作者先叙述自己的世系、名字,详记生年月日,强调自己内在的纯美。这是屈原所具有的"内美",这是一种天然禀赋之美。关于屈原的世系、生辰、名字,如果按照肖兵先生的解泽,是屈原把高阳帝等尊为远祖、大神,并且自承为东方太阳的苗裔,认为自己是天地之灵气,日月之情华,祖先之大德寄托他父母的血肉之躯而降生的,所以得了天地之中正,因此先天就具有"内美"。这种天然禀赋之美,当然是一种特色鲜明的人格美,素质美。他象征着屈原是锺天地之精英,笼造化之灵秀的与生俱来的哲人。但是,开头这一部分对"内美"的描述,还分明带着强烈的神话传说色彩,是屈原通过想象创造出来的艺术形象,它具有明显的自然形态的成分。参照屈原的传略生平来说,屈原的"内在的美质",除了出生高贵圣洁之外,还包括"博闻强志,明于治乱,娴于辞令"(《史记·屈原列传》)等才能。这就是说他有很高的文化教养,熟悉历代兴亡得失的原因所在,对当时的各国情势有深切的了解,具有掌握客观现实的规律性的优越条件。这也是屈原的人格美的表现。它是"内美"的延续,又是后天"自修"的结果。但是,上述的屈原的人格美,还只具有种类美的特征,是一种普遍性的美。天生丽质,与生俱来,在屈原的家族中当非只其一人,博学多才,明于治乱,对于当时的士大夫贵族来说,也还不足以充分显示屈原的典型个性。因此,这些"内美",还只是屈原人格美的基础,却不能算是他最富个性特征的性格体现。真正能突出地表现出屈原的人格美的。是洋溢在整部作品中的在当时的历史时代和社会条件下屈原对于"美政"理想的执著追求,以及在逆境中坚持正义,坚贞不屈,决不与黑暗势力同流合污的高尚情操和完美品质。屈原的"内美"在对理想追求中得到升华,在与黑暗恶势力的斗争中得到闪光。正因为这样,他的"内美"才具备了更高的人格美的价值。

屈原对"美政"理想的追求,是对光明理想的执著追求,也是对美的不懈追求。屈原的"美政"思想,概括起来说,便是振兴国家、坚持统一爱民的进步思想,它的内容充分体现了这种"美政"思想的合规律性与合目的性。屈原所处的时代,正是奴隶制向封建制迅速转化时期。七国争雄,各国都想吞并他国,攫天下为己有。在七雄相争的激烈争斗中,楚国本来是有可能统一天下的。但是,由于楚怀王的昏昧,保守黑暗势力的强大,楚国非但不能自强不息,反而逐渐削弱,统一中原无望,且濒临鲸吞于虎狼之秦的边缘。"明于治乱"的屈原,已经预感到宗国倾覆的危险,因此他大声疾呼,奔走奋斗,积极提倡他的"美政"理想,希望挽回宗国的颓势,走上像"三后"、"尧舜"那样和平统一的大道,使人民过上安居乐业的生活。这种"美政"思想,充分体现出符合历史发展的客观规律的人们的合理要求。

　　屈原对于"美政"的追求,对于这种崇高境界的美的追求,是完全和他的整个生命融为一体的。他的整个心灵、情感、愿望、行为,都融化在其中,他"忽奔走以先后","乘骐骥以驰骋",满腔热情地要把君王引到正路上。他希望人君如"尧舜"之"耿介",学汤武"俨而祗敬","及前王之踵武","既遵道而得路"。"举贤授能",修明法度,任用贤才。然而这些并非单是他所提出的合规律性的口号,屈原同时也付诸自己的斗争实践。他不断地修己修人。他坚持不懈地修己,以一种孜孜不倦、积极进取的精神鼓舞自己、对待现实,他要永久保持自己的"内美",并希求以此去感染他人。他满腔热情去修人,是要造就大批的有用人才,让辅佐君王的贤能班子后继有人,使振兴宗国的计划不至于落空。这样合目的性的实践行为,在为实现"美政"理想的斗争中,同时体现出屈原的行为美。屈原的高风亮节不能被君王明察,反而屡遭打击。尽管如此,屈原还是坚持对美的追求。沉重的打击不能磨灭他的意志,身处逆境更激发了他的斗争激情。"览民德焉错辅","哀民生之多艰!"为追求理想的实现,"虽九死犹未悔!"他的生命是美的,美是他的生命。所以当美的追求破灭之时,他不惜为最高理想之美而献身。这正是他人格美的一个方面。

　　屈原的人格美,还表现在他坚持正义,不与黑暗势力同流合污的高尚情操和抗争精神。在与丑恶的斗争中增强了美的光辉。

　　屈原的时代,新与旧、保守与进步双方力量的斗争达到了白热化的程度。屈原的"美政"思想,必然触犯了旧贵族保守势力的利益。因此丑恶势力的反扑,也是必然的,在这剧烈的矛盾斗争中,要放弃自己的原则和操守,与恶势力的浪潮随波逐流是很容易的,而坚持真理,独立不迁,横而不流,保持自己完美高洁的品质,却十分不易。屈原选择了后者。他从各方面揭露小人的丑恶行径,揭露他们的贪婪嫉妒,痛斥党人蝇营狗苟,把祖国引向危亡的绝境。他怨恨楚王的昏庸和反复无常。对于那些经不起恶势力的冲击,随波逐流变心从俗的变节者,表示了极大的憎恶。在黑暗势力的不断打击面前,他宁肯承受迫害,也决不肯屈服对祖国的热爱,对人民的同情,对党人的愤恨,对社会的忧虑,对理想的憧憬,正是其坚持正义而决不同流合污的高尚情操和完美品质的思想基础。这场激烈的大搏斗,是美与丑的斗争。在这场斗争中,屈原捍卫了自己美的本质,锤炼了美的人格。屈原这种美的品质不是孤立存在的。屈原的理想和斗争,是把人民群众对于真善美的追求和对于假恶丑的排斥真正变成为个人的强烈需要,因此,他这种品质反映了楚国人民在历史发展中所养成的一种力争上游、艰苦卓绝的反抗斗争精神,体现了一种民族精神之美。

上述的两个方面统一于一个整体形象之中,成为屈原的典型性格的本质体现,形成了他的个性特征。这种个性特征,在特定的斗争环境之中,通过复杂剧烈的矛盾和冲突表现得非常鲜明生动,标志着屈原的光耀天地的伟大精神和人格美。

"作为一个客观的对象,美是一个感情具体的存在,它一方面是一个合规律的存在,体现着自然和社会发展的规律,一方面又是人的能动创造的结果。"(王朝闻:《美学概论》)性格美的形成与发展,往往离不开人们自身的自觉意识和顽强意志。人的性格不是社会环境的消极产物,而是人们自己积极活动的结果。一个人的历史是他自己的实践写成的,一个人的性格在很大的程度上是由自己塑造的,屈原坚定地追求理想的过程,也是坚持自修,砥砺心志的过程,是坚持"内美"的必然结果。屈原在《离骚》中也描绘了自己高洁而绚丽多彩的修饰打扮,这是他坚持"好修"的象征表现,也显示了他的外表美。这种外表美,仍然决定于内在的人格美。内在的人格美与外在的修饰美的融合,形成了屈原的伟大形象。屈原的内在人格之美,同时表现为对祖国对人民的深厚感情之美,对光明理想追求的行为之美。这是"内美"的升华和外化,而在对恶势力的揭露和斗争中,又形成了他光洁照人的道德情操之美,这又是"内美"的丰富和发扬。最后,为美的理想而献身,臻至性格美的最高境界。从屈原性格发展的历程中,可以看出屈原在自己斗争实践中发挥自己主观能动性而磨砺自己达到性格完美的过程。

二、《离骚》的情感特征

艺术表现感情。真正优美的文学艺术作品永远充满感情,激动人心,这在抒情性文学艺术中尤为突出。《离骚》是一篇宏伟壮丽的抒情诗。屈原的一腔热血,满怀情怨,在这里得到淋漓尽致的迸射。读《离骚》,任何人都会由于作者心声的潮汐,受到强烈的感染,产生愉悦的审美享受。

情感就是人们对与之发生关系的客观事物(包括自身状况)的态度的体验。艺术表现的情感决不单纯是空洞、抽象的主观体验形式,而是和思想、形象交融在一起的。《离骚》集中地表现了屈原的性格和感情,塑造了一个纯洁高大的抒情主人公的形象。在对《离骚》的审美观照中,我们不难发现,作家深邃思想、强烈爱憎与艺术形象交融为一体。理想的崇高,人格的峻洁,感情的真挚,交织在作品中,使这个抒情主人公具有鲜明的个性特征和感人的力量。鲜明的形象包蕴着强烈的感情,又体现出"情"与"理"的高度统一。

从心理学的角度来说,心理活动的生理基础证明了情感决不是超意识的存在,而是必然同一定的认识相联系的。没有实际的生活体验和真正的认识,便无从引发相应的情感。屈原在现实的激烈斗争中,提炼了自己的理想,提高了对光明和黑暗的认识。这些,构成了自己情感活动的主要内容,贯注于整部《离骚》之中,形成了独特的艺术形象。为此,我们且从作品的形象结构入手,透过作品的气象来追寻一下作者情感抒发的内在节奏吧。

为了分析的方便,且根据情节的发展分为若干段落来进行。

从作品的开头至"来吾道夫先路",作者叙述自己的世系、名字和"内美"。唯恐岁月流逝而修名不立,因此越加自励奋发。这一切,都是为一个目的,即为宗国和人民贡献出自己的力量。如果说作者在称颂自己的"内美"时,不免有自怜自豪的喜悦,那么,"来吾道夫先路",便是由于独具内美而产生的辅佐君王、效忠祖国的坚强信心。这不是无力的劝导,而是先驱者的召唤,充满了责任和使命的豪迈气概。

接下来,以"昔三后之纯粹兮"至"伤灵修之数化",作者以满腔热情,通过对比的手法,赞颂"三后"之"纯粹",尧舜之"耿介",指出君王应有的品德和应走的道路。对于君王陷于党人的包围而不能省悟,深怀着无穷的忧虑。此时的感情是矛盾的,既有对君王恨铁不成钢的怨恨,又有出于对祖国对君王深沉忠爱"忍而不能舍"的犹豫。

在"余既滋兰之九畹兮"至"愿依彭咸之遗则"这一部分,着重对落后保守势力进行揭露和批判。党人的劣行，直接危害了宗国的利益，把"皇舆"推向失败的悬崖。为此作者怀着极大的愤怒之情。人才的变质，也使他失望和沉痛。忧愁吞噬着他的心，愤懑使他更加坚定。作者重申了自己操守的贞洁，表示了决不随俗同流的志度。

从"长太息以掩涕兮"至"固前圣之所厚"，是前面诸情感的集中复现，显示出激烈的矛盾冲突。这里仍然有对现实社会的不满和愤恨，有对"众女""时俗"的鄙视和唾弃，有决不苟合取容、宁"伏清白以死直"的决心。这复杂感情，仍是基于"哀民生之多艰"，"怨灵修之浩荡"之上。矛盾冲突，显示出主人公斗争的艰巨性。渗入了悲愤的情调，又加深了壮伟和崇高的艺术效果。

斗争的艰巨性，使主人公心灵也备受折磨。"悔相道之不察兮"至"岂余心之可惩"一段，抒发了或进或退或去国的复杂矛盾的心情。"悔相道之不察"使其苦闷徘徊，"唯昭质其犹未亏"又引发孤独感和自信心，而"退将复修吾初服"，既是狷介之志，又有宁折不弯的坚定。对"内美"昭质的坚持和磨砺，使他坚定了信念。因此，"虽体解吾犹未变兮，岂余心之可惩！"在悲愤的情调中奏出一个响亮的高音。

从"女嬃詈予"至结束的后半部分，在形象上基本上是第一部分的再现。由于采用了浪漫主义的手法进行想象和夸张，内容显得更加丰富多彩。心灵和性格充分展现，形象更加奇伟瑰丽，感情更加奔放激昂。如前所述的高音鸣奏更加频繁出现，形成一曲激昂壮阔的交响旋律。

女嬃的责备，代表了当时一些明哲保身、不能锐意进取、"不藏是非美恶"的人的处世态度。这些人的劝告或许出于好心，然而却肤浅而庸俗。作者借助向重华的申诉，列举历史上的正反面的实例，揭示自己坚持高洁品质和正确主张的历史必然性，从而点明自己的这种强烈的辅君救国志向的历史渊源，加深了这种感情的力度。"跪敷衽以陈辞兮"到"余焉能忍以终古"，作者借想象的手法，把上下求索、为真理和理想百折不回艰苦奋斗的高昂激情形象化。通过追求理想受阻的形象表现，揭示出内心极为矛盾的心情。

虽然如此，并不能熄灭他内心的追求之火，反而激起他更顽强的求索。因此，在灵氛占卜、巫咸降神之中，他进一步表示了自己的坚强意志，并以更加愤怒的心情揭露那帮佞人的为非作歹，憎恶变节者的卑劣。在最后的天地神游中，他发轫天津，至于西极，涉流沙，遵赤水，经不周，指西海，听九歌，看舞韶，驾飞龙，扬云霓，麾蛟龙，载云旗，浪漫主义气息占据了整个画面，这是感情奔放，神驰无极的时候。我们从作者感情的回环变幻之中，亲切地感受到他艰苦求索的苦闷与探索最高理想的斗争火焰，洋溢着扫荡一切歪风邪说的激情。这里既有奔放的热情，饱含强烈的悲愤，更具清醒的理智。他始终系心于君王，眷恋于祖国，对现实又有着清醒的认识。因此当他"神高驰而不顾"之时，忽然见到自己的旧乡，便"仆夫悲，余马怀兮，蜷局顾而不行"。这时，理性制约了情感，现实斗争的理智使他回到地面上来。作者追求的并非单一的情感宣泄，而是包含着深刻的理性内容。"国人既莫足与为美政兮，吾将从彭咸之所居"，在极度痛苦之中产生的抗争到底以身殉国的决心，反映了他理性主义的积极的人生态度，完成了作品中主人公的整体形象。

这就是作者的感情律动的内在节奏。这种感情的波澜起伏的流动，通过一系列生动的审美意象组成了一幅幅绚丽动人的图画。在这感情的流程图中，我们看到的是作者整个的心灵，看到了整个心灵的美。在这流程图中，作者所追求的美，同个体的心灵、情感、想象、愿望，完全地融合在一起了。

可以说，《离骚》是按照感情的逻辑来进行结构的，结构随着感情的起伏变化而跌宕多姿。《离骚》的感情是复杂而多层次的。有理想、希望，追求、失望，忠贞、怨恨、愤怒、斗争，凡此种种，集于一身，统一在忧国忧民、追求奋斗这一基调之上。一个作者要完成对真善美的歌项和对假恶丑的批判，必须通过高度的社会自觉性，把人民群众对真善美的追求和对假恶丑的排斥真正变成为个人的强烈需要，也就是在个人的需要中体现社会的进步要求。这样，他的歌颂和批判才会带着强烈的感情，因而感人至深。屈原正是具有这种艺术自觉的作家。屈原所处的时代，他的世系、出身等一系列内美，使他必然从心理结构上积淀成对生于斯长于斯的故国的无比热爱，对休戚与共的人民无比关切。他"博闻强识""明于治乱"，又使他从后天的学习中获得了明察形势、洞悉忠奸的判断能力，通过自身对于政治斗争和外交斗争的参与，更深知祖国处境维难。因此，这种对祖国的热爱转化为无限的忧虑。然而屈原又不是一个只会怨天尤人、平庸无为之懦夫，而是奋起搏击的斗士，他要为改变祖国危险的现状而斗争,因此,那种深沉的忧虑化为昂扬的斗争激情和坚韧不拔的苦苦探索,最终上升到为祖国为人民献身的壮伟的激情。这就是《离骚》中情感节奏的纵向线索,也是层递性发展的主导线索。

出于对祖国命运的忧虑,他又有对君王的怨悱。要振兴祖国,唤醒君王,必然要摒斥群小,所以对党人群小的愤怒之情,始终贯注其中。对于人才变质的惋惜,也同时引发了自己事业后继无人的哀伤。在艰苦的斗争中,诗人的心灵也进行了猛烈的撞击,终于达到了净化的境界,心灵之火放射出光芒。这一切,又是《离骚》情感节奏的横向线索,这是建立在主导线索基础上的平行的多轨道的情感运动轨迹。这样,纵向的线索和横向的轨迹在作品中错综地交织在一起,以网络式的状态覆盖着整个作品。这里有情理交融的一系列艺术形象,有言之于外的情感宣泄,又有形之于中的心灵撞击,形成了多层次的立体形的结构。诗歌贵有激情,其震撼人心者,则诗中之精华。《离骚》的感情,如江河奔腾,浩浩荡荡,磅礴飚发,但又是九曲洄环,起伏跌宕,有徐徐缓流,有咆哮激浪。徐缓处,是沉吟徘徊,如潮头暂退,蓄势待涨;激烈处,若猛浪奔涌,拍岸腾空。感情的激烈处,正是这种网络形的情感流程中的汇合集结处,是多种复杂感情的撞击点,形成了情感喷射的火山口。

明白了《离骚》这种网状的多渠道的情感抒发的特征,我们也就不难理解《离骚》中出现的重复的抒发感情的现象。这种重复,不是简单的复沓式的机械排列,而是错综复杂的感情渊薮,它既有艺术上运用这一手法来加重渲染的功效,又是作品中这种立体交叉情感结构所产生的必然。

三、《离骚》的崇高美和悲剧美

前面我们谈到的《离骚》的情感特征,就情感的抒发所表现出来的审美感受来说,无不给人以崇高的感觉。但是,一部《离骚》,就是作者所描写的抒情主人公与黑暗势力进行顽强不屈斗争的历史。主人公的个人遭遇和心灵的艰难历程,都是一个极其艰苦的斗争过程。《离骚》的崇高美,主要体现在以诗中抒情主人公为代表的进步力量与黑暗腐朽势力的尖锐冲突和艰巨的斗争中,这是真善美与假恶丑的大搏斗。它是战国时中期社会大变革中楚国新旧两种对抗社会力量激烈斗争的体现。在这对抗性的大搏斗中,进步力量代表了历史的必然趋势。可是社会进步力量往往不可能轻而易举地取得胜利,需要付出巨大的代价,需要一定的英勇牺牲精神,从而写下历史上悲壮崇高的篇章,显示了先进社会力量的巨大潜力和崇高精神。这样的崇高美常常以美丑斗争的景象剧烈地激发着人们的战斗热情。

在作者的笔下,真善美和假恶丑是营垒分明的。一面热情歌颂历代贤君的圣哲茂行,一面严厉指责现实君王的昏昧暗弱;在称美自己高洁品质的同时,又痛斥奸佞群小的鄙行劣迹,诗中反复强调自己后天的修能和保持绮节,又憎恶经不起世俗利诱弃志从俗的"兰芷荃蕙"。在这两大阵营的对峙中,一方是以屈原为代表的进步力量的抗志高远,忠贞不渝,以至仗节死义,要把楚国引向光明;一方是以党人为中心的反动势力的蝇营狗苟,卑鄙龌龊要把楚国推向黑暗以至灭亡。在这里,光明和黑暗,正义和邪恶,高尚和鄙贱,真善美和假是如此水火不能相容。这场斗争,通过作者饱含强烈感情的艺术揭示,真善美得到了歌颂,假恶丑遭到鞭挞。因此,美者如日之升,光耀天地,丑者原形毕现,令人唾弃。

与此同时,主人公的心灵也经历了激烈的斗争过程。他一心想辅佐君王走上治世的康衢大道,希望君王能"乘骐骥以驰骋",自愿担任先驱以"导乎先路"。然而满腔的热忱,换来的是"哲王不悟"和"信谗而齌怒",这使他内心产生了激烈的矛盾。政治上的打击挫折使他产生了恪守自修,洁身自好的想法,他要"进不入以离尤兮,退将复修吾初服"。他也曾想"勉远逝而狐疑",产生"去国易主"的念头,此时,心灵上的冲突、回旋、交织、斗争,使他的内心痛苦达到高峰:"怀朕情而不发兮,余焉能与此终古!"终于,对国家人民命运的高度责任感,对人格美的坚持,对美政的强烈追求,使他抛弃了消沉,唾弃了逃避,更不考虑个人安危和功名富贵,坚定了坚持到底,为真理而献身的志向:"虽体解吾犹未变兮,岂余心之可惩!"心灵上的这场斗争,是社会政治斗争的折射,其斗争性质,是个性人格上的真善美与假恶丑的斗争。屈原的人格是美的,理想是美的。心灵的净化过程,也是对美的不懈追求。通过自我斗争,达到美的境界。心灵产生了一个质的飞跃,完成了一个捍卫真理、宁折不弯的崇高形象。这里,我们可以看到一个鲜明的特征,即屈原对美和善的追求是统一的,美和善内在地融为一体,作品中对于心灵艰难历程的艺术描绘,把严重的社会冲突和高尚的道德品质熔为一炉,将激烈的政治斗争与个人心灵上的净化纯洁合为一体。西欧古典美学家郎加纳所曾说:"崇高就是伟大心灵的回声。"人物性格的突出鲜明强烈,常常体现于心灵激荡之时,这种伟大的心灵的回声,使《离骚》的崇高美得到了升华。

应该注意到,单是崇高的审美特征,还未能最深刻地阐明《离骚》这部伟大作品的审美特征的全部。《离骚》在具现本身的崇高美的同时,又以悲剧美的审美观照突现在读者面前。《离骚》的崇高美,体现在屈原对黑暗势力斗争的全过程。这场斗争,惊心动魄,惊天泣地,具有强烈的震撼人心的力量。表现屈原高风亮节的崇高,渗入了悲剧的因素,则是崇高之极致,深化了《离骚》的崇高美。

悲剧是社会生活中新旧力量矛盾冲突的必然产物。悲剧冲突根源于两种社会阶级力量,两种历史趋势的尖说矛盾,以及这一矛盾在一定历史阶段上的不可解决,因而必然地导致其代表人物的失收与灭亡。(《美学概论》)上面已经谈到,屈原代表了历史发展趋势的进步力量,楚国的黑暗势力与进步势力形成了力量对比的悬殊。君王的昏昧和偏听偏信,亲小人而远贤臣,谄谀群小的猖獗,干进务入且结党比周;培养的人才变质,无实容长而随波逐流。屈原处其中,真个是"举世皆浊我独清,众人皆醉我独醒"。保守倒退的黑暗势力结成一个强大的包围网,张开血盆大口,步步逼向屈原。外有强秦的挑拨和威胁,内是如此黑暗的现实,在这样力量悬殊的激烈搏斗中,屈原的失败与毁灭是必然的。但是,屈原仍然是屈原,正如《国殇》中所描写的楚民族历来具有的那种视死如归、宁死不屈的英雄气概和民族传统养育出来的屈原,对这种预料中的结局毫不介意,仍然坚持自己的美质,坚持对美的追求。他不是坐等失败的到来,而是进行了坚决的抗争。屈原的自沉,是对恶势力的最后挑战,是对黑暗现实的愤怒控诉。它不是失败者的哀鸣,而是进击者的壮曲。这不就是如鲁迅先生所说的"将人生有价值的东西毁灭给人看"的壮伟的悲剧吗?车尔尼雪夫斯基说:"悲剧是人底伟大的痛苦或伟大人物的灭亡。"屈原的形象给我们的美学启示是:美的人追求美的理想,其结果虽是美的物质形式的毁灭,却得到了美的本质的升华,并由此放射出更强烈的光华。这就是《离骚》的悲剧美所具备的更高一层的审美价值。

屈原的斗争是失败了，但他的理想和追求，以及在斗争中体现出来的伟大精神，产生了震撼人心的力量，人们并没有因屈原的失败而悲哀和沮丧，反更增添了斗争的勇气，屈原所遭受的政治迫害，激起历代人们对黑暗势力的无比憎恨。屈原的悲剧，是丑对美的暂时的压倒，却强烈地展示了美的最终的和必然的胜利。这种悲剧美，激起了人们的强烈的共鸣。"推此志也，虽与日月争光可也"（司马迁语），"屈原辞赋悬日月"（李白诗），后人的崇敬，说明《离骚》的崇高美与悲剧美，永远激励着世世代代的中国人民。

原载《龙岩师范专科学校学报》1988 年第 1 期

《四库全书总目》中的楚辞批评

一

楚辞自其产生之日起,就有批评出现。自东汉以降,楚辞批评话语更多的是以注释本的形式呈现的,换句话说,楚辞批评的形式更多的是包含在历代的楚辞注释之中。《四库全书总目》虽是目录学著作①,但在其对历代楚辞注释著作的评价中,同样也含有丰富的楚辞批评理论。

《四库全书总目》集部类首列《楚辞类》,共收著作六部六十五卷;存目十七部七十五卷。

自从目录学将古代图书以经、史、子、集四部分类后,集部专收历代作家一人或多人的诗文词曲。集部各类的安排,基本上以时间为序。集部之中将《楚辞》独立列为一类,自《隋书·经籍志》始。其后郑樵的《通志》、陈振孙《直斋书录解题》等目录学著作,一直到《四库全书总目提要》,均沿用此例。《总目》在卷一四八《集部总叙》中说:"集部之目,楚辞最古,别集次之,诗文评又晚出,词曲则其闰余也。"《隋志》将集部分为楚辞、总集、别集三类,《四库全书总目》则分为楚辞、别集、总集、诗文评、词曲五类。所谓"最古",因为就诗文集来说,《诗经》已归入经部,故刘向所辑《楚辞》为

---

① 本文所据《四库全书总目》,为中华书局 1965 年版。

最古,于理亦确当。《楚辞》为何独立列为一类,《提要》在《集部一》《楚辞类》小叙中说得很清楚:

> 《隋志》集部以《楚辞》别为一门,历代因之。盖汉、魏以下,赋体既变,无全集皆作此体者。他集不与《楚辞》类,《楚辞》亦不与他集类,体例既异,理不得不分著也。(《集部一·楚辞类序》)

《总目》的解释是合理的。《楚辞》体例有别于他集,后之所出,无以雷同者,且又"最古","是为总集之祖"(王逸:《楚辞章句》《提要》),所以独立列为一门。这正说明了《楚辞》单独列类的渊源与原因。

《楚辞》单独列类,既在于其体例的独特,也说明历代目录学家对它的重视。但我们看,在《总目》中所录的《楚辞》著作却不多,这是什么原因呢?

从西汉刘向辑《楚辞》,到清戴震《屈原赋注》,大约有九十来部楚辞学的重要著作,明代则有三十三部①,但《四库全书》所收《楚辞》著作共只六部,东汉的王逸,宋代的洪兴祖、朱熹、吴仁杰,宋代之后,明人著作一部未收,清人著作仅收两部:萧云从原图之《钦定补绘离骚全图二卷》、蒋骥《山带阁注楚辞》。像明人汪瑗的《楚辞集解》、黄文焕的《楚辞听直》,清人林云铭的《楚辞灯》、李光地的《离骚经注》等,这些楚辞学史上比较重要的著作,则只列入存目中。王夫之的《楚辞通释》,以及于乾隆三十八年任《四库全书》馆纂修官的戴震的《屈原赋注》,《总目》根本就没入列。在清代的楚辞学著作中,王夫之、戴震、蒋骥三人是成绩最突出的,而前二者却未能在《四库全书》中得一席之位。作为一部规模宏大、融汇古今的庞大的目录学著作,这样的缺失是令人遗憾的。

《总目》作者不录明人著作,大概是因为他们批评"明代诸人妄改古书,恣情损益"(《提要》宋洪兴祖:《楚辞补注》)。明人"妄改古书,恣情损益"的情况是存在的,如明人来钦立的《楚辞述注》,即以《楚辞集注》为底本并加以删益,而且窃取诸家评语刻成己书。再如张京元的《删注楚辞》,更是随意删削王逸的《楚辞章句》和朱熹的《楚辞集注》凑合成书,谬误颇

---

① 洪湛侯主编:《楚辞要籍解题》,湖北人民出版社1984年版。

多。① 这类注本,内容没什么新意,也谈不上什么学术价值,为四库馆臣所不取,那是理所当然。但是像前面所举的汪瑗、黄文焕的著作,还有陈第的《屈宋古音义》、屠本畯的《楚辞协音》,都是有价值的楚辞学著作,却为之所不取,或置于存目之中,这恐怕不能不说是四库馆臣的偏见。

四库馆臣的意见如此,本不奇怪,这是乾隆编集《四库全书》的初衷所定。一方面,四库馆臣当然会从学术价值出发决定其取舍,另一方面,历代著作中如有违忤清朝统治者的,或被认为具有异端思想的,多被排斥,历代楚辞著作也不例外。而这也是四库馆臣批评语境的背景。

<h2 style="text-align:center">二</h2>

对于历代的《楚辞》研究和注释著作,《总目》的总体评价是:“注家由东汉至宋,递相补苴,无大异辞。迄于近世,始多别解。割裂补缀,言人人殊。错简说经之术,蔓延及于词赋矣。”(《集部一·楚辞类序》)四库馆臣认为东汉至宋的注家都是不错的,而且见解基本一致。对于明代虽未置一词,但上举洪兴祖的《楚辞补注》提要中的议论已可以看出他们的态度。所谓“近世”,应指明清之交到乾隆时期,《总目》作者认为,这一时期,对《楚辞》的解释才分歧迭出,甚至以错简说经之术解说《楚辞》,以至于殃及词赋,因此殊为四库馆臣所诟病和不取。

根据《楚辞类序》的总体意见,《总目》中的《楚辞》批评可以分为两个方面来看。

一是肯定了汉代以来的几种注本的优长。东汉王逸的《楚辞章句》,是现存的最早的一部完整的《楚辞》注本,也是最早的楚辞研究著作。《总目》首先指出了王逸注本与刘向《楚辞》的关系,认定王逸的《楚辞章句》正是以刘向所辑《楚辞》为底本的。其中《九思》一篇,乃王逸自作自注,宋代洪兴祖曾怀疑其真,陈振孙也认为可能是“后人所益”(《直斋书录解题》)。《总目》辨证了《九思》非王逸之子王延寿所作,以证洪兴祖之疑的无据。

<hr>

① 丁山:《明代楚辞学概观》,中国屈原学会《楚辞研究》,文津出版社 1992 年版,第 392 页。

并认定古本《楚辞章句》是《九辩》在前，《九章》在后。对于王逸的注，《总目》认为："逸注虽不甚详赅，而去古未远，多传先儒之训诂。故李善注《文选》，全用其文。"总体来说，还是肯定的。但是，从《总目》的总体评价来看，作者还是没有给王逸《楚辞章句》应有的充分的评价。比如，王逸虽是"依托五经以立义"，但对屈原的高尚品质和作品的价值，给予了充分的肯定，对《离骚》的怨刺的内涵给予了揭示。"怨刺"一说，虽仍可以看出是儒家诗教说语境中的话语，但他认为："屈原履忠被谮，忧悲愁思，独依诗人之义而作《离骚》，上以讽谏，下以自慰。遭时闇乱，不见省纳，不胜愤懑，遂复作《九歌》以下凡二十五篇。"（《楚辞章句离骚后序》）对"怨刺"的价值给予肯定。这是他超过刘安、班固的地方。在训诂方面，王逸吸收了前人的成果，所注多有依据，可以说王逸在楚辞训诂方面成为汉人研究楚辞的总结，为后人研究楚辞提供了很好的依据。然而这些成就，《总目》并未给予充分的肯定。

《总目》比较满意的是洪兴祖的《楚辞补注》。《总目》对其评价是：

> 兴祖是编，列逸注于前，而一一疏通、证明、补注于后，于逸注多所阐发。又皆以"补曰"二字别之，使与原文不乱，亦异乎明代诸人妄改古书，恣情损益。于楚辞诸注之中，特为善本。故陈振孙称其用力之勤，而朱子作《集注》，亦多取其说云。

洪注是一部很有价值的《楚辞》注本，它更深入地阐发了《楚辞》的意义，对王逸《章句》的不当之处常有所纠正，洪注援据赅博，征引宏富，吸收了不少唐以前以及同时代人的研究成果，在文字校勘方面也有不少新成果。《总目》阐发了《楚辞补注》的体例，肯定了洪注超过王逸《章句》的地方，所以说"于楚辞诸注之中，特为善本"。洪兴祖不同意班固对屈原的"忿怼沉江，露才扬己"的批评意见，得到了朱熹的高度评价。这是一个从汉代到宋代，绵延了一千多年的争论，虽然东汉王逸已有明确的意见，但洪兴祖和朱熹的再次认同，也是很有必要的。所以，从学术发展和批评史的角度来说，《总目》是应该加以总结的，可惜这些在提要中并未得到体现。

其余如称许宋吴仁杰《离骚草木疏》多引《山海经》为断，"其说甚辨"，并认为该书"征引宏富，考辩典核，实能补王逸训诂所未及"。以图谱解读屈原作品是一个创举，元代的赵孟頫、明代的陈洪绶等都有作品传世，其中陈洪绶的《屈子行吟图》和《九歌图》立意高远、名垂千古，但《总目》只录萧云从的《钦定补绘离骚全图二卷》。大概因为是"钦定的"，所以提要盛称萧云从此作是"体物摹神，粲然大备。不独原始要终，篇无剩义；而灵均旨趣，亦藉以考见其比兴之原"，"得为大辂之椎轮，实永被荣于不朽"。赞其不但能揭微灵均的旨趣，还有开创的意义。对蒋骥的《山带阁注楚辞》虽多有批评，但也还承认其"引证浩博中亦间有可采者"。

　　另一方面，《总目》对历代的楚辞注释多有不满和批评。楚辞注释从汉人开始。对于汉人的注本，《总目》认为："汉人注书，大抵简质，又往往举其训诂，而不备列其考据。"（洪兴祖：《楚辞补注》）所以《总目》也认为王逸《楚辞章句》"不甚详赅"。其实王逸的《章句》逐句作解，详为训诂，达到了汉人解说楚辞的高峰。在《总目》比较满意的著作中，也间杂有一些批评，如吴仁杰的《离骚草木疏》有"好奇之过"之弊，蒋骥《山带阁注楚辞》也有"诋呵旧说，颇涉轻薄"的毛病。四库馆臣的不满和批评，更多的还在《存目》所录的著作中，如认为宋杨万里《天问天对解》"训诂颇为浅易"，"其间有所辨证者"，"未尝别有新义"；明屠本畯的《离骚草木疏补》本欲补宋吴仁杰《离骚草木疏》之"未备"，《总目》批评它"而实则反失之疏略"；批评清毛奇龄《天问补注》"语本恍惚，事尤奇诡，终臆测之词，不能一一确证"；批评林云铭《楚辞灯》"实未能深造"；批评顾天成《读骚别论》"其说皆不免武断"，解《思美人》篇"托玄鸟而致词"句"尤不可解"；批评林仲懿《离骚中正》"其说甚迂，故所释类多穿凿"；批评屈复《楚辞新注》"大抵皆以意为之，无所依据也"；批评刘梦鹏《楚辞章句》"篇章次第，舛乱尤多"，等等。

　　应该说，《总目》的批评和不满有正确的一面，如屠本畯的《离骚草木疏补》引罗愿《尔雅翼》以明吴仁杰谓宿莽非卷葹，并斥王逸和郭璞之误，却"不知其引《南越志》'宁乡草名卷葹，江淮间谓之宿莽'者，正主郭之说"，《总目》批评他"自相刺谬，尤失于考证"是正确的；再如黄文焕《楚辞听直》把屈原的"忠君"延伸到"孝"的范围，其注《离骚》"字余曰灵均"时说："顾名思义，当生之日，便是尽瘁之辰。使为臣不忠，辱其辰，辱其考矣。此又不得不竭忠之前因也。远以亢宗，近以慰考，忠也，即所以为孝也。忠孝两失，而欲靦颜以立于人间，可乎哉？"我们知道，《离骚》的开头，屈原申诉自己的出身和生辰、名、字，主要在于说明自己具有与生俱来的内美，并非表明他的"忠"，更非表明他的对皇考的"孝"。像这样的解释，确有"臆测"之弊，《总目》批评他"大抵借抒牢骚，不必屈原本意"是有道理的。再如林仲懿的《离骚中正》认为《离骚》"名余曰正则"是"与《中庸》天命之性、率性之道相合"，更为无据，无怪乎《总目》要批评他"其说甚迂"、"所释类多穿凿"，并责问道："是果骚人之本意乎？"但《总目》的批评，也有过于苛求的一面。这里且以汪瑗的《楚辞集解》和毛奇龄《天问补注》为例，可见《总目》评价的偏颇。

对于汪瑗的《楚辞集解》，《总目》认为：

> 瑗乃以臆测之见，务为新说以排诋诸家。其尤舛者，以"何必怀故都"一语为《离骚》之纲领，谓实有去楚之志，而深辟洪兴祖等谓原惓惓宗国之非。又谓原为圣人之徒，必不肯自沈于水，而痛斥司马迁以下诸家言死于汨罗之诬，盖掇拾王安石《闻吕望之解舟》诗、李壁注中语也。亦可为疑所不当疑，信所不当信矣。（《集部一·楚辞类存目》）

汪瑗此书是有一些附会臆测之说，如认为屈原实有离开楚国之意，屈原非圣人，不会自沉于水，痛斥司马迁等谓屈原自沉之说为诬词等，但汪注对于楚辞的训诂，自有其值得称道的成就。如《九歌·礼魂》，汪瑗以为《礼魂》为"前十篇之乱辞"，这个说法为后人如王夫之所重视；又如《哀郢》，汪瑗认为"此郢乃指江陵之郢，顷襄王时事也"，秦昭王派白起攻楚而拔之，遂取郢，"此《哀郢》之所由作也"，"白起破郢说"对后来的研究者也产生很大影响；再如对"怀沙"的解释，弃"怀抱沙石以自沉"说，而认为"怀者，感也；沙，指长沙。题《怀沙》云者，犹《哀郢》之类也"。这些都是汪瑗的真知灼见，而非好奇之说，本应给予肯定。但《总目》对于汪书总体评价很低，无甚赞扬之词，未免有以偏概全之失，失之公允。

对于毛奇龄《天问补注》，《总目》曰：

是编以朱子《楚辞集注》于《天问》一篇多所阙疑，又谓世或牵引《天问》，造饰襞积，因为之说，而浅陋者更且牵引而注之。奇龄喜摭朱子之失，故为之补注。……然语本恍惚，事尤奇诡，终臆测之词，不能一一确证。

毛奇龄是一位经义大师，博览群籍，他的《天问补注》是在乾、嘉之前具有朴学特色的楚辞学专著。他不满于王逸之失，欲补朱熹之阙，所以"不揣猥陋，取凡朱子之所为未详者，概依文索义，求所解会，且从而证据之"（《天问补注·总论》）。他批评朱熹过于谨慎，过多疑阙，因此在《补注》中广征博引，常以历代文人的诗赋来加以阐述，甚至把《天问》中的章句还原成一段段神话故事或历史故事，因此颇多胜义。而且毛奇龄在训释之中也提供了众多的资料。所以在《天问》的研究中足成一家之言。《总目》批评清毛奇龄"语本恍惚，事尤奇诡，终臆测之词"，既不符合事实，也贬低了毛奇龄《天问补注》的价值。

不过，尽管《总目》对历代的楚辞注释有诸多的不满和批评，但其中对楚辞研究义理和方法的批评是值得重视的。《总目》主张不要有"好奇"之心，也不要"以臆测之见，务为新说"，表现出实事求是的朴学主张。从原则上说，这个意见无疑是正确的。宋吴仁杰《离骚草木疏》多引《山海经》为断，引《朝歌》为据，虽是"其说甚辨"，但《总目》认为："然骚人寄兴，义不一端。琼枝、若木之属，固有寓言；澧兰、沅芷之类，亦多即目。必举其随时抒望，触物兴怀，悉引之于大荒之外，使灵均所赋，悉出伯益所书，是泽畔行吟，主于侈其博赡，非以写其哀怨，是亦好奇之过矣。"这就是说，虽可以征引古籍来进行考证，但也不可以处处坐实，须知楚辞本"诗赋之流"，多用兴寄手法，如果都要坐实，都要用《山海经》来印证，那就过于拘泥了，既忘记了屈原哀怨抒情的本质以及楚辞作为诗赋的寄兴意义，而且有好奇之嫌。这个看法，《总目》有多次的表述，如在顾天成的《离骚解》提要中认为对楚辞的疏解都要"疏以训诂，核以事实，则刻舟而求剑矣"，如果"不通观其全篇，而句句字字必求其人以实之，反诋古人之疏舛，是亦苏轼所谓'作诗必此诗'也"。应该说，这个意见也是对的，表明《总目》作者对楚辞的特质的认识是非常清楚的。这也是对楚辞进行疏解的一个原则。

三

《总目》楚辞的批评，还有两个问题应该注意。

其一是对楚辞这种新的文学样式的认识。楚辞是战国后期产生的一种新诗体，自从它产生以后，从西汉开始，不但产生了巨大的影响，也引起后人的极大兴趣。两汉时期，曾对屈原赋进行过激烈的争论。西汉前期，贾谊、刘安、司马迁等对屈原的评价是非常高的，贾谊作《吊屈原赋》，表示了他对屈原的同情与赞叹；淮南王刘安作《离骚传》，评价屈原和《离骚》："《国风》好色而不淫，《小雅》怨悱而不乱，若《离骚》者，可谓兼之矣。蝉蜕浊秽之中，浮游尘埃之外，皭然泥而不滓。推此志，虽与日月争光可也。"（班固：《离骚序》引）司马迁在《屈原传》中引用了刘安的话，对屈原大加赞赏，还归纳出《离骚》"怨"的主题。扬雄对屈原的作品和才华给予了很高的评价，但又不满屈原的投江而死。到了东汉，班固对屈赋的内容、风格乃至屈原的人生准则和生命态度都进行了多方面的非难，批评屈原"露才扬己，忿怼沉江"，还批评《离骚》"多称昆仑、冥婚、宓妃虚无之语，皆非法度之政、经义所载"，因此"谓之兼《诗》风雅而与日月争光，过矣"（班固：《离骚序》）。只有到了王逸，才对屈原及其辞赋做了全面的肯定。应注意到，不论是刘安的评价，还是班固对屈原的批评，或是王逸认为屈赋本是"依诗取兴"，"依经立义"，都离不开汉代经学的背景，是以是否符合儒家经义为标准的。因此汉人把它称为"经"，后代也有人也把它称为"经"。但是，楚辞就是以屈原、宋玉为代表的诗人创作的一种新诗体，并非"经"。后代有一些研究者就认识到这一点。如明代汪瑗的《楚辞集解》，对于《离骚》的艺术构思、对于《九歌》的含义，都是从文学的角度来评论的。再如清人蒋骥的《山带阁注楚辞》，也不受"依经立意"传统思想的束缚，注意到楚辞受神话传说的影响，发明微旨，特为详实。

《总目》虽是以目录的形式对各书加以评介，是朝廷敕编的目录学著作，但从纪昀到下面的四库馆臣，都是学识渊博的大学者，是可以也应该对以往的楚辞学术史加以总结的。对于屈赋或者说楚辞,到底是"经",还是文学作品?对此,《总目》的认识是明确的,四库馆臣在批评李光地《离骚经注》时认为,"《楚辞》实诗赋之流,未可说以诂经之法"。《离骚》虽被王逸目为"经",但它确实本为"诗赋之流",是不可以解释经书的方法来解诂的。这样的认识是正确而大胆的。汉人目屈骚为"经",除了汉代批评的总的经学背景外,目的还在于抬高屈赋的地位,在汉代的经学背景下,这样的目的是可以理解的。现在,四库馆臣恢复其"诗赋"的本质,并无损屈赋的地位和光辉。《总目》同时指出:"《楚辞》一书,文重义隐,寄托遥深"(汪瑗:《楚辞集解》),敏锐地看到《楚辞》的内容和表现手法方面的特点,尤其是以比兴象征手法所蕴涵的深邃含义,这些都说明《提要》对楚辞的文学特征有本质的认识。这个前提有了,我们看《总目》在评价各种楚辞注本时,大多能从文学的本质特征加以评述,如意识到楚辞本"骚人寄兴,义不一端"(吴仁杰:《离骚草木疏》),"词赋之体与叙事不同,寄托之言与庄语不同,往往恍惚汗漫,翕张反复,迥出于溪径之外,而曲终乃归于本意"(顾天成:《离骚解》)。也就是说,作为文学作品的楚辞,它有寄托遥深、恍惚汗漫、想象离奇的特点,它的手法也是多变的,因此不能处处坐实。吴仁杰的《离骚草木疏》意在阐发屈原借草木以喻贤愚善恶的微言大义,着重辨别其所象征的品质善恶,在名物考证方面,多引《山海经》为断,《总目》一方面称赞他"其说甚辨",一方面也指出其中流于怪诞、穿凿附会而犯有"好奇之过"的毛病。顾天成的《离骚解》也犯了相似的毛病,没看到作为词赋之体的楚辞与严肃的叙事文本的不同,看不到楚辞文章的波澜变化,而处处"核以事实",犯了"刻舟求剑"的毛病。

《总目》的这种楚辞本质观,对于后人理解楚辞是有很大帮助的。

其二是《楚辞》注本作者的"借他人之酒杯,浇胸中之垒块"的问题,这是不少楚辞注者都存在的现象。汉代以后,包括洪兴祖、朱熹、吴仁杰、黄文焕、钱澄之、周拱辰、王夫之、林云铭等人,他们或是"借屈原以寓感",或是"以《离骚》寓其幽愤",都把注释楚辞作为释放自家胸中愤懑的一个工具。洪兴祖在《楚辞补注·〈离骚〉后序》中说:"余观自古忠臣义士,慨然发愤,不顾其死,特立独行,自信而不回者,其英烈之气,岂与身俱亡哉!"并认为"《离骚》二十五篇，多忧世之语"。这大概是他晚年因冒犯秦桧而被贬职后发的感慨。所以洪注也有寄意的意思。朱熹的《楚辞集注》，旧说乃"因赵（汝愚）相罢衡而作"，不管此说是否属实①，《总目》还是加以采纳，《总目》说："周密《齐东野语》记绍熙内禅事曰：'赵汝愚永州安置，至衡州而卒，朱熹为之注《离骚》以寄意焉。'"明代后期注《楚辞》最有特色的黄文焕，其《楚辞听直》八卷是在狱中写成的，因此在《凡例》中明其用意在于借此寄托自己因黄道周案含冤负屈的感慨："朱子因受伪学之斥，始注《离骚》。余因钩党之祸，为镇抚司所罗织，亦坐以平日与黄石斋前辈讲学立伪，下狱经年，始了《骚》注。屈子二千余年中，得两伪学，为之洗发机缘，固自奇异。而余抱病狱中，憔悴枯槁，有倍于行吟泽畔者。著书自贻，用等'招魂'之法。其惧国运之将替，则尝与原同痛矣。唯痛同病倍，故于《骚》中探之必求其深入，洗之必求其显出。"与前人不同的是，黄文焕采用了注评结合的方式，在注评中特别突出屈原的"忠"和"愤"，这正是他要"以《离骚》寓其幽愤"的目的。 之所以能借注《骚》以抒怀，大概正如司马迁在《屈原列传》中所说："屈平正道直行，竭忠尽智以事其君，谗人间之，可谓穷矣！信而见疑，忠而被谤，能无怨乎？屈平之作《离骚》，盖自怨生也。"屈原的"忠"和"怨"，千百年来曾引起多少人的共鸣。我们看前引洪兴祖在《楚辞补注〈离骚〉后序》中说的那段话，其感情和同情何其一致。 从黄文焕的自序中也可以清楚地看清这一点。其实，还不止上举的两例，像王夫之的《楚辞通释》，则不局限于一己之私恨，而是扩大到家国之痛之中，傅熊湘《离骚章义自序》曾说："王船山抱亡国之痛，发愤著书，作《楚辞通释》。"王夫之处于明清易代之际，本人遭遇坎坷，转辗时艰，又仰慕屈原的气节和品德，因此以注楚辞来发泄他对社稷的沦亡之痛，可以说，王夫之的境界更高于黄文焕等人。因此王夫之的《楚辞通释》不被收入《四库全书》也是情理之中的。所以，后代注《楚辞》者，或仕途蹭蹬，或遭谗被谤，或家国之忧，都能从屈原的作品中找到共鸣，并通过注释《楚辞》来释放自己胸中的怨愤之情。以上还可以看出，黄文焕、王夫之等人不但和屈原的怨愤思想是相通的，

---

① 易重廉：《中国楚辞学史》有所辨证，湖南出版社 1991 年版，第 295 页。

甚至对屈原、司马迁的发愤著书的思想,也是一脉相承的。对这种现象,四库馆臣虽有所批评,但还是给予了比较宽容和中庸的态度。《总目》认同周密"以寄意焉"的说法,认为"是书大旨在以灵均放逐寓宗臣之贬,以宋玉《招魂》抒故旧之悲耳。固不必于笺释音叶之间,规规争其得失矣"。《存目》在提要中虽然不满黄文焕《楚辞听直》著书的态度,斥责他"词气傲睨恣肆,亦不出明末佻薄之习",但对于他的"借屈原以寓感",只是批评其注"大抵借抒牢骚,不必尽屈原之本意"而已。我们说,《总目》虽"不仅代表个别人或部分人的观念,而是代表以乾隆为首的整个统治阶级集体的思想,代表封建社会正统、正宗的学术观念"①,但是,屈原的思想与人格的深远影响,它能使后代众多的仁人志士因此产生共鸣,也不是哪个统治阶级或四库馆臣所能左右得了的。

原载《漳州师范学院学报》2007 年第 3 期

---

① 吴承学:《论四库全书总目在诗文评研究史上的贡献》,《文学评论》1998 年第 6 期。

林纾的楚辞读本与楚辞批评

林纾（琴南）以译著名世，自不待言。但他也编印了多种古文选本和读本。据统计，从 1908 年林纾编选《中学国文读本》开始，到 1924 年辞世之前，共有"林氏选评名家文集"二十种左右（朱羲胄：《春觉斋著述记》）。如此之多的古文选注选评本，一方面是林纾弘扬古文的宗旨使然，另一方面也是作为教材来选编的。其中很重要的一部，就是《左孟庄骚精华录》。

一、《左孟庄骚精华录》为何只选《离骚九章》

林纾的"选评名家文集"，所选基本上都是古文，如《左传撷华》、《中学国文读本》、《浅深递进国文读本》、《震川集选》等，唯有《左孟庄骚精华录》有屈原《九章》九首诗，这是颇为引人注目的。《左孟庄骚精华录》于民国二年（1913）所辑，上卷录《春秋左传》文三十二篇，下卷录《孟子》六篇、《庄子》十二篇以及《离骚九章》即屈原《九章》全部。这就是本文所说的林纾的楚辞读本。与全书体例一样，《九章》部分，先录其全诗，采用王逸《楚辞章句》和洪兴祖补注。然后有总评，且在每篇后加以集中评点，亦即篇评。[1] 读其选本，可知其所谓"精华"，所谓"撷华"，一是所选文章

---

[1] 本文所用《左孟庄骚精华录》，为商务印书馆 1935 年版。

是《左传》《孟子》《庄子》"楚骚"等古籍著作中他认定的华彩篇章;二是指评点时所揭示的作品内涵的精华所在。因此林纾所编的读本,体现了林纾选家的眼光,蕴含着选家的批评思想,且又是从教师教学的眼光来选编的,其作用,对今天的古文选编和教学都有一定的启发。

昔人之选《楚辞》,多半选《离骚》《九歌》等(如《昭明文选》选《离骚》、《九歌》六首、《卜居》、《渔父》,《九章》仅一首《涉江》),林纾为何偏选《九章》? 一般论者认为,屈原在《离骚》中已经对其自身身世、经历以及在楚国的奋斗历程都叙述详尽,感情的抒发也淋漓尽致。《九章》与《离骚》在内容和感情上基本相同。其实林纾对《楚辞》的所有作品都是熟悉的,他曾在《文微》中评点屈原和楚辞的众多作品。如对于《离骚》,他评曰:"《离骚》之文,情哀艳而气厚色古,且富曲折。"又说:"《离骚》辞藻,觉极复叠,而其神意内转,极有作用。"评《九歌》曰:"屈原《九歌》之文,无不妙者。词丽而色古,情长而调悲,若抽茧丝,绵延弗绝,而更极有章法。"①说明他并非不喜《离骚》《九歌》等作品。林纾独选《九章》,殆以其在《春觉斋论文·流别论》中说的一段话可以窥其端倪:

> 《文心雕龙·辨骚》篇曰:酌奇而不失其真,玩华而不坠其实。是言真知"骚"者也。枚贾得其丽,马扬得其奇。此私淑者之径造其室也。然其叙情怨、述离居、论山水、言节候,综此四者,披而读之,瞑目遐想,良有不可自解者。少时喜诵《九章》,怨悱不可申愬者,无如《惜诵》之文(下引《惜诵》原文,从略。)……《涉江》之词(下引《涉江》原文,从略。)……真所谓述离居、论山水、言节候,悉纳于小小篇幅中矣。……乃知骚经之文非文也。有是心血始有是至言。……惟屈原之忠愤,故发声满乎天地。②

林纾认同刘勰对"楚骚"的评价,喜欢楚辞。《九章》是他自小最喜诵读的一组诗。更重要的是,林纾曾说:"屈子真志尽载《九章》。"(《文微·周秦文

---

① 《文微·周秦文平第六》,《文微》,1920 年撰,林纾口授,朱羲胄撰述,1925 年黄岗陶子麟仿宋精刻本。本文所引《文微》,均为此版本。

② 《春觉斋论文》,1916 年撰,后易名为《畏庐论文》,1921 年商务印书馆铅印本。本文所引,均为此版本。

平第六》)"诗言志",他认为屈原的心志和情感,在《九章》组诗中更为突出。的确,《九章》与《离骚》虽然有相通之处,但对于屈原的心志和情感表达,更加直接。屈原在《离骚》中虽也述其志,但毕竟多比兴和象征手法,显得朦胧。《九章》直述心曲,尤为直接。再者,把《离骚》一篇中的内容分为九首诗来倾诉,当然可以更加细腻。其三,《九章》所抒发的感情,与林纾当时的情感是相通的,所以他对《九章》情有独钟,《精华录》于楚辞独选《九章》而非《离骚》或其他作品,就不奇怪了。

二、林纾楚辞批评的文化心理与时代心态

陈寅恪在《王观堂先生挽词序》中说:"凡一种文化值衰落之时,为此文化所化之人,必感痛苦,其表现此文化之程量愈宏,则其所受之苦痛亦愈甚;迨既达极深之度,殆非出于自杀以求一己之心安而义尽也。"以陈寅恪的看法,王国维的自杀,是其自身文化断裂而造成的结果。林纾虽然年岁比王国维大一些(林纾1852—1924;王国维1877—1927),但同样身处于那个激烈动荡的易代之际,处于新旧文化交替之际。王国维熟悉叔本华、尼采哲学,应该有相当的开放眼光,但他浸润于旧文化的确太深了,正如陈寅恪所说的王国维因为浸淫于旧文化"之程量愈宏",所以其"苦痛亦愈甚",只好选择自杀。郭沫若说过,林纾是从传统向现代转换的交叉点上的代表人物。与王国维相似的是,林纾同样深受旧文化的浸染,但他大量的翻译西方小说,亦为其接触西方文化开了眼。与王国维惊人相似的是,在新旧文化交替之时,林纾虽没选择自杀(此中有其性格的差异),但其"苦痛",也一如王国维,"达极深之度",不以自杀解决这种苦痛和矛盾,林纾选择了以《九章》来寄托和宣泄苦痛的渠道。

再者,历代作《楚辞》注本的,都存在"借他人之酒杯,浇胸中之垒块"的现象。汉代以后,包括洪兴祖、朱熹、吴仁杰、黄文焕、钱澄之、周拱辰、王夫之、林云铭等人,他们或是"借屈原以寓感",或是"以《离骚》寓其幽愤",都把注释楚辞作为释放自家胸中愤懑的一个工具。洪兴祖在《楚辞补注·〈离骚〉后序》中说:"余观自古忠臣义士,慨然发愤,不顾其死,特立独行,自信而不回者,其英烈之气,岂与身俱亡哉!"并认为"《离骚》二十五篇,多忧世之

语",这大概是他晚年因冒犯秦桧而被贬职后发的感慨。后代的注释楚辞大家,闽人学者,除了朱熹之外,还有两位是林纾的同乡。一是明代后期的学者黄文焕(福建永泰县人,今属福州市),一是作《楚辞灯》的林云铭(闽县林浦人,今福州市仓山区)。黄文焕因黄道周案下狱,在狱中作《楚辞听直》八卷,其注《楚辞》,采用了注评结合的方式,在注评中特别突出屈原的"忠"和"愤",这正是他要"以《离骚》寓其幽愤"的目的。其后处于明清易代之际的王夫之作《楚辞通释》,则不局限于一己之私恨,而是扩大到家国之痛之中。所以,后代注《楚辞》者,或仕途蹭蹬,或遭谗被谤,或家国之忧,都能从屈原的作品中找到共鸣,并通过注释《楚辞》来释放自己胸中的怨愤之情。①

《九章》九篇,非屈原一时一地而作,除《橘颂》之外,都是诗人流放时的作品。其精神虽与《离骚》基本一致,但分而叙之,其对流放期间的生活经历、处境和悲愤苦闷的心情,以及对楚王的深深眷念,对故国民生的深厚感情和对昏君佞臣的痛恨,都比《离骚》表现得更加细腻和淋漓尽致。林纾对此深有体会。林纾在"总序"中说:"屈原放于江南之野,思君念国,忧心罔极,故复作《九章》。章者,著也,明也,言己所陈忠信之道,甚著明也。卒不见纳,委命自沉。"此乃林纾对屈原《九章》的总体看法。对《九章》各诗的评点,林纾也是有感而发的。

他在《春觉斋论文·流别论》中也涉及《九章》的具体作品,如前面所引,认为"《惜诵》之文,怨悱不可申诉",又认为"(《涉江》)其中著一去国之孤臣,不特此身不可安顿,即此心又宁有安顿之处?又知国家衰败,断无容己之人。即己亦不愿变心而从俗"。又说:"惜古人句,则斗然而醒,觉眼前景物,依然是个亡国气景。"《思美人》的评点说:"今已亦秉天地正气而生,何为竟落乱世。欲变节则自引为媿,欲偷生又不自易其性。以独醒之眼,看他车覆马颠,并无趋救之法,悲哉悲哉!"这里虽是评点《涉江》《思美人》这些作品,然而却是发自林纾内心的感慨。"去国之孤臣",他虽未曾像屈原一样"去国",但清亡而民国兴,对林纾而言,却有亡国孤臣之痛。他虽没有像屈原那样流徙,但"恋念故主之情",可以在屈原作品中找到共鸣。他像屈原那样不愿"变心而从俗",不愿"变节",不愿"偷生",所以当新文化运

① 参见笔者:《〈四库全书总目〉中的楚辞批评》,《漳州师范学院学报》2007年第3期。

动来临之时,遂有其坚持文言文反对白话文的落伍之举。

民国元年秋(1912),林纾从天津迁返北京。此时袁世凯当国,1913年3月22日宋教仁被刺身亡,统治上层政治斗争复杂,社会依旧黑暗。林纾曾在宣南楼新居门楣上大书"畏天"二字,坚决拒绝为袁世凯签署"劝进表"。林纾忧心如焚,深感苦闷,其作《书感》一诗云:"此心望治几曾灰,时变纷呈胆欲摧。横议直非常理测,边氛谁引切身灾。国先难问遑言党,心果能公转胜才。痼疾日深医又误,唐衢泪眼向谁开。"他一边痛恨袁世凯的专权,又对革命党人的行为不理解。他反对专制,也反对共和,而主张立宪。这些思想,在《追忆》《咏史》等诗以及《论专制与统一》、《〈离恨天〉译余剩语》、《国仇私仇缓急辨》等文章中都有所流露。所以他对支持变法维新的光绪皇帝必然永不释怀。《思美人》的评语说:"思美人者,思怀王也。"又说:"今已亦秉天地正气而生,何为竟落乱世。欲变节则自引为愧,欲偷生又不自易其性。以独醒之眼,看他车覆马颠,并无趋救之法。悲哉悲哉。"《哀郢》评点说:"身虽东行,而心仍在故都。所恨此身一去,而后顾茫茫,丧礼正无有纪极。大夏为丘,东门可芜,此铜驼荆棘之悲也。"这些话,虽是评说屈原,实为自况。萦怀于林纾心中的,"依然是个亡国气景"。忠君怀旧之思,黍离铜驼之悲,身处朝代变化的林纾,因此发出深深的感喟,的确是易代之臣的一种心态。他在《畏庐诗存自序》中说:"惟所念念者故君尔。"他在多次的谒陵诗中总是说道:"天高难问沧桑局,事去宁灰犬马心","不留余憾存青史,但有精魂恋紫宸","伤心此日兼怀旧","无补兴亡同有恨"等(见《畏庐诗存》),都与屈原的情感相通。屈原是"没身绝名,完事都已"(《惜往日》评语),林纾是"可怜八度崇陵拜,剩得归装数首诗"(谒陵诗)。无怪乎林纾以"沧海孤臣"的身份而有11次谒光绪陵之举。这样的感喟,实在是良有以也。

其时民国虽建立不久,然其腐败已日益严重,并引发许多人的反感,当时不少人有这样的看法。所以林纾的《九章》评语对屈原时代的奸佞小人的批评特别多。《惜诵》评点说:屈原所处之世,"人间皆群小纵横。……小人设阱陷人,忠直者万无可免"。认为"臣有思君之心,纯为群小壅蔽"(《思美人》评语)。在《悲回风》评语中认为"此章极写小人之能壅蔽天日,使忠奸颠倒无别",屈原"谏之不能,救之无术,则寓情高远,翱翔于天地之间。脱去小人之槛陷，以泄其忧愤之怀"。屈原的遭遇，引起林纾深深的共鸣。林纾曾写过一篇《书宋张浈艮岳记后》，文章中批评宋徽宗重用奸臣，终于招致亡国之祸。他游颐和园，则感慨李莲英、崔玉贵当权（《游颐和园记》）。面对袁世凯的称帝野心，他忧思日重，感觉"世界已无清白望"，"陆沉弹指无多日"。林纾在评点《九章》各篇时，借对屈原时代奸佞群小的批评，寄托着自己现实的忧思，也借此以"浇胸中之垒块"。对时局的忧虑和对群小的痛恶，常是与爱国情怀联系在一起的。林纾一生，并不乏爱国情怀。他在《徐景颜传》中热情歌颂为国捐躯的将士，在《谢枚如先生赌棋山庄记》中希望谢章铤为国效力，挽救民族危亡；游泰山，发出山河"莫教落人手，松石披胡腥"的担忧（《夜中望岱》诗）。这样的爱国情怀，必然在评点《九章》时得以宣泄。如他称赞"屈平之气愈高愈亢，志概之坚刚，直同铁石"，"鸾凤之歌，皆未死前之薤歌也"（《涉江》评语），"断不能刓方为圜，以合小人之绳尺。……且不知忠佞同朝，互相剋害之何故"（《怀沙》），称赞《涉江》一篇"乱辞极慷慨淋漓。不惧威，不爱死，且欲一死为后世君子爱国之法。生气远出，忠肝义胆，千载下犹凛凛焉"（《涉江》评语）。屈原的爱国情怀与林纾的爱国情愫是相通的，所以林纾的称赞，可谓发自内心的真诚。

就林纾对古代诗文的看法来说，他更看重古文创作，认为诗则不过是"狗吠驴鸣"。虽然如此，林纾毕竟是文学家、诗人和文论家，他的批评常有独到之处。他在《春觉斋论文·流别论》中首论楚辞，就以《九章》为例。殆因诗骚的传统对后代诗歌影响太大了。据说他五十岁以后，案头只有《诗》《礼》二疏、《左传》《史记》《庄子》、韩欧之文，此外则只《说文》、《广雅》而已。以诗人之质，他当然能够细微的领会楚辞的感情。屈原在《九章》里抒发的激烈感情始终震荡着他。他在《春觉斋论文·流别论》中就指出，（《惜诵》）"积愫莫伸，悲愤中沸，口不择言而发"，"骚经之文，非文也，有是心血，始有是至言"，"惟屈原之忠愤，故发声满乎天地"。这样的看法，前人虽也已说过，但林纾反复申说，说明其体会之深。评点《惜诵》说："屈原文章，以凄厉为主，由楚声悲也。"它与《诗经》的"变风""变雅"有异曲同工之妙："变风变雅之凄厉，鄙人每于不适意时，闭门户读之，家人虽不知诗中之意，然亦颇肃然为之动容。"（《春觉斋论文·声调》）屈原"悲愤中沸"，悲愤至极则必发声凄厉，再加上楚辞本是"书楚语，作楚声，纪楚地，名楚物"①，楚声本悲，当然越加凄厉了。林纾称赞屈原"志慨之坚刚，直同铁石"、"高厉孤洁"（《涉及》评语），"热血一腔，极力麾洒，不死不止"（《抽思》评语），这些赞语，是林纾读《九章》的感受，也可以说是林纾的自况。

《左孟庄骚精华录》中的《九章》，就是林纾的楚辞选本。选本批评是中国古代文学批评的一种模式，从《昭明文选》到唐人选唐诗以及此后的各类选本，莫不如此。就是没有序言或评语，仅选取某些作品集结起来，也是一种批评，因为选家是按照一定的标准和原则来选择作品的。不过历代的选本一般都有序跋，或是评点的文字，这其中就直接透露了选家的批评思想。鲁迅说："凡是对于文术，自有主张的作家，他所赖以发表和流布自己的主张的手段，倒并不在作文心、文则、诗品、诗话，而在出选本。选本可以借古人的文章，寓自己的意见。"②林纾亦是如此。林纾的"楚骚精华录"，有总序（比较简短），又有各篇的评点，形式、内容都符合选本的规范。此外，评点也是中国文学批评的重要形式。评点比高头讲章式的论文更加自由活泼，往往更受人喜爱和重视。我们看林纾的《春觉斋论文》和《文微》，也是评点性质的著作，只是没有和选本相结合而已。传统的评点往往和选本相结合，《左孟庄骚精华录》就是如此。（当然，它们都是"评"而没有"点"。）所以无论从形式或是内容，《九章》的评点，体现了林纾的楚辞批评思想。

三、林纾楚辞评点的艺术特征

林纾对于古代文学精华的品读是慧眼独具的。这体现在他对许多选本的评点上。林纾又是个理论家，对作品的艺术特色有其自身的敏感性。《左孟庄骚精华录》虽是读本，是教材，林纾的评点当然不忘从文学艺术的角度进行解剖分析，尽量体现作为文学作品的特色。

首先，对于《九章》的章法特点，林纾针对批评《九章》"沓"即重复的

---

① 黄伯思：《翼骚序》，陈振孙《直斋书录解题》卷十五《楚辞类》引。
② 《集外集选本》，《鲁迅全集》第七卷，人民文学出版社 1981 年版。

特点进行申辩。屈赋本有回环反复的特点。屈原要表达内心之志,常用反复申说的方式表现于诗中,所谓"沓",当指此。林纾是能理解和领会这一特点的。他在《文微·周秦文平第六》中说:"吾年三十许读离骚,只知领气取响,及今乃明其千回百转之情,颠扑不破之理。"在《春觉斋论文·声调》中说:"试观《离骚》中,句句重复,而愈重复,愈见其悲凉。正其性情之厚所以至此。""沓"是情感表达的需要,《春觉斋论文·流别论》中说得很明白:

> (《惜诵》)其曰莫之白,曰莫察,曰无路,曰莫吾闻,积沓而下不外一意。胡读之不觉其沓?由积愫莫伸,悲愤中沸,口不择言而发。惟其无可申诉,故沓。惟沓,乃见其衷情之真。若无病而呻,为此絮絮者,便不是矣。

屈原正是因为"无可申诉",才反复申说;反复申说,才愈见其衷情之真。林纾的体会是很深刻的。所以他在《九章》的各篇中凡出现反复的章节,都予以解释,让读者明白此中的道理。如《惜诵》评点:"读《九章》,当不厌其沓。文字犯一沓字,便令人索然无味。独于楚辞则否。"又云:"骤读似患重复,实则情挚声哀,廻环吐茹,非沓也。"真情流露,则不厌其沓;《抽思》评点:"《抽思》一章,词多反复,言之又言,是直华周杞梁之妻之哭声也。试思妻之哭夫,有何长言?自哀身世,凄恋藁砧,数言可了。而至于变其国俗,则听者必有不厌其烦。故则而效之。由情本于衷,虽言之又言,而人感其诚恳,故不以为冗复。"杞梁之妻,后来演变为孟姜女的典故,在《左传》中是为华周杞梁之妻。杞梁妻之哭,是一己之悲哀。屈原乃为国忧愁,以"直谏之苦心","抒怀不已,不肯痛觉之意,言之又言"(《抽思》评语),所以屈原不同于一己之悲哀,故"言之又言",反复倾诉,读者亦不觉其沓。林纾的分析是很有道理的。

林纾对各篇的评点,亦颇见文心。自东汉王逸的《楚辞章句》之后,楚辞的注释评点本可谓汗牛充栋。林纾是个饱学之士,当然熟悉历代的楚辞评点。作为读本,林纾不沿袭前人窠臼,而是更着眼于作品的精华所在(故曰"精华录")。评点时,林纾一般是先总括全篇旨意,然后按照作品结构分而评述。王逸的《章句》和洪兴祖的补注历来被奉为楚辞评注的圭臬,林纾的《九章》"精华录"也是以《章句》和洪之补注为准的。且以《涉江》为例。洪兴祖的补注曰:"此章言己佩服殊异,抗志高远,国无人知者,徘徊江之上,叹小人在位,而君子遇害也。"《涉江》一诗充满着悲剧色彩,屈原在诗中表现出艰苦卓绝、坚持理想、矢志不移的精神。林纾的评点突出了此篇的精神内涵:"《涉江》篇,屈平之气愈高愈亢,志概之坚刚,直同铁石。"此篇的总评,体现了林纾对作品的整体把握。其后是对作品的具体分析:

> 奇服,愈忠直之行也。凡长铗切云,明月宝璐,皆自喻其高厉孤洁。无奈落于溷浊之世。然犹淑身葆节,终不廻曲。以下青虬白螭,一一出以寓言。极力反抗浊世,托身既高,则不能更为乡人廻护。故直肆口骂楚人曰南夷。既骂南夷,万无更与周旋之理。于是涉江而行,容与疑滞,处处皆是凄恋故都。至于枉陼辰阳,则去楚乡远矣。眼中所见,皆猿狖深林,与当日侍从怀王时,景物大异。益以雨雪,更增逐客之悲。此时大有不可自聊之势。然究不愿以愁苦终穷故,变心从俗。又引许多古人自方,重昏以终身。是安心待死矣。鸾凤之歌,皆未死前之薤歌也。伤心极矣。

对照《章句》和《补注》全文,林纾的评点更加简洁。简洁之外,林纾上引的评点包括两个层面,一是突出了屈原的情操、品格和苏世独立、孤高亢直的精神本质。相对于《诗经》来说,屈原的作品的一大创新,是丰富了《诗经》中的意象。"奇服"、"长铗"、"明月"、"宝璐"自有其丰富的含义。林纾毕竟是诗人,深谙这些意象的作用,所以他不再从名物训诂方面多说(作为读本,原文中已随文训释),"忠直"、"高厉孤洁"、"淑身葆节"、"终不廻曲"等,就是上述意象的象征意义,因此林纾直点出其所象征的屈原的性格和精神。二是对屈原涉江而行的心情、处境以至结局进行评析和揭示。"凄恋故都",使屈原不忍离去,但"不愿以愁苦终穷故,变心从俗",又使他不得不走,所以"更增逐客之悲"。结局只好"安心待死"。对于作品的内涵和屈原的心情,林纾的确是深入到屈原的内心,体会幽微了。

说到林纾对意象的把握,也体现在《橘颂》的评点中,他领会"橘颂"的意义,说"美橘之有是德,故曰颂"。对于"橘"的意象意义,他指出,"橘树白华赤实,皮既馨香,又有善味,故托以自方"。屈原歌颂橘,皆含象征意义,"棘枝圆果,是外武而内文。明青黄杂糅,则文采之焕发。顾但视文采,亦不足贵,所贵者中怀洁白耳"。"独立不迁,是自信语。苏世独立,是寤独立之不足以当谗人。"这样的评点,对读者领悟"嘉树"美橘的品质有极大的帮助。《悲回风》一篇,林纾指出屈原是"眇远志,怜浮云,介眇志,窃赋诗,则陈述己之忠节"。《悲回风》"升高怀远中,写出无尽萧寥景象"。《悲回风》多用比兴,其所用兴象更多,皆有所寄托,林纾在《文微·周秦文平第六》中曾说:"《悲回风》之文,辞面使事设喻,不伦不类,而作者心有主意,故其精气凝固,有层次,又有贯穿,识之弗易,固其所也。"《悲回风》中的鸟兽鱼龙、兰茝芳椒,这些兴象看似繁杂,却应该透过兴象领悟其手法和精气所在。其实,不仅《悲回风》,《九章》各篇比体兴象甚多,林纾甚至认为,"李长吉所作比体诸诗,盖学屈子《九章》也"(《文微·论诗词第十》)。

其他各篇,林纾的评点也有许多精到处。评《哀郢》说:"以《哀郢》继《涉江》之后,仍是恋恋故都,不忍去之意。""则身虽东行,而心仍在故郢。"《哀郢》作于秦将白起攻破郢都,楚王仓皇东迁之后,哀郢,就是哀悼郢都的沦亡。屈原最不忍舍的,就是郢都。而郢都的沦陷,恰恰是小人的专权肆虐。所以"惨惨郁郁而不通兮"以下,"均痛斥小人之壅蔽"。林纾的评点,抓住了这一结穴点。《抽思》是屈原抒发自己的忧思:"与美人抽思兮,并日夜而无正。"但君王"敖朕辞而不听"。对此,林纾评曰:"秋风动容,乱兆已见。非君妄怒,何遽至此。"屈原在《抽思》里写道:"昔君与我诚言兮,曰黄昏以为期。羌中道而回畔兮,反既有此他志。"林纾评曰:"因思当日怀忠进谏,及君与诚言,至于薄暮未已,而中道忽尔回畔。握持宝玩,陈列好色,一变从前鱼水君臣之乐。且为己而怒。于是怛伤无已。历情陈词,君皆聋聩不闻。"揭示出屈原反思和痛心之所在。因此屈原才会在诗中"言之又言。热血一腔,极力麾洒,不死不止"。再如《怀沙》,屈原已经在诗中表明必死的决心。所以林纾评曰:"此章多仗节死义之言。""汨罗之投,已决于此矣。"屈原在《怀沙》里是绝望的倾诉,认为楚国已无希望,一切已颠倒错乱,自己的内心痛苦,再也不会被理解,于是反复诉说。所以林纾说《怀沙》是"赋体也"。《思美人》有个特点,就是将地下与天国,人间与仙境,历史与现实融合为一。林纾一开始就指出,《思美人》"中间有无尽华严之楼阁,都在清虚想象之中"。其感情特点是,"一发吻间,泪已应声而下"。屈原在《思美人》中写道:"愿寄言于浮云兮,遇丰隆而不将。因归鸟而致辞兮,羌迅高而难当。"林纾点出屈原在前面斥责群小之壅蔽后的转折后,接着说:"忽然仰见白云孤飞,归鸟高翔,两两似皆向郢都而去。"所谓"向郢都而去",是林纾自己的想象,这对于理解原诗中屈原的心情是很惬当的补充。

林纾的评点,很注意结合作品的章法结构进行,各篇都有这个特点。我们且举《惜往日》来看:

> 惜往日句起,至明法度之嫌疑句,言怀王重任宗臣,故令修明宪令。
> 国富强而法立四句,写讬心于上,参与密勿不敢漏泄官府之言。
> 贞臣无罪以下四句,则自行剖白心迹。
> 忽着一"惜"字,如垂危张眼,顾视家人,所言均是惨恋怀王,指斥群小。
> 累引四贤,谓汤武桓缪(穆),则必不信谗。四贤君自况也。
> 芳草早殀以下,均伤谗及衔冤无诉意。
> 而结穴复着一个"惜"字,则哀君之愚,何不觉察而明也。千回百转,纯是忠爱之言。

这里特地把林纾的评点分段列出,以便把它们和《惜往日》的各段相对照,可以发现林纾这种提纲挈领的分析,对读者掌握作品是很有好处的,能够引导读者去把握作品各部分的内涵。这样的对照作品的结构章法进行分析,当然是林纾考虑到作为教材读本而考虑的。林纾《左孟庄骚精华录》各篇评点文字都统一附在篇末,对照作品,就可以看得很清楚,它既可以让读者掌握作品的章法结构,又能领悟原作的真谛。

在历代的楚辞批评家中,林纾并非大家。他的遴选《九章》,也不是作为一部独立的楚辞选本来选的。但林纾是个文论家,他有自己独立的成体系的批评思想。从他的作为教材选本中,我们可以窥视其楚辞批评的特点。林纾《九章》读本评点的内容,以及他在《春觉斋论文》《文微》等著作中的楚辞批评,构成其文论思想的组成部分。另外,作为教材的楚辞选本,他的选编和评点,也可以让后人得到启发。

中国屈原学会 2013 年国际学术会议宣读
论文,后载《东南学术》2014 年第 2 期

散文文体与史传文学研究

至战国而后世之体备

——先秦散文文体论

一

我国古代散文的源头,起自先秦时期。先秦散文,主要包括两大部分,一是历史散文,一是诸子散文。先秦散文奠定了我国古代散文的基础,对现代散文也产生了重大的影响。

历史散文可以追溯到距今三四千年的殷商时期。殷商时代的甲骨卜辞,是至今所能看到的最早的散文片断,它本是当时人用来预测祸福吉凶的占卜辞,内容非常简短,少则几个字,多则百余字。它虽然简单,却具有开创性的重大意义,可以说是散文的胚芽。商周铭文则是刻在青铜器上的文字,记载奴隶主贵族的功绩、讼断、征伐、赏赐等,篇幅已比较长,大都是散体文,少数有韵,风格庄重典正,缺乏文采。现存较为完整的历史散文应该首推《尚书》和《春秋》。《尚书》是朝廷的命令、文告、誓词、训词等历史文件的汇编,以记言为主,其中也有一些记叙的篇章,如《金縢》、《顾命》等,记下了周成王在位期间的两件大事,即成王疑忌周公与康王即位之事。《尚书》年代久远,文字古奥,所以是"佶屈聱牙",颇不易懂。《春秋》本为先秦时代各国史书的通称,这里所说的《春秋》,相传是孔子据鲁国史书重新整理、编定的,以记事为主,它以鲁国十二个国君在位的次序编年纪事,记载了春秋时期 242 年间的历史,它的纪事极为简短,语言精练严谨。

春秋战国之际,历史散文有了长足的进步,《国语》、《左传》、《战国策》是其代表。《国语》是分国纪事的历史散文,分载周、鲁、齐、晋、郑、楚、吴、越八国的历史。《国语》的记录者可能是各国史官,在春秋战国之际由晋国史官汇编成书。《国语》以记言为主,但却比《尚书》详细生动得多。《左传》是一部以《春秋》为纲编纂而成的历史著作,作者相传为鲁国的左丘明。《左传》全书规模宏大,近二十万字,作者博采各国史书和民间流传的材料写成,其叙事状物、剪裁结构、刻画人物都达到很高的水平,是一部杰出的叙事散文著作。《战国策》也是汇编而成的历史著作,成书时间比《国语》《左传》要晚许多,它记载了战国时期纵横策士游说各国的说辞与谋略,风格辩丽恣肆,铺张扬厉,文思开阔,想象丰富,同样堪称一部杰出的文学作品。以上三部著作,组成了春秋战国时代绚丽多彩的历史画卷。

先秦诸子散文是春秋战国时期各学派阐述自己主张的著作,是百家争鸣的产物。它本是政治、哲学、伦理等方面的论说文,但是同样具有很强的文学性。它们以论辩说理为主,语言生动活泼,表达自由酣畅。在形式上,早期与中期以语录体、对话体为主,如《论语》、《老子》。《论语》篇章短小,简练质朴,但具有深刻的哲理内涵。到了《孟子》和《庄子》,则可以看出向论说文过渡的痕迹。《孟子》中的文章,锋芒毕露,气势宏盛,如长江大浪,磅礴逼人,而且嬉笑怒骂,具有强烈的感情色彩。《庄子》则想象奇特,千汇万状,汪洋恣肆,充满了诡奇多变的色彩,读之令人神思飞扬。到了战国后期的《荀子》与《韩非子》,则浪漫色彩减弱而理性思辨增强。《荀子》和《韩非子》都已不再满足于对话的辩说,而是围绕某一中心进行专题的探讨。文章结构严密,讲究逻辑和修辞,表现出说理散文的高度成就。再到《吕氏春秋》,则是把历史和哲理、自然和社会结合起来,夹叙夹议,企图将各家熔于一炉。先秦诸子散文奠定了我国议论说理散文的基础,汉代的政论文和唐宋时期的论辩文,都受到诸子散文的影响。

先秦时期的散文有几个鲜明的特点。第一是百花齐放,诸家蜂起,众体皆备。历史散文以叙事为主,诸子散文以议论说理为主,但是也不是截然分开。叙事散文中有生动的记言和论辩,说理散文中有鲜明的形象。第二是文、史、哲不分家。历史著作文学化，哲学著作文学化，是最大的特色。杰出的历史著作，又是杰出的文学著作；严密的思辨说理，又具有鲜明的形象，文采斐然，妙趣横生，令人爱不释手。第三，无论是历史散文，还是诸子散文，都与现实生活紧密结合，为现实服务。历史散文总结历史上的兴衰经验教训以资借鉴；诸子散文则是各派政治活动和思想斗争的总结。所以，它们都还不能说是后代概念上的"自觉"的文学创作。虽然如此，它们强烈的文学特性，给后世留下了非常丰厚的文学遗产。

以上是先秦散文的总体情况。

二

我们把先秦的散文分为历史散文和诸子散文，并不是说先秦散文只有这两大类。从文体来说，先秦散文包含了各种散文文体。章学诚说："知文体备于战国，而始可与论后世之文。"（《文史通义·诗教上》）诚哉斯言。

上古时期，文学并没有成为一个独立的门类，所以文体又常指文章的体裁。古人认为，文章之体，起于"五经"。《文心雕龙·宗经》篇论各体文章之始，皆举"五经"为其根源，其书云："故论、说、辞、序，则《易》统其首；诏、策、章、奏，则《书》发其源；赋、颂、歌、赞，则《诗》立其本；铭、诔、箴、祝，则《礼》总其端；纪、传、盟、檄，则《春秋》为根。"颜之推《颜氏家训·文章篇》亦曰："夫文章者，原出《五经》：诏、命、策、檄，生于《书》者也；序、述、论、议，生于《易》者也；歌、咏、赋、颂，生于《诗》者也；祭祀、哀诔，生于《礼》者也；书、奏、箴、铭，生于《春秋》者也。"二者所论略同。"五经"之中已包含着如此众多的文体了，再加上诸子散文部分，文章的体式更为丰富。章学诚说："盖至战国而文章之变尽，至战国而著述之事专，至战国而后世之体备。"又说，"后世之文，其体皆备于战国"，"战国之文，其源皆出于六艺"（均见《文史通义·诗教上》）。刘师培谓："今人之所谓文者，皆探源于《六经》、诸子者也。"（《论文杂记》）章氏刘氏所论，是有道理的。

我们且从通常的分类——史传散文和哲理散文这两大文体内部，看所备文体的多样性。

（一）史传散文中的各类文体

刘勰《文心雕龙》文体论二十篇，"原始以表末"，追溯各体文章之始，举《尚书》、《左传》、《国语》、《战国策》之例者多达四十余处，涉及乐府、诠赋、颂赞、祝盟、铭箴、诔碑、哀吊、谐讔、史传、诸子、论说、檄移、章表、议对、书记各体。其中以举《左传》一书为最多。《尚书》中的典、谟、训、告、誓、命，也是不同的文体。有的文体，与刘勰所论之体未完全吻合者，刘勰称之为"变体"①，其实乃因其只具雏形而已。再如史论体即史书论赞这一文体，如司马迁的"太史公曰"，其体式在先秦史传文学作品中已见雏形。《左传》《国语》中的"君子曰"、"君子谓"，《战国策》中的作者议论，为司马迁创立"太史公曰"这一新的"论赞"体式提供了蓝本。在诗体方面，史传作品中也不少，有三言、四言、五言、六言各体，有谣谚体，有骈俪体。

宋人陈骙在其所著《文则》一书中，将《左传》之文归为八体，谓之：一曰"命"，如"周灵王命齐侯"；二曰"誓"，如"晋赵简子誓伐郑"；三曰"盟"，如"毫城北之盟"；四曰"祷"，如"卫蒯聩战祷于铁"；五曰"谏"，如"臧哀伯谏鲁桓公纳鼎"；六曰"让"，如"周詹桓伯责晋率阴戎伐颖"；七曰"书"，如"晋叔向诒郑子产铸刑书"；八曰"对"，如"郑子产对晋人问陈罪"。并对八体的特点给予精当的概括。②章学诚说："左氏以传翼经，则合为一矣。其中辞令，即训诰之遗也；所征典实，即贡范之类也。"（《文史通义·外篇方志立三书议》）③依此，可以说左氏辞令，承继了《尚书》遗风。南宋真德秀《文章正宗》分文章为辞命、议论、叙事、诗歌四大门，首选《国语》、《左传》、《史记》为其正宗（将《左传》、《国语》选入总集，始于《文章正宗》）。而《战国策》中如黄歇上秦昭王书、范雎献秦昭王书、鲁仲连遗燕将书等，皆为书信

---

① 《文心雕龙·颂赞》："晋舆之称原田，鲁民之刺裘鞸，直言不咏，短辞以讽，丘明子顺，并谓为诵，斯则野诵之变体，浸被乎人事矣。"

② 蔡宗阳：《陈骙〈文则〉新论》，台北：文史哲出版社1993年版，第120—127页。

③ 章学诚在《文史通义·诗教上》论述先秦时期的文体渊源的还有："京都诸赋，苏、张纵横六国，侈陈形势之遗也。《上林》、《羽猎》，安陵之从田，龙阳之同钓也。《客难》、《解嘲》，屈原之《渔父》、《卜居》，庄周之惠施问难也。韩非《储说》，比事征偶，《连珠》之所肇也。而或以为始于傅毅之徒，非其质矣。孟子问齐王之大欲，历举轻暖肥甘，声音采色，《七林》之所启也。"其中有的只是说有一定的渊源关系，并非是直接的文体继承。

体说辞的名篇。《战国策·楚策四》的《庄辛说楚襄王》,姚鼐《古文辞类纂》将它编入"辞赋类"中,其说辞,的确有辞赋铺张扬厉之气。除此之外,如论辩体、诏令体、铭箴体、哀祭体等也都具备。可以看出,汉代以降,各家论文体之渊源,其所举的诸多文体,在先秦史传著作中均已见萌芽或雏形。

至于叙事体一门,史传著作本身乃是叙事性作品,其叙事的生动复杂,为后世叙事文学确立了范本。从史书叙事的角度来说,《左传》已具备纪传体的雏形,如隐公元年"郑伯克段于鄢"、僖公二十三、二十四年的"晋公子重耳之亡",就是郑庄公、晋文公的传。若以小说一体来说,在先秦史传文学作品中,可作小说看的篇章也不少,《左传》中众多的战争篇章,其描写实不亚于后来的古代战争小说。再如《左传》昭公元年的"徐无犯之妹择婿",《战国策》中的"冯谖客孟尝君",其叙事曲折生动,情节精彩动人,人物形象鲜明,完全可以作小说看。先秦史传文学是古代小说的重要源头。

《公羊传》和《穀梁传》,是解释《春秋》的微言大义的,不属于史传著作,其文章主要是议论体,有的一问一答,如对问体。像《公羊专》隐公元年:"元年者何?君之始年也。春者何?岁之始也。王者孰谓?谓文王也。曷为先言王而后言正月?王正月也。何言乎王正月?大一统也。"《穀梁传》隐公元年:"公何以不言即位?成公志也。焉成之?言君之不取为公也。君之不取为公何也?将以让桓也。让桓正乎?曰不正。《春秋》成人之美,不成人之恶。"类似这样的问对句式,《公》《穀》文中所在多有。除此,《公》《穀》二书中间都或有一些叙事性的文字,亦饶有趣味。

说到对问体,刘勰认为从宋玉开始创为对问体:"宋玉含才,颇亦负俗,始造对问,以申其志,放怀寥廓,气实使文。"宋玉创作《对楚王问》后,东方朔"效而广之"作《答客难》,扬雄"回环自释"作《解嘲》。此后,更是"作者继踵"(《文心雕龙·杂文》),甚至影响到韩愈的《进学解》。

(二)说理散文中的各类文体

这里所说的说理散文主要指诸子散文。首先,从《论语》、《孟子》,到《庄子》、《荀子》和《韩非子》,其体制从语录体、韵散结合体,到对话体和寓言体,到独立成篇的专题论文,这都是大家所熟知的。《论语》和《老子》

是语录体，且《老子》还有韵，这种体制的发端，虽与授徒讲学有关，恐怕还与甲骨卜辞的影响有关。甲骨卜辞里面就有不少问答语录体的话。而《周易》的卦爻辞也有问答体，有的有韵。《墨子》和《庄子》已显示由语录体向专论体的过渡。到了《荀子》和《韩非子》，已形成专题的论文，标志着说理散文的基本定型。这些，只是从外形的体制中我们可以发现的变化。

在诸子著作内部，也可以看出其中孕育着的各种文体。《孟子》虽还是语录体的体式，但其中的论辩，已基本形成论辩体的形式，如《有为神农之言者许行》章。《孟子》里的"齐人有一妻一妾章"，是寓言体，也是小说体。《墨子》的《非攻》是议论体，其对所论的论题进行的逻辑推理，形成了自成一格的推理散文。《庄子》自称有"寓言"、"重言"、"卮言"，这就是三种不同的文体。其实在《庄子》里还有对话体如《秋水篇》、《知北游》。《老子》的第二十章："绝学无忧。唯之与阿，相去几何？善之与恶，相去何若？"其全章语言整饬且押韵，如散文诗。《管子·白心》篇的"孰能发无法乎？始无始乎？终无终乎？弱无弱乎"，从内容到句法都有如《老子》，亦犹如诗句。谭家建先生称它"简直就是诗"。而接下来的"孰能弃名与功，孰能弃功与名"，叙述犹如庄子。《管子·内业》篇大量的使用四字句，句式更加整饬，结构更加严密，诗化特征更为鲜明。如果从意境上说，《庄子·逍遥游》开头之鲲鹏展翅一段，亦不妨可以看作是诗体散文。《庄子》中的许多寓言，也是小说体。《齐物论》，是论述体（《文心雕龙·论说》："庄周《齐物》，以论为名"）。《荀子》中以"论"命名的篇章已不少，如《天论》《正论》《礼论》《乐论》，已是成熟的专题论文；但像《宥坐》、《子道》，还是对问体。另外还有以说唱形式所写的《成相》篇和以"赋"名篇的《赋》篇，其体波及于后来的"连珠体"（刘师培：《论文杂记六》）①。

---

① 刘师培《论文杂记》对先秦两汉文体之源文体有诸多论述，如其六云："一曰答问，始于宋玉，盖纵横家之流亚也。""一曰七发，始于枚乘，盖楚辞《九歌》、《九辩》之流亚也。""一曰连珠，始于汉魏，盖荀子演《成相》之流亚也。"其七云："诚以古人不立文名，偶有撰著，皆出入《六经》、诸子之中，非《六经》、诸子而外，别有古文一体也。如论说之体，近人列为文体之一者也，然其体实出于儒家。（自注：九家之中，凡能推阐义理，成一家者，皆为论体；互相辩难者，皆为辩体。儒家之中，如《礼记·表记》、《中庸》各篇，皆论体也；《孟子》许行等章，皆辩体也。即道家、杂家、法家、墨家之中，亦隐含论、辩两体。宣口为说，发明经语大义亦为说。……）"又如说"书说之体"，"其体实出于纵横家"；"传体近于《春秋》"；"记体近于古礼"；"箴体附于儒家，铭体附于道家"；"是今人之所谓文者，皆探源于《六经》、诸子者也"。

《韩非子》里有长篇的专题论文（一般来说，先秦的著作，书名及书中各篇的题目，往往是后人加的，但到了战国后期的著作如《荀子》和《韩非子》，已经有作者自身定的题目，就题目而写的文章了），此外，还有书表体，如《难言》、《爱臣》、《存韩》；政论体如《五蠹》、《显学》、《孤愤》、《说难》；问对体如《问辨》、《定法》；解释体如《解老》、《喻老》；《说林》既是寓言体，也是"说"体。"说"体还包括《说林上、下》、《内储说上》、《外储说左上》、《外储说右上》等。

特别要注意的是这些散文的押韵。先秦时期的诸子文章，讲究押韵，是一个很普遍的现象，如《老子》，既有形象又有押韵；荀子的《成相》和《赋》不用说，《天论》中也有大段的押韵；《管子》的文章在叙述时也常用韵语，如《四称》、《心术》、《白心》、《内业》、《弟子职》等几篇都几乎是全篇用韵。这种情况，是否可以证明在文体形成之初，诗、文是同源的。另一方面，我想与传授和流传有关系。战国之前的散文传播，是以口耳相传为主要方式的，诚如章学诚所说："不知古初无著述，而战国始以竹帛代口耳。"（《文史通义·诗教上》）在书写工具不发达的状况下，对于口耳相传的传播形式来说，它对语言有较高的要求，它要求语言要生动活泼，绘形绘色，如讲故事。同时，要便于记诵，那就要求押韵。押韵是最便于记诵的，所以我们能看到这些有韵的文章。章学诚说："后世之文，其体皆备于战国。"了解先秦散文中的各种文体的孕育与萌芽，对于认识散文文体的源流发展很有帮助。后世的散文家，从文体到风格，都受到先秦散文的深刻影响。

《晋阳学刊》2013 年第 6 期

先秦史传文学作品中的文体萌芽与雏形

先秦时期是中国古代文学的发轫期,也是各式文体的孕育和萌芽期。这里说的文体,主要是指文学体裁。但是上古时期,文学并没有成为一个独立的门类,所以文体又常指文章的体裁。古人认为,文章之体,起于"五经"。《文心雕龙·宗经》篇论各体文章之始,皆举"五经"为其根源,其书云:"故论、说、辞、序,则《易》统其首;诏、策、章、奏,则《书》发其源;赋、颂、歌、赞,则《诗》立其本;铭、诔、箴、祝,则《礼》总其端;纪、传、盟、檄,则《春秋》为根。"颜之推《颜氏家训·文章篇》亦曰:"夫文章者,原出《五经》:诏、命、策、檄,生于《书》者也;序、述、论、议,生于《易》者也;歌、咏、赋、颂,生于《诗》者也;祭祀、哀诔,生于《礼》者也;书、奏、箴、铭,生于《春秋》者也。"二者所论略同。及至章学诚,其论颇有总结性:"盖至战国而文章之变尽,至战国而著述之事专,至战国而后世之体备。"又说,"后世之文,其体皆备于战国","战国之文,其源皆出于六艺"。①《易》、《书》、《诗》、《礼》、《乐》、《春秋》是最早的文献资料,因此,从古代文献的产生这一角度来说,"五经"之中已蕴含各种文体的萌芽与雏形,这样的论断是不错的。若以先秦史传著作来看,《尚书》、《春秋》、《左传》、《国语》、《战国策》等叙事性著作中,已包含有众多文体样式的萌芽。《左传》中尚有若干有关

---

① 章学诚:《文史通义·诗教上》,中华书局 1985 年版,第 60 页。

文体的论述,可以看出春秋时期人们对于文体概念的认识。

据笔者统计,刘勰《文心雕龙》文体论二十篇,"原始以表末",追溯各体文章之始,举《尚书》、《左传》、《国语》、《战国策》之例者多达四十余处,涉及乐府、诠赋、颂赞、祝盟、铭箴、诔碑、哀吊、谐谑、史传、诸子、论说、檄移、章表、议对、书记各体。其中以举《左传》一书为最多。有的文体,与刘勰所论之体未完全吻合者,刘勰称之为"变体",其实乃因其只具雏形而已。

宋人陈骙在其所著《文则》一书中,将《左传》之文归为八体,其书云:

> 春秋之时,王道虽微,文风未殄,森罗词翰,备括规模。考诸左氏,摘其英华,别为八体:一曰"命",婉而当,如周襄王命重耳(僖二十八年),周灵王命齐侯环(襄十四年)是也。二曰"誓",谨而严,如晋赵简子誓伐郑(哀二年)是也。三曰"盟",约而信,如亳城北之盟(襄十一年)是也。四曰"祷",切而悫,如晋荀偃祷河(襄十八年),卫蒯聩战祷于铁(哀二年)是也。五曰"谏",和而直,如臧哀伯谏鲁桓公纳郜鼎(桓二年)是也。六曰"让",辩而正,如周詹桓伯责晋率阴戎伐颍(昭九年)是也。七曰"书",达而法,如子产与范宣子书(襄二十四年),晋叔向诒郑子产书(昭六年)是也。八曰"对",美而敏,如郑子产对晋人问陈罪(襄二十五年)是也。作者观之,庶知古人之大全。(《文则·辛》)

这其中的"婉而当"、"谨而严"、"约而信"等,是对八体特点的精当概括。再如南宋真德秀分文章为辞命、议论、叙事、诗歌四大门,首选《国语》、《左传》、《史记》为其正宗。① 可以看出,上述各家所论各种文体,在先秦史传著作中均已见萌芽或雏形。

《文心雕龙》所论文体最细最全;《左传》著述宏富,众体赅备。我们且以《文心雕龙》为本,并以《左传》为例加以论析。

《文心雕龙·诠赋》中说:"至如郑庄之赋'大隧',士蒍之赋'狐裘',结言短韵,词自己作,虽合赋体,明而未融。""郑庄之赋大隧",是指《左传》

---

① 真德秀:《文章正宗》,文渊阁《四库全书》本。

隐公元年"郑伯克段于鄢"中郑庄公与其母姜氏大隧之中相见所赋之诗,郑庄赋:"大隧之中,其乐也融融!"姜氏赋:"大隧之外,其乐也洩洩!""士蒍之赋狐裘",是指《左传》僖公五年士蒍讽刺晋政之乱而作:"狐裘龙茸,一国三公,吾谁适从?"前一例是不歌而诵,后一例是用比喻,刘勰正是从这两方面说明它们是赋体的发端,但只是"明而未融",即还未成熟而已。

再如"颂"体,"颂者,容也,所以美盛德而述形容也",有颂赞之意。但也可以讽喻,"夫民各有心,勿壅惟口"。《颂赞》篇举了"晋舆之称原田,鲁民之刺裘鞸"的例子。"晋舆之称"指《左传》僖公二十八年舆人诵"原田每每,舍其旧而新是谋",以激励晋文公放弃旧好,打败楚军。刘勰以为这是"直言不咏,短辞以讽","斯则野诵之变体",也就是说,这种"颂",不同于《诗经》中风、雅、颂的"颂",是直率地说出来,不是歌咏,只用简短的话来讽喻,这是民间的诵,是颂的变体。

在《铭箴》篇中,于"铭"一体,刘勰举《国语·鲁语》中的"周勒肃慎之楛矢",《晋语七》大中的"魏颗纪勋于景钟";此两篇铭文虽不存,但刘勰认为其颂扬美德与称伐劳绩的作用与武王的《户铭》、周公的《金人铭》是一样的。"箴"的功能在于"攻疾防患",如针石。箴这一文体源远流长,"斯文之兴,盛于三代",但夏商二箴,只存余句。周太史辛甲命作《百官箴》,只剩《虞人之箴》一篇,幸存于《左传》襄公四年之中,箴文云:

> 芒芒禹迹,画为九州,经启九道。民有寝庙,兽有茂草,各有攸处,德用不扰。在帝夷羿,冒于原兽,忘其国恤,而思其麀牡。武不可重,用不恢于夏家。兽臣司原,敢告仆夫。

这是一篇以四言为主的箴文,有韵,内容是说夏朝后羿迷于田猎而误国,魏绛引此来劝诫晋悼公。还有《左传》宣公十二年的楚子之箴,也只存两句。刘勰把它们都举出来,证明二者在文体发展中的作用。

"诔碑"一体,《左传》哀公十六年记载了鲁哀公的《孔子诔》,诔文曰:

> 旻天不吊,不慭遗一老,俾屏余一人以在位,茕茕余在疚。呜呼哀哉!尼父,无自律。

这是古代文献中留存下来的最早的诔文,表达了鲁哀公对孔子去世的悲伤。① 刘勰在《诔碑》中说:"自鲁庄战乘丘,始及于士。逮尼父之卒,哀公作诔,观其慜遗之辞,呜呼之叹,虽非睿作,古式存焉。"鲁庄战乘丘而诔及于士,见于《礼记·檀弓上》,可惜诔文未存。哀公《孔子诔》,文不用韵,内容简短,只表达哀痛的感情,刘勰认为虽非高明之作,但诔文的格式已保存下来,并为后人所效法。

《谐隐》篇中,刘勰举了《左传》宣公二年宋城者讽刺华元的《宋城者讴》"睅其目,皤其腹,弃甲而复,于思于思,弃甲复来!"以及襄公四年鲁人讽刺臧纥的《侏儒之歌》"臧之狐裘,败我于狐骀;我君小子,侏儒是使。侏儒侏儒,使我败于侏"两则,作为诙谐体的例子。这两例,从文体上说,实际是歌讴,亦即诗歌,但其内容具有谐谑性质,即如刘勰所说的"辞浅会俗,皆悦笑也"的特点,因此可以看成是诙谐嘲笑体的文章。隐语,实际上是一种修辞手法,这种修辞手法若与叙事相结合,便有了"遁辞以隐意,谲譬以指事"的效果。隐语也叫廋辞,《国语·晋语五》有"有秦客廋辞于朝,大夫莫之能对也"的话。刘勰举了《左传》中的两个例子。一是宣公十二年楚国攻萧,萧大夫还无社求拯(救)于楚师申叔展:叔展曰:"有麦麴乎?"曰:"无。""有山鞠穷乎?"曰:"无。""河鱼腹疾奈何?"曰:"目于眢井而拯之。"对话中"麦麴"和"山鞠穷"暗示还无社逃于泥泽中躲避;"眢井"指无水枯井。再则是哀公十三年叔仪乞粮于鲁人,曰:"佩玉繠兮,余无所系之。旨酒一盛兮,余与褐之父睨之。"对曰:"粱则无矣,粗则有之。若登山以呼'庚癸乎!'则诺。"歌"佩玉而呼庚癸",是暗示同意送粮。这可以说是最早见到的隐语。后来《战国策·齐策一》的客对靖郭君说的"海大鱼",《史记·楚世家》中的"一鸣惊人",以至荀卿《赋篇》中的"礼、知、云、蚕、箴",亦可谓先秦隐语之拓展。

在《檄移》篇中,刘勰提到了《国语·周语上》祭公谋父称"古有威让之令,有文告之辞",此乃"檄之本源"。又说:"及春秋征伐,自诸侯出,惧敌弗服,故兵出须名,振此威风,暴彼昏乱,刘献公之所谓'告之以文辞,董之以武师'者也。齐桓征楚,诘苞茅之缺;晋厉伐秦,责箕郜之焚;管仲吕相,奉辞

---

① 《礼记·檀弓上》亦记鲁哀公诔文:"天不遗耆老,莫相予位焉。呜呼哀哉,尼父。"辞稍异。

先路,详其意义,即今之檄文。"这里举《左传》昭公十三年刘献公对叔向问、僖公四年齐侵楚时管仲之责楚使,以及成公十三年的"吕相绝秦"篇。檄文是要明白告诉敌人的,要有"声如冲风所击,气如挟枪所扫"的效果,即具有极大的声势和威力。从文章来看,管仲诘楚使"尔贡苞茅不入"的一段话和"吕相绝秦"篇,以诡谲之辩,夸张比喻,气盛辞断,声势具厉,的确有檄文的风格。刘勰称它们为檄文之始,是有道理的。

在《书记》篇中,刘勰认为书信始于春秋时期,因为"春秋聘繁,书介弥盛"。其中以《左传》文公十三年秦绕朝赠士会之策、文公十七年郑子家与赵宣子书、成公七年楚巫臣遗子反书、襄公二十四年子产谏范宣子最为有名。并认为"详观四书,辞若对面"。然四书之中,绕朝之书不存,巫臣遗子反书实际只一句话,而郑子家之书和子产谏范宣子之书,则如与国间的通牒,义正词严,已是相当成熟的书信。这种书信的气势风采,战国、秦汉以至六朝以后,都得以继承。

《左传》中的例子,除刘勰、陈骙所列举概括的各体之外,还可以补充一些,如晏子之论"和同"(昭公二十年),叔孙豹之论"三不朽"(襄公二十四年),属于论辩体;王子朝告诸侯(昭公二十六年),属于诏令体。

《尚书》中的文章,本以典、谟、训、诰、诏、命、策、檄为主。前人之论这几种文体,均奉《尚书》为圭臬。其实《尚书》中亦含有章表、奏序诸体。如"商书"中的《伊训》,是汤王死后其孙太甲即位时,大臣伊尹所上的一篇告君之词,已具有奏议的性质。

《战国策》中还有政论文性质的"论"、"说"、"策"、"序"一类文体,如苏秦的游说六国合纵之辞,张仪的游说连横的说辞,范雎论远交近攻,蔡泽说范雎功成身退,颜斶论贵士,赵武灵王论胡服骑射,乐毅报燕王书等,均立论宏深,词锋犀利,指陈利害,鞭辟入里。再如赋体,《战国策》中的说辞敷张扬厉,夸饰恢奇,可谓汉赋之嚆矢,如《庄辛谓楚襄王》、《江乙说于安陵君》、《梁王魏婴觞诸侯于范台》等。章学诚说:"文之敷张而扬厉者,皆赋之变体。"又说:"是则赋家者流,纵横之派别,而兼诸子之余风。"(《文史通义·诗教下》)揭示了《国策》之文与赋体的渊源关系。①

---

① 《战国策》中的文体因素,可参见熊宪光《战国策研究与选译》中《源远流长的文体因革》一节。

至于叙事体一门,史传著作本身乃是叙事性作品,其叙事的生动复杂,为后世叙事文学确立了范本。从史书叙事的角度来说,有的已具备纪传体的雏形,如《左传》《战国策》中的许多章节。若以小说一体来说,在先秦史传文学作品中,可作小说看的篇章也不少,不少章节叙事曲折生动,情节精彩动人,人物形象鲜明。先秦史传文学是古代小说的重要源头。①

在谈到文体时,还应提到《左传》《国语》等书中多次出现的"君子曰"、"君子谓"的评论形式,它们开创了后代史书论赞体的先河。刘知几说:"《春秋左氏传》每有发论,假'君子'以称之。"(《史通·论赞》)据统计,《左传》"君子曰"、"君子谓"共有七十八则。② 在这些"君子曰"之中,作者或直接表达自己的立场、观点和思想感情,表现对人事的褒贬,或者引述古人贤圣的话加以评断。兹举几例看看。

隐公元年记颍考叔为郑庄公献计,使之母子和好,"遂为母子如初":

> 君子曰:"颍考叔,纯孝也,爱其母,施及庄公。"《诗》曰:"孝子不匮,永锡尔类。"其是之谓乎!

隐公十一年则多次用"君子谓"的方式表达作者的看法:

> 君子谓郑庄公失政刑矣! 政以治民,刑以正邪。既无德政,又无威刑,是以及邪! 邪而诅之,将何益矣?

文公六年记秦穆公卒,以子车氏三子为殉,君子曰:

> 秦穆之不为盟主也宜哉! 死而弃民。先王违世,犹诒之法,而况夺之善人乎?《诗》曰:"人亡云亡,邦国殄瘁。"无善人之谓。若之何夺之? 古之王者知命之不长,是以并建圣哲,树之风声,分之采物,著之语言,为之律度,陈之艺极,引之表仪,予之法制,告之训典,教之防利,委之常秩,道之礼则,使毋失其土宜,众隶赖之,而后即命。圣王同之。今纵无法以遗

---

① 关于史传文学与古代小说的关系,可参看笔者:《史传文学与中国古代小说》,《明清小说研究》1997 年第 4 期。

② 郑良树:《竹简帛书论文集》,中华书局 1982 年版。

后嗣,而又收其良以死,难以在上矣,君子是以知秦之不复东征也。

宣公十二年记邲之战时,郑石制引楚师入郑,因此被杀,君子曰:

> 史佚所谓"毋怙乱"者,谓是类也,《诗》曰:"乱离瘼矣,爰其适归。"归于怙乱者也夫!

第一则,是褒扬颖考叔,引发作者的感慨。第二则是批评郑庄公政令与刑罚失常,明知邪恶之所在(指何人射杀颖考叔),却不加以处罚。第三则,是对秦穆公以人为殉的批判,并从古代圣王的圣德遗则中预言秦将衰弱。第四则引史佚之言谴责郑石制等人引狼入室,作乱亡身。像这样的"君子曰","君子谓"确实与后来的"论赞"无异。要注意的是在隐公十一年中,出现了四次"君子曰"或"君子是以知"这样的赞语,可以看出作者用了夹叙夹议的手法,"论赞"的设置还有一定的随意性。《国语》中的"君子曰"较少,且大都简短,如"君子曰:'善以微劝也。'"(《晋语二》)"君子曰:'善以德劝。'"(《晋语四》)"君子曰:'勇以知礼。'"(《晋语六》)"君子曰:'能善志也。'"(《晋语七》),都以三言两语评论人物。《战国策》中的"论赞"则比较灵活,不一定冠以"君子曰",常是夹杂在叙事之中;其位置虽多在篇末,但已同事件融合在一起,夹杂在叙事之中。如《秦策一·苏秦始将连横》篇,在记叙苏秦说赵成功,约从散横以抑强秦之后,作者以"故苏秦相于赵而关不通。……天下莫之能抗"一段话作为评论。《齐策一·邹忌修八尺有余》则在篇末一句话:"此所谓战胜于朝廷。"也有用"君子"或他人"闻之"的形式,如《楚策一·江乙说于安陵君》:"君子闻之曰:'江乙可谓善谋,安陵君可谓知时矣。'"《齐策三·孟尝君舍人有与君之夫人相爱者》:"齐人闻之曰:'孟尝君可语善为事矣,转祸为功。'"这些"论赞",长者一二百字,短者七八个字,多是据事而论,内容则主要是称赞策士纵横捭阖的谋略及其所产生的巨大功用。

可以说,《左传》、《国语》、《战国策》中已奠定了论赞体体式的基础,司马迁正是在这个基础上,确立了"太史公曰"这种论赞形式。其后班固称为"赞",荀悦叫做"论",其他人或曰"序",或曰"诠",或曰"评",或曰"议",等等,"其名万殊,其义一揆,必取便于时,则总归论焉"(刘知几:《史通·论赞》），日臻完善与成熟了论赞这一文体。

上面所述的文体，多属于六朝人所谓"笔"（无韵文）的一类。作为"文"（有韵文）的一类，主要在诗体方面。逯钦立《先秦汉魏晋南北朝诗》所录先秦史传著作中的诗，包括《歌》，《谣》、《杂辞》、《诗》《逸诗》、《古谚语》几类，数量达九十首左右（含逸诗）①。如果就具体的诗来看，"诗"有《左传》的祭公谋父"祈招诗"（昭公十二年）、《战国策》的"书后赋诗"（楚策四）等；"歌"则有《尚书》的"赓歌"（益稷篇）、《左传》的"梦歌"（成公十七年）、"南蒯歌"（昭公十二年）、"野人歌"（定公十四年）、《国语》的"暇豫歌"（晋语二）、《战国策》的"荆轲歌"（燕策三）等②；"讴"则有《左传》的"宋城者讴"（宣公二年）、"泽门之晳讴"（襄公十七年）；"赋"则如前所举《左传》郑庄公姜氏之赋（隐公元年）、士蒍之赋（即"狐裘歌"，僖公五年）；"谣"则有《左传》的"鸜鹆谣"（昭公二十五年）、《国语》的"周宣王时童谣"（郑语）、《战国策》的"攻狄谣"（齐策六）、《穆天子传》的"黄泽谣"、"白云谣"等；"诵"则有《左传》的"舆人诵"（僖公二十八年）、"侏儒诵"（襄公四年）、《国语》的"恭世子诵"（晋语三）等；"谚"即谚语，《左传》、《国语》、《战国策》等书引用谚语更是常见。所谓"杂辞"，则有《左传》昭公十二年的"投壶辞"、哀公十七年的"浑良夫噪"。可见诗体一区，亦丰富多彩。如果从句式上看，在这些各体诗中，有三言，有四言、五言、六言；有一首一句的，两句的，三句的，四句的，五句的，六句的，还有八句十二句不等。从体式上看，尚呈现出不定型的状态（当然也不排除在当时引用时只引某几句或有逸失的情况）。《左传》所录的许多古谣民谚，既是谣谚体，又具有骈丽体的特点。有的体式，乃属首见或首创。如《左传》记鲁国羽父引周谚："山有木，工则度之；宾有礼，主则择之。"（隐公十一年）《国语》中伶州鸠对周景王时引谚语："众心成城，众口铄金。"（《周语》）《战国策》中苏秦说韩王时引俗谚："宁为鸡口，无为牛后。"（《韩策》）这些排比、对偶、句式整饬的谚语，已

---

① 《左传》庄公二十二年有一首"懿氏谣"，逯书中尚未收。
② 《左传》哀公十一年公孙夏命其徒所唱的《虞殡》之歌，则是最早的挽歌，只惜内容未传下来。

有骈体的意味。

对于以上有韵文体一类的考察，可以发现诗在春秋时期人们的头脑中，已是庄严的政治教化工具。师旷说："自王以下各有父兄子弟以补察其政。史为书，瞽为诗，工诵箴谏，大夫规诲，士传言，庶人谤，商旅于市，百工献艺。"（《左传》襄公十四年）《国语·周语上》邵公也有相类似的话："故天子听政，使公卿至于列士献诗，瞽献曲，史献书，师箴，瞍赋，矇诵，百工谏，庶人传语，近臣尽规，亲戚补察，瞽史教诲，耆艾修之，而后王斟酌焉。"师旷、邵公这里所说的"诗"，指的是与曲、赋、谣、谚诸体有别的狭义的"诗"。师旷、邵公的话，本意在说明"诗"与其他诸体"补察时政"的作用，以及公卿大夫瞽史百工谏议国君的职责，从中可以看出春秋时期人们对诗体概念的认识和区分。

其次，我们在《左传》中可以发现，身份不同的人，所用的文体一般不同。如祭公谋父作"祈招诗"，郑庄公姜氏母子二人的"大隧之赋"，士艿之赋（即"狐裘歌"），文体之称是"诗"、"赋"、"歌"。而下层人民之作，多称"讴"、"谣"、"诵"、"谚"，如宋城者之讴，"鸜鹆谣"，舆人之诵等。从内容及风格看，贵族之作、多从容典雅，温柔敦厚，郑庄公之赋曰："大隧之中，其乐也融融！"虽矫情伪饰，却貌似温文尔雅。庶人百工童子之作，虽辞浅会俗，却诙谐尖刻，如《宋城者讴》："睅其目，皤其腹，弃甲而复。于思于思，弃甲复来。"（宣公二年）《野人歌》："既定尔娄猪，盍归吾艾豭。"（定公十四年）前者刺宋华元，"睅其目，皤其腹"，讽刺华元瞪着眼睛，腆着肚子，丢盔弃甲的狼狈相；后者刺南子与宋朝私通，比之为野猪，皆入木三分。当然这些诗体的区分还尚朦胧，但无疑的影响了后代各体诗的发展。

中国古代文体是经过长时间在实践中形成的。研究中国古代文体的发生发展过程，先秦时期是一个不可忽视的阶段。由上所述，先秦史传文学作品虽是历史著作，是叙事性的作品，但是它们之中已经孕育了多种文章体裁和文学体裁，对后代的史传文学和整个中国古代文学创作，都起着重要的影响，这是不能否认的。

原载《福建师范大学学报》2003 年第 4 期

情深而文挚 气积而文昌

——读《项羽本纪》兼论《史记》的文气

一

历来论司马迁之文,莫不推崇《史记》的文气。苏辙说:"太史公行天下,周览四海名山大川,与燕赵间豪杰交游,故其文疏荡,颇有奇气。"(苏辙:《上枢密韩太尉书》)后人犹以《史记》和《汉书》相较,认为:"《史记》气勇,《汉书》气怯。"(李涂:《文章精义》)"《史记》之于《汉书》,气胜也。"① 可见历代论家,都非常重视对《史记》的文气的品评和总结。关于文气,清人刘大櫆论述道:"文章最要气盛,然无神以主之,则气无所附,荡乎不知其所归也。神者气之主,气者神之用。神只是气之精处。"(刘大魁:《论文偶记》)按照刘大櫆的意思,气是指文章的气势,神则是统摄气而表现在作品中的作者的精神和情感。也就是说,所谓文气,就是文章的内容与作品的情感相统一,通过语言形式表现出来的一种气度和气韵。文气导源于作者的个性感情,凝聚着作者的气质、才性,表现出独特的艺术手法和风格特征。作者性情富赡,精醇神足,胸中郁勃喷薄而出,文章因此气势充沛,奔腾回旋自

---

① 胡应麟:《少室山房笔丛·卷十三·乙部·史书占毕一》。

然而有余力。又因感情贯注其中，下笔有神，人物性格鲜明，人物形象栩栩如生。此时，"神"（作者的精神情感）、"气"（文章的气势）和人物性格达到了和谐的统一，文章进入天然浑成的境界。可以说，《史记》中的人物传记，大都能臻于这样的艺术境界，可谓"气充乎其中，而溢乎其貌，动乎其言"（苏辙：《上枢密韩太尉书》）。《史记》中最精彩的篇章之一——《项羽本纪》，便是其典型代表作。

司马迁一生最大的特点是爱奇，"子长多爱，爱奇也"（扬雄：《法言·君子篇》）。项羽是个功业品节卓异特出的人物。以司马迁的进步历史观而论，他必然对项羽在推翻秦王朝过程中所建立的功绩予以热情的赞颂。而以司马迁的气质和性格看，项羽这样的英雄又最能激荡他胸中的感情。司马迁年轻时游历天下，尝"北过大梁之墟，观楚汉之战场，想见项羽之喑恶，高帝之谩骂，龙跳虎跃，千兵万马，大弓长戟，俱游而齐呼"（《史记评林》引马子才语）。不难想象，项羽的英雄壮举曾经怎样冲荡激励着司马迁。所以他笔下的第一奇士就是项羽。然而项羽又是一位"冲破规律，傲睨万物，而又遭遇不幸，产生悲壮的戏剧性的结果的人物"（李长之：《司马迁的人格与风格》）。纵观项羽的一生，在鸿门宴之前，是其事业奋发有为的上升时期。他"力能扛鼎，才气过人"，心存"万人敌"的大志，更有欲"取而代"秦始皇的奇志。以后杀会稽守，起事吴中，攻城略县，势如破竹；杀宋义，救钜鹿，"威震楚国，名闻诸侯"。这是一位超迈不群、叱咤风云的时代英雄。鸿门宴之后，由于客观形势的原因和项羽本人性格的弱点，战略决策上的错误，项羽逐渐处于劣势。鸿门宴放走了刘邦，形势急转直下。项羽最终被困垓下，自刎乌江，兵败身亡。这又是一位失败了的英雄。

再看司马迁，其人生的际遇与项羽又何其相似！李陵之祸以前，司马迁继承父业，主天官，定历法，接任太史令。他踌躇满志，天才怒发，只觉得君臣遇合，天助人和，因此立功立德，指日可待。只是惨遭宫刑的奇耻大辱，一下子击碎了他的幻想和宏愿，几乎使他痛不欲生。为了完成未竟的杰作，才隐忍苟活，"就极刑而无愠色"。所以，司马迁自己也是一个抗志高远而命运多舛的悲剧式的奇人奇才。这样的两个人物，在精神上感情上心灵上的遇合与亲和是必然的。当其下笔之时，司马迁怎么可能不因为人物的成功与失败而产生强烈的共鸣呢？更何况司马迁本是个感情浓烈的屈原式人物。对于项羽这样一位奇人，作者倾注了自己的独特感情，凝聚着一腔的心血。《项羽本纪》写项羽的蒸蒸日上的事业旺盛期，司马迁以高度赞扬的笔触表现项羽勇武盖世的英雄气概与狂飙突起的精神。即使是项羽穷途末路、兵败身亡之时，仍然写他溃围、斩将、刈旗，无不一一成功。项羽过人的才气，威震群雄的壮气，始终洋溢全篇。对于项羽的错误，司马迁做了深刻的批评，但是不难看出，就是在批评之中，却包含着作者对于英雄失路的深沉的叹惋，寄寓着自己的不平。由于作者自身与笔下人物在精神情操上的契合，强烈感情的凝注，使得文章风格与人物性格自然统一起来。所以，司马迁的文章气势旺盛，如长江大河，浑浩流转，正是由丰富生动的内容与强烈的情感所决定的。章学诚说："气积而文昌，情深而文挚，气昌而情挚，天下之至文也"（《文史通义·史德》），此真《史记》之谓也。

二

如前所述，作者的精神情感决定了文章的气势，而"气随神转，神浑则气浩，神远则气逸，神伟则气高，神变则气奇，神深则气静"（刘大魁：《论文偶记》）。人物命运的发展变化，引发作者情感的起伏抑扬，因此也导致文章气势的变化。前人论文，有"太史公之文，韩愈得其雄奇，欧公（欧阳修）得其情韵"的评说。此虽在评论韩欧二人文章，也反证太史公之文，兼有雄奇与富于情韵的特点。就以《项羽本纪》而论，可以说雄奇与富于情韵，集于一篇之中。以篇中最精彩的三个部分——钜鹿之战、鸿门宴、垓下之围来说，钜鹿之战见其雄壮，鸿门宴标其奇峻，垓下之围则富于情韵。一篇之中，既有江河奔腾、浑浩流转之势，又有低回盘旋、深曲悲壮之气，真可谓风云际会，变幻无穷。

钜鹿之战，是项羽一生事业中最光辉的一页。在反抗暴秦的战争中，这一事件最足以让其引为自豪而彪炳于史册，也最能体现项羽的英姿伟绩。钜鹿之战，是"项羽最得意之战"，也是"太史公最得意之文"（《史记评林》引茅坤语）。司马迁用雄壮之笔，奔腾之势，描述了这一战役。

钜鹿之战杀宋义之前，作者用了几个伏笔来暗示项羽和宋义之间的矛盾。宋义使齐,道遇齐使者高陵君,预言武信君项梁必败,说明了宋、项之间的矛盾。怀王封宋义为上将军,位在项羽之上,使宋、项之间的怨隙加深。这些草鞋灰线式的伏笔,为项羽杀宋义做了铺垫。杀宋义前项羽与宋义两人之间的对话,也是精彩之笔。这不啻为一次战略智谋的比量,勇气胆识的搏斗。宋义的话,自私、无谋略,目光短浅而又自信自负。项羽对宋义的一番谴责,无论在道义上、心理上、气势上都压倒了对方。"将戮力而攻秦,久留不行",说明攻秦事急,形势迫使楚军不可久留。宋义留四十六日不进,是贻误军机。"今岁饥民贫","军无现粮",以楚军现状说明不可久留不进,只有与赵并力攻秦,才是上策。否则,新赵对强秦,必败。这是从敌我双方力量的对比上驳斥了宋义"承其敝"的迂腐。国家安危,迫在眉睫,宋义竟久留不行,饮酒高会,"不恤士卒而徇其私",宋义当杀无赦。项羽的质问,义正辞严,有理有据,因此力重千钧。这样写,不但写出项羽的正气、豪气,也写出了他的韬略,显示出英雄气概。"凡作文,落想要高,设势要曲"(朱宗洛:《古文一隅》),这里设势虽然并不回曲,但落想设笔甚高,作者以人物理之直,显出气之壮。因此文章的气势也显得威猛有力,有不可阻挡之势。

接下来破釜沉舟救钜鹿,是极有声色的一段文字:

> 项羽乃悉引兵渡河,皆沉船、破釜甑,烧庐舍,持三日粮,以示士卒必死,无一还心。……当是时,楚兵冠诸侯。诸侯军救钜鹿下者十余壁,莫敢纵兵。及楚击秦,诸将皆从壁上观。楚战士无不一以当十,楚兵呼声动天,诸侯军无不人人惴恐。于是已破秦军,项羽召见诸侯将;入辕门,无不膝行而前。

司马迁这段描写战斗的文字,如黄河之水天上来,激流浪涌,奔腾澎湃,令人如闻战场上排山倒海的厮杀呐喊声。这与其说是写战斗经过,毋宁说是在写楚军的士气,写项羽的豪气。李长之说,项羽的"作战完全以气胜"(李长之:《司马迁的人格与风格》)。项羽作战以气取胜,《史记》文章以气逼人。"无不一以当十","诸侯军无不人人惴恐",诸将"无不膝行而前",三个"无不",把项羽的勇猛雄威写尽笔端。整个钜鹿之战,气势是笔酣墨饱,雄奇豪壮,奔腾直下。司马迁一支笔,同样有横扫千军如卷席的威力。这段文字,行文短促,不用或少用虚词。如写项羽言:"疾引兵渡河,楚击其外,赵应其内,破秦军必矣。""疾、击、破、必",都是短促有力的仄声字眼。"破釜沉舟"一段,多用三字句或四字句,读起来如急管繁弦、马蹄声疾,"如有百万之君藏于隃糜汗青之中,令人心动"(吴见思:《史记论文》)。为了突出项羽的狂飙突起的精神,司马迁的笔端凝聚着千军万马,纵横捭阖,气势磅礴,充满着雄浑壮伟之美。

鸿门宴,是项、刘从联合反秦转化为争夺天下的转折点。由于项羽的仁慈和不忍,不但让刘邦从容走脱,而且暴露了曹无伤。这实际上是项羽失败的开始,也暴露了他在政治上策略上的弱点。然而司马迁对于项羽是过于偏爱了,因此在鸿门宴的描写中,不但没有对项羽的弱点给予必要的批评,反而有意识地对他的磊落坦荡加以赞扬。项羽的失策和失误是明显的。由于项羽的仁慈和愚蠢,刘邦的奸诈狡黠,使鸿门宴这一出戏增加了神奇的色彩。司马迁描写这场曲折复杂的斗争,也多用奇笔。所谓文章"颇有奇气","其文洸洋瑰丽,无奇不备"是也。①

鸿门宴之前,司马迁先用两段文字,渲染不寻常的奇险气氛。一是项羽闻知曹无伤之言后"大怒",令"旦日享士卒,为击破沛公军",恨不得马上击败刘邦,以解心头之恨。然而听了范增的实际上是劝他以行刺手段杀掉刘邦的一番话后,却毫无反应(司马迁是有意识的不写项羽的反应),这就为后来放走刘邦伏下契机。二是刘邦闻知项羽将举兵出击,便"大惊",后又"默然",接连说了两个"为之奈何",显出慌乱失措的神态。但是,当项伯进见时,他又是"兄事之","奉卮酒为寿",又是"约为婚姻",井然有序,侃侃而谈。可见他不是军事上的行家,却是笼络人的里手。这又为鸿门宴上巧妙逃脱做了铺垫。此二者,正是司马迁着墨设局之奇。鸿门宴会,本身就充满着奇险紧张的气氛。整个宴会就像一包装上引信的炸药,只要引信一燃,马上就会酿成一场大爆炸,一场大厮杀。只因项羽的"不忍",张良的奇计,樊哙的勇猛,才掐断了导火索,化险为夷。这里,范增的设计杀刘邦是奇,项羽猛如虎、狠如狼,真正敌手已入彀中唾手可杀却又不忍下手,是奇;张良的临危善断、运筹有方,是奇;樊哙勇猛无畏,是奇;刘邦这块俎上肉却从容走

---

① 李长之:《司马迁的人格与风格》,三联书店 1984 年版,第 294 页。

脱,也是奇。事件的发展,如人登山上峭壁,险峻奇崛,如船行急流险滩,凶险莫测。司马迁正是历历如绘地写出这些奇人奇事的性格特征和细节,因此构成了鸿门宴奇峻的特色。

鸿门宴的描写是波澜起伏,大起大落。文章多用奇警的语句,渲染这一扣人心弦的气氛:"良曰:'甚急。'""哙曰:'此迫矣。'""哙即带剑拥盾入军门","侧其盾以撞","卫士仆地";樊哙"瞋目视项王","头发上指","目眦尽裂";项王"按剑而跽",樊哙"拔剑切而啖之",等等。这些奇险精警峻切的词句,把宴会上的刀光剑影,紧张气氛,非常生动地表现出来。内容之奇带来了表现风格之奇,由此增强了文章的艺术魅力。如果说钜鹿之战以雄壮威武、叱咤风云感染读者,那么,鸿门宴则是以奇险峻峭、曲折起伏而扣人心弦。

不少论者认为,《伯夷列传》是富于情韵的抒情散文,此话固然不错。这是指文章婉转曲折,且具有柔婉的风格。其实,垓下之围又何尝不是一段极富有情韵的文字。这里所说的情韵,是指写出人物、事件的光采风韵的同时,又饱含着作者的感情倾向。垓下之围,项羽遭到了彻底的失败。司马迁对项羽穷途末路的心理状态刻画得极为细致,在悲凉慷慨之中又蕴含着作者对英雄失路的无限惋惜和同情。一个因人成事的刘邦夺取了天下,一个才能出众的项羽反倒自刎而死,司马迁心中有多少感慨!胸中之垒块,融化在这富有情韵的文字之中。

"四面楚歌"一幕,气氛尤为慷慨悲壮。"汉军围之数重","四面皆楚歌","夜起","饮","悲歌慷慨","美人和之",这些气氛渲染,加重了途穷末路的悲凉。美人"常幸从",骏马"常骑之",两个"'常'"字,增加了一旦失去之时而不忍诀别的痛楚和哀伤。读者读至"项王泣数行下,左右皆泣,莫能仰视"之处,无不为之击节叹息,为之呜咽嘘唏。垓下突围,司马迁通过"快战"的描写,突出项羽的勇猛。即使败亡在即,然拔山之力尚在,盖世之气犹存。

且看下面一段文字:

> 项王谓其骑曰:"吾为公取彼一将。"……项王乃驰,复斩汉一都尉,杀数十百人。复聚其骑,亡其两骑耳。乃谓其骑曰:"何如?"骑皆伏曰:"如大王言。"

项王斩一汉将,杀数十百人,易如反掌。身陷重围之中,仍勇不可当,所向披靡。"何如"二字,声口毕肖地把项王那种临危不惧、蔑视一切、自信自豪的英雄气质,十分形象地表现出来。作者把项王光彩照人的风姿神貌,嵌缀在叙事之中,文章显得隽永而有风韵。

尤其值得注意的是,司马迁连续三次写出项羽"天之亡我"的悲叹。作者如此写来,虽然是对项羽"奋其私智而不师古",失败之后又诿罪于天的批评,实际上包含着作者深深的感慨和叹惋之情。钱锺书先生说项羽是"心已死而意犹未平,认输而不服气,故言之不足,再三言之也"[1],正道出了项羽此刻的心情和司马迁用墨的目的。如此的回环往复来写,司马迁自己心中也"意犹未平"啊!只是这种意思作者并不直露出来,而是借用"再三言之"的手法,使文章显得曲折委婉,纡徐逶迤。在这种潜在感情的导向下,读者读至"项王乃曰:'吾闻汉购我头千金,邑万户,吾为若德。'乃自刎而死",则无不为之惊佩;读至"项王已死,楚地皆降汉,独鲁不下。汉乃引天下兵欲屠之,为其守礼义,为主死节,乃持项王头视鲁,鲁父兄乃降",无不为之凄恻。行文至此,使人一唱三叹,不觉悲从中来。垓下之围这一部分,作者从霸王别姬的悲怆,写到垓下突围的勇猛,再写到鲁人的守义不降,可谓是千回百折,委婉纡徐,富有情韵之美。

三

太史公之文,朴素、明净、深刻、生动,是其本色。但行文又多有变化,设局谋篇,起伏跌宕,摇曳多姿,增强了文章的气势。以《项羽本纪》为例,有如下特点。

(一)顺逆结合,开合有致

《项羽本纪》的开头,司马迁有意识地描写了项羽年轻时的行状,来表现他与众不同的过人之处。从叙事的顺序来看,作者采用了顺逆结合的手法。"学书",是顺写;"不成",是逆写。"去学剑",是顺写;"又不成",是逆写。"项

---

[1] 　钱锺书:《管锥编》第一册,中华书局 1979 年版,第 273 页。

梁乃教籍兵法,籍大喜,略知其意",是顺写;"又不肯竟学",是逆写。"文字顺易而逆难"(李涂:《文章精义》),顺逆结合有致,更是上乘。这样一顺一逆,在气势上如水流而下,突然冲击礁石,卷起浪头漩涡。其中"项梁怒之"又是一顿,引起悬念。"籍曰:学万人敌"又是释念。顺写重在交代事件,逆写表现奇异出众之处,如逆流而上,冲破一个浪头,造成文势的振起。加上顿宕的安排,使文势跌宕起伏,造成奇警之势,很准确生动地表现出项羽的奇志与过人才气,又引人入胜。此段又有开合的结合。作者本意在写项羽,写项羽学书,学剑,学兵法,这是合。中间又宕开一笔,写项梁栎阳逮之事,这是开。下来写秦始皇游会稽,曰:"彼可取而代也。"归结为"籍长八尺余,力能扛鼎,才气过人",又是合。这样有顺有逆,有开有合,文势如"一路无数峰峦,层层起伏",奇特多变。

(二)敛气蓄势,回环映称

项羽见秦始皇曰:"彼可取而代也!"这是鸿鹄之志。前面写其学书学剑不成,学兵法不终,正是为此立大志蓄势。同时又写要学万人敌,反复申说,这是盘旋作势。因此最后说"力能扛鼎,才气过人,虽吴中子弟皆已惮籍矣",便如盘弓满月,一泄而出,显得有力可信。钜鹿之战中,作者写怀王称赞宋义"可谓知兵矣",又置为上将军,"号为卿子冠军"。写宋义的凶狠和威焰,这是欲擒先纵的写法。下来写项羽义正词严的驳斥和杀宋义,在对比中见出宋义的懦弱、卑屑、自私和色厉内荏,突出项羽的智勇和气魄。写宋义是为表现项羽蓄势。

回环映称,又是一法。作者先直叙"项氏世世为楚将",又通过陈婴之口曰:"项氏世世将家,有名于楚。"对项羽的出身作多重的渲染。杀会稽守起事,写"籍遂拔剑斩宋头","籍所击杀数十百人","一府中皆慴伏","众乃皆伏"。连用两个"皆伏"反称项羽威震千军的力量。钜鹿之战中,连用三个"无不",极写项羽的威势和气魄。这些回环渲染的手法,对刻画项羽的英雄形象,起了极佳的效果。正如钱锺书所说:"马迁行文,深得累叠之妙。"①

① 钱锺书:《管锥编》第一册,中华书局 1979 年版,第 272 页。

（三）善设眼目，带动全篇

司马迁在谋篇布局之时,常以一个或几个关键字眼作为眼目,以突出全篇旨意。在杀会稽守这一节中,作者先以"诫籍"、"召籍"、"眴籍"为线,写项梁的设计诱会稽守,这是起事前的准备。下面以"斩头"、"击杀"为眼目,把事件的紧张激烈气氛贯串起来。而"慑伏"二字,又表明了事件的结果:起事成功。整个事件因这样巧设眼目,一线贯穿,使人非一气读完不可,显得饱满酣畅。鸿门宴中,更是以"急"、"迫"二字为眼,通贯全场。抓住此二字作文章,展示出矛盾的步步激化,形势的起伏变化,场面的紧张险恶,产生了"其文洸洋玮丽,无奇不备"的艺术效果。

与此同时,司马迁往往巧用一两个字眼,寄寓深意。表面看似不经意处,却包含着作者的良苦用心。垓下决战前,"项王谓汉王曰:'天下匈匈数岁者,徒以吾两人耳。愿与汉王挑战决雌雄,毋徒苦天下之民父子为也。'汉王笑谢曰:'吾宁斗智,不能斗力。'"著一"笑"字,刻画出汉王那踌躇满志、稳操胜券的得意神态。斗力,非汉王所能胜者,而项羽败就败在只知斗力不善斗智上。这一"笑",是刘邦对项羽的讥笑和蔑视,也多少暴露其流氓嘴脸。乌江边上,乌江亭长请项羽渡河,"项王笑曰:'天之亡我,我何渡为!'"这一"笑",是英雄途穷末路有愧于心的冷笑,其中包含多少悲愤与感慨。这一"笑",不啻为失败者的歌哭。这样的用笔,可谓曲折精省,犹见司马迁文心之细。

（四）抑扬顿挫，疾徐有致

司马迁行文,很讲究语句的长短错落,音节的参差有致。项羽见秦始皇出游,曰:"彼可取而代也"一个长句,并用一个"也"字结尾,在语气上显得稳重、坚定,矢志不渝,使人体会到项羽的壮心、气魄以及渴望实现壮志的感叹。项梁"掩其口",曰:"毋妄言,族矣!"用一系列的节奏简短、声口急促的语气,表现出惊慌、恐惧的心理状态。前面已论述到的钜鹿之战中破釜沉舟一段描写,多用动词和短句,读起来如弦管急奏,节奏沉重而短促,声调急昂而紧张,如千军万马在厮杀,这不但在读者头脑中产生战场鏖战的意象效果,也产生了鲜明的听觉形象。

在太史公曰的论赞中,司马迁用"难矣"、"过矣"、"谬哉"三个短句,对项羽在政治理想、战略策略、个人性格上的错误和弱点进行了批评。这三次批评,都是在一连串的长句之后,用极短的两个字作顿挫,不但见出作者的批评和惋惜,也使人触摸到作者自己心中的垒块和郁勃之气。此外,已有论者谈到,"虽吴中子弟皆已惮籍矣"中的"虽"、"矣"二字之妙,强调了项羽的勇气和才气,《汉书》省去这两个字,使语言缺少顿宕之势,语气也因此而减弱。①《管锥编》论钜鹿之战中三个"无不"选用时转引陈仁锡曰:"迭用三'无不'字,有精神;《汉书》去其二,遂乏气魄。"这些都是司马迁用词精妙以加强文气的精彩之笔。所以,从声调的高下缓急,语句的长短,可以体会到司马迁文章的气势。所谓"气盛则言之长短与声之高下者皆宜"(韩愈:《答李翊书》)。这个气势里面包含着作者的感情。反过来,作者的感情决定了气势的高下。我们诵读其文,常感受到那种高下、缓急、抑扬顿挫、急徐有致的参差错落之美,得到声情并茂的艺术享受。

司马迁的散文,历来被古文家奉为散文之极则。尤其是唐代古文运动以后,司马迁的散文产生了更大的影响。其中重要的原因之一,是其文章的气势产生了极大的感染力,其表现手法和语言风格产生了极大的魅力。因此,探索《史记》的文气特点,对于深入理解《史记》的文学价值,有极大的帮助。只是我们不能为求文气而寻文气,只有认真深入的体会司马迁的思想感情,才能真正把握文气的精神所在和艺术魅力产生的根本原因。另一方面,须认真地通读《史记》全书,才可能发掘出更多的令人赞叹不绝的瑰宝来。

原载《龙岩师范专科学校学报》
1990 年第 3 期,收入本书时有修订

---

① 郭双城:《史记人物传记论稿》,中州古籍出版社 1985 年版,第 315 页。

以人为中心:中国古代史学与史传文学的共性特质

一

　　形成中国古代史官文化的社会基础,是传统的以宗法制为特征的农业社会。中国文化是在农业经济的土壤中发育和生长的。中国的"农业—宗法"社会结构,从氏族社会的父家长制演变而成,到周代已趋于完备。氏族社会末期,氏族和部落的首领利用手中的职权攫取财富,成为最早的贵族。在由原始社会向奴隶社会过渡中,氏族社会的父系家长制变为一种以血缘关系为基础的社会关系,氏族首领直接转化为奴隶主贵族,并且按天子、诸侯、卿大夫各个等级分配和垄断了全部国家权力,形成了一个以血缘组织为基础的宗法社会。西周社会便是一种"同姓从宗合族属"(《礼传》)的血缘实体。在周代,周天子是整个周族的族长,同时也是天下的共主;其兄弟、庶子姻亲等受封为各国诸侯,成为各旁支家庭的宗主;诸侯的庶子、兄弟受封为大夫,大夫的庶子、兄弟为士,这样从上到下,各自成为其家庭的宗主,形成了盘根错节的血缘政治纽带。进入封建社会之后,分封制虽然消亡,但宗法关系却被长期保留下来,宗法制的某些特征,如皇位的嫡长子世袭制、贵族名位世袭制、父权家长制以及王权、族权、神权的相合为一,都基本上被承传下来。宗法关系对家庭、国家以至整个社会制度、文化结构,都起着重大的影响。这是中国社会的一种独特景观,也是史官文化产生的社会基础的重要特征。在宗法社会中,宗主是一族中最尊贵者,一切以之为中心,所谓"宗,亲也,为先祖主也,宗人所尊也"(《白虎通德论·宗族》)。正因为如此,我们看中国古代的史籍,且不说早期如先秦的《尚书》《春秋》,无不以天子、诸侯贵族为历史的中心人物。就是像具备朴素唯物史观的司马迁,其建构《史记》的体例,仍然是以"本纪(帝王)"—"世家(诸侯王)"—"列传(大夫)"为其架构模式,依然没有脱离宗法制的血脉。

史官文化产生的社会基础是传统的农业经济与宗法制度,反过来,史官文化形成之后,对于巩固这种传统经济和宗法制度,又起了极大的作用。这一点,我们从中国历史上浩繁的史籍及其在历史上产生的作用,是不难看到的。

宗法社会强调人伦道德观念,它使中国社会形成一个以伦理意识为中心的系统,并且巧妙地将宗教、哲学、政治都纳入伦理道德的轨道。如中国人最信奉的"天",虽然带着宗教的迷信思想,但是早在周代,就已经被灌注入伦理道德的内容。所谓"皇天无亲,惟德是辅"(《左传·僖公五年》),"天"虽然是至高无上的,但它辅佐的是有德之人。"天命"将随着"人德"为转移。崇高的"天命"被归结于人伦道德。

人伦道德观念强调"亲亲"、"尊尊"的礼教规范,追求劝善、扬善、求善的教化目标,倡导诚心、正意、修身、齐家、治国、平天下的人生道路。隆礼、敬德、崇善,成为史官文化重要的文化思想。所以,中国古代哲学的政治观念的产生,常是以伦理思想为其起点,为其核心的,并由此向外进行辐射,融入中国文化的各个领域。如文学中强调的"教化"功能,主张讽谏,宣扬"事父事君";史传中表现出来的"惩恶劝善"、"借古鉴今"、"大一统"等本体意识,无不浸淫着伦理中心主义的精神。这些,都构成了史官文化的文化精神内核。我们从古代史传和史传文学的本体意识和外观形态中可以鲜明地感受到。

伦理型的中国文化,将人推尊到很高的地位。所以中国史官文化的精神内核还有一个重要的特征,就是离不开以人为中心、注重现实人事的原则。

从巫官文化流衍到史官文化，就是把宇宙万物的中心从天帝鬼神身上转移到人的身上来。从历史发展的进程来说，史官文化比起巫官文化，是更高级的文化形态，是人类社会向前发展的产物。随着社会生产力的提高，理性精神的张扬，人们不断地认识到人的价值和作用。《礼记·礼运》篇中说："人者，集天地之德，五行之秀也。"又说："人者，天地之心。"人是天地间最了不起最伟大的。董仲舒《春秋繁露》中说："天地人，万物之本也。天生之，地养之，人成之。"人不但是万物中之最贵者，而且是万物之本、万物之灵。"子不语怪力乱神"，表明了儒家重人生而轻鬼神的非宗教倾向。以此作为史官文化与巫官文化的本质区别的简洁概括，不无道理。

由宗教制度衍生出来的伦理道德，都离不开以人为其本位的原则。作为史官文化嫡裔的儒家思想是如此，与巫官文化有着亲密姻缘的道家思想仍然是如此。（《汉书·艺文志》曰："道家者流，盖出于史官。"道家思想从本质上说当然属于史官文化系统。）即使是阴阳五行学派，尽管以"五德相终始"、"五德转移"来解说历史的发展变化，但是董仲舒《春秋繁露》专论阴阳五行时，认为宇宙间有"十端"："天、地、阴、阳、木、火、土、金、水九，与人而十者，天之数毕也"（《天地阴阳》），还是离不开人。可以说儒道之外的各家各派，虽异说纷呈，然无不以"人生至道"为其理论核心，中心依然是人。

以人伦道德为中心的观念内涵和尊崇人强调人的"重人意识"，形成了史官文化精神内核的最鲜明特征。作为文化背景机制，它对史学和史传文学产生了极大的影响。

二

人在天地万物间的作用，中国古代哲学家早有认识。夏商时代，人们刚刚从蛮荒之时走过来，对自然界的权威仍然抱有极大的恐惧，所以依然迷信和崇拜上帝。到了周代，周人的理性精神已经对天、帝发生了怀疑，认为天并不可信，甚至认为天也应尊重人民的意志。《尚书·泰誓中》说："天视自我民视，天听自我民听。"到了春秋时期，人们更知道从人与自然宇宙统一和谐的大生命环境中去考察人与天的关系。《易·贲·象》曰："观乎天文，以察时变；观乎人文，以化成天下。""天文"，指的是自然秩序；"人文"，指的是人事。"天文"、"人文"虽相提并论，重点则在"人文"。化成天下，在于"人文"。先秦时代的人文观，是以人为中心的，以人为本位的。孔子曰："天地之性人为贵。"（《孝经·圣治章第九》引孔子语）荀子说："水火有气而无生，草木有生而无知，禽兽有知而无义，人生有气有生有知，亦且有义，故最为天下贵也。"（《荀子·王制》）周敦颐说："二气交感，化生万物，万物生生，而变化无穷焉，惟人也得其秀而最灵。"（《周子全书·太极图说》）钟灵毓秀，地灵人杰，人为"万物之灵"、"天地之心"，一句话，人为宇宙的中心和主宰。

中国历史精神的最主要内容，也是以人为核心的历史意识。钱穆说，中国历史有一个最伟大的地方，就是它能把人当作中心。他说："历史只是一件大事，即是我们人类的生命过程。但在世界各国各民族中间，懂得这个道理，说人能创造历史，在历史里面表现，而历史又是一切由我们主宰，懂得这道理最深切的，似乎莫过于中国人。中国人写历史，则人比事更看重。"（钱穆：《史学导言》）中国人看重的是在"化成天下"过程中、事件中的活生生的人。钱先生还说，各民族的历史不同，是因为人生观不同。中国历史意识的中心是：人是历史的创造者，又是历史的表现者，同时亦是历史的主宰者。① 所以中国人重视历史，重视总结历史经验，重视人在历史中的作用。

自先秦时期开始，古代史家在探索历史发展变化动因的时候，已经注重到人的作用。周史官史嚚曰："吾闻之，国将兴，听于民；将亡，听于神。神聪明正直而壹者也，依人而行。"（《左传·庄公三十二年》）周内史过说："是阴阳之事，非吉凶所生也。吉凶由人。"（《左传·僖公十六年》）子产则明确地指出："天道远，人道迩，非所及也，何以知之！"（《左传·昭公十八年》）这些先哲，都显示出对于天道的否定和"人的发现"与"人的自觉"的朦胧意识，显示出神的意志的淡化与人的主体意识的强化。先秦进步的思想家、史家，已经初步认识到国家的兴亡、历史的变迁，不在于天道，而在人事。"国之兴也，视民如伤，是其福也；其亡也，以民为土芥，是其祸也。"（《左传·哀公元年》）孔子修《春秋》，以其褒贬之义来总结兴亡治乱的经验教训，其精

---

① 郭齐勇、汪学群：《钱穆评传》，百花洲文艺出版社 1995 年版，第 63 页。

髓，即在于对人事的价值评判与人格评论。章学诚说："史学所以经世，六经同出于孔子，先儒以为其功，莫大于《春秋》，正以切合当时人事耳。"《春秋》通过对人事的总结，以期达到"拨乱世反之正"的目的。到了司马迁，提出"究天人之际，通古今之变"的史学宏伟目标，就是将历史发展的动因确立在人这一天地万物的主宰身上。他大胆地怀疑"天道"，发出了质问："或曰：'天道无亲，常与善人。'若伯夷、叔齐，可谓善人者非耶？积仁絜行如此而饿死！……余甚惑焉，倘所谓天道，是耶？非耶？"（《史记·伯夷列传》）"述往事，思来者"，"切近世，极人变"（《太史公自序》）。司马迁明确地认识到，历史应该是人的历史，历史研究应该以人为对象。正是由于这种朴素的唯物史观，司马迁以前所未有的胆识和才力，创立了以人为研究中心的纪传体史学新体裁。翦伯赞说："所谓纪传体的历史学方法，就是以人物为主体的历史学方法。这种方法是将每一个他认为足以特征某一历史时代的历史人物的事迹，归纳到他自己的名字下面，替他写成一篇传记。这些人物传记，分开来看，每一篇都可以独立；和起来看，又可显示某一历史时代的全部的社会内容。"① 纪传体的精髓，就是把"人"摆在第一位，肯定"人"的历史作用。②

恩格斯说："有了人，我们就开始有了历史。"历史是人的社会实践留下的轨迹。是熔铸了各种生活内容的整体的观照物，凝结着整个生活的丰富涵义，是"一切社会关系的总和"③。写人，可以揭示出当时社会生活的多样化的内容和无限的秘密，以及生活的各个侧面，以实现真实地记载历史的目的。孔子曾说："我欲载之空言，不如见之于行事之深切著明也。"（《太史公自序》）王先谦解释说："谓空言义理以教人，不如附见诸侯大夫僭逆之行事，垂戒尤切。"（《汉书补注》）空言，即指抽象的理论说教；行事，指具体的历史事件与人物行动。孔子的这一深切体会，正是在于他以"空言"说教失败之后发自肺腑的感喟。司马迁引董仲舒的话说："余闻董生曰：'周道衰

---

① 吴泽主编：《中国史学史论集》（一），上海人民出版社 1980 年版，第 107 页。

② 李少雍：《司马迁传记文学论稿》，重庆出版社 1987 年版，第 13 页。

③ 恩格斯：《关于费尔巴哈的提纲》，《马克思恩格斯选集》第一卷，人民出版社 1995 年版，第 18 页。

废,孔子为鲁司寇,诸侯害之,大夫壅之。孔子知言之不用,道之不行也,是非二百四十二年之中,以为天下仪表,贬天子,退诸侯,讨大夫,以达王事而已矣。'""见之于行事",就要写出历史运动中具体的人和事。尤其是只有清晰具体地描述人物活动,才能具现出历史面貌的全景式的内容。古代历史著作突出写人,反映出作者对人自身在历史运动中的价值、地位、作用和意义的深刻觉悟,直接反映着作者对历史的认识、体验、把握和领悟,形成具有鲜明时代特征的历史意识。

可以说,文学是人学,史学也是人学。人是史学所要反映的主体,又是文学表现的对象。在写人或者说以人为中心这一点上,史学和文学找到了它们的契合点。用文学的手法写历史,是史传文学的特征。巴尔扎克说:"我企图写出整个社会的历史。我常常用这样一句话说明我的计划:'一代就是四五千突出的人物扮演一出戏。'这出戏就是我的著作。"① 正如巴尔扎克所说的那样,我国史传文学的代表作品如《左传》、《战国策》、《史记》,展现的正是无数历史人物的共同演出的历史长剧。这些作品,既是伟大的历史著作,又是伟大的文学著作。

三

我们所说的史传文学,指的是先秦两汉时期产生的具有很强文学性的历史著作。就总体而言,这些作品所写的人物大部分是统治阶级。有帝王将相、公卿大夫、谋臣策士,但是也有一部分下层人民,尤其是在司马迁的《史记》中,下层人民更占了相当的比例。总而言之,都是历史上产生过一定作用的人。《左传》一书在体例上虽属编年体,本以记事为主,却塑造了众多的人物形象,并相当成功地写出了一部分人物的性格特征。全书出现的人物共有三千多个,不少人物以其鲜明的个性独特的风貌活现在读者的面前。这其中有叱咤风云的春秋五霸——齐桓公、晋文公、秦穆公、宋襄公、楚庄王等雄

---

① 巴尔扎克:《给〈星期报〉编辑伊波利特·卡斯蒂耶的一封信》,见《文艺理论译丛》第二辑,人民文学出版社 1957 年版。

主,也有暴虐无道、荒淫奢侈如晋灵公等昏君,有管仲、子产、晏婴、叔向、赵盾等股肱良臣,也有崔杼、伯有、庆封、宣伯、费无极这样的奸臣佞幸。《左传》还描绘了一大批妇女形象,如卫庄姜、赵姬、僖负羁之妻、邓曼等杰出的女性,也有如晋之骊姬、鲁之穆姜、齐姜、陈之夏姬等面目可憎的妇人。尤为可贵的是,《左传》与《国语》都已经把笔触伸向了平民和下层人民。《左传》中记载的郑弦高、绛人、斐豹、灵辄,皆为地位不高的下层人民,有的还是奴隶。此外还有一批下层人民的群像,如"野人"、"役人"、"舆人"等。与《尚书》、《春秋》相比,《左传》作者对于历史运动的主体已经有了更深刻的认识,众多的人物展现了春秋时代的历史风云。

战国,是一个"高才秀士"风云际会的时代。《战国策》中虽然也记载了楚怀王、秦昭王、齐宣王、赵武灵王、燕昭王等为数不少的君王人物,然而在全书六百多个人物中,占据历史舞台唱主角的,却是以苏秦、张仪、陈轸、公孙衍为代表的纵横之士,其中当然也包括那些仗剑行义的侠士如荆轲、聂政、豫让等。

与先秦的史传文学作品相较,《史记》的写人,开创了一个全新的境界。

首先是由于纪传体体裁的创立。作者笔下众多的历史人物更加有系统。《左传》按年纪事,《国语》、《国策》分国纪事,各类人物交互相杂,作为"人"这个总体来说,系列并不清楚。而《史记》中本纪、世家、列传三种体例所写人物各属不同的层面。就阶级社会统治地位的高下来说,基本上是依次以降(当然也有例外的,如陈涉,就阶级地位来说只是个起义的农民)。作者以这样的三种体例的划分,可以全方位地反映历史运动的进程,和不同层面的历史人物所产生的作用。

其次,司马迁写人,为不同的人物立传,十分注意其代表性。从不同的代表人物的言行、甚至心灵境界,反映不同时期的社会生活、风俗习惯。梁启超说:"《史记》每一篇列传,必代表某一方面的重要人物。如《孔子世家》、《孟荀列传》、《仲尼弟子列传》代表学术思想界最重要的人物,《苏秦张仪列传》代表造成战国局面的游说之士,《田单乐毅列传》代表有名将帅,四公子即平原、孟尝、信陵、春申的列传代表那时新贵族的势力,《货殖列传》代表当时经济变化,《游侠列传》、《刺客列传》代表当时社会上一种特殊风尚。每篇都有深意,大都从社会着眼,用人物来作一种现象的反映,并不是专替一个人作起居注。"又说:"每一时代中须寻出代表的人物,把种种有关的事变都归纳到他身上。一方面看时势及环境如何影响到它的行为,一方面看他的行为又如何使形势及环境变化。"①《史记》中各篇传记,不但写出了人物的言行风范,同时再现了人物与时势和环境的相互关系。由众多的代表人物组成了生动的历史画卷。

第三,《史记》扩大了历史人物的范围,把视野扩大到社会各阶层各角落各种类型的人物。本纪记载的是帝王,但是却有一个失败了的英雄项羽;世家写的是王侯贵族,但为人佣耕的农民陈涉也厕身其间。至于列传,更是形形色色、林林总总。这样的结构,表明历史前进的乐章,并非只是由帝王将相们高奏着,社会各阶层包括下层人民,都是历史的主人。记下层人民,《左传》、《国策》等作品虽有开创之功,但毕竟太少,《史记》中则大量出现。如写食客,有毛遂、侯嬴、朱亥、冯谖;写刺客,则有曹沫、专诸、豫让、聂政、荆轲;记游侠,则有朱家、剧孟、郭解;记优伶,则有优孟、优旃、淳于髡;还有名医秦越人(扁鹊)、淳于意(仓公),善击筑者高渐离。妇女方面有一饭韩信的漂母,仓公幼女缇萦,义纵姊义姁,晏子之御者妻,聂政姊聂荣,女理财家巴寡妇清等。此外,还有一大批连姓名也没有的人物,如批判孔子的荷蓧丈人,拒楚灵王的涓人,渡伍子胥的渔夫,助孟尝君的鸡鸣狗盗之徒,等等。(上层人物中一部分人,也来自于下层,如韩信、萧何、曹参、周勃、樊哙、陈平、夏侯婴以及汉高祖刘邦。)这些下层人物及其活动,构成了社会的基本人物和历史活动的最基本内容。司马迁如此多层次、多角度、多方位地写出了各阶层的人物,表明了历史是全社会人的历史;在文学上,则描绘出千姿百态的人物形象。

第四,《史记》立体式地描述人物,塑造出栩栩如生的艺术形象。司马迁写人,已经形成一种艺术自觉。他不但写出与人物有关的事件,写出在众多的事件中人与人之间复杂微妙的关系,而且自觉地刻画了人物的个性气

---

① 梁启超:《中国历史研究法补编·总论》第三章"五种专史概论",东方出版社 1996 年版,第 183—184 页。

质、兴趣爱好、心理活动乃至外貌特征。有人认为，《本纪》具有编年体的性质，乃是以某一人物为中心而以年系事。这固然不错。然而我们读《高祖本纪》、《项羽本纪》、《秦始皇本纪》、《吕后本纪》，浮现于脑际抹之不去的，不仅是有关的情节，更清晰的还是人物的性格形象，人物的举手投足、一颦一笑，感受到的是人物的呼吸和喜怒哀乐；津津乐道的是刘邦的流氓无赖、小人得志和刻薄寡恩，是项羽的盖世豪气与英雄末路的悲哀。至于《世家》和《列传》，则更是如此。一谈到这些篇章，读者脑子里总是会浮现出张良、陈涉、韩信、樊哙、李广、田蚡、灌夫、李斯、蔡泽、信陵君、司马相如等一大串生动鲜活的形象来。这就是艺术形象的感染力，它主要不是来自于读者对历史事件的把握，而是来自于作者对人物形象具体细腻的描绘，来自于鲜明的人物性格。古希腊传记作家普鲁塔克在《亚历山大传》中说："史乘叙述人民与英雄的业绩，而传记则描写人物的性格。"以《史记》为代表的史传文学，则是二者的结合。可以说，司马迁为中国古代叙事文学塑造人物形象树立了典范。

　　东汉以后的史学与叙事文学，都继承了以人为中心的优良传统。史学方面，纪传体成为史书体例的正宗，就在于以人为中心这一内在特质的认同和制约。文学方面，史传文学的写人艺术对后代小说、传记的影响极为深远。只是东汉以后，史学与文学两个学科已经是二水分流，再也看不到像史传文学那样史学与文学如此完美结合的景象了。此是后话。

原载《福建师范大学学报》1997 年第 2 期

史传文学中的美学特征

史传文学，指具有文学价值的历史著作。先秦两汉时期文史不分，许多历史著作，像《左传》《国语》《国策》《史记》《汉书》等，都具有极高的文学价值，堪称文学上的杰作。既然是文学作品，就必须符合美学上的要求，具备美学价值。只有具备较高美学价值的史传文学作品，才会获得强大的生命力而传诵不息。以这样的眼光来审视先秦两汉的史传文学作品，可以发现，它们都具有鲜明的美学特征。本文拟从三个方面对此讨论，以期读者能从美学的角度来把握它们的价值。

一、结构之美

史传文学在美学上的要求，首先是结构之美。它包括两个方面，一是体裁，二是体例。

先秦两汉史传作品最基本的体裁结构，就是编年体与纪传体，这是对史料的总体组织和安排。其结构上表现出来的最大美学特征，是和谐而有秩序，或许可以借用古希腊美学家卢奇安的话来说明这一点。卢奇安在他的论述史学审美原则的《论撰史》的文章中说："历史家的能事也是如此，他的艺术在于给复杂错综的现实事件赋以条理分明的秩序之美，然后以尽可能流畅的笔调把这些事件记载下来。如果听众或读者觉得有如亲历其境，目击其事,而且称赞作者的技巧,那么历史家的雕像就算达到完美的境界,他的劳动就不是白花了。"① 这里,"秩序之美"即指结构上的和谐有序。历史事件是纷繁复杂的,牵涉历史发展的时间、地点、人物、事件。如何妥善地处理这些材料,这就关系到结构问题。在结构上,卢奇安要求将"复杂错综的现实事件赋以条理分明的"秩序,才能有"秩序之美"。

其实我国古代的史论家也早就注意到这一点。古代史论家对"六家"、"二体"的论述,就含有鲜明的美学意识。我们看刘知几在《史通·二体》中论编年体与纪传体的特点就是如此。刘知几论编年体的长处是:"系日月而为次,列时岁以相续,中国外夷,同年共事,莫不备载其事,形于目前,理尽一言,语无重出。"编年体以时系事,各种史事,皆以时间的先后次序编定,"以事系日,以日系月,以月系时,以时系年,所以纪远近,别同异也"(杜预:《春秋左氏传序》)。至于中国与外夷同时发生之事,皆以时间为序一一记之。《公羊传》还提出"所见异辞,所闻异辞,所传闻异辞"的原则,这里虽有历史传播的元素,然而也是以时间为序的。这是以时间为纲的"秩序之美"。刘知几论纪传体的长处是:"纪以包举大端,传以委曲细事,表以谱列年爵,志以总括遗漏。逮于天文、地理、国典、朝章,显隐必该,洪纤靡失,此其所以为长也。"纪传体包括纪、传、表、志等,其各体有各体的功能,"大端"、"细事"、"年爵"、"遗漏",皆入于书,将复杂的历史事件分门别类,综合排比,以形成错落有致的秩序之美。

关于史传的"秩序之美",刘勰也早已论及,他认为《春秋》是"存亡幽隐,经文婉约",即意义深沉,文字简练;《左传》得孔子微言,"乃原始要终,创为传体","传者,转也,转受经旨,以授于后,实圣文之羽翮,记籍之冠冕也";《左传》推求事实的始末经过,转授经意,为记事之冠。《史记》"本纪以述皇王,列传以总侯伯。八书以铺政体,十表以谱年爵,虽殊古式,而得事序焉"(所引均见《文心雕龙·史传》)。各体的特点虽有不同,但都能抓住记叙各种历史事实的条例,因此是"得事序"即显得条贯有序。总之,刘勰所论述的《春秋》、《左传》、《史记》的美学特色,与卢奇安的要求有许

① 章安祺编订:《缪灵珠美学译文集》,中国人民大学出版社 1987 年版,第 210 页。

多相通之处。

就先秦两汉的史传体裁总体结构来看，《春秋》、《左传》为编年体，贯串其间的纲是时间；《国语》、《国策》分国纪事，空间构筑了它们的结构框架；《史记》、《汉书》是纪传体，中心是人物。时间、空间、人物，再加上在特定的时空和人物身上发生的事件，囊括了历史运动进程的全部内容。所以，从三种不同体裁的相辅相成来说，也构成了和谐的"秩序之美"。

如果把编年体、纪传体等称之为史书的外部结构的话，体例即成为史书的内部结构。① 史书的体例也称史例，古代史书是非常讲究史例的，例就是秩序。刘知几《史通·序例》说："夫史之有例，犹国之有法。国无法，则上下靡定；史无例，则是非莫准。"作史必先立例，例贵有法，如国家之有法，才能上下安定。史之有例，也是如此。这就是讲求"秩序之美"。刘知几曾批评《尚书》"为例不纯"，而"始发凡例"者，唯在《春秋》。

关于《春秋》的体例，《左传》最早发明之，即《成公十四年》所说的《春秋》之称，微而显，志而晦，婉而成章，尽而不污，惩恶而劝善"。这其实不仅是《春秋》之"例"，也包含着对史例的审美要求，即要按照这五项审美标准去创作。这一点，在杜预手中得到尽情的发挥。杜预在总结《左传》的凡例时说：

> 其发凡以言例，皆经国之常制，周公之垂法，史书之旧章，仲尼从而修之，以成一经之通体。其微显阐幽，裁成义类者，皆据旧例而发义，指行事以正褒贬。诸称"书"、"不书"、"先书"、"故书"、"不言"、"不称"、"书曰"之类，皆所以起新旧，发大义，谓之变例。然亦有史所不书，即以为义者，此差《春秋》新意，故传不言"凡"。曲而畅之也。其经无义例，因行事而言，则传直言其归趣而已，非例也。（《春秋左氏传序》）

杜预认为《左传》依据经文已有的书法而记的，叫做"旧例"，也叫"正例"，用"凡"字进行总结；不用"凡"字而用"书"、"不书"之类解释经义的，叫做"变例"，经文无义例的传文，或是无经之传只是记事的，叫做"归趣"。

---

① 瞿林东：《中国古代史学批评纵横》，中华书局 1994 年版，第 97 页。

杜预还把《左传》说的"微而显"五条,称之为"五情",或叫"五例":

> 故发传之体有三,而为例之情有五。一曰微而显,文见于此而起义在彼,称族尊君命、舍族尊夫人、梁亡、城缘陵之类是也。二曰志而晦,约言示制,推以知例,参会不地、与谋曰及之类是也。三曰婉而成章,曲从义训以示大顺,诸所讳避、璧假许田之类是也。四曰尽而不污,直书其事,具文见意,丹楹、刻角、天王求车、齐侯献捷之类是也。五曰惩恶劝善,求名而亡,欲盖而章,书齐豹盗、三叛人名之类是也。(《春秋左氏传序》)

所谓"微而显",就是不需要太多的文字,就能看出它所隐含的褒贬之意。如《春秋·成公十四年》:"秋,叔孙侨如如齐逆女。""九月,侨如以夫人妇姜氏至自齐。"对侨如的称呼就有微细的变化。前者冠以族名"叔孙",是表示尊重,因其奉君命出使齐国,后者省去"叔孙",是为尊重夫人妇姜氏。再如《春秋·僖公十九年》作"梁亡",本是秦灭梁,然写作"梁亡",意指梁乃自取灭亡,此乃贬之。《春秋·僖公十四年》:"诸侯城缘陵。"实际是齐国率诸侯替杞国在缘陵筑城,不提齐国,含有批评齐国之意。所谓"志而晦",谓文字简约而隐晦,只有从这些文字中推求其体例,才会明白作者的态度。如"参会不地",即参加会盟而不记会盟地点,表示会盟未遂。因为会盟成功均记地点。"与谋曰及"则指事先预谋会同出兵者叫"及";未同谋临时被迫出兵则叫"会"。"婉而成章",意谓用婉转的方式记述事件。如《桓公元年》:"郑伯以璧假许田。"指郑伯以枋田加玉璧换鲁国的许田,因讳言交换(按礼制,诸侯田地不能交换),所以说"璧假许田"。"尽而不污",即直书不讳,是非曲直或褒或贬,由事实本身作出回答。如《庄公二十三年》:"秋,丹桓宫楹。"依礼制,则楹柱不能漆成红色,这是人所共知的,庄公将桓公庙之柱子漆成红色,是非礼。照实记录,褒贬自在。其他几件事也是如此。"惩恶劝善",则存是非公道。卫国齐豹杀死卫侯之兄,《春秋·昭公二十年》记"盗杀卫侯之兄絷",不称齐豹之名而谓之"盗",意在谴责其恶。邾庶其、莒牟夷、邾黑肱都是拿自己国家的土地来献给鲁国作为见面札,《春秋》为谴责其卖国行径,特地将他们记入《春秋》,这就是"惩恶劝善"。

杜预认为,"正例"、"变例"、"归趣"以及"五例",乃史家必须遵循的最高准则。遵循这样的原则,才能构成史书内部结构的"秩序之美"。这也是史家最高的审美追求,然而却颇不容易达到。正如钱锺书所说:"窃谓五者(按,指'五例')乃古人作史时心向神往之楷模,殚精竭虑,以求或合者也,虽以之品目《春秋》,而《春秋》实不足语于此。"① "三体五例"虽由《春秋》总结而来,可《春秋》自身实未达到这一境界。相比之下,《左传》一书却足以当之。杜预评价《左传》说:

> 其文缓,其旨远,将令学者原始要终。寻其枝叶,究其所穷。优而柔之,使自求之;餍而饫之,使自取之。若江海之浸,膏泽之润,涣然冰释,怡然理顺,然后为得也。(《春秋左氏传序》)

就史例而产生的美学效果来说,《左传》的成就无疑要高于《春秋》许多倍。

至于《史记》,其结构上的"秩序之美",则有如富丽堂皇的建筑艺术品。关于这一点,李长之先生有很详细精辟的论述。他说:"一种艺术品,都有他的结构。《史记》一部书,就整个看,有它整个的结构;就每一篇看,有它每一篇的结构。这像一个宫殿一样,整个是堂皇的设计,而每一个殿堂也都是匠心的经营。"就全书的框架来看,司马迁"罔罗天下放失旧闻,王迹所兴,原始察终,见盛观衰,论考之行事,略推三代,录秦汉,上记轩辕,下至于兹,著'十二本纪',既科条之矣;并时异世,年差不明,作'十表';礼乐损益,律历改易,兵权,山川,鬼神,天人之际,承敝通变,作'八书';二十八宿环北辰,三十辐共一毂,运行无穷,辅拂股肱之臣配焉,忠信行道,以奉主上,作'三十世家';扶义俶傥,不令己失时,立功名于天下,作'七十列传'"。全书呈现出有序的层次。而"本纪"、"世家"、"列传"和"表"、"书",也各有其内在的连续规律。如七十列传,大体上以时间为序建构其次第。再就单篇的结构看,其内部结构也形成一种建筑美。或者用对照对称的原理组成合传,构成一种艺术品的美质;或者使首尾相呼应,如纪念堂的前后照应着的小牌坊;用重复的旋律,重复叙述同一事件,如建筑长廊中的列柱,

---

① 钱锺书:《管锥编》第一册,中华书局 1979 年版,第 161 页。

形成回旋往复之美;或结尾余韵无穷,言尽而意无穷,如游览某一胜景,令人留连忘返。司马迁正是凭着他的艺术天才,构筑了《史记》无与伦比的"秩序之美"①。

二、叙事之美

叙事之美,指的是历史著作语言表述方面的美学要求。关于这一点,古希腊美学家卢奇安曾有过论述,提出自己对历史著作文字表述之美的要求:"我们既然认为历史精神的目的在于坦率诚实,从而历史风格也应该相应地力求平易流畅,明若晴空,既要避免深奥奇僻的词句,也要避免粗俗市井的隐语,我们希望俗人能了解,文士能欣赏。词藻应该雅而不滥,毫无雕琢的痕迹,才不使人有浓羹烈酒之感。"②卢奇安的要求,概括起来说即平易自然,真实流畅,华而不丽,质而不野。这一点,跟中国古代史学家、史学评论家的要求恰好相吻合。班彪班固父子称赞司马迁"善述序事理,辨而不华,质而不野,文质相称,盖良史之才也"(《后汉书·班彪传》),"服其善序事理,辨而不华,质而不俚"(《汉书·司马迁传》);刘知几认为:"夫史之称美者,以叙事为先。至若书功过,记善恶,文而不丽,质而非野,使人味其滋旨,怀其德音,三复忘疲,百遍无斁。"(《史通·叙事》)这些,都与卢奇安的论述相通。可见,对于史书语言表述的审美要求,中外学者都是英雄所见略同。

综观先秦至两汉史传文学作品,在语言表述的美学特征方面大致可归纳为这几个特征:真实、简洁、质朴、含蓄。

(一)真实之美

关于真与美的问题,老子说过"信言不美,美言不信"的话。认为真实可信的言词是不美的,美的言辞是不真实不可信的。东汉王充强调美与真的统一,尤其强调历史记载必须真实,对历史和现实中的人物事件的善恶美

---

① 李长之:《司马迁之人格与风格》,三联书店1984年版,第255页。
② 卢奇安:《论撰史》,《缪灵珠美学译文集》第一卷,中国人民大学出版社1987年版,第208页。

丑的记述都应真实，不能"增益事实，为美盛之语"，使"虚妄之言胜真美"
（《论衡·对作篇》），因为历史记载是为了使"后人观之，以见正邪"（《论
衡·佚文篇》）。可见先秦两汉时期的人们对史著的真实之美有明确的认识。
真实，就是要反映历史的本质。史家讲求实录，真实是第一要义。"若事不谬，
言必近真"。（《史通·言语》）"尽而不污"、"惩恶劝善"的原则也呼唤真实。

真实之美在《左传》中表现出来的是直书。被奉为史家之圭臬的《春
秋》，也有不真实的地方。如鲁国的三个国君隐公、桓公、闵公，均死于非命，
而《春秋》却书"薨"（隐公、闵公）或"薨于齐"（桓公）。"薨"为善终。
鲁国这三君果真都是寿终正寝的吗？事实恰恰相反。可是书"薨"，就使人
难知其真相。再如践土之会，晋文公召周天子赴会，《春秋》却记着"天王
狩于河阳"。这就是为尊者讳，是不真实，也就难以使人了解历史的真相。相
比之下，《左传》则做了真实的记载，直书其事。如鲁隐公的被杀：

> 羽父请杀桓公，将以求宰。公曰："为其少故也，吾将授之矣。使营
> 菟裘，吾将老焉。"羽父惧，反谮公于桓公而请弑之。公之为公子也，与
> 郑人战于狐壤，止焉。郑人囚诸尹氏。赂尹氏，而祷于其主钟巫。遂与
> 尹氏归，而立其主。十一月，公祭钟巫，斋于社圃，馆于寪氏。壬辰，羽父
> 使贼弑公于寪氏，立桓公，而讨寪氏，有死者。（《隐公元年》）

鲁隐公是代桓公当国君的，待鲁桓公长大，准备将君位还给桓公。鲁宗室羽
父（即公子翚）为己求太宰之位，请杀桓公以邀功。没想到光明正大的隐公
反而告老退休，还政于桓公，于是羽父反过来在桓公面前毁谤隐公，借机把隐
公杀了。这样记载，把事件的来龙去脉写清楚了，也使人看清了羽父这个阴
险小人的嘴脸。而桓公的被杀，情节更加曲折。《左传》把桓公夫人文姜如
何与齐侯私通，为桓公所发觉，齐侯如何指使公子彭生拉杀桓公写得一清二
楚，宛如一篇小说（原文见第四章第二节），起伏跌宕，引人入胜，给人美的
享受。史家坚持董狐精神、南史之笔，创造的就是真实的美。

真实之美在《史记》中则表现为"其文直，其事核，不虚美，不隐恶"
（《汉书·司马迁传》）。"文直"与"事核"相结合，这就是真实之美。晋人
葛洪曾有一段论述，可为"文直"与"事核"之注脚。其论曰：

> 夫迁之洽闻，旁综幽隐，沙汰事物之臧否，核实古人之邪正。其评论
> 也，实原本予自然；其褒贬也，皆准的乎至理。不虚美，不隐恶，不雷同偶
> 俗。(《抱朴子·明本篇》)

《史记》的"文直"、"事核"，在于司马迁敢于批评现实，不掩饰君主之过失，反对苟合取容，张扬正直气节。他不因为个人的好恶而溢美或贬损人物，也不因为个人的喜愠而歪曲历史事实。项羽是司马迁极喜爱的人物，但却从不掩盖项羽的弱点与缺陷；刘邦虽散发着一身的流氓无赖习气，然而司马迁同样写出他的雄才大略与伟绩；韩信的被杀，司马迁为之同情扼腕，但在《淮阴侯列传》中也不忌讳韩信的错误；至于对"今上"的批评，更是大胆直书。据《三国志》记载，魏明帝认为："司马迁以受刑之放，内怀隐切，著《史记》非贬孝武，令人切齿。"王肃对曰：

> 司马迁记事，不虚美，不隐恶。刘向、扬雄服其善叙事，有良史之才，
> 谓之实录。汉武帝闻其述《史记》，取孝景及己本纪览之，于是大怒，削
> 而投之。于今此两纪有录无书。后遭李陵事，遂下迁蚕室。此为隐切在
> 孝武，而不在于史迁也。(《三国志·魏志·王肃传》)

汉武帝大怒的原因，就在于司马迁据实直书，写出了汉景帝与汉武帝的隐切刚愎、刻薄寡恩等阴暗面。这就是真实的力量。

真实之美在《汉书》中也表现为客观记录，实录的倾向并没有削弱。这从《汉书》对汉武帝的刻画见出。《史记》的《今上本纪》原稿已不存，但从《孝武本纪》、《封禅书》等篇章已可见其大概。其否定性的评价已很明显。相比之下，《汉书》对武帝的刻画则比较客观，重现了汉武帝作为一个有雄才大略的英雄形象。至于汉皇宗室诸侯王及其子弟佞臣残民贼民、草菅人命、作恶多端的种种罪行，《汉书》中也描述得相当真实。

卢奇安在强调真实之美的时候，并不完全排斥诗人的形象与虚构，但是，"历史中可欣赏的成分无疑是外加的东西，不是历史的本质"。所以他反对过分的夸张与雕凿，否则，"历史将丧失崇高的格调，立刻露出无韵的伪装之真相了"。"不能区别诗与史，确实是史家之大患：以诗歌的奇谈、谀颂、夸饰给

历史涂脂抹粉,可不是俗不可耐吗?""如果历史家认为加上一些修饰是绝对必要的话,他应该只求风格本身之美;只有这种美是华而实。"① 先秦两汉史传文学虽有不少想象虚构的成分,但并没有丧失其"历史的风格"与"崇高格调","华而实"的真实之美仍然是它的主导风格。

(二)简洁之美

对于历史著作语言表述的简洁之美,卢奇安在《论撰史》中有极其精彩的论述,可供我们参考。他指出:"文笔简洁在任何时候都是优点,尤其是在内容丰富的场合;这个问题不仅是修辞的而且是本质的问题。""你不要给读者这样的印象,以为你舞文弄墨,夸夸其谈,而不顾历史的发展。"他举例说,伟大的荷马是一个好榜样,他虽然是诗人,但轻轻一笔就勾勒出坦塔罗斯、伊克西安、提托斯等形象;更好的榜样还有修斯底德,他惜墨如金,一经点明一部战机攻城利器,厄披波利调堡的结构或叙拉古湾港的形势,便立刻转入下文。② 中国古代史家也提倡简洁,认为"叙事之工者,以简要为主"。按刘知几的标准,简洁就应做到"文约而事丰","此述作之尤美者也"。要"省句"、"省字","省字为易,省句为难,洞识此心,始可言史"(以上均见《史通·叙事》),如《春秋》记:"陨石于宋五";"六鹢退飞过宋都"(《僖公十六年》)。这就是简洁。

钱锺书在《管锥编》中曾引魏禧《日录》二编《杂说》中的话说:"《左传》如'秦伯犹用孟明',突然六字起句……只一'犹'字,读过便有五种意义:孟明之再败、孟明之终可用、秦伯之知人、时俗人之惊疑、君子之叹服。不待注释而后明,乃谓真简;读者明眼,庶几不负作者苦心。'犹'与'曰'皆句中祇著一字而言外反三隅矣。"③ 著一字而有五层含意,确实够简洁的了,实可谓有"文约而事丰"之美。

上面所举的是用字造句的简洁,而最能体现叙述简洁之美的,无过于史传作品中的战争描写。因为战争人物多,关系复杂,事件纷繁,变化多端,然作者

---

① 章安祺编订:《缪灵珠美学译文集》,中国人民大学出版社 1987 年版,第 195、197 页。
② 同上书,第 211、212 页。
③ 钱锺书:《管锥编》第一册,中华书局 1979 年版,第 180 页。

却能以简洁之笔描述得层次分明,有条不紊。如《左传》写"长勺之战":

> 公将鼓之。刿曰:"未可。"齐人三鼓。刿曰:"可矣!"齐师败绩。

一场战争,仅用 20 个字便写完,而且其中还有两句对话,不能不使人惊叹作者用笔之神奇。如果说长勺之战只是小战役的话,城濮之战就是大战役了,然而其战斗场面描写也是非常简洁:

> 己巳,晋师陈于莘北,胥臣以下军之佐当陈、蔡。子玉以若敖六卒将中军,曰:"今日必无晋矣。"子西将左,子上将右。胥臣蒙马以虎皮,先犯陈、蔡,陈、蔡奔;楚右师溃。狐毛设二旆而退之。栾枝使舆曳柴而伪遁,楚师驰之。原轸、郤溱以中军公族横击之。狐毛、狐偃以上军夹攻子西,楚左师溃。楚师败绩。

城濮之战是晋、楚两国间一场大战,也是春秋前期一场大战。作者仅用一百余字便写得层次清楚,眉目分明。其他如邲之战写晋军败退渡河,主帅荀林父鼓于军中曰:"先济者有赏!"晋军"中军、下军争舟,舟中之指可掬"。晋军败退,其残部"宵济,亦终夜有声"。写晋军败退时的一片慌乱狼狈之象,皆为简洁之笔,文字之外,给人以无限的遐想之余地。

《史记》的战争描写,继承了《左传》的简洁的特点。如写钜鹿之战:

> 项羽乃悉引兵渡河,皆沈船,破釜甑,烧庐舍,持三日粮,以示士卒必死,无一还心。于是至则围王离,与秦军遇,九战,绝其甬道,大破之,杀苏角,虏王离。涉间不降楚,自烧杀。当是时,楚兵冠诸侯。诸侯军救钜鹿下者十余壁,莫敢纵兵。及楚击秦,诸将皆从壁上观。楚战士无不一以当十,楚兵呼声动天,诸侯军无不人人惴恐。于是已破秦军,项羽召见诸侯将,入辕门,无不膝行而前,莫敢仰视。

钜鹿之战,是项羽最得意之战,太史公最得意之文,司马迁仅用此寥寥数语,即写尽钜鹿大战的如火如荼之观。这样的描写,正如吴见思所评:"精神笔力,直透纸背,静而听之,殷殷阗阗,如有百万之军,藏于隃糜汗青之中,令人神动。"(《史记论文》第一册《项羽本纪》)

《史记》中的一些场面描写,也写得非常简洁,如《廉颇蔺相如列传》中的一段描写:"相如视秦王无意偿赵城,乃前曰:'璧有瑕,请指示王。'王授璧,相如因持璧却立,倚柱,怒发上冲冠,谓秦王曰:……相如持其璧睨柱,欲以击柱。秦王恐其破璧,乃辞谢固请,召有司案图,指从此以往十五都予赵。"这里,司马迁抓住蔺相如挺身斥秦的重点进行描写,其余琐事尽皆隐去。"持璧却立,倚柱,怒发上冲冠"几笔点染,表现蔺相如的凛凛正气与勇气,亦极为传神。清人李晚芳评此篇说:"观其写持璧睨柱,须眉毕动;进缻叱左右处,声色如生。"(《读史管见》卷二《廉颇蔺相如列传》)确实具有很强的艺术魅力。司马迁叙事,极注重遣词造句,明代茅坤说《史记》文章"于中欲损益一字一句处,便如匹练中抽一缕,自难下手"(《史记抄》卷首《读史记法》)。之所以如此,便在于《史记》文章之简洁,都经过司马迁的精心推敲,匠心独运,堪称叙事简洁之楷模。

(三)质朴之美

刘知几在《史通·叙事》篇中主张叙事要"质而非野",就包含对质朴的要求。质朴之美,指的是史书语言表述时的质朴自然,写出事件人物的本色。在《史通·言语》篇中,刘知几对质朴之美有精彩的论述,指出:"寻夫战国之前,其言皆可讽咏。非但笔削所致,良由体质素美。""体质素美"指的是事物的自然本质之美。刘知几特地举了《左传》的几个例子。如《僖公五年》,宫之奇引"谚所谓辅车相依,唇亡齿寒"来劝谏虞君假道于晋。同在这一年,晋献公围上阳,问卜偃伐虢能否成功,卜偃回答时举童谣云:"鹑之贲贲,天策焞焞,火中成军,虢公其奔。"预测虢公将败逃。再如《僖公二十八年》城濮之战前,晋文公怀念其出亡过楚之时,楚有馈赠之惠,故犹豫而不愿决战。舆人诵曰"原田每每,舍其旧而新是谋",以促使晋文公决战。再举一例,见于《宣公二年》:

> 宋城,华元为植(监工),巡功。城者讴曰:"睅其目,皤其腹,弃甲而复。于思于思,弃甲复来。"使其骖乘谓之曰:"牛则有皮,犀兕尚多,弃甲则那?"役人曰:"从其有皮,丹漆若何?"华元曰:"去之,夫其口众我寡。"

这几例中的童竖之谣、时俗之谚、城者之讴、舆人之诵，皆"刍词鄙句"，以此入史，恰能体现史著语言表述之"体质素美"。

刘知几所谓质朴之美，于《左传》之例，主要指俚俗谣谚。其实就《左传》的叙事语言来说，大体是质朴自然的。以上举《宣公二年》一事为例，全用白描叙法，加以口语对话，没有词藻和雕凿，却写得极为生动风趣。它写出了"城者"即建筑民工的调侃揶揄，也写出了华元的尴尬与无可奈何。读完简直使人忍俊不禁。

《史记》在引用俚俗谣谚入史方面，也是非常出色的。司马迁大量采用民歌以及方言俚俗叙事，使叙事语言更加生动，充满自然通俗之美。如《春申君列传》的"当断不乱，反受其害"，《白起列传》的"鄙语云：尺有所短，寸有所长"，《淮阴侯列传》的"狡兔死，良狗烹；高鸟尽，良弓藏；敌国破，谋臣亡"，《李将军列传》的"桃李不言，下自成蹊"，《佞幸列传》的"力田不如逢年，善仕不如遇合"，等等，皆来自于民间俗语，含义深刻，形象生动。引用民歌，如《魏其武安侯列传》的颍川儿歌："颍水清，灌氏宁；颍水浊，灌氏族。"《淮南衡山列传》引民歌："一尺布，尚可缝；一斗粟，尚可舂。兄弟二人，不能相容。"这些俚语民歌的采入，增加了语言表现的自然质朴之美。

不过最能表现《史记》质朴之美的，还是《史记》口语化的叙事语言。如曾为清人陈仁锡赞赏的《项羽本纪》中的迭用三"无不"字，即是如此。"楚战士无不以一当十"，"诸侯军无不人人惴恐"，诸侯将"无不膝行而前"，迭用三个"无不"，行文接近口语。再如《淮阴侯列传》中写刘邦欲拜韩信为大将，"诸将皆喜，人人各自以为得大将。至拜大将，乃韩信也，一军皆惊"。"人人各自以为"，明白如话，似日常说话口吻，显得质朴无华。王若虚认为"无不人人"、"人人各自"字意重复，似可改为"诸侯军人人惴恐"和"人人以为得大将"（《滹南遗老集》卷十五）。诚如是，口语化的特征也就失去了。

《左传》的叙事记言基本上是质朴自然的，不过也已有夸饰的苗头，如其中的行人辞令，《吕相绝秦》一章，已开了战国铺张夸饰之风。《战国策》的策士辩说，已是铺张扬厉，雕藻夸饰，并大量的采用排比对偶句式。《史记》虽多采《左传》《战国策》之史事，行文却不用《国策》所具有的铺排夸饰，而是以参差错落、生动活泼、质朴自然的口语化语言来叙事,形成了史书质朴自然的叙事之风,并对后代产生了影响。

(四)含蓄之美

含蓄之美,指的是叙事的隐喻、寄寓、深沉之美。它与简洁之美有共通之处,但又有很大的不同,它比简洁更深一层。含蓄,刘知几称之为"用晦"。钱锺书称:"《史通》所谓'晦',正《文心雕龙》所谓'隐','余味曲包','情在词外'。""用晦"的要求首先是"省字约文,事溢于句外",而不是"繁词缛说,理尽于篇中"。"夫能略小存大,举重明轻,一言而巨细咸该,片语而洪纤靡漏,此皆用晦之道也。"(《史通·叙事》)这是与简洁相同的。然而它更近一步的要求是:"言近旨远,词浅而义深。虽发语已殚,而含意未尽。使夫读者望表而知里,扪毛而辨骨。睹一事于句中,反三隅于字外。"(《史通·叙事》)这是对"用晦"即含蓄之美的高一层次的要求。

《左传·庄公十二年》载:宋万弑闵公于蒙泽,奔陈。宋人请于陈以赂。陈人使妇人饮之酒,而以犀革裹之。比及宋,手足皆见,宋人醢之。"比及宋,手足皆见",是指宋万气力之大,挣破皮口袋使手足都露出来。这是含蓄的写出宋万的孔武有力。《闵公二年》写齐桓公迁邢于夷仪,二年,封卫于楚丘,"邢迁如归,卫国忘亡"二句,"词浅而意深",写邢、卫两国亡而复兴,百姓安居,以颂扬齐桓公兴亡继绝之霸业。再如《宣公十二年》:楚子伐萧,萧溃。申公巫臣曰:"师人多寒。"王巡三军,拊而勉之。三军之士皆如挟纩。遂傅于萧。"士皆如挟纩"是说楚军士兵心里都暖融融的,好像穿上了丝棉,以此见楚庄王之德政,此可谓"发语已殚,而含意未尽"。这些是《左传》写得含蓄的例子。

类似情况,《史记》、《汉书》也不乏其例。如《史记·淮阴侯列传》写韩信亡曰:"何闻信亡,不及以闻,自追之。人有言上曰:'丞相何亡。'上大怒,如失左右手。""如失左右手",含蓄的写出刘邦对萧何的器重。又如《史记·项羽本纪》写睢水之战:"汉军却,为楚所挤,多杀,汉卒十余万人皆入睢水,睢水为之不流。"汉兵被楚兵追杀,皆败逃死于河中,"睢水为之不流",如《左传》"舟中之指可掬"之句一样,写尽汉军惨败之状。《汉书》中则有如《郑当时传》写"当时始与汲黯列为九卿,两人中废,宾客益落。先是下邽翟公为廷尉,宾客亦填门,及废,门外可设爵罗"。"门可罗雀",透漏出世态之炎凉。这就是所谓:"望表而知里,扪毛而辨骨。睹一事于句中,反三隅于字外。"

含蓄之美的更高境界,是"寓论断于叙事之中"。这一点,顾炎武有深刻的见解,多为人所称引。顾炎武所著《日知录》卷二十六说:

> 古人作史,有不待论断而于序事之中即见其指者,惟太史公能之。《平准书》末载卜式语,《王翦传》末载客语,《荆轲传》末载鲁句践语,《晁错传》末载邓公与景帝语,《武安侯田蚡传》末载武帝语,皆史家于序事中寓论断法也。后人知此法者,鲜矣。惟班孟坚间一有之,如《霍光传》载任宣与霍禹语,见光多作威福;《黄霸传》载张敞奏见祥瑞,多不以实,通传皆褒,独此贬寓,可谓得太史公之法者矣。

所谓"于序事中寓论断",即指史家不直接对所记史事进行评论,而是将自己的评论与判断通过叙事表达出来,这与恩格斯所讲的"倾向应当从场面和情节中自然而然地流露出来"是一样的意思。在叙事之中暗含着论断,这就构成含蓄之美。

顾炎武所举《史记》的例子,其中《刺客列传》中"荆轲传"末记:"鲁句践已闻荆轲之刺秦王,私曰:'嗟乎,惜哉其不讲於刺剑之术也!甚矣,吾不知人也!曩者吾叱之,彼乃以我为非人也!'"司马迁对荆轲是赞赏的,又惋惜其刺秦王不成功,然而不正面说出,由鲁句践的话表达了这个意思,又衬托出荆轲的高大形象。《晁错传》末是这样记载的:邓公曰:"夫晁错患诸侯强大不可制,故请削地以尊京师,万世之利也。计画始行,卒受大戮,内杜忠臣之口,外为诸侯报仇,臣窃为陛下不取也。"景帝杀了晁错,吴楚并没有停止谋反,邓公指出晁错是因忠受戮,景帝处理不当。这也是司马迁的看法,但文中由邓公之言叙出。《魏其武安侯列传》末尾写武安侯田蚡死后,淮南王谋反事泄,与武安侯有涉,武帝知此事,曰:"使武安侯在者,族矣!"借汉武帝的话表示对武安侯田蚡的憎恶。

顾炎武所举《史记》的例子,都是指史家借他人之语用以表示自己对所记史事的看法，并认为"惟太史公能之"，《汉书》则只偶一用之，其后用之者就更少见了。其实司马迁"于序事中寓论断"，并不一定都用对话，"更多的时候是在历史叙述的过程中就已把论点表达出来了"①。如《项羽本纪》最末的一段叙述：

> 项王已死，楚地皆降汉，独鲁不下。汉乃引天下兵欲屠之，为其守礼义，为主死节，乃持项王头视鲁，鲁父兄乃降。始，楚怀王初封项籍为鲁公，及其死，鲁最后下，故以鲁公礼葬项王穀城。汉王为发哀，泣之而去。

这里客观地叙述项羽死后，鲁人为之死节，独不肯降汉，只有确信项羽已死，刘邦厚葬项羽，才归降。从鲁地百姓对项羽的爱戴，可以看出司马迁对项羽的推戴和对英雄末路悲剧的叹惋。再如写刘邦，司马迁常是用一些小插曲故事，以见出刘邦之人品，如："汉王道逢得孝惠、鲁元，乃载行。楚骑追汉王，汉王急，推堕孝惠、鲁元车下，滕公常下收载之。如是者三。""为高俎，置太公其上，告汉王曰：'今不急下，吾烹太公。'汉王曰：'吾与项羽俱北面受命怀王'，曰：'约为兄弟，吾翁即若翁，必欲烹而翁，则幸分我一杯羹。'"（《项羽本纪》）"未央宫成。高祖大朝诸侯群臣，置酒未央前殿。高祖奉玉卮，起为太上皇寿，曰：'始大人常以臣无赖，不能治产业，不如仲力。今某之业所就孰与仲多？'殿上群臣皆呼万岁，大笑为乐。"（《高祖本纪》）这些细节描写，作者无一字评论，然刘邦人品之一端，已在言外。这就是"于叙事中寓论断"，也就是刘知几所说的"睹一事于句中，反三隅于字外"的含蓄之美，给读者留下无穷的余味和深沉的思考。

追溯起来，"寓论断于叙事之中"的手法，并非起自太史公，它源自于孔子《春秋》的"春秋笔法"。"春秋笔法"就是在客观的叙事之中隐含着褒贬之义，这也就是"用晦"，就是"含蓄"。不过春秋笔法还讲究遣词用字，讲究每一字的褒贬之义，这比之一般的含蓄，行文更加严谨。司马迁是非常熟悉《春秋》的，或者正是受到春秋笔法的启发，不过运用得更加灵活。这是一个方面。另一个方面，则是"实录"的原则的束缚。史家既要遵循实录

---

① 白寿彝：《司马迁寓论断于序事》，《北京师范大学学报》1961 年第 4 期。又见白著：《史记新论》，求实出版社 1981 年版，第 77 页。

的原则,则不便在叙事中加进过多的非史实成分的东西（即使有议论,则放置于"论赞"之中,这是一个很好的处理方法）。这已经成为中国史学的一个传统,前已论及。鉴于此,用事实本身说话,便是最好的办法。用历史叙述表达自己的论点,隐含自己的论断,表明作者的倾向,于是形成了"寓论断于叙事之中"的独特方式。这种方式,司马迁不但运用得天衣无缝,而且娴熟地为塑造人物形象服务,造就了很高的艺术境界。

三、史传文学人物形象的美学意义

史传文学的人物形象,都是作者按一定的美学原则加以塑造的。这一点,人们对《史记》的认识是比较清楚的。其实,先秦的史传文学作品也同样按照一定的美学原则来塑造人物。这就是"善"与"恶"的审美标准。

《春秋》《左传》《国语》的著书目的都在于"惩恶劝善"。"寓褒贬,别善恶",书美以彰善,记恶以惩戒,是贯穿这些著作的宗旨。绵延几千年的以善为美的民族审美心理与审美观念,与此有很密切的联系。可以说,先秦史传文学作品基本上都是以此标准对人物进行审美关照与判断的。善的衡量标准,就在于功业上的建树,符合伦理道德规范以及合乎礼仪的言行与人格。在作者笔下,立功,立德,立言取得成就足以为后世法的人物,是善的化身,也是美的形象。如《左传》、《国语》中所描写的一大批"明君""贤臣"形象。它的对立面,便是那些为后世戒惧的昏君暗主、乱臣贼子,以及伦理道德沦丧者。就以《左传》来说,作者忠于"实录"的原则,在塑造人物形象时虽也尽量地表现了人物性格的复杂性与丰富性,但从全书人物形象的总体分野上看,仍然不免是比较单一的"善"与"恶"的两大阵营,那些在春秋历史舞台上叱咤风云建功立业的人物,是"善"的典范,为统治者提供成功的经验。昏君奸臣,则是"恶"的样板以殷鉴后人。《左传》对于历史人物的审美标准与劝惩目的是一致的。作者甚至认为美与善的统一是必然的,脱离了伦理道德上的善和自然之美反将成为祸害。如书中对夏姬的评价就是一例。在《左传》中,陈国的夏姬"杀三夫一君一子,而亡一国两卿"（《左传·昭公二十八年》）,可谓是"淫妇"之尤。作者通过叔向之母的口认为:

"甚美必有甚恶","天钟美于是,将必以是大有败也"。并由此断定"夫有尤物,足以移人"(《昭公二十八年》),甚至荒谬地把三代之亡、申生之废皆归之于美色为害。可见脱离了善的本体,美不但不成其美,反而使人物成为一个恶的典型。这种将政治伦理道德及人格上的善等同于美的观点,在先秦美学思想中颇有代表性,而且与惩恶劝善的原则一样影响着后世的历史著作。

两汉的作品,我们可以《史记》为例。司马迁在《太史公自序》和《报任安书》里曾概括地表明自己修史的目的,在于继孔子而作《春秋》,要"明是非,定犹豫","采善贬恶","善善恶恶,贤贤贱不肖",以此来探究"天人之际","古今之变",探索"成败兴坏之理"。所以惩恶扬善的目的是十分鲜明的。就劝善方面也就是歌颂方面说,司马迁对历史上的"明君""贤臣"给予充分的肯定,如禹、汤、文、武等"明君"和管仲、晏婴、子产、孙叔敖、公仪休、石奢等贤臣。对晏子,司马迁表示极大的崇敬之意,说"假令晏子而在,余虽为之执鞭,所忻慕焉"。像这样被歌颂的还有汉代的张释之、汲黯等人。同《左传》一样,司马迁也热情地歌颂了一批洋溢着爱国热情的英雄人物,像田单、王蠋、田穰苴、屈原、蔺相如、李广等,司马迁怀着极大的敬意记载了这些爱国之士的事迹,肯定了他们的爱国行为。再一点,就是司马迁还从实际的历史功绩上来肯定和歌颂了两位失败的英雄——项羽和陈涉。项羽"分裂天下,而封王侯,政由羽出,号为霸王,位虽不终,近古以来未尝有也";陈涉"其所置遣侯王将相竟亡秦,由涉首事也"。这两位英雄在历史上产生了巨大的作用,具有深远的影响,在司马迁笔下得到肯定和赞颂。在惩恶方面也就是批判这一端,司马迁的旗帜也是鲜明的。如对夏桀、殷纣王、周厉王、周幽王,司马迁揭露了他们的淫侈暴虐;对统治阶级内部争权夺利、互相倾轧争斗的批判,如梁孝王、吴王濞、淮南王安、魏其武安侯等;对贪暴残忍草菅人命的酷吏的揭露,都表现了司马迁对这一类昏暗人物嫉恶如仇的态度。还有一批人物,司马迁是既歌颂其雄才大略,功业盖世的一面,对他们的批判也是毫不留情的。如对刘邦、吕后、汉景帝、汉武帝,揭露和微词时见于字里行间。所以在司马迁笔下的人物群像里,善与恶、光明与黑暗、伟大与渺小、磊落与委琐、正直与卑劣是那样鲜明地对立着。

这种以善恶为标准的审美理想与审美判断,对后代叙事作品产生了巨大的影响。就是同为史传文学作品,前后的影响也是显而易见的。如秦汉以后,《左传》中人物故事在社会上广为流传,而作者对人物所作的审美评价,则成为准则。如齐桓公、晋文公,是封建社会人们赞颂不绝的霸主形象。管仲、子产,盖为人臣之极则。晋灵公、齐庄公、崔杼、费无极、夏姬等人,永远也改变不了其昏君佞臣淫妇的形象而为人们所不齿。这种情况还一直影响到后代的小说的创作。就史传文学内部来说也是如此。如《左传》中的晏子形象,就是一个善的正面形象。到了《晏子春秋》,作者以《左传》中的爱国忧民、节俭朴素性格为基调,以夸张虚构的手法,创造出一个人们所喜爱的、更为生动的审美形象来,其形象特征更符合伦理道德标准以及善良的政治行为与风俗习惯。司马迁写《晏子传》时,不但保持了《左传》对晏子既定的审美评价,同时也认可了民间对晏子这一人物的虚构夸张的传说故事,并采入传中,如写晏子御之妻的一节,于史实未必有其实,但司马迁即采入传中。作者认同了对人物的审美判断,由此来选择事件,至于细节上的确实与否,已不是最重要的了。

第二个方面是"爱奇",这成为司马迁塑造人物的一个美学原则。扬雄说:"多爱不忍,子长也。仲尼多爱,爱义也;子长多爱,爱奇也。"(《法言·君子》)"奇",指奇人奇事。在人物方面,即指不同于凡俗之人,超凡拔俗有特立独行的人。关于司马迁的"爱奇",论者甚众。但是应该注意到,司马迁"爱奇"的审美选择,应来自于战国时代的文化思潮与《战国策》的审美原则。

李长之曾说:"至于司马迁在所爱的才之中,最爱的是哪一种? 一般地说,是聪明智慧,是才能,是不平庸,或不安于平庸,或意识到自己不平庸的。但尤其为他所深深地礼赞的,则是一种冲破规律,傲睨万物,而又遭遇不幸,产生悲壮的戏剧性的结果的人物。"[①] 李先生举了项羽和李广两个人物,这固然是不错的。但就以李先生的标准去衡量,这样的人物,首先是战国时期的那一批纵横捭阖的"高才秀士"们,他们同样也是一批奇人。

战国时代是一个培养奇人的时代。战国时代动荡分裂,思想自由,为士

---

① 李长之:《司马迁之人格与风格》,三联书店 1984 年版,第 95 页。

人阶层提供了一个大显身手的大好时机与广阔舞台,多少奇人在这历史舞台上匆匆而过。像苏秦张仪那样的纵横家,逞其私智,凭三寸不烂之舌而游说诸侯,挂六国相印,岂不是奇人?再如颜斶,敢于打破君王的尊严,傲睨万物,直呼"王前",岂不是奇人?郭隗向燕昭王献招贤纳士之策,尚不足为奇,但竟然自荐说"王诚欲致士,先从隗始",伸手要官要爵,又岂不是奇人一个?豫让为刺赵襄子,竟至于"漆身为厉,灭须去眉",又"吞炭为哑",忍受巨大的肉体痛苦去实现自己既定的目标,也是个奇特之士。至于如君王后引椎击破秦始皇的玉连环,更是一个奇女子。这类人物,都是凭着他们自己聪明智慧,凭着他们的才能,不安分于做一个平庸的士人,而以自身的人格力量,为王者师,为侯者谋,成为一代时尚人物。所以,《战国策》记载了多少这个时代的奇人。就审美趋势向来说,《战国策》也是"好奇"。它的美学理想中的人物,也是这些"奇人"。

　　司马迁的文化心理接近于战国士人。汉初至武帝时期,有一个士文化复兴的历史氛围,专制的秦王朝的土崩瓦解,农民起义的兴起,给刚刚消歇的士人阶层提供了机会。在楚汉相争的舞台上,辅佐双方的有一大部分就是士人,有不少还是起自于民间的平民,除刘邦、项羽、萧何、曹参、陈平、樊哙、韩信、夏侯婴等外,还可以列出一大批名字。汉家王朝建立之后,辅佐汉朝名臣将相中,也有不少起自于士人阶层。生活成长于汉初这样一个时代,可以说,司马迁的情感气质最接近于战国士人,是直接沐浴着战国士人文化的流风余韵成长起来的。司马迁在《报任安书》中说:"仆闻之:修身者,智之符也;爱施者,仁之端也;取与者,义之表也;耻辱者,勇之决也;立名者,行之极也;士有此五者,然后可以托于世,而列于君子之林矣。"又说:"古者富贵而名摩灭,不可胜记,惟倜傥非常之人称焉。"从他对待历史人物的基本态度,可以看出战国文化心理的影响。"从他的《史记》来看,司马迁向往及时立功名于天下,追求扶义俶傥的慷慨人生,欣赏一种不完善的非道德化的旷达潇洒的人生态度,渴望救士于厄困的人间友情。他评价历史人物,不是完全根据名位,而是视人物的实际历史作用与内在价值。"① 再从《史记》的写作来

① 陈桐生:《中国史官文化与史记》,台北:文津出版社 1993 年版,第 110 页。

看，司马迁塑造了不少战国人物形象，从材料来看，采撷了大量《战国策》内容，这就不可能不有一个审美选择的继承与延续，所以，司马迁的"爱奇"审美取向是有其渊源的。

司马迁爱奇，在写人物中有意识的突出其人之奇，即历史人物中的特异事迹，特异行动。如写项羽："长八尺余，力能扛鼎，才气过人"，"学书不成，去，学剑，又不成"，又认为"书足以记名姓而已，剑一人敌，不足学，学万人敌"；垓下之围与虞姬"悲歌慷慨"、"泣数行下"。写李广："余睹李将军悛悛如鄙人，口不能道辞。及死之日，天下知与不知，皆为尽哀。"写孔子："仲尼悼礼废乐崩，追脩经术，以达王道，匡乱世反之於正，见其文辞，为天下制仪法，垂六艺之统纪于后世。"写陈涉："秦失其政，而陈涉发迹，诸侯作难，风起云蒸，卒亡秦族。天下之端，自涉发难。"写伯夷："末世争利，维彼奔义；让国饿死，天下称之。"写乐毅："率行其谋，连五国兵，为弱燕报强齐之仇，雪其先君之耻。"写蔺相如："能信意强秦，而屈体廉子，用徇其君，俱重于诸侯。"写屈原："其志洁，其行廉，……濯淖汙泥之中，蝉蜕于浊秽，以浮游尘埃之外，不获世之滋垢，皭然泥而不滓者也。推此志也，虽与日月争光可也。"写田叔："守节切直，义足以言廉，行足以厉贤，任重权不可以非理挠。"此外，还有《刺客列传》《循吏列传》《滑稽列传》中的一大批"倜傥非常之人"。这些人物，或富于抗暴精神、具有刚烈之气；或社会地位低下，却能砥砺名节而取得卓著功勋；或遭际坎坷、命运偃蹇却忍辱负重、遏蹶奋斗而终成功业。司马迁对这些人物不仅是情有独钟，更重要的是表现了他对历史人物的审美旨趣。对于这些人物，司马迁写来总是激情澎湃、笔墨酣畅、气势雄浑，读者每读这些人物传记，亦不免感慨击节、一唱三叹、荡气回肠，产生雄奇壮伟的审美享受。

原载台湾中山大学文学院《中山人文学报》1998 年第 7 期

史传文学与中国古代小说

一提到中国古代小说的产生,论者多追溯到中国古代神话和先秦诸子中的寓言故事,这虽然有一定道理,但与中国文学发展的实际又不尽相符。如果按一般文学史上将六朝志人志怪小说当作最早的真正意义上的小说的话,那么从先秦到六朝之间,未免留下了太长的空白和遗憾。当我们对史传文学作一番细致的考察之后,是否可以这样说,中国古代小说的产生,与史传文学有着更加深刻的血缘关系,史传文学孕育并催生了中国古代小说。对于这个论断,我们拟从以下几方面进行论析。

一、共同的文化土壤与文学特质

史传文学与古代小说的共同文化背景是史官文化。二者是在共同的文化土壤中长出来的两棵参天大树。从汉代的杂史杂传,到六朝的志人志怪小说,小说还处于萌芽状态时,便都是被附着于正史之末,作为补正史之不足的一种手段。刘知几说:"是知偏记、小说,自成一家;而能与正史参行,其所从来尚矣。"(《史通·杂述》)《新唐书·艺文志序》云:"传记、小说、外暨方言、地理、职官、民族,皆出于史官之流也。"就以六朝志怪志人小说来说也是如此。干宝著作《搜神记》,是当作史籍来写的,他著有《晋记》二十卷,《搜神记》乃为补正史之不足,所以《搜神记》中的一些人物,都见于史书。至于像

《世说新语》等志人小说,完全是小说体的史传。唐代传奇作家中有许多人本身就是史家,更为传奇输入了史的血液。唐代李公佐的《谢小娥传》,甚至被《新唐书》编入《列女传》,可见它们并不被当作小说,而是归入史传。

小说的功能既然在补正史之不足,所以它们也跟史传一样,讲求实录。史传文学讲求实录,这是史官的职责与功能。小说也尽量宣明自己也具有这种特质。《搜神记》多神怪灵异之事,但干宝在《序言》中一再声明他的创作或考先籍,或收遗轶,皆属“一耳一目之所亲闻睹也”,也就是说均为实录。南朝梁代萧绮在整理《拾遗记》时,也强调小说实录的观点,强调要“删其繁紊,纪其实美,搜刊幽秘,捃采残落”,要“考验真怪,则叶附图籍”(《拾遗记序》),哪怕所载灵怪,也要确实可稽,也须属真。刘知几在论述正史与小说的关系时,也认为小说具有实录的特点。他把小说分为十类,认为都属“史之杂名”,说是“大抵偏纪,小录之书,皆记即日当时之事,求诸国史,最为实录”(《史通·杂述》),小说家“持为逸史,用补前传”(《史通·采撰》),所以实录是不能不讲究的。这些,都说明在实录的原则上,小说也总是向史传看齐的。

先秦两汉史传的一个重要功能是劝惩。这一点也为后代小说家所发挥。唐代李公佐创作《谢小娥传》,是小说(传奇),本意却在宣扬忠孝节义的观念,“旌美”贞节之人,“足以儆天下逆道乱常之心,足以观天下贞夫孝妇之节”(《谢小娥传》),作小说,要发扬《春秋》之义,其作用,即在于惩恶劝善。李翱在《卓异记序》中认为小说要“挥昔而照今”,记“正人硕贤”的高行美德,能使人们“得以爱慕尊楷”,要使奸险邪恶之徒,“其奸之迹,睹而益明”。也就是要发扬小说劝惩的功用。这一点,在署名静恬主人所写的《金石缘序》中说得更透彻:

> 小说何为而作?曰以劝善也,以惩恶也。夫书之足以劝惩者,莫过于经史,而义理艰深,难令家喻户晓,反不若稗官野乘福善祸淫之理悉备,忠佞贞邪之报昭然,能使人触目惊心,如听晨钟,如闻因果,其于世道人心不为无补也。

据此而言,则小说的劝惩功能不但超过史传,甚至超过经书。这大概是对小说劝惩功能张扬得最高的作者了。所以即使是像《金瓶梅》这样的小说,也可以“明人伦,戒淫奔,分淑慝,化善恶”,于“关系世道风化、惩戒善恶,涤虑洗心,无不小补”(欣欣子:《金瓶梅词话序》)。我们看到小说的人物多是善恶分明的，像戏剧舞台上一样，人物形象不是红脸便是白脸，非善即恶。这个现象，与劝惩的目的是有密切关系的。

中国古代小说始终与"史"保持着难舍难离的关系，前者总是极力向后者靠拢。所以，像评价诗歌一样，能达到"史"的水平被称为"诗史"的诗歌，则是最高的评价，在对小说进行评价的时候，也以史为贵。胡应麟称："唐人小说，如《柳毅传》、《陶岘》、《红线》、《虬髯客》诸篇，撰浓至，有范晔、李延寿之所不及。"（《少室山房类稿》）明清的小说家或小说批评家，多将演绎历史的小说当作纪实的历史，"作为古典叙事文的最高典范《史记》，有其常常被挪来作为批判小说优劣的标准"①。如金圣叹总将《水浒》比作《史记》，曰："某尝道《水浒》胜似《史记》。"（《读第五才子书法》）张竹坡也把《金瓶梅》当作《史记》，说："《金瓶梅》是一部《史记》，然而《史记》有独传，有合传，却是分开做的，《金瓶梅》却是一百回共成一传，而千百人总合一传，内却又断断续续，各人自有一传。固知作《金瓶梅》者，必能作《史记》也。"（《批评第一奇书金瓶梅读法》）蔡元放评点《东周列国志》时也提醒读者："读《列国志》，全要把它作正史看看，莫作小说一例看了。"（《东周列国志读法》）蒲松龄作《聊斋志异》，每篇末都模仿"太史公曰"加上个"异史氏曰"的赞语，也是表示自己的著作的史的性质。

古代小说有不少以"史"、"传"命名的，如唐传奇有《东城父老传》、《长恨歌传》、《虬髯客传》、《高力士外传》等，明清小说如《水浒传》、《燕山外史》、《儒林外史》、《醒世姻缘传》等。在题材上，明代以后出现大量的历史演义小说，基本上都是在史志的基础上扩充虚构，演义而成，以"羽翼信史"（《三国演义》修髯子序）为目的。所以美籍华人学者夏志清说："较佳的历史小说的作者都较愿意信奉史官，同他们一样对历史持儒家的看法，认为是一种治乱相间周期性的更迭，是一部伟人们从事与变乱、人欲等不时猖獗的恶势力作殊死斗争的实录。……在长篇小说的形成阶段，演义体的史实重述显然唯我独尊，而其他类型的小说至少也托名为历史。因此历史家们，仅次于说话人，为中国小说的创造提供了最重要的文学背景。"②

---

① 夏志清：《中国古典小说导论》，刘世德选编《中国古代小说研究》，上海古籍出版社1983年版，第12页。

② 同上书，第9页。

二、史传文学中的小说因素

作为小说,它要求具有一定的故事情节,鲜明的人物性格、环境和矛盾冲突,允许虚构和想象,具有戏剧化的场面,等等。小说这种文学体裁所必需的上述诸多要素,在史传文学中已大都粗具雏形。从《左传》开始,历史事件的记载已经具有相当复杂的情节,《史记》则更有了矛盾冲突发展的脉络;也是从《左传》开始,人物形象已具有一定的性格冲突,《史记》的人物性格则更加鲜明,至于戏剧性的冲突和场面描写,虚构的情节细节,描写人物时,也不乏使用纯小说笔法。如《左传·成公十六年》"楚子登巢车以望晋军"一节,钱锺书称之为"纯乎小说笔法"(《管锥编》第一册);《成公十一年》"声伯之母"一节,林纾也称其"一支支节节叙之,便近小说"(《左孟庄骚精华录》)。有的章节,本身已经是一篇极妙的短篇小说,如《左传·昭公元年》写徐吾犯之妹择婿,简直就是绝妙的三角恋爱小说。《国语》、《左传》中关于钽麑刺赵盾的描写,《史记·留侯世家》中刘邦要戚夫人"为我楚舞,吾为若楚歌"一节,完全不必再进行艺术加工,就可当作小说看待。这样的例子还可以举出许多,如《左传》中的"齐襄公射大豕"、"晋侯梦大厉"、"催杼弑齐庄公",《战国策》中的"冯谖客孟尝君""郑袖劓美人鼻""豫让刺赵襄子""荆轲刺秦王",《史记》中的"鸿门宴"、"周亚夫军细柳"、"孙武训宫女""田单火牛阵"等章节以至整篇的如《吕后本纪》、《魏其侯武安侯列传》,等等。

史传文学中这些小说化的属辞比事,已经孕育了后代小说的产生,及至《晏子春秋》和《穆天子传》,则已经在以历史人物为基本材料的内容中加进了大量的虚构成分,使整部著作都小说化了。

三、表现方法与题材方面的影响

史传文学本身存在着极其丰富的小说因素,深刻地影响着后代的小说。孙绿怡在《〈左传〉与中国古典小说》① 一书中,曾对于中国古代小说在形式

---

① 孙绿怡:《〈左传〉与中国古典小说》,北京大学出版社 1992 年版。

结构、题材选择、叙事手法等方面与《左传》的关系,有详细的论述。孙著指出,首先,中国古典小说大多采用了史传的叙事形式和结构,作者在结构作品、组织材料时,基本上按照历史著作的格式来进行。作为编年体的《左传》,以年系月,以月系日,以日系事是其形式上的基本特征。而中国古典小说,如《金瓶梅》、《水浒传》、《三国演义》、《儒林外史》等,无不注重作品的纪年,尤以明确的年代标记以显示作品内容与事件的可信度。其次,中国古典小说中一个非常普遍的现象,即以历史事件或历史人物作为创作的题材。作者常习惯于将各朝各代的历史作为小说创作的素材,或把一些虚构的情节,也常常被包装上历史人物的外衣,或者将虚构的主人公置于历史事件的背景之中。因此,中国古典小说以"史"或"传"或"演义"命名的特别多。第三,即中国古典小说在叙事时,基本上采取了从《春秋》、《左传》开创的"春秋笔法"、"寓褒贬于叙事之中"的传统方式。这个传统方式形成了中国小说的最重大的特色之一。孙绿怡的论述很有道理。李少雍在《司马迁传记文学论稿》一书中,则从体裁结构、故事情节、描写方法等方面详细论述了《史记》对后代小说的影响。李少雍的论述非常详备而且中肯。

我们再从古代小说发展的几个阶段,来看看史传文学的影响。

六朝的志人志怪小说,题材多取一人之行事,以一人为中心,依时序记载,通过人物的性格与命运的片断描写,从一个侧面展示社会生活。从它们的结构形式来说,显然是纪传体式的短篇小说。像《世说新语》中的人物,大都是纪传体史书上的历史人物,如果把《世说新语》描写人物风韵心态及种种生活细节,作为纪传体史书中人物形象的微观补充,必然使历史人物显现出"颊上三毫"的逼真。可以说像《世说新语》这类志人小说,又是小说体的史传,它呈现出史传向小说过渡的形态。史传文学中的神话传说,妖异祯祥以及梦境占验描写,可以说是志怪小说之嚆矢。六朝志怪小说,还未脱去以记人为中心的模式,所记神怪,也多是为表现人物形象服务的。历来史家为文,不免志怪;小说家志怪,可补史籍之缺。而史传文学中的一些志怪描写,把它们独立出来,也就是小说。这类例子我们在前面已举出过许多。无怪乎清人冯镇峦说:"千古文字之妙,无过《左传》,最喜叙怪异事。予尝以之作小说看。"(《读聊斋杂说》)

　　唐代传奇,受史传文学的影响同样非常深刻。复旦大学编写的《中国文学史》说:"唐代小说与史传文学也有关系,司马迁《史记》的纪传体裁,为后人记人叙事提供了范例,《史记》刻画人物的多种方法,也给唐人小说在人物描写上许多启示。"跟六朝小说一样,唐人传奇也总是爱向"史"、"传"靠拢,以"正史"的补充形态以表示其纪实性,这就是唐传奇中不少作品的人名、地名、年号,都以真实的面貌出现,试图以给人以真实感。在结构方式上,唐传奇也多以一个人物为中心,围绕这个人物展开故事,如《霍小玉传》、《柳毅传》、《谢小娥传》,都是围绕着题名人物的生平经历展开,这就很像《史记》里的"列传"。在手法上,也与"列传"相似,从人物家世、出身、来历写起,历叙一生的起落、命运归宿,甚至还包括后嗣情况,简直就是人物传记。如《任氏传》,开头介绍任氏、郑六、韦崟等三个主要人物的出身、家世,宛如史传体,下来故事开头,又写出时间、地点和事件起因。任氏为犬所毙,故事已近尾声,但作者仍继续交代郑六的结局。唐传奇在叙事时,也基本上采用了史传的手法,有概述,有场景描写,记事语言,穿插其间。在古时的结撰方面,唐传奇既要显示其实录的一面,又虚构 了大量的情节,这是与史传不同的地方。但是作者特别致力的是古诗的生动奇特,"传写人事之奇",这又不能不说与司马迁的"爱奇"的审美旨趣有共通之处,或者可以说是受司马迁的影响。

　　明清的长篇小说,也是直接或间接地从史传文学中吸取养料。直接的如《东周列国志》,宋元讲史话本就有《七国春秋平话》等,到了明中叶,余邵鱼编成的《列国志传》,所叙故事起自武王伐纣、下迄秦并六国。后来冯梦龙把余邵鱼编成的《列国志传》改编成《新列国志》,篇幅扩展了,事件则集中到春秋、战国时代,成为东周列国的历史演义。清代乾隆年间,秣陵蔡元放把《新列国志》略作删改润色,加以评点,易名为《东周列国志》。① 从《列国志传》变为《东周列国志》,是不断向史传靠拢的过程。蔡元放说《列国志传》"大率是靠《左传》作底本,而以《国语》、《战国策》、《吴越春秋》等书足之,又将司马迁《史记》杂采补入"(蔡元放:《东周列国志读法》)。

---

　　① 齐裕焜主编:《中国古代小说演变史》,敦煌文艺出版社1990年版,第167页。

在《东周列国志》中,作者所持的"总观千古兴亡局,尽在朝中用佞贤"的思想,与《左传》对于人物的褒贬劝惩思想一脉相承。所以蔡元放宣称"全要把作正史看,莫作小说一例看了",并要以"善足以为劝,恶足以为戒"的劝惩目的来演述历史。所以它一方面比较忠实于历史,另一方面又收集了大量的稗官野史,民间传说,并增加了的虚构情节,演绎成小说。

间接的影响就更多了。我国古典小说在题材方面大多取材于历史,以历史故事作为它们的骨干。鲁迅说:"章回小说如《三国志演义》等长篇的叙述,皆本于'讲史'。其中讲史之影响更大,并且从明清到现在,《二十四史》都演完了。"(《中国小说的历史变迁》)史传文学如《左传》、《史记》中的战争描写,对《三国演义》、《水浒传》等小说的战争描写影响巨大。《三国演义》、《水浒传》都擅长于写战争。与《左传》的战争描写相对照,前者也注重以战争刻画人物形象,致力于揭示战争的胜负因素,精心地描写人物的政治远见,精神状态和斗争智慧,从战争描写中塑造人物形象。有的章节,如《水浒传》中的"三打祝家庄",《三国演义》中的"赤壁之战",从叙述的结构,战前形势的分析,战略战术的运用,到重大场面的描述,人物的刻画,都可以看到《左传》战争描写的遗痕。[①] 史传文学战争描写的一些具体手法,甚至一些细节,也融入了后代小说之中。如《左传庄公二十八年》楚国伐郑,郑以"空城计"御敌,化作了诸葛亮的妙计;《僖公二十八年》晋栾枝"使舆曳柴为伪遁"之计,也成了张飞长坂坡的妙招;《隋唐演义》中雄阔海手托城门让诸将逃出的细节,与《左传襄公十年》孔丘之父郰人纥高举悬门的细节无异;再如《史记》中项羽"目而叱之,赤泉侯人马俱惊,辟易数里"的威猛,变作了张飞喝退曹军的壮举;田单的火牛阵,也为《说岳全传》中伍尚志所模仿,大破金兵。如此等等,都可以看出史传文学对小说的影响。

原载《明清小说研究》1997 年第 4 期

---

① 孙绿怡:《〈左传〉与中国古典小说》,北京大学出版社 1992 年版。

《左传》《国策》散点透视

《左传》"言事相兼"的叙事特点

史传文学,其形式的萌生与形成,与史传文学的本体——史籍(即历史著作)的形成是紧密相连的。以史官簿录为记载形式的史书,就形式上说,从萌生到成熟,经过了一个相当长的历史时期。

史官簿录形式的书籍产生之前,对于人类自身的远古历史,有一个口头传说的阶段。人们以口耳相传的形式,流播祖先的功绩、氏族部落的滋生繁衍以及与大自然作斗争的种种传说。这些历史传说与后来的史书还有很大的距离,然而它已经孕育了史传和史传文学的因子。我们从后来的史书中还能看到远古历史传说的吉光片羽。

作为史学意义上的史籍,则应出现于文字产生之后。有了文字,才有可能将历史传说和历史记忆物化为物质形态——史籍。夏朝的文字与典籍尚不可确考。殷商已出现大量的甲骨文、铭文。周公有言:"唯殷先人,有册有典。"(《尚书·多士》)可见殷商时代已有大量的典册。而对于史官文化已经形成并成为重要文化形态的殷商社会,这些典册主要还是记载历史的史籍。到了西周、春秋时代,史籍更是大量出现。如周王朝有《周书》、《周志》;郑国有《郑志》、《郑书》;楚国有《楚书》、《梼杌》;晋国有《乘》。墨子说:"吾见百国《春秋》"(《隋书·李德林传》及《史通·六家》篇引),说明《春秋》是当时各国史书的通称。只是这些史书绝大部分都已散佚,其体式当然也就无从知道了。所以,推论古代史籍,还应以《尚书》、《春秋》为最早。

《礼记·玉藻》篇云："天子……玄端而居。动则左史书之，言则右史书之。"《汉书·艺文志》说得更详细："古之王者世有史官。君举必书，所以慎言行，昭法式也。左史记言，右史记事，事为《春秋》，言为《尚书》，帝王靡不同之。"根据古代文献记载，中国古代史官分工之细，西方罕有其匹。记载国君的言行的史官，则有左史、右史之分。不管是左史记言，右史记事，还是右史记言、左史记事，总之，中国史学发轫之初始著作，是以言事分记的形式出现的。

记言之书谓之《尚书》，它是我国现存最古的史书。其实它并非一部史家刻意而为的历史著作，只是杂辑而成的一部书。其中汇集的典、谟、训、告、誓、命等文章，基本上是统治者的讲话记录或文告，如《商书·盘庚》、《周书·无逸》。《尚书》中也有一些记载历史事件和人物行迹的段落，如《牧誓》："时甲子昧爽，王朝至于商郊牧野，乃誓。王左杖黄钺，右秉白旄以麾。"写出牧野决战前周武王的英姿。但总的来说，《尚书》是以记言为主的史书。

记事的史书《春秋》，是中国第一部编年简史，也是最早的私家所著的历史著作。《春秋》记载了从鲁隐公元年到鲁哀公十四年的历史。作为一部以记事为主的编年体著作，其首要特点是有了明确的时间顺序，全书"以事系日，以日系月，以月系时，以时系年"（杜预：《春秋经传集解序》），形成了一个有序的编年体系。《春秋》记事的特点是谨严简略。简略之处，有的如标题新闻。作为一部史书，过于简略，常使人无法了解历史运动的全过程，更无法使人从中认识历史发展的内在规律。就过于简略这一点上，王安石批评《春秋》是"断烂朝报"，不无道理。

《尚书》和《春秋》，一为记言，一为记事。言事分记的原因是什么呢？一是古代史官分工之细。史官不同，职责各异。其二，与当时的书写工具有关。在书写工具还相当简陋的情况下，只能以简要为主。其三，更重要的是，与史学发展的自身规律有关。在《尚书》和《春秋》的时代，尽管人们已意识到社会历史的变化，然而，像司马迁"究天人之际，通古今之变，成一家之言"那样纵览古今、包举宇内的宏阔壮伟的历史观还未形成，因此，它局限了史家审视历史的广度和深度，结果只能是"各照隅隙，鲜观衢路"，出现了言事分记的现象。无论是《尚书》或《春秋》，单一的记言或记事，二者共同的缺陷就是忽视了历史发展的主体——人。刘知几《史通》就曾指出《尚书》和《春秋》记言记事分尸其职的不足。

然而历史是在不断发展的。用刘知几的话说,即所谓"时移则事异,事异则备变","前史之所未安,后史之所宜革"。随着历史的发展与进步,吸收记言与记事两种体制之特长,而又可以克服二者之不足的"言事相兼"的历史著作必然出现,这就是成书于战国初年的历史杰作《左传》。《史通·载言》篇说:"左氏为书,不遵古法,言之与事,同在传中。然而言事相兼,烦省合理,故使读者寻绎不倦,览讽忘疲。""古法"即指言、事分记的原则。《左传》作者摒弃了单一的记言或记事的成法,博考旧史,广采佚闻,集记言与记事于一身,展现了春秋时期二百四十多年的历史,以"言事相兼"的崭新面貌呈现于世人面前。

"言事相兼"的记史叙事方法,与以往的历史著作有完全不同的特点,正如梁启超所指出的:

> 第一,不以一国为中心点,而将当时数个主要的文化圈,平均叙述。第二,其叙述不局于政治,当涉及全社会之各方面。对于一事典章与大事,固多详叙;而所谓琐语之一类,亦采集不遗。故能写出当时社会之活态,予吾侪以颇明了之印象。第三,其叙事有系统,有别裁,确成为一种组织体的著述,对于重大问题,时复溯源竟委,前后照应,能使读者相悦以解。(《中国历史研究法》)

这不但是《左传》的叙事特色,也说明其作者已经有意识地从某种历史联系的角度来统筹规划,取舍剪裁以编撰成书。这一点,不但是史家在著史方法论上的一次质的飞跃,也是史家在审视历史与把握认识历史上的一次重大的进步。《左传》这一历史巨著的出现,标志着中国史学的发展进入了一个新的时期。

《左传》一书标志着史传文学的真正形成。

在记事方面,《左传》记载了春秋时期大量的历史事实,作者将这些历史事件具体化,不但增加了事件情节,甚至丰富了许多细节描写。在《春秋》中寥寥几个字的事件,在《左传》作者的笔下,常演绎成一段惊心动魄的历史故事。如《春秋》中的"郑伯克段于鄢"(隐公元年)、"齐崔杼弑其君光"(襄公二十五年)、"楚子麇卒"(昭公元年)这些简略记载,在《左传》中却是一篇篇内容充实、结构完整的诸侯宗室内部斗争故事。在记言方面,

《左传》保存了大量的各国史书留传下来的文告、训辞,有的变成了历史人物的语言。此外,作者还增加了许多绘声绘色声口毕肖的人物口语描写。《左传》是一部记载"君国大事"的史书,"国之大事,在祀与戎"。但是其中却记载了众多的家庭轶事,还有数量不少的神怪灵异之事。所以,左氏的叙事最富特色。刘知几说是"左氏之书,叙事之最"(《史通·模拟》)。刘熙载也说:"左氏叙事,纷者整之,孤者辅之,板者活之,直者婉之,枯者腴之,剪裁运化之方,斯为大备。"(《艺概》)

《左传》"言事相兼"的另一鲜明特点是善于写人,善于生动地描绘历史人物,并在一定程度上写出人物性格。这在史传文学的发展上是一次质的飞跃。像子产这样杰出的政治家,孔子虽对之表示钦佩,并在子产死时流泪赞之曰"古之遗爱",但在《春秋》中关于子产的记载,几乎不见一字。而《左传》对子产的思想、道德、学识、行事、辞令乃至才情风貌,都有细致生动的描述。作者通过子产这一历史人物具现了春秋中期郑国与诸侯国的历史,子产这一人物形象也栩栩如生。《左传》作者总是尽量避免简单平板地记载历史事件而采用故事化的手法,从言论和行动的立体把握中去描写人物。这样,不但写出历史运动过程中的各个细部,也写出了历史的深度。

西方一些历史学家反对采用自然科学或社会学、经济学那种"科学式"的或"法则归纳式"的表达方法,而提倡对历史人物和历史事件进行"个别描述"的方式,并且强调运用修辞学的艺术和叙事性的体裁,写出具有艺术感染力的历史著作。他们甚至认为历史学应该是一门艺术而不是科学。其实,中国文学强调文史结合,与西方学者的主张正不谋而合。我国的历史著作《左传》、《国策》、《史记》,何尝不是具有巨大艺术感染力的作品。即以《左传》一书而论,它创造了多样的精密的篇章结构,创造了富于魅力的精练流畅的语言,又善于渲染故事情节,善于对人物作细致入微的描绘,还能揭示出人物的复杂的内心世界,对于纷繁复杂的历史事件包括战争,都能曲尽其详,写得引人入胜,无疑是史学与文学相结合的典范。

原载《光明日报》2005 年 7 月 29 日《文学遗产》专栏

《左传》人物形象系列及其意义

作为"文学的权威"（朱自清:《经典常谈·春秋三传》）的《左传》,决定其文学品位的重要标志之一,就是塑造了众多的栩栩如生的人物形象。《左传》全书出现的人物,上至天子诸侯、王公卿相,下至行人商贾、皂隶仆役,共有三千多个。不少人物以其鲜明的个性,独特的面貌,活现在读者的面前。对于这些人物形象,前人已有不少的论评,只是多限于个别的单一的形象。从"劝惩"的目的出发,描写如此众多的人物形象,作者有自己既定的价值取向与评介标准。本文拟将《左传》中的人物归纳为几个形象系列加以论析,并由此探寻这些人物形象所蕴含的思想意义与审美意义。

一、《左传》人物形象系列

（一）在历史舞台上叱咤风云、建立功业的人物形象

清人冯李骅说:"《左传》大抵前半出色写一管仲,后半出色写一子产,中间出色写晋文公、悼公、秦穆、楚庄数人而已。"（冯李骅:《左绣·读左卮言》）这是就《左传》中写得最出色的人物而言的,它包括两个层次:一是霸王与明君形象;二是贤臣形象。

1. 霸主与明君形象

最突出的有春秋五霸和郑庄公、晋悼公、吴王阖庐等人。对这一系列的

人物,作者不但写出他们的历史作用,同时细腻地刻画了他们的性格特征。这一类人物的成功,首先在于他们对当时形势的认识和把握。春秋时代,是一个王纲解纽、诸侯称霸、政出多门、大夫擅权的时代。在这样一个弱肉强食、争夺激烈的斗争环境中,这些人物都有着清醒的政治头脑,敏锐的目光及果断的行动,他们善于抓住有利时机,在争夺中谋崛起,在分裂中图霸权。春秋初期,郑庄公首先发难,利用郑国与周王室的特殊关系,控制住周室这张虽无实权却还有影响的王牌,号令诸侯,横行中原,堪称"小霸"。此后,齐桓公、秦穆公、晋文公等人,都是看准中原霸业衰歇的有利时机,暴兴于诸侯之中。在这些称霸的君王之中,不少人一登上历史舞台,便显得虎虎有生气。在复杂的斗争中,能准确地掌握着时代的航标,巧妙地利用政治风云的助力,成为时代的弄潮儿。其中突出的一点,就是他们都打出了"尊王攘夷"这面大旗,一方面极力摆脱已失去旧日威风的周王朝的约束,一方面又不得不利用传统的君臣关系来维系它的尊严并以此号令诸侯。而抵御夷狄的侵略,既安抚和团结了弱小国家,又确立了自己作为弱小国家保护者的形象,由此实现霸主的野心。

其次,这些诸侯国的君王都有比较明确的民本思想,知道重民、养民、爱民关系着国家的兴衰,因此能内修国政,励精图治,安抚百姓。《左传》中尤其详细地记载了齐桓公、晋文公、楚庄王、晋悼公等人物改革弊政、恤民治国的事迹,他们采取的一系列抚民利民的措施,使国家安定,国力强盛,因此具备了扩张称霸的基础。其中的许多人已经意识到天帝鬼神的虚幻与不可靠,成功的获取,在于国力的强大,民心的归附。这些,无疑的代表着当时的先进思想,也是他们事业上取得成功的力量源泉。

第三,他们大都能择善使能,重用贤才。齐桓公之用管仲,秦穆公"举人之周","与人之壹",已成为历史上选贤授能的佳话。晋文公霸业显赫,其成就似乎更多地要归功于他手下的狐偃、赵衰、先轸等一大批贤臣。他以知人善任成就功业,后世的汉高祖庶几可与之比肩。春秋时期的"楚材晋用","晋材楚用",正是国君择才任贤的结果。这种现象至战国遂蔚然成风。

从个人性格上说,这一层次的人物也有其鲜明的特征。坦诚宽容,从谏如流,知过能改,是他们的共同特征,也是作者所标举的作为一代明君所应具备的个人品德。在作者的笔下,这些人物又多有"谲而不正"的一面。孔子认为"晋文公谲而不正,齐桓公正而不谲",其实齐桓公等也并非"正而不谲"。闵公元年,齐桓公派仲孙湫省鲁难。省鲁难是假,觊觎鲁国伺机略取是真。僖公九年葵丘之会,齐桓公下拜受胙的闹剧表演,更是"司马昭之心,路人皆知"。其他如郑庄公纵容共叔段为恶而灭之,射王中肩又劳王;楚庄王派申舟聘齐,故意不假道于宋而诱宋杀申舟,以取得伐宋的口实,这些行为,何尝是"正"?相反,宋襄公可谓"正"矣:"不鼓不成列","不重伤,不禽二毛"。这种"蠢猪式的仁义道德",不但使他为楚人所败,甚至连性命也搭上了。可见,"谲而不正"是当时激烈政治斗争风云铸造出来的性格特征,也是他们取得胜利实现目的的必要手段。

当然,这些横行中原、称霸诸侯的一代枭雄们,同样避免不了他们的局限性。例如生活上的荒淫奢侈,好色多内宠,暴露了统治阶级的荒淫与腐朽。更重要的是由于他们的好色多宠,导致了内部的争夺与祸难,结果是建立起来的功业或难以为继,或毁于一旦。即如郑庄公、齐桓公、晋文公这些佼佼者,亦不能免于此累。政治上的肆意扩张,与生活上的荒淫纵欲,显示出人物性格的一致性。对于这一层次的人物,作者特别注意于刻画他们所取得的功业及获取成功的手段,同时又强调其个人性格的重要作用,可以说这是塑造得最为生动的一批人物形象。

2. 贤臣的形象

贤臣的形象,除冯李骅所说的管仲与子产外,还有晏婴、叔向、赵盾等人。子产是作者笔下最出色的贤臣形象。作为辅弼之臣,子产并不像后来封建社会皇权极端集中之后的辅臣,只能做些谏议疏导、补苴罅漏的工作。他一登台执政,便以一身任一国之安危,决定和主宰着国家的命运。子产执政之际,正是春秋末期社会矛盾不断加剧的时代。"国小而逼,族大宠多"(《左传·襄公三十年》),是子产面临的困境。对此,子产采取了一系列措施,控制了大族,安定了国内。外交上他坚定维护本国的利益和独立地位,捍卫了郑国的尊严。子产执政的指导思想最重要的有两条:一是以德治国,一是以民为本。这与作者表现出来的政治主张是一致的。子产性格的最大特点,是坚定执著,奋然前行。在子产执政期间,郑国得到了相对的安定,不能不说是他的政策的成功。综观子产的一生,似乎还没有哪件事情失败过。同样以贤臣著称的叔向,与子产则有所不同。叔向处于范、赵等权门执政时期的晋国,不可能完全实际掌权,他在晋国很有影响,以才干卓绝受到重视。他对晋国的危机,尽管表现出很深的忧虑,且敏锐地预见到晋国的前途,却无法挽狂澜于未倒。子产与叔向相较,显然子产是作者最理想化的人物。

晏婴与赵盾是贤臣的另一种范型。晏子生活的时代,齐国霸权衰落,国君荒淫昏聩,佞臣专权肆虐,以致齐庄公为崔杼所杀。面对国内这样激烈的矛盾斗争,晏子既认为弑君为非,又认为庄公为私欲而死,不值得为他殉葬或逃亡。所以在崔、庆二人的凶焰面前,晏子表现出刚正不阿的品质。忠于社稷、爱护人民是他行事的准则。他力谏省刑,劝行宽政,为政清廉,富贵不淫,勤恳俭朴,深得百姓的拥护。在晏子身上,可看到具有初步民主思想的进步观念。赵盾身上的突出表现,是忠于国君,匡纠君过。即使像晋灵公那样的昏君暴君,赵盾仍作有步骤有计划的进谏。虽然结果是失败,但是他希望国君改邪归正、励精图治的决心,却是不可移易的。赵盾的忠,带有更明显的维护等级名分的伦理倾向。晏子和赵盾两个人物性格的互补,便是作者所理想的完美的贤臣形象。

（二）政治上暴虐无道，生活上荒淫奢侈，导致亡国灭族的人物形象

简而言之,这就是作者笔下的昏君奸臣形象。从历史唯物主义的原则来看,这一类人物的历史功过当可另作评定。但是,从春秋这一特定的历史时期来说,前一个系列的人物是独占潮头、激流勇进的时代主宰,是在这一时期中代表着春意盎然、生机勃发的时代力量的佼佼者。而这一个系列的人物,则是一股西风残照、衰微破败的社会力量,是作者作为"恶"的样板加以贬斥挞伐的对象。

1. 昏君的形象

《左传》中的昏君形象,其总体特征就是"不君"。"不君"是引起灭国

败亡的原因,也是作者赋予这一形象的思想意义与劝惩用心。所谓"不君",一是残民,无视"民为邦本"。晋灵公"从台上弹人","宰夫胹熊蹯不熟,杀之"。莒共公虐而好剑,苟铸剑必试诸人。在"民"的地位不断提高的春秋时代,如此暴虐无道是逆历史潮流而动的。二是奢侈,不顾民的死活。如"厚敛以雕墙"的晋灵公,好鹤,使鹤乘轩的卫懿公,无不激起国人的怨愤。三是淫乱,搞乱伦关系。卫宣公夺媳为妾,陈灵公淫乱夏姬,齐庄公私通棠姜,即是如此。他们的淫乱行为,是对当时已经形成的礼教规范的反动和叛逆,因此,在作者的笔下,这些人物不但违背了伦理道德,其个人品质,也多是寡廉鲜耻的。

作者所要揭示的是,国君"不君"的结果,不仅是自身的败亡,更大的祸患还在于:一是暴发内乱。如齐国之庄公、襄公,晋国之献公、灵公,莒共公等。二是招致外来侵略。如陈灵公、卫懿公等。因此,春秋时期,"弑君三十六,亡国五十二",有多少是他们自己导演的悲剧!固然,一个国家亡国灭祀的原因并不那么简单,但是我们着到,《左传》中因国君弃民淫乱导致身死国灭的情况却不胜枚举。这就是作者在特定的历史观指导下所表现出来的劝惩意义,反映了他的"民本"思想及努力维护儒家伦理道德的时代特征。

2. 奸臣的形象

这是一批心怀异志的贰臣和助纣为虐的佞幸。明君手下出贤才,昏君之侧多奸佞,是历史上常见的现象。君主的昏聩,提供了奸臣生存的土壤和空间;奸佞的肆虐,加速了昏君走向腐朽灭亡的进程。这是作者刻画这类人物的用心所在。

在作者的笔下,这一类人物怀有强烈的权势欲,并且贪婪龌龊,为满足自己的欲望,不惜采取最残忍最阴险最无耻的手段,以至根本无视伦理道德,不顾社稷安危,成为一批肮脏可憎的人物形象。

齐国的崔杼,恃权专横、凶残暴戾,杀了齐庄公之后,又接连残杀了三位秉笔直书的太史。这样一个凶暴的人物,却又败在狡猾老辣的庆封手里。庆封专权聚敛,嗜猎纵酒,无所不为。他既与崔杼勾结,又乘崔氏家乱荡尽崔氏。但是,膨胀了的权势欲反而造成了自己的灭顶之灾,最后庆封也逃亡国外。可见欲壑难填的权势,不但酿成弑君乱国之祸,也导致了自己的灭族亡身。楚国的费无极，是个以谗言杀人的行家里手。其手段主要是无中生有的陷害，心怀厄测的挑拨，巧言漫语的蒙骗。于是实现了一系列的罪恶目的。此外，如鲁国宣伯的淫乱卖国，楚令尹子常的贪婪成性，宋华父督的贪色作乱，郑伯有的专横愚蠢，都是作者写得淋漓尽致的人物。

一批阴险狡诈、奸邪不轨的篡弑者，也是作者塑造得非常成功的形象。如楚国的商臣，鲁国的叔孙竖牛，齐国的商人，宋国的公子鲍。春秋时期，随着社会生产力的发展，意识形态里传统的宗法思想和君臣观念遭到了普遍的冲击，氏族等级制度也发生了动摇。小宗在财富、实力上的增强，必然要在政治上起而取代大宗。于是，少长之间，嫡庶之间的篡弑争夺，频繁发生，愈演愈烈。这些人大都非少即庶，本无继嗣的可能，由于国君或宗主的宠爱而膨胀了他们的权势欲。他们聚叙搜刮，积累了大量的财富。经济上的强大使他们产生了夺权的要求。这些人物本性残暴，阴险狡诈，心狠手辣，野心勃勃。父子之情，手足之爱均不足以束缚他们。为了达到篡弑的目的，弑父杀兄，在所不惜，淫靡乱伦，毫无顾忌。作者站在维护宗法制度的立场，旨在揭示这种道德堕落，对等级礼制的破坏、对传统伦理关系的背叛，因此对这些篡弑者的形象刻画，往往人木三分。

（三）善恶不同的贵族妇女形象

《左传》中的妇女人物，绝大多数是贵族妇女。作为一个阶层来说，春秋时代的妇女并不具有独立的政治力量。贵族妇女，更多的只是作为统治阶级的附庸存在。但是，当他们以自身特有的地位与身份介入政治生活时，却因各自的性格、品质的差异，呈现出五光十色的神态与风貌。

首先是一批敢于追求人格独立、争取自身地位的妇女人物。如卫国的庄姜、齐灵公之妾仲子、赵衰之妻赵姬。在宗法制度占统治地位的春秋时代，面对激烈的争嗣斗争，表现出与众不同的态度。卫庄姜身无子息，却真心拥戴他人之子即位；齐仲子、赵姬，本有子息可得承嗣，却不恃宠专位，反而以国家利益为重，虚己为公，以才让人。她们极力保持正直无私、不争一己私利的美德，不以争嗣夺位作为自身生存的依靠，敢于努力摆脱附庸地位而坚持自立，受到时人的称赞。

另一批妇女,具有政治家的素质和眼光,如僖负羁之妻分析形势的深刻
犀利和对事态发展的高瞻远瞩;卫定姜对晋国霸主地位及其对诸侯国的威
胁保持高度的警惕,不失时机地劝告卫定公接纳孙林父以顾全大局;楚国的
邓曼,对屈瑕战败的预见准确无误,对楚武王之死表现出重社稷、轻君王的
思想;晋国的伯宗妻能从伯宗个人性格与社会环境、习惯势力、心态特征的
矛盾分析之中,准确预言伯宗之难。这些妇女,足智多谋,洞察幽微,虽不能
主宰当时的政治生活,但是一旦参与政治生活,便能从错综复杂的社会矛
盾中,掌握客观事物的发展规律,并作出正确的判断。她们既不以贤妻良
母而著称,也不恃柔媚都曼而获誉,而是以政治家的风度与气质出现在世人
面前。

"善""恶"之别,在妇女群像中同样壁垒分明,所以作者笔下也不乏
"恶"妇的典型。作者塑造了一批以其淫乱行为导致家国之乱的女性,如鲁
桓公夫人文姜、鲁庄公夫人哀姜、齐声孟子等。她们皆由淫乱始,既而则参与
或导演出一场内乱。淫乱关系,固然是统治阶级荒淫生活的表现,更重要的
是它已成为政治斗争的一种手段。鲁宣公夫人穆姜与宣伯通奸,目的在威逼
鲁成公除掉季、孟;宋襄夫人"欲通公子鲍",其意在杀宋昭公。在这样的勾
结利用中,她们虽带有某些私利,更多的是被当作政治斗争的工具。她们的
行为,不但是道德的沦落,也是自我人格的丧失。再如宋襄夫人与晋国的骊
姬,本身则表现出强烈的权力欲与觊觎君位的野心。作者重在暴露和谴责她
们心地的凶残与手段的毒辣。晋国的骊姬,是妇人篡乱的典型。旧论骊姬狐
媚工谗,奸刻辣毒,千古无两(转引自韩席寿:《左传分国集注》注),就是
对她的性格的精当概括。《左传》作者对妇女人物形象的描绘多是片断的,
一人一事式的,却大都具有非常清晰的性格轮廓,并且以各自不同的风貌、品
质、情操,存留在《左传》人物画廊之中。

(四)潜藏着巨大价值力量的下层人民群像

《左传》对于下层人民的描写是比较微弱的,往往只是作为一个历史事
件的插曲或作为事件的枝蔓附带加以记载,他们多以群体的面目出现,极
少作为单个独立的形象进行详尽的描述。以个体形象出现的有绛人、裴

豹、灵辄等。成公五年记载的送重车的绛人，是个连姓名都没留下的下层人民。但是他对自然界灾变所持的看法，与当时先进思想家子产、晏婴等人是一致的。他认为梁山的崩塌是自然现象，非鬼神作祟，国君只有关心国事，体恤民情，才是解灾救难的有效办法。绛人利用自然现象的异变对国君进行巧妙的讽谏，其聪明睿智非同一般。作为奴隶的斐豹，凭自己的机智勇敢杀死了栾氏的力士督戎，让范宣子为其焚毁丹书，解除了奴隶依附关系（襄公二十三年）。灵辄饿于首山，受赵盾一饭之恩，危难时挺身救赵盾（宣公二年）。这些下层人民，具有与统治阶级完全不同的价值观念与功利观念，追求的是作为真正的"人"的价值的获取，是作为社会主体的人的本质力量、正义感和社会责任感的实现，而不是施恩图报或争功求赏的狭隘功利主义与利己主义，因此具有与时人的行为习惯完全不同的精神面貌和行为准则。

《左传》中的"野人"、"役人"、"舆人"，是作者笔下的劳动人民群像。通过舆论的力量来反映群体的存在和爱憎以及对统治阶级的态度，是其形象的重要特征。宋国的筑者作"泽门之歌"（襄公十七年），表达人民对皇国父的怨恨和对子罕的感激之情；宋野人作"娄猪之歌"对宋公子朝与南子私通加以揭露（定公十四年）；宋城者以"华元歌"嘲笑华元的无能与无耻（宣公二年），鲁国人作"朱儒诵"讥刺臧纥救鄎侵邾的失败（襄公四年）。这些城者、野人、国人的歌讴，成为下层人民对统治阶级残民害民，荒淫无耻等暴政劣行进行抨击的有力武器。他们往往用精当的比喻，在戏谑调侃中，入木三分地击中要害。至如城濮之战中"舆人"（士兵）献"舍于墓"之计以使晋军攻入曹国，作"原田之诵"劝勉晋文公捐弃旧恩与楚决战（僖公二十八年），说明下层士兵虽不能像谋臣一样直接参与军事决策，却通过舆论的方式贡献自己的智慧，表现出同仇敌忾的爱国主义精神。

这些下层人物群像，不在于他们个性特征的典型性，而在于作为一个群体存在所显示的价值。他们主要用舆论的力量来显示自身价值与政治能量，说明下层劳动人民在思想领域中的觉醒。他们虽然像划过夜空的流星那样只闪烁一刹那的亮光，却由于他们超乎上层社会人们的智慧勇气和显示出来的人的本质力量给人留下深刻的印象，体现出一种在有限的形式中潜藏着巨大价值力量的形象特征。

二、《左传》人物形象的思想意义与审美意义

（一）《左传》人物形象的思想意义

《左传》作者的著书目的在于"惩恶劝善"。"寓褒贬，别善恶"，书美以彰善，记恶以惩戒，是贯串《左传》全书的宗旨。这本是自《春秋》以来史家一脉相承的传统。与《春秋》"褒见一字"、"贬在片言"的"微言大义"式的手法不同的是，《左传》作者通过塑造人物形象来实现其劝惩目的。这是一个创举。作为第一部叙事详细完整的历史著作，这又是其巨大文学价值的体现。从劝惩的目的出发，写出人物的善与恶，是实现其目的的最有效途径。作者忠于"实录"的精神，在塑造人物形象时，虽也尽量体现了人物性格的复杂性与丰富性，但从全书人物形象的总体分野上看，仍然是比较单一的"善"与"恶"的两大营垒。那些在春秋历史舞台上叱咤风云建立了一定功业的人物，是作者褒扬的"善"的典范，为统治者提供成功的经验。昏君奸臣，则是"恶"的样板，以殷鉴后人。惩恶劝善，"表征盛衰，殷鉴兴废"（《文心雕龙·史传》），这就是作者赋予人物形象的思想意义和塑造人物形象的良苦用心。这种善与恶的两极对立，作者不但在叙事写人中倾向分明，而且常借"君子曰"、"孔子谓"的方式进行直接的评价。有时则在同一事件中描绘出各色人等的不同表现，让正义和邪恶、善良和残暴、忠直与奸佞形成鲜明的对比。这种两极对立的鲜明人物形象划分，虽然为劝惩提供了标本，却容易导致一种历史人物黑白分明、善恶两别的二元对立模式，将历史演化成好人与恶人、忠臣与奸佞的斗争史，以至把复杂的历史简单化。在对人物进行评判时，作者又往往只有道德伦理的尺度而缺乏历史的眼光，尤其注重人物品德上的个人私欲存在与否，以此作为褒贬的标准，于是作者的评价常具强烈的道德与伦理特征。

《左传》作者所确立的善恶标准及其形象标准，多为后代史传文学或其他叙事文学所承认和引用，并以《左传》既定的形象基调，载入后世作品之

中。如齐桓公、晋文公,是封建社会人们赞颂不绝的霸主形象。管仲、子产,盖为人臣之极则。晋灵公、齐庄公、崔杼、费无极等人,永远也改变不了其昏君奸臣的面目而为人们所不齿。随着时间的推移与封建教化的深入,《左传》人物形象往往消失了他们具体生动的独特性,而成为宣扬封建伦理道德的说教偶象。人们只抽取这些人物形象所具有的思想意义,作为他们判断善恶是非,推行封建教化的准则。如刘向所著的《说苑》、《新序》,虽记春秋之人与事,却只通过历史人物来宣扬儒家的伦理道德。《列女传》中的许多春秋时期的女性,也只是被作为"兴国显家可法则"的"贤妃贞妇"形象,或是"孽嬖乱亡者"而加以载列,"以戒天子"。这样,人物形象消失了他们鲜明生动的个性,成为披上教化意义外衣的木乃伊,丧失了原有的生气。后世有的作者甚至不惜歪曲《左传》人物形象的本来思想意义以迎合教化观念的需要。于是,人物形象不仅具有文学意义,更成为封建社会中传统文化心理标准(主要是儒家标准)的形象载体。基于这一原因,《左传》人物形象又具有更复杂的深一层的文化意义。

(二)《左传》人物形象的审美意义

绵延几千年的以善为美的民族审美心理与审美观念,起始于先秦。《左传》是第一部以美善统一的标准对历史人物进行审美观照的叙事文学作品。善的衡量标准,就在于功业上的建树,符合伦理道德规范以及合乎礼义的言行与人格。在作者笔下,立功、立德、立言取得成就足以为后世法的人物,是善的化身,也是美的形象。它的对立面,便是那些为后世戒惧的昏君暗主、乱臣贼子、以及伦理道德沦丧者。

《左传》对历史人物的审美标准与劝惩目的是一致的。作者甚至认为美与善的统一是必然的,脱离了伦理道德上的善和自然之美反将成为祸害。书中对于夏姬的评价就是一例。在《左传》中,夏姬"杀三夫一君一子,而亡一国两卿"(昭公二十八年),可谓"淫妇"之尤。作者通过叔向之母的口认为:"甚美必有甚恶","天钟美于是,将必以是大有败也"。由此断定"夫有尤物,足以移人"(昭公二十八年),甚至荒谬地把三代之亡、申生之废皆归之于美色为害。这种将政治伦理道德及人格上的善等同于美的观点,在先秦美学思想中颇有代表性。

《左传》对于历史人物的审美标准与审美理想,对后代叙事文学作品产生了巨大影响。秦汉以后,《左传》中的人物故事在社会上广为流传。人们尽可以按照自己的需要加以夸张虚构,但人物的骨骼框架,仍离不开左氏的基调。如《晏子春秋》,作者以《左传》中晏子的爱国忧民、节俭朴素性格为基调,以夸张虚构的手法,创造出一个人们所喜爱的更为生动的审美形象来。然而其形象特征则更符合伦理道德标准以及善良的政治行为与风俗习惯。再如齐桓霸业、管鲍之交、赵氏遗孤、伍员覆楚、吴越之争,都成为后代小说的题材,尽管情节内容恢宏扩大,但人物形象也同样不改变《左传》既定的美学内涵。

《左传》以其丰富生动的人物形象记载历史,为中国古代小说的发展提供了"史"的营养和审美标准。后代的历史演义小说,多从正史中讨生活,据此添枝加叶,演绎而成。明代出现的《列国志》,就是主要以《左传》为蓝本创作的。作者所持的"总观千古兴亡局,尽在朝中用佞贤"的思想,与《左传》对于人物的褒贬劝惩思想一脉相承。蔡元放评点本的《东周列国志》,更明言以"善足以为劝,恶足以为戒"的劝惩目的来演述历史。这类小说,包括后来的《三国演义》、《水浒传》等,人物形象常常不是红脸便是白脸,非善即恶。剥去他们历史的、传奇的外壳,人物忠奸善恶判然分明,人物动机行为内外一致。读者也习惯于以善恶及其效果来判断人物的"好"与"坏"。这种审美心理上的思维定势,与《左传》开始以来的人物审美标准有极密切的关系。具体举一例来说,《左传》中对楚大夫子文出生的神异描写,对鲁国竖牛出生前梦境的丑化,反映了早在先秦时期人们便已存在着正面人物具有与生俱来的天赋之美,反面人物出自娘胎便浸透毒汁、本性乃恶的审美判断。联系到后代不少小说中好人都是天上星曲下凡,坏人都是魑魅魍魉转世的写法,的确是渊源有自的。

原载《福建师范大学学报》1991 年第 1 期;人大报刊复印
资料《中国古代、近代文学研究》1991 年第 6 期全文转载

《左传》写人艺术综论

《左传》作者著书的一大目的,在于"惩恶劝善"。通过人物描写来记载历史,并寄寓其劝惩倾向,是《左传》的重要特征。《左传》全书出现的人物有三千多个,个性鲜明者不下数十人。要写好如此众多的人物形象,并非易事。作者创造运用了多种艺术手法,将这众多的历史人物生动地再现于自己的著作之中。对于《左传》写人艺术的研究,前人已做了不少工作,只是多就某一方面加以阐发,本文试图对《左传》塑造历史人物的艺术手法进行综合论述,以探寻这一部中国叙事文学的开山之作的巨大文学价值。

一、 内外并行的双重结构

《左传》是历史著作,如何在总杂繁密的史料聚集之中刻画人物,结构安排之合理与否,是成败之关键。《左传》全书的总体结构形式是按年代编次的,但是在描写人物时,作者采用了内外并行的双重结构方式。此所谓内,指以某一人物为中心,围绕某一人物集中多年事件加以总叙;所谓外,指以时间为经,以事件为纬而分年散见,但始终有一中心人物贯穿其间。集中多年事件加以总叙,须打破时空的限制,以某一人物为纲,将不同年代不同地点的历史事件集合一处来写,其目的在于完整地具现人物形象。如写郑庄公、晋公子重耳、晋灵公等人物都是这样。郑庄公这一人物的主要性格,在隐公元年

"郑伯克段于鄢"一章中基本得到揭示,其后的事迹,大体上是其性格的不同表现。晋公子重耳之亡,是僖公五年之事,作者把重耳十九年的流亡经历,集中于僖公二十三、二十四两年之中,用倒叙的手法加以综述,清晰地展示了重耳性格的发展史。鲁僖公二十三年是他流亡的最后一年,二十四年是他返国即位的头一年,这样安排,前后衔接,在时序上显得非常条贯。晋灵公即位,在鲁文公七年,至鲁宣二年已有十四年之久,《左传》宣公元年云:"于是晋侯侈,赵宣子为政,骤谏不入,故不竞于楚。"可见晋灵公"不君"及与赵盾的矛盾,由来已久,并非只在鲁宣二年才发生。宣公元年之记,是作者的伏笔。等到宣公二年晋灵公死前来总叙其不君之状,便显示晋灵公之死的必然性,晋灵公与赵盾这两个主要人物也非常突出。再如襄公二十三年写臧纥其人,作者先写了三件废长立少的事,三事都与臧纥有关。先是臧纥用计帮助季孙废公子钘而立悼子,下来写孟孙氏的立羯废秩,是为了反衬臧纥的阴谋;第三件事写臧纥自己也是由废长立少起来的,用一"初"字回叙前事。这样,把发生在不同时间性质相同的三件事集中叙述,刻画出臧纥的奸回不轨,追溯其奸回不轨之行产生的原因,完整了臧纥的形象。作为单独的人物故事,上述三例,其矛盾冲突组织得曲折迂回,事件安排照应巧妙,整个故事引人入胜。集中多年事件总叙,可以把一些细小事件,尤其是一些细微末节尽收其中,使人物形象有血有肉,毫发毕现,又将岁时和事件上承下接,条贯有序。

　　逐年分写,本是编年体之成式。对于写人来说,有的人物时间跨度大,行状分年散见,人物活动主要反映在一些重大事件上,并与他事件有密切的关系,因此以时间为经,以事件为纬,逐年分记,但并不远离中心人物。卫国的孙甯废立,起于成公七年,终于襄公二十九年,散见于三十四年之中。作者围绕卫献公与孙林父、甯殖之间的矛盾斗争这条线索,相互衔接,蝉联成为一个完整的故事。塑造出卫献公、孙林父、甯殖、甯喜等一系列人物。子产是《左传》中写得最有风采的人物之一,其一生事迹,从鲁襄公八年第一次登场,到昭公二十年死去,历经四十余年。可以说郑国这四十余年的历史,就是子产这一人物的活动史。子产的活动,散见于这期间郑国的军国大事记中。子产的政治抱负,言论才干,记叙得娓娓不倦,风采洋溢。

　　上述两种结构方式,与全书的编年结构相辅相成。在写人时,作者并非一成不变,以此二法为常式,交互使用,根据需要,灵活多变。这种内外并行的双重体式,实际上包孕着后代史家的两大体例,即编年体与纪传体。编年体自不必说,而以写人为中心的纪传体,亦可从《左传》之中窥见端倪。

二、小说化的属辞比事特色

《礼记·经解》云:"属辞比事而不乱,则深于《春秋》者也。"此言可用于《左传》。《左传》作者对于属辞比事是非常重视的。属辞,指文辞的结构;比事,指史事的贯串,连言之,则指撰文记事。《春秋》的属辞比事是将史事简单地排列出来,《左传》之"深于《春秋》者",是用详尽生动的情节与细节记载人物活动,通过塑造出有血有肉的人物形象来反映历史。《左传》的这一特色,乃是将历史著作文学化、小说化的开端。

小说化的体现首先是增加了大量的故事情节。作者在记叙事件和人物时总是避免平板地介绍,而采用故事化的手法。正如茅盾说过的,中国文学人物形象塑造的民族形式的一个特点,"就是使得人物通过一连串的故事,从而表现人物的性格"(《茅盾评论文集》)。这一点,《左传》可谓开其端。情节是组成事件的内在机制,情节又成为展示人物性格发展的艺术手段。在复杂的情节展开之中,人物性格得到揭示,形象也愈加鲜明。襄公二十五崔杼弑齐庄公一事,《春秋》记曰:"夏五月乙亥,齐崔杼弑其君光。"再看《左传》的描写:作者先由孟公绰之口指出崔杼"将有大志",预言崔杼将作乱。接下来,是崔杼娶棠姜,齐庄公通棠姜,以崔子之冠赐人等一系列情节的展开与深化,揭示崔、庄矛盾发展、冲突爆发的必然性。这其间,又插入齐庄公鞭贾举一事,看似闲笔,纯属偶然,意在说明齐庄暴戾无道,必然多处树敌,加速他走向灭亡的过程。于是情节发展进入高潮:崔杼称病不朝,引诱齐庄公入崔府探视,贾举勾结崔杼伏兵包围齐庄公:

> 甲兴,公登台而请,弗许;请盟,弗许;请自刃于庙,弗许。皆曰:"君之臣杼疾病,不能听命。近于公宫,陪臣干掫有淫者,不知二命。"公逾

墙,又射之中股,反队,遂弑之。

"崔杼弑君"这一事件,整个过程史事的排列有序不乱,情节复杂,最后结局尤其写得扣人心弦。事件发展过程中崔杼并未直接露面,可是我们始终可以感觉到躲在幕后的直接导演这一场有声有色的弑君闹剧的崔杼其人。随着情节的深入,齐庄公的荒淫和可悲,也跃然纸上。故事安排曲折起伏,人物形象栩栩如生,宛然是一篇小说的雏形。

有的情节具备激烈的矛盾冲突背景,作者把人物放在一种极端紧张而又复杂的矛盾斗争场合来刻画,在激烈的冲突中塑造人物,可见作者已注意到人物形象与场景的关系。昭公二十七年鱄诸刺吴王僚,可谓惊心动魄的一幕。整个场面充满了阴冷的杀机,残酷的氛围,然而鱄诸却从容自若,在防范森严之中刺杀了吴王僚,在场景的描绘与气氛的烘托中突出了鱄诸的胆量和勇敢。另一些章节之中则不但融洽地写出人物与事件环境的关系,还写出环境对人物性格的影响。哀公二年写卫太子蒯聩为赵简子车右,将与郑师战。蒯聩见郑师众,"惧而自投于车下",怯懦胆小如此。可是在赵简子中肩受伤的危急时刻,他又一反怯懦之态,以戈救简子,且代赵简子指挥军队大败郑军。在极其紧张尖锐的矛盾冲突的环境中,人物性格产生了突发性的改变。

小说化的另一体现,是精彩的细节描写。《左传》中的细节描写,大都不重写形而专力传神,对于写人达到画龙点睛之功效。如襄公二十六年,记载"卫侯(卫献公)入,大夫逆于竟者,执其手而与之言;道逆者,自车揖之;逆于门者,颔之而已"。作者用细腻的动作细节,写出卫献公对三种迎接者的不同态度,活画出卫献公气量狭小、忌刻怀恨、骄横无信的性格。其他如桓公二年,用"目逆而送之,曰:'美而艳!'"来表现华父督的贪色丑态;用"染指于鼎,尝之而出"的细节,写公子宋的羞怒心理;用"投袂而起,屦及于窒皇,剑及于寝门之外,车及于蒲胥之市"等动作写楚庄王狂怒之状,都是以细节写人的精彩之笔。细节是人物形象的"血肉",大量而精彩的细节描写,使人物形象"连性情心术,声音美貌,千载如生"(冯李骅:《左绣·读左卮言》)。大量的细节描写,使史书的叙事更富于生活化的意味,更带上感情色彩,也更加小说化。丰富的情节与细节,说明作者所掌握的历史材料的深度和广度,并由此获得了极大的纵横驰骋的创作自由,表现出作者鲜明的个性特征,同时也说明作者已经把视角深入到那些为一般史家所不屑或未加注意的事件情节之中,通过深入的观察分析,挖掘深层的历史内蕴,把握历史人物的性格特征与精神本质。这样的属辞比事方式,开创了中国古典小说以故事情节见长的传统风格,成为历史小说的先河。

三、"众美兼善"的表现手法

《左传》作者写人的具体手法,可谓"众美兼善"(刘熙载:《艺概·文概》)。限于篇幅,此举其荦荦大者论之。

首先是独特的人物心理活动描写。《左传》当然还不可能有如现代小说或外国小说那样细腻冗长主观评说式的心理描写。其独特之处,是将人物心理描写融化于叙事之中,用细微的动作和精妙的语言刻画人物在特定环境中的心理。襄公二十六年,公子围(即楚灵王)因郑俘皇颉与穿封戌争功,请伯州犁裁断。伯州犁"上其手曰:'夫子为王子围,寡君之贵介弟也。'下其手曰:'此子为穿封戌,城外之县尹也。谁获子?'"伯州犁对二人身份不同的介绍再加上巧妙的动作——"上下其手",微妙传递了他有意偏袒公子围的心理信息。

从性格与环境的冲突中去揭示人物特定心态,也是作者所用之常法。鲁庄公八年,齐襄公"游于姑棼,见大豕。从者曰:'公子彭生也。'公怒曰:'彭生敢见!'射之,豕人立而啼。公惧,坠于车,伤足,丧屦。"齐襄公指使彭生拉杀鲁桓公,为平息鲁人之怨又杀了彭生,因此潜意识中有一种犯罪者的心虚恐惧心理。朦胧之中将大豕当作彭生,虽凶相毕露地要射杀大豕,却仍遏制不住内心的恐惧而吓得从车上跌落下来。突然出现的事件使人物处于一种始料不及的特殊环境之中,人物的复杂心理通过特定时空的行动表现出来。

其次是对比和映衬手法的运用。对比和映衬,是中国古典叙事文学中刻画人物的传统手法,溯其源,亦可见于《左传》。施氏妇,是《左传》中一个具有反抗性格的妇女形象。成公十一年,作者集中多年事总写其人。作者从郤犨贪色而夺人之妻,声伯息事宁人而无视骨肉之情,施孝叔怯懦胆小又自私残忍的鲜明对比中,显示施氏妇不畏强暴敢于反抗的性格特征。写卫献公的出场,则用衬托之法。成公十四年,卫定公卒,立衎为太子。丧礼中,众人哀悼,唯太子衎(卫献公)不哀不恸。作者从夫人姜氏悲叹,众大夫耸俱,孙文子置重器于戚等旁人一系列的言行之中,衬托太子衎的为人,透露出人物性格发展趋势的消息,暗示卫献公将败亡卫国的结局。再如襄公八年写子产的出场,也有异曲同工之妙。在客观的叙事之中,写出众多人物的神态各异的言行,用对比映衬之法,突出中心人物的特异之处,《左传》之例甚多,不胜枚举。

再者是颇具个性的语言描写。传神的语言,揭示了人物内心世界。隐公元年"郑伯克段于鄢"章中,郑庄公发誓与武姜"不及黄泉,无相见也",可是当他馈食颍考叔时,又哀叹:"尔有母遗,繄!我独无。"反映了郑庄公此时此刻复杂的心理活动与内心矛盾——既有儿子对母亲感情的真实流露,又有欲掩其弃母不孝恶名的企图和自悔无法挽回的惋惜。颍考叔心领神会,准确地把握住郑庄公的心理内涵,不失时机地导演了一出母子大隧相见的闹剧。

《左传》以记事为主,精彩的人物语言描写却比比皆是。实可谓"言事相兼",声情并茂。综观《左传》所记人物语言,具有三种不同的风格,即既有明显的训诰体遗制,又已开战国纵横之风,兼之大量的活泼泼的口语化语言。

章学诚曰:"左氏以传翼经,则合为一矣。其中辞命,即训诰之遗也。"(《文史通义·外篇方志立三书议》)"训诰之遗",最见于讽谏之辞令之中。襄公四年魏绛论和戎,就是一例。晋悼公反对和诸戎,魏绛以其高瞻远瞩的政治眼光,谓"获戎失华"之不可为。魏绛在论和戎之中,以有穷后羿为题,历数后羿、寒浞和少康、辛甲等人事迹,以正反两方面的历史经验教训,劝导晋悼公不可沉溺于田猎,不可穷兵黩武,不能失去贤人,而应以哲王为则,昏君为戒。其滔滔不绝,反复申说,最后归结到和戎的五大好处。这一段话,无论从内容到体式以及风格,均酷似《尚书·无逸》。其言直贯如注,气畅势盛,论证典雅古奥,繁富绵密,说服力很强。其他如邲之战晋随武子论战、楚庄王论不为京观，鄢陵之战前申叔时预言楚师之败，师旷论卫人出其君，均有此风格。这一类人物语言的存在，一是本之于旧史之成文，二是这类语言古朴典奥，博闻强志，雄辩有力，最合于人君，最显人物睿智，收记其中，可为人物增色。

战国策士纵横辩难之风，如成公十三年"吕相绝秦"书，已具规模，前人多已论述。其他如"展喜犒齐师"（僖公二十六年）、"郑烛之武退秦师"（僖公三十年），其言都具游说驳难的特点。这些使者，多奉命于危难之际，身负解忧排难的重任，论辩时能准确抓住对方的心理，乘势发挥，刚柔相济，或夹缝中求生，或步步进逼，谈锋则时而委婉曲折，时而针锋相对，铺陈夸肆，驰骋捭阖，蛊服人心，以达到自己的目的。

口语化的人物语言，形象生动，最善于揭示特定场合下的人物性格，充满生活气息。如桓公元年华父督见孔父之妻曰"美而艳"，脱口而出，贪婪女色之嘴脸，如在目前。文公元年写江芈怒骂楚太子商臣之言："呼！役夫！宜君王之欲杀女而立职也。"用楚地方言俗语骂人，摹状江芈盛怒之态，声口毕肖。再如昭公三年写卢蒲嫳以己发之短作比，申明因庆封败亡，自己衰老不复能为害，哀鸣却是奸诈语，极合卢的性格。

《左传》记言的三种不同风格，代表了作者从三个不同角度塑造人物的手法，又为我们勾勒出先秦叙事散文记言风格的变化轨迹。《尚书》—《左传》—《战国策》—《史记》，即其变化轨迹和几个代表坐标。其中《左传》有承前启后之功。《左传》中三种风格并存，《战国策》则以纵横捭阖铺张扬厉为其主导，到了《史记》，生动形象的口语化语言，已是记言的主要方式。上述这一轨迹，显示出先秦叙事文学中人物语言向更加语体化、散体化发展的历史趋势。

四、虚实相生的夸饰描写

前人批评《左传》"其失也巫"（《穀梁传序》），"浮夸"（韩愈：《进学解》），"好语神怪，易致失实"（韩菼：《左传记事本末序》）。"巫"、"浮夸"云云，主要指《左传》中出现的虚构情节与梦境妖异神怪祯祥等荒诞描写。

若从文学创作与人物塑造的角度来说,巫妄浮夸之诟病,倒有必要为之一辩。要而言之,此非左氏之败笔,乃创作之精华。

虚饰情节,如宣公二年钮麑触槐而死前的自叹。人死前的独白,谁能听见?当出于作者的悬想。僖公二十二年春,晋太子圉质秦,将逃归时与嬴氏的一段对话,此乃夫妻间的密谋,外人何以知晓?无非来自作者的潜拟。但是这些虚饰的情节,并不影响史事的真实,反而使人物形象更加丰满。钮麑之言,又暗含着作者对人物的评价与感情色彩。正如钱锺书所说:"史家追叙真人实事,每须遥体人情,悬想事势,设身局中,潜心腔内,忖之度之,以揣以摩,庶乎入情合理。"(钱锺书:《管锥编》第一册)"悬想事势""以揣以摩",则不局限于事实之中,所谓"入情合理",即符合人物性格逻辑之谓也。

梦境神怪等情节的运用,亦非完全出于宣扬唯心主义的荒诞迷信,而是作者塑造人物、表现作者或人物主观意念的手段。这类描写,在记史上看似荒诞不经,在文学上却显得奇幻瑰丽。如众所熟知的燕姞梦兰而生郑穆公的记载(宣公三年),就是一段非常优美动人的文字。春秋中期,郑穆公算得上是郑国的一位贤君,作者常褒其贤。郑穆公梦兰而生,象征其本性高洁。郑文公杀了那么多儿子,公子兰(即郑穆公)却得以嗣位而治,是所谓有天助也。燕姞梦兰,天使赠兰,正表现了作者这种意念。这个梦幻故事给人物涂上了一层灵光。此后作者又把不凡的兰草贯穿于郑穆公的一生,临终还"呼兰""刈兰"而卒。这一株神奇的兰草,成为郑穆公人格的象征。鲁国的叔孙竖牛,也托生于一个奇异的梦(昭公四年)。鲁叔孙豹梦天压己,得救于一个"黑而上偻,深目而豭喙"的人,遂有其子竖牛。就是这个竖牛,后来酿成大乱。这个噩梦中阴森恐怖的气氛,梦中人的狰狞面目,给人一种形象的恶感,又暗示人物的性格基调与行为趋向。作者借这种超自然超现实的梦境,将自己心中的某些意念形象化。梦境也常被作者用来展现人物心境,作为暗示情节发展的一种方式。城濮之战中晋文公梦与楚子搏,反映了文公优柔寡断的心理状态。子犯占为吉梦,则暗示了城濮之战的结局。梦境的暗示与预言,起到直接叙述所达不到的妙用,在结构上又显得通体浑圆,天衣无缝。

夸饰描写中的一些神异故事情节,意在突出人物非凡的命运和出众的才干。宣公四年写楚令尹子文的诞生,颇具神话色彩。楚斗伯比"淫于邧子之女,生子文焉。邧夫人使弃诸梦中。虎乳之。邧子田,见之,惧而归。夫人以告,遂使收之","故命之曰斗谷於菟"。子文之生,颇似《大雅·生民》中后稷的非凡灵异。子文乃楚国有名的贤臣。毁家纾难,让令尹之位于子玉,是个不以个人得失为喜愠的人。子文降生的神异传说,无疑的加重了这位杰出人物的传奇色彩。

上述这些虚诞夸饰的描写,对于严肃的历史著作,本不属于入史的材料,作为艺术范畴的文学作品,却因其奇幻的传说,使人物形象更加生动,更加丰满。它极大地增强了《左传》的文学性,增强了作为文学作品给人的审美感受与愉悦,因此更富艺术魅力。诚如刘知几所评:《左传》"工侔造化,思涉鬼神,著述罕闻,古今卓绝"(《史通·杂说》)。虚实相生,笔比造化,《左传》客观上体现了历史真实与艺术真实的辩证统一。

《左传》作者是善于写人的。上述众多艺术手法的运用,是《左传》具有强烈的文学性并产生激动人心的艺术魅力的重要原因。从中国古代叙事性文学的发展历史来看,《左传》写人的成功,标志着我国叙事文学突破旧的传统,向着"人学"的领域迈进了一大步,为后代的史传文学创作提供了可贵的经验。后代的叙事文学,包括小说戏剧,塑造人物形象的众多的艺术手法,《左传》中都已出现。当我们对后代叙事文学艺术进行探研时,若要"寻根",便不能不追寻到《左传》身上来。

原载《中国文学研究》1991 年第 4 期

思涉鬼神 工侔造化

——《左传》梦境描写的艺术魅力

自古以来,梦就与文学结下了不解之缘。庄周的"蝴蝶梦",给人以瑰丽奇特的神秘感受,《红楼梦》中的梦境描写,算得上是梦幻文学的集大成之作。而《左传》中的梦境描写,应该是中国古代叙事文学中梦幻作品的滥觞。无论是数量之丰富,手法之多变,还是想象之奇特,都无愧于这样的评价。笔者曾对《左传》全书进行过粗略的统计,所写之梦有 27 个之多。作为一部严肃的历史著作,它似失之于荒诞,然而作为文学作品,它却使叙事增添奇幻瑰丽的色彩,因此具有更强的艺术魅力。

一、预言与应验,暗示情节发展的信息:梦的解释功能

《左传》好预言。《左传》预言的方式,一般有如下几种:或是借某些人物之口,预言事件的结局或人物的命运;或是以天象和妖异灾变及其占验作为事件发展的前兆。而通过梦境与梦象揭示情节发展或人物命运的结局,也是左氏常用的手法。考《左传》二十七梦,绝大部分都有预言的性质,读者可以发现,《左传》前文记梦,后文则必述其验。

《左传》中出现的第一个梦境是个白日梦。僖公十年秋,晋大夫狐突适

下国,在途中突然见到早已为骊姬害死的太子申生。"大子使登,仆,而告之曰:'夷吾无礼,余得请于帝矣,将以晋畀秦,秦将祀余。'"白日申生的鬼魂出现,实际上是狐突因思念冤死的申生而作的白日梦。《周礼》上所谓"寤梦"。只因其力气,所以秦穆公称之为"晋之妖梦"。梦中,申生告诉狐突,秦将打败夷吾(晋惠公)。并通过巫者预告狐突,晋将败于韩。梦中人对晋惠公的品行,秦晋两国之关系,五年后秦晋交战的结局作出了评价和预告。梦境直接应验的例子,如齐晋鞌之战(成公二年)时,晋韩厥梦父"谓己曰:'且辟左右'"。"故中御而从齐侯",不但幸免于难,还活抓了逢丑父。鄢陵之战(成公十六年)中,晋吕锜"梦射月,中之,退入于泥"。占之,谓"射月"必中楚王;"入于泥",亦属死象,预示吕锜必死。结局果然不差。此二例,前者通过梦象暗示事件的结果,后者则通过梦象的占释,预言人物命运的结局。

利用梦境及其占释来预言历史事件,最典型的要属昭公三十一年的赵简子之梦。是年"十二月辛亥,朔,日有食之。是夜也,赵简子梦童子裸而转以歌,且占诸史墨。……"古人因日蚀而心中惊动,夜间做梦,本不足为奇。赵简子梦见一小孩光着身子一边跳舞一边唱出婉转悦耳的歌。于是担心此为噩梦,怕有灾祸加身。史墨之占,并不分析梦象,只是用占星进行占梦,以星象的吉凶为梦象的吉凶之兆,谓此梦预示六年后的该月,吴军将进入楚国的郢都,但是又不能胜楚。果然,事隔六年,柏举一战,吴人败楚入郢。按照精神分析法来看,简子的梦象似与日蚀惊悸无涉,而其显相或是隐意,又均与吴人入郢搭不上边。史墨"以日月星辰占梦",正如杜注曰:"史墨知梦非日食之应,故释日食之咎,而不释其梦。"史墨何以能预测六年后之时势?且准确无误?此梦或得之于传闻,但对历史事件构成的内在机制来说,只能是作者借赵简子之梦与史墨之占作为预言的一种手段。即如僖公二十八年晋文公梦与楚子搏,子犯以吉梦占之,既以此坚定晋文公的决心,又透露出晋国将胜的消息,为情节的发展设下伏笔。

古代占梦之风炽盛。"夫人在睡梦之中,谓是真实,亦复占候梦想,思度吉凶。"(《庄子·成玄英疏》)《左传》二十七梦,有十个梦有梦占。依据梦象和梦占来判断事理、决定行动举措,是古人的习惯。如昭公七年,楚灵王建成了章华台,希望与诸侯们一起举行落成典礼,并要挟鲁昭公参加。前此五年,楚入侵鲁国而有蜀地之盟,为此鲁昭公仍心有余悸,不敢贸然前行。临行前梦见先君(襄公)为他出行祭祀路神。子服惠伯解释说,先君祭路神是为君王开路,有先君保护,怎能不去呢?于是昭公从惠伯之言赴楚,事后安全返回。再如昭公七年,卫襄公卒而无嫡子继嗣,"孔成子梦康叔谓己曰:'立元,余使羁之孙圉与史苟相之。'史朝亦梦康叔谓己:'余将命而子苟与孔烝钼之曾孙圉相元。'"二人梦协。为掩人耳目,孔成子又占筮一番,于是黜庶长子孟絷而立其弟元为国君。这是根据梦示作出废立的决定。利用先君之灵和梦的迷信为争夺王权制造根据,在古代君王废立中常见。先祖先君显灵的重要途径,便是托梦。孔成子与史朝二梦相协,不知是否属于脑间遥感,然而不能不使人怀疑此乃黜絷立元而玩弄的把戏。作者之意,亦在言外,含而不露,任由读者品味。

作为解释功能的梦境描写,左氏大多采用直接预言式,如上举各例。也用暗示象征式。成公十七年:"声伯梦涉洹,或与己琼瑰食之,泣而为琼瑰盈其怀。"古人死后须口含珠玉。声伯梦食琼瑰(玉石所制之珠),梦中的意象与现实中人死时之象相似,是为死象,暗示其将死。所以他"惧不敢占"。不久果然应验。梦象暗示了人物的凶兆。梦象的出现,甚至可以作为事件情节的补充。宣公十五年辅氏之役,一老人结草以亢(遮拦其路)秦将杜回,帮助魏颗擒获杜回。夜里老人托梦魏颗,言以报答魏之当初不以其女殉葬之恩。这个带有因果报应色彩的梦,使整个事件更加完整。左氏记梦,或预言人物事件的结局,或暗示情节的发展趋向,或透露作者的理念,或补充情节的构成,巧妙地发挥了梦的解释功能为其记史服务。这些梦,有的情节未免简单,但多数有结局,事与梦合,一一应验,吉凶祸福,无不吻合。梦境的嵌入,预言设伏,草蛇灰线,使情节起伏跌宕,曲折变化,引人入胜。

二、人物性格和深层心理刻画:梦思的揭示

方以智说:"梦者,人智所现。"(《药地炮庄·大宗师》)梦是人的心智活动的一种表现。心智清醒时,各种思虑欲念都受主体意志的支配。因为在现实社会中,人总是要受到法律的、伦理的、道德的规范与约束,情感不可能自

由地毫无拘束地宣泄,否则就要受到礼法制裁与道德审判。但是,人仍有不受约束的内在天地,那就是人的心灵范畴与情感范畴。梦,就是突破一切社会秩序而进入无法无天的绝对自由的新天地,人在睡梦中,各种思虑欲念像脱缰之马,不受控制地活动起来。人在梦中所暴露的种种欲念和感情,是白天人们精神心理活动的反映。白昼由于蛰伏着,隐蔽着,未显现出来,主体的自我往往没有意识到它们存在,而梦中则真实地显现了。正因为如此,梦境常称为人们刻画人物性格和深层心理活动的重要手段。

城濮之战中(僖公二十八年)的晋文公之梦,对于刻画晋文公的性格有着重要的作用。晋楚城濮决战之前,双方对峙已久,形势有利于晋,然晋文公总是迟疑而不敢决一雌雄。临战之前做了一个梦:"梦与楚子搏,楚子伏己而盬其脑,是以惧。"晋文公本是一个颇有作为的君主,然而由于他的特殊经历,形成了患得患失、对个人恩怨耿耿于怀等性格特征。此时梦境的出现,符合人物性格的自身逻辑,梦中的情感欲念是对现实情感欲念的下意识流露,梦象的隐意就是晋文公忧虑于楚国恩怨、优柔寡断的深层心理体现。这种心理状态,对于晋国"取威定霸"的决战,无疑是十分有害的。子犯既了解晋文公平日的性格,又深谙此刻晋文公的心理,因此占为吉梦,并曲解为:"我得天,(晋侯仰卧向上,故云得天)楚伏其罪,吾且柔之矣。"以坚文公之意。此梦的描述尽管简略,然安排得恰到好处,揭示了人物深层心理意识;子犯的占梦,是晋国城濮决战的催化剂。在作品情节发展的环节上,又产生了跌宕起伏、峰回路转之妙趣。

《左传》里面有两个故事完整、情节生动的梦,这就是成公十年的"晋侯(景公)梦大厉"与哀公十七年的"卫侯梦浑良夫之鬼魂"。成公十年记载:晋侯梦大厉,被发及地,搏膺而踊,曰:"杀余孙,不义;余得请于帝矣!"坏大门及寝门而入。公惧,入于室;又坏户。公觉,召桑田巫。巫言如梦。公曰:"何如?"曰:"不食新矣!"接下来,作者还写了晋侯由疾病到死去一系列的梦。哀公十七年记载:卫侯(庄公)梦于北宫,见人登昆吾之观,被发北面而谮曰:"登此昆吾之墟,緜緜生之瓜。余为浑良夫,叫天无辜。"这两个梦性质相近,情节清晰,影像深刻,梦者所产生的心理感受亦非常强烈。弗洛伊德说过:"梦影像的感觉强度(鲜明度)和对应的梦思所蕴含的精神强度有关。而精神强度即相当于精神价值:即最鲜明的便是最重要的——是梦思的中心所在。"(《梦的解析》)晋侯在成公八年冤杀其大夫赵同、赵括,事后自觉有亏;卫侯食言而杀浑良夫,亦心有余悸。这两个梦,梦思的中心所在,便是滥杀无辜者深层意识中的精神自罪感与虚弱恐惧感。这种潜在的意识强烈地噬啮着他们的心灵,只是白天寻常不容易表露出来,而当这种觉时有过的经历、心境在睡梦时经过神经系统的特殊作用后转化变形、错杂组合成一种恍如真实的精神与心灵历程——梦境,并形成了非常鲜明强烈的视觉形象。晋景公患病之后,还梦见厉鬼化为二竖子逃入膏肓为害,无法祛除,可见其恐惧之深。《左传》作者通过梦境的描写和梦思的揭示,把人物的心理潜识、内心世界真实地展现出来,又借以表达了那些被杀屈死者的愤慨与抗议,其妙用,实非直言叙述所能奏效。

与此相类的还有一例,情节更为奇妙。成公十六年,晋荀偃与栾书弑厉公。十八年后,即襄公十八年秋,"中行献子(荀偃)将伐齐,梦与厉公讼,弗胜。公以戈击之,首坠于前,跪而戴之,奉之以走,见梗阳之巫皋"。厉公杀三郤时曾逮捕过栾、荀二人,后虽释放,二人仍余恨未消,反执厉公且杀了他。荀偃为晋国重臣,事隔多年,但弑君的阴影总是笼罩着他,梦境就是这种潜意识的反映。"首坠于前",预示荀偃有死生之灾。更离奇的是巫皋之梦,竟与之相协,巫皋预言:"今兹主必死!"第二年,荀偃头长恶疮而亡。人物心理潜识与结局,通过梦象与巫皋的预言(等于占梦者)予以揭示。

梦中心理活动不受自我意识的控制,各种欲念、隐秘,不论美丑善恶,都会显其本来面目,所谓"梦吐真情"者也。哀公二十六年宋宗子得之美梦即是。"得梦启北首而寝于庐门之外,己为乌而集其上,咮加于南门,尾加于桐门(北门),曰:'余梦美,必立。'"庐门为宋都之南门,桐门则指北门。咮为乌嘴。《礼记·礼运》曰:"死者北首,生者南向。"启北首,死象;在门外,失国。得咮南尾北,"南向"必生。宋景公死后,宋国大尹密不发丧,拥戴得之弟启继位,引起六卿的不满。一直在觊觎君位的得,时时伺机夺位。梦是欲望的追求与满足,得之梦,象征启将失国,己将得国。得沾沾自喜称"余梦美",一语泄露了心中的秘密。从结构上来说,《左传》作者在叙述事件时,突然宕开一笔,插入梦境描写,然后再暗合到宋国的争嗣斗争中,行文富于变化,摇曳多姿,足见其运笔之巧。

三、突出人物性格、为人物形象添彩设色：
梦的象征意义

梦，是虚幻的，又是绚丽的。许多现实中不可思议、不可想象之事，在梦中却出人意料地变为现实，给人一种理想与现实距离缩短与愿望得到满足之后的难以抑制的激动。所以梦境常给人以自由。在文学创作中，作家利用梦境描写，也可以获得极大的创作自由。作家可以用梦境来预言设伏，透露人物命运，可以用梦境作为戏剧冲突，可以用梦境作为情节发展的转机，更可以用梦的象征意义来刻画性格。《左传》利用梦境描写，为人物形象设色，以梦境的象征意义突出其既定的善恶倾向，同时把作者的理念具象化，可视化。

《左传》宣公三年，作者以浓墨重彩描写了一个郑燕姞梦兰得子的故事，留下了"梦兰"这一著名的典故。宣公三年记载：

> 初，郑文公有贱妾曰燕姞。梦天使与己兰，曰："余为伯鯈。余，而祖也。以是为而子。以兰有国香，人服媚之如是。"既而文公见之，与之兰而御之。辞曰："妾不才。幸而有子。将不信。敢征兰乎。"公曰："诺。"生穆公，名之曰"兰"。

春秋中期，郑穆公算得上是郑国的一位贤君，作者常褒其贤。兰是纯洁的象征，郑穆公乃燕姞得神示有喜，梦兰而生，象征其本性之高洁，能得国人拥护。郑文公杀了那么多儿子，而公子兰却得以嗣位，是所谓有天助也。天使以兰赠燕姞，正反映了作者这种意念。这个得兰而生之梦，给郑穆公涂上了一层神奇美丽的灵光。此后，作者又把不凡的兰草贯穿于郑穆公的一生。直到他死："穆公有疾，曰：'兰死，吾其死乎！吾所以生也。'刈兰而卒。"一株不凡的兰草，成了郑穆公人格的化身。这是一个非常绚丽的梦，其超自然的离奇性与象征性带着浓重的神奇色彩，给后人留下了多少瑰奇的想象，又启发后世文人多少梦文学的灵感。

《左传》中的人物诞生之梦，有吉梦，也有噩梦。叔孙豹梦竖牛就是一个恐怖的噩梦。昭公四年记载：鲁叔孙豹"梦天压己，弗胜，顾而见人，黑而上偻,深目而豭喙,号之曰:'牛!助余!'乃胜之"。其后,叔孙豹立为卿,召庚宗妇人,发现所梦之人,即当年与庚宗妇人之私生子竖牛。就是这个竖牛,长而治叔孙家政,兴风作浪,大乱叔孙氏,甚至活活饿死其父叔孙豹,自己最后也身首异处。叔孙豹之梦,与《尚书·说命上》及《国语·楚语上》所记的殷高宗梦见傅说的情节颇为相似,只是性质迥别。后者得良臣,前者获逆子。作者渲染梦境中阴森可怕的气氛与梦中人物的狰狞面目,使读者对人物形象产生一种恶感,人物脸谱外貌的恶形描绘,透露出人物的性格本质与行为趋向。

上述两则梦境,与上古时期的感生神话显然不同。感生神话带有先民对祖先的图腾崇拜色彩。这两则梦境故事,在于利用梦境象征人物的善恶,梦境描写的感情倾斜、梦境的审美倾向与人物的善恶属性相吻合。所以,梦境的象征意义是显而易见的。作者只是借梦境来更深刻、更具体、更形象地预报或勾勒人物形象特征,并以超自然、超现实的梦境,把自己心中的意念形象化,并在这种神奇的梦境故事中贯注自己明显的感情倾向。

四、历史真实与艺术真实:梦境描写的艺术辩证法

《左传》中的梦境描写,首先是梦境真实,故事清晰,梦像鲜明。本来,记梦历来是古代史官的职责之一。《左传》除记人事之外,"天道、鬼神、灾祥、卜筮、梦之备于书策"(汪中:《述学·内篇》)。左氏把梦境当作历史事件的不可分割的组成部分,加以严肃的记载,其中虽不免有以神道设教的目的和因果报应的宿命论观点,更重要的是用梦境来预示情节的发展,刻画人物形象,象征善恶美丑。在作者笔下,这些梦中故事宛如生活实景,无一不是真实可信,既没有飘渺朦胧的模糊感,也没有零碎窜乱的跳跃性。梦中所表现的思想也是非常清晰的。这些梦的梦像鲜明而且强烈,梦者大都清楚地记住梦中情景,甚至梦中人之面目特征,也历历如在目前。梦境的隐意与所叙事件一一对应,所记之梦,几乎全部应验。所记梦占,其作用几乎都在揭示梦的隐意。有的梦占其验神奇无比。

其次是瑰丽多彩,意境翻新。如此众多的梦境,故事神妙奇特,绝少雷同。以类而分,有天帝的示梦,有祖先的托梦,有厉鬼的惊梦;有的梦已不只是单一的梦象,而且有简单的情节,气氛的渲染,有肖像的勾勒,有心理的刻画。有的犹如一则美丽的寓言故事。梦境描写中蕴含着作者的感情倾向,梦中的劝惩倾向与作者的善恶观念一致。

其三是手法多样,变幻莫测。有吉梦,有凶梦,有妖梦;有夜间梦,有白日梦;有单梦,有协梦。梦像中有神灵,有厉鬼,有祖先之灵,有日、月、河流、城门、虫鸟等等。托梦者犹天帝、天使、河神、祖妣、鬼魂等。总之,《左传》中的梦境,缤纷多彩,翻新出奇,形成其独具特色的梦文学。

对于《左传》,前人或批评"其失也巫"(《榖梁传序》),或认为"左氏浮夸"(韩愈:《进学解》),或指责它"好语神怪,易致失实"(韩菼:《左传纪事本末序》)。这些批评,主要是针对其中的梦境描写以及其他的一些妖异神怪等"虚饰"的情节来说的。历史著作属于科学的范畴,左氏以虚饰情节入史,似失之于荒诞不稽,然而作为文学作品,却因其奇幻瑰丽的虚构想象而更富艺术魅力。梦是假,是幻,但其中又隐含着真,体现着真。梦境是虚的,可是虚中有实。因此,尽管是严肃的历史著作,当它所描写的梦境成为历史事件中的一个有机组成,成为揭示历史人物的性格、命运、揭橥历史事件的发展趋势的不可或缺的催化剂、显示剂的时候,它并不损害历史著作的科学性。再者,梦的假、幻、虚,即是艺术的想象、虚构,作为史传文学作品,梦境描写的成功,无疑地提高了《左传》作为文学巨著的艺术品位。就像我们经常发现的那样,一部小说出来,那些最动人的地方往往不是写实的部分,而是想象虚构的章节,其中即包括梦境的描写。《左传》的梦境描写,体现了历史真实与艺术真实的辩证统一。作者借助梦境的虚、幻、假来充实情节发展的内在机制,丰富人物性格,完美地凸现历史人物性格的真实性。虚实相生,尽得其妙。刘知几评论《左传》,说它"工侔造化,思涉鬼神,著述罕闻,古今卓绝"(《史通·杂说》),是颇有见地的。

梦境描写,成为史传文学的一项重要表现手法。如《史记》、《汉书》及其他史书,多有梦境入史,以丰富其史料。虽然如此,并没有影响这些史著作为信史的地位。《左传》中的梦境、神怪描写,也是志怪小说的嚆矢。正如清人冯镇峦所说:"千古文字之妙,无过《左传》,最喜叙怪异事。予尝以之作小说看。"(《读聊斋杂说》,见江西人民出版社《中国历代小说论著选》)两汉魏晋的志怪小说,有许多奇梦、怪梦的记录,如《搜神记》中的不少故事。其实《搜神记》的作者干宝,本身就是史家,又好语鬼神怪异,被称为"鬼董狐",所记《晋记》乃是史籍,《搜神记》也是作为史籍来写的。历来史家为文,不免志怪,小说家志怪,可补史籍之缺。而始作俑者,其《左传》乎?

原载《求索》1992 年第 2 期;人大报刊复印资料
《中国古代、近代文学研究》1992 年第 6 期全文转载

《左传》行人辞令之修辞艺术研究

引　言

　　修辞艺术，并非后人才加以注意之事。自春秋时代始，人们便非常注意修辞艺术，尤其是在列国之间的交往当中，更是如此。孔子曰："辞达而已矣。"（《论语·卫灵公》）这只是对言辞表达的最基本要求。孔子又说："《志》有之：言以足志，文以足言；不言，谁知其志？言之无文，行而不远，晋为伯，郑入陈，非文辞不为功，慎辞哉。"（《左传·襄公二十五年》）这不但是对列国交际中文辞的推崇，而且是对辞令提出了更高的修辞艺术要求。孔子甚至将晋国之称霸、郑国伐陈之胜利，都归之于言辞之功效。所以，春秋时代诸侯列国交往当中，人们已经非常注意文辞艺术的讲究锤炼。《左传》一书之行人辞令描述最为出色，且再现了行人辞令中多姿多彩的修辞艺术。本文拟对《左传》行人辞令之修辞艺术进行全面之研究，总结其艺术特征，以就教于大方之家。

一、《左传》行人辞令之背景与功用

　　行人辞令，即外交辞令。春秋时期，"行人"又称"行李"、"行理"、"行旅"，就是来往于周王朝的诸侯列国之间的外交使节。春秋时期，诸侯国之间斗争非常尖锐，行人往来、使臣聘问，又加以盟会频繁，所以外交辞令显得非常重要。大国要"奉辞伐罪"，小国要对付大国的侵辱，使臣成为周旋于各国之间的重要人物，行人辞令常成为斗争的工具和攻伐的口实。所以，"大夫行人，尤重辞命"（《史通·言语》）。行人辞令不当而引发战争是常有之事，因行人辞令之妙而化干戈为玉帛的也不乏其例。辞令好不好，得体与否，不但关系个人的荣辱，而且关系到国家兴亡。孔子告诫说"慎辞哉"，的确是有感于多少历史经验而发自肺腑的忠告。

出色的外交辞令，在外交上可以产生巨大的作用。它可以消弭兵燹之灾，使敌国退师，令国家转危为安，它的作用是巨大的，这在《左传》中有许多例子，最为著名的要数僖公三十年的烛之武退秦师：

> 九月，甲午，晋侯、秦伯围郑，以其无礼于晋，且贰于楚也。晋军函陵，秦军氾南。佚之狐言于郑伯曰："国危矣！若使烛之武见秦君，师必退。"公从之。辞曰："臣之壮也，犹不如人；今老矣，无能为也已！"公曰："吾不能早用子，今急而求子，是寡人之过也。然郑亡，子亦有不利焉！"许之。
>
> 夜缒而出，见秦伯曰："秦、晋围郑，郑既知亡矣！若亡郑而有益于君，敢以烦执事。越国以鄙远，君知其难也；焉用亡郑以陪邻？邻之厚，君之薄也。若舍郑以为东道主，行李之往来，共其乏困，君亦无所害。且君尝为晋君赐矣；许君焦、瑕，朝济而夕设版焉，君之所知也！夫晋何厌之有？既东封郑，又欲肆其西封；若不阙秦，将焉取之？阙秦以利晋，唯君图之！"秦伯说，与郑人盟。使杞子、逢孙、扬孙戍之，乃还。

秦晋两国联合围郑，大兵压郑，兵临城下。在此危急关头，郑国的老臣烛之武挺身而出，以其三寸不烂之舌，终于说服秦穆公退兵，使郑国转危为安，免除了一场兵燹之灾。这就是有名的《烛之武退秦师》。烛之武的成功，在于充分运用了修辞艺术，采用了以退为进、折之以理、惧之以势、诱之以利等手法，使他的说辞产生了巨大的说服力，终于取得成功。类似的例子还有如僖公四年的"屈完如齐师"，僖公二十六年的"展喜犒师"，宣公三年的"王孙满对楚王问"。

春秋时期的列国大夫，大多善于应对之辞。如烛之武、屈完、展喜、赵衰、王孙满、阴饴甥、吕相、魏绛、子产等人，其中最为出色的，又要推子产。子产执政郑国,在与列国尤其是晋楚霸主交往的时候,表现出极高的才辩,显示出高超的修辞艺术。襄公二十二年,晋平公以郑国久不朝见为借口,"征朝于郑"。子产面对晋侯的责难,一方面表示郑不"忘职",要服事晋国,另一方面又指责晋"政令无常",使郑国"无日不惕";倘若晋国仍不恤郑国,郑国只好与晋为敌。一番义正词严的辩驳,使晋霸只好收敛了它的淫威。襄公二十五年,郑伐陈之后,子产献捷于晋。晋人三问,子产三答,可谓以其人之道,还治其人之身。再看襄公三十一年,"子产相郑伯以如晋"一节,更可以领略子产巧于运用辞令的风采:

> 公薨之月,子产相郑伯以如晋,晋侯以我丧故,未之见也。子产使尽坏其馆之垣而纳车马焉。士文伯让之,曰:"敝邑以政刑之不修,寇盗充斥,无若诸侯之属辱在寡君者何,是以令吏人完客所馆,高其閈闳,厚其墙垣,以无忧客使。今吾子坏之,虽从者能戒,其若异客何?以敝邑之为盟主,缮完葺墙,以待宾客。若皆毁之,其何以共命?寡君使匄请命。"对曰:"以敝邑褊小,介于大国,诛求无时,是以不敢宁居,悉索敝赋,以来会时事。逢执事之不闲,而未得见,又不获闻命,未知见时,不敢输币,亦不敢暴露。其输之,则君之府实也,非荐陈之,不敢输也。其暴露之,则恐燥湿之不时而朽蠹,以重敝邑之罪。侨闻文公之为盟主也,宫室卑庳,无观台榭,以崇大诸侯之馆。馆如公寝,库厩缮修,司空以时平易道路,圬人以时塓馆宫室。诸侯宾至,甸设庭燎,仆人巡宫,车马有所,宾从有代,巾车脂辖,隶人牧圉,各瞻其事,百官之属,各展其物。公不留宾,而亦无废事,忧乐同之,事则巡之;教其不知,而恤其不足。宾至如归,无宁灾患,不畏寇盗,而亦不患燥湿。今铜鞮之宫数里,而诸侯舍于隶人。门不容车,而不可逾越。盗贼公行,而夭厉不戒。宾见无时,命不可知。若又勿坏,是无所藏币以重罪也。敢请执事,将何以命之?虽君之有鲁丧,亦敝邑之忧也。若获荐币,修垣而行,君之惠也,敢惮勤劳!"
>
> 文伯复命,赵文子曰:"信!我实不德,而以隶人之垣以赢诸侯,是吾罪也。"使士文伯谢不敏焉。晋侯见郑伯,有加礼,厚其宴好而归之。乃筑诸侯之馆。叔向曰:"辞之不可以已也如是夫!子产有辞,诸侯赖之,

> 若之何其释辞也？诗曰：'辞之辑矣,民之协矣。辞之绎矣,民之莫矣。'其知之矣。"

在这一篇说辞中,晋国霸主的蛮横无理,郑国义正礼周,是子产立论的基础。子产善于运用修辞技巧,为他的取胜增添了力量。子产辞令的重要特点是善于用对比手法,针锋相对,使对方无可辩驳。同时,子产之言辞义正而不阿,词强而不激,外柔内刚,寓严于婉转之中,表现出娴熟的修辞艺术技巧。子产自己是非常重视修辞艺术的。襄公三十一年记载:"子产之从政也,择能而使之。冯简子能断大事,子大叔美秀而文,公孙挥能知四国之为,而辨于其大夫之族姓、班位、贵贱、能否,而又善为辞令,裨谌能谋,谋于野则获,谋于邑则否。郑国将有诸侯之事,子产乃问四国之为于子羽,且使多为辞令。与裨谌乘以适野,使谋可否。而告冯简子,使断之。事成,乃授子大叔使行之,以应对宾客。是以鲜有败事。"在郑国的这几位大臣之中,大多是善于辞令的(子产、子太叔、公孙挥),而且在这一番的政令运作过程中,修饰辞令是非常重要的环节。"动作有文,言语有章"(襄公三十一年语),盖为当时所遵循的准则。可见辞令在君国大事外交往来中的重要性。难怪叔向要说:"辞之不可以已也如是夫! 子产有辞,诸侯赖之,若之何其释辞也?"

二、《左传》行人辞令之修辞艺术特征

刘知几《史通·申左》曰:"寻左氏载诸大夫辞令,行人应答,其文典而美,其语博而奥。述远古,则委曲如存;征近代,则循环可覆。必料其功用厚薄,指意深浅,谅非经营草创,出自一时,琢磨润色、独成一手。"《左传》行人辞令之美,实得力于修辞艺术的苦心经营。征之原文,其修辞艺术可归纳为如下。

(一)委婉含蓄

《左传》行人辞令之修辞艺术最为常见的特征,是委婉含蓄,温润曲折。《史通·言语》谓之"语微婉而多切,言流靡而不淫"。此类例子甚多,俯拾即是:

> 郑穆公使视客馆,则束载、厉兵、秣马矣。使皇武子辞焉,曰:"吾子淹久于敝邑,唯是脯资饩牵竭矣,为吾子之将行也,郑之有原圃,犹秦之有具囿也,吾子取其麋鹿,以闲敝邑,若何?"(僖公三十三年)

崤之战前,秦人欲偷袭郑国,郑人已发觉,派皇武子辞杞子、逢孙三人。话极委婉,然已暗示郑国已窥破秦人的阴谋。杞子三人于是出逃郑国。再如:

> 韩厥执絷马前,再拜稽首,奉觞加璧以进,曰:"寡君使群臣为鲁、卫请,曰:'无令舆师陷入君地。'下臣不幸,属当戎行,无所逃隐。且惧奔辟,而忝两君。臣辱戎士,敢告不敏,摄官承乏。"(成公二年)

这是齐晋鞌之战中,晋韩厥追上齐顷公就要活捉齐顷公的一段话,"无令舆师"句,实指早日同齐军决战;"无所逃隐",指无法回避擒拿齐君;"忝两君"、"摄官承乏"等,亦皆委婉之外交辞令。再如:

> 王曰:"子归,何以报我?"对曰:"臣不任受怨,君亦不任受德,无怨无德,不知所报。"王曰:"虽然,必告不谷。"对曰:"以君之灵,累臣得归骨于晋,寡君之以为戮,死且不朽。若从君之惠而免之,以赐君之外臣首;首其请于寡君而以戮于宗,亦死且不朽。若不获命,而使嗣宗职,次及于事,而帅偏师以修封疆,虽遇执事,其弗敢违。其竭力致死,无有二心,以尽臣礼,所以报也。"王曰:"晋未可与争。"重为之礼而归之。(成公三年)

除上举三例之外,还有如弦高犒师(僖公三十三年)、展喜犒齐师(僖公二十六年)、齐侯使晏婴请继室(昭公三年)、屈完如齐师(僖公四年)、知罃答楚成王问(成公三年)等,皆含蓄蕴藉、曲折达意、委婉多姿。

(二)借言达意

借言达意,实可归为委婉之一种,然在手法上似乎更为巧妙。如:

> 晋阴饴甥会秦伯,盟于王城。秦伯曰:"晋国和乎?"对曰:"不和。小人耻失其君而悼丧其亲,不惮征缮以立圉也。 ……君子爱其君而知其罪,不惮征缮以待秦命。 ……"秦伯曰:"国谓君何?"对曰 :"小人

慽,谓之不免;君子恕,以为必归。……"（僖公十五年）

韩之战,晋国兵败,惠公被俘。阴饴甥作为晋之使者入秦会盟,在回答秦穆公之问时虚构了君子与小人的争论,含蓄曲折地表达了秦释晋侯,晋必报德;不释晋侯,晋必报仇之意。借人之言以达己意。

（三）文缓旨远

文缓旨远,含意深刻,主要还不在于修辞的技巧,而在于说理的深刻隽永,意在言外。如:

> 楚子观兵于周疆,定王使王孙满劳楚子。楚子问鼎之大小、轻重焉。对曰:"在德不在鼎。若夏之方有德也,远方图物,贡金九牧,铸鼎象物,百物而为之备,使民知神奸。……桀有昏德,鼎迁于商,载祀六百。商纣暴虐,鼎迁于周。……成王定鼎于郏鄏,卜世三十,卜年七百,天所命也。周德虽衰,天命未改。鼎之轻重,未可问也。"（宣公三年）

楚庄王问鼎,暴露其觊觎王权的野心。"在德不在鼎"一句,是王孙满辞令的核心,并由此生发开去,援古论今,历数夏方有德,国泰民安,鼎祚久存。桀纣昏德,鼎迁商周。由此说明有德必得鼎,有鼎则有国的道理。王孙满的辞令,从容徐迁,寓意深刻。

（四）针锋相对

行人应对,亦不唯一味的委婉含蓄。针锋相对,毫不相让,也是取胜之法。如:

> 楚子使屈完如师。
>
> 齐侯陈诸侯之师,与屈完乘而观之。齐侯曰:"岂不谷是为? 先君之好是继。与不谷同好,如何?"对曰:"君惠徼福于敝邑之社稷,辱收寡君,寡君之愿也。"齐侯曰:"以此众战,谁能御之? 以此攻城,何城不克?"对曰:"君若以德绥诸侯,谁敢不服? 君若以力,楚国方城以为城,汉水以为池,虽众,无所用之。"（僖公四年）

齐侯之言,乃以武力相威胁,有咄咄逼人之势。屈完之答,针锋相对,毫无退让之意,终使齐侯结盟。再如:

> 郑子产献捷于晋。 ……晋人曰:"何故侵小?"对曰:"先王之命,唯罪所在,各致其辞。且昔天子之地一圻,列国一同,自是以衰。今大国多数圻矣,若无侵小,何以至焉?"晋人曰:"何故戎服?"对曰:"我先君武、庄为平、桓卿士。城濮之役,文公布命,曰:'各复旧职。'命我文公戎服辅王,以授楚捷——不敢废王命故也。"(襄公二十五年)

"若无侵小,大国何以数圻"和"不敢废王命",是子产针对晋人两次责难的反驳,话似委婉,实则针锋相对,柔中有刚。

(五)折之以理,服之以巧

孔子曰:"情欲信,辞欲巧。"(《礼记·表记》)从修辞上说,即是折之以理,服之以巧。前举《烛之武退秦师》便是典型之例。烛之武说秦伯,晓之以利害,理出两端。先从亡郑说起:亡郑无益于秦。原因有三:一是"越国以鄙远",难以实现;二是"亡郑陪(倍)邻",得利者乃为晋国;三是"邻之厚,君之薄",结果于秦更不利。然后从不亡郑剖析,不亡郑,既无害于秦,秦反可坐享其利。两者比较,利害自见。这一番辞令,烛之武说理透彻,修辞上精心结构,层层深入,丝丝入扣,堪称典范。再如:

> 晋人征朝于郑。郑人使少正公孙侨(子产)对曰:"……楚人犹竞,而申礼于敝邑。敝邑欲从执事,而惧为大尤,曰:'晋其谓我不共有礼。'是以不敢携贰于楚。……"(襄公二十二年)

晋人责难郑国何以亲附楚国,子产杜撰了一句"晋其谓我不共有礼",意为楚对郑有礼,郑若弃楚,晋将指责郑国不敬有礼。子产此着,极巧妙地将责任反推到晋人身上,让晋人有口难言。再如:

> 吴子使其弟蹶由犒师,楚人执之,将以衅鼓,王使问焉,曰:"女卜来吉乎?"对曰:"吉。寡君闻君将治兵于敝邑,卜之以守龟,曰:'余亟使

人牺师,请行以观王怒之疾徐,而为之备,尚克知之！'龟兆告吉,曰:'克可知也。'君若欢焉,好逆使臣,滋敝邑休息,而忘其死,亡无日矣。今君奋焉,震电凭怒,虐执使臣,将以衅鼓,则吴知所备矣。……"(昭公五年)

蹶由之巧,在于利用杀与不杀做文章,"好逆使者",吴人则懈怠;杀了蹶由,吴人必高度戒备。蹶由可谓善辩,免除了自己的衅鼓之灾。

(六)棉里藏针

棉里藏针,柔中有刚,在郑子产的辞令中极为常见,如襄公二十二年晋人征朝于郑,责备郑国。面对晋人的无理责难,子产先是据理反驳,以理服人,用事实证明郑国"岂敢忘职"。临到最后,子产说:

> 大国若安定之,其朝夕在庭,何辱命焉？若不恤其患,而以为口实,其无乃不堪任命,而剪为仇雠。敝邑是惧,其敢忘君命？委诸执事,执事实重图之。(襄公二十二年)

子产由此表明郑国的态度:晋国如让郑国安定,则郑国将自动朝晋;若不体恤郑国,郑国只好以晋为敌了。何去何从,任晋国选择。子产强硬的态度,使晋人收敛其淫威。再如成公二年齐使宾媚人使晋,在极尽委曲求全中以"子又不许,请收合余烬,背城借一。敝邑之幸,亦云从也"斥责晋人之无理取闹,也是棉里藏针之辞令。又如前举成公三年楚人归知罃,知罃表示谢意之后说:

> 若不获命,而使嗣宗职,次及于事,而帅偏师,以修封疆,虽遇执事,其弗敢违,其竭力致死,无有二心,以尽臣礼,所以报也。(成公三年)

知罃的话里,透露着不屈和拼死的决心。读此辞令,不由人记起晋公子重耳流亡过楚时对楚成王的回答:

> 若以君之灵,得反晋国,晋、楚治兵,遇于中原,其辟君三舍。若不获命,其左执鞭弭,右属櫜鞬,以与君周旋。(僖公二十三年)

二者有异曲同工之妙。

（七）以屈求伸

以屈求伸，可以为后面的说词张本，亦可以为后面的陈词蓄势。如僖公三十年烛之武退秦师，烛之武见秦伯的第一句话即为：

> 秦、晋围郑，郑既知亡矣！若亡郑而有益于君，敢以烦执事。

烛之武见秦伯，意在说服秦伯退兵，然而第一句话却承认郑国将亡。这样说，一来表示谦恭，二来使秦伯放松了心理戒备，为后面的亡郑与不亡郑的利害关系蓄势。修辞构思实为巧妙。

（八）抑己扬人

抑己扬人，目的是为了讨好对方。此例可见昭公三年：

> 齐侯使晏婴请继室于晋，曰："寡君使婴曰：寡人愿事君，朝夕不倦，……君若不忘先君之好，惠顾齐国，辱收寡人，徼福于大公、丁公，照临敝邑，镇抚其社稷，则犹有先君之适，及遗姑姊妹若而人。……"

齐国将少姜许配晋平公，不意少姜不久死去。齐侯又自动提出再送齐女，而且把晋国答应再娶齐女，说成是"惠顾齐国，辱收寡人"，是"照临敝邑，镇抚其社稷"。因为此时晋国仍强于齐国，齐国为了讨好晋国，不惜极力贬低自己，抬高别人。话虽委婉，实为了讨好对方。

（九）正话反说，意在刺讥

僖公二十六年，齐人伐鲁，展喜犒齐师，展喜先虚构了"小人""君子"之意以表示不卑不亢之态度。齐侯再问："室如县（悬）罄，野无青草，何恃而不恐？"展喜对曰：

> 恃先王之命。昔周公、大公股肱周室，夹辅成王，成王劳之，而赐之盟曰："世世子孙无相害也！载在盟府，大师职之。"……及君即位，诸侯之望曰："其率桓之功！"我敝邑用不敢保聚，曰："岂其嗣世九年，而弃

命废职？其若先君何？君必不然。"特此以不恐。

齐人伐鲁，本已违背"先王之命"。"诸侯之望"云云，已用反语刺讥对方。"岂其嗣世九年，而弃命废职？其若先君何？"二句，一刺齐侯背弃祖命之速，二刺齐侯愧对先君。"君必不然"，更是正话反说。齐侯已违祖命，何谓"不然"？刺讥之意，显见于言外。

（十）对比反驳

对比以见优劣，增加反驳之力量，亦辞令之妙用。如襄公三十一年，子产相郑伯以如晋，晋人不纳，子产使尽坏其馆之垣而入。面对晋人之责让，子产以晋文公之行事与晋平公对比（见前第二部分所引子产之辞），令晋平公之无礼暴露无遗。昭公三十年郑游吉吊晋顷公之丧，面对晋人之责难，亦以晋、郑两国在执行"礼"方面的对比，揭示真正无礼者是晋而非郑。再如成公二年，宾媚人致赂晋人，为驳斥晋人之无理要求，巧用了对比之法：

> 四王之王也，树德而济同欲焉；五伯之霸也，勤而抚之，以役王命。今吾子求合诸侯，以逞无疆之欲。（成公二年）

四王、五伯是"济同欲"而抚诸侯，今晋侯为逞私欲而要齐"尽东其亩"，两相对照，晋"何以为盟主"呢？

（十一）夸张虚构

夸大其辞，甚至不惜虚构事实，此乃完全为修辞之需要。此例可见成公十三年之"吕相绝秦"。其中：

> 郑人怒君之疆埸，我文公帅诸侯及秦围郑。……寡我襄公，迭我崤地；……成王陨命，穆公是以不克逞志于我。……康公，我之自出，又欲阙翦我公室，倾覆我社稷，帅我蟊贼，以来荡摇我边疆。

这几条，并非史实所有，或与事实有很大出入，作者乃信口开河，夸大其辞，只求耸人听闻，强词夺理以取胜罢了。

（十二）巧用比喻

比喻之用，在行人辞令中极为常见。如：

> 楚子使与师言曰："君处北海，寡人处南海，唯是风马牛不相及也，不虞君之涉吾地也！"（僖公四年）

以"风马牛不相及"喻齐楚两国相距遥远，互不关涉。再如：

> 子产与范宣子书，曰："……象有齿以焚其身，贿也。"（襄公二十四年）

象齿贵重，却因此害了自身，以喻重币，将自焚其身。再如：

> 晏子曰："……不受邶殿，非恶富也，恐失富也。且夫富如布帛之有幅焉，为之制度，使无迁也。夫民生厚而用利，于是乎正德以幅之，使无黜嫚，谓之幅利。利过则为败。吾不敢贪多，所谓幅也。"（襄公二十八年）

此以谐音作比，"富"谐"幅"，指布帛的宽度、幅度，喻不可贪求财富。

最为生动精彩的巧用比喻，亦见于子产的辞令：

> （子产论尹何为邑）子产曰："……今吾子爱人则以政，犹未能操刀而使割也，其伤人实多。子之爱人，伤之而已，其谁敢求爱于子？子于郑国，栋也。栋折榱崩，侨将厌焉，敢不尽言？子有美锦，不使人学制焉。大官大邑，身之所庇也，而使学者制焉，其为美锦不亦多乎？……譬如田猎，射御贯，则能获禽。若未尝登车射御，则败绩厌覆是惧，何暇思获？"……子产曰："人心之不同如其面焉，吾岂敢谓子面如吾面乎？"（襄公三十一年）

此中"操刀使割"、"栋折榱崩"、"田猎射御"、"人心如面"，皆是比喻，可谓巧用比喻之妙品。比喻之用，使辞令形象生动，摇曳多姿。

（十三）排比对偶

排比对偶，在"吕相绝秦"篇使用最繁，且看：

> 文公即世,穆为不吊,蔑死我君,寡我襄公,迭我崤地,奸绝我好,伐我保城,殄灭我费滑,散离我兄弟,挠乱我同盟,倾覆我国家。……又欲阙剪我公室,倾覆我社稷,帅我蟊贼,以来荡摇我边疆……康犹不悛,入我河曲,伐我涑川,俘我王官,剪我羁马……入我河县,焚我箕郜,夷我农功,虔刘我边垂……(成公十三年)

这一连串的排比对偶,增加了辞令的气势,造成一种无可辩驳的力量,产生了理直气壮的效果。再如:

> 伯宗曰:"……川泽纳污,山薮藏疾,瑾瑜匿瑕,国君含垢,天之道也,君其待之。"(宣公十五年)

> 故君子在位可畏,施舍可爱,进退可度,周旋可则,容止可观,作事可法,德行可象,声气可乐,动作有文,言语有章,以临其下,谓之有威仪也。"(襄公三十一年)

前一例为伯宗劝阻晋侯救宋,"川泽"三句,喻国君也可忍受一时之辱,四句连用排比。后一例为北宫文子论楚公子围之威仪,何谓威仪,在于君子之德行,亦以排比句论之,有不容置疑之力量。

(十四)敷张扬厉

敷陈渲染,排比夸张,以造成夺人之声势,这是敷张扬厉。成公十三的"吕相绝秦"篇,是一篇完整的外交檄文,呈现出与《左传》其他行人辞令完全不同的修辞风格。成公十一年,秦、晋两国在令狐会盟。会盟之后不久,秦马上策动狄、楚攻晋。晋人一怒之下,派吕相使秦,与秦绝交。吕相历数秦国对晋的不义行径,又直斥秦桓公的背信弃义,最后说明晋国与秦绝交是忍无可忍,势在必然。这篇辞令一开始便致力渲染气氛,甚至虚构事实,夸大罪状,以制造对秦的怨恨,为了增强气势和无可辩驳的逻辑力量,又用了大量的排比句式,且遣词用字颇有变化,参差错落,波澜起伏,有很强的感染力。《左绣》谓之"盖一纸书贤于十万师",言虽夸张,亦说明辞令的力量不可忽视。

（十五）层递阶进

由浅入深，由低到高，由粗入细，由外入里，皆可谓层递阶进。行人辞令之修辞艺术中亦有不少例子。如：

> 石碏谏曰："臣闻爱子，教之以义方，弗纳于邪。骄、奢、淫、泆，所自邪也。四者之来，宠禄过也。将立州吁，乃定之矣，若犹未也，阶之为祸。夫宠而不骄，骄而能降，降而不憾，憾而能眕者鲜矣。"（隐公三年）

"宠而不骄"几句，意为受宠而不骄横，骄横而能屈服，屈服而不怨恨，怨恨而能克制，历来少见。这是从低到高的层递。

> 国家之败，由官邪也。官之失德，宠赂章也。郜鼎在庙，章孰甚焉？武王克商，迁九鼎于雒邑，义士犹或非之，而况将昭违乱之赂器于大庙，其若之何？（桓公二年）

此为臧哀伯谏纳郜鼎之言，宠赂→失德→官邪→国败，这是由重到轻的递降法，意在指出国败起于贪赂。"武王"三句，则为递升之法。

（十六）拟人为物

将人拟为物，或将物拟为人，可称比拟。行人辞令中亦不乏其例。如：

> 吕相绝秦：帅我蟊贼，以来荡摇我边疆。（成公十三年）

"蟊贼"本为吃禾苗的害虫，此指晋公子雍。此为拟人为物。又如：

> 申包胥如秦乞师，曰："吴为封豕长蛇，以荐食上国，虐始于楚。"（定公四年）

将吴国比拟为封豕长蛇，亦为拟人为物。以上两例都有比喻之意。

（十七）引经据典

行人辞令中引经据典之法最常见，或明引，或暗用，极其灵活。最常用的首先是引用《书》、《诗》。《左传》中随处可见,此不赘引。再如成公二年宾媚人使晋,三引《诗》句以驳晋人,增强其反驳的力量。不过在行人引《诗》之时,赋诗断章之法最为习见。常是借《诗》之章句,断章取义,以为我所用。所谓"赋诗断章,余取所求"是也。还有的是暗引经典,如:

> 上介芋尹盖对曰:"……且臣闻之,曰:'事死如事生,礼也。'"(哀公十五年)

"事死"句语出《礼记·祭义》和《中庸》,芋尹盖不言书名,是为暗用。再一种是引用王命或先王之制,如:

> 宾媚人对曰:"萧同叔子非他,寡君之母也。若以匹敌,则亦晋君之母也。吾子布大命于诸侯,而曰必质其母以为信,其若王命何? 且是以不孝令也。……"(成公二年)

这是暗引王命:以不孝令诸侯,违背"王命"。又如:

> 晋人曰:"何故侵小?" 对曰:"先王之命,唯罪所在,各致其辞。……"(襄公二十五年)

这是子产引"王命"驳晋人"何以侵小"之责。又如:

> 郑游吉吊,且送葬,对曰:"……先王之制:诸侯之丧,士吊,大夫送葬;唯嘉好、聘享、三军之事,于是乎使卿。……"(昭公三十年)

这是郑游吉以"先王之制"反驳晋国"吊丧无贰"的责难。引经典为训,持之有故,信而可征,严谨郑重,又使辞令典雅华美,常产生意外的效果。

(十八)引用谣谚

行人辞令中的引用谣谚,有两种情况。一是引古人之言,此类亦等同于引经据典;二是引用民间俗语谣谚。如:

> 伯宗曰:"……古人有言曰:'虽鞭之长,不及马腹。'天方授楚,未可

与争。虽晋之强,能违天乎? 谚曰:'高下在心。'……"(宣公十五年)

所引古人之言"鞭长不及马腹",盖古人俗语,亦可谓引经据典。且此句又有比喻意,比喻晋虽强,也不能与楚争锋。再如:

> 申叔时曰:"夏征舒弑其君,其罪大矣,讨而戮之,君之义也。抑人亦有言曰:'牵牛以蹊人之田,而夺之牛。'牵牛以蹊者,信有罪矣;而夺之牛,罚已重矣。诸侯之从也,曰讨有罪也。今县陈,贪其富也。……"(宣公十一年)

楚庄王伐陈县陈,申叔时不贺,引"蹊人之田而夺之牛"喻罚太重。"抑人亦有言"云云,乃引用俗语。再如:

> 晋侯复假道于虞以伐虢。宫之奇谏曰:"……谚所谓'辅车相依,唇亡齿寒'者,其虞、虢之谓也。"(僖公五年)
> 晋人使以币如郑,问驷乞之立故。……子产不待而对客曰:"……谚曰:'无过乱门。'民有兵乱,犹惮过之,而况敢知天之所乱?……"(昭公十九年)

"唇亡则齿寒"之谚,在先秦诸子著作及《战国策》中均可见,两句对仗工整,显然流传多时,锤炼已久。"无过乱门"在昭公二十二年及《国语·周语下》中亦出现过,亦为当时谚语。这些谚语,流传于民间而意味隽永,行人用为辞令,亦可见其智慧。

(十九)曲指代称

此亦委婉之修辞艺术。行人应对,不敢指斥君王,故曲指以代称,表示尊敬。如:

> (1)公使展喜犒师,……曰:"寡君闻君亲举玉趾,将辱于敝邑,使下臣犒执事。"(僖公二十二六年)
> (2)(魏绛论和诸戎)曰:"昔周辛甲之为大史也,命百官,官箴王阙,于《虞人之箴》曰:'……兽臣司原,敢告仆夫。'……"(襄公四年)

（3）晋韩宣子聘于周,王使请事。对曰:"晋士起将归时事于宰旅,无他事矣。"(襄公二十六年)

（4）郑伯使游吉如楚。子大叔曰:"……寡君是故使吉奉其皮币,以岁之不易,聘于下执事。"(襄公二十八年)

（1）例中之"执事",谓君王手下的办事者,此代称齐侯;（2）例中"仆夫",指代君王;（3）例中之"宰旅",本指冢宰之下士,指代周天子;（4）例中之"下执事",指代楚君。此几例,皆表谦敬的曲指,（4）例在"执事"中又加"下"字,可谓谦之又谦。这一类曲指,在委婉之中又显出几分儒雅。

（二十）巧用隐语

隐语即暗语,亦即谜语。《左传》行人辞令中的两则隐语均用得非常巧妙。且看:

> 楚子伐萧。……还无社与司马卯言,号申叔展。叔展曰:"有麦麹乎?"曰:"无。""有山鞠穷乎?"曰:"无。""河鱼腹疾奈何?"曰:"目于眢井而拯之。""若为茅绖,哭井则已。"(宣公十二年)

萧大夫还无社向楚大夫申叔展求救,按计划叔展问以"麦麹"、"山鞠穷",二者皆所以御湿,暗示还无社逃于泥中以躲避。然还无社不解其意,故答曰无。"河鱼腹疾"喻水湿而得风湿病,暗示还无社逃到低下处。还无社终于领悟,遂回答藏于枯井（眢井）之中,终于得救。再看:

> 吴申叔仪乞粮于公孙有山氏,曰:"佩玉繠兮,余无所系之。旨酒一盛兮,余与褐之父睨之。"对曰:"梁则无矣,粗则有之。若登首山以呼曰:'庚癸乎!'则诺。"(哀公十三年)

吴军中缺粮,乃向鲁人求救。不好明说,只得用暗语。"梁"指细粮,"粗"指粗粮,"庚癸"喻下等货,暗指粗粮。以上二例之隐语,谲譬以指事,虽辞浅会俗,亦凭添了不少情趣。

三、《左传》行人辞令修辞艺术之影响

综上所述,《左传》行人辞令之修辞艺术,实经过精心锤炼的结果。其中虽不免《左传》作者之润笔,然亦得之于行人辞令原有之本色。故纵观《左传》行人辞令之神品妙品,其修辞艺术之摇曳生姿、丰富多彩,说明时人之修辞技巧,已臻相当纯熟之境。

《左传》行人辞令,开启了战国时代之纵横之学,章学诚《文史通义·诗教上》云:"纵横之学,本于古者行人之官。观春秋之辞命,列国大夫,聘问诸侯,出使专对,盖欲文其言以达旨而已。至战国而抵掌揣摩,腾说以取富贵,其辞敷张而扬厉,变本而加恢奇焉,不可谓非行人辞令之极也。"章氏所言,极中肯綮。《左传》行人辞令之变化机巧,闳丽钜衍,如修辞艺术中之委婉蕴藉,折之以理,惧之以势,服之以巧,针锋相对,棉里藏针,乃至排比对偶,虚构夸张,铺张扬厉,至战国皆为纵横之士所袭用,且有更大的发展。如苏秦、张仪之游说之辞。苏秦游说六国合纵之辞,极尽夸张、渲染之能事,用了许多形象生动的比喻,夸说六国之强,并用一系列的排比句式,沉而快,雄而隽,气势充沛,形成江河直下之势,完全是一种铺张扬厉之风。张仪游说六国,则极力夸说秦国之强,并从六国破亡之后的惨状来威胁对方,侈陈利害,完全是危言耸听,惧之以势。苏、张辞令的风格,在《左传》行人辞令之"吕相绝秦"篇中已开其端。"吕相绝秦",排比夸张,踵事增华,变本加厉,甚至虚构事实,以求一逞,正是战国纵横之士铺张扬厉纵横辩难之风的先导。

《左转》行人辞令由于众多修辞手法的运用,形成了鲜明的艺术特征,具体形象,丰富的想象,富有说服力,又富于情韵,因此为后世之叙事文学所借鉴和继承。包括史家之叙事写人,小说家之塑造人物。限于篇幅,本文则不再赘述了。

原载台湾师范大学国文系主编《修辞论丛》, 1999 年 5 月

《左传》与两汉经学

一

　　《左传》之学从战国到西汉一直传承不绝。秦始皇焚诗书、坑儒士,但却无法禁绝《左传》的流传。据《汉书·儒林传》记载:

> 汉兴,北平侯张苍及梁太傅贾谊、京兆尹张敞、太中大夫刘公子皆修《春秋左氏传》。谊为《左氏传》训故,授赵人贯公,为河间献王博士,子长卿为荡阴令,授清河张禹长子。禹与萧望之同时为御史,数为望之言《左氏》,望之善之,上书数以称说。后望之为太子太傅,荐禹于宣帝,征禹待诏,未及问,会疾死。授尹更始,更始传子咸及翟方进、胡常。常授黎阳贾护季君,哀帝时待诏为郎,授苍梧陈钦子佚,以《左氏》授王莽,至将军。而刘歆从尹咸及翟方进授。由是言《左传》者本之贾护、刘歆。

　　这一段记载可以告诉我们,从汉初至西汉末《左传》之学的传承情况。汉初有张苍、贾谊、张敞、刘公子等人传习《左传》。在诸侯王中,则有河间献王刘德自立贯公为《左氏》学博士。汉宣帝时,张禹、萧望之为《左氏》名家;尹更始以下,传者更众。据《汉书》载,翟方进授田终术,胡常授贾护,贾护授陈钦,陈钦授贾严、王莽。成、哀之世,还有王龚、王舜、崔发之徒皆通《左传》。刘歆,则从尹咸与翟方进受《左氏》学。所以,从汉兴至西汉末,《左氏》之学一直不绝如缕。

这里,还应该提到的是司马迁。这位师从公羊大师董仲舒的伟大史学家,是《左传》的推崇者。司马迁作《史记》,《春秋》、《左传》、《国语》是他所引据的最重要的文献。《史记》中春秋两百多年的历史史实,主要采自《左传》、《国语》;《十二诸侯年表》,所据也主要是《左氏春秋》、《国语》和《春秋历谱牒》,司马迁在《十二诸侯年表》中首次认定左丘明、《左传》与孔子有直承的关系,《左传》为解经之作,是"鲁君子左丘明惧弟子人人异端,各安其意,失其真,故因孔子史记具论其语,成《左氏春秋》"。这一段话,成为后代主《左传》传经说者的最主要的依据。后来今文博士范升与古文学派争论,范升向光武帝"奏左氏之失凡十四事。时难者以太史公多引左氏,升又上太史公违戾五经、谬孔子言及《左氏春秋》不可录三十一事"(详见下文)。在今文经学博士眼里,司马迁即使不算离经叛道,也已是古文学派阵营中人。这些都说明,尽管西汉时期《左传》未立于学官,只在民间流传,但它所产生的影响与作用却不可低估。

但是,西汉两百多年,是以《春秋公羊》学为代表的今文经学统治的时代。汉武帝时,始置五经博士。《史记·儒林传》说:"言《诗》于鲁则申培公,于齐则辕固生,于燕则韩太傅。言《尚书》自济南伏生,言《礼》自鲁高堂生。言《易》自菑川田生。言《春秋》于齐鲁自胡毋生,于赵自董仲舒。"以后博士逐渐增加,《易经》四家,《尚书》三家,《诗经》三家,《仪礼》两家,《公羊春秋》两家,繁衍为十四家博士。然而没有《左氏》学。

汉王朝初建之时,意识形态领域仍然混乱异常。朝廷崇尚黄老之学,其"无为而治"的思想导致了吴楚七国之乱。因此,在七国之乱平定之后,全国政治统一稳定之时,汉朝统治者便认识到统一意识形态的重要性。他们极力提倡能够维护、巩固大一统汉帝国的各类学说,于是,以今文学派为代表的"经学"便应运而生。公元前140年,汉武帝即位。即位之后,汉武帝召集全国文学之士,亲自出题,亲自阅卷,选取了《公羊》学大师董仲舒、公孙弘,崇尚儒学,排斥非儒学的诸子百家,实行学术一统。

汉武帝崇尚儒学,实质是崇尚《春秋公羊学》。《春秋经》是孔子为正名分以诛乱臣贼子而作,最适合汉家改制的需要。王充《论衡》云:"董仲舒表《春秋》之义,稽合于律,无乖异者。然则《春秋》汉之经,孔子制作,垂遗于后。孔子曰:'文王既没,文不在兹乎?'文王之文,传在孔子。孔子为汉制文,传在汉也。"正如钱穆所说:"《春秋》是一种新王法,不啻是孔子早为汉廷安排了。"(钱穆:《两汉经学今古文平议·孔子与春秋》)汉武帝之所以选中《公羊春秋》,正出于他的政治需要。

董仲舒的《春秋公羊学》,正是迎合着汉代统治者的需要而产生的。董仲舒的《公羊学》要义有三:一是"天人感应论"。"天不变,道亦不变",公羊学家大力宣扬"天人合一"的学说,为皇权政治找到了神学和哲学的理论依据。二是"大一统"的主张。"人臣无将,将而诛",皇权大一统,臣下不得擅权,这就为封建专制制度提供了理论依据。三是"罢黜百家,独尊儒术"。凡不属于《六经》,不符孔孟儒学的异端学说,一律废绝不用,在意识形态领域完成了大一统的任务。由此,春秋公羊学作为官方哲学,统治着西汉时期整个意识形态领域。

但是,今文经学发展到西汉末年,日益流为章句之学,"分文析字,烦言碎词",寻章摘句,无限演绎,支离蔓衍,日益走向繁琐。再者,董仲舒用阴阳五行附会经义,大大增加了迷信的成分,再加上西汉谶纬之学的兴盛,遂使经学走向神学化。于是,保持朴学传统、注重训诂和史事、较少迷信成分的古文经学骤兴。这也是历史发展的必然。

二

从西汉到东汉,今古文经学有四次大争论:第一次是刘歆(古)和太常博士们(今)争立《毛诗》、《古文尚书》、《逸礼》、《左氏春秋》。第二次是韩歆、陈元(古)和范升(今)争立《费氏易》及《左氏春秋》。第三次是贾逵(古)和李育(今),第四次是郑玄(古)和何休(今)争论《公羊传》与《左氏传》的优劣。(参见《周予同经学史论著选集》第10页)由此可见,几乎每一次争论都是围绕着《左传》展开。

古文经学的开创人是刘歆。刘歆对于古文经学的贡献,又是从争立《左传》于学官开始的。据《汉书》本传记载:

> (成帝)河平中,受诏与父向领校秘书。……歆及向始皆治《易》,宣帝时,诏向受《穀梁春秋》,十余年,大明习。及歆校秘书,见古文《春

秋左氏传》,歆大好之。时丞相史尹咸以能治《左氏》,与歆共校经传。歆略从咸及丞相翟方进受,质问大义。初《左氏传》多古字古言,学者传训诂而已,及歆治《左氏》,引传文以解经,转相发明,由是章句义理备焉。歆亦湛靖有谋,父子俱好古,博见强志,过绝于人。歆以为左丘明好恶与圣人同,亲见夫子,而公羊、穀梁在七十子后,传闻之与亲见之,其详略不同。歆数以难问,向不能非间也,然犹自持其《穀梁》义。

这里的要点有二:一是刘歆"引传文以解经,转相发明,由是章句义理备焉"。在刘歆之前,《春秋》与《左传》各自别本单行,刘歆"引传文以解经",就是将《左传》与《春秋》联系起来,成为"解经"之作,《左传》亦厕身"经学"之列,由"传训诂"的训诂之学变成义理之学。二是左丘明"亲见夫子","好恶与圣人同",相比之下,《公》、《穀》只是"传闻"而得罢了。《左传》不但来自于孔子嫡传,而且在《公》、《穀》之前。因此,《左传》与《春秋》的关系最为密切,立于学官更是理所当然。所以,"及歆亲近,欲建立《左氏春秋》及《毛诗》、《逸礼》、《古文尚书》皆列于学官"。但这个建议遭到今文经学家的强烈反对,"哀帝令歆与《五经》博士讲论其义,诸博士或不肯置对"。《汉书》本传上说"诸儒皆怨恨",可以想见今文学家的态度和斗争之激烈。由是刘歆写了著名的《移书让太常博士》。据歆书,今文学家攻击刘歆的要害是"左氏不传春秋";大司空师丹"奏歆改乱旧章,非毁行帝所立";左将军公孙禄斥其是"颠倒五经,变乱家法",等等。今文学家的激烈攻击,以至刘歆"惧诛,求出补吏,为河内太守",以暂时的退却而告一段落。直到汉平帝时,王莽总揽朝政,欲夺西汉政权,政治上笼络各派势力,经学上也容忍古文经学的兴起,加之他自己学过左氏学,又与刘歆少时"俱为黄门郎",得老朋友政治势力之助,《左传》遂立于学官。"平帝时,又立《左氏春秋》、《毛诗》、逸《礼》、古文《尚书》,所以罔罗遗失、兼而存之,是在其中矣。"(《汉书·儒林传赞》)古文经学终于挤进了官学的殿堂。

东汉光武帝即位,取消古文博士,提倡今文经学,《左传》又成为私学。不过士林中盛行古文,且成绩超过官学,争论再次掀起,已是不可避免。

东汉光武帝建武年间,"尚书令韩歆上疏,欲为《费氏易》、《左氏春秋》立博士"(《汉书·范升传》),建武四年（28）正月,光武帝亲自于云台召见公卿、大夫、博士,组织了一次辩论会,在今文经学家范升与古文经学家韩歆、许淑等人之间展开。后范升又与古文经学家陈元论争。范升还"奏《左氏》之失凡十四事",以为不可立之理由。如此反复论争,"凡十余上",才使得"帝卒立《左氏》学",并以李封为博士。虽如此,争论并没有结束,"诸儒以《左氏》之立,论义喧哗,自公卿以下,数廷争之"(《陈元传》)。今文经学家看来是不肯轻易罢休了。

这次辩论,双方的论争针锋相对。据《后汉书》记载,范升的理由是:

> 《左氏》不祖孔子,而出于丘明,师徒相传,又无其人,且非先帝所存,无因得立。
>
> 陛下愍学微缺,劳心经艺,情存博闻,故异端竞进。近有司请置《京氏易》博士,群下执事,莫能据正。《京氏》既立,《费氏》怨望,《左氏春秋》复以比类,亦希置立。《京》、《费》已行,复次《高氏》;《春秋》之家,又有《驺》、《夹》。如令《左氏》、《费氏》得置博士,《高氏》、《驺》、《夹》,五经奇异。并复求立,各有所执,乖戾分争。从之则失道,不从则失人,将恐陛下必有厌倦之听。……今《费》、《左》二学,无有本师,而多反异,先帝前世,有疑于此,故《京氏》虽立,辄复见废。……今陛下草创天下,纪纲未定,虽设学官,无有弟子,《诗》《书》不讲,礼乐不修,奏立《左》《费》,非政急务。……(《后汉书·范升传》)

陈元则认为:

> 陛下拨乱反正,文武并用,深愍经艺谬杂,真伪错乱,每临朝日,辄延群臣讲论圣道。知丘明至贤,亲受孔子,而《公羊》、《穀梁》传闻于后世,故诏立《左氏》,博询可否,示不专已,尽之群下也。今论者沉溺所习,玩守旧闻,固执虚言传授之辞,从非亲见实事之道。《左氏》孤学少与,遂为异家之所覆冒。……案升等所言,前后相违,皆断截小文,蝶黩微辞,以年数小差,掇为巨谬,遗脱纤微,指为大尤,抉瑕擿衅,掩其弘美,所谓"小辩破言,小言破道"者也。升等又曰:"先帝不以《左氏》为经,故不置博士,后主所宜因袭。"臣愚以为,若先帝所行而后主必行者,

则盘庚不当迁于殷,周公不当营洛邑,陛下不当都山东也。

......(《后汉书·陈元传》)

这里,双方论争的焦点,仍在于《左传》是否传《春秋》,左丘明是否得之于孔子真传。既然在汉武帝时代,独尊儒术已经成了最高统治者所钦定的意识形态的唯一准则,它也就成为一种统治工具和政治准则,这是经师们所无法也不敢否定和推翻的,那么,两派经师唯一的办法就是往孔圣人和儒家正统方面攀联来抬高自己,以求得到朝廷的确认。所以,问题的症结又回到当年刘歆争立《左氏》时的焦点,又回到《左传》本身,也就不奇怪了。

光武帝立李封为博士,后李封病死,"《左氏》复废"。但经过这一次的论争,"相信古文学的人渐渐增多,连操有权威的帝王也渐渐倾向于古文"(周予同:《经今古文学》),出现了许多著名的古文学大师,如郑兴郑众父子、贾徽贾逵父子、陈钦陈元父子、韩歆、孔奋、许淑、李封等人,其中不少人是《左氏》学大家。

东汉章帝时期,今古文经学又围绕着《左传》进行了一次较量。以"扶微学,广异义"自标榜的章帝刘炟,本身就倾向于经古文学。所以建初元年(76),诏贾逵入讲《左氏传》于北宫白虎观、南宫云台。贾逵,字景伯,扶风平陵人,是贾谊后裔,其父贾徽,"从刘歆受《左氏春秋》,兼习《国语》、《周官》,又受《古文尚书》于涂恽,学《毛诗》于谢曼卿,作《左氏条例》二十一篇"(《后汉书》本传),可以说是以古文经学起家的。贾逵"悉传父业,弱冠能诵《左氏传》及《五经》本文,以《大夏侯尚书》教授,虽为古文,兼通五家《穀梁》之说","尤明《左氏传》、《国语》,为之《解诂》五十一篇"(同上本传)。贾逵曾为章帝讲论《左氏传》之大义长于《公》、《穀》二传,又具条奏向章帝细论《左氏》之深于君臣之正义、父子之纪纲,又论述《左氏》之合于图谶,独能明示刘氏为尧后,当得天下。这篇条奏深得章帝赏识,贾逵因此受到章帝的嘉奖。

建初四年(79),章帝效法西汉宣帝石渠故事,大会群儒于白虎观,详论五经,考其异同,连月乃罢。今文家李育对《左氏》进行了激烈的攻击。据《后汉书·儒林传》载:李育"少习《公羊春秋》","尝读《左氏传》,虽乐文采,然谓不得圣人深意,以为前世陈元、范升之徒更相非折,而多引图谶,不据理体,于是作《难左氏义》四十一事"。在白虎观的辩难中,李育"以《公羊》义难贾逵,往返皆有理证,最为通儒"。白虎观的辩论,已显示出古文学的力量,加速了今文学的衰颓。因此汉章帝特地诏令诸儒各选高才生,公开传授《左氏》、《穀梁春秋》、《古文尚书》、《毛诗》,"由是四经遂行于世"。

贾逵为争立《左氏》学,一方面迎合统治者的政治需要,以《左传》中最为统治者喜欢的内容条陈具奏,甚至不惜以谶纬迷信附和《左传》,取得了章帝的首肯。另一方面,他已注意到融合今文学派的内容。贾逵年轻时"兼通五家《穀梁》之说",无疑的受到今文学派的影响。据《后汉书》本传记载:"逵数为帝言《古文尚书》与经传、《尔雅》诂训相应,诏令撰欧阳、大小夏侯《尚书》古文异同。并作《周官解故》。""复令撰齐、鲁、韩《诗》与《毛氏》异同。"欧阳、大小夏侯《尚书》与齐、鲁、韩三家诗都属今文经学,贾逵撰其异同,客观上就把《尚书》与《诗经》今古文融合(或说沟通)起来。贾逵还认为《左传》"同《公羊》者什有七八,或文简小异,无害大体",既如此,《左传》与《公羊》也就可以融了。所以,在东汉贾逵的手里,已出现了今古文两派融通的现象。

《左氏传》虽未再立学官,但是古文学在东汉许慎、马融的手里,已达到完全成熟的境地,古文学之势大张,不断有人力奏朝廷应增立《左氏》。如少与郑玄俱事马融的卢植就曾上书奏曰:"古文科斗,近于为实,而厌抑流俗,降在小学。中兴以来,通儒达士班固、贾逵、郑兴父子,并敦悦之。今《毛诗》、《左氏》、《周礼》各有传记,其与《春秋》共相表里,宜置博士,为立学官,以助后来,以广圣意。"但是今文经学并没有完全崩溃,还有东汉末年何休的《春秋公羊解诂》和他的对《左氏传》的攻击。

据《后汉书·儒林传》:何休"善历算,与其师博士羊弼,追述李育意以难二传,作《公羊墨守》、《左氏膏肓》、《穀梁废疾》"。何休攻击古文学,既名为《左氏膏肓》,可想见对《左氏》学的深恶痛绝、痛心疾首。可惜其书已大部散亡,无法窥见其详细内容。不过从《儒林传》所记来看,何休所用武器不见得有什么新意,只不过捡起了李育"不得圣人深意"、"多引图谶,不据理体"两根棍棒而已,不过,何休在斗争策略上还是懂得以子之矛、攻子之盾的。他花了十七年工夫,"覃思不阒门"而作成的《春秋公羊解诂》,即效仿古文经学的注解法来为《公羊传》解诂。其解诂简明扼要,完全不同于今文家博士那种繁琐的章句,所以影响却不可低估。由此也可以看出古文经学"通训诂"、"举大义"的治经方法,已无形中渗透到今文学中。

何休对《左氏》、《穀梁》的攻击,遭到服虔、郑玄的回击。服虔曾作《春秋左氏传解》,"又以《左传》驳何休之所驳汉事六十条"(《后汉书·儒林传》)。《隋书·经籍志》著录服虔有《春秋左氏膏肓释痾》与《春秋汉议驳》二书,恐怕就是针对何休而作的,只是其书不传,无法窥其全豹。

对何休进行回击的另一位大师就是郑玄。据《后汉书》本传载:

> 时任城何休好《公羊》学,遂著《公羊墨守》、《左氏膏肓》、《穀梁废疾》;玄乃发《墨守》,铖《膏肓》,起《废疾》。休见而叹曰:"康成入吾室,操吾矛,以伐我乎!"初,中兴之后,范升、陈元、李育、贾逵之徒争论古今学,后马融答北地太守刘瓌及玄答何休,义据通深,由是古学遂明。

据此,可以说古文学派取得了彻底的胜利,但如果说仅因郑玄"发《墨守》、铖《膏肓》、起《废疾》"便击败了何休的攻击,则看法未免简单。

郑玄是东汉末期的儒学大师,年轻时"师事京兆第五元先,始通《京氏易》、《公羊春秋》、《三统历》、《九章算术》。又从东郡张恭祖受《周官》、《礼记》、《左氏春秋》、《韩诗》、《古文尚书》。以山东无足问者,乃西入关,因涿郡卢植,事扶风马融"(《后汉书》本传),可见他年青时就学贯"今""古"。郑玄遍注群经,史称"凡玄所注《周易》、《尚书》、《毛诗》、《仪礼》、《礼记》、《论语》、《孝经》、《尚书大传》、《中候》、《乾象历》,又著《天文七政论》、《鲁礼禘祫义》、《六艺论》、《毛诗谱》、《驳许慎五经异议》、《答临孝存周礼难》,凡百余万言"(《后汉书》本传)。郑玄不但注经宏富,而且立足于古文学,兼采今文经说,打破了汉初以来经学家们严守的师法、家法的严格界限,兼容并蓄各派经说。《后汉书·郑玄传论》说:"自秦焚《六经》,圣文埃灭。汉兴,诸儒颇修艺文;及东京,学者亦各名家。而守文之徒,滞固所禀,异端纷纷,互相诡激,遂令经有数家,家有数说,章句多者或乃百余万言,学徒劳而少功,后生疑而莫正。"正是郑玄"括囊大典,网罗众家,删裁繁诬,刊改漏失",终于使今古文学派走向了综合,产生了"郑学",这才是今文学被推倒古文学得以大兴的根本原因。郑玄未为《春秋》、《左传》作注,但是郑笺《毛诗》,杂采三家《诗》说,由是《毛诗》行而三家废;郑注《尚书》而兼容古今,此后郑注《尚书》行而欧阳、大小夏侯《尚书》废;郑注三《礼》博采诸家,所以郑注《礼》行而大、小戴《礼》废,都可以说明综合之后古文学派产生的巨大影响了。

三

两汉时期的今、古文经学之争,既有学术之争,又有利禄之争,更是政治斗争,这已为许多论者所论及。随着汉代统治政权的建立、稳定、衰败,古文经学代替今文经学,这是历史发展的必然。两汉期间发生的最主要的四次今、古文之争,都是围绕着《左传》进行。从表面上看,是为着一争正统地位的斗争,实际上也包含着深刻的政治原因,同时又与《左传》本身的内容与价值有关。经学家认为《左传》传事不传义,《公》《穀》传义不传事,正是这种区别使得《左传》能战胜二传而得到兴盛。

《左传》本身的内容也有两个方面特别值得注意。一是《左传》不但释经,而且以其丰富的史料解释了《春秋》所记载的春秋两百多年的历史事实,而且寓政治主张于历史叙述之中,迎合统治阶级的需要,增强了自身的生命力。前已论及,司马迁就大量引用《左传》中的史事,刘向编《说苑》、《新序》,大量采用了《左传》中的历史故事,其目的即在于作统治阶级治政的参考,这已经显示了《左传》在政治上的作用。古文经学家要争立《左传》于学官,使其变成官学,其政治目的,是要以史为鉴,借春秋两百多年的历史经验作为统治者的"资治通鉴"。所以,汉代经师常征引《春秋》、《左传》中的内容来为现实政治作说解。如东汉初,古文家郑兴归于隗嚣。隗嚣与诸将议自立为王,郑兴乃以《春秋传》中"口不道忠信之言为嚚,耳不听五声之和为聋"劝之,使隗嚣打消了自立为王的念头。郑兴所言,就是《左传》僖公二十四年富辰谏周襄王之语。其后隗嚣又欲广设官职,郑兴又以"孔子曰:'唯器与名,不可以假人。'"相劝。这一句话也见于《左传》成公二年。嗣后,郑兴为光武帝太中大夫,曾引《左传》昭公十七年"日过分而未至"一段话上疏论三月日食。如此等等。本来,经师们以《春秋》经文来论证和解释政事时事,并作为统治者行事的准则,是常有的事。《左传》也可以用来资政并作为劝谏的准则,足见它在政治上的作用。更不用说《左传》

中宣扬反对天道迷信、重人事的进步思想对当时谶纬迷信的批判以及"弑君三十六、亡国五十二"的历史教训对统治阶级的借鉴意义了。

另一个方面,面对西汉时期的宗室诸王坐大以致谋乱、东汉时期的外戚宦官专权、内外交困,两汉统治者无不希望经学在维护封建礼教君权至上方面发挥重大的作用。而寄寓着深刻的君臣父子之义的《左传》,正可担此重任。《左传》强化了礼的思想,强调对礼教的尊崇,浸透了礼的精神。当年贾逵在条奏上就极敏锐地向章帝进言;《左氏》"皆君臣之正义,父子之纪纲","《左氏》义深于君父,《公羊》多任于权变,其相殊绝,因以甚远";"今《左氏》崇君父,卑臣子,强干弱枝,劝善戒恶,至明至切,至直至顺"。所以《左传》本身的价值,对于强化中央集权的作用是非常巨大的。东汉章帝自己"特好《古文尚书》、《左氏传》"(《贾逵传》),恐怕原因也就在此。郑玄遍注群经,尤重礼学,突出礼教。东汉末社会混乱,礼法崩溃,君不君,臣不臣,犯上作乱者比比皆是,郑玄认为"为政在人,政由礼也"(《礼记·中庸》郑注),"重礼所以为国本"(《仪礼·土冠礼》郑注),所以他致力于经学,目的即在于通过注经和著述,"序尊卑之制,崇敬让之节"(郑玄:《六艺论》),正"名分",维护礼法制度,维护封建统治。郑玄遍注《三礼》,又认为"《左氏》善于礼",因此始终强调推崇礼教的《左传》。他虽然没有为《左传》作注,但据《世说新语·文学》记载,郑玄欲注《春秋传》,因知服虔之注多与己意同,遂"以所注与君服虔"。说明郑玄是注过《春秋传》的。而服虔注《左氏》,多以"三礼"解说之,这恐怕与郑玄的崇重礼教有密切的关系。所以,《左传》自身的内容与价值,决定了《左传》必然成为古文经学的中军。两汉今古文经学的几次斗争,始终围绕着《左传》进行,也就不难理解了。

两汉经学经历过上述几次的激烈斗争,古文经学终于取代了今文经学。东汉章帝以后,《左氏》虽未再立于学官,然经过贾、马、服、郑几位大师的弘扬与推广,已占据了重要的地位,到曹魏之时,《左传》大行于世。西晋初年,杜预作《春秋左传集解》,《春秋》三传之中,《左传》的地位更是不可动摇的了。

原载《福建师范大学学报》1997 年第 1 期,台湾"中研院"《经学研究论丛》第五辑全文转载,台湾学生书局 1998 年版

重士贵士与重利轻义

——战国策士思想简论

春秋至战国,思想界特别是士人思想,随着形势的变化也发生了急剧的变化。在《左传》中,我们看到鲜明的民本思想、崇礼思想,这些都还是属于儒家思想范畴。但是,在《战国策》里,民本思想虽然存在却并非全书的主流,代之而起的是全新的、"独创的"、纵横策士的思想,它表现出鲜明的时代气息。

一、重士贵士的思想

刘向曾说:战国之时,"孟子、孙卿儒术之士弃捐于世,而游说权谋之徒,见贵于俗"(《战国策序录》)。这个时期,儒、道之士虽然仍有一些人能跻身于列国国君之侧,然其学说多未被采纳。面对那风云变幻、变化无穷的政治外交,他们的学说多显得软弱无力,即使如孟子、庄子、荀子这些大家,似也只能落落寡合地蜷缩一隅聚徒讲学而已,活跃在各国政治舞台上的,是身怀纵横之术的谋臣策士。《孟子·滕文公下》载:"景春曰:'公孙衍、张仪岂不成大丈夫哉! 一怒而诸侯惧,安居而天下熄。'""所在国重,所去国轻"(《战国策序录》),谋臣策士的作用如此,以至于他们的喜怒哀乐,用藏行止,直接牵涉到天下的安宁。《秦策一》记苏秦以合纵之策说赵,赵王用之,于是"不费斗粮,未烦一兵,未战一士,未绝一弦、未折一矢"。而秦人不敢出关东向,由是作者论道:"夫贤人在而天下服,一人用而天下从。"《齐策一》载邹忌向威王进纳谏之策后,"燕、赵、韩、魏闻之,皆朝于齐"。谋臣策士的智慧和谋略,竟然能转化为如此巨大的政治力量,甚至超过了军事力量的作用。所谓"得地千里,不若得一圣人"(《吕氏春秋·智能》),既然如此,士人焉能不被重视?

最能表现出《战国策》重士、贵士思想的,莫过于《齐策四》的《齐宣王见颜斶章》:

> 齐宣王见颜斶,曰:"斶前!"斶亦曰:"王前!"宣王不悦。左右曰:"王,人君也。斶,人臣也。王曰'斶前',亦曰'王前',可乎?"斶对曰:"夫斶前为慕势,王前为趋士。与使斶为慕势,不如使王为趋士。"王忿然作色曰:"王者贵乎?士贵乎?"对曰:"士贵耳,王者不贵。"王曰:"有说乎?"斶曰:"有。昔者,秦攻齐,令曰:'有敢去柳下季垄五十步而樵采者,死不赦!'令曰:'有能得齐王头者,封万户侯,赐金千镒。'由是观之,生王之头,曾不若死士之垄也。"宣王默然不悦。①

颜斶在这里公开亮出了:"士贵耳,王者不贵"的口号,对于传统的"王者贵而士人贱"的观念给予极大的冲击。颜斶亮出这个口号,不但是士人为了提高自身的身份与价值所进行的自我定位和自我标榜,同时也指出,士贵于君乃是历史的必然。因为下面颜斶即以历史的变迁来论证这个命题:

> 斶闻古大禹之时,诸侯万国。何则?德厚之道,得贵士之力也。故舜起农亩,出于野鄙,而为天子。及汤之时,诸侯三千。当今之世,南面称寡者,乃二十四。由此观之,非得失之策与?稍稍诛灭,灭亡无族之时,欲为监门、闾里,安可得而有乎哉?是故《易传》不云乎:"居上位,未得其实,以喜其为名者,必以骄奢为行。据慢骄奢,则凶从之。是故无其实而喜其名者削,无德而望其福者约,无功而受其禄者辱,祸必握。"故曰:"矜功不立,虚愿不至。"此皆幸乐其名,华而无其实德者也,是以

---

① 本文凡所引《战国策》原文,均为上海古籍出版社 1985 年版,下同。

尧有九佐,舜有七友,禹有五丞,汤有三辅,自古及今而能虚成名于天下者,无有。是以君王无羞亟问,不愧下学,是故成其道德而扬功名于后世者,尧、舜、禹、汤、周文王是也。故曰:"无形者,形之君也。无端者,事之本也。"夫上见其原,下通其流,至圣人明学,何不吉之有哉!老子曰:"虽贵,必以贱为本;虽高,必以下为基。是以侯王称孤、寡、不榖,是其贱之本与?"非夫孤寡者,人之困贱下位也,而侯王以自谓,岂非下人而尊贵士与?夫尧传舜、舜传禹,周成王任周公旦,而世世称曰明主,是以明乎士之贵也。(《齐策四》)

禹、汤之时,诸侯万国,其原因即在于"得贵士之力"。"当今之世南面称寡者","乃二十四",其原因实在于"失策"。"今失策,故诛灭而寡。得策。贵士也。"(鲍彪注)所以,"得士则兴,失士则败"。历史上尧、舜、禹、汤、文王都有一批得力之士辅佐,"故成其道德而扬功名于后世"。而君王称孤道寡,乃"以贱为本",所以,"士者贵,"历来如此。这里,最重要的是颜斶论证了历史的变迁、朝代的更替、国家的兴衰,在于政策、谋略的得失,而这些政策、谋略,又出自于辅佐君王的士,士的作用如此,当然士贵于君了。

再看同策《先生王斗造门而欲见齐宣王章》:

先生王斗造门而欲见齐宣王,宣王使谒者延入。王斗曰:"斗趋见王为好势,王趋见斗为好士,于王何如?"使者复还报,王曰:"先生徐之,寡人请从。"宣王因趋而迎之于门,与入。……

王斗的故事与颜斶颇为相似。他要齐宣王亲自来迎接,而不愿随谒者入内见王。齐宣王于是"趋而迎之于门",并认为这样就能显示自己的"好士"了。不料王斗却指出他好马、好狗、好酒、好色,唯独不好士。齐桓公能成霸业,超出于齐宣王者,独在好士。由是可见"好士"与否的重要性。因此,齐宣王认识到自己"有罪于国家","于是举士五人任官,齐国大治"。

贵士、重士的思想观念,不但在于策士阶层本身的存在与追求,也为一些思想敏锐的国君所接受。秦昭王见范雎的态度,足以说明这一点:

秦王屏左右,宫中虚无人,秦王跪而请曰:"先生何以幸教寡人?"

范雎曰:"唯唯"。有间,秦王复请,范雎:"唯唯。"若是者三,秦王跽曰:"先生不幸教寡人乎?"(《秦策三》)

秦昭王见范雎,又是"屏左右",又是"虚无人",一而再再而三地"跪而请",礼节隆重,态度恳切,完全丧失了君王至高无上的尊严和威风。若无贵士重士的思想在支配着他,焉能如此?

《战国策》中写诸侯国君重士而大规模求士的,大概要数燕昭王。《燕策一·燕昭王收破燕后即位章》:

> 燕昭王收破燕后即位,卑身厚币,以招贤者,欲将以报仇。故往见郭隗先生曰:"齐因孤国之乱,而袭破燕。孤极知燕小力少,不足以报。然得贤士与共国,以雪先王之耻,孤之愿也。敢问以国报仇者奈何?"
>
> 郭隗先生对曰:"帝者与师处,王者与友处,霸者与臣处,亡国与役处。诎指而事之,北面而受学,则百己者至。先趋而后息,先问而后嘿,则什己者至。人趋己趋,则若己者至。冯几据杖,眄视指使,则厮役之人至。若恣睢奋击,呴籍叱咄,则徒隶之人至矣。此古服道致士之法也。王诚博选国中之贤者,而朝其门下,天下闻王朝其贤臣,天下之士必趋于燕矣。"
>
> ……
>
> 于是昭王为隗筑宫而师之。乐毅自魏往,邹衍自齐往,剧辛自赵往,士争凑燕。燕王吊死问生,与百姓同其甘苦。二十八年,燕国殷富,士卒乐佚轻战,于是遂以乐毅为上将军,与秦、楚、三晋合谋以伐齐。齐兵败,闵王出走于外。燕兵独追北,入至临淄,尽取齐宝,烧其宫室宗庙。齐城之不下者,唯独莒、即墨。

燕昭王求士,目的为了强大燕国,"以雪先王之耻"。郭隗则层层深入地分析了国君对待贤士的不同态度而产生的截然不同的效果,并用五百金买马骨为喻,使燕昭王接受了他的意见和建议,"为隗筑宫而师之"。燕昭王贵士、重士,求贤若渴的诚心,终于使各路贤士都来到燕昭王麾下。作者最后写燕昭王经过二十八年奋斗,终成殷富大国,所向披靡,大败齐国,意在进一步说明贵士重士所产生的巨大力量。

《战国策》中对士的作用，不免有许多夸大的描写，然而作者正是有意识的通过这些稍带夸张甚至虚构的描写，刻意突出士的重要作用，宣扬贵士重士的思想。在作者的笔下，士的智慧常常高于国君，当诸侯国处于困境之时，常常是策士们力挽狂澜，转危为安。因此，他们被看作国家兴衰的关键，称雄争霸的智囊。这种思潮，在战国是有普遍意义的。《战国策》作者以其卓越的眼光，在中国历史上第一次喊出了"士贵王不贵"的口号，第一次强调了知识阶层在政治斗争和社会大变革中的强大作用，这对于讲究尊卑亲疏的世袭贵族制度无疑是一个重大的冲击，代表了新兴阶级的利益和愿望，反映了民主思想的进一步发展，有其重要的社会意义。

二、重利轻义鄙视传统的价值观与行为准则

儒家的传统观念，历来是耻于言利的，所谓"君子不言利"、"君子喻于义，小人喻于利"是也。而《战国策》却赤裸裸地宣扬对个人功利的追求，并以欣赏的笔调来描写名利场上的竞争。无怪乎后人惊呼："《战国策》，畔经离道之书也。"（李梦阳：《刻战国策序》）

即以最负盛名的纵横家苏秦、张仪来说，无论合纵也好，连衡也好，都不是他们信守如一的政治主张。纵横之术，不过是他们猎取富贵功名的工具。苏秦始将连横说秦惠王，虽使出浑身解数而惠王不用。苏秦在秦国碰了一鼻子灰，回到家里又受到家里人的冷落，此时他说的一句话，颇能揭示当时的心态："安有说人主，不能出其金玉锦绣，取卿相之尊者乎？"（《秦策一·苏秦始将连横说秦》）"求取卿相之尊"，就是他的精神支柱，也是他顽强进取的力量。一年之后，苏秦以合纵说赵王取得成功，被封为武安君，"受相印，革车百乘，锦绣千纯，白璧百双，黄金万溢，以随其后"，此时衣锦还乡，家人的态度判若云泥。苏秦不禁叹曰："嗟呼！贫穷则父母不子，富贵则亲戚畏惧。人生世上，势位富贵，盍可忽乎哉？"这是毫无掩饰的内心自白，也是对世态炎凉的深刻揭露。苏秦的最高理想，就是追求"势位富贵"而已。这使人想起了孟子所写的"齐人乞墦"的著名故事。齐人乞食于墦间，而后还要"骄其妻妾"；妻妾知道真相之后，"相泣于中庭"。孟子以此来讽刺那些钻营富贵

利达无耻之徒："由君子观之，则人之所以求富贵利达者，其妻妾不羞也，而不相泣者，几希矣！"（《孟子·离娄下》）苏秦与齐人，何其相似乃尔。只要能求得富贵利达，可以不择手段，这在战国士人中恐怕很普遍。难怪孟子对当时"上下交征利而国危"的现象忧心忡忡（《孟子·梁惠王上》）。而在一般人中，则如齐人谭拾子所说："富贵则就之，贫贱则去之"，"理之固然者"（《齐策四·孟尝君逐于齐而复反》）。我们从苏秦妻子父母的态度中也可以说明这一点。苏秦穷困落魄，亲人不以为亲；富盖王侯，父母诚惶诚恐。这不表明了一种趋求富贵的思潮吗？这恐怕就是当时的"人之常情"与"社会共识"。《战国策》的作者对苏秦之徒的这种追求，多表现出欣赏的态度。吴师道《书曾序后一则》谓《国策》作者"为谈季子之金多位高，则沾沾动色"，说明了作者的倾向。

《齐策三》记载孟尝君出行至楚国，楚派登徒去给孟尝君献象床，登徒不愿干这差事，以一口宝剑为酬报请公孙戍入谏孟尝君。事成之后，公孙戍公开向孟尝君宣布受贿之事。孟尝君不但不追究，并在门板上大书："有能扬文之名，止文之过，私得宝于外者，疾入谏。"为能扬名，公开允许受贿，这种不择手段的争利求名，已得到上层统治阶级的认可，说明这种风气的泛滥。

战国时期赤裸裸地追求功利的思潮中，渗透入非常浓厚的商人意识。新兴的地主阶级与大商贾和游士策士本来就是血肉相连的，所以，作为新兴阶级思想代表的策士游士，具有浓厚的商人意识并不足怪。它使得策士游士追求富贵利禄的行为显得更加世俗化、市侩化。《秦策五》记吕不韦时写道：

> 濮阳人吕不韦贾于邯郸，见秦质子异人，归而谓父曰："耕田之利几倍？"曰："十倍。""珠玉之赢几倍？"曰："百倍。""立国家之主赢几倍？"曰："无数。"曰："今力田疾作，不得暖衣余食；今建国立君，泽可以遗世。愿往事之。"

吕不韦本是个"往来贩贱卖贵，家累千金"（《史记·吕不韦列传》）的大商人，当其一介入政治投机活动之时，自然带上了唯利是图的意识。吕不韦贾于邯郸，见秦质子异人，便把他当成"奇货可居"的商品，是一桩能赢利无数的大买卖。他劝异人求归秦，说阳泉君，说赵遣异人及教异人楚服见华阳夫人,总让人觉得带上了生意场上商人投机冒险的色彩。然而吕不韦却成功了:"子楚立,以不韦为相,号曰文信侯,食蓝田十二县。"王世贞曾评论吕不韦说:"自古及今取富秉权势者,无如不韦之秽且卑,然亦未有如不韦之巧者。"(引自张尚瑗:《读〈战国策〉随笔》)然而吕不韦并非空前绝后的唯一一人,《史记·高祖本纪》写刘邦称帝之后,曾志满意得地对其父说:"始大人常以臣无赖,不能治产业,不如仲力。今某之业所就孰与仲多?"刘邦的这一行径,常为后人所诟病,但与前举吕不韦相较,岂不异曲同工?皆以商人投机意识冒险于政治舞台罢了。

纵横策士以追求富贵作为自己的理想,以有利可图作为自己行动的准则,甚至公开打出"争名者于朝,争利者于市"的旗帜,并认为"今三川、周室,天下之市朝也"(《秦策一·司马错与张仪争论于秦惠王前》),因此他们奔走于各国之间,看似为各国打算,实则更多的是为自己谋利。范雎曾说:"秦于天下之士非有怨也,相聚而攻秦者,已欲富贵耳。"并以一个非常生动的走狗争骨的比喻来形容士人交相争利的丑态:

> 王见大王之狗:卧者卧,起者起,行者行,止者止,毋相与斗者。投之一骨,轻起相牙者,何则?有争意也。(《秦策三·天下之士合从相聚于赵》)

揭露得非常深刻。范雎所骂的,是合纵之徒,《楚策四》则记载有人骂连横之士:"横人嚊口利机,上干主心,下牟百姓,公举而私取利,是以国权轻于鸿毛,而积祸重于丘山。"其实不论苏秦之徒,还是张仪之辈,都是一路货色,在思想本质上体现着共同的特征,打上了深深的时代与阶级的烙印。

与追逐功利思想紧密相联的,是对礼义的否定和对传统的价值观与行为准则的鄙视。《左传》中有鲜明的崇礼倾向,然而在《战国策》中,作者鼓吹的是不择手段追逐功利的人生哲学,什么礼义诚信,忠孝廉耻,都被摧毁得七零八落,丝毫无法规范士人们的行为准则。明人薛瑄《读书录》(四)曾说:"春秋时辞令,犹有言礼义者,乃先王之泽未泯也;至战国纵横之徒,惟言利害,而不及礼义,先王之泽尽矣。"其实不仅带有反传统精神的士人们是如此,在战国时代,礼义受到冷落与鄙弃,已是很普遍的情况。苏秦说秦失败与说赵成功之后家人对他截然不同的态度,已足以说明在当时的一般家庭当中,维系家庭成员之间关系的,再已不是那虚伪的孝悌礼义,而是功名富贵。苏秦之嫂"前倨而后卑",拜倒的是金钱和权势,这是甚至连一点家庭中的骨肉亲情也看不到了。

而策士们却敢于更大胆直言不讳地要抛弃仁义。《燕策一·人有恶苏秦于燕王者》记道:

> 人有恶苏秦于燕王者,曰:"武安君,天下不信人也。王以万乘下之,尊之于廷,示天下与小人群也。"
>
> 武安君从齐来,而燕王不馆也,谓燕王曰:
>
> "臣东周之鄙人也,见足下,身无咫尺之功,而足下迎臣于郊,显臣于廷,今臣为足下使,利得十城,功存危燕,足下不听臣者,人必有言臣不信,伤臣于王者。臣之不信,是足下之福也。使臣信如尾生,廉如伯夷,孝如曾参,三者天下之高行,而以事足下,不可乎?"燕王曰:"可。"曰:"有此,臣亦不事足下矣。"
>
> 苏秦曰:"且夫孝如曾参,义不离亲一夕宿于外,足下安得使之之齐?廉如伯夷,不取素飡,汙武王之义而不臣焉,辞孤竹之君,饿而死于首阳之山。廉如此者,何肯步行数千里而事弱燕之危主乎?信如尾生,期而不来,抱梁柱而死。信至如此,何肯扬燕、秦之威于齐,而取大功乎哉?且夫信行者,所以自为也,非所以为人也。皆自覆之术,非进取之道也。"

相类似的记载又见于《燕策一·苏代谓燕昭王》,记作苏代之言,而且更明确地说:"臣以为廉不与身俱达,义不与生俱立。仁、义者自完之道也,非进取之术也。"这种对忠信、礼义的看法,与传统观念完全背道而驰。孝如曾参、廉如伯夷、信如尾生,既不能为燕联齐,也无法事弱燕之危主,更不能为燕国扬威。孝、廉、信成为无用之物。仁义孝廉只是猎取虚名的手段,而非进取之术。这不免使人想起后来曹操的话:有行之士,未必能进取;进取之士,未必能有行。(曹操:《敕有司取士毋废偏短令》)用此来对照策士们的思想,的确是很恰当的。《燕策一》同章中苏秦还讲了一个贱妾弃酒、忠信受笞的故事,以证明忠信之不可取。这些与儒家传统的价值观念、价值取向完全不同的观念,的确代表着纵横家的真实思想。

在《左传》中,作者崇尚礼义,"礼"作为"国之干"、"身之干",常常出现在春秋时人的言语和行动之中。治国以礼,这是普遍遵循的规则。像"礼,所以守其国,行其政令,无失其民者也"(《左传·昭公五年》)这样的话,在《左传》中随处可见。然而纵横家的观点却截然不同,如《齐策五·苏秦说齐闵王》中苏秦说齐闵王:

> 臣闻用兵而喜先天下者忧,约结而喜主怨者孤。夫后起者藉也,而远怨者时也。是以圣人从事,必藉于权而务兴于时。夫权籍者,万物之率也;而时势者,百事之长也。故无权籍、倍时势而能事成者,寡矣。今虽干将、莫邪,非得人力,则不能割刿矣。坚箭利金,不得弦机之利,则不能远杀矣。矢非不铦,而剑非不利也,何则?权籍不在焉。……

在苏秦说齐闵王的这篇长篇大论里,中心论点就体现在上举这一段话中。在苏秦的观念中,只有讲究审时度势,凭借权谋外力,后发制人,约结远怨,才能成就王业。这里强调的是"权藉"和"时势",苏秦在后面反复论证的,也总是论"权藉"与"时势"的重要性,讲如何运用权谋,克敌制胜。像《左传》中一再强调的重民爱民,以德服人,仁义礼让,在这里统统不见了。

战国策士否定礼义,鄙弃传统的价值观与行为准则,崇尚的是权谋,是对背信弃义的无所谓。刘向说是"捐礼让而贵战争,弃仁义而用诈谲"(《战国策序录》)。张仪以六百里地骗楚怀王之事,这是大家最为熟悉的,同类的例子还不少,如《魏策三·秦赵约而伐魏》,芒卯为解除魏国受秦、赵约而攻伐之忧,派张倚使赵,答应以献邺地作为赵秦绝交的报答。一俟赵国闭关绝秦之后,芒卯却否认献地的承诺。类似这样出尔反尔不把信义当一回事的例子,在《战国策》中俯拾即是。而工于诈谋的例子就更多了,为了说明问题,此只举一例。《东周策·秦兴师临周而求九鼎》记载了这样一件事情。秦国兴师伐周欲求九鼎,策士颜率为解周显王之忧,东借救于齐,许诺齐发救兵便献九鼎于齐。秦兵罢归,齐国果真欲得九鼎。颜率装模作样地与齐王商量运宝之事,既表示信守诺言,又警告齐国不可不戒备魏国,提防楚国,最后提出必须九万人抬挽,九九八十一万人持械守卫的条件。随后,颜率又假惺惺地说:"今大王纵有其人,何涂之从而出?臣窃为大王私忧之!"路途难择,人员众多,齐王只好哑巴吃黄连,自己打消了求九鼎的念头。颜率不愧为一位善于"转危为安,运亡为存"的智囊人物,然而他所运用的武器,实在只不过诈谋而已。《战国策》写这些诈谋,无不描述得绘声绘色,极尽渲染夸张。赞赏之意流露于字里行间,可以鲜明地看出作者的思想倾向。

《战国策》的思想倾向,除了上述两方面之外,还可以列举一些。如历来众多的研究论著中提到的民本思想,其例子就是《齐策四·齐王使使者问赵威后》,赵威后问齐使,先问岁而后问民,再而后问君。并表示了"苟无岁,何以有民? 苟无民,何以有君"这样鲜明的民本思想。在《齐策四·冯谖客孟尝君》中,冯谖为孟尝君"焚券"、"市义",说明民心的重要。其他如爱国主义思想,歌颂维护正义、敢于反抗强暴的高士义侠的思想,以及儒、道、法家的思想,也是时时掺杂其间。

但是,正如一些研究者所指出的,真正代表《战国策》一书的主要倾向的,是以苏秦、张仪等人为代表的纵横家的思想。① "主要人物是一定的阶级和倾向的代表,因而也是他们时代的一定思想的代表。"② 纵横家的思想,与传统的思想观念、传统的价值观念相去甚远,表现出强烈的反传统精神。这当然是特定历史时期的产物。刘向就曾认为:"战国之时,君德浅薄,为之谋策者,不得不因势而为资,据时而为[画]。故其谋,扶急持倾,为一切之权,虽不可以临国教化,兵革救急之势也。皆高才秀士,度时君之所能行,出奇策异智,转危为安,运亡为存,亦可喜,皆可观。"(《战国策序录》)这些高才秀士的奇策异智,产生于战国这个特定的历史时期,虽不屑为传统政教之资,然而哪怕是到儒家思想已取得正统地位时代的刘向,也认为是可喜可观的。《战国策》的思想倾向深刻地反映了战国时期思想解放运动的生动局面。作者大肆宣扬纵横思想、歌颂一大批从"穷巷掘门,桑户棬枢"的底层冲杀出来的寒士的才智,倡导"士贵而君不贵",实际上是歌颂了新兴的阶级为登上历史舞台,主宰历史发展的潮流而进行的朝气蓬勃的奋争;它宣扬的士人对个人功利的追求,冲破了传统的思想束缚,表现了对人的价值的肯定。

---

① 郭预衡:《战国策研究与选译序言》,熊宪光《战国策研究与选译》,重庆出版社 1988年版。

② 《恩格斯致斐·拉萨尔》,《马克思恩格斯选集》第四卷,人民出版社 1953 年版,第 343 页。

因此,这些思想,显得那么新鲜,那么惊世骇俗,甚至那么令人惊慌失措,然而它却显示出前所未有的生气。正如郑振铎所指出的:"《国策》的时代是一个新的时代。旧的一切,已完全推倒,完全摧毁,所有的言论都是独创的,直接的,包含可爱的机警与雄辩的。所有的行动都是勇敢的,不守旧习惯的,都是审辨直接的,利害极为明了的。"① 这就是战国的时代精神,也是《战国策》思想的时代特色。

战国是个纷争的时代,就像新生的婴儿呱呱坠地之前的阵痛,它孕育着一个统一的中国的诞生。它的思想,也就同刚诞生的婴儿一样,显露出崭新的面貌。

原载《左传国策研究》,人民文学出版社 2004 年版

---

① 　郑振铎:《插图本中国文学史》第五章,人民文学出版社 1957 年版,第 79—80 页。

众士如云唱大风

——《战国策》人物形象论

一、风姿各异的战国风云人物

与《左传》不同的是，《战国策》全书，乃以记言为主，即详细记载战国策士的纵横说辞。但是它同样离不开活生生的人物形象。尽管《战国策》非信史，而后人了解战国时期的风云人物，其材料大部分仍然来自《战国策》。据前人统计《战国策》全书涉及的人物约六百多名，其中事迹较详细、形象鲜明者不下百来人。作者生动地记叙了战国时期各阶段各阶层众多的人物，组成了战国风云人物的绚丽多彩的图画。

纵横策士，是战国舞台上最为活跃的一个阶层。《战国策》作为一部记录纵横家活动的故事汇编，首先展现的是这些高才秀士的风采。

在这一大批纵横家中，最著名的莫过于煊赫一时声震六国的苏秦。苏秦的出身，倒也并不高贵，"特穷巷掘门，桑户棬枢之士耳"，他自己也曾自称为"东周之鄙人"。苏秦的理想，说到底不过是"功名富贵"四个字。然而在七雄纷争的时代，"横成则秦帝，纵合则楚王"，政治斗争的需要和机遇，造就了苏秦的成功。苏秦始以连横之术说秦惠王，《秦策一·苏秦始将连横》写道：

苏秦始将连横说秦惠王曰："大王之国，西有巴、蜀、汉中之利，北有胡貉、代马之用，南有巫山、黔中之限，东有崤、函之固。田肥美，民殷富，战车万乘，奋击百万，沃野千里，蓄积饶多，地势形便，此所谓天府，天下之雄国也。以大王之贤，士民之众，车骑之用，兵法之教，可以并诸侯、吞天下，称帝而治。愿大王少留意，臣请奏其效。"

秦王曰："寡人闻之：毛羽不丰满者，不可以高飞；文章不成者，不可以诛罚；道德不厚者，不可以使民；政教不顺者，不可以烦大臣。今先生俨然不远千里而庭教之，愿以异日。"

苏秦曰："臣固疑大王之不能用也。昔日神农伐补遂，黄帝伐涿鹿而禽蚩尤，尧伐驩兜，舜伐三苗，禹伐共工，汤伐有夏，文王伐崇，武王伐纣，齐桓任战而伯天下。由此观之，恶有不战者乎？古者使车毂击驰，言语相结，天下为一；约从连横，兵革不藏。文王并饬，诸侯乱惑；万端俱起，不可胜理。科条既备，民多伪态；书策稠浊，百姓不足，上下相愁，民无所聊；明言章理，兵甲愈起；辩言伟服，攻战不息；繁称文辞，天下不治。舌弊耳聋，不见成功；行义约信，天下不亲。于是乃废文任武，厚养死士，缀甲厉兵，效胜于战场。夫徒处而致利，安坐而广地，虽古五帝、三王、五伯、明主贤君，常欲坐而致之，其势不能，故以战续之。宽则两军相攻，迫则杖戟相撞。然后可建大功。是故兵胜于外，义强于内，威立于上，民服于下。今欲并天下，凌万乘，诎敌国，制海内，子元元，臣诸侯，非兵不可。今之嗣主，忽于至道，皆惛于教，乱于治，迷于言，惑于语，沉于辩，溺于辞。以此论之，王固不能行也。"

这一段说辞，以秦国地理形势、兵力财富、民众王贤等各方面分析秦国"并诸侯，吞天下，称帝而治"的有利条件，并且引古论今，从正反两个方面来煽动秦王以战争统一天下。演说虽滔滔不绝，然而却没有说动秦惠王，不过已显露出苏秦作为一个游说之士的才华。据《史记·苏秦列传》记载，当时秦惠王"方诛商鞅，疾辩士，弗用"，说明并非苏秦的说辞不好，只惜时机不对。策士是最讲究时与势的，然初出茅庐的苏秦还是不能准确地把握时势，结果遭到失败：

　　说秦王书十上而说不行，黑貂之裘弊，黄金百斤尽，资用乏绝，去秦而归。嬴縢履蹻，负书担囊，形容枯槁，面目犁黑，状有归色。归至家，妻不下纴，嫂不为炊，父母不与言。苏秦喟叹曰："妻不以我为夫，嫂不以我为叔，父母不以我为子，是皆秦之罪也！"（《秦策一》）

　　说秦失败，连家人都不屑一顾，其狼狈之状，甚于乞丐。这对于一心追求功名富贵的苏秦是一个沉重的打击，也是一个强大的刺激。但是，苏秦不甘就此罢休，"乃夜发书，陈箧数十，得《太公阴符》之谋，伏而诵之，简练以为揣摩。读书欲睡，引锥自刺其股，血流至足，曰：'安有说人主，不能出其金玉锦绣、取卿相之尊者乎？'期年，揣摩成，曰：'此真可以说当世之君矣！'"（《秦策一》）苏秦以顽强的精神发愤攻读，而且改换了他的政治主张，由"连横"改为"合纵"，去游说赵王：

　　于是乃摩燕乌集阙，见说赵王于华屋之下，抵掌而谈，赵王大悦，封为武安君，受相印，革车百乘，锦绣千纯，白璧百双，黄金万溢，以随其后，约从散横，以抑强秦。（《秦策一》）

　　苏秦游说赵王的说辞，在《赵策二·苏秦从燕之赵》章里有详细的记载，这是苏秦合纵抗秦的纲领和全部计划。在这篇长篇大论中，苏秦先针对六国动荡不安的局势提出"安民"、"择交"的方针，为六国结成同盟制造理论根据。然后再从六国联合抗秦、亲附秦国、亲附齐国等不同的战略措施中论证六国同盟的必然性。同时就赵、燕、韩、魏各国自身的情况及相互之间"唇齿相依"的关系，说明合纵的必要性。并希望赵王认清当前形势，效法历史上的贤君，把握称霸的时机。苏秦最后提出六国合纵计划的整体构想：

　　故窃为大王计，莫如一韩、魏、齐、楚、燕、赵，六国从亲，以傧畔秦。令天下之将相，相与会于洹水之上，通质、刑白马以盟之。约曰：秦攻楚，齐、魏各出锐师以佐之，韩绝食道，赵涉河、漳，燕守常山之北。秦攻韩、魏，则楚绝其后，齐出锐师以佐之，赵涉河、漳，燕守云中。秦攻齐，则楚绝其后，韩守成皋，魏塞午道，赵涉河、漳、博关，燕出锐师以佐之。秦攻燕，则赵守常山，楚军武关，齐涉渤海，韩、魏出锐师以佐之。秦攻赵，则韩军宜阳,楚军武关,魏军河外,齐涉渤海,燕出锐师以佐之。诸侯有先背约者,五国共伐之。六国从亲以摈秦,秦必不敢出兵于函谷关以害山东矣!如是则伯业成矣!(《赵策二》)

从苏秦说赵王的说辞可以看出,苏秦并不是一个只知追逐利禄的庸俗之辈,而是一个通晓各国政治历史,具有战略眼光的政治家和军事家。苏秦成功之后,赴楚路过洛阳,见家人,《秦策一·苏秦始将连横》章有一段非常精彩的描写,可见苏秦的内心心态与家人的冷暖世态:

> 将说楚王,路过洛阳,父母闻之,清宫除道,张乐设饮,郊迎三十里。妻侧目而视,倾耳而听。嫂蛇行匍伏,四拜自跪而谢。苏秦曰:"嫂何前倨而后卑也?"嫂曰:"以季子之位尊而多金。"苏秦曰:"嗟乎!贫穷则父母不子,富贵则亲戚畏惧。人生世上,势位富贵,盍可忽乎哉?"

这是一个由失败走向成功的纵横家的英雄。他的成功,除了不可泯灭的名利之心,时代和当时的世俗人情,也推波助澜地玉成了苏秦。《秦策一》写苏秦成功后说:

> 故苏秦相于赵而关不通。当此之时,天下之大,万民之众,王侯之威,谋臣之权,皆欲决苏秦之策。不费斗粮,未烦一兵,未战一士,未绝一弦、未折一矢,诸侯相亲,贤于兄弟。夫贤人在而天下服,一人用而天下从,故曰:式于政,不式于勇;式于廊庙之内,不式于四境之外。当秦之隆,黄金万溢为用,转毂连骑,炫煌于道,山东之国,从风而服,使赵大重。且夫苏秦,特穷巷掘门、桑户棬枢之士耳,伏轼樽衔,横历天下,廷说诸侯之王,杜左右之口,天下莫之能伉。

这里作者的评说未免有虚构和夸张之辞,但苏秦的成功与作用确实不可低估。鲍彪评注说:"纵约者,天下之心,亦其势也。夫秦有吞天下之心,不尽不止。诸侯皆病之,而欲候之,此其心也。同舟遇风,胡、越之相救,如手足于其头目,此其势也。以天下之心,行天下之势,如水之就下,孰能御之?"(《战国策注》)说明苏秦合纵主张的成功,确是顺应一个时期内大国的要求的。

司马迁说:"苏秦既约六国从亲","乃投从约书于秦,秦兵不敢闚函谷关十五年"(《史记·苏秦列传》),所给予的评价也是相当高的。苏秦的理想、气质、智慧、韬略,的确代表了这一时代风云人物的特征,是作者写得最成功的人物之一。

说到战国时期的纵横家,必然苏秦张仪连称。张仪当然也是纵横家的一个代表。张仪本是魏人,与苏秦同师鬼谷子。与苏秦相同的一点是他也经历过失败的痛苦。据《史记·张仪列传》记载:

> 张仪已学而游说诸侯。尝从楚相饮,已而楚相亡璧,门下意张仪,曰:"仪贫无行,必此盗相君之璧。"共执张仪,掠笞数百,不服,释之。其妻曰:"子毋读书游说,安得此辱乎?"张仪谓其妻曰:"视吾舌尚在不?"其妻笑曰:"舌在也。"仪曰:"足矣。"

这个记载,事实的可信程度如何不可确考,但可以说张仪也是一个有着坚忍不拔的顽强进取精神的人,而且"舌在足矣"的故事,还说明张仪更善于以口舌辞说取得成功。长于辞说,这本来就是纵横家最应具备的看家本领,也是人物的时代特征。

张仪连横的主张,主要见于《秦策一·张仪说秦王》章。① 在这篇洋洋洒洒的长文中,张仪先论述六国合纵抗秦的形势:"天下阴燕阳魏,连荆固齐,收余韩成从,将西南以与秦为难。"但六国内部空虚、矛盾重重,必不能胜秦。张仪认为,秦国本具备成就霸业统一中国的条件,然而可惜的是"谋臣皆不尽其忠",使得秦三失伯王之道。举荆、灭魏贻误了时机,穰侯魏冉又为私利用兵,越韩、魏而攻齐,以致使秦国内外交困。这都是谋臣用事不当的结果。赵国是六国合纵抗秦的中心,所谓"赵氏,中央之国也",不单单仅指地理位置。然而张仪认为赵国也有许多不能称雄天下的内外矛盾:"其民轻而难用,号令不治,赏罚不信,地形不便,上非能尽其民力。彼固亡国之形也。"特别是长平一战,秦破赵军,杀士卒四十五万人,赵几亡国。可惜的是秦没有乘胜

---

① 此章与《韩非子》中的《初见秦》基本相同,陈奇猷以为"此篇当出于韩非"。郭沫若认为是吕不韦游说秦昭王的说辞(见《〈韩非子·初见秦篇〉发微》)。今从《战国策》。

灭赵。赵氏能"慎道"而行,所以能反败为胜。因此秦对于赵,不能不特别用心。在分析了秦与六国各自的利弊之后,张仪提出了散约连横的方略:

> 臣昧死望见大王,言所以举破天下之从,举赵亡韩,臣荆、魏,亲齐、燕,以成伯王之名,朝四邻诸侯之道。大王试听其说,一举而天下之从不破,赵不举,韩不亡,荆、魏不臣,齐、燕不亲,伯王之名不成,四邻诸侯不朝,大王斩臣以徇于国,以主为谋不忠者。(《秦策一》)

在这篇说辞中,张仪以历史作为借鉴,剀切分析了秦国自身的特点,检讨谋臣之失策与不忠,以举赵、亡韩、臣荆魏、亲齐燕作为连横的基本策略,显示出张仪作为一个纵横家的政治才干。

然而在《战国策》里,我们更多看到的是张仪是个善使诡计的"诈伪反复"之人。他要害樗里疾,故意让樗里疾使楚,让楚王为樗里疾向秦请求相国之位,一面又在秦王面前造樗里疾的谣言,以激怒秦王,终于使樗里疾逃秦而去。他在秦王面前攻击陈轸"欲去秦而之楚","常以国情输楚",诋毁陈轸。这些都暴露出张仪的一副奸邪小人心肠。最能体现张仪这一人物特征的恐怕要数张仪为秦入楚拆散齐楚联盟而进行的一番活动。且看《秦策二·齐助楚攻秦章》:

> 齐助楚攻秦,取曲沃。其后,秦欲伐齐,齐、楚之交善,惠王患之,谓张仪曰:"吾欲伐齐,齐、楚方欢,子为寡人虑之,奈何?"张仪曰:"王其为臣约车并币,臣请试之。"

> 张仪南见楚王,曰:"弊邑之王所说甚者,无大大王;唯仪之所甚愿为臣者,亦无大大王。弊邑之王所甚憎者,亦无先齐王;唯仪之所甚憎者,亦无大齐王。今齐王之罪,其于弊邑之王甚厚,弊邑欲伐之,而大国与之欢,是以弊邑之王不得事令,而仪不得为臣也。大王苟能闭关绝齐,臣请使秦王献商於之地方六百里。若此,齐必弱,齐弱则必为王役矣。则是北弱齐,西德于秦,而私商於之地以为利也,则此一计而三利俱至。"

> 楚王大说,宣言之于朝廷曰:"不谷得商於之田,方六百里。"群臣闻见者毕贺。陈轸后见,独不贺。楚王曰:"不谷不烦一兵,不伤一人,而得

商於之地六百里,寡人自以为智矣。诸士大夫皆贺,子独不贺,何也?"陈轸对曰:"臣见商於之地不可得,而患必至也,故不敢妄贺。"王曰:"何也?"对曰:"夫秦所以重王者,以王有齐也。今地未可得,而齐先绝,是楚孤也。秦又何重孤国?且先出地绝齐,秦计必弗为也;先绝齐后责地,且必受欺于张仪。受欺于张仪,王必惋之。是西生秦患,北绝齐交,则两国兵必至矣。"楚王不听,曰:"吾事善矣,子其弭口无言,以待吾事。"楚王使人绝齐。使者未来,又重绝之。

张仪反,秦使人使齐。齐、秦之交阴合。楚因使一将军受地于秦。张仪至,称病不朝。楚王曰:"张子以寡人不绝齐乎?"乃使勇士往晋齐王。张仪知楚绝齐也,乃出见使者,曰:"从某至某广从六里。"使者曰:"臣闻六百里,不闻六里。"仪曰:"仪固以小人,安得六百里?"使者反报楚王,楚王大怒,欲兴师伐秦。陈轸曰:"臣可以言乎?"王曰:"可矣。"轸曰:"伐秦非计也。王不如因而赂之一名都,与之伐齐。是我亡于秦,而取偿于齐也,楚国不尚全事。王今已绝齐,而责欺于秦,是吾合齐、秦之交也,固必大伤。"楚王不听,遂举兵伐秦。秦与齐合,韩氏从之,楚兵大败于杜陵。故楚之土壤、士民非削弱,仅以救亡者,计失于陈轸,过听于张仪。

张仪要拆散齐楚联盟,针对楚怀王贪婪的弱点,投其所好,甜言蜜语,以献商於之地六百里的谎言哄骗楚怀王与齐绝交。等到楚使者来秦受地,张仪又称病不朝。直到得知楚、齐已公开决裂了,张仪于是耍赖:"仪固以小人,安得六百里哉?"完全是一副奸诈无赖的政客嘴脸。张仪在楚怀王面前,历来惯于耍弄两面派的手法。楚怀王十六年张仪至楚时就是如此。《楚策三·张仪之楚》记载:

> 张仪之楚,贫。舍人怒而归。……当是之时,南后、郑袖贵于楚。张子见楚王,楚王不说。张子曰:"王无所用臣,臣请北见晋君。"楚王曰:"诺。"张子曰:"王无求于晋国乎?"王曰:"黄金、珠、玑、犀、象出于楚。寡人无求于晋国。"张子曰:"王徒不好色耳?"王曰:"何也?"张子曰:"彼郑、周之女,粉白墨黑,立于衢间,非知而见之者,以为神。"楚王

曰:"楚,僻陋之国也,未尝见中国之女如此其美也,寡人之独何为不好色也?"乃资之以珠玉。

南后、郑袖闻之大恐,令人谓张子曰:"妾闻将军之晋国,偶有金千斤,进之左右,以供刍秣。"郑袖亦以金五百斤。

张子辞楚王曰:"天下关闭不通,未知见日也,愿王赐之觞。"王曰:"诺。"乃觞之。张子中饮,再拜而请曰:"非有他人于此也,愿王召所便习而觞之。"王曰:"诺。"乃召南后、郑袖而觞之。张子再拜而请曰:"仪有死罪于大王。"王曰:"何也?"曰:"仪行天下徧矣,未尝见人如此其美也。而仪言得美人,是欺王也"王曰:"子释之。吾固以为天下莫若是两人也。"

张仪本已失欢于楚怀王,然临走时又以中原之美女来吊楚怀王的胃口,没想到得到了意外的收获,不但楚王欢心,南后、郑袖也用重金贿赂张仪。张仪只略施小计,便由贫转富了。由此的确可见张仪的心计。正因为如此,当楚怀王受骗于张仪,又兵败割城之后,向秦王要张仪,张仪敢于自动请行,因为他早已和楚国的靳尚、郑袖等人勾结在一起,楚怀王也已奈何不得了。在《战国策》作者的笔下,张仪把一个天真昏庸的楚怀王玩弄于股掌之上,连一点信义也不用讲,留下的只有出尔反尔,诡计多端。这也是纵横策士多为后人诟骂的原因。司马迁在《张仪列传》的论赞里说:"夫张仪之行事甚于苏秦,然世恶苏秦者,以其先死,而仪振暴其短以扶其说,成其衡道。要之,此两人真倾危之士哉!"司马迁对张仪的评价是公允的。苏秦和张仪皆善于"权变之术",然而苏秦的顽强、自信,与张仪的诈伪、无赖,二者皆有所不同,前者尚能引起人们的赞叹,后者留下的更多是憎恶。司马迁对苏秦的评价是:"夫苏秦起闾阎,连六国纵亲,此其智有过人者。吾故列其行事,次其时序,毋令独蒙恶声焉。"(《史记·苏秦列传》)由此可见这些策士们在汉代人心目中的印象。

陈轸和公孙衍是张仪的政敌,在《战国策》里,他们又显现出与张仪各不相同的风貌。张仪多次在秦王面前攻击陈轸。陈轸向秦王坦然承认自己"欲去秦之楚",但又以孝己、子胥、良妇、仆妾自比,说明自己"忠而见弃"

的委曲。他对秦惠王所讲的"楚人有两妻者"的故事,形象地比喻有了一心事二主的人必不能被人所容,由此来说明自己的忠心,可以看出他的机智与善辩。(见《秦策一·张仪又恶陈轸于秦王》及《陈轸去楚之秦》)在楚国,楚怀王惑于张仪商於之地六百里的引诱,答应与齐绝交,君臣皆贺,独陈轸不贺。不但如此,陈轸几乎是一眼就看穿了张仪所要弄的阴谋。楚怀王受欺之后,欲兴师伐秦,又是陈轸一人反对伐秦,并提出了补救的办法。(见前引《秦策二·齐助楚攻秦》)这些,足见陈轸作为一个谋臣目光犀利、料事明切、虑事周密的特点。

至于公孙衍与张仪之间,斗争似乎更加白热化。秦惠王一死,公孙衍便设计困窘张仪。《秦策二》记载:"秦惠王死,公孙衍欲穷张仪。李雠谓公孙衍曰:'不如召甘茂于魏,召公孙显于韩,起樗里子于国。三人者,皆张仪之仇也。公用之,则诸侯必见张仪之无秦矣。'"这个计策,穷张仪而不露痕迹。然公孙衍并没就此罢休,甚至挑拨义渠君(戎人)进攻秦国以穷张仪。(《秦策二·义渠君之魏》)为了邀宠争权,公孙衍已不惜引诱外族入侵。可见在他眼里,个人的利益与权位高于一切。公孙衍是要弄权术、阴谋暗算的行家里手,连张仪也不是他的对手。公孙衍为梁击齐而不胜,张仪以梁相国身份去齐国合连横之亲。公孙衍要破坏此事,故意在卫君面前为张仪祝千秋之寿,第二天又为之送行到齐国边境,这一来,齐王再也不相信张仪了。(《齐策二·犀首以梁为齐战于承匡而不胜》)公孙衍的老谋深算奸诈诡谲,在许多章节里被写得淋漓尽致。

《战国策》中所写的游士策士之中,还有一类人物,就是那些仗剑行义的侠士。他们可以荆轲、聂政、豫让为代表。这些人有一个共同的特点,就是见义勇为,不畏强暴,重然诺,轻死生,敢为反抗强暴而赴汤蹈火、壮烈牺牲。荆轲是一位反抗暴秦的英雄。当六国将为秦灭亡殆尽之时,燕太子丹欲以行刺秦王政来挽回败局,于是重托荆轲以行事。与荆轲刺秦王之事有关的一些人物,如田光、樊於期、秦武阳、高渐离等,也都是具有侠义肝肠的人。(请注意,在聂政的身旁也有一个侠义肝肠的人物作陪衬,就是其姊娶聂嫈[1]。这一

---

[1] 《战国策》原只称"政姊",未称"聂嫈",鲍彪本"姊"下有"嫈"字。

点,很值得玩味。)在当时崇尚行侠的文化背景之中,荆轲是这些侠士的典型代表之一。当荆轲得到樊於期的头颅、徐夫人的匕首之后,于易水之上壮别众人,携武阳与"燕之督亢之地图",慷慨高歌,长驱入秦。到了秦国,在戒备森严的秦廷之上,"年十二杀人"的秦武阳吓得变了脸色,而荆轲却泰然自若,向秦王献图:

> 轲既取图奉之,发图,图穷而匕首见。因左手把秦王之袖,而右手持匕首揕抗之。未至身,秦王惊,自引而起,绝袖。(《燕策三》)

可惜没有刺中秦王,但是荆轲死也没有屈服:

> 轲废,乃引其匕首提秦王,不中,中柱。秦王复击轲,被八创。轲自知事不就,倚柱而笑,箕踞以骂曰:"事所以不成者,乃欲以生劫之,必得约契以报太子也。"左右既前斩荆轲,秦王目眩良久。(《燕策三》)

这是多么英雄的气概!荆轲刺秦王,事虽不成,但给予秦王的震慑,恐怕并不亚于一次大战的失败。可以说,从荆轲身上体现出来的,不单单是荆轲个人的为报答知己而具有的重义轻生、不惜牺牲的精神,同时也体现出六国爱国志士悲愤于祖国之将亡、痛恨于强秦的凌暴宁死不辞的爱国情操。这也正是荆轲的故事之所以能激励历代的文人、爱国者如陶渊明、辛弃疾、黄遵宪等人的原因。

《韩策二·韩傀相韩》章记载了另一勇士聂政的事迹。聂政,本是齐国轵地深井里的一名屠者,为严遂所知,于是感恩报德,为严遂刺杀韩相国韩傀。这也是一个失败的英雄。他的感人之处,似乎更在于临死之前的壮烈:"聂政直入,上阶刺韩傀。韩傀走而抱哀侯,聂政刺之,兼中哀侯,左右大乱。聂政大呼,所杀者数十人。因自皮面抉眼,自屠出肠,遂以死。"历来许多注本选本介绍聂政事迹,都说他不过是"士为知己死"的典型,似乎无甚可取。其实聂政之刺韩傀,亦体现出反抗强暴、伸张正义的思想意义,郭沫若曾说:"据《史记》,严仲子与侠累(即严遂与韩傀)的关系只说了'有如'两个字,这实在不够味。到底谁曲谁直,我们都无从知道,只是有点私仇而已,这实在不够味。但《战国策》要周到些,揭示了'严遂政议直指,举韩傀之过,韩傀以之叱之于朝。严遂拔剑趋之,以救解'的这些事实。我们据此可以知道严遂是站在公正的一面,而且性格相当直率,侠累则不免是怕过拒谏,跋扈飞扬。"(《沫若文集》三《我怎样写〈棠棣之花〉》)所以,聂政刺韩傀,其事件本身与战国侠士仗义行侠的文化内蕴是相吻合的。

诚然,"士为知己者用"、"士为知己者死"的报恩思想,在战国策士身上是相当浓厚地存在着的,这是一种非常普遍的文化思潮。在苏秦、鲁仲连、冯谖这些人身上存在,在侠士身上如荆轲、聂政、豫让,更是明显地存在。其中最为突出的恐怕要数豫让。《赵策一·晋毕阳之孙豫让》记载了豫让刺赵襄子事。豫让要为知伯报仇,竟然"漆身为厉,灭须去眉,自刑以变其容",不惜多次摧残自己的肉体,还"为乞人而往乞",以至于"其妻不识",两次行刺赵襄子不能成功,最后拔剑三跃,击赵襄子之衣,而后自刎而死。指导豫让行动的思想是要"明君臣之义","士为知己者死"。在赵襄子再三宽容他之后,他认为自己的忠义思想已可以报答知伯、昭示世人,于是自杀。

从《战国策》所描写的情况看,荆轲、聂政、豫让这些人的行刺都是不成功的,说明以行刺的手段来对付政敌的策略的不可取。然而战国又是一个过分地夸大士的作用的时代,"得贤士则存、舍贤士则亡","一人用而天下从"的思想普遍地为人们所接受,于是总有些统治者认为凭着某一士人的个人能力或壮烈行动可以改变政局,甚至改变历史的进程,因此厚遇重用士人。由此也产生了士人与某些统治者之间的依附关系,于是就出现了许多可歌可泣的以死相报的感人故事。丢开这些人的指导思想不谈,我们从这些侠士身上看到的是赴汤蹈火献身精神的伟大与崇高。豫让"漆身为厉,灭须去眉,自刑以变其容",又"吞炭为哑变其音",这是何等坚韧而又悲壮的行为。豫让之死,与荆轲、聂政一样,同样显得慷慨悲壮,表现出过人的坚定、勇敢和自我牺牲精神。我们从这些侠士身上看到的不是丑恶、委琐、卑劣,而是伟大,悲壮和崇高。所以,侠士这一系列的人物,为《战国策》中的策士形象增添了奇光异彩。

《战国策》里写得最出色的人物,当然是那些纵横策士。不过作为策士对应人物的各国的国君,在作者的笔下,也显示出各自的特色,如楚怀王、秦昭王、齐宣王、齐闵王、宋康王、赵武灵王、燕昭王等。这里略举几位,以见这个时代不同类别的君王的个性与形象。

楚国到了怀王时期，已是强弩之末，无法与秦国抗衡。而楚怀王又是一个人品非常恶劣的君王，所以国事更是每况愈下。听了苏秦的蛊动，楚怀王便欣然参加合纵联盟，为纵约长以攻秦。出于贪婪的个性，他轻易听信了张仪的谎言，以为可得六百里地，便匆匆派人与齐断交，还"寡人自以为智矣"，得意之情溢于言表。楚怀王的贪婪，已到了利令智昏的地步！绝齐之后，还要"重绝之"，又"使勇士往詈齐王"以示态度之坚决，愚钝到何等地步！知道受骗之后又不听陈轸之劝，"大怒"，遂举兵伐秦，结果大败于杜陵。（见前引《秦策二·齐助楚攻秦》）楚怀王的好色，也表现得淋漓尽致。张仪以介绍郑、周美女给怀王，为自己寻找逃脱的机会，怀王便垂涎三尺，说："楚，僻陋之国也，未尝见中国之女如此其美也，寡人之独何不好色也？"当张仪得南后、郑袖之贿赂，为怀王言二人之美时，怀王又说："吾固以为天下莫若是两人也。"（见《楚策三·张仪之楚》）好色之如此，无以复加。怀王宠爱魏美人，然而听了郑袖的谗言，又大怒割去美人的鼻子。足见其轻信、暴躁和喜怒无常。这就是集昏庸、愚鲁、贪婪、残暴、好色而又刚愎自用于一身的楚怀王。

与楚怀王相比，宋康王更多的是狂妄与残暴。宋康王轻信太史之占，便"灭滕，伐薛"，略有小胜，野心便随着急速膨胀起来，"欲霸之亟成"（这一点很像其乃祖，《左传》中的宋襄公）。于是"射天笞地"，自以为可以"威服天下鬼神"。在国内，宋康王咒骂年老敢谏的大臣，劈开驼子的背，砍断早晨过河人的腿（见《宋卫策·宋康王之时》）。像宋康王这样拒谏饰非，滥施刑罚的，还有一个齐闵王。齐闵王杀了敢于直言的狐爰和宗室陈举，不久又杀了执政司马穰苴。（见《齐策六·齐负郭之民有狐咺者》）宋康王的暴行，终于引起了"国人大骇"，民心离散，于是齐国大举进攻。齐国则"百姓不附"，"宗室离心"，"大臣不亲"，燕人乘机而入。这样的昏君，最终只落得个身死国灭的下场。

战国时期的策士能够纵横驰骋，大显身手，还在于君王能够重士、纳士，在这方面，可以秦昭王、燕昭王为代表。如前一章所述，秦昭王对待范雎，先是"使人持车召之"（《秦策三·范子因王稽入秦》）。初次见面，便给予"庭迎"的礼遇。见面时，"屏左右"、"虚无人"，再三地"跪而请"，不但礼节隆重热情,而且态度诚挚恳切,一再地表示:"事无大小,上及太后,下至大臣,愿先生悉以教寡人,无疑寡人也。"能这样肝胆相照,所以范雎不但献"远交近攻"之策,而且坦陈秦国"四贵专权"的危害。对于范雎的献策,秦昭王言听计从,而且还尊之为"父"(见《秦策三·范雎至秦王庭迎》)。这的确是一位能虚心重士、纳士的君王。与此相同的是,燕昭王也能真诚求士,接纳贤者,"卑身厚币,以招贤者"。他为郭隗"筑宫而师之",表明他求士的诚心。终于招来了乐毅、邹衍、剧辛等一批贤士,振兴了燕国。(见《燕策一·燕昭王收破燕后即位》)鲍彪称赞燕昭王求贤说:"燕昭、郭隗皆三代人也,欲为国雪耻,君臣问对无他言,专欲得贤士而事之,此'无竞惟人'之谊也,欲无兴,得乎哉?"(《战国策》,鲍彪注)

赵武灵王则是一位勇于改革,具有远见卓识的君王。赵武灵王"胡服骑射",表面上看是一次军事改革,本质上也是一场重大的政治改革。赵武灵王改革的目的非常清楚,他说:"今吾国东有河、薄洛之水,与齐、中山同之,而无舟楫之用。自常山以至代、上党,东有燕、东胡之境,西有楼烦、秦、韩之边,而无骑射之备,故寡人且聚舟楫之用,求水居之民,以守河、薄洛之水,变服骑射,以备其参胡、楼烦、秦、韩之边。"一句话,就是为了富国强兵、抵御外国外族的入侵。这样一场移风易俗的大变革,必然遭到保守势力的反对。赵国公族公子成、赵文、赵造等人均不赞成。公子成认为"袭远方之服",乃是"变古之教,易古之道,逆人之心,畔学者,离中国";赵文认为"衣服有常,礼之制也",不可轻易改变;赵造则认为"圣人不易民而教,知者不变俗而动,""胡服骑射","非所以教民而成礼也"。对这些反对派的言行,赵武灵王并没有采用专制压服的措施,而是表现出罕见的豁达大度,做耐心说服工作。他亲自去见公子成,讲清"胡服骑射"的好处;对赵文赵造,也让他们充分坦陈己见:"虑无恶扰,忠无过罪,子其言乎!"然后才从理论上和现实意义上来阐述自己的改革的主张:

> 夫服者,所以便用也;礼者,所以便事也。是以圣人观其乡而顺宜,因其事而制礼,所以利其民而厚其国也。被发文身,错臂左衽,瓯越之民也。黑齿雕题,鳀冠秫缝,大吴之国也。礼、服不同,其便一也。是以乡

异而用变,事异而礼易。是故圣人苟可以利其民,不一其用;果可以便其事,不同其礼。儒者一师而礼异,中国同俗而教离,又况山谷之便乎?

……

故势与俗化,而礼与变俱,圣人之道也;承教而动,循法无私,民之职也。知学之人,能与闻迁;达于礼之变,能与时化。故为己者不待人,制今者不法古。

……

古今不同俗,何古之法? 帝王不相袭,何礼之循? 宓戏、神农教而不诛;黄帝、尧、舜诛而不怒。及至三王,观时而制法,因事而制礼;法度制令,各顺其宜,衣服器械,各便其用。故礼世不必一其道,便国不必法古;圣人之兴也,不相袭而王;夏、殷之衰也,不易礼而灭。然则反古未可非,而循礼未足多也。(《赵策二》)

这是充满着改革与变法精神的思想和言论。他用"时移则势易"的进化观点,批判了那些因循守旧的保守派,向传统习惯和保守思想宣战。赵武灵王攻取原阳之后,把它改为"骑邑",用来训练骑兵,遭到牛赞的反对。赵武灵王同样坚定的予以驳斥:

古今异利,远近易用;阴阳不同道,四时不一宜。故贤人观时,而不观于时;制兵,而不制于兵。子知官府之籍,不知器械之利;知兵甲之用,不知阴阳之宜。故兵不当于用,何兵之不可易? 教不便于事,何俗之不可变? (《赵策二》)

这种随"时"而变的思想,同样贯穿在他的军事思想之中。赵国"胡服骑射"之后,"辟地千里",说明赵武灵王改革的成功。赵武灵王不愧是一位充沛着战国时代的朝气与进取精神的君王。

《战国策》中描绘的几位"太后",也给读者留下深刻的印象,其中的赵威后,齐君王后和秦宣太后,尤为鲜明。

赵威后,乃赵惠文王妻,赵孝成王之母。《国策》写赵威后,主要是两件事。一见于《齐策四·齐王使使者问赵威后》,写赵威后问齐使,先问岁与民,后问王。齐使者不悦,赵威后打出了"苟无岁,何以有民？苟无民,何以有君"的体现着鲜明民本主义思想的旗帜说服齐使者。我们知道,《左传》里面已经表现出鲜明的民本主义思想。口号是"夫民,神之主也,是以圣王先成民而后致力于神"(《左传·桓公六年》)。这种民本思想,重在于把人(即民)从天道神道的桎梏中解放出来,使"敬天保民"的民本主义思想萌芽得到进一步的发展。赵威后曰:"故有问舍本而问末者耶？"本者,民也;末者,君也。这种鲜明的"民本君末"的思想,实际上是孟子"民贵君轻"的翻版。说明此时,民不但超越了神,也超越了君,民本思想发展到了高峰。赵威后所问的三个人:钟离子、叶阳子、婴儿子,他们之所以被重视,也在于能"助王养其民","助王息其民","率民而出于孝情",说明赵威后不但洞悉齐国的情况,而且考虑问题的出发点,都在于"养民""息民"这一以民为本的基本点上。这些都体现出赵威后的政治远见。

然而就是这样一个有政治远见的赵威后,在送长安君质齐以解秦国的进攻时,又显得糊涂而自私。这就是《赵策四·赵太后新用事章》所记赵太后的第二件事情。赵太后坚决不允许少子长安君为质于齐,并扬言:"有复言令长安君为质者,老妇必唾其面！"作为一个"新用事"的太后,在国家危急之时,怜子之情超过了国家利益,未免过于自私和狭隘。只是在左师触龙动之以情、晓之以理之后,赵威后又能醒悟过来,明白了"位尊而无功,奉厚而无劳"并非真正为长安君打算的道理,毅然改变初衷,"为长安君约车百乘,质于齐",表明赵威后仍然不失为一位深明大义的贵族妇女。

《齐策六》所记的齐国的君王后也是一位出色的妇女。与赵威后相比,这位来自于民间的太后,具有更多的人情味,闪耀着智慧的光芒。周赧王三十一年(前284),齐闵王被杀,太子法章(襄王)逃到莒地太史敫家中为之灌园。就在太子落魄逃难之时,太史敫之女爱上了他,"奇法章之状貌,以为非常人,怜而常窃衣食之,与私焉"。其父责怪她:"女无谋(媒)而嫁者,非吾种也,污吾世矣。"因此"终身不睹"。但是君王后却"不以不睹之故失人子之礼",说明君王后并非完全蔑视传统礼法,她不但慧眼独具,其实也恪守孝道。

齐襄王死后,君王后辅佐儿子齐王建治理齐国,"事秦谨,与诸侯信",

在外交上采取了谨慎的措施,利用秦国远交之计的空隙,使齐国免受强秦的入侵,"以故建立四十有余年不受兵",这不能不说是君王后的功劳。但是,君王后事秦,也不是一味的谨慎小心与唯唯诺诺,《齐策六·齐闵王之遇杀章》记载:

> 秦始皇尝使使者遗君王后玉连环,曰:"齐多知,而解此环不?"君王后以示群臣,群臣不知解。君王后引椎椎破之,谢秦使曰:"谨以解矣。"

这个故事真可令人击节赞叹! 对于秦始皇的挑衅,君王后以其机智和果断给予坚决的回击。由此可见,君王后在世时齐国的安定,还建立在齐国本身的自信不屈与不卑不亢的事秦态度上。君王后以椎解玉连环即形象地说明了这一点。君王后病将死时,曾告诫齐王建群臣中谁可重用,齐王建取来笔和木简准备记录下来,君王后却说:"老妇已亡(忘)矣!"这一细节,足见君王后城府之深,用心之细。她临终之前,仍心系国事,所以谆谆告诫齐王建;不愿书之于简牍,既"怒建之不心受"(鲍彪注),亦由于不愿授人以柄。作为一个贵族妇女,的确显现出与众不同的政治才干。君王后死后,相国后胜接受秦的贿赂,劝齐王建朝秦,又不作抵抗的准备,没多久,秦国攻入齐国,俘虏齐王建,齐国也就灭亡。相形之下,更显出君王后在世治齐的功绩。

与前面两位贵族妇女相比,秦宣太后更多的是荒淫无耻和极端的自私。秦宣太后是秦惠王之妃,秦昭王之母。就是这个宣太后,先是与义渠戎王私通,诱义渠戎王出入秦宫,并与之生子。[①] 嗣后又与魏丑夫私通,"爱魏丑夫",将死时,竟下令以魏丑夫殉葬。魏丑夫作为秦宣太后的面首,成为她满足私欲的工具,因此死了也要带入棺材之中。后虽然经庸芮的劝谏而止,已足以证明宣太后的荒淫与自私。(见《秦策二·秦宣太后爱魏丑夫》)楚围雍氏五月,韩国派尚靳使秦求救,宣太后竟对尚靳说:

> 妾事先王也,先王以其髀加妾之身,妾固不支也;尽置其身妾之上,而妾弗重也,何也? 以其少有利焉。今佐韩,兵不众,粮不多,则不足以

---

① 《史记·匈奴列传》:秦昭王时,义渠戎王与宣太后乱,有二子。宣太后诈而杀义渠戎王于甘泉,遂起兵伐残义渠。

救韩。夫救韩之危,日费千金,独不可使妾少有利焉?(《韩策二》)

这样粗俗的比喻,既显示秦宣太后的寡廉鲜耻,也足证其以私利(即"使妾少有利")为处理列国外交事务的准则,这种唯利是图的思想与她的淫鄙一样的赤裸裸而毫无遮掩。

秦宣太后用事于秦时,她的骄横跋扈、独断专行闻名于列国。范雎见秦昭王时,曾直言不讳的告诫秦王:"臣居山东,……闻秦之有太后、穰侯、泾阳、华阳,不闻其有王","今太后擅行不顾,穰侯出使不报,泾阳、华阳击断无讳,四贵备而国不危者,未之有也。""今秦太后,穰侯用事","卒无秦王"。(见《秦策三·范雎至秦》)秦宣太后与穰侯魏冉等人勾结,"四贵专权",已到了危倾秦国的地步,所以,哪怕是生母,秦昭王也不得不废黜了她。这说明就是对于秦国,宣太后已经不是一个政治上圣明的统治者,而是荒淫无耻且又腐朽丑恶的势力的代表。

《战国策》中所写的人物是众多的,以上所举的例子,大体上代表了各阶层的人物,虽不尽全面,然已可以让人们窥见战国时期各个层次不同类别人物的风姿神态来。

二、高才秀士的"长短纵横之术"

战国策士,常被称为"智士"、"谋士"。多智善谋,是战国策士们最大的特色。策士们奔走游说、谈证论兵、骏雄弘辩,靠的是本身所具备的智慧;他们或献合纵之策,或主连横之略,或论远交近攻之计,都得讲究谋略。所以,《战国策》中策士们的智慧和谋略,不但随处可见,而且常被夸大得功用无比,神乎其神。

智慧的运用,在于深刻地把握种种矛盾的复杂关系,充分利用诸矛盾之间的交叉点与空隙,把握矛盾冲突中所产生的有利机制,利用矛盾,制裁他人。策士游说诸侯,要洞悉天下大势,熟知各国的历史和现状,把握列国之间错综复杂的关系与恩恩怨怨,还要准确掌握此时此地人主的心态,投其所好,才能成功。这一点,不论是苏秦还是张仪,或是其他策士,都显示出自己特出的智慧与才干。苏秦以合纵游说六国,其说辞都有一个共同的特点,即先详细列举山东六国各自在政治、经济、财富、军事以至文化各个方面的优越条件,说明各国完全可以凭借自身的条件抗秦,而绝无屈服于秦的道理。这样,先确立六国君王的自信心,打消其媚颜事秦的卑怯心理。接着,苏秦或是从横向比较中,论述山东六国间的相互关系,以示合纵抗秦的可能性;或是作纵向的回顾,以历史的教训和经验,鼓励六国不畏强暴,联合抗秦;或是将合纵与连横之利弊,放在一起权衡比较,从连横所带来的为害说明合纵之势在必行。总之,都围绕着合纵抗秦的中心而尽情发挥,以体现合纵之策的正确。苏秦说齐、说楚、说赵、说魏、说韩、说燕之说辞,在一个相同的总原则和模式中,又富有变化。说齐,突出齐与韩、魏、秦的关系;说楚,则诱之以"纵合则楚王"之利;说赵,提出合纵的具体纲领,并愿以赵为纵约长;说魏,则诫之以历史教训,希望魏王当机立断;说韩,激之以"韩西面交臂而臣事秦,无异于牛后";说燕,则以强赵相威胁,逼其"与赵纵亲"。所以,苏秦游说六国,宗旨不变,而说辞又各有特点。把苏秦游说六国的说辞组合起来看,可以清楚地看到,纵横家是如何凭借着他的智慧和才干,取得了政治上的成功。

策士们游说人主,表现出来的是军国大事政治上的智慧与才干。不唯苏秦、张仪,其他象范雎、冯谖,都是如此,范雎与秦昭王第一次见面,便针对秦国的内政、外交的现状,提出了"远交近攻"的战略方针,范雎从历史到现状,向秦昭王分析了"近交远攻"策略的错误。范雎批评穰侯越过韩魏以攻取齐的刚寿的做法,认为"悉韩、魏之兵"以攻齐,最终只能使韩、魏得利,而落下个"主辱军破,为天下笑"的结果。过去齐湣王伐楚,已有了深刻的教训。而实行"远交近攻"的策略,先取魏、韩,再威楚、赵,这样才能巩固所取得的土地,即"得寸则王之寸,得尺亦王之尺",稳步推进。(见《秦策三·范雎至秦》)秦对六国应"寸土必争",不但如此,秦国还应重视消灭六国的有生力量,即要强调要"毋独攻其地,而攻其人"。范雎认为:"有攻人者,有攻地者。穰侯十攻魏而不得伤者,非秦弱而魏强也,其所攻者,地也。地者,人主所甚爱也;人主者,人臣之所乐为死也。攻人主之所爱,与乐死者斗,故十攻而弗能胜也。今王将攻韩围陉,臣愿王之毋独攻其地而攻其人也。"(《秦策三·秦攻韩围陉》)"攻地"而又"攻人",这就是范雎智高一筹的地方。

范雎的"远交近攻"的策略,成为指导秦昭王及其后几代国君吞并六国的基本国策与指导方针,不能不说是范雎智谋的成功。至于大家较熟悉的冯谖,客孟尝君后,为孟尝君市义于薛,为孟尝君经营三窟而高枕无忧,其深谋远虑,巧用心计,无不表现出一位智者的形象。所以说,秦昭王、孟尝君,对范雎、冯谖的礼遇,不过是对智慧的膜拜。智慧的运用与发挥,有时也须讲究时势与技巧,才能收到事半功倍的效果。大家熟知的《邹忌讽齐威王纳谏》就是一例(《齐策一》)。邹忌讽齐威王的目的,是要齐威王广开言路,认真倾听各方面的意见,避免闭视塞听,受人蒙蔽。这样的用心无疑良苦,然而正面劝谏,恐怕未必能为齐威王所接受。因为齐威王即位九年,将政事一律委于卿大夫,自己沉湎于酒色,不问国家大事。据《史记·田敬仲完世家》记载,邹忌曾以弹琴喻政,使齐威王深受启发,立意改革,所以,对于齐威王,进谏的方式是讽谏能否成功的关键。邹忌从与城北徐公比美发端,得出私我者、畏我者、有求于我者,皆有可能"蔽于己"的道理,于是现身说法,隐喻联想,指出"王之蔽甚矣"的严重性。这种方式,实在巧妙。邹忌的进谏,"善于寻找机会,察颜观色,忖度君王心理,委婉曲折地把自己的意见表达出来。其火候是,既要完整明确地表达自己的意见,又不至于触犯龙颜"①,这正体现了邹忌的智慧。

在进谏方面表现出极高技巧的另一个人便是触龙,前面已提到,赵威后不肯让长安君赴齐做人质,并宣布曰:"有复言令长安君为质者,老妇必唾其面!"这就等于将进谏的大门关死。此时强谏,必劳而无功,且只会触怒龙颜。触龙却绕开本意,先言老病饮食,从老人的日常生活话题聊起,解除赵威后的戒备;接着又从爱子切入,剖析赵威后爱燕后的心态,最后言以利害,终于说服了赵威后。韩非谓游说之难,即难于揣摩人主心理。触龙却极善于揣摩赵威后的心理,委婉曲折地将赵威后"步步引入彀中"。在运用智慧使统治者接受自己的进谏上,邹忌和触龙都堪称高手。

运用寓言故事来献计献策,在《国策》中极为常见,这无疑的也闪耀着策士们智慧的灵光。兹举两例为证。

《齐策一·靖郭君将城薛》:

---

① 刘泽华:《中国传统政治思想反思》,三联书店 1987 年版,第 165 页。

靖郭君将城薛,客多以谏。靖郭君谓谒者:"无为客通!"

齐人有请者曰:"臣请三言而已矣。益一言,臣请烹!"靖郭君因见之。客趋而进曰:"海大鱼。"因反走。君曰:"客有于此!"客曰:"鄙臣不敢以死为戏!"君曰:"亡,更言之!"对曰:"君不闻大鱼乎? 网不能止,钩不能牵;荡而失水,则蝼蚁得意焉。今夫齐,亦君之水也;君长有齐阴,奚以薛为? 夫齐,虽隆薛之城到于天,犹之无益也。"君曰:"善。"乃辍城薛。

《秦策二·楚绝齐齐举兵伐楚》:

楚绝齐,齐举兵伐楚。陈轸谓楚王曰:"王不如以地东解于齐,西讲于秦。"

楚王使陈轸之秦。秦王谓轸曰:"子秦人也,寡人与子故也。寡人不佞,不能亲国事也,故子弃寡人事楚王。今齐、楚相伐,或谓救之便,或谓救之不便,子独不可以忠为子主计,以其余为寡人乎?"陈轸曰:"王独不闻吴人之游楚者乎? 楚王甚爱之,病,故使人问之曰:'诚病乎? 意亦思乎?'左右曰:'臣不知其思与不思,诚思则将吴吟。'今轸将为王'吴吟'。王不闻夫管与之说乎? 有两虎诤人而斗者,管庄子将刺之,管与止之曰:'虎者,戾虫,人者,甘饵也。今两虎诤人而斗,小者必死,大者必伤,子待伤虎而刺之,则是一举而兼两虎也。无刺一虎之劳,而有刺两虎之名。'齐、楚今战,战必败。败,王起兵救之,有救齐之利,而无伐楚之害。"

在第一个故事里,靖郭君一意孤行要"城薛",并要杜绝一切忠告。在矛盾陷入僵局的时候,齐人的策略是制造悬念以引诱对方。他仅说出"海大鱼"三字便"因反走",必然引起靖郭君的好奇,使他非探个究竟不可。于是齐人得以留下,取得第一步的成功。接着靖郭君主动要求"更言之",便进一步为齐人进谏的成功创造了条件。在这个故事中,齐人以"鱼水难分"和"荡而失水"的寓言来比喻薛与齐的关系固然形象而且新鲜,而"海大鱼"三字悬念的设置,更可以看出齐人匠心独运的巧妙。如何准确把握接受进谏者的心理,打开接受者的心灵大门,齐人与邹忌、触龙,有异曲同工之妙。第二个故事,包括《思吴则将吴吟》和《一举而兼两虎》两个寓言。陈轸弃秦事楚,今又为楚王而来。秦王多少有些不高兴。陈轸如何表明自己的心迹呢? 言不在多,关键是要能形象地表达自己的心曲。"思吴则将吴吟"便形象地表达了陈轸身事楚王而心系秦国的态度,委婉地冰释了秦王的怨责。"一举兼两虎",则是陈轸为秦王在楚齐相争之中应取什么样的心态而献的计策。陈轸本是为楚王求助于秦的,照理该说服秦王如何助楚,然而他却以"一举兼两虎"即"坐山观虎斗""坐收渔人之利"的暗喻劝秦王坐收其利。这样的计策,如果明说,未免有点明火执仗,不够地道,而一则寓言,则将三者的关系和秦应取的策略婉曲而又明白无误地表达出来,同时又照应了自己"将吴吟"的真诚。战国策士喜用寓言故事来表情达意,献计献策,颇能体现出他们在思维方面的智能特征。

智慧的实际运用,转化为具体的谋略与计策。《战国策》中,可说是遍载策士们的"奇策异智",它包括外交斗争,战争用兵,君臣关系,臣臣关系各个领域。《韩策一·秦韩战于浊泽》记载,秦韩战于浊泽,韩国危急,韩相国公仲明出了个"以一易二之计":

> 与国不可恃。今秦之心欲伐楚,王不如因张仪为和于秦,赂之以一名都,与之伐楚。此以一易二之计也。

所谓"以一易二",即以一名都贿赂秦,然后韩、秦联合伐楚。这是一个把祸水引向楚国的计策。楚王听到这个消息,赶忙召陈轸商议,陈轸则来个以其人之道,还治其人之身。陈轸向楚王献计说:

> 秦之欲伐我久矣,今又得韩之名都一,而具甲,秦、韩并兵南乡,此秦所以庙祠而求也。今已得之矣,楚国必伐矣。王听臣,为之儆四境之内选师,言救韩,今战车满道路,发信臣,多其车,重其币,使信王之救己也。(纵)韩为不能听我,韩必德王也,必不为雁行以来,是秦、韩不和,兵虽至,楚国不大病矣。为能听我,绝和于秦,秦必大怒,以厚怨于韩。韩得楚救,必轻秦;轻秦,其应秦必不敬。是我困秦、韩之兵,而免楚国之患也。(《韩策一》)

陈轸的计策,是挑选境内之兵,公开声言将要救韩,并且不断派出使者,带上丰厚的礼物去韩国,让韩国相信楚国的承诺,以此来挑拨和分裂秦韩的联盟。

陈轸的这个计策,其实只不过是个诈术。不料韩王却听信了楚使的谎言,拒绝了公仲明的计策。韩王派使者"绝和于秦"。这一下,终于激怒于秦国,兴师与韩国战于岸门,而楚救不至,韩国大败。一场外交与军事的斗争,取决于计策与智谋的较量。昏庸的韩王为陈轸的诡诈之计所蒙蔽,因此惨败。《国策》作者评曰:"韩氏之兵非削弱,民非蒙愚也,兵为秦禽,智为楚笑,过听于陈轸,失计于韩明也。"说明韩国的失败,就败在计策上的失误。

在列国争雄的战国时期,选择正确的计谋与策略,关系到国家的兴衰存亡。苏秦主合纵之计,对六国联合抗秦起了很大作用。张仪的连横之计,范雎的远交近攻之计,成为秦国削弱六国,统一天下的最重要的策略。当初苏秦以连横说秦不能成功,恐怕还不在于如司马迁所说的是"方诛商鞅,疾辩士,弗用"(《史记·苏秦列传》),根本的原因,在于秦惠王所说的"毛羽不丰满,不可以高飞",即秦国以连横之策灭亡六国的时机尚不成熟。因此,计策的制定,与时机和时势有密切关系。在《秦策一·司马错与张仪争论于秦惠王前》一章中,司马错与张仪就伐韩与伐蜀展开了激烈的争论。张仪主张伐韩,"亲魏善楚,下兵三川,塞轘辕、缑氏之口,当屯留之道,魏绝南阳,楚临南郑,秦攻新城、宜阳,以临二周之郊",总之,伐韩临周,以成就功业。司马错则认为条件尚不具备,时机尚不成熟,"周,天下之宗室也;齐,韩、周之与国也。周自知失九鼎,韩自知亡三川,则必将二国并力合谋,以因于齐、赵,而求解乎楚魏。以鼎与楚,以地与魏,王不能禁"。伐韩临周,只能对秦国构成严重威胁:"今攻韩劫天子,劫天子,恶名也,而未必利也,又有不义之名,而攻天下之所不欲,危!"而伐蜀,则"一举而名实两附,而又有禁暴正乱之名",名利双收。所以秦惠王采纳了司马错的策略。"蜀既属,秦益强富厚,轻诸侯",证明司马错谋略的正确。

战国时期,七强称雄,小国只能夹缝中求生,如以武力争雄,必然力不能胜。因此,善于利用大国间的矛盾,转移矛盾的方向,以智取胜,以计夺人,成为小国斡旋于大国之间苟延残喘的一个重要斗争方式。《中山策·魏文侯欲残中山》篇写道:

> 魏文侯欲残中山。常庄谈谓赵襄子曰:"魏并中山,必无赵矣。公何

不请公子倾以为正妻,因封之中山,是中山复立也。"

魏文侯灭中山,下一个目标是赵国。常庄谈的计策,是要赵襄子娶魏君之女公子倾为妻,并封到中山去,这样,中山保住,赵国也就无被侵之虞。常庄谈之计,把矛盾转移到挑起事端的魏国自己身上,不失为高妙。又据《中山策·犀首立五王》篇载,犀首(公孙衍)欲拥立齐、赵、魏、燕、中山五国同时为王。中山是个小国,齐王耻与中山并为王,欲与其他大国共伐中山,废中山之王。中山君大恐,只好请谋臣张登想办法。张登先游说齐国的田婴,告诉田婴说,齐要废中山王并联合赵、魏伐中山,大错特错。中山弱小,经不起攻打,必自动放弃王号依附赵、魏。这样做,齐国是"为赵魏驱羊也"。张登建议齐国召见中山君,让其称王,则中山必与赵、魏绝交。赵、魏攻中山,中山必自动放弃王号以求齐保护。这样,既废了王号,赵、魏也不能占便宜。田婴于是依张登之计而行,让中山君称王。张登又赶往赵、魏游说,挑拨两国说,齐将进攻赵、魏。齐让中山称王,就是要以中山之兵,讨伐赵、魏。如此,赵、魏不如先让中山称王,以绝齐国与中山之交。赵、魏亦颇以为有理,遂"与中山王而亲之"。你看,一个小小的中山,不过依了张登之计,不但称了王,还免去了兵燹之灾。此真所谓"甲兵不出而敌国胜"(《齐策五·苏秦说齐闵王》),计谋的作用远胜于军队的武功。

用反间计来对付敌国,在《国策》中也是常见的。如《东周策·昌他亡西周》:

> 昌他亡西周,之东周,尽输西周之情于东周。东周大喜,西周大怒。冯且曰:"臣能杀之。"君予金三十斤。冯且使人操金与书,间遗昌他书曰:"告昌他,事可成,勉成之;不可成,亟亡来,亡来。事久且泄,自令身死。"因使人告东周之候曰:"今夕有奸人当入者矣。"候得而献东周,东周立杀昌他。

冯且之计,则为反间计,他给东周造成假象,以为昌他乃西周之间谍,因此立杀昌他。再如《赵策四·秦使王翦攻赵》:

> 秦使王翦攻赵,赵使李牧、司马尚御之。李牧数破走秦军,杀秦将桓

龁。王翦恶之,乃多与赵王宠臣郭开等金,使为反间,曰:"李牧、司马尚欲与秦反赵,以多取封于秦。"赵王疑之,使赵葱及颜聚代将,斩李牧,废司马尚。后三月,王翦因急击,大破赵,杀赵军,虏赵王迁及其将颜聚,遂灭赵。

王翦打不过李牧,只好利用反间计除掉李牧,收买赵王宠臣郭开谗害李牧。李牧一死,赵军也就被击破。赵君王冠落地,赵国随之而亡。《孙子兵法》说:"反间者,因其敌间而用之。"又说:"五间之事,主必知之,知之必在于反间,故反间不可不厚也。"看来,战国策士也是深谙此法的。

策士运用计谋,常以实现某种功利为目的,因此在政治斗争、权力争夺、宫廷内斗中,阴谋暗算、诈伪翻覆之计,不胜枚举。《楚策四·楚考烈王无子》就是一例。楚国考烈王没有儿子,当时执政的春申君很是着急,选了许多有生子能力的女子进宫,可惜都未能生育。于是:

> 赵人李园持其女弟欲进之楚王,闻其不宜子,恐又无宠。李园求事春申君为舍人。已而谒归,故失期。还谒,春申君问状,对曰:"齐王遣使求臣女弟,与其使者饮,故失期。"春申君曰:"聘入乎?"对曰:"未也。"春申君曰:"可得见乎?"曰:"可。"于是园乃进其女弟,即幸于春申君。知其有身,园乃与其女弟谋。

> 园女弟承间说春申君曰:"楚王之贵幸君,虽兄弟不如。今君相楚王二十余年,而王无子,即百岁后,将更立兄弟。即楚王更立,彼亦各贵其故所亲,君又安得长有宠乎,非徒然也?君用事久,多失礼于王兄弟,兄弟诚立,祸且及身,奈何以保相印、江东之封乎?今妾自知有身矣,而人莫知。妾之幸君未久,诚以君之重而进妾于楚王,王必幸妾,妾赖天而有男,则是君之子为王也,楚国封尽可得,孰与其临不测之罪乎?"春申君大然之。乃出园女弟谨舍,而言之楚王。楚王召入,幸之,遂生子男,立为太子,以李园女弟立为王后。楚王贵李园,李园用事。(《楚策四》)

李园将自己的妹妹献给春申君,是要借春申君之手得宠于楚考烈王。在古代,王位的继嗣是统治者最看重的大事之一。君王无子,常常引发一场继承权的争夺战。考烈王无子,便给李园施展阴谋以可乘之机。他捏造一个齐王求亲的故事以抬高妹妹的身价,轻易取信于春申君。又蛊惑春申君而贵宠于楚考烈王,把持了楚国的政柄。后来李园杀春申君,立楚幽王,在楚国着实为乱了一阵,都是得逞于他的诡诈阴谋。李园的诡计,与众所熟知的吕不韦立秦异人如出一辙。借助身外的势力,以达到自身难以企及的功利目的,是他们耍弄阴谋的共同特点。

再如《楚策二·楚王将出张子》篇:

> 楚王将出张子(张仪),恐其败己也。靳尚谓楚王曰:"臣请随之,仪事王不善,臣请杀之。"
>
> 楚小臣,靳尚之仇也,谓张旄曰:"以张仪之知,而有秦、楚之用,君必穷矣。君如使人微要靳尚而刺之,楚王必大怒仪也。彼仪穷,则子重矣。楚、秦相难,则魏无患矣。"张旄果令人要靳尚刺之。楚王大怒秦,构兵而战。秦、楚争事魏,张旄果大重。

楚王怒张仪,靳尚要为楚王杀张仪。魏人张旄依照"楚小臣"之计,派人暗杀了靳尚,以嫁祸于张仪。楚小臣这种嫁祸于人之计,可谓一石三鸟:楚小臣除了仇人靳尚;秦楚构怨,魏得以无患;张旄大受重用。这个不知名的"楚小臣",也是一位善施奇计的策士。

策士利用自己的善谋奇计,使自己在政治上得到重用,或是巩固自己的政治地位,在《国策》的记载中,何此张旄一个。《中山策》中的司马熹也是同类。《中山策·司马熹三相中山》篇记载:

> 司马熹三相中山,阴简难之。
>
> 田简谓司马熹曰:"赵使者来属耳,独不可语阴简之美乎?赵必请之。君与之,即公无内难矣;君弗与赵,公因劝君立之以为正妻。阴简之德公,无所穷矣。"果令赵请,君弗与。司马熹曰:"君弗与赵,赵王必大怒,大怒则君必危矣。然则立以为妻,固无请人之妻不得而怨人者也。"

此事同策《阴姬与江姬争为后》篇记得更为详细。司马熹得罪了阴简(即中山君的妃子阴姬),当然威胁到自己的地位。司马熹依田简之计,在赵国使者面前大肆渲染阴姬的美貌,怂恿赵国来求阴姬。回头又为阴姬向中山君说情,劝立阴姬为正妻,以绝赵王之奢望。这样一来,阴姬对司马憙竟不但消除了仇怨,反而还感恩戴德呢。君王身边的姬妾,既可能成为臣子进身的工具,亦可能成为被黜的祸端,所以臣下策士们往往不惜在她们的身上做文章。《齐策三·齐王夫人死》所记之事也是这样:"齐王夫人死,有七孺子(美女)皆近。薛公欲知王所欲立,乃献七珥,美其一,明日,视美珥所在,劝王立为夫人。"薛公要揣测齐王之所爱,故献七珥而美其一。一旦摸清齐王内心之所爱,便劝立为夫人,这样,立为夫人的孺子必然感激薛公,薛公便可加重自己在齐王面前的筹码。薛公此计,可谓别出心裁。

计策用之于宫闱斗争,最生动之例莫过于"郑袖劓美人鼻"的故事。且看《楚策四·魏王遗楚王美人》篇:

> 魏王遗楚王美人,楚王说之。夫人郑袖知王之说新人也,甚爱新人:衣服玩好,择其所喜而为之,宫室卧具,择其所善而为之。爱之甚于王。王曰:"妇人所以事夫者,色也;而妒者,其情也。今郑袖知寡人之说新人也,其爱之甚于寡人,此孝子之所以事亲,忠臣之所以事君也!"
>
> 郑袖知王以己为不妒也,因谓新人曰:"王爱子美矣。虽然,恶子之鼻。子为见王,则必掩子鼻。"新人见王,因掩其鼻。王谓郑袖曰:"夫新人见寡人,则掩其鼻,何也?"郑袖曰:"妾知也。"王曰:"虽恶必言之。"郑袖曰:"其似恶闻君王之臭也。"王曰:"悍哉!"令劓之,无使逆命。

郑袖虽不是策士,但是在那个策士纵横、弃仁义而用诈谲的时代氛围中,宫闱斗争也必然有着计谋的较量。郑袖心怀妒火,表面上却不动声色,似乎比楚王更爱新人,以蒙蔽楚王和新人。一俟时机成熟,便施之以毒计,谗害新人,使楚王下令割掉新人的鼻子,轻易地除掉了对手。郑袖的计谋是成功的。但是,一个口蜜腹剑、狠毒狡诈的妒妇形象也更深刻地留于后人心中。

《战国策》的作者是十分强调智慧和计谋的重要作用的,这些高才秀士的奇策异智,可以转危为安,运亡为存,变害为利,振弱为强,可以抵上列国的千军万马。作者不但推崇这些奇谋异智,而且有意识地予以夸大。如前文提到的,作者记苏秦力主合纵之策成功之后评论说:"当此之时,天下之大,万民之众,王侯之威,谋臣之权,皆欲决苏秦之策。不费斗粮,未烦一兵,未战一士,未绝一弦,未折一矢,诸侯相亲,贤于兄弟。夫贤人在而天下服,一人用而天下从。故曰:式于政,不式于勇;式于廊庙之内,不式于四境之外。"这显然是夸张之词。在《国策》作者看来,如孙子所说的,"不战而屈人之兵"乃是战争的最高境界。所以《齐策五·苏秦说齐闵王》中说:"故明君之攻战也,甲兵不出于军而敌国胜,冲橹不施而边城降,士民不知而王业至矣。""攻战之道,非师者,虽有百万之军,比之堂上;虽有阖闾、吴起之将,禽之户内;千丈之城,拔之尊俎之间;百尺之冲,折之在衽席之上。"要"不战而屈人之兵",就要"伐谋",要"未战而庙算胜"(《孙子兵法》),即以智谋和计策取胜。范雎相秦,"计不下衽席,谋不出廊庙,坐制诸侯,利施三川","使天下皆畏秦"(《秦策三·蔡泽见逐于赵》);齐威王能"战胜于朝廷",靠的是邹忌的妙计(《齐策一·邹忌修八尺有余》)。唐雎为安陵君劫秦王成功,全凭唐雎的智勇(《魏策四·秦王使谓安陵君》)。相反,如果计失听过,谋略失当,轻则损兵折将,重则王冠落地、身死国灭。楚怀王误信张仪"献商於之地六百里"的谎言,事后又不用陈轸略秦伐齐之计,"计失于陈轸,过听于张仪",终于"大败于杜陵"(《秦策二·齐助楚攻秦》);岸门之战,韩王不纳公仲朋"以一易二"之计,结果大败,"兵为秦禽,智为楚笑",贻笑后人(见前《韩策一·秦韩战于浊泽》)。诸如此类的例子,在《国策》之中同样举不胜举。因此,作者曾语重心长地说:"计听知覆逆者,唯王可也。计者,事之本也;听者,存亡之机。计失而听过,能有国者寡也。故曰:计有一二者难悖也,听无失本末者难惑。"意即善于采纳计谋,预知未来事变的,要称王天下,也不难做到;反之,"计失而听过",欲享有国祚,难哪! 可见,把智谋和计策推崇到何等地步!

智谋策略是策士的资本,反映了知识阶层的智能与价值,作者大力崇尚智谋策略,与其重士贵士的思想倾向是相一致的,同样也是一种历史的进步。当然,把智谋策略夸大甚至吹嘘到神乎其神的程度,这是不必要的,也是不妥当的。不过,作者描绘了众多的奇智异策的诡谲多变与成功,无疑的为策士这一人物群像增添了异彩。

原载《左传国策研究》,人民文学出版社 2004 年版

《庄子》与寓言研究

《庄子》:抒写心灵、表现自我的文学杰作

探索《庄子》一书的文学性,前人已做了许多工作。从文章的"汪洋悠肆,波谲云诡,富有想象力",语言艺术的"江洋辟阖,仪态万方",谈到章法结构的转换多变,千姿百态,等等。这些,都是《庄子》文学性的突出表现。但是,我认为,这些还只是《庄子》一书文学性的表象而已。"文学是人学。"人学,就应该探索人的心灵,人的性格,人的感情。如何根据文学的本体特征(指作家和作品的结合),深入到作者心灵的奥区中去,探寻作为创作主体的作家心灵和情感特征及其产生的效应,以揭示《庄子》更深一层的文学价值呢? 出于这个目的,本文想着重从文学的主体性方面对《庄子》做些粗浅的探索,以求得新的认识。

一

不少人指出,《庄子》的不朽价值,在于用文学写哲学,将哲学文学化。因此,《庄子》的文学性与其哲学思想有不可分割的关系。庄子的哲学思想,冲决传统的思想束缚,独辟蹊径,表现出独特的哲学思考与见解,依附于庄子的哲学思想表现出来的个性特征,是追求精神的绝对自由和人格的完全

独立。李泽厚指出:庄子的思想的实质,是突出个体的存在,其哲学主题是人的最大自由。二者合成其哲学核心:人格独立和精神自由。① 哲学思想指导着艺术追求和艺术表现。庄子的哲学思想是追求独立人格的实现。《庄子》作为文学作品,同样显示了这种实现自我的不懈追求。因此,从创作主体的角度入手分析,我认为,《庄子》的文学性,首先在于它体现了创作主体的表现自我、抒写心灵、追求自由人格的鲜明特征。司马迁说:"(庄子)其言汪洋自恣以适己。""汪洋"就是不受约束,"适己"就是随心所欲、表现自我、揭示个性、抒写心灵。《庄子》为文虽变幻瑰玮、总有一个"自我"贯穿其中。

文学是思想文化的载体,也是心灵个性、感情性格的载体。创作应是作家的一种自我实现,作家的精神世界通过作品得到充分展示。作家把自己对生活的认识表达出来,同时,作家的全部心灵、全部人格,以至作家的意志、能力、创造性,也得以全面实现。但是,在我国古代社会,由于儒家的道统和文统的形成及其牢不可破,这种表现自我、实现自我的创作特性,并未得到充分的发挥。作家总是通过内省的方式进行残酷的自我抑制,窒息自己精神上的自由意识和创新意识,这就造成了创作主体自我实现的最大障碍。但是,《庄子》却不是这样。或许有人会说,庄子的时代,还未有刻意进行自觉文学创作的作家,《庄子》一书,并非有意文学创作的硕果。可是,作为文学作品的《庄子》,它已经表现出与儒家完全不同的功利目的。它在表现自己对现实生活的认识和态度的同时,追求自我的充分表现,追求"适己",反对窒息精神上和人格上的自由意识和创新意识,反对残酷的自我抑制,因而客观上充分显示了它的独特的艺术个性。

庄子追求人格独立和精神自由以实现自我,体现在他所创造的艺术形象中。为了表现他的理想,作者采用了典型的文学手法,极尽夸张描绘之能事,把自己的哲学思想和心灵追求寄寓于极生动的文学形象中。

在大家最熟悉的《逍遥游》中,展翅的鲲鹏,藐姑射之山的神人,御风之列子,它们冲决罗网、排除束缚、翱翔无拘、追求自由的形象,不就是庄子追求人格独立和精神自由的象征吗? 不单单是一篇《逍遥游》,庄子所虚构的那

① 李泽厚:《漫述庄禅》,《中国社会科学》1985 年第 1 期。

些"体道"人物，如南郭子綦、王骀、哀骀它、子桑户、孟子反、子琴张、温伯雪子、啮缺、牧马童子等，一个个都是如此的超脱，如此的达观，齐生死，泯是非，心虚神凝。他们或不受世俗名利毁誉的束缚，或不计较形残貌丑的缺憾，完全是一种人格独立和精神自由的形象。这些形象，是庄子人格的外化。它们构成了作为《庄子》文学对象主体的一系列人物形象。这些形象，不受某种社会属性的限制，不受环境的束缚。它们或许不免给人空灵飘忽之感，却是庄子理想人格的标本。其形象以表现自我精神为满足，因此常忽视形象的质感和实体感。

特别突出的是《庄子》一书中多次描绘的"真人"、"至人"、"神人"的形象。《齐物论》写"至人"是"大泽焚而不能热，河汉沍而不能寒，疾雷破山而不能伤，飘风振海而不能惊"。他能"乘云气，骑日月，而游乎四海之外。死生无变于己，而况利害之端乎"！《田子方》中说他"上窥青天，下潜黄泉，挥斥八极，神气不变"。《大宗师》一篇，四说"古之真人"，是"不逆寡，不雄成，不漠士"，能"登高不栗，入水不濡，入火不热"，忘怀于物。他们"寝不梦，觉无忧，食不甘"，"其息深深"，淡情寡欲。同时"不知说（悦）生，不知恶死"，不计死生，随物而变，应时而行。终于做到"天与人不相胜"，天与人合一。从哲学意义上说，这些"真人""至人"，就是庄子所说的"道"，是"道"的人格化。我们暂且避开哲学内涵来领会其形象意义，"真人"和"至人"贯注着庄子的理想人格和心灵特质、他摆脱了一切"物役"而获得绝对自由，相对世界的一切变化对他毫无影响，他逍遥于绝对世界之中。这样的"真人"，死生如一，来去自由，不知忧虑，他不自伐其功，不自悔其过，心胸广阔，神态巍峨，其情感虽有凄然似秋、暖然似春的变化，但永远"与物为春"，青春常驻。他能乘云气，骑日月，遨游于四海之外。一句话，"将旁礴万物以为一"（《逍遥游》）。这个"真人"的个性、气质和性格内蕴，与整部《庄子》中所表现出来的庄子的个性气质、人生观、生死观，以至于兴趣爱好、喜怒哀乐的追求完全一致。庄子的心灵个性和精神特质，全都浓缩在"真人"的形象之中。其精髓就是彻底摆脱一切束缚，追求人格的独立和精神自由。这是庄子看透了那个黑暗社会之后幻想出来的美好然而不切实际的理想形象。"真人"者，"至人"者，乃庄子其人也！要说浪漫主义，这才是《庄子》浪漫主义最鲜明的表现。

应该注意的是,庄子在塑造这一系列形象时,并不汲汲于形象的外观形态的可视可感,而是追求他的"神"的逼真,追求他的心理——精神的理想人格的内在逼真。"形若槁木,心如死灰",就是庄子准确生动而又极其简洁地概括出来的艺术形象的形神兼备的总体特征。当然,我们也不会忘记那藐姑射山上的神人,他可以说是庄子笔下一个最有血有肉的具体可感的形象:"肌肤若冰雪,绰约若处子。"然而它仍然只是一个理想的精灵:"不食五谷,吸风饮露;乘云气,御飞龙,而游乎四海之外。"它看似有血肉肌肤,貌似饮食男女,却仍然是绝对世界里的"真人"。读者对他只能以神遇而不能穷其貌。在这些"真人"、"至人"身上,作者倾注了自己的全部热情,倾注了自己的全部理想和追求。这种艺术追求和艺术表现,正是作者表现自我、抒写心灵世界的必然产物。

出于这种对人格独立和精神自由的追求,出于对现实的超越,《庄子》为数不多的自然景象的描写,同样是作为独立的寄托作者心灵的物质表现,是庄子人格精神的物化。它表现出作者不受景物所具有的一般意义束缚的想象力和宇宙感。《齐物论》中对"地籁"、"人籁"、"天籁"的描写就是如此。其中写众窍之状,千姿百态,风发之响,奇诡瑰玮。对于厉风作而万窍怒号的情状,作者写得千变万化,模形拟声,形神俱现,充满了奇巧的想象,它成为宋玉写风之嚆矢。然而作者仅为写风发之状吗?庄子写"三籁"之不同,是为了说明相对世界与绝对世界的差别。"地籁""吹万不同",非有成心,咸其自取。"天籁"则达到了自然无为的境界。可见,作者描写"三籁",仍然是要表现追求自然、排除束缚的理想境界,以借喻的手法来表现"人的本体存在与宇宙自然存在的同一性"(李泽厚:《漫述庄禅》)。还有"庖丁解牛"也是如此。把繁重的宰牛劳动描绘得像诗一般美妙,如音乐舞蹈一样动人,其旨在说明处世当"因其固然"、"依乎天理",唯其如此,才能得到绝对自由,在技巧上也才能达到出神入化的纯妙境界。其他如佝偻承蜩,轮扁斫轮,吕梁丈夫蹈水,梓庆凿鐻,匠石运斤等寓言,皆有异曲同工之妙。这些寓言人物,也是作者人格、精神和心灵的寄托者,是"适己"的产物,贯注着作者的哲学追求和美学追求。

二

文学最根本的原动力，就是情感。庄子是带着自己独特的个性感情去感受生活、认识生活的。他的感情抒发，也带上了明显的个性特征，表现为不为传统和习俗的成规所拘限，也不为狭隘的功利目的所束缚，只求"适己"罢了。

刘熙载说，庄子"寓真于诞，寓实于玄"（《艺概》）。《庄子》不是以创造艺术形象为其主要目的的叙事性文学作品，而是哲学著作。作者不是用纯粹的观念和抽象的哲学思辨来写作，而是用文学手段进行形象性的表现，这就必然贯注着自己的感情。事实上，作者是用他的整个心灵和全部感情去创造这一文学杰作的。他的感情蕴藏在波谲云诡的描述中，寄寓于哲学化的形象中。也就是寓真情于荒唐之言，寓实情于玄妙之语。它与后代的一些为了某种需要而屈心抑志地表现不真实感情的作品不同，《庄子》中的感情，与作者的个性、心灵是相通为一的，是创作主体的深层精神意识的揭示，是感情上的"适己"。

《庄子》一书对于"道"做了热情的描写和赞颂。在庄子笔下，"道"是人体感官所不能察知的、无形的、不可捉摸的。《大宗师》说：

> 夫道有情有信，无为无形，可传而不可受，可得而不可见。自本自根，未有天地，自古以固存。神鬼神帝，生天生地，在太极之先而不为高，在六极之下而不为深，先天地生而不为久，长于上古而不为老。

表面上看，"道"多么冷峻、无情，超然绝世。其实这只是一个方面。这方面的感受，来源于作者对现实世界的冷峻观察和冷静的哲学总结。另一方面，又洋溢着作者追求理想的精神境界的全部热情。作者在上面的那段话后面，又把"道"描写成无所不在，永恒不灭，是那样的具体可感，它与帝王、日月山川等社会、自然现象密切联系着，"道"是经天纬地、治国平天下的凭借和工具。它是人们可以如此亲近的东西，同人的力量和幸福密切相关。它看似虚幻，却又经常和物质世界、社会生活联系在一起，它甚至"在蝼蚁"、"在稊稗"、"在瓦甓"、"在屎溺"（《知北游》）。如果不是对"道"充满了感情，作者可能对这种玄虚的"道"作出如此切实具体的想象吗？在庄子的绝对世界里，"道"将"旁礴万物"、"与物为春"，它完全不是一个毫无感情的冰冷怪物，它向我们展示的是作者充满感情的丰富的内心世界。

庄子对自己笔下的"体道者"的形象，同样倾注了满腔的热情。《德充符》中描写了几个形残德全之人的形象。他们虽然形残貌丑，却具有"至美"的德行和心灵，尤其是哀骀它，他"以恶骇天下"，却吸引了那么多的男女，妇人见之，甚至"请于父母曰：'与为人妻，宁为夫子妾！'"天下人都认为他是一个"至美"之人。可见这种美感，并非取决于相貌，而在于德行心灵之美产生的精神上的相通和吸引。再如《大宗师》中，子桑户、孟子反、子琴张三人的"莫逆于心，遂相与为友"：

> 莫然有间而子桑户死，未葬。孔子闻之，使子贡往侍事焉。或编曲，
> 或鼓琴，相和而歌曰："嗟来桑户乎！嗟来桑户乎！而已反其真，而我犹
> 为人猗！"

这些人如此放达，如此超脱，没有一点对于生的眷恋，对于死的忧伤。这种活泼可爱、乐观达生的态度，足以感染读者而产生轻死生的人生态度。庄子对于理想人物的感情，主要不在于用赞赏的语言直接抒发自己的情感倾向，而重在突出他们精神和人格上的可爱，使人们在理解他们的精神实质和人格的同时，对他们产生浓厚的喜爱之情。我们读《逍遥游》中的鲲鹏，常因其气势磅礴、雄伟壮美而心胸为之开阔，精神为之振奋，心志更加高远；读藐姑射山上之神人，又因其冰清玉洁、秀美剔透而心灵因之净化，思虑为之纯洁。这些，都是通过庄子饱含感情的描写所得到的陶染。

作者本意是要阐发他的哲学思想。如果纯思辨的论述以抽象思维的方式表达，必然干涩枯燥。其高妙之处，是作者把抽象思维与自觉表象运动融合起来，从而结出丰富而生动的艺术形象的硕果。而联结抽象思维与自觉表象运动的纽带，便是情感。庄子对他理想的"道"充满感情，当他以艺术形象来表现他的"道"时，其个性情感便明显地贯注在对这些形象的描绘之中。我们看到，在庄子的寓言中，游鱼、蝴蝶、泽雉、栎树，甚至髑髅，都被人格化，都寄托作者的真感情，赋以作者的性格和精神状态。而对那些非"道"

者,则比之为鸥鶵、腐鼠、蚊虻,其爱憎感情是非常分明的。

有的论著说:"'重生'、'养生'、'保身',是贯彻《庄子》全书的基本思想,人的生命的价值在庄子思想中占有崇高的地位。"(李泽厚、刘纲纪:《中国美学史》第一卷)庄子主张"自然无为"、"安时处顺"、"天人合一",他要排除荣辱名利、是非寿夭、仁义礼制等一切束缚人们延长生命的桎梏,追求生命的永恒和无限。"道与之貌,天与之形,无以好恶内伤其身"(《德充符》),这是他一生奉行的戒律。他所称道的"天地与我并生,万物与我为一",是他对生命永恒的追求与赞叹。但是,这只是理想世界的一方而。现实社会却是杀生、伤生,束缚人格的独立,窒息精神的自由。因此,愤世嫉俗的感情必然毫无遮拦地流露于《庄子》全书中。这是互为补充的两个方面。

愤世嫉俗是庄子对现实生活的认识态度,也是他对现实生活的基本感情态度,这主要表现在两方面:一是对现实黑暗的深刻揭露;一是对诸子各家,主要是对儒家仁义道德的批判和嘲讽。

《人间世》中,作者揭露了人世间种种惨不忍睹的险恶面貌。在庄子眼里,统治者都是如卫君那样独断专横:"轻用其国,轻用民死。"君臣之间疑心重重,难以相处,臣属动辄得咎。世间"灾人灾于人"之事屡见不鲜。象关龙逄、比干这些"修其身以下伛拊人之民",反因"以下拂其上"而"身为刑戮"。可见统治者的暴戾和残忍。无辜者惨遭杀戮,横尸遍野,整个社会成了一个纷争扰攘、人吃人的陷阱。在《山木篇》中,作者以"螳螂捕蝉,黄雀在后"的寓言,生动比喻这种你争我夺、弱肉强食的社会现实。在这样的社会中,甚至像惠施这样的挚友,也怀着猜忌、狭隘的小人之见,如鸥鶵得腐鼠一样,生怕相位被夺而猜忌庄子(《秋水篇》)。这就揭露出,在这样的社会中,连人性都被改变被扭曲了。

作者把他的锋芒直指最高统治者。"窃钩者诛,窃国者为诸侯。诸侯之门而仁义存焉。"(《胠箧》)圣知仁义就是如此的虚伪丑恶。作者借市南宜僚之口,点出统治者的权位之争,是一切祸殃的根源(《山木》),并愤怒地揭露:"今处昏上乱相之间,而欲无惫,奚可得邪? 此比干之见剖心征也夫!"(《山木》)诸侯之间的不义战争,如在蜗牛的左右触角进行的无谓的厮杀,统治者"时相与争地而战",结果是"伏尸数万",生灵涂炭。庄子要求得全身远害,要"处乎材与不材之间",拒楚聘,"将曳尾于涂中",正说明他对现实有清醒的认识,从庄子的精神性格来说,他要求彻底的自由,要求"适己";从现实生活来说,他要反对压迫,松开束缚,解除"倒悬"。因此,与其说他是混世主义、滑头主义,毋宁说是以不合作的态度对现实社会黑暗的一种抗议。

战国时期,是诸子百家争鸣的时代。儒家以其"仁义礼制"为中心内容的思想,更适合统治者的需要。当它的统治工具性质日益明显时,其虚伪性和帮凶性质也进一步暴露。庄子以其犀利的目光,在冷静的观察和思考中,给予辛辣的嘲讽和无情的揭露。在庄子的笔下,孔子、颜回、子贡、鲁哀公、伯夷、叔齐等儒家圣贤,都消逝了他们头上的灵光。作者或投以蔑视,或加以挖苦,或予以丑化,表现出强烈批判精神。《盗跖篇》中写盗跖见孔子,"大怒,目如明星,发上指冠","两展其足,案剑嗔目,声如乳虎"。这种稍带夸张的描写,发自作者充满着强烈爱憎感情的内心。特别入木三分的是《外物篇》中"儒以诗礼发冢"的描绘,揭露儒者打着《诗》《礼》的招牌,干出肮脏的勾当。这是多么深刻绝妙的讽刺!这一则寓言,宛如一把灵巧犀利的手术刀,一下子划破了儒家罩在脸面下的轻纱,坦露出他们贪鄙、凶狠、污浊的本性和崇尚诗礼的虚假面目。无怪乎作者在《田子方》中写道,在儒家的发祥地鲁国,众人皆是身着儒服的伪儒,一到生死攸关之时,连儒服这一虚伪的外衣也不要了。所以,仁义成为"禽贪者器"(《徐无鬼》),是"重利盗跖","圣人不死,大盗不止"(《胠箧》)。圣人设仁义以治民,犹伯乐为马"加之以衡扼,齐之以月题"(《马蹄》),是加在人民身上的"桎梏凿枘"(《在宥》)。天下"莫不奔命于仁义"(《骈拇》),结果是弄得"残生伤性","以身为殉"。仁义之设,束缚了人性,扭曲了人的自然之性,最为庄子所深恶痛绝。因此其批判也最为激烈。

庄子的愤世嫉俗之情,同样是建立在对现实社会的敏锐观察、冷静分析和深刻揭露之上的。作者表达自己的整个认识并探索其前因后果时,都带上了自己的感情色彩。我们若远距离地宏观作品,似乎觉得《庄子》的感情抒发不免有"浑沌"之伏,然而近距离地透视,却发现作者的感情又是如此纤细,尤其是对于人间的痛苦、黑暗和不合理,有一种特别的敏感,能敏锐地感受天下的细微的忧思和极微小的痛苦。正因为如此,可以说,庄子却还没有完全躲进他自己所构建的绝对世界的真空罩里,他的心灵与人民的心灵有相通的一面,与人民一起承担着人间的痛苦。所以,他的笔端常带着热情:有尖刻的讽刺,辛辣的嘲笑,也有强烈的不满,愤激的抨击。胡文英说:"庄子眼极冷,心肠极热。眼冷故是非不管;心肠热故感慨无端。"(《庄子独见·庄子论略》)。《庄子》的抒情写性,不论是冷眼,或是热心,都只求直抒胸臆,一吐为快,不受约束。它决没有某些诸子散文那样只是在某种道德规范里面发发感慨,寄托胸臆,绝不脱离这种道德规范的轨道而给人小心翼翼不越雷池之感。之所以有这样的区别,就在于庄子所追求的精神境界,只是一个理想世界,然而他又是生活在现实之中,不可能拔着自己的头发离开地球,因此他不免看到虚伪,看到污浊。他对理想世界的强烈的爱和追求,必使他对现实黑暗产生刻骨的恨和进行激烈的批判。这个矛盾,通过作者的创作得到了心理上的解决,自我情感的宣泄也得到实现。

三

基于上述两方面的理解,我们对作为文学作品的《庄子》的表现手法的独特性,也就不难理解了。《庄子·天下篇》说:

> 以谬悠之说,荒唐之言,无端崖之辞,时恣纵而不傥,不以觭见之也。以天下为沈浊,不可与庄语,以卮言为曼衍,以重言为真,以寓言为广。独与天地精神往来而不敖倪于万物,不谴是非,以与世俗处,其书虽瑰玮而连犿无伤也。其辞虽参差而俶诡可观。

这一段话具体地阐述了庄子的创作个性和艺术特征。庄子的个性是"独与天地精神往来","不敖倪于万物","不谴是非",要求彻底的精神解放而遨游于绝对自由的逍遥境界。但是,"天下沈浊,不可与庄语"的现实,以及作为统治阶级精神支柱的儒家礼制严重地束缚了个性的发展,使庄子陷入个性表现与现实压抑的尖锐矛盾之中。庄子根本不屑于像儒家学者那样,屈心抑志强作"庄语"以为说教,抑制自我感情,窒息精神上的自由和人格上的独立,禁锢自己思想的阐发。因此,庄子"恣纵而不傥"的性格与反抗矛盾束缚的顽强性,使他不得不采用"谬悠之说,荒唐之言,无端崖之辞","以卮言为曼衍,以重言为真,以寓言为广"的创作方法。从哲学思想的表达来说,这是一种变形了的扭曲了的表述;从文学上说,却是一个石破天惊的创举。"其书虽瑰玮而连犿无伤","其辞虽参差而諔诡可观",就在于它把抽象的哲学道理寄寓于生动的艺术形象中,人们在感受其意象特征的同时,也具体形象地领会了它所包容的哲理。真个是"随风潜入夜,润物细无声"。李白赞之为"吐峥嵘之高论,开浩荡之奇言"(《大鹏赋》),正是看到了《庄子》的超乎常人、一反传统的新面貌,为传统的文学表现方法带来了一股清新的空气。

《庄子》对于后世文学的影响是巨大的。然而它绝不止于文学表现手法。它的思维方式,感受生活的方式,审美经验,抒发心灵、表现自我的个性特征,对后世文学产生了巨大的渗透作用。因此,从文学的主体性来认识《庄子》,对于考察它的影响和渗透,或许会有更大的帮助。本文的探讨虽然意在于此,然所论未免稚嫩,或许有错,但总算是有感而发而不揣谫陋,就教于大方之家,也算是"自恣以适己"吧。

原载《江西师范大学学报》1987 年第 1 期

中国古代寓言的艺术审美特征

中国古代寓言起源于先秦时期,并在先秦时期形成创作高峰。先秦寓言大都存在于诸子著作和先秦史书之中,它们以自身独特的形式,成为诸子散文和历史散文的有机组成部分,堪称古代散文艺术中的一朵奇葩。

寓言是一种形象(故事)和理论(寓言)相结合的边缘文学样式,就文体特点来说,是叙事与议论相结合的作品(参见陈蒲情:《中国古代寓言史》)。莱辛在解释寓言的本质的时候就曾说:"要是我们把一句普遍的道德格言引回到一件特殊的事件上,把真实性赋予这个特殊事件,用这个事件写一个故事,在这个故事里大家可以形象地认识出这个普遍的道德格言,那么这个虚构的故事便是一则寓言。"(莱辛:《论寓言的本质》)这个论述,起码包含了对寓言的两个最基本的要求,即一要有故事情节,要有形象;二要有道德教训,也就是要有寓意。

作为第一条要求,中国古代寓言的特征是非常明显的。中国古代寓言都是生动有趣的小故事。我们可以随便举出几例。如"揠苗助长":

> 宋人有闵其苗之不长而揠之者,芒芒然归,谓其人曰:"今日病矣,予助苗长矣!"其子趋而往视之,苗则槁矣。(《孟子·公孙丑上》)

这个故事包括几个情节:宋人闵其苗之不长—揠之—归—谓其人—其子趋而往—苗槁,等等。这几个情节构成一个完整的故事。宋人这一形象也相当鲜明:闵其苗之不长,一副忧心忡忡的样子;揠苗而芒芒然,疲惫不堪,谓其人时,却又是一副自得的神态。宋人,宛然一个愚蠢而又自以为是的形象。再如"狐假虎威":

> 虎求百兽而食之,得狐。狐曰:"子无敢食我也! 天帝使我长百兽。今子食我,是逆天帝命也! 子以我为不信,吾为子先行,于随我后,观百兽之见我而敢不走乎?"虎以为然,故遂与之行。兽见之,皆走。虎不知兽畏己而走也,以为畏狐也。(《战国策·楚策一》)

这个故事包括虎得狐—狐诡辩—虎随狐行—百兽走等几个情节。其中虎的憨厚无知,狐的狡黠多端,都写得相当精彩。先秦寓言,都有可感鲜明的形象和具体的情节。它们的情节还比较完整,有开头,有发展,有结局。这里就更不用说后代的寓言小品和寓言小说了。像柳宗元的寓言,情节已相当复杂,形象更加完整。故事情节是寓言的基本架构,没有了故事情节也就没有寓言。同时寓言形象还要求有自身的个性,即莱辛说的"把真实性赋予这个特殊事件"。没有个性的形象,寓言也就苍白无力。

就寓言中"特殊事件"的构成来说,中国寓言与外国寓言有很大的不同。古希腊寓言以动物故事为主,如《伊索寓言》。印度寓言有动物,也有人物。而中国寓言多以人物故事为主。像《韩非子》、《战国策》、《吕氏春秋》等,历史故事与人物故事占了故事的大部分。这一点,正体现了中国寓言的民族特色(参见陈蒲情:《中国古代寓言史》)。第二条要求,是要有寓意。"寓言"之名称,最早见于《庄子》。《庄子·寓言》说:"寓言十九。重言十七,卮言日出。"王先谦注为:"寄寓之言,……意在此而言寄于彼。"《庄子》中"寓言"的意思,与作为文学样式的"寓言"还有些微差别,但清人王先谦的解释,恰好说明了作为文学样式的"寓言"的寓意特征。寓言不是专注于描绘生活,反映社会现实,而是表现思想。它是将抽象的理念通过具体的故事情节反映出来,是理性认识的感性式表现。因此寓意便成为寓言的内质,成为寓言形象内在的精髓。没有寓意,也就不成为寓言,只能是一般的故事或是比喻。

中国古代寓言,大都是寓意深刻、韵味隽永的。如《孟子》中的"攘鸡"

与《列子》中的"献鸠",尖锐地揭露了统治者假仁假义的伪善。大家所熟悉的"画蛇添足"、"郑人买履"、"杞人忧天"、"愚公移山"、"滥竽充数"、"刻舟求剑"等,其寓意都是鲜明深刻的。再如柳宗元的《三戒》,苏轼拟《三戒》作的《二说》,刘基《郁离子》中的"狙公失狙"、"中三猫"等,莫不如此。《庄子》中的寓言,更是与它的哲学思想达到水乳交融的境地,要了解庄子的哲学,不可能绕开《庄子》的寓言,没有寓言,庄子哲学的表达方式实在难以想象。

当然,寓意的表达方式可以有各种样式。王焕镳曾把它概括为五种方式(参见王焕镳:《先秦寓言研究》)。先秦寓言的寓意表达方式,主要是两种方式。一种是在寓言前或后由作者点明主旨。如《孟子》中的"学弈",先发议论说"今夫弈之为数,小数也,不专心致志,则不得也"。"齐人有一妻一妾",则是在故事结束后说出主旨:"由君子观之,则人之所以求富贵利达者,其妻妾不羞也而不相泣者,几希矣。"再一种是由故事的结局或解释结局来暗示寓意。如"揠苗助长"中的"其子趋而往之,苗则槁矣"。"守株待兔"中的"兔不可复得,而身为宋国笑"。或如"买椟还珠":"此可谓善卖椟矣,未可谓善鬻珠也。"也有不点明主旨的,如"人有亡鈇者"、"齐人攫金",《韩非子》中的《说林》,故事讲完,主旨自可意会,不必明言。

中国古代寓言故事形象常能给读者留下强烈的印象而广为流传,以至于变为成语和格言,于是它的客观意义有时往往大于作者的原始寓意,具有深刻的哲理意义。如"揠苗助长",孟子的原意是以此批评告子把"仁义"当作外加的东西,急于求成而不重视内心修养,但是,后世拿它来告诫人们:谁违反客观规律,谁就要受惩罚。"画蛇添足"本是陈轸劝告楚令尹昭阳不要居功自重,否则将物极必反,反遭祸殃。今天,人们拿它来告诫别人不要节外生枝,弄巧成拙。其他如"庖丁解牛"、"一举而兼两虎"、"望洋兴叹"等等,均可以疏离原生寓意,突破时间、空间的限制而赋予新的寓意。

善于设譬,深于取象,是先秦诸子散文最大的特征,这个特征是由寓言来承担的。清人章学诚说:"然战国之文,深于比兴,即其深于取象者也。《庄》、《列》之寓言也,则触蛮可以立国,蕉鹿可以听讼。《离骚》之抒愤也,则帝阙可上九天,鬼情可察九地。他若纵横驰说之士,飞箝捭阖之流,徒蛇引虎之营谋,桃梗土偶之问答,愈出愈奇,不可思议。"(《文史通义·易教下》)章学诚所举触蛮立国、蕉鹿听讼、徙蛇引虎、桃梗土偶,都是寓言。所谓深于取象,即选用某种具体事象,连类比附,或是类比推理,来说明具体道理。这种"取象"之用,常常又同譬喻连在一起,早期的寓言还常带上一个"譬"字或"喻"字,如:

> 譬有人于此,其子强梁不材,故其父笞之。其邻家之父,举木而击之曰:"吾击之也,顺于其父之志。"则岂不悖哉? (《墨子·鲁问》)
>
> 王好战,请以战喻。填然鼓之,兵刃既接,弃甲曳兵而走。或百步而后止,或五十步而后止。以五十步笑百步,则何如? (《孟子·梁惠王上》)

诸子论说好用譬喻,似乎已成习惯。刘向《说苑·善说篇》记载了一则惠施的故事:

> 客谓梁三曰:"惠子之言事者,善譬。王使无譬,则不能言矣。"王曰:"诺。"明日见,谓惠子曰:"愿先生言事则直言耳,无譬也。"惠子曰:"今有人于此,而不知弹者,曰:弹之状若何? 应曰:弹之状如弹。则谕乎?"王曰:"未谕也。"于是更应曰:"弹之状若弓,而以竹为弦,则知乎?"王曰:"可知矣。"惠子曰:"夫说者,固以其所知谕其所不知而使人知之。今王曰无譬,则不可矣。"王曰:"善。"

不用譬喻,好像已无法说明问题。"以其所知谕其所不知而使人知之",这就是譬喻的作用。黑格尔说:"在比喻里面有两个因素要浮现在我们眼前,首先是一般性的观念,其次是具体的形象。"(《美学》第二卷,第13页)"一般性观念"是事理,是逻辑思维的结果,"具体的形象"是形象思维的范畴。在比喻中,这两者(喻体与被比喻体)是不相同的,但在事理内核上又是共同的。唯其如此,比喻才有意义,也才有力量。正如理论只有插上形象的翅膀才更有威力一样。这也就是诸子好用比喻来说明事理的原因。单个的比喻再进一步发展,便是使用具有寓意的故事来阐理说教,于是产生寓言。当然,寓言发展到成熟阶段,它的作用已经不是单纯的"以其所知喻其所不知",而是作为理论的论据,或理论的例证,以此证彼。以加强理论阐发的力量。所以,诸子散文的寓言,已不是可有可无的表现手法,而是构成文章的主体,没有它们,文章似乎难以存在。尤其是那些引用寓言来阐述道理的文章。如《列子》中的《汤问》、《说符》,《韩非子》中的《说林》、《储说》,就是如此。

寓言的另一个艺术手法是虚构和夸张。寓言的目的不在于描写真实的生活,而在于贴切地借故事阐明事理,可以广泛取材,大胆虚构。动物、植物寓言、神话故事寓言是虚构的且不说,就是以人物或历史人物为素材的寓言,也有许多是虚构的。如"儒以诗礼发冢":

> 儒以诗、礼发冢。大儒胪传曰:"东方作矣,事之若何?"小儒曰:"未解裙襦,口中有珠。"《诗》因有之曰:'青青之麦,生于陵陂。生不布施,死何含珠为?'按其鬓,压其颥,儒以金椎控其颐,徐别其颊,无伤口中珠。"(《庄子·外物》)

儒者的行径,荒唐可恶,似乎只会出现在庄子笔下,它辛辣地讽刺了儒家的假仁假义,揭露了他们伪君子的行径。

夸张的手法在寓言中也是常见的。《庄子》里头的鲲鹏展翅九万里,任公子钓大鱼,匠石运斤等,都是典型的夸张。《列子》里写韩娥,也用了夸张的手法:

> 昔韩娥东之齐,匮粮,过雍门,鬻歌假食。既去,而余音绕梁欐,三日不绝,左右以其人弗去。过逆旅,逆旅人辱之。韩娥因曼声哀哭,一里老幼悲愁垂涕相对,三日不食,遽而追之,娥还,复为曼声长歌。一里老幼喜跃抃舞,弗能自禁,忘向之悲也。乃厚赂发之。故雍门之人至今善歌哭,放娥之遗声。

韩娥的歌声绕梁三日而不绝;曼声哀哭,一里老幼相对垂涕悲哭;曼声长歌,一里老幼欢欣鼓舞。这样的夸张,反衬出韩娥演唱技艺的高超。柳宗元的《李赤传》写李赤一再地钻入粪坑吸吮臭粪,也用了夸张的手法。

寓言的虚构与夸张离不开坚实的生活基础,它受制于形象原型的自然属性,通过想象表现事物的本质,不但不给人以虚构的感觉,反而如突出了寓言形象,产生更强烈的效果。

　　寓言的再一个艺术手法是拟人化。中国古代神话的幻想手法,为古代寓言提供了很好的借鉴。中国古代寓言中相当一部分以动物、植物或无生物为题材的作品,都被赋予人格化的特征。这只要列出一串寓言故事的名称就可一目了然:"鲲鹏与斥鷃"、"罔两问景"、"埳井之蛙"、"涸泽之蛇"、"三虱食彘"、"神丛"、"土偶和桃梗"、"鹬蚌相争"、"临江之麋"、"黔之驴"、"永某氏之鼠"等。作者借助于这些自然物的原本特性,运用丰富的想象,不但使它们活起来,而且充满活力,作者给他们注入了人的性格,来寓托事理,影射现实,因此常常充满情趣,使人在忍俊不禁中得到启发,受到教育。

　　从思维特征的角度来看,寓言作者在思维及其表达过程中,不是运用概念、判断、推理等逻辑范畴来阐述事理,而是通过具有直观特征的具体形象、类化表象和集体表象以及它们的组合来表达,具有原始思维中意象思维的特征。这是一种从具体形象符号中把握抽象意义的思维活动。

　　早在《周易》时代,人们便提出"立象以尽意"的思维方式:"圣人有以见天下之赜,而拟诸其形容,象其物宜,是故谓之象"(《系辞上》),意为圣人阐发幽深的道理,把它比拟具体的形象,以此来象征特定的意义,所以称"象"。又说:"古者包牺氏之王天下也,仰则观象于天,俯则观法于地,观鸟兽之文与地之宜。近取诸身,远取诸物,于是始作八卦,以通神明之德,以类万物之情。"(《系辞下》)说的也是通过观察自然界的各种物象,以喻示深刻的道理。"立象以尽意",是对事物具体剖析过程的超越,将丰富的认识过程略去而直接以能涵盖这些过程的"象"来启发、诱导人感悟。它的基本要求是取象与取义相结合。以文学作品来讲,要求作品中的思想必须包含或寄托于具体的物象之中,通过物象表现出来。这种取比的方式,和寓言譬喻作用是相同的。寓言把深刻的道理寄寓于具有生动故事情节的形象中。在思维特征上,寓言思维也具有意象思维的特点。章学诚所说的"战国之文,深于比兴,深于取象",与《周易》的"立象以尽意",实质上是相通的。

　　寓言这种思维和表达方式,常常可以起到"以义起情,借类(象)达情"的作用。它借形象表达抽象的思想和理论时,可以做到"象"、"意"交融,情物交融,生动直观形象,易于使人接受并感悟其蕴含的道理。

　　寓言是散文艺术中的一朵奇葩,它给人美的感受。

　　历来,人们对于寓言,更多是重视它带给人们的道德教训,而绝少注意到寓言的美,这是一种极大的疏忽。寓言总是借此喻彼,借浅喻深,借近喻远,借小喻大,借古喻今,化深奥为浅显,化抽象为具体,化腐朽为神奇。它不乏幽默与机智,读完令人忍俊不禁,这些都体现了寓言的美学价值。

　　就道德教训来说,它能给人审美的愉悦吗? 回答应该是肯定的。贺拉斯说过:"得到普遍赞赏的是融会实益和乐趣的,他叫读者同时得到快感和教训。"(贺拉斯:《诗艺》)"同时得到快感和教训",寓言便具有这样的功能。莱辛说过:"寓言的魅力体现于重理本身。"这两个人讲的"快感"、"魅力",也就是寓言的审美感受。寓言是人类智慧的结晶,这种智慧的结晶通过生动的形象、故事情节表现出来,不是给人一种美的享受吗?

　　说到寓言的美学特征,首先,它具有智慧美。

　　寓言汇集了人类众多的智慧,表现出人们的聪明才智,其中所蕴含的道德教训、哲学见解、人生观点、治学处世之道,本身就是人们长期对社会生活认识淘洗的结果,其中蕴含的道德教训,蕴含的哲理,启迪人们的心智,给人美的陶冶。如《吕氏春秋》中的"荆人涉澭"、"刻舟求剑",人们在对荆人和涉江楚人的嗤笑中,便领悟了这样的道理:客观事物是不断变化的,人们的思想行动要适应变化了的客观现实,否则就要碰钉子。《淮南子》中的"塞翁失马",其蕴含的哲理就是《老子》里说的"祸兮福所倚,福兮祸之所伏"。《老子》格言式的教训,固然精辟,但未免显得干涩,"塞翁失马"的形象,便是《老子》这一精彩哲理的美学化身。所以,寓言的美感,首先来自于所蕴含的寓意,来自于它的智慧的光芒。故事情节和形象只是寓意的载体,也就是智慧的外在形式。失去了寓言这个内核,形象与情节就失去美的光泽。

　　寓言的美和善结合得最为紧密。这主要在于寓言的寓意多是进行道德教训,启示哲理,或者讽刺现实社会。中国古代寓言中针砭时弊、讽刺社会的寓言很多,如"三虱争肥"(《韩非子》),辛辣地讽刺了贵族阶级内部尽管勾心斗角、矛盾重重,但在吸吮百姓的鲜血这一点上是完全一致的;"触蛮之争"(《庄子》)则讽刺统治者的贪婪残暴、穷兵黩武;"齐人乞墦"(《孟子》)是对那些热衷于富贵利禄者的讽刺与嘲笑;"设为不宦"(《战国策》)则揭露了田骈之流标榜清高,言行不一的伪君子的真面目;"蟾蜍与蚵蚾"(《郁离子》)是对士林中那些贪婪污浊的败类的讽刺,等等。寓言的寓意是非常丰富的,它蕴含着道德教训,是一首劝诫之歌;它给予哲理的启示,是一朵智慧之花;它讽刺社会,是匕首,是投枪。这些都可归结为道德的善。美和善结合,以善为美,这是中国古代美学,尤其是儒家美学观念的最重要特征。中国古代寓言,在这一点上结合得最为完美。

寓言的智慧之美,还在于它具有自己独特的美的韵味,即它的美感是通过鲜明的形象对真理的载荷,机智、巧妙地对真理的表达,情节的引人入胜对智慧的展现,在轻松机敏的氛围中产生。它利用真理与形象的有机结合,把人类智慧的光芒焕发出来,产生一种奇特的美感,让人们在欣赏形象、情节的同时,领悟真理的启迪,浸润智慧的光辉,产生审美的愉悦。

寓言美的第二个特征是形象美。寓言中的形象,与小说、戏剧等叙事文学中的形象有所不同。小说戏剧中的形象常强调性格的塑造,对环境、气氛、场景的渲染等。而寓言中的形象却非如此。常常会遇到这样的情况,读完一篇小说,甚至一部长篇小说,似乎什么也记不住了,但读完一则寓言,其中鲜明的形象却让你永远难以忘怀。这是寓言形象的美学力量所产生的结果。寓言的形象大多简括,但却很传神,它不重在塑造性格,而重在说明事理。寓言固然短小,然而它给予人们心灵的震撼,有时不亚于一篇长篇大论或一部小说。这就在于寓言内涵的真理的力量。所以,寓言的形象美,除了鲜明的形象外,还有深刻的内涵。莱辛说:"真理需要寓言的优美。"(莱辛:《幻象》)真理的优美要通过形象来体现。而深刻的真理内涵,给形象注入永恒的美的内核。

中国古代寓言大都能做到形象与寓意的和谐统一。寓言中的喻体(形象)与寓意总是非常协调地互相呼应,喻体和被比喻体在内容或性质上常有非常贴切的相似,所以用它来说明某个事理,非常贴切、生动。"狐假虎威"是《战国策》中江乙对荆(楚)宣王之问讲的一个寓言。江乙把虎比作荆宣王,狐比作昭奚恤。北方之国畏昭奚恤,只是假象,实质上是昭奚恤仗着荆宣王的力量耀武扬威,就像故事中狐狸假借老虎的威势一样,而荆宣王之受蒙蔽,也就跟老虎受蒙蔽是一样的。这里,虎和狐的形象与荆宣王、昭奚恤这两个人物，"狐假虎威"与昭奚恤依仗楚王威势的现象，是如此地相似，作者的讽刺意义与动物的形象关系非常吻合，使寓言形象与所要表达的寓意达到了高度和谐的统一。正因为如此，"狐假虎威"成了一个隽永、耐人寻味的不朽美学形象。

就寓言形象本身的刻画来说，古代寓言中不少作品也已臻于完美。如《礼记·檀弓下》中的"嗟来之食"：

> 齐大饥，黔敖为食于路，以待饿者而食之。有饥者，蒙袂辑屦，贸贸然来。黔敖左奉食，右执饮，曰："嗟！来食！"扬其面而视之，曰："予唯不食'嗟来之食'，以至于斯也！"从而谢焉，终不食而死。

齐国的这位饥者，不食"嗟来之食"，体现了他的血性与骨气。寓言赞美了"守义不辱"的凛然气节。这样的精神寓意，正是通过饥者的形象表现出来的。饥者的动作、语言、神态，尽管十分简练，但是相当生动、逼真。每当我们提倡"不食嗟来之食"的气节的时候，必然联想到"饥者"的形象。

再看《淮南子》中的"塞翁失马"：

> 近塞上之人，有善术者，马无故亡而入胡，人皆吊之。其父曰："此何遽不为福乎？"居数月，其马将胡骏马而归，人皆贺之。其父曰："此何遽不为祸乎？"家富良马，其子好骑，堕而折其髀。人皆吊之，其父曰："此何遽不为福乎？"居一年，胡人大入塞，丁壮者引弦而战。近塞之人，死者十九。此独以跛之故，父子相保。

塞翁家的马跑到胡地去了，这是祸；然而他家的马却带回一匹胡人的骏马，这又是福；塞翁的儿子骑马摔折了大腿，这又是祸，但是胡人入侵，塞翁儿子因残而父子相保，这又是福。这两则寓言故事，跌宕起伏，引人入胜。塞翁处变不惊、无视宠辱、老练沉稳的性格相当生动精彩。祸福相因的哲理和塞翁失马的形象完美地融合在一起。

寓言美的第三个特征是语言美。寓言语言之美，在于简洁、凝炼。公木曾说："寓言在语言运用上的特点是：不要求语言狭义的确切，而要求语义的双关；一方面叙述故事，同时又意味深长地隐约地表现概念。它不是以语言从事细节描写,给人以生活实感,而是使用极简洁的警句式的语言,表现弦外之音,以启发人的认识。寓言所引起的感情的反应是短暂的,它的深长的意味能迅速升华为理性的光芒。所以寓言的语言,不是描绘性的语言,而是智慧性的语言。"(公木:《历代寓言选·前言》)寓言故事形象生动,精炼细巧,简洁质朴。寓言极少有臃肿的结构,繁琐的描绘,冗长的议论,而是三言两语,用白描的手法勾勒出一个可感生动的形象来。议论则要言不繁,画龙点睛,含蓄警策。寓言的语言富于概括性。中国有众多的成语或格言都是由寓言提炼加工而成的,如"杞人忧天"、"愚公移山"、"惊弓之鸟"、"叶公好龙"、"守株待兔"、"买椟还珠"等,就在于寓言故事本身有很强的概括力,从形象情节中就可以直接概括出它的主题和要义,因为寓言故事叙述的本身非常简洁明了。

古代寓言是散文,却充满了诗意和情趣,抑扬亢坠,如无韵之诗歌。有的冷峻峭刻,有的热情奔放,有的庄严深沉,有的跌宕纵横,有的恢诡谲怪,有的宏伟开阔,有的痛快淋漓,其风格之多样,令人如行山阴道上,目不暇接。这些,都将带给你无尽的美的享受。

原载《福建论坛》2002 年第 4 期

汪洋恣肆　仪态万方

——《庄子》的寓言

> 北冥有鱼，其名为鲲。鲲之大，不知其几千里也。化而为鸟，其名为鹏。鹏之背，不知其几千里也；怒而飞，其翼若垂天之云。是鸟也，海运则将徙于南冥。南冥者，天池也。

这就是《庄子》中的著名寓言《鲲鹏》。

《庄子》一书的不朽价值，在于用文学写哲学，将哲学文学化。作者本意是要阐发他的哲学思想，如果用纯思辨的论述以抽象思维的方式表达，必然干涩枯燥。然而作者的高妙之处，在于把抽象思维与自觉表象运动融合起来，结出了丰富生动的艺术形象的硕果。这就是采用了文学化的手法。文学化的重要标志，就是创作了大量的寓言故事。庄子自称"寓言十九"。司马迁说："其著书十余万言，大抵率寓言也。"（《史记·老庄申韩列传》）这些寓言，都是庄子哲学思想的形象外化。郭沫若说："庄子固然是中国有数的哲学家，但也是中国有数的文艺家。他那思想的超脱精微，文辞的清拔恣肆，实在是古今无两。他的书中无数的寓言和故事，那文学价值是超过他的哲学价值的。"又说："《庄子》这部书差不多是一部优美的寓庄周像言和故事集，他的寓言多是由他葱茏的想象力所构造出来的。"（《今昔蒲剑·今昔集》）所以，《庄子》一书中的两百则寓言，是庄子散文中的艺术精华。

庄子哲学与中国古代寓言艺术达到了水乳交融的地步。庄子的哲学思想，冲决传统的思想束缚，独辟蹊径，表现出独特的哲学思考与见解。庄子最基本的思想是主张"任自然"，想摆脱现实世界的束缚，追求绝对的精神自由，宣扬与世无争的人生态度。开篇所举"鲲鹏"的寓言，就是用来表现庄子万物"皆有所待"的思想：无论是高飞九万里，气势非凡的鲲鹏，还是蹦蹦跳跳的蓬间雀，都谈不上绝对自由，因为它们"皆有所待"。那么，什么才是无所待的绝对自由，即"逍遥游"呢？庄子又用了一个寓言来说明它：

> 藐姑射之山，有神人居焉。肌肤若冰雪，淖约若处子，不食五谷，吸风饮露，乘云气，御飞龙，而游乎四海之外；其神凝，使物不疵疠而年谷熟。

这个藐姑射之山上的神人，是庄子理想中的"道"的化身。他的形象那么俊美飘逸，他的情操那么冰清玉洁，他乘云气、御飞龙，不受世俗世界的任何约束而遨游于四海之外，他又能造福于人类，精诚专一，能使百物不受灾害，五谷丰登，这样的神人，才是"逍遥游"。

庄子主张纯任自然、返璞归真，主张绝圣弃智，甚至把知识看成罪孽，他用了一则"浑沌"的寓言进行巧妙的比喻和暗示：

> 南海之帝为儵，北海之帝为忽，中央之帝为浑沌。儵与忽时相与遇于浑沌之地，浑沌待之甚善。儵与忽谋报浑沌之德，曰："人皆有七窍，以视、听、食、息，此独无有。尝试凿之。"日凿一窍，七日而浑沌死。

儵与忽似乎出于好心，为报答浑沌的恩德，为他每天凿出一窍，七天过去，七窍是凿开了，浑沌却死去了。浑沌之死，就是"有为"的恶果。这一则寓言，把庄子"无为"的哲学思想演绎得再明白不过了。

庄子主张齐万物、一死生，所谓"举莛与楹，厉与西施，恢诡谲怪，道通为一"，就是说，从"道"的立场上看，小草和大木，丑陋的女人和美丽的西施，以及一切稀有古怪的东西，都是彼此不分的。这实在是玄而又玄的道理。然而著名的"庄周梦蝶"的寓言，则为我们化玄为实：

昔者庄周梦为蝴蝶,栩栩然蝴蝶也。自喻适志与? 不知周也。俄然
觉,则蘧蘧然周也。不知周之梦为蝴蝶与? 蝴蝶之梦为庄周与? 周与蝴
蝶则必有分矣。此之谓物化。

庄子睡着了,梦见自己变成一只五彩缤纷的大蝴蝶。蝴蝶翩翩起舞,各处遨
游,悠然自得。忽然间,庄子醒来,发现自己原来是庄周,却又懵懵懂懂地不
知是庄周化为蝴蝶呢,还是蝴蝶化为庄周。一个多么奇妙而又美丽的梦! 不
论是梦中,还是醒来,庄周与蝴蝶都分不清你我了。这就是庄子的哲学寓意,
梦即醒,醒即梦,梦与醒在本体上是一致的,不但梦与醒是如此,生与死、福与
祸、物与我、是与非,都是如此,都是道的物化罢了。你看,如此高深玄妙的哲
理,让庄子解说得如此形象和通俗。

在《养生主》中,"庖丁解牛"的寓言是大家熟知的。这则寓言,现在
的人们常常疏离了它的本意来理解,意谓做事情要掌握客观规律,经过长久
的苦练和实践,才能把事情做好。然而庄子的本意用来说明什么呢? 《养生
主》开篇说:"为善无近名,为恶无近刑,缘督以为经,可以保身,可以全生,可
以养亲,可以尽年。"庖丁解牛就是这段话的形象注解。刀,喻指个体生命;
牛,比喻复杂险恶的社会。要保全刀就要避开筋腱骨骼;要保全个体生命,就
要逃避社会的矛盾斗争,要"缘督以为经"、"依乎天理"、"因其固然",即
顺应自然,逍遥无为,此乃养生的关键。

庄子生当战国中期,这是一个急剧动荡的社会,战乱频仍,统治者横征暴
敛,残酷掠夺;在民间,是一片"殊死者相枕,刑戮者相望","桁杨者相推"
的惨状。面对这种现实,庄子并非"心如死灰",也有着愤世嫉俗的满腔愤
懑。清人胡文英说:"庄子眼极冷,心肠极热。眼冷故是非不管,心肠热故感慨
无端。"(《庄子独见·庄子注略》)"感慨无端"的庄子,把寓言用作揭露和鞭
挞社会丑恶的工具。在《山木》篇中,作者用了一个非常生动的"螳螂捕蝉,
黄雀在后"的寓言,比喻当时社会的你争我夺,弱肉强食。在《则阳》篇里用
"蜗角之战"的寓言揭露诸侯之间的不义战争,宛如在蜗牛的左右角落里进行
的无谓的厮杀,统治者"时相与争地而战",结果是"伏尸数万",生灵涂炭。
而《至乐》篇中的"髑髅",看似荒诞无稽,实则蕴含着庄子的悲愤。

> 庄子之楚,见空髑髅,髐然有形。撽以马捶,因而问之曰:"夫子贪生失理,而为此乎? 将子有亡国之事、斧钺之诛,而为此乎? 将子有不善之行,愧遗父母妻子之丑,而为此乎? 将子有冻馁之患,而为此乎? 将子之春秋故及此乎?"于是语卒,援髑髅枕而卧。
>
> 夜半,髑髅见梦曰:"子之谈者似辩士。视子所言,皆生人之累也。死则无此矣。子欲闻死之说乎?"庄子曰:"然。"髑髅曰:"死,无君于上,无臣于下,亦无四时之事,从然以天地为春秋。虽南面王乐,不能过也。"庄子不信,曰:"吾使司命复生子形,为子骨肉肌肤,反之父母、妻子、闾里、知识,子欲之乎?"髑髅深膑蹙頞曰:"吾安能弃南面王乐,而复为人间之劳乎?"

髑髅即死人的头骨,是活人死后变成的。那么,活人如何死去的呢? 亡国之事,斧钺之诛,遗父母妻子之丑,遭冻馁之患,甚至贪生失理,老病交加,这些都是活人之累啊。所以,作者归结为一个意思:活着是痛苦,死了才快活,活着不如死去。这,何尝是荒诞,何尝是玩世,这分明是庄子在满怀激愤地控诉黑暗的现实社会。

庄子对于世俗的揭露嘲讽淋漓痛快,入木三分。他所运用的寓言,也常是笔锋犀利、痛快淋漓。且看《列御寇》中的"舐痔得车":

> 宋人有曹商者,为宋王使秦。其往也,得车数乘;王悦之,益车百乘,反于宋。见庄子曰:"夫处穷闾阨巷,困窘织屦,槁项黄馘者,商之所短也;一悟万乘之主,而从车百乘者,商之所长也。"庄子曰:"秦王有病召医:破痈溃痤者,得车一乘;舐痔者,得车五乘,所治愈下,得车愈多。子岂治其痔邪? 何得车之多也! 子行矣!"

舐痔得车,这样的讽刺,似乎有些刻薄,然而对那些靠着阿谀奉承取得赏赐而又沾沾自喜的利禄之徒,又显得如此恰如其分,足以见出庄子嫉恶如仇的本色。

庄子的愤世嫉俗之性,建立在对现实社会的敏锐观察、冷静的分析和深刻的揭露之上。庄子的感情并不是"浑沌"的,而是纤细得很,尤其是对人间的痛苦、黑暗和不合理,有一种特别敏感,能敏锐地感受天下的细微的忧思和极微小的痛苦。他的冷眼热肠，驱使他用寓言这个武器，对现实黑暗给予揭露和批判。在《庄子》中，诸如"盗亦有道"、"柏矩游齐"、"商太宰问仁"、"鹓鹐与腐鼠"、"豕虱濡需"、"蜗角之战"、"儒以诗礼发冢"等寓言，都属于这一类型。

庄子是一位智慧的大师，《庄子》是一部杰出的散文。《庄子·天下》篇说："以谬悠之说，荒唐之言，无端崖之辞，时恣纵而不傥，不以觭见之也。以天下为沈浊，不可与庄语，以卮言为曼衍，以重言为真，以寓言为广。独与天地精神往来而不敖倪于万物，不谴是非，以与世俗处，其书虽瑰玮而连犿无伤也。其辞虽参差而诚诡可观。"这一段话，具体地阐述了庄子的创作个性和艺术特征。庄子的个性是"独与天地精神往来而不敖倪于万物，不谴是非，以与世俗处"，他要求彻底的精神解放而遨游于绝对自由的逍遥游境界。但是，"天下沈浊，不可与庄语"的现实，使庄子陷入个性表现与现实压抑的尖锐矛盾之中，因此，庄子"恣纵而不傥"的性格与反抗束缚的顽强性，使他不得不采用"谬悠之说，荒唐之言，无端崖之辞"，把抽象的哲学道理寄寓于生动的艺术形象中，人们在感受其意象特征的同时，也具体形象地领会了它所包含的哲理。所以，庄子的散文有极强的浪漫主义色彩，有极丰富的想象力，汪洋恣肆，仪态万方。宋代高似孙称颂庄子的文章"极天之荒，穷人之伪，放肆迤演，如长江大河，滚滚灌注，泛滥乎天下；又如万籁怒号，澎湃汹涌，声沈影灭，不可控抟"（《子略》），鲁迅称赞庄子"其文则汪洋辟阖，仪态万方，晚周诸子之作，莫能先也"（《汉文学史纲要》）。庄子的散文艺术达到如此高妙的境界，很重要的原因，在于他的寓言。

庄子的寓言与庄子的散文一样，同样是汪洋恣肆、仪态万方。具体说来，首先是意境开阔，想象奇特，雄浑奔放，给人"壮美"的感觉。"鲲鹏"中的鲲鹏展翅、水击三千里、凌云九万里，《齐物论》中的"至人"，磅礴万物，乘云气，骑日月而游于四海之外，其想象之奇特，形象之夸张大胆，境界开阔，无不给人雄浑壮伟的艺术享受。且再看三则：

> 秋水时至，百川灌河，泾流之大，两涘渚崖之间，不辨牛马。于是焉
> 河伯欣然自喜，以天下之美为尽在己。顺流而东行，至于北海，东面而

视,不见水端。于是焉河伯始旋其面目,望洋向若而叹曰:"野语有之曰:
'闻道百,以为莫己若者。'我之谓也。且夫我尝闻少仲尼之闻而轻伯夷
之义者,始吾弗信。今我睹子之难穷也,吾非至于子之门则殆矣,吾长见
笑于大方之家。"(《秋水》)

任公子为大钩巨缁,五十犗以为饵,蹲乎会稽,投竿东海,旦旦而钓,
期年不得鱼。已而大鱼食之,牵巨钩,锠没而下,骛扬而奋鬐,白波若山,
海水震荡,声侔鬼神,惮赫千里。任公子得若鱼,离而腊之,自制河以东,
苍梧以北,莫不厌若鱼者。(《外物》)

郢人垩漫其鼻端,若蝇翼,使匠石斫之。匠石运斤成风,听而斫之,
尽垩而鼻不伤,郢人立不失容。(《徐无鬼》)

第一则"望洋兴叹",说秋天黄河水上涨,弥漫两岸,浩浩荡荡,隔岸相
望,不辨牛马,河伯顺流入海,望见海洋之大,水天茫茫,横无涯际,顿生感慨,
发出宇宙间的道难以穷尽的慨叹。整个寓言形象宏伟,意境开阔,视野从黄
河到浩淼的大海乃至整个宇宙,充满了豪迈的气势。第二则"任公子钓鱼",
实在是想落天外,出人意表。任公于钓大鱼,钓饵竟用了五十头大牛;大鱼上
钩之后,"骛扬而奋鬐,白波若山,海水震荡,声侔鬼神",场面多么壮观,简
直惊心动魄;钓上来的鱼可供南方广大的人们吃了个厌。这种大胆的夸张,
瑰玮奇丽,给读者以无尽的想象。第三则"运斤成风",把匠石的奇绝技术
描绘得活灵活现,用斧头快速劈下鼻尖上薄得像苍蝇翅膀那样的白灰,而郢
人却纹丝不动,面不改色,场面惊险,扣人心弦。这样的想象,也是出人意表
的。庄子寓言的这种意境奇特,雄奇奔放,与他的散文艺术是相吻合的,都来
源于作者思维方式的大胆、超常和超人。如《逍遥游》:"天之苍苍,其正色
邪? 其远而无所至极邪? 其视下也,亦若是则已矣。"这种思维,已超出当时
常人的科学认识而给人以超现实的想象。道无所不在,竟然"在蝼蚁"、"在
稊稗"、"在瓦甓"、"在屎溺"(《知北游》),这样的想象,也超出了常人的
认识范围和思维范围。作者都以自己超常独特的思维方式加以想象,产生了
"壮美"的艺术效果。

奇异诡谲，神妙莫测，这是庄子寓言的第二个特点。"髑髅"篇想象庄子与空髑髅的对话，渲染一种阴冷的气氛，以衬托出人生的种种累患，未免奇诡荒唐，但揭露也因之深刻。"儒以诗礼发冢"、"舐痔者得车"、"蜗角之战"等，在谲怪之中，含有更多的辛辣讽刺和严峻的剖析。再如《大宗师》中"大冶铸金"：

> 今之大冶铸金，金踊跃曰："我必且为莫邪。"大冶必以为不祥之金。

作者借"金"之口以批评世人不安天命。一般化的物理性生产过程，却被拟人化为生命之物的活动，构思奇特。

再如《齐物论》中的"罔两问景"：

> 罔两问景曰："曩子行，今子止；曩子坐，今子起；何其无特操与？"
>
> 景曰："吾有待而然者邪！吾所待，又有待而然者邪！吾待蛇蚹蜩翼邪！恶识所以然？恶识所以不然？"

罔两，影子外面的淡淡的阴影。景，即影，影子。罔两依赖影子，影子依赖形体，形体又依赖别的什么，都是自然的。影子的特点是"无特操"，即有待而然。作者以此作"有待"、"无待"之辩，而借喻的客体却是影子和影子外围的阴影，其想象构思简直神妙莫测，在新奇之中体现出作者对生活和客观事物的细致入微的观察。这一点，不但庄子的寓言如此，他的散文风格也有这一特点。比如在《齐物论》中，庄子一连用了一二十个比喻，描述大木孔穴之状，形容风的动态：

> 夫大块噫气，其名为风。是唯无作，作则万窍怒呺。而独不闻之翏翏乎？山林之畏佳，大木百围之窍穴，似鼻，似口，似耳，似枅，似圈，似臼，似洼者，似污者。激者，謞者，叱者，吸者，叫者，譹者，宎者，咬者，前者唱于而随者唱喁，泠风则小和，飘风则大和，厉风济则众窍为虚。

这样的细腻描写，绘形绘声，同样给人以奇谲之美。

庄子寓言感情丰富，诗意浓郁，也是显著的特征。闻一多称赞庄子"是一个抒情的天才"，"若讲庄子是诗人，还不仅是泛泛的一个诗人"(《古典新义·庄子》)。文学最根本的原动力,就是情感。庄子是带着自己独特的个性情感和智慧去感受生活,认识生活的。他的感情抒发,也带上了明显的个性特征。前面已经提到,庄子寓言中有不少揭露和鞭挞黑暗现实的内容。在这些寓言中,作者通过生动的形象来触动人的感情,引发人们的共鸣,由此感受庄子强烈的愤世嫉俗的感情。如在"舐痔得车"这则寓言中,庄子最后对曹商说:"子行矣!"淡淡一句话,蕴含着庄子何等蔑视的愤慨之情!庄子寓言中有对现实污浊的愤慨,也有对友朋的深情。"运斤成风"的寓言,是庄子送葬,过惠子(惠施)之墓时同相从的弟子讲的一则故事,故事讲完之后,庄子慨叹曰:"自夫子之死也,吾无以为质矣,吾无与言之矣!"一种对亡友无限怀念的凄楚之情,油然而生。读者自可以感受到这种感情的深沉。

那么,庄子在阐发他的哲学思想时,是否就缺乏感情呢?不。庄子在阐发自己的哲学思想时同样充满着感情。他的感情,蕴藏在波谲云诡的描述中,寄寓于哲学化的形象中,也就是寓真情于荒唐之言,寓真情于玄妙之语。庄子多次对其哲学本体的最高存在——"道"做了热情洋溢的描写和赞颂。对"体道者"的形象,更是倾注了满腔的热情。《德充符》中描写了几个形残德全之人的形象,实际上也是庄子创作的寓言,其中特别突出的是哀骀它,你看他:

> 丈夫与之处者,思而不能去也。妇人见之,请于父母曰"与为人妻,宁为夫子妾"者,十数而未止也。未尝有闻其唱者也,常和人而已矣。无君人之位以济乎人之死,无聚禄以望人之腹。又以恶骇天下,和而不唱。知不出乎四域,且而雌雄合乎前。是必有异乎人者也。

哀骀它"以恶骇天下",却吸引了那么多的男女,他虽然形残貌丑,却具有"至美"的德行和心灵,使天下人都觉得他是一个"至美"之人。哀骀它实乃"道"的化身。

《庄子》寓言具有浓郁清芬的诗意。《逍遥游》中的"鲲鹏",气魄宏伟,有诗一般的意境。我们读鲲鹏的形象,常因其气势磅礴,雄伟壮美而心胸为之开阔,精神为之振奋,心志更加高远;读藐姑射山上之神人,又因其冰晶玉洁、秀美剔透而心灵因之净化,思虑为之纯洁。"庖丁解牛"仿佛是一首美妙的交响诗。《秋水》中的"望洋兴叹",也写得诗意盎然,极有情致。这种诗意,与整个庄子散文已融为一体。我们看庄子对"真人"的描写:

> 古之真人,其寝不梦,其常无忧,其食不甘,其息深深。真人之息以踵,众人之息以喉。……

> 古之真人,不知说生,不知恶死;其出不䜣,其入不距;翛然而往,翛然而来而已矣。不忘其所始,不求其所终;受而喜之,忘而复之,是之谓不以心捐道、不以人助天。是之谓真人。若然者,其心志,其容寂,其颡頯;凄然似秋,暖然似春,喜怒通四时,与物有宜而莫知其极。……

这样的描写,简直就是一首散文诗。所以,王国维说:"然南方文学中又非无诗歌的原质也。南人想象力之伟大丰富,胜于北人远甚。彼等巧于比类,而善于滑稽。……故《庄》、《列》中之某分,即谓之散文诗,无不可也。"

如果把庄子散文看作先秦散文艺术之冠,那么庄子寓言就是这顶皇冠土一颗璀璨的明珠。

原载《寓言智慧》,上海古籍出版社 1998 年版

储说博喻 峭拔峻削

——《韩非子》的寓言与寓言群

　　韩非是先秦法家思想的集大成者,他和李斯都是大儒荀况的学生。韩非为人口吃,不善于辩说。在战国时期,辩士纵横,游说之风盛行一时,这对于韩非是个大不幸,所以他曾哀叹"游说之难",并写了《说难》这篇名文。然而,韩非的不善言说,却玉成了他的写作天才。韩非埋头写作,著述十余万言,直接的目的是要劝韩王变法,改革政治,以挽救韩国的危亡。可是其说在韩国并不见用,倒是秦王见其书而惊叹说:"嗟乎! 寡人得见此人与之游,死不恨矣!"韩非的著作之所以有如此巨大的感染力和震撼力,不仅在于其理论上的剀切犀利,迎合了新兴地主阶级的需要,而且也在于其中大量生动的寓言故事,增强了文章的感染力。

　　《韩非子》中的寓言故事,共有三百八十多则(参见公木:《先秦寓言概论》),主要保存在内外《储说》和《说林》等篇之中。这些生动的寓言,常常闪耀着真理与智慧的光芒。

　　韩非子创作寓言故事,直接为其宣传政治思想服务。著名的《五蠹》篇中用了三个寓言:"守株待兔"、"楚有直躬"、"鲁人败北"。"守株待兔"对那些死抱住"先王之政"不放的守旧者进行了无情鞭挞。作者认为"世异则事异","事异则备变",社会在发展,历史在前进,"今欲以先王之政,治当世之民"的腐儒,复古守旧,"皆守株之类也"。"楚有直躬"与"鲁人败

北"则对儒家的忠孝仁义给予嘲弄。直躬之父窃羊,直躬报之狱吏,却自己
被杀,罪在于"直于君而曲于父"。鲁人三战三败,却受到孔子的赞扬。其结
果是"令尹诛(直躬)而楚奸不上闻,仲尼赏而鲁人易降北",儒家的忠孝
仁义对于国家的为害如此,韩非站在法家的立场,当然要借此以对儒家的仁
义道德观进行批判了。

在《内储说上》里,韩非用了一个"董阏于"的故事来宣传他的法制
思想:

> 董阏于为赵上地守,行石邑山中,见涧深峭如墙,深百仞,因问其旁
> 乡左右曰:"人尝有入此者乎?"对曰:"无有。"曰:"婴儿、痴聋、狂悖之
> 人,尝有入此者乎?"对曰:"无有。""牛马犬彘尝有入此者乎?"对曰:
> "无有。"董阏于喟然太息曰:"吾能治矣。使吾法之无赦,犹入涧之必死
> 也,则人莫之敢犯也,何为不治哉!"

董阏于行石邑山中,看到百仞深涧如峭壁直立而无人畜跌入,由此悟出治国
需实行严刑峻法,"必罚明威",则无人敢犯。

此外,像"梦灶"(《内储说上》)、"狗猛酒酸"和"社鼠",既揭露了政
治上的黑暗,又说明要搞好法治,就一定要去掉阻塞贤路的权臣宠幸和专横
跋扈的亲信。就思想意义来说,现在我们可以偏离它们本来的喻义做不同的
理解,然而韩非运用这些寓言的本意,乃是为其法家思想服务的。

韩非的寓言,常蕴含着深刻的哲理。如著名的"鬻矛与盾",说明两个
相互否定的命题是不能同时成立的。"守株待兔",阐述了必然与偶然的辩
证关系。再如《说林上》的"鲁人徙越":

> 鲁人善织屦,其妻善织缟,而欲徙于越。或谓之曰:"子必穷矣。"鲁
> 人曰:"何也?"曰:"屦者履之也,而越人跣行;缟为冠之也,而越人被
> 发。以子之所长,游于不用之国,欲使无穷,其可得乎?"

鲁人虽然善织屦织缟,然而越人断发赤脚,鲁人的一技之长无可用之。韩非
的本意是强调知识要行"参验",必须从实际出发,不可凭主观臆断,莽撞从
事。这其中的哲理,今天仍不乏启示意义。《外储说左上》的"画鬼最易"

则更为精彩：

> 客有为齐王画者，齐王问曰："画孰最难者？"曰："犬马最难。""孰
> 易者？"曰："鬼魅最易。"夫犬马，人所知也，旦暮罄于前，不可类之，故
> 难；鬼魅无形者，不罄于前，故易之也。

画鬼最易，乃因其"无形"，谁也没见过，可以向壁虚造，任意胡画，所以先验
论最省力气。

　　韩非利用寓言故事，对当时社会的种种丑恶愚昧现象进行了揭露和批
判，常使人觉得入木三分，淋漓痛快。战国时期，社会关系、传统观念随着生
产方式的变革和宗法制度的崩溃而发生了剧急的变化，重利、求利的思想急
剧膨胀。《韩非子》中的一些寓言便揭露了这种社会关系的变化和赤裸裸的
金钱关系。如《内储说下》的"夫妻祷者"：

> 卫人有夫妻祷者，而祝曰："使我无故得百束布。"其夫曰："何少
> 也？"对曰："益是，子将以买妾。"

夫妻同祷，以求发财，然而却各有异心，夫妻之间的关系在金钱的驱使下被扭
曲了。韩非以夫妻关系比喻君臣关系，说明"君臣之利异，故人臣莫忠，故臣
利立而王利灭"，私利的膨胀使人民勾心斗角。夫妻如此，君臣之间更是如
此。《说林上》的"卫人嫁子"记道：

> 卫人嫁其子，而教之曰："必私积聚。为人妇而出，常也。其成居，幸
> 也。"其子因私积聚，其姑以为多私而出之。其子所以反者倍其所以嫁。
> 其父不自罪于教子非也，而自知其益富。

千方百计地聚敛财富，连女儿的爱情幸福也成了牺牲品。这就是当时的社
会心态。在这则寓言之后，韩非以一句议论点睛："今人臣之处官者，皆是类
也。"这就揭露出当时社会政治的腐败。

　　韩非在《五蠹》中曾论述道："布帛寻常，庸人不释；铄金百溢，盗跖不掇。
不必害，则不释寻常；必害手，则不掇百溢。"人们的言行，以利害为其准则。
《韩非子》中两次引用了"鳝似蛇"的寓言，对这种现象做了形象的描述：

> 鳣似蛇,蚕似蠋。人见蛇则惊骇,见蠋则毛起,然而妇人拾蚕,渔者握鳣,利之所在,则忘其所恶,皆为贲诸。(见《说林下》与《外储说上》)

贲诸,即孟贲、鲌诸,皆古代勇士。"好利恶害,夫人之所有也。""喜利畏罪,人莫不然。"在利欲的驱使下,忘其所恶,争相逐利,寓言的比喻,实在是再明白不过的了。

对于当时世人的丑态和种种"愚诬"、"欺妄"行为,韩非也给予辛辣的嘲讽。著名的"滥竽充数"(《内储说上》)的故事,嘲讽钻了齐宣王不"责下"的空子、混在乐队里的南郭处士之流。像这种欺妄之徒,当时社会并不乏其人。且看"不死之药"和"棘刺母猴":

> 有献不死之药于荆王者,谒者操之以入。中射之士问曰:"可食乎?"曰:"可。"因夺而食之。王大怒,使人杀中射之士。中射之士使人说王曰:"臣问谒者,曰'可食',臣故食之。是臣无罪,而罪在谒者也。且客献不死之药,臣食之而王杀臣,是死药也,是客欺王也。夫杀无罪之臣,而明人之欺王也,不如释臣。"王乃不杀。(《说林上》)

> 燕王好微巧。卫人曰:"请以棘刺之端为母猴。"燕王说之,养之以五乘之奉。王曰:"吾试观客为棘刺之母猴。"客曰:"人主欲观之,必半岁不入宫,不饮酒食肉,雨霁日出,视之晏阴之间,而棘刺之母猴乃可见也。"燕王因养卫人,不能观其母猴。郑有台下之冶者谓燕王曰:"臣为削者也,诸微物必以削削之,而所削必大于削。今棘刺之端不容削锋,难以治棘刺之端。王试观客之削,能与不能可知也。"王曰:"善。"谓卫人曰:"客为棘削之母猴也,何以治之?"曰:"以削。"王曰:"吾欲观见之。"客曰:"臣请之舍取之。"因逃。(《外储说左上》)

献不死之药之客与棘刺母猴之卫人,都是南郭处士之流。"不死之药"本为诬妄之骗局,中射之士运用两难推理的方法,揭穿了这场骗局。卫人自称能在棘刺的顶尖上雕刻个猕猴,还煞有介事地要燕王沐浴斋戒,择定时辰才能看母猴,然而他却拿不出刻削的刀具,一场骗局也就不攻自破了。类似这样的寓言还有"燕王学道"(《外储说左上》),客教燕王为不死之道,同样是一个骗局。这些寓言,不但嘲弄得深刻,而且颇有幽默感和戏剧性。

在韩非所嘲讽的对象中,有一批愚拙可笑的愚人形象,特别突出。这些愚人形象包括两组人,一是宋人,一是郑人。像"守株待兔"、"狗猛酒酸"中的人物主角,就是宋人。再如《外储说左上》的"重带自束",宋人因书上说"绅之束之",便用重叠的腰带缠住自己的腰。《说难》中的"宋之富人",天雨坏墙,其子劝其修墙以防盗,其邻人之父也这样劝他,结果丢失财物,宋人竟怀疑其邻人之父。《喻老》中的"象牙楮叶",宋人用三年时间雕成了一片楮叶,虽极逼真,却花费了太多的时间。《内储说上》中的"宋人服丧",宋崇门人服丧弄得瘦骨伶仃,被认为慈爱于亲,举以为官师,结果众人效法,死者多人。这些宋人,或食而不化,固执文义而不联系实际;或主观臆断,心怀偏见;或强调个人的小聪明;或东施效颦。这些宋人的形象,活灵活现,都给人愚蠢迂拙的印象。

郑人的形象,则有如"得车轭者"、"卜妻为裤"、"郑人买履"、"郑人争年"、"买椟还珠"、"郑人屈公"、"颍水纵鳖"(《外储说左上》)、"郑人买豚"(《外储说左下》)和"郑人疑盗"(《说林下》)。郑人买履,"宁信度,无自信",实在迂腐得可笑。郑人买椟,以为椟美而还其珠,本末倒置,舍本逐末。郑人争年,一个夸说与尧同年,一个夸说与黄帝之兄同年,牛皮虽吹得很大,实际毫无意义。郑人之子将宦,告诉其父要把坏墙修好,邻居也如此相劝;不久,郑家遭窃,郑人就"以其子为智",疑邻居为盗,凭空臆断,毫无道理。不但郑人的形象如此愚拙可笑,甚至郑人之妻也都愚不可及。且看"卜妻为裤"和"颍水纵鳖"两则:

> 郑县人卜子,使其妻为裤。其妻问曰:"今裤何如?"夫曰:"象吾故裤。"妻因毁新令如故裤。
> 郑县人卜子妻之市,买鳖以归。过颍水,以为渴也,因纵而饮之,遂亡其鳖。

卜子妻为丈夫缝裤子(袴同裤),丈夫说:"象吾故裤。"意为按照旧裤的样式尺寸来做,妻子却理解成"做成像旧裤一样",结果好端端的新裤变成了补丁。卜妻买鳖,以为鳖渴了,把它放入颍水中饮水,鳖便一去不复返。这两位郑人之妻的愚态,令人啼笑皆非,忍俊不禁。

韩非何以独把宋人、郑人作为愚人的形象来刻画呢?周勋初先生认为,宋人是殷商遗民。殷商为周人灭亡之后,宋人成了周人的种族奴隶。周公虽然将殷之旧都商丘封给纣的庶兄微子启,建立宋国,但对宋人总是严加防范,而继承周文化传统的士人,包括韩非在内,也都以轻侮的口吻谈论宋人。蠢化了的宋人形象,不但《韩非子》中有,其他诸子寓言中也多有出现。这当然是一种种族间的偏见。那么,韩非子把郑人看作愚人,理由也当如周人之视商人。因为郑国是被韩国灭掉的,韩非用战胜国征服者的眼光看待被灭国的人,产生了这种轻侮的看法。这也是一种国家之间的偏见(参见周勋初:《〈韩非子〉札记》)。

《韩非子》的文章,犀利恣肆,峭拔峻削,论述问题,常常是锋芒毕露,咄咄逼人;揭露社会弊病,也是一针见血,峻刻无情。韩非的寓言,如同他的文章风格一样,面对生活,面对人生,冷峻地剖析人情世态,尖刻地暴露曲衷隐私,大胆泼辣,坦率露骨,是其峭拔峻削风格的体现。如前面所举“夫妻祷者”一则,其犀利的笔锋,无情地划破了罩在夫妻关系上温情脉脉的面纱,揭示了当时普遍存在的人性自私的一面。再如《说林上》的“务光投河”:“汤以伐桀,而恐天下言己为贪也,因乃让天下于务光。而恐务光之受之也,乃使人说务光曰:‘汤杀君而欲传恶声于子,故让天下于子。’务光因自投于河。”一个历来被颂为贤君的汤,在这里竟然是如此阴险狡诈,完全是个要弄权术的小人。韩非的笔锋就是如此的犀利斩截。在这一点上,韩非的寓言与庄子的寓言有很大不同。庄子运用想象的翅膀带领人们翱翔于幻想的境界,它宏深玄妙,恢诡谲怪,汪洋恣肆,仪态万方。韩非的寓言根植于现实的土壤,抉剔世态,深入隐微,真切通俗,奇而不怪,巧而不虚,是一幅幅现实世态人情的风俗画。后人称之“上下数千年,古今事变,奸臣世主,隐微伏愿,下至委巷穷间,妇女婴儿,人情曲折,不啻隔垣墙而洞五脏”(陈深:《韩子迂评序》),的确如此。

韩非寓言形象生动,性格鲜明,细节丰富,显示出高超的文学技巧。如“和氏献璧”:

楚人和氏得玉璞楚山中，奉而献之厉王。厉王使玉人相之。玉人曰："石也。"王以和为诳而刖其左足。及厉王薨，武王即位。和又奉其璞而献之武王。武王使玉人相之。又曰："石也。"王又以和为诳而刖其右足。武王薨，文王即位。和乃抱其璞而哭于楚山之下，三日三夜，泣尽而继之以血。王闻之，使人问其故，曰："天下之刖者多矣。子奚哭之悲也？"和曰："吾非悲刖也，悲夫宝石而题之以石，贞士而名之以诳，此吾所以悲也。"王乃使玉人理其璞而得宝焉，遂命曰和氏之璧。

和氏是一个坚持真理、百折不回的壮士的形象。第一次以玉璞献厉王，被认为是欺君罔上砍了左脚；第二次献武王，又被认为假玉砍了右脚。文王即位，他抱着玉璞，哭于楚山之下三天三夜，泪尽继之以血，的确是个不屈不挠的壮士。这样的形象足以感人至深。而《内储说下》的郑袖和《奸劫弑臣》中的余，却给人阴险毒辣的印象：

魏王遗荆王美人，荆王甚悦之。夫人郑袖知王悦爱之也，亦悦爱之，甚于王。衣服玩好，择其所欲为之。王曰："夫人知我爱新人也，其悦爱之甚于寡人。此孝子所以养亲，忠臣之所以事君也。"夫人知王之不以己为妒也，因为新人曰："王甚悦爱子，然恶子之鼻。子见王，常掩鼻，则王长幸子矣。"于是新人从之，每见王，常掩鼻。王谓夫人曰："新人见寡人常掩鼻，何也？"对曰："不已知也。"王强问之，对曰："顷尝言恶闻王臭。"王怒曰："劓之！"夫人告诫御者曰："王适有言，必亟从命。"御者因揄刀而劓美人。（《内储说下》）

楚庄王之弟春申君有爱妾曰余，春申君之正妻子曰甲。余欲君之弃其妻也，因自伤其身以视君而泣，曰："得为君之妾，甚幸。虽然，适夫人非所以事君也，适君非所以事夫人也。身故不肖，力不足以适二主，其势不俱适，与其死夫人所者，不若赐死君前。妾以赐死，若复幸于左右，愿君必察之，无为人笑。"君因信妾余之诈，为弃正妻。余又欲杀甲而以其子为后，因自裂其亲身衣之里，以示君而泣，曰："余之得幸君之日久矣，甲非弗知也，今乃欲强戏余，余与争之，至裂余之衣，而此子之不孝，莫大于此

矣。"君怒,而杀甲也。故妻以妾余之诈弃,而子以之死。(《奸劫弑臣》)

这两个女人的共同点,都是阴险歹毒,用心如蝎。但个性也有所不同。郑袖工于心计,巧言令色,口蜜腹剑,手段毒辣;余则巧言如簧,迷惑君王,甚至刁泼蛮横,手腕与郑袖相比,略逊一筹。然而这两个妇女的性格都相当鲜明。

像前面所举的"不死之药"、"棘刺母猴"、"郑袖劓美人鼻"等寓言,已经有相当丰富的情节和细节,有矛盾冲突,又具有一定的戏剧性,宛如一篇短篇小说。而有的寓言,则用了一两个点睛之笔,刻画人物情态。如《外储说左下》的"夸父":

> 齐有狗盗之子与刖危子戏而相夸。盗子曰:"吾父之裘独有尾。"刖危子曰:"吾父独冬不失裤。"

狗盗之子,其父装成狗以偷盗,因此有个尾巴;刖危之子,其父受断足之刑,砍去双腿,故不必穿裤子。此皆为耻辱,其子反而互相炫耀。其中两个"独"字,生动传神,把二人不知羞耻的畸形心态刻画得入木三分。再如"郢书燕说"一则:

> 郢人有遗燕相国书者,夜书,火不明,因谓持烛者曰:"举烛。"云而过书"举烛"。举烛,非书意也,燕相受书而说之,曰:"举烛者,尚明也;尚明也者,举贤而任之。"燕相白王,王大说,国以治。

"举烛"二字,在这短短的故事中出现了四次,燕相的望文生义,由于这二字的画龙点睛,构成了强烈的喜剧效果。

韩非寓言的一个重要特点是大量采用历史故事作为寓言材料。据统计,《韩非子》中源出于《左传》的故事有三十五则,源于《战国策》的有三十七则(参见谭家健:《先秦散文艺术新探》)。史书中的史实,被韩非引入著作之中,根据表达思想的需要加以改编,并加进了不少细节。例如《内储说下》的"刖跪杀夷射":"齐中大夫有夷射者,御饮于王,醉甚而出,倚于郎门,门者刖跪请曰:'足下无意赐之余沥乎?'夷射曰:'叱,去!刑余之人,何事乃敢乞饮长者?'刖跪走退,及夷射去,刖跪因捐水郎门霤下,类溺者之状。明日,王出而诃之曰:'谁溺于是?'刖跪对曰:'臣不见也。虽然,昨日中大夫夷射立于此。'王因诛夷射而杀之。"这则故事,就是采用《左传》定公二年和定公三年"邾庄公夷射姑"之事加以改编,邾庄公改为齐王,阍者改为刖跪,夷射姑由执之不得改为被杀。韩非将这个故事编入《内储说下·说三》中的"托于事类",揭露奸臣制造假象以报私怨,告诫人主对"似类之事"不可不察。而《外储说左上》的"宋襄公战于涿谷",则直接取材于《左传》僖公二十二年的"泓之战"。

在《韩非子》中的历史寓言故事里,我们可以看到许多熟悉的历史人物,如尧、舜、汤、文、武、齐桓公、晋文公、管仲、隰朋、子产、百里奚、商鞅、吴起等人物,他们不少人改变了原来史籍中的形象,成了韩非宣扬法家思想的载体或代言人。最典型的莫过于孔子。像《庄子》中的孔子形象一样,孔子或是被当作庄子批判的对象,或是被当作道家思想的传声筒,《韩非子》寓言中的孔子,也被换上了别一副面孔。请看《内储说上》中的"鲁人烧积泽":

> 鲁人烧积泽,天北风,火南倚,恐烧国。哀公惧,自将众趣救火,左右无人,尽逐兽而火不救。乃召问仲尼,仲尼曰:"夫逐兽者乐而无罚,救火者苦而无赏,此火之所以无救也。"哀公曰:"善。"仲尼曰:"事急,不及于赏,救火者尽赏之,则国不足以赏于人,请徒行罚。"哀公曰:"善。"于是仲尼下令曰:"不救火者比降北之罪,逐兽者比入禁之罪。"令下未遍而大火已救矣。

孔子完全不是一副文质彬彬、温柔敦厚的长者的样子,而是一个"明威必罚"、办事果断的法术之士。同样,在"刑弃灰"中,依殷法:刑弃灰于街者。子贡以为重。仲尼却由弃灰于街掩人,人怒而斗三族,推断可重刑弃灰者,并且说:"且夫重罚者,人之所恶也;而无弃灰,人之所易也。使人行之所易,而无离所恶,此治之道。"这里的孔子,主张的是严刑峻法。显然是韩非借孔子这一人物以宣扬法治思想。这种披上了法家衣冠的孔子,总不免给人滑稽之感。然而韩非巧妙地借儒者圣人的形象来为其宣扬法家思想服务,正体现了他的智慧。

韩非寓言的另一个重要特点,就是创立了"寓言群"的形式,用群体集结的寓言来说明事理。刘勰《文心雕龙·诸子》篇说:"韩非著博喻之富",也包括这些"寓言群"的运用。《韩非子》一书中《内外储说》和《说林》是韩非创作的寓言故事集。《内储说上》的论述中心是"七术",即国君用严刑峻法和各种权术来驾驭群臣的七种手段:"众端参观"、"必罚明威"、"信赏尽能"、"一听责下"、"疑诏诡使"、"挟知而问"、"倒言反事",为此韩非用了49个寓言故事来晓喻"七术"的内容。《内储说下》中心是"六微",即国君统治必须了解洞察的六种隐微难见的事端:"权借在下"、"利异外借"、"托于似类"、"利害有反"、"参疑内争"、"敌国废置",也用了50个寓言故事。《外储说》宣扬专制和权术,用了一百一十多个寓言。《储说》有题目(《外储说》无),有"经"、"说",与寓言故事相结合,喻意明瞭。《说林》有些不同,没有题目,也无"经"、"说",纯粹是寓言故事的集合,《说林上》有34个寓言,《说林下》有32个寓言。有人认为它只是"为创作而准备的原始资料汇编"(参见周勋初:《〈韩非子〉札记》)。但是仍然可以把它们看作是寓言故事集。这两册寓言故事集的出现,说明寓言作为一种艺术形式,已开始脱离散文母体,取得了独立存在的形式。这种术形式,已开始脱离散文母体,取得了独立存在的形式。这种形式的出现,为后代寓言集的创作和编著,提供了范型。

囿于法家思想的局限,《韩非子》的寓言在内容上也存在一些缺陷,有些寓言在艺术上显得粗糙,但是,韩非的寓言仍以其独特的风格在寓言发展史上占据着重要的地位。

原载《寓言智慧》,上海古籍出版社1998年版

高才秀士的奇策异智

——《战国策》寓言

战国,是一个众"士"如云的时代。战国纵横策士,常被称为"智士"、"谋士"。刘向说,这些策士,"皆高才秀士。度时君之所能行,出奇策异智,转危为安,运亡为存,亦可喜,皆可观"(《战国策序录》)。多智善谋,是战国策士们最大的特色。策士们奔走游说、谈政论兵、骏雄弘辩,靠的是本身所具备的智慧;他们或献合纵之策,或主连横之略,或论远交近攻之计,都得讲究谋略。所以,《战国策》一书中,策士们的智慧和谋略,不但随处可见,而且常被夸大得功用无比,神乎其神。

战国时代的这些高才秀士的奇策异智,不少体现在《战国策》一书所记载的寓言故事之中。据统计,《战国策》中的寓言故事有七十四则,去其重复,还有七十则。分布情况如下:《东周策》一则,《西周策》二则,《秦策》十三则,《齐策》九则,《楚策》十一则,《赵策》九则,《魏策》十一则,《韩策》四则,《燕策》九则,《宋卫策》三则,《中山策》二则(此据熊宪光统计,见《战国策研究与选译》)。和先秦诸子著作相比,《战国策》中的寓言故事不算特别多,但却以其独树一帜的特色,丰富了先秦时期的寓言文学。

《战国策》中的寓言故事,多是纵横策士们作为政治斗争的工具和思想武器来运用的,所以它们与战国时代的风云际会紧紧相联系,正如刘知几所说:"战国虎争,驰说云涌,人持弄丸之辩,家挟飞钳之术。剧谈者以谲诳为宗,利口者以寓言为主。"(《史通·言语》)运用寓言故事来献计献策,陈述政治主张,在《战国策》中极为常见,它们无不闪耀着策士们智慧的灵光。前面所举的"海大鱼"的寓言就是一例。且再看"韩子卢逐东郭逡"与"鹬蚌相争"。《齐策三·齐欲伐魏》:

> 齐欲伐魏。淳于髡谓齐王曰:"韩子卢者,天下之疾犬也。东郭逡者,海内之狡兔也。韩子卢逐东郭逡,环山者三,腾山者五,兔极于前,犬废于后,犬兔俱罢(疲),各死其处。田父见之,无劳倦之苦,而擅其功。今齐、魏久相持,以顿其兵,弊其众,臣恐强秦大楚承其后,有田父之功。"齐王惧,谢将休士也。

《燕策二·赵且伐燕》:

> 赵且伐燕。苏代为燕谓惠王曰:"今者臣来,过易水,蚌方出曝,而鹬啄其肉,蚌合而拑其喙。鹬曰:'今日不雨,明日不雨,即有死蚌。'蚌亦谓鹬曰:'今日不出,明日不出,即有死鹬。'两者不肯相舍,渔者得而并禽之。今赵且伐燕,燕、赵久相支,以弊大众,臣恐强秦之为渔父也。故愿王之熟计之也。"惠王曰:"善。"乃止。

淳于髡劝齐王不要伐魏,恐强秦大楚承弊以害齐,因此讲了"韩子卢逐东郭逡"的故事来比喻这其间的利害关系。苏代则用"鹬蚌相争、渔翁得利"的故事劝阻赵王伐燕。这两则寓言,寓意相同,但用在不同的事件上,都是用浅白的故事,把利害关系陈述得一清二楚。

策士陈轸是个"智士",最为善谋,用寓言来出谋献策,堪称行家里手。《秦策二·楚绝齐齐举兵伐楚》记载:

> 楚绝齐,齐举兵伐楚。陈轸谓楚王曰:"王不如以地东解于齐,西讲于秦。"楚王使陈轸之秦。秦王谓轸曰:"子,秦人也,寡人与子故也。寡人不佞,不能亲国事也,故子弃寡人事楚王。今齐、楚相伐,或谓救之便,或谓救之不便,子犯不可以忠为子主计,以其余为寡人乎?"陈轸曰:

"王独不闻吴人之游楚者乎？楚王甚爱之，病，故使人问之曰：'诚病乎？意亦思乎？'左右曰：'臣不知其思与不思，诚思则将吴吟。'今轸将为王'吴吟'。王不闻夫管与之说乎？有两虎诤人而斗者，管庄子将刺之，管与止之曰：'虎者戾虫，人者甘饵也。今两虎诤人而斗，小者必死，大者必伤，子待伤虎而刺之，则是一举而兼两虎也。无刺一虎之劳，而有刺两虎之名。'齐、楚今战，战必败。败，王起兵救之，有救齐之利，而无伐楚之害。"

这一则记载，包括"思吴则将吴吟"和"一举而兼两虎"两个寓言。陈轸曾为秦王谋士，后弃秦事楚，而今又为楚王而来，秦王多少有些不高兴。陈轸如何表明自己的心迹呢？言不在多，关键是要能形象地表达出自己的心曲。"思吴则将吴吟"便贴切地表达了陈轸身事楚王而心系秦国的态度，委婉地冰释了秦王的怨责。"一举兼两虎"则是陈轸为秦王在楚齐相争之中应取什么样的心态而献的计策。陈轸本是为楚王求助于秦的，照理该说服秦王如何助楚，然而他却以"一举兼两虎"即"坐山观虎斗""坐收渔人之利"的暗喻劝秦王坐收其利。这样的计策，如果明说，未免有点明火执仗，不够地道，而一则寓言，将三者的关系和秦应取的策略婉曲而又明白无误地表达出来，同时又照应了自己"将吴吟"的真诚。再看《楚策三·秦伐宜阳》：

> 秦伐宜阳。楚王谓陈轸曰："寡人闻韩侈巧士也，习诸侯事，殆能自免也。为其必免，吾欲先据之以加德焉。"陈轸对曰："舍之，王勿据也。以德侈之知，于此困矣。今山泽之兽，无黠于麇。麇知猎者张网前而驱己也，因还走而冒人至数。猎者知其作伪，举网而进之，麇因得矣。今诸侯明知此多诈伪，举网而进者必众矣。舍之，王勿据也。韩侈之知于此困矣。"楚王听之，宜阳果拔，陈轸先知之也。

秦攻打韩国的宜阳，楚怀王欲叛秦而合韩，陈轸劝怀王"舍韩勿据"，并用猎人"伪举网而进之"之计得麇说明诸侯的行动，预言韩相国韩侈再狡黠，也必"于此困矣"。楚怀王听从了陈轸的计策，后"宜阳果拔"。可见陈轸的先见之明。大家熟悉的"画蛇添足"的寓言，也出自陈轸之口。楚国大司马昭阳率兵伐魏，杀将覆城，又移兵攻齐。齐派陈轸游说昭阳。陈轸便说了一个"画蛇添足"的寓言,以画蛇比喻伐魏,以添足比喻攻齐,以卮酒喻楚君的赏赐。昭阳伐魏之功,已可得到"官为上柱国,爵为上执珪"的赏赐,再高则为令尹,而楚不可能置两令尹。因此攻齐无异于画蛇添足。一则寓言,将利害关系剖明,说服了昭阳退兵,消弭了一场战争。战国策士喜用寓言故事来表情达意,献计献策,颇能体现他们在思维方面的智能特征。

战国时代的思潮是贵士重士,用寓言作为说辞来宣扬贵士的思想,奉劝统治者重视人才,也是策士常用的手法。《燕策一》中郭隗对燕昭王讲了一个"五百金买马首"的寓言:

> 古之君人,有以千金求千里马者,三年不能得。涓人言于君曰:"请求之。"君遣之。三月得千里马,马已死,买其首五百金,反以报君。君大怒曰:"所求者生马,安事死马而捐五百金?"涓人对曰:"死马且买之五百金,况生马乎? 天下必以王为能市马,马今至矣。"于是不能期年,千里之马至者三。

燕昭王求士,正如人君求千里马,郭隗以为昭王若有真心,就应从自己身上做起:"今王诚欲致士,先从隗始;隗且见事,况贤于隗者乎? 岂远千里哉?"这就同五百金买死马之首一样。燕王听从他的建议,厚待郭隗,一时燕国聚集了大批的人才。

用千里马来比喻人才,在《战国策》里多见。如《燕策二·苏代为燕说齐》:

> 苏代为燕说齐,未见齐王,先说淳于髡曰:"人有卖骏马者,比三旦立市,人莫之知。往见伯乐曰:'臣有骏马,欲卖之,比三旦立于市,人莫与言。愿子还而视之,去而顾之,臣请献一朝之贾(价)。'伯乐乃还而视之,去而顾之,一旦而马价十倍。今臣欲以骏马见于王,莫为臣先后者。足下有意为臣伯乐乎? 臣请献白璧一双,黄金千镒,以为马食。"淳于髡曰:"谨闻命矣。"入言之王而见之,齐王大说苏子。

卖骏马者希望借助伯乐来抬高马的身价,苏代希望淳于髡像伯乐一样为他向齐王引荐,所以用"卖骏马者"的寓言来表达内心的愿望。汗明求见春申

君,也希望春申君能当一个真正的"伯乐",《楚策四·汗明见春申君》载:

> 汗明曰:"君亦闻骥乎? 夫骥之齿至矣,服盐车而上太行。蹄申膝折,尾湛胕溃,漉汁洒地,白汗交流,中阪迁延,负辕不能上。伯乐遭之,下车,攀而哭之,解纻衣以幂之。骥于是俯而喷,仰而鸣,声达于天,若出金石声者,何也? 彼见伯乐之知己也。今仆之不肖,阨于州部,堀穴穷巷,沉洿鄙俗之日久矣,君独无意湔拔仆也? 使得为君高鸣屈于梁乎?"

汗明见春申君,未得重用,因此以千里马拉盐车上太行山暗喻自己被埋没。伯乐见千里马,关怀备至,千里马顿时意气风发,奋蹄长啸,正表现了汗明的理想。南宋人鲍彪说:"世之怀才抱德之士,陆没于时,若此骥者不少。而伯乐之不世有,长鸣之无其时,可不为之大哀耶? 故招延不可不博,试用不可不详也。"战国时代,君王寻找千里马,士人呼唤伯乐,已成为一个时代的要求。

利用寓言故事讽谏和劝诫,往往可以收到直接说理所达不到的效果。大家所熟悉的"邹忌窥镜",实乃一则寓言。邹忌从与城北徐公比美发端,得出私我者、畏我者、有求于我者,皆有可能"蔽于己"的道理,于是现身说法,隐喻联想,指出"王之蔽甚矣",要齐威王广开言路,认真倾听各方面的意见,避免闭视塞听,受人蒙蔽。这种方式,实在巧妙。再如"庄辛说楚王"(《楚策四》),楚襄王宠幸佞臣,奢侈纵欲,短短的几个月时间,便丢失了鄢郢等大片土地,于是只好请庄辛来出谋献策,挽救楚国的危亡。庄辛引用"见兔而顾犬,未为晚也;亡羊而补牢,未为迟也"的成语,告诉楚襄王虽遭失败,但补救还来得及。随后,庄辛则用了蜻蛉、黄雀、黄鹄的寓言,由小事说起,层层设喻,说明逸乐丧生的道理。然后再由物及人,以蔡灵侯淫佚失国的历史教训,使楚襄王惊醒和戒惕。庄辛的劝谏,收到了很好的效果,"襄王闻之,颜色变作,身体战栗"。《古文观止》的编者评论说:此篇"只起结点缀正意,中间纯用引喻,自小至大,从物至人,宽宽说来,渐渐逼人,及一点破题面,令人毛骨俱竦。《国策》多以比喻劝君,而此篇辞旨更危,格韵尤隽"。

类似的例子还可以再举两例。《赵策三·卫灵公近雍疽弥子瑕》:

> 卫灵公近雍疽、弥子瑕。二人者,专君之势,以蔽左右。复涂侦谓君

曰:"昔日臣梦,见君。"君曰:"子何梦?"曰:"梦见灶君。"君忿然作色
曰:"吾闻梦见人君者,梦见日。今子曰'梦见灶君',而言君也。有说
则可,无说则死。"对曰:"日,并烛天下者也,一物不能蔽也。若灶则不
然,前之人炀,则后之人无从见也。今臣疑人之有炀于君者也,是以梦见
灶君。"君曰:"善。"于是因废雍疽、弥子瑕,而立司空狗。

《齐策四·齐人见田骈》:

> 齐人见田骈曰:"闻先生高议,设为不宦,而愿为役。"田骈曰:"子何
> 闻之?"对曰:"臣闻之邻人之女。"田骈曰:"何谓也?"对曰:"臣邻人
> 之女,设为不嫁,行年三十,而有七子。不嫁则不嫁,然嫁过毕矣。今先
> 生设为不宦,訾养千钟,徒百人。不宦则然矣,而富过毕也。"田骈辞。

前一则,复涂侦意在劝说卫灵公贬斥小人雍疽、弥子瑕,以免受其蒙蔽。
日能烛照天下,无物能蔽,而灶则不同,一人灶前取暖,而后人无从见也,形象
地揭示卫灵公受小人蒙蔽的情状。后一则,则是一篇辛辣而又幽默的小品。
以邻人之女不嫁而有七子来讽刺田骈貌似清高,实乃追逐富贵的虚伪,揭露
相当深刻。清人林云铭说:"不嫁而多生子,分明是淫行;不宦而多得禄,分
明是贪行。先以高义二字为笑,后以过毕二字为骂,令虚伪人无处生活。奇
妙无比。"(《古文析义》五)像这一类的寓言,还有如"周人卖朴"(《秦策
三》)、"狐假虎威"(《楚策一》)、"惊弓之鸟"(《楚策四》)、"神丛"(《秦
策三》)等。可以看出,战国策士在运用这些寓言时,已是十分得心应手了。
寓言不但用于讽谏,也用于剖明心迹,陈轸和甘茂就是如此。张仪曾经
攻击陈轸,说他"常以国情输楚"(《秦策一·陈轸去楚之秦》),陈轸于是讲
了一个"楚人有两妻者"的寓言为自己辩护:

> 楚人有两妻者,人诱其长者,詈之,诱其少者,少者许之。居无几何,
> 有两妻者死。客谓诱者曰:"汝取长者乎,少者乎?""取长者。"客曰:
> "长者詈汝,少者和汝,汝何为取长者?"曰:"居彼人之所,则欲其许我
> 也;今为我妻,则欲其为我詈人也。"

陈轸表白自己如果"常以国情输楚",就像楚人妻之少者,必不为楚所喜欢。而楚王楚相对自己友好,正可证明自己对秦国的忠诚。借助于寓言故事,陈轸击溃了张仪的毁谤。甘茂离开秦国奔齐,出关遇苏秦(一作苏代),于是以"江上处女"的寓言为喻,请求苏秦予以关照(《秦策二·甘茂亡秦且之齐》):

> 夫江上之处女,有家贫而无烛者,处女相与语,欲去之。家贫无烛者将去矣,谓处女曰:"妾以无烛,故常先至,扫室布席,何爱余明之照四壁者? 幸以赐妾,何妨于处女? 妾自以有益于处女,何为去我?"处女相语以为然而留之。

甘茂以无烛之女自况,希望为苏秦"扫室布席","幸无我逐"。话说得委婉,寓意含蓄,打动了苏秦,苏秦终于答应为之游说,让齐国重用他。

战国策士们娴熟地运用寓言来为自己的游说服务,使这些寓言故事带上了鲜明的纵横家的色彩。与诸子散文中寓言主要用于阐释哲理大不相同的是,寓言,在这些高才秀士们的手里,成了说人主、干诸侯的有效工具。因此,在先秦寓言文学中,《战国策》寓言可谓别开生面、独树一帜。

《战国策》寓言故事长久流传不衰,为后人所喜爱,在于它动人的艺术魅力。首先,这些寓言故事大多取材于现实生活,充满着生活气息。像"楚人有两妻者"、"江上处女"、"群狗争骨"、"邹忌窥镜"、"画蛇添足"、"麋与猎者"、"惊弓之鸟"、"虎怒决蹯"、"树杨与拔杨"、"南辕北辙"、"叱犬"、"缧牵长"、"同舟共济"、"鹬蚌相争"、"卫人迎新妇"等,不论是人物故事,还是动植物故事,大都是策士们运用身边的事例,就地取材,现身说法,足见策士们的思维敏捷聪睿。如《宋卫策》中的"卫人迎新妇"一则:

> 卫人迎新妇,妇上车,问:"骖马,谁马也?"御曰:"借之。"新妇谓仆曰:"拊骖,无笞服。"车至门,扶,教送母:"灭灶,将失火。"入室见臼,曰:"徙之牖下,妨往来者。"主人笑之。

这个新嫁娘多么活泼可爱,心直口快,口无遮拦,说的话也不错,然而她却"不识时务",不注意地点场合。因此作者评论说:"此三言者,皆要言也;然而不免为笑者,蚤(早)晚之时失也。"像这样的寓言故事,完全是生活中的常见事,风趣幽默又充满了生活气息。

　　一些寓言,不但在《战国策》中重复出现,也见于其他诸子著作中。如"土偶与桃梗"、"献珥测后"、"忠信受笞"等,在《战国策》中皆两见;"海大鱼"、"郑袖劓美人鼻"、"梦灶"、"乐羊食子"等,既见于《战国策》,又见于《韩非子》;"邹忌窥镜",在《吕氏春秋》和刘向《新序》中也有类似故事。从史料上说,这似有抵牾,但也说明这一类寓言是当时大家耳熟能详的故事,来自于生活之中,策士们信手拈来,十分自然。再如以马为喻,寓指士人,也应是当时的常用喻体,所以《战国策》中有几个以马为喻的寓言。汗明见春申君时,曾问春申君:"君亦闻骥乎?"可见以骥为喻,是广为人知的。所以,《战国策》中的这些来自生活的寓言故事,使人感到亲切可信,增强了说服力和感染力。

　　其次,《战国策》中的寓言,形象与寓意大都能做到和谐统一。战国策士靠口舌游说而取得成功,寓言是他们游说言辞的工具,因此,如何使寓言故事的形象与寓意更加贴切,更加和谐,这是他们不能不认真"简练揣摩"的,如前面所举的"楚人有两妻者"、"江上之处女"、"骥服盐车"、"画蛇添足"等,喻体与寓意互相呼应,二者在性质上有非常相似的契合点,当它阐明事理时,就显得非常贴切。

　　正因为形象与寓意高度的和谐统一,所以《战国策》中的寓言故事,其寓言形象留给读者的印象更为深刻,产生的阅读效应更为强烈,使得读者常常疏离寓言的原始寓意,而赋予更深刻的哲理含义。如"一举而兼两虎",可以转意为告诫人们,要善于利用对方的矛盾,抓住有利时机打击敌人,一举两得,事半功倍;"画蛇添足",告诫人们不要别出心裁、节外生枝,弄巧成拙;"木偶与桃梗",本来是苏秦用来劝阻孟尝君入秦的,却可以用来启示人们不要离弃生养自己的故国土地;"海大鱼",教导人们局部利益应服从整体利益,个人利益应服从国家利益,等等。这些寓言,能够从更高层次上在抽象的哲理上使人们受到启发,因此更加为人们所珍爱。

　　第三,《战国策》中的寓言,形象鲜明、情节生动、描写细腻,多彩多姿。像"邹忌窥镜"、"海大鱼"、"画蛇添足"、"狐假虎威"、"郑袖劓美人鼻"、"卫人迎新妇"等,都有较为完整的故事情节,其中邹忌的敏锐,添足之舍人的得意,狐狸的狡猾,郑袖的阴毒,新妇的心直口快,都刻画得非常生动,整篇寓言宛如一篇短短的小说。再如《秦策三·应侯谓昭王》写的"博胜神丛"的故事:

> 应侯谓昭王曰:"亦闻恒思有神丛与?恒思有悍少年,请与丛博,曰:'吾胜丛,丛籍我神三日;不胜丛,丛困我。'乃左手为丛投,右手自为投,胜丛。丛籍其神三日。丛往求之,遂弗归。五日而丛枯,七日而丛亡。今国者王之丛,势者王之神,籍人以此,得无危乎?"

"神丛"本是神通广大、神力无穷的,但是"悍少年"凭着自己的智慧打败了神丛。应侯用此寓言先诫秦王,权、势切不可借给别人,不能让太后、穰侯、华阳君等人窃持国柄。然而少年博投、神丛无神而枯的情节,悍少年的形象,均相当鲜明生动。

有的寓言故事描写细腻精美,已表现出相当高的技巧。如范雎描述士人争利而讲的"群狗争骨"的寓言:

> 王见大王之狗,卧者卧,起者起,行者行,止者止,毋相与斗者,投之一骨,轻起相牙者,何则?有争意也。

把群狗的形态,争骨的丑态,刻画得淋漓尽致。再如"骥服盐车"一则,写骥拉盐车上太行时的情景:"蹄申膝折,尾湛胕溃,漉汁洒地,白汗交流,中阪迁延,负辕不能上。"痛苦之状,写得非常细腻;伯乐见骥之后,"攀而哭之,解纻衣以幂之",那种哀伤惋惜又关怀备至的样子,也十分逼真。最后写骥奋蹄长啸,"俯而喷,仰而鸣,声达于天,若出金石声者",意气风发、腾空而起的雄姿,令人振奋。诸如此类的描写,给人以无穷的美的享受。

寓言故事一般篇幅短小,但《战国策》的寓言,在短小的篇幅中,安排了具有矛盾冲突的情节内容,如"狐假虎威"、"鹬蚌相争"等。有的还有简洁传神的对话,如"南辕北辙"、"土偶与桃梗"。在形式上,有夹叙夹议式、问答式、拟人式等;在风格上,有的典雅严肃,有的委婉含蓄,有的尖刻泼辣,有的风趣幽默,呈现出瑰丽多姿的风貌。

原载《寓言智慧》,上海古籍出版社 1998 年版

采百家之眇义 总诸子之精英

——《吕氏春秋》寓言的智慧

战国末期,秦昭王太子安国君的庶子异人为质于赵国。秦国屡次攻打赵国,所以赵国对待异人很不友好,异人在赵国陷入困境。阳翟的富商吕不韦在赵都邯郸遇到异人,以为奇货可居,于是出千金而西入秦,多方活动,终于说动安国君宠幸的华阳夫人,立异人为嫡嗣,并改名为子楚。嗣后,吕不韦又献自己宠爱的邯郸美女赵姬于子楚。赵姬已有身孕。子楚后来即秦国君位,即庄襄王。庄襄王任吕不韦为丞相,封文信侯,食邑河南洛阳十万户。庄襄王即位三年便死去,赵姬所生儿子嬴政登上了国君的宝座,尊吕不韦为相国,称为"仲父"。于是,吕不韦从一个买贱卖贵的商人,一跃而成为不可一世的权贵。吕不韦慧眼识子楚,弃商从政,投机于政治,对秦始皇统一中国发挥了举足轻重的作用。从这一点来说,吕不韦本身就是一个有超人智慧的人才。

吕不韦做"仲父"时,召集手下门客编撰了《吕氏春秋》这一部巨著。据司马迁记载:"吕不韦乃使其客人人著所闻,集论以为八览、六论、十二纪,二十余万言。以为备天地万物古今之事,号曰《吕氏春秋》。"(《史记·吕不韦列传》)《汉书·艺文志》署为"秦相吕不韦辑智略士作"。可以说,《吕氏春秋》是集体智慧的结晶。司马迁还记载说,《吕氏春秋》书成之后,"布咸阳市门,悬千金其上,延诸侯游士宾客有能增损一字者予千金",说明吕不韦善于集思广益,也见出他对于这部著作的得意,大概自认为已臻极致。

《吕氏春秋》一书，又称《吕览》，《汉书·艺文志》将它列入"杂家者流"，说它"兼儒墨，合名法"，有意识地融汇先秦各家的学说。故称其"采百家之眇义，总诸子之精英"，亦不为过。

《吕氏春秋》中的寓言故事有二百八十多则。这些寓言故事，鲜明地反映了先秦各家各学派的思想学说。儒、墨、道、法、名家，各显出智慧的光辉。不过相对来说，道家和儒家的思想更为显著。如《贵公》篇中的"荆人遗弓"：

> 荆人有遗弓者，而不肯索。曰："荆人遗之，荆人得之，又何索焉？"孔子闻之曰："去其'荆'而可矣！"老聃闻之曰："去其'人'而可矣！"故老聃则至公矣。

楚国人丢失了弓而不愿去找回来，说是楚国人丢失的，楚国人拾到它，何必去寻找呢？儒家讲仁义，主张仁者爱人，于是孔子说："去其'荆'而可矣。"道家主张无为，法自然，所以老聃说："去其'人'而可矣。"作者称"老聃则至公矣"，孔子则不如，显然是站在道家的立场。《必己》篇中引用了五则寓言，也有浓厚的道家色彩。第一个寓言"山木"，基本上照录《庄子·山木》篇中"山木与雁"这则寓言。《必己》开篇曰："外物不可必"，言遇而合者在自己之处理得宜。而庄子的"处于材与不材之间"，"得终天年"，则为作者所首肯。此篇中的"牛缺遇盗"和"孔子马逸"，则可看出对儒家的批评：

> 牛缺，居上地大儒也。下之邯郸，遇盗于耦沙之中。盗求其橐中之载，则与之，求其车马，则与之；求其衣被，则与之。牛缺出而去。盗相谓曰："此天下之显人也。今辱之如此，此必诉我于万乘之主；万乘之主，必以国诛我，我必不生。不若相与追而杀之，以灭其迹。"于是，相与趋之。行三十里，及而杀之。
>
> 孔子行道而息，马逸，食人之稼，野人取其马。子贡请往说之，毕辞，野人不听。有鄙人始事孔子者，曰："请往说之。"因谓野人曰："子不耕于东海，吾不耕于西海也。吾马何得不食子之禾？"其野人大说，相谓曰："说亦皆如此其辩也。独如向之人！"解马而与之。

牛缺是个大儒,然而在一伙强盗面前如此书生气十足,结果连性命也送掉了。孔子的弟子子贡"利口巧辞",在孔门中属"言语科",能"存鲁,乱齐,破吴,强晋而霸越"(《史记·仲尼弟子列传》)。然而在这里却不如一个刚跟随孔子不久的粗人。这两则寓言,使我们想起《庄子》中常见到的情形:庄子总爱用寓言故事对儒家圣人进行揶揄调侃以示对儒家的批评。

在《吕氏春秋》里,儒家思想的比重仅次于道家,寓言故事也是如此。《异用》篇中的"网开三面",则宣扬了儒家思想:

> 汤见祝网者,置四面,其祝曰:"从天坠者,从地出者,从四方来者,皆离(罹)吾网。"汤曰:"嘻!尽之矣。非桀其谁为此也?"汤收其三面,置其一面。更教祝曰:"昔蛛蝥作网罟,今之人学纾。欲左者左,欲右者右,欲高者高,欲下者下,吾取其犯命者。"
>
> 汉南之国闻之,曰:"汤之德及禽兽矣。"四十国归之。

桀四面撒网,未必能捕捉到鸟,汤网开三面,却有 40 个诸侯小国归顺了他。这显然宣扬了儒家的仁政,主张法网应宽,才能以仁德服人。同篇中"文王泽及枯骸"的寓言也是如此。周文王派人挖地,挖出了死人的尸骨。官吏将此事禀告给文王,文王命令重新以名棺安葬。此事感动了天下之人,人人称赞周文王的仁德。这两则寓言,堪称《吕氏春秋》中儒家思想的代表作。此外,像《爱士》、《至忠》、《忠廉》、《介立》、《遇合》等篇所载的十几则寓言,也都反映了儒家思想和儒家学说。

宣扬法家思想的,以《察今》为代表。文章的中心是主张时代变了,法度也要随之改变,先王之法"不可得而法"。这正同韩非子《五蠹》篇中所说"事因于世而备适于事。世异则事异,事异则备变"的思想。《察今》中则用了三则寓言故事来作为论据加以阐明:

> 荆人欲袭宋,使人先表澭水。澭水暴益,荆人弗知,循表而夜涉,溺死者千有余人,军惊而坏都舍。向其先表之时,可导也,今水已变而益多矣,荆人尚犹循表而导之,此其所以败也。
>
> 楚人有涉江者,其剑自舟中坠于水,遽契其舟曰:"是吾剑之所从坠。"

舟止，从其所契者入水求之。舟已行矣，而剑不行。求剑若此，不亦惑乎？

有过于江上者，见人方引婴儿欲投之江中，婴儿啼。人问其故。曰："此其父善游。"——其父虽善游，其子岂遽善游哉？以此任物，亦必悖矣。

第一则"荆人涉澭"，嘲讽了那些泥古不化反对变法的人，"向其先表之时可导也，今水已益多矣"，"其时已与先王之法亏矣"，时移事变，所以要变法。第二则"刻舟求剑"，则从地变的角度嘲讽那些保守派。舟行剑不行，地点已变，而法不徙，"以此为法，岂不难哉"？第三则"引婴儿投江"，重在人异，"其父善游，其子岂遽善游？"时过人异，不变法不符合人情。三则寓言，由时、地、人三个角度，从反面阐述了变法的重要性。其实不唯变法如此，处世之道，知化善变，也应如此。

《仲春纪》中的《当染》篇，则与墨家的思想如出一辙。此篇开首二段出自《墨子·所染》，一开始就辑录了"墨子悲丝染"的寓言，其后则几乎全是对这一则寓言进行发挥和引申，所谓近朱者赤，近墨者黑，为人处世，治国治学，无不如此。再如《去私》篇中的"腹䥍杀子"，大义灭亲，在法律面前人人平等，不分亲疏，光明磊落，堪称楷模。墨学以为损人利己乃恶乱之源，故应去私为法。

总之，《吕氏春秋》一书共 160 篇文章，保存着先秦各家各派各种不同的学说思想，大部分的篇章都引用了寓言故事作为宣扬各家思想的论据。所以，《吕氏春秋》中的寓言，如同春光满目的大花园，汇集百花，争相斗妍，令人目不暇接。

《吕氏春秋》出于众手，由宾客人人各记所闻，综合百家九流，畅论天地万物古今之事，内容涉及之广，非寻常可比，因此，其所载寓言也反映了丰富的社会内容。

《吕氏春秋》成书于秦国正要统一天下之时，为统治者提供治国安邦的政治经验，是一个重要的目的。《具备》篇中的"掣肘"便是著名的一则：

宓子贱治亶父，恐鲁君之听谗人而令己不得行其术也。将辞而行，请近吏二人于鲁君，与之俱至于亶父。邑吏皆朝。宓子贱令二人书。吏方将书,宓子贱从旁时掣摇其肘。吏书之不善,则宓子贱为之怒。吏甚患之,辞而请归。宓子贱曰:"子之书甚不善,子勉归矣。"

二吏归报于君,曰:"宓子不得为书。"君曰:"何故?"吏对曰:"宓子使臣书,而时掣摇臣之肘,书恶而有甚怒。吏皆笑宓子。此臣之所以辞而去也。"鲁君太息而叹曰:"宓子以此谏寡人之不肖也,寡人之乱子而令宓子不得行其术,必数有之矣。微二人,寡人几过。"遂发所爱而令之亶父,告宓子曰:"自今以来,亶父非寡人之有也,子之有也。有便于亶父者,子决之矣,五岁而言其要。"宓子敬诺,乃得行其术于亶父。

邑吏写字,宓子贱有意从旁不时地掣摇其肘,干扰其工作。宓子贱以此来劝谏鲁君不能过多地干预下级的工作,妨碍下级才能的发挥。据《察贤》篇一则故事所载,宓子贱治政,常在堂上静坐弹琴,却把亶父治理得很好。巫马期披星戴月,早朝晚退,昼夜劳作,也只不过治好亶父。巫马期问宓子贱其中缘故,宓子贱说:我是使用人才治理,你是使用力气治理,"任力者故劳,任人者故逸"。这两则寓言,实际上是作者为统治者开出的垂拱而治之方。

对于治国之道,《吕氏春秋》的作者崇尚的是德治。前举"网开三面"的寓言就是这样的主张。不过,在德治的前提下,法治也是必要的手段。《直谏》篇中有一则"葆申笞荆王":

荆文王得茹黄之狗、宛路之矰,以畋于云梦,三月不反;得丹之姬,淫期年不听朝。葆申曰:"先王卜以臣为保,吉。今王得茹黄之狗、宛路之矰,畋三月不反;得丹之姬,淫期年不听朝。王之罪当笞。"王曰:"不谷免于襁褓,而齿于诸侯,愿得变更而无笞。"葆申曰:"臣承先王之令,不敢废也。王不受笞,是废先王之令也。臣宁抵罪于王,毋抵罪于先王。"王曰:"敬诺。"引席,王伏,葆申束细荆五十,跪而加之于背。如此者再,谓王:"起矣!"王曰:"有笞之名一也。"遂致之。

荆文王贪图逸乐,荒废了政事,太保申便对他施行笞刑。寓言的思想意义,与《尚书·无逸》中周公劝成王"无逸"是一致的。不过寓言还宣扬了"法大于权"的法治思想。"王子犯法,与民同罪",太保申执法不阿,使楚国得以强大。寓言最后说荆文王接受葆申的劝谏,改弦更张,杀茹黄之狗,析宛路之矰,放丹地之姬。结果,楚国强盛,兼并三十九国。作者的劝谏目的是十分明显的了。而像《疑似》中的"幽王击鼓",写幽王昏庸无道,为博褒姒一笑而玩忽法令,失却民心,终致灭亡;《壅塞》中的"戎主醉缚",戎主因贪图酒色,丧失警惕,结果被秦王生擒,则从反面为统治者提供了借鉴。

劝谏统治者重用人才,爱惜人才,在《吕氏春秋》的寓言中相当突出。大概其时六国纷争,人才的争夺异常激烈,各诸侯国、各学派都认识到人才对于治国称霸的重要性。尧不以帝王之尊会见善绻,北面向善绻请教(《下贤》);魏文侯去见段干木,站累了都不敢休息(《下贤》);周公一饭三吐哺,一沐三握发,都是明君对有道之士求贤若渴的典范。再如"齐桓公见稷"也是如此:

> 齐桓公见小臣稷,一日三至而弗得见。从者曰:"万乘之主,见布衣之士,一日三至而弗得见,亦可以止矣。"桓公曰:"不然。士骜禄爵者,固轻其主;其主骜霸王者,亦轻其士。纵夫子骜禄爵,吾庸敢骜霸王乎?"遂见之,不可止。

稷不过一区区小臣,齐桓公乃万乘之主,齐桓公求见稷,一日三次都不能见到,可见其求贤若渴之心。齐桓公置射钩之仇而不顾以管仲为相,对小臣稷亦以礼相待,这是他成就霸业的原因。作者谓"世多举桓公之内行,内行虽不修,霸亦可矣",即认为齐桓公个人品行虽不好,然有此好士之心,必可称霸。说明人才的重要。

但是,统治者不爱惜人才的现象也同样存在。《士容》篇中的"取鼠之狗"就是这样的寓意:

> 齐有善相狗者,其邻假以买取鼠之狗,期年乃得之,曰:"是良狗也。"其邻畜之数年,而不取鼠,以告相者。相者曰:"此良狗也。其志在獐麋豕鹿,不在鼠。欲其取鼠也则桎之。"其邻桎其后足,狗乃取鼠。

良狗之志在獐麋豕鹿,不在鼠,齐人硬要良狗取鼠,只好"桎其后足",束缚了它的才能。才非所用,压抑人才,这是当时依然存在的现象。这一则寓言对此进行了尖锐的批评。公元前 237 年,秦王曾下令驱逐从别国来秦的客卿。李斯为此写下著名的《谏逐客书》,陈述"逐客"对秦国的危害。"逐客",也是不重用人才。看来秦国在使用人才方面问题还是相当严重的。《吕氏春秋》成书于秦王"逐客"的前几年,说明作者在秦王"逐客"之前,早已敏锐地意识到人才的重要性。

《吕氏春秋》中的寓言提供了许多有益的处世之道与生活经验,给人以启迪。如《异宝》篇中的"子罕不受玉"。宋国的农夫耕田时捡到了一块玉,将它献给子罕,子罕不接受。农夫请求说:"这是我拾得的宝物,请相国收下。"子罕说:"你把玉当作宝物,可我却把不接受别人的馈赠当作宝物。"子罕以不贪为宝,这是一种超越世俗的美德,受到人们的称赞。这则寓言在《韩非子·喻老》中也见记录,可见已广为流传。

笃守节操,保持高洁的操守,脱离世俗的人格,也是《吕览》作者所推崇的。《介立》写晋文公返国后,介子推不肯受赏,还自赋诗道:"有龙于飞,周遍天下。五蛇从之,为之丞辅。龙返其乡,得其处所。四蛇从之,得其露雨。一蛇羞之,桥死于中野。"介子推将诗悬挂于晋文公门前就去隐居山中了。文文公见诗,料定是介子推无疑,于是离开宫室,微服而行,以寻找介子推。有人在山中遇见介子推背着锅,上插一把长柄斗笠,问他介子推的下落,介子推说:"介子推不想出仕而要隐居,我怎会知道他?"说完便去了,终生不仕。这一则改编于《左传》的寓言故事,目的在于赞颂介子推"不言禄",功成身退的高尚节操。同篇中"爰旌目"的寓言,与《礼记·檀弓》中的"嗟来之食"相似。不过作者改编为"爰旌目":

> 东方有士焉曰爰旌目,将有适也,而饿于道。狐父之盗曰丘,见而下壶餐以铺之。爰旌目三铺之而后能视,曰:"子何为者也?"曰:"我狐父之人丘也。"爰旌目曰:"嘻!汝非盗邪?胡为而食我?吾义不食子之食也。"两手据地而吐之,不出,喀喀然遂伏地而死。

在这则故事中,给食之人变为盗丘,爰旌目也死得更为壮烈,这些改变,无疑强化了寓言的本意:丧失了人格和节操,实际上已丧失了生命存在的价值。

在日常生活中,如何辨察传闻,解脱迷惑,《吕氏春秋》中的寓言也给我们以启迪。如《察今》中的"穿井得一人"：

> 宋之丁氏，家无井，而出溉汲，常一人居外。及其家穿井，告人曰："吾穿井得一人。"有闻而传之者："丁氏穿井得一人。"国人道之，闻于之宋君。宋君令人问之于丁氏。丁氏对曰："得一人之使，非得一人于井中也。"

传闻之言，常常相去甚远。白的可能说成黑的，黑的可能说成白的。把狗说成玃（似猕猴的动物），把玃说成母猴，把母猴说成人，而人与狗则相差甚远了。上引的寓言就是如此。如何克服这种弊病呢？作者以为要"缘物之情及人之情以为所闻"，"则得之矣"，即根据自然和人事的情理来推断，并作深入的调查研究，才能不讹。

《疑似》篇中的"黎丘丈人"，则告诫人们应如何辨别疑惑，解脱困扰，否则将铸成大错：

> 梁北有黎丘部，有奇鬼焉，喜效人之子侄昆弟之状。邑丈人有之市而醉归者，黎丘之鬼效其子之状，扶而道苦之。丈人归，酒醒而诮其子曰："吾为汝父也，岂谓不慈哉？我醉，汝道苦我，何故？"其子泣而触地，曰："孽矣！无此事也。昔也往责于东邑，人可问也。"其父信之，曰："嘻！是必夫奇鬼也。吾固尝闻之矣。明日，端复饮于市，欲遇而刺杀之！"明旦之市而醉，其子恐其父之不能反也，遂逝迎之。丈人望其真子，拔剑而刺之。丈人智惑于似其子者，而杀其真子。

奇鬼作祟，黎丘丈人未辨真假，糊里糊涂地杀了自己的亲生儿子。相似之物似是而非，迷人眼目，惑人心理，即使智者也常真伪莫辨，所以必须谨慎。作者的本意是要指出：君主常为那些貌似贤士的人所迷惑，以至真正的贤士也被摒弃。用人如此，其中的道理，就是在日常生活中也富于启迪意义。

《吕氏春秋》中的寓言还对生活中的种种丑态给予嘲笑和讽刺。如《壅塞》中的"齐宣王好射"，写齐宣王喜欢别人说他能拉强弓，本来是三石之弓，下人故意奉承他说是九石，齐宣王也自信能拉九石，且终身不悟。齐宣王"悦其名而丧其实"，实在可悲又可笑。《淫辞》篇中的"缁衣"，揭露强词夺理、巧取豪夺的丑态：

> 宋有澄子者,亡缁衣,求之途。见妇人衣缁衣,援而弗舍,欲取其衣,曰:"今者我亡缁衣。"妇人曰:"公虽亡缁衣,此实吾所自为也。"澄子曰:"子不如速与我衣。昔吾所亡者,纺缁也。今子之衣,禅缁也。以禅缁当纺缁,子岂不得哉?"

妇人之缁衣,本非澄子所亡之缁衣,然澄子仍要强夺之,其行径,与强盗无异。"割肉相啖"和"宾卑聚"则嘲笑了那些貌似勇士的蠢人:

> 齐之好勇者,其一人居东郭,其一人居西郭,卒然相遇于途,曰:"姑相饮乎?"觞数行,曰:"姑求肉乎?"一人曰:"子,肉也;我,肉也。尚胡革求肉而为?"于是具染而已,因抽刀而相啖,至死而止。

> 齐庄公之时,有士曰宾卑聚。梦有壮士,白缟之冠,丹绩之袧,练布之衣,新素履,墨剑室。从而叱之,唾其面。惕然而寤,徒梦也。终夜坐不自快。明日,召其友而告之曰:"吾少好勇,年六十而无所挫辱。今夜辱,吾将索其形。期得之,则可;不得,将死之!"每朝与其友俱立乎衢。三日不得,却而自殁。

齐人好勇,以割肉相啖显示其勇,最后都死了,作者评曰:"勇若此,不若无勇。"宾卑聚则是自寻烦恼,以梦中之人为敌,最后自杀。作者以违背常理的夸张嘲笑了这些蠢人。"掩耳盗钟"的寓言,写有一个偷钟的人,为了怕别人听到钟声而掩住自己的耳朵;"治偏枯与起死人",写鲁人公孙绰能"起死人(起死回生)",诀窍在于将治"偏枯(半身不遂)"的药量加大一倍;前者的愚蠢令人可笑,后者的机械混淆了量与质的差别,完全是一种形而上学的思想方法。

《吕氏春秋》的寓言在组织编排上很有特色。《吕氏春秋》的文章一般比较短小,作者常是先说理,后以众多的寓言故事来论理。《察今》篇论变法的必要性,用了"荆人涉澭"、"刻舟求剑"、"引婴投江"三则寓言来作为论据,从时、地、人三个不同的角度来阐述道理。《去尤》篇论不要受外界的拘蔽,也用了"人有亡铁者"、"公息忌织组"、"鲁有恶者"3个寓言。《必己》篇论"君子必在己者,不必在人者也",用了7个寓言故事。其他各篇也多如此。这众多的故事,都不是简单的罗列、堆砌,而是从多方面、多层次地论证事理。它们是寓言丛集的文章,但与《韩非子》中的《说林》故事集又有所不同,《吕氏春秋》的寓言故事的寓意与论点有紧密的逻辑关系,二者有机组合,浑然一体,收到了极好的说理效果。

《吕氏春秋》寓言的形象塑造也颇有特色。牛缺的迂腐("牛缺遇盗"),巧于劝谏的宓子贱("掣肘"),祁黄羊的大公无私("祁黄羊举贤"),都写得相当生动。"爰旌目"中的爰旌目,形象塑造更为成功,有情节,有对话,有动作,细腻地写出一个笃守节操的高士形象。此外亡缁衣的宋人澄子,好勇斗狠的宾卑聚,形象也都性格鲜明,各具特色。至于"黎丘丈人"一则,人物描写神态逼真,情节起伏跌宕,引人入胜,宛如一篇小说。晋干宝的《搜神记》中,便模拟"黎丘丈人"的故事写战《秦巨伯》这一篇志怪小说。

原载《寓言智慧》,上海古籍出版社 1998 年版

寓劝诫于故事之中的刘向寓言

　　先秦寓言智慧,在诸子手中已发挥得淋漓尽致;寓言创作,也达到一个前所未有的高峰。汉代封建帝国建立,百家争鸣的生动局面消逝。西汉中期以后,儒学独尊,百家衰退。汉代政论家的说理论文,多用醇正的议论,虽纵横驰骋,神采飞扬,但运用寓言故事者并不多。所以汉代的寓言创作,比起先秦时期,大为逊色。汉代士人们的寓言创作,多半牢笼在儒家道德规范之内,在既定的思维框架之中发挥其有限的智慧。因此,寓言这生动活泼的故事性文体,被当作儒家道德说教的工具。这里最有代表性的是刘向的《说苑》与《新序》。

　　刘向,字子政,汉宣帝时任散骑谏大夫。元帝时,弹劾宦官与外戚专权误国,曾两度被捕下狱,并免为庶人。汉成帝时,刘向重新得到重用,为护左都水使、光禄大夫等职,又领校中五经秘书,像《战国策》、《楚辞》等古籍都经过他的整理,是个著名的经学家、文学家和目录学家。

　　《说苑》和《新序》由刘向编集而成。成书的时间略有先后。刘向编纂《说苑》和《新序》,目的是要借古代的故事和人物言行,对帝王进行规劝。宋人曾巩在《说苑》序中指出:"向采传记百家所载行事之迹,以为此书奏之,欲以为法戒。"清人谭献说他是"以著述当谏书"(《复堂日记》卷六),正道出刘向编撰二书的目的。

　　我们从《说苑》、《新序》二书的篇目名称中就可以看出其内容主旨。

《说苑》分二十篇:君道、臣术、建本、立节、贵德、复恩、政理、尊贤、正谏、敬慎、善说、奉使、权谋、至公、指武、谈丛、杂言、辨物、修文、反质。《新序》分十篇:杂事（五篇）、刺奢、节士、义勇、善谋（上下）。每一篇的后面,都用了几十个故事来说明主旨。用寓言故事进行劝诫,足见出刘向的才智。就具体的寓言故事来看,劝诫的寓意也是十分鲜明显豁的。

如《说苑·建本》中的"百姓为天"一则:

> 齐桓公问管仲曰:"王者何贵?"曰:"贵天。"桓公仰而视天。管仲曰:"所谓天者,非苍苍莽莽之天也,君人者以百姓为天。百姓与之则安,辅之则强,非之则危,背之则亡。"

"君人者以百姓为天",是这一则故事的中心思想。"民为邦本,本固邦宁"的民本思想,是先秦儒家的重要思想,故事中借管仲之口再次强调了这一点,成为作者提出的"建本"（即建立治国的根本）思想的重要组成部分。再如《新序·刺奢》中的"以秕喂鸟":

> 邹穆公有令:"食凫雁必以秕,无得以粟。"于是仓无秕而求易于民,二石粟而得一石秕。吏以为费,请以粟易之。穆公曰:"去,非汝所知也!夫百姓饱牛而耕,暴背而耘,勤而不惰者岂为鸟兽哉?粟米,人之上食,奈何其以养鸟?且尔知小计,不知大会。周谚曰:'囊漏贮中。'而独不闻欤?夫君者民之父母,取仓之粟移之于民,此非吾之粟乎?鸟苟食邹之秕,不害邹之粟也。粟之在仓与在民,于我何择?"

这一则,正面宣扬去奢爱民、藏富于民的思想。像这样的故事,《刺奢》中连用了十来个。汉成帝时,朝廷上下奢侈之风盛行,刘向以此强调节俭爱民,认为奢侈足可亡国,其劝诫目的十分明显。

作为劝诫之书,刘向不但有正面的劝导,也有强烈的抨击。《说苑·政理》篇中引用了《韩非子》中的两则寓言,一是"社鼠之患",指出"国亦有社鼠,人主左右是也。内则蔽善恶于君上,外则卖权重于百姓,不诛之则为乱,诛之则为人主所案据,腹而有之,此亦国之社鼠也"。二是"狗恶酒酸":

> 人有酤酒者,为器甚洁清,置表甚长,而酒酸不售。问之里人其故,里人云:"公之狗猛,人絜器而入,且酤公酒,狗迎而噬之,此酒所以酸而不售之故也。"夫国亦有猛狗,用事者是也。有道术之士,欲明万乘之主,而用事者迎而龁之,此亦国之猛狗也。

《韩非子》中的"社鼠"与"猛狗",指的是国君身边的重臣。刘向这里的"社鼠"与"猛狗",影射的是当时的外戚与宦官。西汉中后期,外戚许、史放纵,中书宦官弘恭、石显弄权,操纵朝政,专权误国,刘向敢于弹劾宦官与外戚,与之斗争,所以借用《韩非子》中的寓言,给予猛烈的抨击。

除了治国之道,刘向还用了不少故事来说明举贤授能、重用人才的重要。《说苑·臣术》篇中的"尹绰与赦厥",则说明了要如何善于识别人才:

> 简子有臣尹绰、赦厥。简子曰:"厥爱我,谏我必不于众人中;绰也不爱我,谏我必于众人中。"尹绰曰:"厥也爱君之丑而不爱君之过也;臣爱君之过而不爱君之丑。"

一个是敢于当面指斥你的过失,一个是想法掩饰你的过失,这两个人,哪一个是真爱你呢?这就不单是国君考察臣下所应明察的,就是对于交友之道,也是有很深的启发意义。

所以,《说苑》、《新序》中的许多寓言故事,其寓意不但在于经国济世,对于一般人,也富于启迪意义。如著名的"叶公好龙",此寓言载于《新序·杂事五》,原为孔子弟子子张对鲁哀公讲的故事。子张去见鲁哀公,七日而哀公不礼,因此子张以类比推理的方法讽刺鲁哀公是"叶公好龙"式的人物,"君非好士也,好夫似士而非士者也"。然而这则寓言,对于那些言行不一,表面一套骨子里另一套的人,不也是绝妙的讽刺吗?

又如"反裘负刍"(《新序·杂事二》):

> 魏文侯出游,见路人反裘而负刍。文侯曰:"胡为反裘而负刍?"对曰:"臣爱其毛。"文侯曰:"若不知其里尽而毛无所恃邪?"

"反裘负刍",即反穿羊皮统子,羊毛在里,皮板朝外,肩上扛着柴草。路人生怕磨坏了皮统子上的毛,却不知"皮之不存,毛将焉附"的道理。

再如"炳烛而学"(《说苑·建本》):

> 晋平公问于师旷曰:"吾年七十,欲学恐已暮矣。"师旷曰:"何不炳烛乎?"平公曰:"安有为人臣而戏其君乎?"师旷曰:"盲臣安敢戏其君乎!臣闻之,少而好学如日出之阳,壮而好学如日中之光,老而好学如炳烛之明。炳烛之明孰与昧行乎?"平公曰:"善哉!"

老而好学,正是中华民族的优良传统,所谓"活到老,学到老",就是如此。像以上三则寓言,篇幅短小,韵味隽永,富于哲理,发人深省,体现了作者以寓言故事说理劝诫的高超智慧。

《说苑》、《新序》中的寓言,有不少在形象描写或拟人化描写方面相当成功。如《说苑·谈丛》篇中的"枭将东徙":

> 枭逢鸠,鸠曰:"子将安之?"枭曰:"我将东徙。"鸠曰:"何故?"枭曰:"乡人皆恶我鸣,以故东徙。"鸠曰:"子能更鸣可矣!不能更鸣,东徙,犹恶子之声。"

这是《说苑》中少见的动物寓言之一。故事把枭和鸠完全拟人化了,而且全用对话,惟妙惟肖,写得非常逼真。枭的叫声令人讨厌,然而改变地点并不能摆脱自己的坏名声。寓言的劝诫意义在于:必须痛下决心,改正缺点,才能改变自己的形象。再如"田饶去鲁"(《新序·杂事五》):

> 田饶事哀公而不见察。田饶谓鲁哀公曰:"臣将去君而鸿雁举矣。"哀公曰:"何谓也?"田饶曰:"君独不见乎鸡乎?头戴冠者,文也;足傅距者,武也;敌在前敢斗者,勇也;见食相呼,仁也;守夜不失时,信也。鸡虽有此五者,君犹日瀹而食之,何则?以其所从来近也。夫鸿鹄一举千里,止君园池,食君鱼鳖,啄君菽粟,无此五者,君犹贵之,以其所从来远也。臣请鸿鹄举矣。"哀公曰:"止!吾书子之言也。"田饶曰:"臣闻食其食者不毁其器;荫其树者不折其枝,有士不用,何书其言为!"遂去之燕。

田饶以雄鸡和鸿鹄作比,列出了雄鸡的五大长处。这五大长处,包括雄鸡的外貌、神态、气度、性格、品德,完全是拟人化的形象。其想象力相当丰富,描写也相当生动。田饶就是在这样的对比描述之中,揭示了统治者应如何发现人才和使用人才这么一个道理。

《说苑》和《新序》的体制,颇似《韩非子》和《吕氏春秋》。《说苑》与《韩非子·储说》以及《吕氏春秋》在形式上非常接近,显然受到二书的影响。其形式,是通过一个又一个的故事来阐明作者的意图。各篇的第一则,往往是该篇的纲领,或是中心。如《立节》篇,第一则可看作全篇的纲领,提出"杀身以成仁,触害以立义,身死而名流后世"的主张,随后则用二十四则春秋战国时的佚事,劝诫人们要坚持气节和操守,不贪富贵,不弃贫穷,临危不惧,杀身成仁,舍生取义。《权谋》篇,第一则是全篇的序言,指出权谋的重要作用,在于"万举而无遗筹失策",实现权谋的重要方法是集中众人的智慧。其后引用了四十七则故事来加以论证。其他各篇也多是如此。而《新序》,则颇似《韩非子·说林》,全部是故事汇编,目的即在于汇集"远及舜禹而次及于周秦以来古人之嘉言善行"(曾巩:《新序》序),以为劝诫。

《说苑》与《新序》篇幅宏大,故事众多,但是大量地袭用前人的著作,或将前人著作中的故事加以改造,包括取自《庄子》、《孟子》、《韩非子》、《晏子春秋》、《战国策》,甚至还有汉人的著作。如《说苑·正谏》中的"螳螂捕蝉":

> 吴王欲伐荆,告其左右曰:"敢有谏者死。"舍人有少孺子者,欲谏不敢,则怀操弹于后园,露沾其衣,如是者三旦。吴王曰:"子来,何苦沾衣如此?"对曰:"园中有树,其上有蝉。蝉高居悲鸣饮露,不知螳螂在其后也;螳螂委身曲附欲取蝉,而不知黄雀在其傍也;黄雀延颈欲啄螳螂,而不知弹丸在其下也。此三者皆务欲得其前利,而不顾其后之有患也。"吴王曰:"善哉。"乃罢其兵。

这一则故事源于《庄子·山木》中的"游雕陵",作者稍加改编而已。再如《新序·杂事四》中的熊渠子射石:

> 昔者楚熊渠子夜行，见寝石，以为伏虎，关弓而射之，灭矢饮羽。下视知石也。却复射之，矢摧无迹。

这使人想起《史记·李将军列传》中的李广射石故事。这一类寓言，当然是出于刘向著书的目的而改造的了。

原载《寓言智慧》，上海古籍出版社1998年版

文学思想散论
与文学史的思考

论宗经立义

一、"宗经立义"批评原则的历时性流变

"宗经立义"是中国传统文论的一大特色。具体地说,它既是中国古代文学批评的一条重要原则,更是一种批评方法。欲知中国文学批评史的经纬,须知"宗经立义"的历史源流和批评效果;不知"宗经立义"的历史存在,则无法融通古代文学批评的奥府。

"宗经"这个术语,原本取自于刘勰《文心雕龙·宗经》篇。"宗经",即宗法经书的意思。原意是指写作以儒家的经书为标准,效法五经来作文。本文所说的"宗经",含义与《文心雕龙》中的原意同中有异。这里的"宗经立义",指的是批评者尊奉儒家经典义理的要求和规范而立论,并以儒家经典的旨意作为解说文本、评价文本的依据。

"宗经立义"这种批评实践活动早在先秦就发端了。孟子、荀子可谓践行者中的代表人物。孟子尽管提倡"以意逆志"说,即批评者"以己之意逆诗人之志",并且强调"以意逆志"的方法在于全面领悟文本的含义,不至于落入断章取义的窠臼。同时,孟子也热衷于"宗经立义"来说诗。《孟子·告子下》中对于《小弁》、《凯风》两诗的评论就兼用了这两种方法:

> 公孙丑问曰:"高子曰:'《小弁》,小人之诗也。'"孟子曰:"何以言

之?"曰:"怨。"曰:"固哉,高叟之为诗也!有人于此,越人关弓而射之,则己谈笑而道之;无他,疏之也。其兄关弓而射之,则己垂涕泣而道之;无他,戚之也。《小弁》之怨,亲亲也。亲亲,仁也。固矣夫,高叟之为诗也!"曰:"《凯风》何以不怨?"曰:"《凯风》,亲之过小者也;《小弁》,亲之过大者也。亲之过大而不怨,是愈疏也;亲之过小而怨,是不可矶也。愈疏,不孝也;不可矶,亦不孝也。"①

按照历代注家的说法,《诗·小雅·小弁》的确是一首怨诗。诗中对君王的不明表示了强烈的讽刺与不满,故而高子评价说是"小人之诗"。孟子根据"以意逆志"的方法作了具体分析,并以《诗·邶风·凯风》不怨亲的反证为例,认为诗可以怨亲,也可以不怨亲,关键在于诗歌内容是否违背了"亲亲""仁""孝"等儒门的精义规范,以此反驳了高子的论说。所以,"宗经立义"同样是孟子诗学方法论的一把锐利的武器。

荀子善于引《诗》以明理,较少直接评论《诗》的内容。然而在为数不多的评论《诗》的话语中,我们依然可以感受到"宗经立义"的旨意。如《荀子·大略篇》曾云:"《国风》之好色也,传曰:'盈其欲而不愆其止。其诚可比金石,其声可内于宗庙。'《小雅》不以于汙上,自引而居下,疾今之政,以思往者,其言有文焉,其声有哀焉。"② 在此,荀子依据儒门所提倡的"中和"之美的旨趣,对《国风》和《小雅》的内涵作出了评价。

两汉是经学昌明的时期,因此文学批评更有明显的经学背景。当时的批评家,自觉将儒门的道德规范渗透于文学批评之中,《毛诗序》所说的"发乎情,止乎礼义"的主张,似乎是当时批评风潮最好的注脚。故儒门精义与批评旨趣常常相沟通。从司马迁、扬雄、班固、王逸等著名批评家的评论文字中,我们更可以见出"宗经立义"的流行。司马迁论《离骚》时曾说:"《国风》好色而不淫,《小雅》怨诽而不乱。若《离骚》者,可谓兼之矣。……其文约,其辞微,其志洁,其行廉,其称文小而其指极大,举类迩而见义远。"论司马相如的赋作时曾云:"相如虽多虚辞滥说,然其要归引之节俭,此与

---

① 朱熹:《四书章句集注》,中华书局 1983 年版,第 340 页。
② 王先谦:《荀子集解》,中华书局 1988 年版,第 511 页。

《诗》之风谏何异？"这里的"好色而不淫、怨诽而不乱"和"风谏"之论说，显然是傍依经学义理而推断出来的。扬雄在《法言·吾子》中曾评论景差、唐勒、宋玉、枚乘之赋乃"辞人之赋"，并申明"诗人之赋丽以则，辞人之赋丽以淫"的主张，其依据就在于儒家的"美刺"传统。班固在《汉书》论"文章西汉两司马"时颇为细心，称司马相如的赋作与《诗经》的讽谏精神相一致，又说司马迁的写作思想是"论大道则先黄老而后六经，序游侠则退处士而进奸雄"，其结论完全是以经学思想为标准的，故认为司马迁的批评态度是"其是非颇缪于圣人"。而王逸在评论屈赋时不惜犯牵强附会的毛病，坚持认为屈原的《离骚》是"依托五经以立义"的典型代表，并把具体的句子与经书文句进行比照，从而得出"金相玉质，百世无匹"的结论。这一结论理应是"宗经立义"语境下的产物。至此，汉代"宗经立义"的规模与气格已见出一斑。

魏晋南北朝是文学的自觉时代，也是追求文学审美价值的时代。文学思想发展的一个明显的特点便是此时"一步步淡化文学与政教的关系"①。受这一文学发展大环境的影响，当时的批评界并不以"宗经立义"为品评标准。然而，批评者在评论文学现象、文学作品时，并没有将"宗经立义"的方法和原则完全屏弃。刘勰、裴子野就是典型的代表人物。刘勰有难以忘怀的宗经、征圣情结。尽管他的文学思想，包括批评思想比较复杂，各个层面的内涵又非宗经征圣所能范围，但是正如罗宗强先生所言，刘氏主要倡导的是"宗经"②。立足这种理念，他常常从宗经、征圣的立场出发品评文本及文学现象。《文心雕龙·明诗》篇评论诗歌云："若夫四言正体，则雅润为本，五言流调，则清丽居宗；华实异用，唯才所安。故平子得其雅，叔夜含其润，茂先凝其清，景阳振其丽。"③在此，他以四言诗为正体，分别评论了张衡、嵇康、张华、张协诗歌的特征，而尤以"雅润"为上。其原因就在于秉承了儒家的风雅传统。即使如史传这样的文体，刘氏也"宗经立义"而评说历代史传文学的优劣。在《文心雕龙·史传》篇中他之所以指摘史迁、班固为吕后立纪，其原

---

① 罗宗强：《魏晋南北朝文学思想史》，中华书局1996年版，第453页。

② 同上书，第267页。

③ 周振甫：《文心雕龙注释》，人民文学出版社1981年版，第50页。

由就在于他认为两人违背了儒家的正统义理。他如评乐府、评骚赋等文学作品,也无不贯穿着"宗经立义"的思想。

唐代文化兼容并蓄,唐人的文学批评也呈多种批评形态。因批评方法的差异,略而论之,唐人的文学批评概分为三派。其一"宗经立义"派,代表人物如元结、白居易、元稹等。其二审美批评派,代表人物如皎然、司空图等。其三"宗经立义"与审美批评两者兼备派,代表人物如韩愈、杜牧等。兹举第一派的批评实践加以说明。元结论诗,继承风雅比兴传统,要求诗歌具有美刺的内容和质朴的风格,反对流连光景、浮艳雕饰之作。如在《箧中集序》中,他批评近世作者风雅不兴,说他们"更相沿袭,拘限声病,喜尚形似;且以流易为辞,不知丧于雅正",转而高度评价沈千运等七人的现实主义作品。①白居易惯用"风雅比兴"或"美刺比兴"作为品诗论文的最高准则,常常对六朝以来的绮靡颓废的文风和作品进行了坚决的否定。如在《与元九书》中,他痛感"六艺"精神的崩坏,指责梁、陈间的诗歌"率不过嘲风雪、弄花草而已",以至于批评谢朓、鲍照的某些诗句名篇也仅仅是"丽则丽矣,吾不知其所讽焉"(所讽——正是宗经的精神)②。元稹有非常自觉的批评意识,他曾对历代诗歌、本朝诗歌作过一番仔细的研究和评价,代表作是《唐故工部员外郎杜君墓系铭序》。该文除对杜诗的成就作了具体的评价之外,还对唐以前的诗歌作了简要而明晰的论说。他以《诗经》的"六艺"精神为准绳,较高地评述汉魏诗歌,而竭力贬低南朝诗歌,并历史性地分析道:"宋、齐之间,教失根本,士以简慢歙习舒徐相尚,文章以风容色泽放旷精清为高,盖吟写性灵流连光景之文也,意气格力无取焉。"③评价虽有偏激之嫌,但也切中时弊。可以看出,三人之所以得出富有批判精神的结论,其理论支撑点当然是"宗经立义"。

郭绍虞将北宋的文道论者分为道学家、古文家和政治家三派,说"古文家所重在文,道学家所重在道,政治家则以用为目标而不废道与文"④。以此

---

① 郭绍虞、王文生:《中国历代文论选》第二册,上海古籍出版社 1979 年版,第 91 页。
② 同上书,第 97 页。
③ 同上书,第 65 页。
④ 同上书,第 289 页。

论为参照,本文以为整个宋代的文学批评大略分为道学家、文学家、政治家和审美家四派。道学家的文学批评主要走"宗经立义"的路子,有时不惜曲解儒家文论中的义理而极端地否定文学的自身价值,如周敦颐、二程的批评等。政治家的文学批评亦"宗经立义",只是特别推崇"尚用"的文学批评理念,从功利主义出发强调经世致用,如王安石、司马光的批评等。而文学家的批评既不像道学家那样走极端化的批评之路,也不像政治家那样特别强调文章的功用,而是像一位学际天涯的达者一般,融通了儒家的批评观,又不废审美特质,故而徜徉于美感与宗经之间。代表人物是苏轼。审美家的批评尤重视文学的审美价值,对"宗经立义"式的批评采取了疏离的态度,如严羽就是一位典型。综观整个宋代批评界,"宗经立义"有很大的影响力,这种情形是与儒家思想的地位,特别是理学思想的统治地位分不开的。正如学者所言,"从一开始,宋代文学思想就呈现出既强调政教功利,又重视艺术审美的双重发展格局"①。反映到文学批评界,"宗经立义"必然发挥着巨大的阐释效应。

明代的文学批评具有非常独特的性质。一方面,批评界充斥着"反理学,崇心学"的思潮,走了一条所谓的"离经叛道"之路,诸如当时比较流行的"情感论"、"性灵论"和"本色论"等批评观念,无不与"宗经立义"保持着相当大的距离。另一方面,当时的批评家又采取了类似现代西方现象学所说的"悬置"的态度,选择了"存而不论"式的立场,几乎没有谁公开地宣称与儒家的文学批评义理相决裂,于是又走了一条默许"宗经立义"存在的路子。因此,明代的文学批评就是在这样的既充满新意,又不乏传统的语境中发展的。当然,就总体而言,"宗经立义"式的批评的确不能说是明代文学批评的中坚,但是,我们也不无理由地说,"宗经立义"依然具有相当程度的话语权。兹举李贽、茅坤的批评实践为例略作说明。李贽可谓是"异端"型的文学批评家,他批评假道学的虚伪,高扬个性解放的大旗,称《水浒传》、《西厢记》是天下之至文。然而,在他的《忠义水浒传序》中,他评《水浒传》是"发愤之所作也",评水浒的主旨是"忠义"二字,并说水浒人

---

① 张毅:《宋代文学思想史》,中华书局1995年版,第320页。

物是"大力大贤有忠有义之人"①,此论与"宗经立义"也并无矛盾之处。茅坤有较强的宗经意识,他的文学批评的宗旨主要有两个:"一是不诡于道;二是道之燦然有文。"②这里的"道"指的是儒家之道。本着这样的宗旨,他在《唐宋八大家文钞总序》中评韩愈的古文特色是"独开门户,然大较并寻六艺之遗略"③。又在《唐宋八大家文钞》中评苏轼父子兄弟、曾巩、王安石的古文内容与六艺精神相一致。这些评论足以明示茅氏的"宗经"倾向。因此,由这两例的简析我们认为,明代的文学批评之所以"独特",其原由就在于批评实践在明心重情而与礼教相悖的同时,复古宗经的论调也充塞于当时的论坛。

清代是文学批评的集大成时期,各种批评形态俱登堂入室,然主流批评话语却始终与"宗经"的要求有牵连。或者说,从某种意义上讲,清代的文学批评是对明代文学批评的一次反拨。此情形突出地表现在文学批评的趋向愈加朝儒家的批评视界走去。以诗歌批评而言,从明末到清中叶,批评界出现一种耐人寻味的现象,即由以"性灵"论诗向以"宗经"论诗传统的转换。这境地是与心学渐渐虚浮和衰微密不可分的。如黄宗羲的诗论。黄氏和明代的公安派一样,论诗也强调"真情",但这种"情"不是"一时的性情",而是与孔子所讲的"兴观群怨"相联系的"万古之性情"。再如王夫之的诗论。王氏对儒家传统诗教"兴观群怨"说做了重新的阐释,论诗把"情感"与"兴观群怨"结合起来,从而在《古诗评选》中对诸多古诗作了新的评价。至清代中期之后,诸如沈德潜以"格调"论诗、翁方纲以"肌理"论诗、四库馆臣在《四库全书总目》中以"兴象深微、寄托高远"评诗,都可谓是"宗经立义"的具体表现或更换形式的表现。他们的批评如风向标般指示着儒家文艺观和批评旨趣的回归和再现。

综上所述可以看出,"宗经立义"作为一条批评原则,一种批评方法,历经千年而不衰,成为批评者解说文本、评价文本的立论依据,从而为中国古代的文学批评提供了理论资源,其价值不可忽视。刘若愚在论及中国的文学理

---

① 郭绍虞、王文生:《中国历代文论选》第三册,上海古籍出版社 1979 年版,第 124 页。
② 王运熙、顾易生:《中国文学批评通史》第五卷,上海古籍出版社 1996 年版,第 229 页。
③ 郭绍虞、王文生:《中国历代文论选》第三册,上海古籍出版社 1979 年版,第 77 页。

论之儒家实用主义理论时曾说："从公元前二世纪儒学在中国意识形态中正统地位的确立直到二十世纪初,实用的文学观念一直是神圣不可侵犯的,甚至于那些本来信奉其他观念的批评家都很少有人敢公开地对它加以否定,他们只能一方面在口头上拥戴它,一方面在实际上将注意力集中于其他文学观念,或者对孔子的话另作解释以为自己的非实用理论提供依据,再不然就干脆在发展其他观念时对实用主义保持沉默。"[①] 所论尤贴近传统文论的"文心"。当然,刘先生是针对整体儒家文论的影响而言的,并没有直接论及"宗经立义"的影响,但是,我们可以说,"宗经立义"与儒家的实用主义理论之间并没有隔阂,反而由此彰显了这种原则和方法的巨大力量。

以儒家的实用主义理论为可比对象,愈发让后人悟出"宗经立义"存在的合理性和合法性。诚然,持续长存的原因是多方面的。然而,基本原因不外乎两条。一是儒家经典的崇高地位使"宗经立义"具有了神圣的性质,并具有了合法性的话语权。二是批评者的历史身份,即儒家文化造就下的知识分子的身份,决定了他们与"宗经立义"之间存在一种天然的亲和力。在这两种基本原因的互动作用下,"宗经立义"自然就担当起了诠释文本的重任。

因此,从历时性的角度看,"宗经立义"取得合理性和合法性的批评地位是与深层的文化背景息息相关的。可以说,其背后的支撑力量是儒家文化的历史地位,或者说,是统治中国思想界、文化界千年而不衰的儒家文化奠定了"宗经立义"的叙述和批评基础。同时,在这样的叙述和批评过程中,亦使儒学的精神旨趣得到了张扬。简言之,儒家文化为"宗经立义"提供了神圣的话语权,而"宗经立义"又为儒家文化的传导开辟了文学的界面,两者相得益彰。所以,"宗经立义"具有相当程度的意识形态性质。

二、"宗经立义"批评原则的共时性操作

尽管"宗经立义"在批评史上的位置比较突出,但是,"宗经立义"的

---

① 刘若愚:《中国的文学理论》,四川人民出版社 1987 年版,第 162—163 页。

批评原则和由之产生的批评效果是值得深究的。因此,我们又需从共时性的角度来看"宗经立义"的价值。我们以为,"宗经立义"式的批评具有两种批评情形。一是由"宗经立义"出发,批评向度又回归"宗经"的范围之中。二是由"宗经立义"出发,批评向度是宗经而不废文。

第一种情形意味着文学批评的唯一旨趣就是宗经,因而围绕"宗经"这个中心,它的批评又呈现出两个特点:一是道德说教性;二是边缘性。这两个特点,与现当代文学批评所具有的特点有极大的反差。道德说教性,意指"宗经立义"下的批评特别注重探询文本的道德意义和社会功用,以儒家的诗教说为基本取向来决定批评对象的价值。批评话语常常依据文本的道德意义和教育功能而展开和持续。边缘性,指的是"宗经立义"式的批评,往往注重对文本的外部意义,如政教和功利意义加以追问和探究,而对文本的内部意义,如文学和审美意义却常常被忽视和冷淡。于是,这种批评相对于审美批评而言,对于文学性和审美性的探究就成为边缘化的内容了。由这两个特点的语义可以看出,具有这种特点的批评文本中多充盈着相当分量的儒学意旨和政教意义。一般说来,经学家型和道学家型以及缺乏审美体验的批评者的批评文本颇有这两种特点。

第二种情形意味着文学批评尽管以宗经为原则,但批评的效果却是在宗经的同时,并没有疏于对文学内部规律和文学审美意韵的观照和探究。因而它的批评亦呈现出两个特点:一是功用与审美并举;二是崇理与性情共存。功用与审美并举意味着儒家实用主义的批评旨趣与文学的美学价值得到统一。崇理与性情共存,则意味着儒家的义理与人的性情也是相融的。这样,具有这种特点的批评文本中也不乏现代批评意义。一般说来,在文学家型和具有宗经意识但不乏审美体验性的批评者的批评文本中就表现出这两种特点。

我们结合批评实践来说明这两种批评情形的功能。先看汉人和刘勰对屈赋的评价异同的情况。

评论屈原及其作品的优劣,是汉代文学批评的一个热点。诸如刘安、司马迁、扬雄、班固、王逸等人都对屈原其人其赋作出了一番评论。汉代是经学昌明的一个勃发时期,那时的批评者们"宗经立义"来品评文本是自然之事,也是必然之事。一方面,批评者们被屈原的人格魅力和他的赋作所折服,对屈原其人其赋作出了肯定性的评价。另一方面,由于批评者对儒家文论思想的意旨与文本之间的内在关联问题存在着解读上的差异,对屈原其人其赋的评价,也就出现了因时而异的局面。大体说来,汉初至西汉中期,以刘安、司马迁为代表的批评者,对屈原其人其赋给予高度的评价,认为屈赋体兼风雅,可与日月争光。西汉末至东汉初,以扬雄、班固为代表的批评者在肯定屈赋艺术成就的同时,却一反前论,批评屈原"露才扬己","责数怀王",违背了儒家温柔敦厚的教义。班固在《离骚序》中评说:

> 今若屈原,露才扬己,竞乎危国群小之间,以离谗贼。然责数怀王,怨恶椒、兰,愁神苦思,强非其人,忿怼不容,沈江而死,亦贬絜狂狷景行之士。多称昆仑、冥婚、宓妃虚无之语,皆非法度之政、经义所载。谓之兼《诗》风雅,而与日月争光,过矣![1]

班固从"明哲保身"的角度出发,否定了屈原沉江而死的行为。而且他对《离骚》中的浪漫主义的描写也给予否定。由此看出班固思想保守的一面。发展到东汉中期的王逸,他继承了刘安、司马迁的批评观,依经立论又逐条批驳了班固等人的意见,极力褒扬屈赋的思想内容完全符合儒门精义的要求。其《楚辞章句序》中说道:

> 夫《离骚》之文,依托五经以立义焉:"帝高阳之苗裔",则"厥初生民,时惟姜嫄"也;"纫秋兰以为佩",则"将翱将翔,佩玉琼琚"也;"夕揽洲之宿莽",则《易》"潜龙勿用"也;"驷玉虬而乘鹥",则"时乘六龙以御天"也;"就重华而陈辞",则《尚书》咎繇之谋谟也;"登昆仑而涉流沙",则《禹贡》之敷土也。[2]

显然,王逸的评价不脱汉儒解经的习气,引经据典,把文学文本当作经学文本,完全没有认识到屈赋是充满着浪漫主义色彩的文学作品。"由于他以这种经学家的眼光来看待屈赋,所以时时不忘把《史记·屈原贾生列传》中所

---

① 洪兴祖:《楚辞补注》,中华书局 1983 年版,第 49 页。
② 同上。

记载的屈原事迹与屈赋中的字句一一对照,常常虚词实讲,穿凿附会,误解了作品的旨意。"①

尽管班、王两人的评价结果是如此的对立,但是,这种对立是两人对儒家文论思想的意旨与文本含义之间的内在关联都产生了误解,从而导致了这场看似针锋相对实则并无多少实质内容的争论。所以,两人的批评并不比刘安、司马迁高明多少。终其根本原因就在于两人是经学家型的批评家,他们关注的焦点主要聚集在"宗经"这一主旨上,继之文本也尤为表现出道德说教性、边缘性的特征。

而刘勰的评价与班、王两人有相当程度的区别。刘勰的批评见《文心雕龙·辨骚》②。在该文中,刘氏以辩证的眼光分析了屈赋的正变特征。首先,他对班固、王逸等人的批评见解并不满意,称汉人的批评是"褒贬任声,抑扬过实,可谓鉴而弗精,玩而未核者也"。其次,他指出以《离骚》为代表的屈赋善于运用比兴手法,有些语句的含义的确与风雅精神相一致。而那些颇具浪漫色彩的"诡异之辞"和"谲怪之谈";那些表现"狷狭之志"的话语和揭露"荒淫之意"的话语,又是"异乎经典"要求的。从刘勰一贯称《楚辞》为"雅文"的观念来看,这里所说的"异乎经典"并不是指屈赋失去"雅正"的传统,而是指屈赋追求一种"新奇"的文学效果。也就是说,刘勰对这些"异乎经典"的话语采用了文学化的解读方式。再次,他称赞以屈赋为代表的《楚辞》是"虽取熔经意,亦自铸伟辞",并认为有的屈赋"朗丽以哀志",有的"绮靡以伤情",有的"耀艳而深华",可谓"惊采绝艳,难与并能矣"。由刘氏的这三个层面的评判不难看出,他尽管站在"宗经"的立场上观照屈赋,然眼界开阔,批评不强求比附经义,也不忽视屈赋的情理特征,既认为屈赋有同于风雅的方面,也认为屈赋有创新的方面,故而他的批评立足"宗经"而不废文。这是一位文学家型的批评与经学家型的批评最大的不同。由此我们也可以见出由两种批评形态所导致的"同中有异"的批评旨趣。

---

① 莫砺锋:《朱熹文学研究》,南京大学出版社 2000 年版,第 274 页。
② 刘勰著、周振甫注:《文心雕龙注释》,人民文学出版社 1981 年版,第 35 页。

再看宋代理学家文学批评的情状。理学家的批评，绝大多数都重道轻文，乃至认为作文害道，并将道德说教视为是文学价值的首要标准，从而取消文学的独立意义。所以，在那些特别强调"道统"的理学家的文学批评中，道德说教性、边缘性的特点尤为突出。我们历数石介、周敦颐、邵雍、二程、吕祖谦、真德秀、陆九渊、包恢等人的批评，无论理学见解相同与否，其于独尊儒道的取向还是一致的。这里，举北宋的二程和南宋的真德秀的文学批评为例来说明"宗经立义"的道学气息。

程颢、程颐重道轻文的主张非常明显。《河南程氏遗书》卷十八中程颐曾提出"作文害道"说，他认为："今为文者，专务章句，悦人耳目，非俳优而何？"①即将文学家视为是俳优一类的人物。当然，二程也并非全然否定文学的价值，只是特别强调"以诗兴起人之志意"，提倡在吟风弄月、傍花随柳之中涵咏人生，体认儒家大道。本此精神，二程论诗尤讲求诗歌的道德意韵，如《河南程氏外书》卷十一评论诗歌时云：

> 邵尧夫诗曰："梧桐月向怀中照，杨柳风来面上吹。"明道曰："真风流人豪。"
>
> 石曼卿诗云："乐意相关禽对语，生香不断树交花。"明道曰："此语形容得浩然之气。"②

明道，即程颢。在此，他采用"论道式"的批评方式，具体评价了邵尧夫（邵雍）和石曼卿（石延年）诗歌所潜在的儒家道德情怀。也就是说，二程的评价"摆脱并超越了一般论诗者对诗歌的词句、意义、创作意图、社会效果的评价，力图通过对诗歌的涵咏来体味作者的人格精神。故在他们眼中，山水诗、花鸟诗均取得了一种新的意义，所谓鸢飞鱼跃，无物不可见道"③。在这样的批评理念的作用下，"宗经立义"的批评向度自然指向"宗经"的范围之中。

真德秀的文学批评以儒家义理为本。在他的眼中，只有傍依儒家义理的文章才是好文章。如在《跋彭忠肃文集》中他曾评价董仲舒、韩愈的文章能

---

① 程颢、程颐：《二程集》，中华书局 1981 年版，第 239 页。
② 同上书，第 413 页。
③ 王运熙、顾易生：《中国文学批评通史》第四卷，上海古籍出版社 1996 年版，第 761 页。

够"发挥义理,有补世教",所以,董、韩之文是文章大盛的标志。然而,"至濂、洛诸先生出,虽非有意为文,而片言只辞,贯综至理,若《太极》、《西铭》等作,直与六经相出入,又非董、韩之可匹矣"①。也就是说,在他看来,充满道学气息的濂、洛诸先生的小文章要胜于董、韩的大文章。这是典型的道学家的文论话语。本于这样的观念,他常常以义理之学解释文章的性情。如在《文章正宗》中曾评价陶渊明的诗具有"经术"意味,"总之,他把陶渊明也看作名教中人,给其诗作涂上了一层儒家义理之色彩"②。故而,他的批评自然显得片面和迂腐。实际上,他的批评标准在《文章正宗纲目》中表达得最为清楚:"故今所辑,以明义理切世用为主。其体本乎古,其指近乎经者,然后取焉,否则辞虽工亦不录。"③此等见解,怎能得到文学之趣味呢?因此,真德秀之类的批评愈发彰显"道德说教性"和"边缘性"。

当然,也并非所有的理学家的文学批评都像二程、真德秀一样完全由"宗经立义"出发,批评向度又回归"宗经"的范围之中。时常那些具有文学体验、文学才华的理学家的批评也会"宗经而不废文",如朱熹的文学批评就是如此。本文以为,朱熹是一个复合型的批评人物,他的"复合型"表现在:有时他的批评仅仅以"宗经"为旨归,有时他的批评却"宗经而不废文"。我们更关注后一种情况。而后一种情况正预示了朱熹的批评更有耐人寻味的方面。《朱子语类》记载的关于他对历代散文的批评就特别有意思。④一方面,他遵循儒家义理对历代散文进行了评论和解读。如批评《荀子》的思想不纯正,"全是申韩"。指摘苏轼之文是:"便伤于巧,议论有不正当处。""东坡则华艳处多。"另一方面,他又从文学的角度对历代散文进行判断和评价,尤其对唐代韩柳和宋代欧苏两个作家群体的散文特色进行了系统的评说。如评韩愈之文:"有平易处极平易,有险奇处极险奇。"评柳宗元之文:"简而不古。"评欧阳修之文:"虽平淡,其中却自美丽。"评曾巩之文:"虽议论有浅近处,然却平正,好。"评苏轼之文:"东坡文字明快。""东坡文

① 郭绍虞、王文生:《中国历代文论选》第三册,上海古籍出版社 1979 年版,第 420 页。
② 王运熙、顾易生:《中国文学批评通史》第四卷,上海古籍出版社 1996 年版,第 796 页。
③ 同上书,第 418 页。
④ 黎靖德编:《朱子语类》第一册,中华书局 1986 年版,第 26 页。

说得透。"显然,朱熹的评说既重道又不轻文。因此,他的批评尺度便有两把尺子,一是儒家之道;二是作品之文。"道"与"文"是两个系统。当然,在一般情况下,朱熹是重道轻文的,只是"爱好文学的天性"①,使他对文学作品的文学性也非常在意,从而也常常"宗经而不废文"。正因为如此,他对苏轼之文的评价才有褒有贬。褒扬的是苏轼之文自然天成,贬斥的是苏轼之文有时会背离儒家的义理而内容不够纯正。朱熹以如此辩证的批评眼光来评说文学已属不易,自然他的批评见解就高于二程、真德秀等人了。

因此,"宗经立义",虽看似原则相同,方法论也易于掌握,即尊奉取自儒门经典系统的知识、原理、思想,对文本给予合适的批评。但是,由于批评者对文本的理解和把握存在差异,更主要的原因是批评者的批评旨趣存在差异:或单纯地指向"宗经",或"宗经而不废文",故"宗经立义"式的批评,其韵致也就有了境界大小之分,随之批评的效果也就有了水平高下之分。以现当代文学批评的实效看,我们更愿意接受"宗经而不废文"的批评成果,如刘勰的批评和朱熹的批评等等。

三、"宗经立义"原则的理解差异与批评效果

我们进一步思考的问题是:为什么这些批评家都是由"宗经"出发,而"立义"却存在差异呢? 我们以为,最主要的根源是:批评家对儒家文学批评的基本观念存在理解上的差异。我们结合汉代、宋代和清代批评家对儒家文论的理解程度来分析其中的原委,则后人对"宗经立义"之理解,又可深进一层。

儒家文论素有"尚用"和"尚文"两方面的主张,尽管以"尚用"为首位。尚用,重在通过文学兴发道德教化意义;尚文,重在以文辞兴发人的意志和道德情感。孔子的"文质彬彬"说、"尽善尽美"说莫不如此。而孟子的"以意逆志"说在申明道德意义的同时,也不废情感的存在。然而,随着汉儒以经解诗、以经解赋思潮的兴起和流布,文学批评推重社会功用和道德教化

---

① 莫砺锋:《朱熹文学研究》,南京大学出版社 2000 年版,第 139 页。

的理念一直占据着批评界的上风。正如《毛诗序》所说：

> 情发于声,声成文谓之音。治世之音安以乐,其政和;乱世之音怨以
> 怒,其政乖;亡国之音哀以思,其民困。故正得失,动天地,感鬼神,莫近
> 于诗。先王以是经夫妇,成孝敬,厚人伦,美教化,移风俗。①

这段权威性的论述将自然之性情提升到社会价值的层面,在看似"崇高"的
过程中,而文学的情感意义则湮没不彰了。又如扬雄、班固、王逸之类的批评
家在评价屈赋、汉赋的时候,也莫不从"宗经"、"征圣"的角度,对文学文
本的功用价值格外看重和褒扬。他们对儒家文论的理解与毛诗派理论家的
理解同处一个坐标系。由此也说明,尚用、崇理与讽谏诸种观念的强大和牢
固。所以,大体上说,汉代的批评家多从"尚用"的角度来理解和运用儒家
文论资源,以从事文学批评活动。

宋代批评家对儒家文论的理解则比较复杂。在道学家式的批评家的视
界里,他们往往看到的只是文学的"载道"功能和言志功能。如周敦颐《通
书·文辞》中所言:"文所以载道也,轮辕饰而人弗庸,徒饰也。况虚车乎?
文辞,艺也;道德,实也。"② 又如邵雍《伊川击壤集序》中所言:"情之溺人也
甚于水。"③ 认为情的危害甚大,诗人不能溺于其中,并提出以"性理"代替
"情志"。故此派批评家对儒家文论的理解常常围绕"明心见性"、"载道言
志"而运思。在政治家式的批评家如司马光、王安石、李觏的眼中,尤其崇尚
文学功利观念,常常本着实用的、政治的目的,强调文学要有为而作,要言之
有物、切近现实,以有益于礼教政治。故他们常常从"尚用"的角度来理解
儒家文论的要旨,如王安石在《上人书》中就明确表示:"尝谓文者,礼教治
政云而。""且所谓文章,务为有补于世而已矣;所谓辞者,犹器之有刻镂绘画
也。"④ 所以,尽管这两派的批评家在"文道"论上有分歧,但是,在独尊儒
家文论之"尚用"这一观念上,却显示出相同的旨趣。而古文家式的批评

---

① 郭绍虞、王文生:《中国历代文论选》第一册,上海古籍出版社 1979 年版,第 63 页。
② 郭绍虞、王文生:《中国历代文论选》第二册,上海古籍出版社 1979 年版,第 283 页。
③ 同上书,第 275 页。
④ 同上书,第 293 页。

家对儒家文论的理解可谓既"尚文"又"尚质"。并且,在"尚文"这个层面上,如苏轼等人的批评观念与唐宋那些推重审美批评的批评家的观念并无二致。苏轼论文,崇尚自然,也崇尚有为而作。正如李泽厚所说,他是一位"忠君爱国、学优而仕、抱负满怀、谨守儒家教义的人物"①。因之他于儒家文论思想也是熟稔的。一方面,他提倡"有为而作"。在他的《凫绎先生文集叙》中,他曾经征引其父苏洵的话来评价鲁人凫绎的文章是:"皆有为而作,精悍确苦,言必中当世之祸,凿凿乎如五谷必可以疗饥,断断乎如药石必可以伐病。"②从中足以见出他对于儒家经世致用文学观的重视与发挥。另一方面,他的艺术修养和爱好文学的天性又使他对于儒家文论中"尚文"观念特别在意,有时竟对儒门的文学观念加以新解。如在《答谢民师书》中云:

> 孔子曰:"言之不文,行而不远。"又曰:"辞达而已矣。"夫言止于达意,即疑若不文,是大不然。求物之妙,如系风捕影,能使是物了然于心者,盖千万人而不一遇也,而况能使了然于口与手者乎?是之谓辞达。辞至于能达,则文不可胜用矣。③

在此,苏轼对孔子的"辞达"之说做了新的解释。孔子的原意是说:文辞只要能达意就足够了,不必过求文采。苏轼的辞达说,则强调要充分表达作者的思想和客观事物的特征,就需要重视文辞表达的重要性。显然,苏轼对儒家的"尚文"观念作了审美化的处理。这些情形表明,他对于儒家"道"与"文"关系的看法,不仅大不同于道学家,即和政治家的议论也有相当大的出入。所以,比较而言,前两派对儒家文论的理解偏重于"尚用"的层面,且道学家的理解尚存极端化的倾向。古文家这一派对儒家文论的理解是"尚用"与"尚文"并举,且在某些语境中有重"文"的倾向。

到了清代,那些尊崇"宗经立义"的批评家对于儒家文论的理解又有新的变化。从总体上讲,他们秉持了一种"中和"的态度去理解和运用儒门文学思想,既重视文学社会功用,也重视文学的审美价值。即使在康乾之际

---

① 李泽厚:《美的历程》,中国社会科学出版社 1989 年版,第 152 页。
② 郭绍虞、王文生:《中国历代文论选》第二册,上海古籍出版社 1979 年版,第 272 页。
③ 同上书,第 307 页。

尤为尊崇儒家学说的时期,诸多依据"宗经"方法和原则去批评文学的批评家,也不会如宋代道学家那样走向极端化的"尚用"的老路上去。如倡导"格调"说的沈德潜就是一个例子。沈氏论诗以儒家诗教为本,然亦不忽视性情。其《说诗晬语》中云:"诗之为道,可以理性情,善伦物,感鬼神,设教邦国,应对诸侯,用如此其重也。"① 其《唐诗别裁集序》中又说:"至于诗教之尊,可以和性情,厚人伦,匡政治,感神明。"② 两处意义相差无几。可以看出,沈氏所理解的儒家文论当然离不开"温柔敦厚"的苑囿,可是对符合儒门义理的性情也会采取兼容的态度。只要我们考察他在《说诗晬语》中对历代诗歌所作出的"中和"性质的评价就会发现,这种态度是非常鲜明的。如果说沈德潜的理解还稍有"俗儒"之见的话,那么,与他同时略晚的四库馆臣的理解则颇有辩证色彩。

四库馆臣以为,儒家文论的核心有两个支撑点,一是"温柔敦厚",二是"兴观群怨"。前者重功用,后者重抒情,两者不可偏废。《四库全书总目》卷一九〇《御选唐宋诗醇》提要表达得非常清楚:"然诗三百篇,尼山所定。其论诗一则谓归于温柔敦厚,一则谓可以兴观群怨。"③ 即力图恢复儒家文论的"文质彬彬"、"尽善尽美"的历史原貌。就我们现有的视界来说,这大概是最早将儒家文论的核心之旨表述得最为明确而辩证的言论。因而,四库馆臣在评价历代文学的成就时,时常采取一种既重视文学的功用性,又重视文学审美性的中和性质的批评态度,来从事批评实践活动。如在诗歌批评中,他们既不废义理的道统,又贬斥不入诗道的道学家的诗作;他们既重视诗歌性情的抒发,又反对情感的泛滥。一边称赞李、杜诗歌的情理并重,一边指摘宋代道学家的诗作质木无文。有时在重情的批评中,竟与审美批评有相合之处。故评论颇为公允和雅正。

综上所述,不同时代的批评家对儒家文论的理解的确存在细微的区别,这种区别一方面导致了批评文本的多样性,另一方面也启发我们在清理批评文献时应回到历史深处去探险。

---

① 王夫之等:《清诗话》下册,上海古籍出版社 1978 年版,第 523 页。
② 沈德潜:《唐诗别裁集》,中华书局 1975 年版,第 2 页。
③ 永瑢等:《四库全书总目》,中华书局 1965 年版,第 1728 页。

　　只要我们仔细比较汉、宋、清这三朝批评家对儒家文论理解的程度和运用程度就会体悟到:"宗经立义"虽然具有意识形态性质,虽然具有相异的批评效果,但是,这样的性质和这样的批评效果与儒家思想在不同时期的尊重地位之间存在内在的关联。大体说来,汉代是儒家思想渐趋一统的时代,宋代是儒家思想为主导而不废佛、道两家思想的时代,而清代则是复兴儒家思想的时代,而"宗经立义"的话语在汉代就有趋于一尊的态势,在宋代恰呈现出复杂的情形,在清代则表现出回归儒家正统义理的迹象。这或许是造成同为"宗经"而"立义"相异的外部原因。当然,思想史与批评史之间的关系也绝非是如此单线条的关系。至于如何将两者的复杂关系梳理清楚,因篇幅所限,也只好另文再叙。总之,"宗经立义"所具有的意识形态性质、批评效果的差异和由此推导出的批评理念的理解差异使我们进一步确信:"宗经立义"确乎是古代文论的一块基石,这正是本文立论的意义之所在。

原载《文学遗产》2009 年第 4 期,孙纪文、郭丹合作

先秦两汉文论发展概述

先秦两汉时期,是中国古代文学理论的萌芽与草创时期,是中国古代文论的源头。先秦两汉时期的文论,初步确定了古代文论的基本结构和框架,提出了许多有意义的美学范畴,甚至规范了某些理论的基本走向,对后代产生了深远的影响。

自文学产生之日起,朦胧的文学观念和文学理论意识也随之产生。先秦时期人们的文学观念,最早是从"文"的概念中发展而来的。《说文解字》中称:"文,错画也,象交文。""文",本是说"花纹"的意思,《易·系辞传》曰:"物相杂,故曰文。"有"天文"、"地文"、"人文"。"文"的作用在于装饰,故又有"文饰"之称。语言是表达人的内心思想的工具,对内心思想的表达有修饰作用,即如《释名》所说:"文者会集众綵,以成锦绣;会集众字,以成辞义,如文绣然也。"故又称为"文辞"。这些,既反映了人们的朦胧的文学观念,也构成了文学理论的萌芽。至于到了《周易》卦辞和《诗经》中的一些诗句,它们虽不专门论述文学理论的问题,但已经有比较明确的涉及文学理论的内容了。所以,从先秦两汉的文论中,可以清晰地看出古代文论从朦胧到萌芽到发展的演变轨迹。

先秦两汉学术的一个重要特点是文、史、哲不分家,而且文学与艺术也不分开。因此这一时期的文论思想,杂糅在文史哲著作之中。诸子著作中有不少文论思想和文学批评,史书之中,也丰富地保存了当时人们对文学的认识和文学批评的理论。即如《诗经》，今天我们将它当纯文学作品看待，可是在先秦两汉人们的眼里，它首先是一部道德之书、政治之书，所谓"《诗》、《书》，义之府也"（《左传·僖公二十七年》）；在两汉人眼里，它是一部经书，"六经"之一。但是，在《诗经》、《国语》这些纯史学著作中，则保存了大量商周和春秋时期人们对文学的看法和文学观念。再如音乐和舞蹈，本是纯艺术样式，然而在先秦时期，先民们或者将它们看成是原始宗教仪式中的重要组成部分而加以神圣化，或者将它们当作"礼"的一部分而加以道德伦理化。可是，我们在先秦典籍对于"礼"的论述中，发现了不少包含在对音乐舞蹈（尤其是音乐）的论述中的文论思想。所以，先秦两汉文论中文史哲艺术不分的特点，也是我们应该加以注意的，

下面分别论述先秦和两汉时期文论发展概况。

一、先秦时期文论概述

先秦时期的文论，应该注意的是孔子之前的文论思想。《周易》是我国古代最古老的典籍之一，《周易》中卦爻辞，是殷末周初的产物，其中的阴阳学说，反映了对自然界或人类社会中各种矛盾对立现象的概括认识。古代文论中的许多矛盾对立的范畴，如虚实、动静、文质、形神、美丑、曲直等可以说都受到阴阳学说中矛盾对立统一思想内核的影响。而《艮卦六五》"爻辞"中的"言有序"和《家人卦》"象辞"中的"言有物"，不但提出了立言修辞的原则，而且启发了后人对于内容和形式关系的思考。至于后来《易传》中提出的"观物取象"说、"情见乎辞"说、言意之辨（《易传》成书大约在战国后期）等，更成为古代文论中的重要理论。

产生于殷商至春秋中叶的《诗经》，也是孔子之前的典籍，在《诗经》的诗歌中，已经反映了诗人们对诗歌创作目的、情感作用和诗歌社会作用的认识，如"家父作诵，以究王讻"（《小雅·节南山》）；"心之忧矣，我歌且谣"（《魏风·园有桃》）；"辞之辑矣，民之洽矣；辞之怿矣，民之莫矣"（《大雅·板》）。诗人的这些看法，归纳起来，最基本的就是"美"与"刺"。这些思想，对后来儒家的文论思想是有重大影响的。

在《左传》、《国语》等史书著作中，我们可以发现许多后来为儒家所吸取和继承的文论思想。如讲实用重功利的文学观。周代人们对"文"的认识，就有这样的特点。《左传》中说："言，身之文也。身将隐，焉用文之？"（《左传·僖公二十四年》），看重的是文辞的实用性与功利性。孔子正是在此基础上总结出"言之无文，行之不远"的理论主张（《左传·襄公二十五年》）。见诸于《国语·周语上》的"献诗"采诗记载和《左传》中大量的"赋诗言志"的记载，也间接地反映了诗歌的实用性及其与社会政治的关系。不但如此，见于《左传·襄公二十四年》的"三不朽"说，则将"立言"提高到"不朽"的地位，它开创了中国古代高度重视文学及其功用这一民族传统。汉魏时代曹丕的"盖文章，经国之大业，不朽之盛事"的理论，造端于此。这一理论极大地推动了古代文学的发展。而《国语》、《左传》中史伯和晏子关于"和同"的论述，则揭示了事物中相互对立的因素，通过"相济""相成"而达到"和"的境界的辩证法则，对于儒家主张的"中和之美"，应该说是有影响的。此外，《左传》中提出的"书法不隐"和"惩恶劝善"的原则，则奠定了我国古代叙事性史著创作的理论基础。

以上略举的这些例子，大部分是在诸子之前就已产生的文论思想，我们在研究诸子文论思想的时候，不可忽视了它们的继承性和源流关系。

儒家的文论思想，可以孔子、孟子、荀子为代表，同时也包括《礼记》中不少论述。孔子论诗，最强调的是它的社会教化作用与伦理意义。这一方面，也继承了西周与东周时代人们的文学观念。《论语·泰伯》载："子曰：'兴于诗，立于礼，成于乐。'"证明它是将学诗与陶冶性情、完善品德和强调礼乐教育联系在一起的。在强调社会功能时，提出了"兴、观、群、怨"说。尽管后世学者对"兴、观、群、怨"有不同的解释，但是四者作为对诗歌通过表情达志以发挥其社会作用的看法，是基本一致的。孔子评诗的一个重要标准，是"思无邪"（《论语·为政》）。"无邪"，即"雅正"。雅正，即一切应该符合礼的规范。应该注意的是，孔子论诗，基本上是建立在对《诗经》的评价上，由此也可以看出他同样是从政治道德与社会百科全书的性质上来接受、认识、传授、评价《诗经》的。孔子又是最早提出艺术审美感受及其标准的人。《论语·八佾》载："子谓《韶》，尽美矣，又尽善也。谓《武》，尽美矣，未尽善也。""尽善""尽美",是孔子艺术审美的两个标准,这两个标准是相互统一的。应该说,孔子正是在这样的审美观点下,产生了他的艺术批评标准(如"思无邪")、内容与形式标准("文质彬彬"、"情欲信"、"辞欲巧")等文学批评思想的。孔子的这些文学思想,奠定了儒家文学批评的基础。

孟子的文学思想,是对孔子文学思想的继承和发展。孟子非常注重主观人格修养,追求高尚的道德情操和精神境界,他提出的"养气说",虽然是对士人精神道德修养的要求,但却启发了后人对创作主体素质才性修养的要求。在文学批评方面,他提出了"以意逆志"(《孟子·万章上》)和"知人论世"(《孟子·万章下》)的批评方法。今天我们来理解这两种批评方法,应该把"知人论世"和"以意逆志"二者联系起来,才能使孟子提倡的批评方法臻于严密。另一方面,尽管人们对于孟子的"以意逆志"和"知人论世"说有不同的理解,但作为从批评方法论意义层面上说,比之前人的文学批评,它的可操作性是显而易见的。孟子本人的批评实践也证明了这一点。

荀子继承了儒家的文学思想,但又有所发展。荀子强调"文"必须体现"道",强调为学"始乎诵经,终乎读礼",《劝学》开创了宗经、明道的先声。荀子也提倡"中和之美",但他认为"中和之美"应该是建立在人的情感抒发的基础之上。因此,荀子文论的一个最可贵之处,就是强调文艺源于情感,充分认识到情感在文艺创作中的作用。《荀子·正名》中说:"性之好、恶、喜、怒、哀、乐,谓之情。"认识到情的发生有其心理基础。《荀子·乐论》中又说:"夫乐者,乐也,人情之所必不免也,故人不能无乐,乐则发于声音,形于动静,而人之道,声音动静,性术之变尽是矣。"音乐之所生,本于人之性情。这里虽然是论音乐,也指文艺。文艺源于情感,这一观点在儒家文论思想中是非常可贵,它对《礼记·乐记》和汉儒的文艺观都有很大影响。

儒家的文论思想,注重的是文学的外部规律,强调的是为政治教化服务,它的功利性是显而易见的。

道家的文论思想注重的是文艺的内部规律,其着眼点更强调文艺的审美特性。所以,有的学者认为,道家的美学与哲学是融为一体的。老子的"美学包容在他的哲学之中",庄子的"美学即是他的哲学,他的哲学也即是他的美学"。①老子是从"道"的自然无为的哲学观点来观察美与艺术的。从"道"的立场出发,老子反对一切文化艺术,对文采、音乐和其他艺术持否定态度;"大音稀声,大象无形"是一切艺术和美的最高境界;主张在艺术创造上要进入"道"的境界,创作主体必须进入"致虚极,守静笃"的心理状态,也就是达到"涤除玄鉴"的境界。

庄子继承老子关于"道"的思想,追求与"道"合一,即"天地与我并生,万物与我为一"的境界,并认为这才是一种真正的美学境界。相比于老子,庄子似乎更激烈地反对文艺,而实际上,他对文艺的论述更为深入深刻。如提出创作主体的一种"心斋"、"坐忘"的审美态度。所谓"心斋"、"坐忘",就是要求人们应从内心彻底排除和超脱利害观念,达到"无己"、"丧我"的境界。在文艺创作中,创作主体应通过直观经验去领悟、体验、把握事物的本质,从而超越现实获得"道"的精神自由境界。从审美态度上说是达到了物我两忘、虚静空灵的精神境界。这个思想对于后来的文论中关于创作主体与客体、自由与必然、虚与实、情与景等一系列问题都有影响。此外,主张自然素朴的审美风格,强调"真"与"天籁",提出"解衣般礴"式的创作方法亦即自然率真的创作方式;提出"言不尽意"的思想,主张"得意忘言"。这实际上探索了文艺创作中由言到意的审美过程,启发了后人对"形"与"神"关系的领悟。庄子的言意之辨,对于刘勰、司空图、严羽、王国维等人都有启迪意义。总的来说,道家文论思想对于文艺内部规律的探索,对于中国古代文论思想的影响,恐怕要超出儒家文论思想甚远。

先秦时期还应该注意到诸子文论思想还有墨家和法家。墨家的主要文论思想是"非乐"论和"三表"法。从强调实用价值的思想出发,墨子对艺术采取了全面否定的态度,提出"非乐"的主张。"三表"法,指立言辩说,应有一定的客观依据和标准,即"有本之者,有原之者,有用之者"。"有本""有原",指要以古代圣贤之事为借鉴,又要下察百姓的反映。"有用",就是要重视调查,了解下情,检验效果,对国家百姓有利。"三表法"强调的是文学的功利性,其思想基础,也是强调实用价值。法家思想的集大成者是

---

① 李泽厚、刘纲纪:《中国美学史》第一卷,中国社会科学出版社1984年版,第205、227页。

韩非。韩非的文论思想,则是将文艺与法制对立起来,否定文学和华美的文辞。《五蠹》中说:"儒家以文乱法,……文学者非所用,用之则乱法。"文在韩非眼里成了乱国之术、亡国之道。在文与质、文与用的关系上,韩非主"尚质"、"尚用"之说,认为质、用是最重要的,所以他赞赏墨子的"不辩"的文章,以为君子应"好质而恶饰",拒绝"文"。

战国时期还有一位应该受到重视的文艺思想家,便是伟大的诗人屈原。屈原虽没有专门的文论文章,但是是他首先提出了"发愤以抒情"的理论主张。这是屈原从自身追求理想与真实、反映出深刻的忧患意识的伟大创作实践中总结出来的美学命题。"发愤以抒情"的理论揭示了有生命力和审美价值的作品必然抒发深沉强烈的人生情感和以抒发强烈情感的方式来体现艺术的社会作用的文学创作规律。"发愤以抒情"的理论对后世影响深远。司马迁的"发愤著书",韩愈的"不平则鸣",欧阳修的"诗穷而后工",都是与屈原之说一脉相承的。

综上所述,可以看出,先秦时期的文论思想是非常丰富的,而且有不少思想已奠定了中国古代文艺思想的基础。

二、两汉时期文论概述

秦始皇统一中国,战国时代百家争鸣的局面随之结束。秦始皇的"焚书坑儒",又使中国文化面临中断的危险。然而汉大帝国的建立,形势又为之一变。因此从秦到汉,社会发生了急剧的变化。社会变化虽然激烈,但是,就文化发展的状况来说,两汉时期文论,是对先秦文论思想的继承和发展。

就两汉文论思想发展状况来看,从汉初到汉武帝"罢黜百家,独尊儒术"之前,与汉武帝到东汉末,有明显的不同。汉初统治者为了巩固政权,吸取秦王朝的教训,推行休养生息的政策,在思想领域推崇黄老之术,思想界比较活跃。在文艺思想方面道家倾向鲜明,其代表可推刘安集门客编著的《淮南子》。从汉武帝"罢黜百家"一直到东汉末,儒学独尊,经学昌明,又由于经学的今古文之争的影响,儒家文艺思想占了主导地位。董仲舒的儒家立场自不必说,即使到了东汉中后期的王逸和郑玄,仍然摆脱不了"依经立义"的传统立场。这一时期对于文艺和文学的基本特征的各个方面进行了深入的探索，但是，它的保守倾向和为政教服务的观念明显的强化。两汉时期，成为儒家文论思想发展的一个高峰期。不过从东汉初期开始，经学的独尊地位受到了有力的挑战，儒家传统的文艺观也同样受到了挑战，那就是桓谭、王充的思想，尤其是伟大思想家王充，在文论思想上一反前人的陋见，提出了许多有价值的理论。

两汉文轮与先秦时期相比，当然要丰富得多，以下几个方面，尤其值得我们重视。

（一）《淮南子》的文论思想

首先是强调文艺的本质在于抒发真情，提出"因自然，贵真情"的文艺主张。其次是对文艺创作中的"文"与"质"、"形"与"神"的关系进行深入探索，提出"君形"的传神理论。第三是强调审美主体对美丑界限的超越，要求进入一种自由"玄同"的境界。第四是已从接受的角度，认识到欣赏差异的问题。《淮南子》继承了先秦道家的文论思想，但又明显地带有黄老思想的烙印，而对儒家文论思想也有不少的汲取。

（二）司马迁的文论思想

司马迁父亲司马谈，推崇汉初黄老之学，受其父影响，司马迁的道家思想也颇浓厚。司马迁对屈原的人格和作品进行了深入的分析，认为"屈平之作《离骚》，盖自怨生也"，从"怨"的核心内涵总结出屈原的悲剧意识。司马迁并结合自身的遭遇，将屈原的"发愤抒情"说扩展为"发愤著书"说，总结了从西伯（周文王）到孔子到屈原到《诗三百篇》，"大抵皆圣贤发愤之所为作也"的结论，将屈原的思想向前推进了一步。此外，司马迁在《史记》创作总体现出来的"实录"精神和"成一家之言"的创作手法，对叙事文学理论的建立是有贡献的。

（三）对《诗经》的研究

对《诗经》的研究集中体现在《毛诗序》之中。这一篇中国文论史上

第一篇系统的诗学研究论文,又集中体现了儒家文论思想。首先便是在"诗大序"中对儒家诗教理论的全面阐述和强化,集中阐明了诗歌的风教、美刺和讽谏的社会功能,所谓"风,风也、教也。风以动之,教以化之","故正得失,动天地,感鬼神,莫近于诗";"上以风化下,下以讽刺上",等等。这些,可以说是对孔子论"诗"思想的具体和深化。也可以明显看出儒家经生的思想影响。其次,"诗序"作者在对《诗经》深入研究之后,对诗歌的艺术本质有了更进一步的认知,在强调"诗言志"的同时,又将言志和抒情结合起来,解释了诗歌"情动于中而形于言"、"吟咏情性以讽其上"的艺术特征。第三是进一步论述了文学和社会时代的关系。所论虽承《礼记·乐记》而来,但更为精辟地阐述了文学内容的发展变化与社会时代发展变化的关系。第四是对"诗六义"做了深入的解说。"诗大序"虽然只着重阐述了"风雅颂",但也引发了后人对"赋比兴"的深入研究。东汉郑众、郑玄对"赋比兴"都有自己的解释和解说,后来刘勰、朱熹、李仲蒙等人,在前人的基础上就阐述得更加准确和深入了。

(四)关于屈原楚骚的争论

可以说,这一争论从西汉前期开始一直到东汉中后期。虽不是双方营垒的同一时间内的正面交锋,但前后的论争却针锋相对,相当激烈。刘安作《离骚传》,认为"国风好色而不淫,《小雅》怨诽而不乱,若《离骚》者,可谓兼之矣。蝉蜕浊秽之中,浮游尘埃之外,然泥而不滓,推此志,虽与日月争光可也"(班固:《离骚序》引)。刘安对屈原及其作品的高度评价,对司马迁以及后代崇扬屈赋的学者以巨大影响。司马迁完全继承了刘安的评价,同时又进一步充分肯定了屈原人格道德的伟大崇高。西汉末东汉初,扬雄、班固对于屈原的人品、作品的内容等都进行了批评。扬雄虽然以"诗人之赋丽以则"称赞屈原的词赋,但对屈原的理想、不妥协的斗争精神以及以身殉国的行为进行了指责,又批评屈原作品"过以浮",说明他对屈原及其作品并没有真正理解。班固批评屈原"露才扬己","忿怼沉江",甚至认为"谓之兼《诗》风雅而与日月争光,过矣"。这就不但从人品上非难屈原,对屈赋的评价也就与刘安、司马迁相去甚远了。从班固认为屈原"责数怀王,怨恶椒兰"之不足取,屈原作品"非法度之政,经义所载",可以看出他正统儒家思想的立场。东汉的王逸,是第一个对楚辞进行全面整理研究的人,可以说是秦汉以来楚辞研究的集大成者。王逸《楚辞章句序》中对屈原的为人及其辞赋做了全面的肯定,对屈赋的艺术特征和表现手法进行了总结。王逸评价屈赋的一个标准便是"依经立义",即以儒家传统思想和经义为标准。过去人们对此颇有微词。但就汉代的思想文化背景状况来说,这恐怕是提高屈原及其作品地位的最好办法。汉代关于屈原楚骚的争论是有意义的。能够对一个作家及其作品的评价进行如此深入的争论,不管其从什么立场出发,客观上反映了人们文学意识的增强,也可以说已经表现出朦胧的文学自觉。再者,争论者对屈赋的论争,更多的侧重于对屈原人格道德的评价,它开创了中国古代文论的道德文章并重的优良风气。

(五)关于汉赋的评论

赋是两汉兴盛的一种新文体。司马相如、扬雄都是汉代辞赋大家,对作赋当然颇有会心。司马相如以"合綦组以成文,列锦绣而为质","赋家之心,包括宇宙,总览人物"论赋(《西京杂记》卷二),又以"赋迹"和"赋心"来分别阐述赋的艺术特征和赋家的修养、创作时的精神状态。司马相如的论赋是非常可贵的,因为他是纯粹从赋的艺术特征来论赋的,并不受政治或儒家思想的干扰。扬雄的论赋,呈现出一种矛盾状态。扬雄早年好赋,晚年又否定少作,称为"童子雕虫篆刻","壮夫不为"(《法言·吾子》)。而且还批评汉大赋"劝百讽一"的毛病。从扬雄本身的创作来看,扬雄的赋还是比较注重讽谏的。因此他对汉赋"劝百讽一"的批评,从政教功能的立场上来说,基本上还是准确的。班固虽然批评司马相如的赋"多虚辞滥说",但却不同意扬雄的批评。班固以为汉赋有"润色鸿业"的作用,有"引之于节俭"的功能,艺术上有"雍容揄扬"的特点,乃"雅颂之亚"。这就给了汉赋以非常高的评价了。

(六)对司马迁《史记》的评论

西汉末的扬雄,对于司马迁及其《史记》,既有赞赏,也有批评。扬雄第

一个指出《史记》的最基本特点是"实录"(《法言·重黎》),又赞赏"太
史公之用",认为"淮南说之用,不如太史公之用也"(《法言·君子》)。所
谓"用",当然指符合儒家之道的"用"。但他又批评司马迁"爱奇",认为
"太史公记六国,历楚汉,讫麟止,不与圣人同,是非颇谬于经"(《汉书·扬
雄传》)。这表现出他的儒家经学的立场。其后,班彪父子对于《史记》的
评论,可为汉儒评《史记》的代表。班彪批评《史记》"崇黄老而薄五经",
"轻仁义而羞贫穷","贱守节而贵俗功"(《后汉书·班彪传》),是因其与五
经、圣人的标准相矛盾,但对司马迁的良史之才又非常推荐,赞扬他"善叙事
理,辩而不华,质而不野,文质相称",肯定他"采获古今,贯穿经传,至广博
也"(《后汉书·班彪传》)。班固继承了扬雄、班彪的观点,赞扬司马迁"其
文直,其事核,不虚美,不隐恶"的"实录"精神。尽管班固所说的"实录"
主要指的是史学的原则,但结合《史记》的特点来看,"实录"的原则正准
确地概括了史传文学的最重要特征。班固称赞司马迁"幽而发愤"的精神,
肯定他"究天人之际,通古今之变,成一家之言"的成就,但又批评《史记》
"甚多疏略,或者抵牾","是非颇谬于圣人"。不管对《史记》是赞扬与批
评,经过扬雄、班彪、班固等人对《史记》的评论,司马迁的伟大人格、《史
记》的成就与不朽的精神,更加为后人所了解。

(七)王充的文学思想

王充是东汉杰出的思想家和文学家,他以大无畏的精神,对孔孟学说以
及谶纬神学进行了尖锐的批判。王充的文学思想,散见于其所著《论衡》一
书中。在文论思想上,王充同样表现出逆潮流而动的精神,提出了许多有
价值的新观点。如论文学的社会作用,王充主张要"文为世用";"文人之
笔",既要"劝善惩恶",也要"褒颂记载"。所以,文学必须有益于社会。
在《论衡》中,王充高举着"疾虚妄"的大旗,对许多虚妄迷信的社会现象
进行了批判。因此,在文学的真实性方面,王充极力强调文学的真实性,强
调"文贵实诚"、"真美",反对夸张。所以"虚妄之言"、"华伪之文"是
应该摒弃的。而且,既然是要"真美",因此文与质也应相称,华实相副。
"实诚在胸臆,文墨著竹帛,内外表里,自相副称。"(《超奇》)针对汉代曾

经出现的模拟因袭的学风,王充还提出了反对模拟,反对贵古贱今、文贵独创的主张。"述事者好高古而下今,贵所闻而贱所见,辨士则谈其久者,文人则著其远者,近有奇而辨不称,今有异而笔不记"(《齐世》),这些都是创作中的不良风气。"才有浅深,无有古今;文有真伪,无有故新"(《案书》),作品的价值在于内容和个性,模拟是没有出路的。人们不应"尊古卑今",应努力创新,超越前人。此外,在作家的修养、作品语言的通俗性以及鉴赏与批评方面,王充也提出了许多有价值的主张。王充的文论思想,经东汉蔡邕的播扬,逐渐产生了影响,魏晋以后,声势大振,日益为人们所重视,显现出它的不朽光辉。

由上所述,两汉文论,在先秦文论的基础上的确有很大发展。有不少理论问题已经向纵深发展,有的已经确立自己的基本体系,尤其是儒家文论。两汉文论,为魏晋南北朝文论的繁荣奠定了基础。

综上所述,先秦两汉时期是中国古代文论的发轫期和生长期,从它发轫伊始,就显示出深厚的理论基础和强大的生命力,具备了鲜明的民族特征和民族传统,对以后历代文论的发展有极深远的影响。我们学习中国古代文学批评史,是不能不认真了解先秦两汉文论的。

原载《先秦两汉文论全编》,此为
该书前言,江苏教育出版社 2001 年版

春秋时期文学思想散论

春秋时期，人们尚没有自觉地完整的文学理论著述，然而有关文学的观念与思想却已见端倪。这些片断的理论，散见于先秦时期的各类著作之中。《左传》作为一部反映春秋时期社会面貌的历史著作，在记录春秋两百多年的历史史事的同时，也保留了大量的春秋时期的文学观念与文学思想。其中不少文学思想，对后代的文艺理论和文学创作，产生了深远的影响。弄清这萌芽状态的文学观念和文学思想，有助于正确认识中国古代文论特质的产生与形成。本文拟对《左传》中所反映的春秋时期的文学思想加以阐述。

一、讲实用与重功利的文学观

先秦人的文学观念，最先是从"文"的概念中发展而来的。《说文》："文，错画也，象交文。"《易·系辞传》曰："物相杂，故曰文。""文"，本是"花纹"的意思。"花纹"的作用在于装饰，故又有"文饰"之称。语言是表达人的内心思想的工具，对内心思想的表达有修饰作用，即如《释名》所说："文者会集众采，以成锦绣；会集众字，以成辞义，如文绣然也。"故又称为"文辞"。《左传》中说："言，身之文也。"（僖公二十四年）作为一种外在的修饰，人们当然会注意到它客观存在的审美作用，但在春秋时期人们的观念中，更强调的是审美客体所具备的内在道德与教化礼仪意义，"服美不称，必以恶终"。（襄公二十七年）如果内在的道德与外在的美不统一,结果便适得其反,甚至会"甚美必有甚恶"。（昭公二十八年）所以,从春秋时期人们的审美取向来看,文学的观念从它萌芽的阶段开始,便带着强烈的为政教服务的实用性与功利性。

春秋时期人们对文辞的重视,以至抬高到"不朽"的地位。《左传》襄公二十四年,鲁国的叔孙豹说:"豹闻之:'大上有立德,其次有立功,其次有立言。'虽久不废,此之谓不朽。""立言"与"立德"、"立功"鼎足而三,虽位居其三,但却超出了世禄公卿之位。"三不朽"说在文学观念上的重要意义,一是表明"立言"之不朽,应该在"立德"、"立功"的基础之上。叔孙豹所举的例子臧文仲,就是一个被认为既"立德"又"立功"的人,所以"既没其言立"。"立言"与其时代价值和社会功利是紧密相联的。二是开创了中国古代高度重视文学及其功用这一民族传统。"豹闻之",说明此乃当时普遍观念,即已形成一种共识,甚至是一种思潮。这种思潮影响到人们对著述立言的重视,推动了春秋战国时期诸子驰说、著作蜂起的局面的形成。及至汉魏,曹丕的"盖文章,经国之大业,不朽之盛事"的理论,亦托宇于"三不朽"之说。这些理论,极大地推动了古代文学的发展。

春秋时期人们对文学讲实用重功利观念的具体实践,最主要的体现在对《诗》、《书》的运用上。这在《左传》有大量的记载。"诗""书"的作用在于补察时政:"史为书,瞽为诗,工诵箴谏,大夫规诲,士传言,庶人谤,商旅于市,百工献艺。……谏失常也。"（襄公十四年）诗书礼乐,箴颂百艺,皆为教化的工具。"诗书,义之府也。礼乐,德之则也。德义,利之本也。"（僖公二十七年）诗书与礼乐德义并枝而生,互为表里,诗书就是礼乐德义的载体。鲁僖公二十七年,赵衰认为郤縠"说（悦）礼乐而敦诗书",因而推荐郤縠为晋国中军帅,并非认为郤縠在文学上有很高的修养,而是由此可以看出他的德行礼义。既然这样,在春秋时期人们的眼里,像《诗三百》这样的作品,就不是情感的自然流露而只是政治教化需要。于是"赋诗言志"的功利性用诗,便常见于春秋时期的社会生活之中。

春秋时期人们的"赋诗言志",主要遵循二条原则。一是"赋诗断章,余取所求焉"（襄公二十八年）;一是"歌诗必类"（襄公十六年）。"赋诗断章",则完全不顾原诗的整体内含,而只取迎合己意的只言片语。"《静女》之三章,取'彤管'焉。《竿旄》'何以告之',取其忠也。"（定公九年）"歌诗必类",一方面是必须与乐舞相配,另一方面是特别重在表达本人的思想。齐高厚之诗不类,引起晋荀偃之怒,诸侯将"同讨不庭"（襄公十六年）;郑伯有在宴会上赋《鹑之贲贲》,赵孟讥为"床笫之言",亦属"不类"。在这样的气氛之中,所谓"赋诗言志",只能是取其实用与求其功利了。

至于历来为论家所重视的"季札观乐"篇（襄公二十九年）,更是一篇完整的功利主义诗论。季札所观之"乐",因其"德至矣哉"而叹为"观止"。季札对"乐"的评价,是"依声以参时政","论声以参时政"（杜预注）,目的是依乐而"观其兴衰"。这一点,前人论之甚详,兹不重复。但它还能给予我们一点新的启发,就是季札观乐乃开创了以接受学角度论诗的先例。从接受美学的角度来说,接受者（读者）常以主观的积极参与去阐释作品的内涵。季札对所观周乐的各篇（或诗,或乐）作品意义和审美价值的评价,融进了自己的主观创造与理性思辨。正如前人所说:"季札观乐,使工歌之,初不知其所歌者何国之诗也。闻声而后别之,故皆为想象之辞。"（姜宸英:《湛园札记》）季札这种主观创造的原则标准,就是有关政教风化,所谓"忧而不困"、"思而不惧"、"其细已甚"、"乐而不淫"、"思而不贰,怨而不言",皆为各国政教美恶的评价。其文学观已溶化于主观功利主义的价值观之中。这种突出接受者政教功利主观意念的诗（乐）论,对后代产生了重大的影响,突出一例,就是汉代《毛诗序》的诗论。

二、"和同"与"温柔敦厚",多样统一的艺术辩证思想

《左传》昭公二十年记载了晏子论"和同"的一段话,早已为文论家与美学家所重视。晏子所论之"和""同",从哲学意义上来说,是具有朴素辩证法思想的一对范畴。晏子认为"和"与"同"异。"和"是指众多相异事物的相成相济,即集合许多不同的对立因素而成的统一。譬如调羹:"水、火、醯、醢、盐、梅,以烹鱼肉,燀之以薪,宰夫和之,齐之以味,济其不及,以泄其

过。君子食之,以平其心。"烹调鱼肉羹汤,要用不同的佐料:醋、酱、盐、梅,再加上水,用火煮,鱼才好吃。"声"与"味"也有同样的道理:"先王之济五味、和五声也,以平其心,成其政也。""同"是指同一事物的简单相加,简单的同一。"若以水济水,谁能食之? 若琴瑟之专壹,谁能听之?"所以"和"是对立统一,"同"则是单一。

从美学意义上来说,晏婴所论之"和",表现了春秋时期以"和"为美的美学观。"和"就是要适中,要和谐,要"济其不及,以洩其过"。"物和则嘉成。故和声入于耳而藏于心,心亿则乐。"(昭公二十一年泠州鸠语)各种相异的对立的东西相成相济,达到适中,才能和谐统一。对于诗乐来说,只有"中声"、"和声"才是美的。"先王之乐,所以节百事也,故有五节,迟速本末以相及,中声以降。五降之后,不容弹矣。"在春秋时期人们的审美观念中,"和"乃是美之极则。晏子等人提出的"和"、"中声"、"和声"的美学观念,开启了儒家"中和之美"的审美观与"温柔敦厚"的诗教理论的先声。"温柔敦厚"的诗教即是"和",是和谐之美,中和适度之美,在本质上与晏子等人的理论内核是一致的。"温柔敦厚",不论是发抒感情,还是取其讽谏,都应求其适中、抒其情志,则"发乎情,止乎礼义";依违讽谏,则"主文而谲谏",二者皆不能超越一定的限度。季札观乐,赞不绝口的不就是"乐而不淫","怨而不言"、"哀而不愁,乐而不荒"吗? 并认为达到了"节有度,守有序"的境界,因为它在"乐"、"怨"、"哀"等方面非常适度,符合中和的原则。"温柔敦厚"的诗教评价作品的典范,就是孔子评《关雎》的"乐而不淫,哀而不伤"。二者不论是所持的美学标准,还是语言表述方式,都不啻是一对同根并蒂之花。

晏子论"和同"的另一个重要方面,就是表现了对事物一与多、单纯性与丰富性多样性的统一的认识。这样的看法,《左传》桓公二年鲁大夫臧哀伯的一番话已有涉及:

> 火、龙、黼、黻,昭其文也;五色比象,昭其物也;锡、鸾、和、铃,昭其声也;三辰旌旗,昭其明也。

多样的文采,组成衣饰之美;绚丽的色彩,绘出物色之美;纷杂的音响,奏出音乐之美;三辰旌旗,显出日月之明。臧哀伯本来是论君王之威仪的,认为只有用多样而丰富的文物色彩,才能显示出君王的威严与美德。而晏子论"和同",直接运用到诗乐之上:"声亦如味,一气,二体,三类,四物,五声,六律,七音,八风,九歌,以相成也。清浊,小大,短长,疾徐,哀乐,刚柔,迟速,高下,出入,周疏,以相济也。"这就正如赫拉克利特所说:"互相排斥的东西结合在一起,不同的音调造成最美的和谐。"(《古希腊罗马哲学》第 10 页)不同的声律,不同的风格组合起来,才是最美的音乐。以上所述可以看出,春秋时期人们对于艺术的辩证法,已经有了相当深刻的认识。

三、"实录"与"惩恶劝善"

春秋时期文学思想的一个重要内容,就是对史传文学理论的探索。中国自古有优良的记史传统,对于史学理论及历史散文创作的理论探索的自觉,似乎更早于纯文学理论。春秋战国之时,"百国春秋"皆兴,可见当时"著述"之事的繁荣。"著之话言","告之训典"(文公六年),"言以考典,典以志经"(昭公十五年),这是王者圣哲非常重视的事情。由此也就促进了对史学理论与历史散文创作的理论探索。

从《左传》的记载中可以看到,春秋时期对于史官和史著的理论探索,首先是提高了史家主体素质的要求。本来上古时期的史官,职位虽然不高但都是博学渊深的知识分子。春秋时期,人们已明确认识到,作为一个好的史官,不但要有一定的学识修养,更重要的是必须具备深厚的历史知识。昭公十二年记载楚灵王称赞左史倚相说:"是良史也,子善视之。是能读《三坟》《五典》《八索》《九丘》。"《三坟》《五典》《八索》《九丘》皆上古之典籍,左史倚相精通这些典籍,是能博古通今,殷鉴得失。唯其如此,才能成为良史。

其次是强调"实录"。史官要秉笔直书,书法不隐。这表现了史官主体意识的增强。晋灵公被杀,太史董狐直书"赵盾弑其君",孔子赞之曰:"董狐,古之良史也,书法不隐。"(宣公二年)书法不隐即要坚持历史的真实。古希腊思想家卢奇安(约 125—约 192)说:"历史只有一个任务或目的,那就是实用,而实用只有一个根源,那就是真实。"① 对于这一点,早于卢奇安五六百年的中国春秋时期的人们已有明确的认识。"实录"的目的在于垂训后世(亦即卢奇安所说的"实用")。"君举必书,书而不法,后嗣何观?"(庄公二十三年)"不法",既指不符合礼法,也指不符合实录的要求,因此不能垂戒后人。《左传》作者记载了齐太史兄弟及南史氏等人"不避强御"、秉笔直书以至以身相殉的事迹,体现作者对"书法不隐"的良史的赞颂,也见出古之为良史之不易。"实录"的精神与境界,成为中国古代史学批评的崇高标准。班固称司马迁"文直而事核",刘知几标举"直书",刘勰说"腾褒裁贬,万古魂动;辞宗丘明,直归南董"(《文心雕龙·史传》),都是对"实录"精神的弘扬与发展。

《左传》作者对《春秋》的评价,代表着当时人对历史散文创作的理论规范。成公十四年载:"君子曰:《春秋》之称:微而显,志而晦,婉而成章,尽而不污,惩恶而劝善,非圣人,谁能修之?"昭公三十一年又进一步申说:"故曰:《春秋》之称微而显,婉而辨。上之人能使昭明,善人劝焉,淫人惧焉,是以君子贵之。"杜预将"微而显"五项细加申述,称之为"五例"。钱锺书认为:"五例之一、二、三、四示载笔之体,而其五示载笔之用。"(《管锥编》第一册,第162页)"微而显"四项,属修辞学方面的特点,"惩恶劝善",指的是社会功用。就修辞要求的四项来说,作者认为《春秋》的记述,言辞简洁而意义显明,善于记述而含蓄深远,婉转屈曲而能顺理成章,穷尽其事而无所歪曲。这四项八个方面,是相辅相成的。亦如钱锺书所说:"'微'之与'显','志'之与'晦','婉'之与'成章',均相反以相成,不同而能和。"(同上引)不过从《左传》本身的特点看,左氏更重的似乎是"显"、"志"、"成章"和"尽"。将《左传》与《春秋》相较,距离"五例"的要求,左氏实更为切近。诚如钱锺书所说:"窃谓五者乃古人作史时心向神往之楷模,殚精竭力,以求或合者也,虽以之品目《春秋》,而《春秋》实不足语于此。""较之左氏之记载,《春秋》洵为'断烂朝报';征之公、穀之阐解,《春秋》复似迂曲隐讖。乌覩所谓'显'、'志'、'辨'、'成章'、'尽'、'情见乎辞'

---

① 卢奇安:《论撰史》,章安祺编《缪灵珠美学译文》第一卷,中国人民大学出版社1987年版。

哉？"（同上引）

"惩恶劝善"的社会功用，与春秋时期讲实用重功利的观念是一致的。"上之人能使昭明，善人劝焉，淫人惧焉，是以君子贵之。""劝惩"的作用是巨大的。以《春秋》《左传》为例，《春秋》"书齐豹曰'盗'，三叛人名，以惩不义，数恶无礼，其善志也"。鲁庄公如齐观社，《春秋》直书其事，左氏进而责之"非礼也"（庄公二十三年）。所谓"善志"，即在敢于彰善瘅恶，因此司马迁评骘说："夫《春秋》（兼指《春秋》经、传），上明三王之道，下辨人事之纪，别嫌疑，明是非，定犹豫，善善恶恶，贤贤贱不肖，存亡国，继绝世，补敝起废，王道之大也。"（《史记·太史公自序》）自此以后，惩恶劝善的目的，不但为历代史家所继承，而且成为中国古代叙事文学的一个重要传统与审美特质。

四、文体概念的萌芽

成书于春秋战国之交的《左传》，已包含有众多文体样式的萌芽，并有若干有关文体的论述，可以看出春秋时期人们对于文体概念的认识。《左传》著述宏富，众体赅备。据笔者统计，刘勰《文心雕龙》文体论二十篇，"原始以表末"，追溯各体文章之始，举《左传》之例者多达三十余处，涉及乐府、赋、颂赞、祝盟、铭箴、诔碑、哀吊、谐隐、史传、论说、檄移、章表、议对、书记各体，有的与刘勰所论之文体尚未完全吻合，刘称之为"变体"，但已可以看出该体之雏形。宋人陈骙在其所著《文则》中亦加以概括说：

> 春秋之时，王道虽微，文风未殄，森罗词翰，备括规模。考诸左氏，摘其英华，别为八体：一曰"命"，婉而当，如周襄王命重耳（僖二十八年），周灵王命齐侯环（襄十四年）是也。二曰"誓"，谨而严，如晋赵简子誓伐郑（哀二年）是也。三曰"盟"，约而信，如亳城北之盟（襄十一年）是也。四曰"祷"，切而悫，如晋荀偃祷河（襄十八年），卫蒯聩战祷于铁（哀二年）是也。五曰"谏"，和而直，如臧哀伯谏鲁桓公纳郜鼎（桓二年）是也。六曰"让"，辩而正，如周詹桓伯责晋率阴戎伐颖

（昭九年）是也。七曰"书"，达而法，如子产与范宣子书（襄二十四年），晋叔向诒郑子产书（昭六年）是也。八曰"对"，美而敏，如郑子产对晋人问陈罪（襄二十五年）是也。作者观之，庶知古人之大全。

陈骙归为八体，并总结各体的特点。其实除刘勰、陈骙所列举概括的各体之外，还可以补充举出一些，如晏子之论"和同"，叔孙豹之论"三不朽"属于论辩体；王子朝告诸侯，属于诏令体；《左传》所录的许多古谣民谚，即是谣谚体，又具有骈俪体的特点。有的体式，乃属首见或首创，如鲁哀公孔子诔（哀公十六年），是留存下来的最早的诔文（《礼记·檀弓上》记鲁庄公诔御者，惜诔文无传焉）。还无社求拯于楚师，喻"窨井"而称"麦麹"（宣公十二年），叔仪乞粮于鲁人，歌"佩玉"而呼"庚癸"（哀公十三年），为最早见到的隐语。公孙夏命其徒所唱的《虞殡》之歌，则是最早的挽歌。而《左传》中多次出现的"君子曰"、"君子谓"，更是开了后代史书论赞体的先河。可以说，春秋时期文体分类已初步萌蘖。如此众多的文体有赖于《左传》的存录，为后世文体发展提供了借鉴。

上面所述文体，多属于六朝人所谓"笔"（无韵文）的一类，作为"文"（有韵文）的一类，主要在诗体方面。逯钦立《先秦汉魏晋南北朝诗》所录《左传》中的诗，包括《歌》、《谣》、《杂辞》、《诗》、《逸诗》、《古谚语》几类。可见诗体一区，体裁亦丰富多彩。在有韵的"文"这一类中，包括"诗"、"曲"、"箴"、"赋"、"诵"等类体裁。身份不同的人，所用的文体一般不同。考之《左传》，大体如此。贵族之作，则称"诗"，称"赋"，如祭公谋父作《祈招诗》（昭公十二年），郑庄公姜氏之赋（隐元年），士芦之赋（僖公五年）。而下层人民之作，多称"讴"、"谣"、"诵"、"谚"，如宋城者之讴（宣公二年），舆人之诵（僖公二十八年），等等。从内容及风格看，贵族之作，多从容典雅，温柔敦厚，郑庄公之赋曰："大隧之中，其乐也融融！"虽矫情伪饰，却貌似温文尔雅。庶人百工之作，则辞浅会俗，诙谐尖刻，如《宋城者讴》："睅其目，皤其腹，弃甲而复。于思于思，弃甲复来。"《野人歌》："既定尔娄猪，盍归吾艾豭。"（定公十四年）前者刺华元，后者刺南子与宋朝，皆入木三分。春秋时期对上述各类诗体的"囿别区分"尚处于朦胧的阶段,但无疑的影响了后代各体诗的发展和后人对各种不同的体裁的总结与探讨。

《左传》中还有不少涉及文学思想的记载,如"味以行气,气以实志,志以定言,言以出令"(昭公九年),是关于气、味、言、志关系的论述,认为外界事物之味,使人的气血流通;气血流通,才能意志充实;意志充实,则发口为言。言之运用,便可发布命令。"从其有皮,丹漆若何?"(宣公二年)则表明了人们对文质关系的看法,要求文与质的统一。子产说:"节宣其气,勿使有所壅闭湫底以露其体,兹心不爽,而昏乱百度。"(昭公元年)运用于创作上,即主张保持旺盛的创作精神,不可操之过急而使"神疲气衰"。刘勰在《文心雕龙·养气篇》中说:"吐纳文艺,务在节宣,清和其心,调畅其气,烦而即舍,勿使壅滞。""节宣"之论,乃本之于子产而又加以阐扬。《昭公八年》师旷论石言时说:"作事不时,怨讟动于民,则有非言之物而言。今宫室崇侈,民力彫尽,怨讟并作,莫保其性,石言,不亦宜乎?"认为统治阶级滥用民力,民不堪命,必然引起百姓的怨怼。这段话的理论内核,启迪了后世所谓"不平则鸣"的理论的产生。总之,春秋时期的文学观念与文学思想,尽管在认识和表达上还不是那么清晰,但已经显示出非常活跃的趋势,对某些问题已进行了有目的的总结与探索,这是非常可喜的。

原载《求索》1993 年第 5 期

读《文心雕龙》札记

——从《神思》《物色》篇谈刘勰对陆机
艺术构思论的继承和发展

关于艺术构思问题,早于刘勰一百多年前的陆机在《文赋》中作了一番阐述。《文赋》中对于艺术构思的论述,有些方面讲得很精巧,有的还是首创。刘勰写作《文心雕龙》,很注意吸取前人理论的精华。虽然《文赋》被他称为"巧而碎乱",但在关于艺术构思的理论中,包括构思前的准备,构思中的想象,想象与现实的关系,作家感情的作用等问题,刘勰继承并发展了《文赋》中所提出的理论。

一

关于作家创作的动机,陆机认为一是感于物,所谓"伫中区以玄览","遵四时以叹逝,瞻万物而思纷,悲落叶于劲秋,喜柔条于芳春"(《文赋》),立于适中之地,深察万物,引起文思。二是本于学,"颐情志于典坟","诵先人之清芬,游文章之林府",从古籍中吸取营养来丰富自己。三是要培养高洁的志向,"心凛凛以怀霜,志渺渺而临云"。具备这三者,才能写出好文章。陆机的这些理论是有道理的。他论述了创作前所必备的先决条件,说明在艺术构思前要有一定的准备和积累,这是作家本身所应具备的能力和修养。问题在于,陆机虽提出了这些理论,但还不理解进行创作的能力和修养来源之所由,因此对创作有时"思风发于胸臆,言泉流于唇齿",有时又"兀若枯木,豁若涸流"的现象感到困惑,对于"应感"(即创作中的灵感)的产生,感到"未识夫开塞之所由也"。

刘勰接受了陆机"感于物,本于学,洁志向"的主张,又进一步意识到作家本身的气质、修养,是进行创作的先决条件,所谓"驭文之首术,谋篇之大端"(《神思》)。这是在陆机以前的文论家所不曾接触到的。刘勰提出,作家在进行创作时,是"神居胸臆,而志气统其关键"(《神思》),即精神的活动是由"志气"来决定的。这里说的"志气",便是指作家的意志和气质。这种"志气"是由作家长期的修养、阅历所形成的,决定了作家的创作能力。怎样来培养这种"志气"呢?刘勰论述得很清楚:"积学以储宝,酌理以富才,研阅以穷照,驯致以怿辞。"(《神思》)这样就把陆机感于物、本于学的理论阐发得更加全面:不是简单的感于物,而是在对客观事物进行观察时,还要培养分析判断的能力,并产生独立的见解。要加深生活阅历,并研究观察它来扩大眼界,加深对事物的理解。在学习前人的著作时不单单颐养自己的情志,更重要的是要积累丰富的多方面的知识。"博见为馈贫之粮,贯一为拯乱之药,博而能一,亦有助乎心力矣。"(《神思》)有意识地训练和培养自己高洁的思想情操和艺术修养,才能很好地掌握和运用语言,驾驭文字,产生出好文章。作家可以从上述四个方向来培养自己的创作能力,只有具备了这样的能力,才能顺利地进入构思阶段。刘勰的这些论述对陆机的理论是非常可贵的发展,解决了陆机所感到困惑的问题,说明作家如何才能使自己的想象常新、文思不竭的道理。

二

关于构思中的想象,《文赋》的描述非常生动:"其始也,皆收视反听,耽思傍讯,精骛八极,心游万仞。其致也,情曈昽而弥鲜,物昭晰而互进。倾群言之沥液,漱六艺之芳润,浮天渊以安流,濯下泉而潜浸。"想象开始时,视听都应收归,集中精神凝思,心不外用;想象可以翱翔于八极之间,飞腾于万仞之上,又可不受时间和空间的限制,可以"观古今于须臾,抚四海于一瞬"。在作家的感情和想象的相互作用下,所要描写的艺术形象会越来越鲜明,以至于产生一个飞跃,达到如日之欲明、喷薄而出的地步。这时构思便进入成熟的阶段。同时,昔日的那些佳词丽藻,也一一浮现在脑海里为我所用。陆机已初步认识到创作中想象的功用,艺术想象是借助于具体形象的形式进行的。这实际上已初步接触到形象思维的过程。

关于构思中的想象,刘勰基本上继承了陆机的理论。他在《神思》篇中论述道:"文之思也,其神远矣。故寂然凝虑,思接千载;悄焉动容,视通万里,吟咏之间,吐纳珠玉之声;眉睫之前,卷舒风云之色,其思理之致乎!""故思理为妙,神与物游。"所以"登山则情满于山,观海则意溢于海"。在《物色》篇中说:"是以诗人感物,联类不穷;流连万象之际,沉吟视听之区。"这些描述,与《文赋》基本一致。但刘勰又有补充。他进一步探讨后提出,在想象开始时,作家思想上首先要"虚静","虚是不主观,静是不躁动",就是虚以待物,静以观物,作家在想象时要排除干扰,摒弃成见,应该依照客观事物的规律行事,不能单凭主观成见来行事。因为外物是以它的客观存在反映在人的头脑中的,所以想象也必须依照客观外物进行。想象开始时要"虚静",就是在形成形象时,要"规矩虚位,刻镂无形"(《神思》),即在未定形的文思中来刻镂,在还没有形成的文思中来"规矩"其内容。正因为在想象中有一个"虚位"与"无形"的客观先兆,所以作家在构思开始时要"虚静",这两方面的精神是一致的。以"虚静"的思想状态,在"虚位"与"无形"中去规矩镂刻内容,这样表现出来的形象当然更符合客观实际了。

三

刘勰关于构思中的形象化和典型化的问题,比陆机探索得更深。虽然在刘勰那个时代并没有这样的概念和术语,但其所接触的实际上是这个问题。刘勰认为,随着形象的活动,"神与物游",作家可以从众多的事物中经过选择提炼,把那些含有"珠玉之声"和"风云之色"的形象表现出来,这就是典型化的过程,而不是自然主义地一一罗列。"以少总多",通过概括化和典型化手法,达到"情貌无遗"。刘勰把这称之为"思理之致"。这在陆机的《文赋》中还没有明确提出。

关于形象化的问题,刘勰特地举了《诗经》中的例子加以说明:"灼灼状桃花之鲜,依依尽杨柳之貌,杲杲为出日之容,瀌瀌拟雨雪之状,喈喈逐黄鸟之声,喓喓学草虫之韵。"刘勰用这些例子来说明《诗经》的作者能抓住事物的具体特征加以描写,这样表现出来的形象,既能"穷理",又能"穷形"。这就是形象化的特点,通过形象化的描写,表现出来的事物便具有具体、可感、生动、并能唤起人们思想感情的特性。正因为刘勰在想象的特征、形象化与典型化等问题上比陆机认识得更深透,所以他概括出的形象思维的特征就比陆机更全面。陆机说"情瞳胧而弥鲜,物昭晰而互进",看出了想象中"情"与"物"的不可分割性,艺术想象是形象的活动。刘勰的概括是:"神用象通,情变所孕,物以貌求,心以理应。"(《神思》)他指出整个思维过程不但不脱离具体的形象,并且伴随着"情"的活动,又不排斥逻辑思维的作用。作家对外物的认识,其中也包含着对外界事物的规律的探索和对本质的认识,"心以理应",就是指的这种逻辑思维的作用。其实就在"酌理以富才"这个要求上,也已包含着刘勰关于逻辑思维对培养作家创作能力所起的作用的认识了。

四

在想象和现实的关系问题上,陆机认为文思的产生有感于物,物的变化引起文思的变化。刘勰同意这样的看法,说:"物色之动,心亦摇焉","物色相召,人谁获安?"(《物色》)"人禀七情,应物斯感,感物吟志,莫非自然。"(《明诗》)又指出想象建立在对客观事物的认识基础上,而且在整个想象活动中也必须与外物相联系,相融合,想象活动才能够充分发挥它的妙用。刘勰在《神思》篇中说:"拙辞或孕于巧义,庸事或萌于新意,视布于麻,虽云未贵,杼轴献功,焕然乃珍。"他进一步把想象和现实的关系,比之于"布"

与"麻"的关系,麻通过加工制作,变得可贵,作家运用想象,对现实进行加工,使"拙辞"蕴含着巧义,使"庸事"萌生"出新意",而且能"固方以借巧,即势以会奇,善于适要,则虽旧弥新"。这里讲的是想象在现实中进一步加工提炼,实际上也包含典型化概括化的问题。

陆机在《文赋》中把创作过程概括为"物→意→言"的过程,说"恒患意不称物,文不逮意",这是创作过程中从生活实际到艺术构思到艺术表现的过程。刘勰也把它归纳为"物→思→言"这样一个过程。而且把这三者的关系概括得更清晰:语言是表达作品内容的,所以"辞令"是起作主要的作用,它决定外物能否清楚地表现出来。而"辞令"又决定于作者的构思,构思进行得如何,又是"志气统其关键"。"志气"又是可以通过"积学、酌理、研阅、驯致"等方面来培养的。刘勰还说:"写气图貌,即随物以宛转;属采附声,亦与心而徘徊。"(《物色》)对此,王元化曾解释说:"刘勰以此表述作家的创作实践过程,其意犹云:作家一旦进入创作的实践活动,在模写并表现自然的气象和形貌的时候,就以外境为材料,形成一种心物之间的融汇交流的现象,一方面心既随物以宛转,另一方面物亦与心而徘徊。"(《文心雕龙创作论》)所谓"随物宛转","目的正是为了说明作家在摹写并表现自然的时候,必须克服自己的主观随意性,以与客观对象宛转适合"(引文同上)。据此可以理解刘勰提出"随物宛转",既与想象前"贵在虚静"的要求一致,又说明物对心产生感应时作家思想活动的要求。关于"属采附声,亦与心徘徊",王元化解释说:"'与心徘徊'却是以心为主,用心去驾驭物。换言之,亦即以作为主体的作家思想活动为主,而用主体去锻炼,去改造,去征服作为客体的自然对象。"这就说明作家在描述时又可以用自己的感情来驾驭和表现物,这也是在语言表达时对辞令的具体要求。

所以,刘勰的这两句话,说明"物→思→言"的过程,在第一阶段中(即"物→思")心是被动的,心要服从于物,要遵循客观物的规律而活动;而在第二阶段(即"思→言"),则要求以心为主,用心去驾驭物,发挥作家创作的主观能动性。这样具体周密的阐述,确实是超出陆机甚远。

五

关于"情"在创作过程中的作用问题。陆机是很强调"情"的作用的。作家在"遵四时、瞻万物"时，会引起"叹、悲、喜"等感情的变化，强调作家在艺术构思和创作过程中要动"情"。在想象中"情"与"物"不可分割；在创作时，作家的感情也会在文章中自然流露："信情貌之不差，故每变而在颜：思涉乐其必笑，方言哀而已叹。"陆机并因此提出了著名的"诗缘情"说。在作品的内容与形式关系上，陆机也注意到文章如果不注意义理而求奇尚巧，结果是"言寡情而鲜爱，辞浮漂而不归"，使得文章没有感情。陆机强调"情"的作用，从文学发展的时代特点上来说，说明此时的作家与理论家已注意到文学作品不同于一般学术著作，具有自己独特的特征；从创作规律上来说，也说明陆机懂得了作家的情感对于创作的重要作用是文学创作规律中的一个不可或缺的重要部分。

刘勰对陆机的这个理论进行了继承和发挥，在《物色》等篇中更精细地论述了"情"的作用。

首先，刘勰也论述了物的变化对作家感情的影响。他在《物色》篇中说："是以献岁发春，悦豫之情畅；滔滔孟夏，郁陶之心凝；天高气清，阴沉之志远；霰雪无垠，矜肃之虑深。岁有其物，物有其容；情以物迁，辞以情发。"创作是缘情而发。同时，人的感情由于景物不同而不同，描述出来的景物又因人的感情不同而各异，这就要求"情景交融"。而如《诗经》中的"灼灼桃花"、"依依杨柳"等，便是情景交融的典范。又作家因受景物的影响，会有感而发，"目既往还，心亦吐纳"，那么发出来的文章便能含情，所以"情往似赠，兴来如答"，这就是情景交融。

在作品的表现上，刘勰还认为作家的情志要深，"吟咏所发，志惟深远"（《物色》），在情景交融上要达到"情貌无遗"。陆机说："体有万殊，物无一量，纷纭挥霍，形难为状。"（《文赋》），刘勰也说："物有恒姿，而思无定检。"（《物色》）但刘勰认为，只要有情，能情景相生，就可以把事物描绘得各具情态，并能达到"物色尽而情有余"的境界。在对具体的作家作品进行评价时,刘勰认为"诗人丽则而约言",正是情注其中的结果。而"辞人丽淫而繁句",是无情之作的表现。在《情采》篇中,刘勰还明确提出了"为情而造文"的主张。但是在"情"的作用问题上,陆刘两人又稍有差异。陆机把情看成是主宰创作起主导作用,而刘勰只是把它看成是很重要的一个方面。陆机把"情"强调到过分绝对化是不对的,容易引向唯美主义形式主义的歧路。在这一点上,刘勰的目光比陆机犀利。

刘勰在《序志》篇中说:"及其品列成文,有同乎旧谈者,非雷同也,势自不可异也;有异乎前论者,非苟异也,理自不可同也。"正是本着这样的精神,刘勰对陆机《文赋》中的构思理论做了很好的继承和发展。并因为刘勰能如自己所说"因方以借巧,即势以会奇,善于适要,则虽旧弥新矣"(《物色》),把艺术构思理论发展得更系统更完整。应该承认,陆机对于艺术构思的论述,很多是有创见的,如把想象提到理论上来论述,陆机是第一个。其中如"应感"之通塞的论述,非常精巧。但总的来说还不够系统化,其原因也主要是还"不知其所以然"。而单从《神思》、《物色》两篇来看,刘勰对艺术构思论的阐述,恢宏光大,严密精细,前呼后应,深刻得多。就这点来说,《文赋》未免有"巧而碎乱"之感,而《文心》确具"体大虑周"之奇。当然,要全面了解刘勰的艺术构思论,单看《神思》、《物色》两篇还是不够的。

原载《龙岩师范专科学校学报》1986年第1期

古代文论札记三则

一、格调

古律诗各有音节，然皆限于字数，求之不难。惟乐府长短句，初无定数，最难调叠。然亦有自然之声。古所谓"声依永"者，谓有长短之节，非徒永也。故随其长短，皆可以播之律吕，而其太长太短之无节者，则不足以为乐。今泥古诗之成声，平侧短长，句句字字，摹仿而不敢失，非惟格调有限，亦无以发人之情性。若往复讽，久而自有所得。得于心而发之乎声，则虽千变万化，如珠之走盘，自不越乎法度之外矣。如李太白《远别离》，杜子美《桃竹杖》，皆极其操纵，曷尝按古人声调？而和顺委曲乃如此。固初学所未到。然学而未至乎是，亦未可与言诗也。

……

今之歌诗者，其声调有轻重清浊长短高下缓急之异，听之者不问而知其为吴为越也。汉以上古诗弗论。所谓律者，非独字数之同，而凡声之平仄，亦无不同也。然其调之为唐为宋为元者，亦无不同也。然其调之为唐为宋为元者，亦较然明甚。此何故耶？大匠能与人以规矩，不能使人巧。律者，规矩之谓，而其为调，则有巧存焉。苟非心领神会，自有所得，虽日提耳而教之，无益也。

——李东阳《怀麓堂诗话》

所谓格调,即指体格声调,本来包括诗歌的思想内容和形式两方面的因素。日本人遍照金刚的《文镜秘府论·论文意》中说:"凡作诗之体,意是格,声是律。意高则格高,声辨则律清,格律全,然后始有调。"从它的美学内涵来说,格调一般应指不同凡俗的体格风调,体现着作者的主观情志,又具有雄浑刚健、清奇遒举而迥异于萎弱平庸的诗歌品格。唐代的皎然以及宋代的严羽,都很重视诗的格调,而且都是从内容的高古与声律的谐和的统一上去强调诗的格调的。

明初"台阁体"诗人,以歌舞升平为能事,以雍容典雅、气度安闲相标榜,诗歌内容平庸浮泛,形成了萎弱冗沓的诗风,为人所诟病。以李东阳为首的茶陵派诗人欲奋起振兴诗坛,洗涤台阁体的萎弱诗风。李东阳认为学诗应以唐为师,崇尚唐诗的雄浑的格调,才能纠正"台阁体"之失。而师唐,主要在于音节、格调和用字。这样,李东阳所主张的格调说,则偏重于形式了。

李东阳论诗,特别强调诗歌与音乐的关系。《怀麓堂诗话》一开头就说:《诗》在六经中别是一教,盖六艺中之乐也。乐始于诗,终于律。人声和则乐声和,又取其声之和者,以陶写情性,感发志意,动荡血脉,流通精神,有至于手舞足蹈而不自觉者。后世诗与乐判而为二,虽有格律,而无音韵,是不过为排偶之文而已。"李东阳从《诗经》的产生来强调诗歌与音乐的关系,可谓慧眼特见。诗与乐原是合而为一的,后来"判而为二",诗乐分离,但诗的音律没有变。若无音律,则成了"排偶之文"。李东阳虽然注意到诗歌"陶写情性,感发志意,动荡血脉,流通精神"的美感特征,但一下又滑入了强调声调音律的旁路。从诗与音乐的关系出发,以声调来辨析诗体,又从句法、字法着眼来建构他的格调说。

李东阳认为,不同的诗体对声律有不同的要求,不同时代又有不同的格调。"古诗与律不同体,必各用其体乃为合格"、"古律诗各有音节,然皆限于字数,求之不难,惟乐府长短句,初无定数,最难调叠。然亦有自然之声,古所谓声依永者"。古诗、律诗与乐府长短句三者在声调上是各不相同的,律诗的字句平仄有一定,求之不难,因此诗歌的差异在于声调的"轻重、清浊、长短、高下、缓急"之间。唐、宋、元时代不同,但诗律在字数、平仄上并无不同,其不同主要在声调上,就好比分辨吴歌与越歌一样,由声调而知其为唐、为宋、为元。李东阳打比喻说:"诗必有具眼,亦必有具耳。眼主格,耳主声。闻琴断知为第几弦,此具耳也;月下隔窗辨五色线,此具眼也。费侍郎廷言尝问作诗,予曰:试取所未见诗,即能识其时代格调,十不失一,乃为有得。"并以能当众掩卷辨识两首白居易的诗而自炫。由此,李东阳认为,"律"(字数、平仄)只是一种规矩,是固定不变的东西;而"调""则有巧存焉",即包含着无穷奥妙,具有很高的技巧。这种技巧,不是来自于耳提面命的传授,而是需经自己心领神会才能体会得到。可见他对这种格调的推崇。

当然,李东阳也反对刻板摹拟,认为格调不应拘泥于字句之间,"摹仿而不敢失,非惟格调有限,亦无以发人之情性",过于拘泥于摹仿古人,非但格调有限,而且影响到思想感情的表达。像李白的《远别离》、杜甫的《桃竹杖歌》,均不依古人声调,却可"极其操纵",达到"和顺委曲"的境地。话虽如此,只是在李东阳自身的诗歌创作实践中,其最得意者却为拟古乐府诗百首,可见其实践与理论的脱节。

李东阳的"格调"说,影响到明前后七子的诗歌主张。前后七子论诗,将格调当作一个决定性的环节来看待。李梦阳认为"夫诗有七难,格古、调逸、气舒、句浑、音圆、思冲、情以发之"(《潜虬山人记》),"高古者格,宛亮者调"(《驳何氏论文书》),崇尚古逸的格调,并将音圆也作为七难之一。不过他也比较重视"情"与"思"。王世贞则认为:"才生思,思生调,调生格。思即才之用,调即思之境,格即调之界。"(《艺苑卮言》)"才""思"是格调的基础,"格""调"建筑在"才""思"之上,其核心仍然是"格调"说。他们认为,汉魏及盛唐之后,诗的格调下降了,"汉后无文,唐后无诗",所以提倡"文必秦汉,诗必盛唐",要从格调入手去模拟汉魏盛唐的诗歌。前后七子的理论,掀起一股拟古主义复古主义的风气。

清代沈德潜的格调说仍然是继承明代前后七子而来的,主要从格调入手,总结诗歌创作的规则。沈德潜的《说诗晬语》,依次论述《诗经》、楚辞、汉、魏、六朝,一直到唐、宋、元、明各代的诗歌特征。沈德潜对于格调的主张,主要体现在下面这段文字中:

> 诗以声为用者也,其微妙在抑扬抗坠之间。读者静气按节,密咏恬吟,觉前人声中难写、响外别传之妙,一齐俱出。朱子云:"讽咏以昌之,涵濡以体之。"真得读诗趣味。(《说诗晬语》卷上)

诗的格调在于声,以声为用,所以要讲究抑扬抗坠之妙。诗的格调在于声律,所以又要依照节拍来吟咏,通过吟咏涵濡来体会格调。这就是沈德潜提倡格调的具体内容。可以看出,他基本上继承了李东阳的格调理论内核。

沈德潜倡格调的同时,又强调封建伦理道德对格调的重要性,即"温柔敦厚"的诗教。他说的"有第一等襟抱,第一等学识,斯有第一等真诗",所谓"襟抱""学识",也是指的"温柔敦厚"的诗教的内容。他认为诗的功用"可以理性情、善伦物、感鬼神、设教邦国、应对诸侯",所以格调亦应成为诗教的载体,而"至有唐而声律日工,托兴渐失,徒视为嘲风雪、弄花草、游历燕衍之具,而诗教远矣",则是因格调而损害了诗教,是不可取的。尽管诗教的内容有其特定的含义,沈德潜的格调说,倒是注重到内容和形式两个方面的,这似又回到遍照金刚论述的内涵。沈德潜曾说:

> 《鸱鸮》诗连下十"予"字,《蓼莪》诗连下九"我"字,《北山》诗连下十二"或"字,情至不觉音之繁、词之复也。后昌黎《南山》,用《北山》之体而张望大之(下五十余"或"字),然情不深而傺其词,只是汉赋体段。(《说诗晬语》卷上)

《诗经·豳风》的《鸱鸮》诗,以鸟筑巢比喻自己的艰辛,连用了十个"予"字;《小雅·蓼莪》连用九个"我"字,描写父母对自己的爱护,抒发对父母的深厚感情;《小雅·北山》连用十二个"或"字,讽刺统治者用人的劳逸不均,这些,都是有真挚深厚的感情的,所以读来不觉其词的重复,而韩愈的《南山》诗,连用五十一个"或"字,却没有这种"至情",因此只如铺叙的汉赋罢了。由此可见沈德潜还是重视内容与感情的抒发的。

格调和格调说偏重于形式,自有其缺点,但它对于诗歌形式上的总结,对于古代诗歌语言形式方面审美规则的探索,是有积极意义的。

二、曲与直

凡作人贵直,而作诗文贵曲。孔子曰:"情欲信,词欲巧。"孟子曰:

"智譬则巧,圣譬则力。"巧,即曲之谓也,崔念陵诗云:"有磨皆好事,无曲不文星。"洵知言哉!或问:"诗如何而后可谓之曲?"余曰:"古诗之曲者,不胜数矣;即如近人王仔园《访友》云:'乱乌栖定夜三更,楼上银灯一点明。记得到门还不扣,花阴悄听读书声。'此曲也。若到门便扣,则直矣。方蒙章《访友》云:'轻舟一路绕烟霞,更爱山前满涧花。不为寻君也留住,那知花里即君家。'此曲也。若知是君家,便直矣。宋人《咏梅》云:'绿扬解语应相笑,漏洩春光恰是谁。'《咏红梅》云:'牧童睡起朦胧眼,错认桃林欲放牛。'咏梅而想到杨柳之心,牧童之眼,此曲也;若专咏梅花,便直矣。"

——袁枚《随园诗话》卷四

曲与直,是诗法中相对的两个方面。直,指直叙,直抒胸臆;曲,是含蓄委婉,曲笔达意。中国古代的诗法传统、诗词审美传统,多讲究"曲"。这个传统主张,可追寻到孔子、孟子。孔子认为人的情感要信实,要与外在的相貌一致,要"信";而言辞却要委婉和顺,要"巧"。巧,就要讲究技法。直与曲,孔子、孟子本来是论人的,引申到作诗,也有直和曲的区别。

司空图《二十四诗品》中有《委曲》一体,说:

> 登彼太行,翠绕羊肠,杳霭流玉,悠悠花香。力之于时,声之于羌,似往已迥,如幽匪藏。水理漩伏,鹏风翱翔。

司空图用形象的比喻说明什么是"委曲"的风格。委曲的风格,如人登太行山,山势险峻,只能绕着羊肠小道曲折攀登,这样,可以看到远处飘荡的云气,嗅到悠悠的花香。它好像时力(弓名)弓那么弯曲,好似羌笛声那么委婉悠扬,它曲折盘旋,既来又往,看似幽深又无所掩藏。它像回旋的流水,又像鹏鸟在暴风中翱翔。"道"不为"器"所限,"器"与"道"同化,才能或圆或方。

其实,"曲"只是诗歌创作的一种艺术表现技巧,一种手法。写诗作文,有时是不能开门见山地把什么都直说出来,而要曲折地表达自己的思想感情。要宛转曲达,要引而不发,或含情脉脉地暗示,或转弯抹角地点题,看似山穷水尽,豁然间柳暗花明。这样,才能使诗歌圆美流转,含隐蓄秀,曲中求意,曲径通幽。"曲"与含蓄往往是相通的,也就是"不着一字,尽得风流"。

清代施补华《岘佣说诗》说:"诗犹文也,忌直贵曲。少陵'今夜鄜州月,闺中只独看',是身在长安,忆其妻在州看月也。下云'遥怜小儿女,未解忆长安',用旁衬之笔,儿女不解忆,则解忆者独其妻矣。'香雾云鬟''清辉玉臂',又从对面写,由长安遥想其妻在鄜州看月光景。收处作期望之词恰好,去路'双照',紧对'独看',可谓无笔不曲。"杜甫的《月夜》诗,写自己在沦陷的长安,怀念住在鄜州的家人,不说自己的思念,却从对方写来,想象自己的妻子在鄜州独自看月,以至云鬟湿、玉臂寒,是如何的怀念自己,曲折而真挚地表达了自己的思念之情。不直写己意,而从对方写来,这就是曲笔。其实这种手法,在我国第一部诗歌总集《诗经》中就有了。《诗经·魏风·陟岵》:

> 陟岵兮,瞻望父兮。
>
> 父曰:嗟!
>
> 予子行役,夙夜无已。
>
> 上慎旃哉! 犹来无止!

全诗三章,这是第一章。诗中写征人远役,登高瞻望,想象父、母、兄对他的思念。诗中不写自己如何思念父母兄弟,而是反从对方写来,这样,思念的感情更加浓厚一层。杜甫的曲笔或许正是受到《陟岵》的启发。借景以抒情,也可以运用"曲笔"。这在《诗经》中也已经出现。《诗经·小雅·采薇》中写戍边士兵返家时的情景:"昔我往矣,杨柳依依。今我来思、雨雪霏霏。"就是用情与景的不和谐的矛盾,反衬戍边士兵长久守边历尽艰辛的哀怨心情,所谓"以乐景写哀,以哀景写乐,一倍增其哀乐"(王夫之:《姜斋诗话》),这也是一种曲笔,杜甫的《哀江头》就运用了这种手法。安史之乱,曲江江头,宫门尽锁,虽有细柳新蒲,也无人欣赏,于是作者发出了"江头宫殿锁千门,细柳新蒲为谁绿"的感叹,以乐景反衬哀伤,曲折地表达了国破家亡的深沉的悲恸。

曲笔的动用,也可以借物以达意。《古诗十九首》中《行行重行行》诗云:"相去日已远,衣带日已缓。"不直说离乡背井的游子思家的忧愁,而借用衣带宽松暗示人的消瘦,进而使人想象到游子的忧思。宋代柳永《凤栖梧·倚危楼》词云:"衣带渐宽终不悔,为伊消得人憔悴。"化用古诗,手法相同,但后者点明忧思,却显得含蓄不够。再如刘禹锡的《乌衣巷》"旧时王谢堂前燕,飞入寻常百姓家"二句,施补华评曰:"若作燕子他去,便呆。盖燕子仍入此堂,王谢零落,已化作寻常百姓矣。如此则感慨无穷,用笔极曲。"(《岘佣说诗》)刘禹锡借用乌衣巷上空的飞燕寻找旧时的庭院,巧妙地进行暗示,曲折地表达了沧海桑田的无限感慨。

　　曲折含蓄,要能够以少总多,扩大诗歌内容的含量,才是上乘之作,刘禹锡的《乌衣巷》是如此,再看元稹的《行宫》:

> 寥落古行宫,宫花寂寞红。
> 白头宫女在,闲坐说玄宗。

寥落的上阳宫中,寂寞的红花映衬着白头的宫女,春日无聊,宫女们只能闲坐着回忆、谈论天宝的遗事罢了。寥寥 20 个字,却包含着深刻的内容。昔日花容月貌的宫女,被禁闭在这冷落的上阳宫中,年复一年,青春消逝,白发频添,只能回忆玄宗天宝时代的繁荣,由此表现了深长的沧桑盛衰之感。有人认为这 20 个字,抵得上作者洋洋洒洒的长诗《连昌宫词》。洪迈《容斋随笔》说这首诗"语少意足,有无穷之味",就在于作者用这样一个简单而生动的画面,包涵着深厚的内容与深沉的历史感。曲笔应该含蓄隽永,并能为读者提供广阔的想象空间。王仔园与方蒙章的诗,宋人的《咏梅》诗,曲折是有的,然而还不能算是含蓄蕴藉。曲径通幽,却未能显其"幽"。

　　作诗贵曲,也并非说只能"曲"不能"直"。率直的诗,往往是直抒胸臆感情奔进一泻无余。此时虽是率真,却更是真诚。直诉衷肠,真情毕现,如《诗经·相鼠》斥责那些无礼的人:"人而无礼,胡不遄死!"以此表示对无礼之人的深恶痛绝,用的是直斥其恶的手法,汉乐府中的《公无渡河》:"公无渡河,公竟渡河! 堕河而死,将奈公何!"诗中以叙事为主,写一位狂人渡河而死,其妻悲痛不已,以箜篌弹唱了这一首歌,据说,唱完之后,狂人妻自己也投水而死。这完全是直抒胸臆的倾诉,呼天抢地的哀号,表现了真挚的感情。

直抒胸臆，往往不借助于形象，而以情取胜。如大家都熟悉的陈子昂的《登幽州台歌》："前不见古人，后不见来者。念天地之悠悠，独怆然而涕下！"诗人从时间的绵长、空间的辽阔，抒发了孤单寂寞怀才不遇的悲哀苦闷的心情。这种强烈深沉的感情，并不借助于某个物象，而是从广阔苍茫的背景和慷慨悲壮的气氛中直抒作者的感情，其感染力同样非常强烈。杜甫的诗歌以沉郁顿挫见称，但也有非常畅快真率的，如《闻官军收河南河北》，写自己在战乱流离中忽闻胜利捷报的狂喜心情，那简直是手舞足蹈，喜不自胜，所以感情如万斛泉源，奔涌直泻，毫无转折，直抒胸臆。仇兆鳌《杜诗详注》引王嗣奭的话说："此诗句句有喜跃意，一气流注，而曲折心情，绝无妆点，愈朴愈真，他人决不能道。"所以被称为"生平第一首快诗"。

所以，婉转曲达是一种美，直率真淳也是一种美，应视具体情形而论。

三、以文为诗

退之以文为诗，子瞻以诗为词，如教坊雷大使之舞，虽极天下之工，要非本色。

———陈师道《后山诗话》

以文为诗，自昌黎始；至东坡益大放厥词，别开生面，成一代之大观。今试平心读之，大概才思横溢，触处生春，胸中书卷繁富，又足以供其左旋右抽，无不如志。其尤不可及者，天生健笔一枝，爽如哀梨，快如并剪，有必达之隐，无难显之情，此所以继李、杜后为一大家也。而其不如李、杜处，亦在此。盖李诗如高云之游空，杜诗如乔岳之矗天，苏诗如流水之行地。读诗者于此处着眼，可得三家之真矣。

———赵北翼《瓯北诗话》

以文为诗，指的是写诗的散文化倾向。陈师道认为，韩愈的以文为诗，苏轼的以诗为词，皆非本色。本色，就是指保持诗的特性，具有诗的本然之色。陶明濬《诗说杂记》中用了一个形象的比喻来说明，谓"本色"如"夷光（西施）之姿，必不肯污以脂粉；蓝田之玉，又何须饰以丹漆，此本色之所以可贵也"。以文为诗,则破坏了诗之本色。

诗歌有自己的体制,讲究对称、节奏、韵律。以文为诗,采用散文的句式入诗,打破了这些固有体制。历来认为,"以文为诗"始于韩昌黎。其实在杜甫的一些诗中,就已见端倪。杜甫有的诗用散文句式,并偶用虚词"而"字,即有散文化的倾向。早于韩愈的任华,可说是开了以文为诗的先声,他的《寄李白》诗写道:"我闻当今有李白,大猎赋,鸿猷文,嗤长卿,笑子云。班张所作琐细不入耳,未知卿云得在嗤笑限。登庐山,观瀑布,'海风吹不断,江月照还空。'余爱此两句。……"全是散体文句,简直不在作诗。韩愈、孟郊等人,一面追求用辞的"奇崛险怪",一面有意识的追求诗的散文化。大家熟知的韩愈的《左迁蓝关示侄孙湘》"欲为圣朝除弊事,肯将衰朽惜残年"二句,以"欲为""肯将"入诗,也已有以文为诗的倾向,吴闿生即评为"大气盘旋,以文章之法行之"(高步瀛:《唐宋诗举要》卷五引)。至于像《嗟哉董生行》:"寿州属县有安丰,县人董生召南隐居行义于其中。……嗟哉董生孝且慈,人不识,惟有天翁知,生祥下瑞无休期。家有狗乳出求食,鸡来哺其儿,……"亦如散体叙述之文,而且读起来佶屈聱牙,拗口得很。再如《南山》诗,比前诗虽好一些,其中铺排山势和景物,笔势奔腾,气象瑰丽,但仍然是以文为诗,全诗一百零二韵,一韵到底,又连用"或"字达五十一句之多,故宋代惠洪讥之为只可算作"押韵之文"(《冷斋夜话》)。其他如《月蚀诗效玉川子作》《符读书城南》等诗,也都有这样的特点。过分散文化,便失去了诗的韵味。

吴乔《围炉诗话》说:"诗贵有含蓄不尽之意,尤以不著意见声色故事议论者为最上。"古代诗歌讲含蓄,讲言有尽而意无穷,忌议论,忌铺排,因此诗的语言是高度浓缩的,内涵往往有跳跃,给读者留有广阔的想象空间。以文为诗,因其连贯且过于明白的叙述性语言,使人一览无余,缺少含蓄,损害了诗的形象性,也削弱了诗的美感。韩愈的《燕河南府秀才》诗:"吾皇绍祖烈,天下再太平,诏下诸郡国,岁贡乡曲英。元和五年冬,房公尹东京,功曹上言公,是月当登名",明白如话,实在无多少诗意。韩愈被贬抵潮州后,喜食南方海味,写了《初南食贻元十八协律》诗,诗云:"蚝相粘为山,百十各自生;蒲鱼尾如蛇,口眼不相营;蛤即是虾蟆,同实浪异名;章举马甲柱,斗以怪自呈。其余数十种,莫不可叹惊。我来御魑魅,自宜味南烹,调以咸与酸,芼以椒与橙,腥臊始发越,咀吞面汗骍。……"这样的诗,连贯铺排,过于浅白,且如一篇海味产品的介绍书,没有诗的含蓄和浓缩,也缺乏形象和美感,也不能算为一首好诗。

韩愈以文为诗,然而欲由此否定韩愈的诗,则又未免太过。陈沆议论过:"谓昌黎以文为诗者,此不知韩者也。谓昌黎无近文之诗者,此不知诗者也。"(《诗比兴笺》)韩愈的《山石》《衡岳》《八月十五夜赠张功曹》等诗,都是历来传诵的名篇。以文为诗,或可说是诗歌发展的趋势使然。赵翼说:"韩昌黎生平所心摹力追者,惟李、杜二公。顾李、杜之前,未有李杜,故二公才气横恣,各开生面,遂独有千古。至昌黎时,李、杜已在前,纵极变化,终不能再辟一径。惟少陵奇险处,尚可推扩,故一眼觑定,欲从此辟山开道,自成一家。此昌黎注意所在也。"韩愈学识渊溥,才气纵横,生性好奇,勇于开创,所以作诗变怪百出,滚滚不穷。与追求奇险一样,韩愈的以文为诗,其精神在追求创新,追求新的形式,新的风格。韩愈以文为诗而成绩较佳的作品还是有的,如《石鼓歌》《雉带箭》。《石鼓歌》铺陈排槷,慷慨激昂;《雉带箭》抓住一个场面,笔酣墨饱着力描状,情态毕露,至于《南山诗》,赵翼称为"觉其气力雄厚",亦有可取。不过,韩愈以文为诗,还是成功少于失败。

以文为诗的影响,降及宋代,得到继承发展。宋初欧阳修、王安石等人的诗歌创作中,继承了韩愈"以文为诗"的遗绪,并向着长于议论的方向发展,显示出宋诗向着理性化方向的迈进。方东树《昭昧詹言》云:"观韩、欧、苏三家,章法剪裁,纯以古文之法行之,所以独步千古。"又云:"欧公作诗,全在用古文章法。""纯用古文之法",即以文为诗。如欧阳修的《庐山高赠同年刘凝之归南康》诗,叙景形容,融入不少议论,王渔洋说它"七言长句,高处直追昌黎"(王士禛:《古诗选凡例》)。到了苏东坡,终于形成了宋诗艺术发展的高峰,形成了如严羽所说的"近代诸公乃作奇特解会,遂以文字为诗,以才学为诗,以议论为诗"的特征。

苏东坡博学多才,赵翼说他是"才思横溢,触处生春,胸中书卷繁富",所以能"左旋右抽,无不如志"。苏轼的以议论为诗,以才学为诗,未免有逞才使气的毛病,但是又使诗歌艺术表现更加广阔多样。苏轼以其豪迈奔放的风格,使诗中的议论更加自由、流畅,"爽如哀梨,快如并剪,有必达之隐,无难显之情"。如他的《王维吴道子画》诗,总结了王维、吴道子两个画派的风格,从肯定吴道子的雄放、王维的求于象外,表现了自己对艺术的见解。全诗虽在议论,却不乏盎然的诗意。赵翼说"至东坡益大放厥词,别开生面,成一代之大观",良有以也。当然,苏轼的矜才炫学与他的议论化相结合,也产生了一些弊病,如用典的过于绵密,包括大量用佛、道中的僻典,使作品显得滞闷和艰奥,使人难以进入诗境。一些和韵诗中有意险韵斗巧,给人以"积薪"、"獭祭"之讥。

"以文为诗",当其剔除了浅率晦涩而朝着哲理思辨和理性化的方向迈进时,恰恰造就了宋诗的时代精神。

原载《龙岩师范专科学校学报》1998 年第 3 期

关于先秦文学史研究的几点思考

在历来的中国古代文学史著作中,先秦文学都是被分割为几大块的:神话、诗经、诸子散文、史传散文、楚辞。这里神话总是被当作中国文学的源头。而诗歌这一系统,则直接从《诗经》开讲,充其量也只是涉及几首原始歌谣而已。先秦时期的文学史状况果真就是如此简单吗?还有,文学史前史的状况又是怎样的呢?文学艺术的发生形态到底是怎样的情形呢?这些问题至今没有令人满意的答案。以诗歌来说,《诗经》保存的是殷商到春秋中叶之间的诗歌,不过三百零五篇。那么,在这么漫长的历史跨度中,还有没有其他的诗歌呢?从大家所熟悉的《汉书·食货志》、何休《春秋公羊传解诂》等资料上看,当时朝廷派了很多官员到民间去采诗。既然如此,说明当时民间的诗歌是很多的,那么,三百篇之外的诗到哪里去了?这是文学史研究者长期思考的一个老问题。还有,在商周之前的诗歌是一个怎样的状况,它是不是如许多文学史著作中所举的仅有《蜡辞》、《候人歌》(又作《涂山女歌》)、《弹歌》等几首歌谣(《弹歌》亦有人认为不可信),其他都因为是伪作而不可信呢?这同样是值得思考的问题。

逯钦立辑校的《先秦汉魏晋南北朝诗》,收录"先秦诗"近一百八十首,这里还不包括《周易》里的歌谣。有的在同一诗名下,实际上包括几首诗,以此计算,逯先生所辑的"先秦诗"可达二百多首。这个数目,与《诗经》305篇相较,亦不算少。在这些诗歌谣谚中,有的可以明显看出是后人的伪作或仿作,有的却不能简单地判定为伪作。正如赵逵夫所说:"我认为上古神话、原始歌谣及《尚书·尧典》中反映的一些内容,不能认为完全是后人的向壁虚造。"① 把这一类诗中的远古歌谣笼统地怀疑为伪作,恐怕有先入的偏见。这里有三个问题需要考虑。一是应该将这些诗歌谣谚尽可能的分类整理,这个工作虽然目前不可能做得很彻底,但在出土文物日益增多的情况下,可以两者互相参照,还是有可能做的。就文体来说,在逯氏所辑的"先秦诗"里,有"歌"、"谣"、"杂辞"、"诗"("逸诗")、"古谣谚"等②,这正体现了远古诗歌亦即诗的发生期的特点。因此,就单从文体角度加以归类分析,也有许多工作可做。二是在逯氏所辑的"先秦诗"里,有不少是只有一句或不完整的诗篇,这也是原始诗歌的一个重要特点。这一类除了《涂山女歌》外,还有如《丰歌》(《尚书·中候》)、《吕氏春秋·音初篇》的"燕燕往飞",都是只有一句。在发生期的阶段,诗歌常是即兴式或感兴式的,言简句单,如"杭育——杭育"是二言,《弹歌》是二言,《候人歌》中去掉"兮猗"这个叹词,也是二言。《吕氏春秋·音初篇》中记载东、西、南、北之音,东音为孔甲作《破斧》之歌,南音即涂山女作《候人歌》,西音为殷整甲所作,北音即有娀氏二佚女之歌,曰"燕燕往飞"。作为原始歌谣,其记载应该是可信的。只是有的歌词已亡佚。再者,这类诗中有一个明显的特点,就是语气词比较多,如多"兮"、"猗兮"、"哉"等,这种现象,也符合远古时代诗歌口耳相传的特点。即使是有些被认为是后人的伪托,也很可能有其最原始的来源。三是有一些原始歌谣与原始宗教或远古神话有很密切关系。如作为北音之歌的"燕燕往飞",是一则关于殷民族始祖诞生的神话,它和《商颂·玄鸟》可以互相印证。《玄鸟·毛传》:"玄鸟,鳦也,春分玄鸟降,汤之先祖有娀氏女简狄配高辛氏帝,帝率与之祈于郊禖而生契,故本其为天所命以玄鸟至而生焉。"《郑笺》:"天使鳦下而生商者,谓鳦遗卵,娀氏之女简狄吞之而生契。"《吕氏春秋·古乐》云:"昔葛天

---

① 关于原始歌谣,赵先生还举了一些例子,参看赵逵夫:《拭目重观,气象壮阔——论先秦文学研究》,《福建师大学报》2003 年第 4 期。

② 参见笔者:《先秦史传文学作品中的文体萌芽与雏形》,《福建师范大学学报》2003 年第 4 期。

氏之乐,三人操牛尾投足以歌八阕:一曰载民,二曰玄鸟,……"这些有关
"玄鸟"诗歌的材料之间有何关系,实可以从原始宗教的角度做一番深入
研究。① 还有,"燕燕往飞"之诗,也应与《邶风·燕燕》有源流关系,这
之间的源流关系也有待弄清楚。再如《涂山女歌》和《尚书·益稷》所记
的《大韶》,与舜、禹的神话传说都有相同的地方,只是目前还没有足够的文
献资料来理清楚它们之间的关系。所以,就先秦诗歌研究这个领域来说,除
了《诗经》《楚辞》之外,应重视其他的零散的诗歌存在,而逯钦立《先秦汉
魏晋南北朝诗》中的"先秦诗"和《周易》中的歌谣,为我们提供了很好的
文献资料。我们应该重视这些诗歌的研究,它们应成为先秦诗歌的一个重要
组成部分。

几乎所有的先秦文学史叙述都是从史官文化时代开始的。实际上在远
古时代,早于史官文化时代之前还有一个巫官文化时代。文学艺术的真正发
生期,应该是在巫官文化时期。要真正从文学发生学的角度来了解中国文学
的源起,是不能不注意到巫官文化时期的文学发生情况的。如果史官文化
的建立可以从夏朝算起的话,有夏之前的许多原始歌谣,比如前面举到的一
些原始诗歌,就与巫官文化有密切关系。更何况,一个文化形态代替另一
个文化形态,并不是在某一个时间内一下子全面替代的,哪怕后一个文化
形态已经定型成熟,前一个文化形态仍然要持续非常长的时间。即使到
现代,我们仍然可以发现许多巫官文化的残余。所以,哪怕在夏、商、周时
代,不少文学作品的产生,也与巫官文化有关。已有学者指出:"先秦文学
中的问题,几乎无一不涉及到广泛的文化问题。""先秦文学史的研究,实
为一种文学的文化研究。"② 既然如此,就不可忽视巫官文化形态下的文学
发生状态。象远古神话中的女娲补天、后羿射日、精卫填海等,都是巫官
文化时代的产物。在这方面,过去闻一多做了不少卓有成效的工作,如他
所写的《伏羲考》、《说鱼》等论文,只可惜这些还没有进入文学史家关
于史前文学史的叙述视野之中。关于巫官文化的材料,在先秦典籍中并

---

① 关于玄鸟和葛天氏八阕乐歌的问题,赵沛霖的研究已取得可喜成绩,参看赵沛霖:《兴的源
起》,中国社会科学出版社1987年版。

② 赵明主编:《先秦大文学史》,吉林大学出版社1993年版,第5页。

不少,如大家比较熟悉的《左传·昭公十七年》的郯子论少皞氏以鸟名官的叙述,显然是图腾时代的记载,证明少皞氏鸟图腾的事实。《国语·周语上》:"周之兴也,鸑鷟(韦注引三君云:鸑鷟,凤之别名也。)鸣于岐山。"又《墨子·非攻下》言周武王将伐纣,"赤鸟衔珪,降周之岐社"。都可证周民族与鸟图腾的关系。《国语·郑语》"史伯为桓公论兴衰"中龙漦入廷的记载,说的虽是褒姒诞生之事,也是有关巫官文化的一则珍贵材料。就拿前面所说的简狄生契的记载,不但见于《商颂》和《吕氏春秋》,也可见于《礼记·月令》、《山海经·大荒东经》、《楚辞·天问》以及《史记·殷本纪》等古代文献之中。这些文献的成书年代虽然不同,相同的传说记载说明它应是从远古时代就流传生成的了。有关巫官文化的材料在《左传》《国语》《山海经》以及诸子著作(如《墨子·明鬼下》)等文献中还有不少。我认为重要的工作是我们要尽可能的对这些材料进行梳理,能不能描述出在巫官文化背景下文学包括诗歌、神话、散文的发生状态,同时了解巫官文化对它们的发生机制产生的作用,以及尽可能的了解在巫官文化和史官文化交替作用的背景下文学艺术所受的影响。尽管这是相当困难的,但如果能尽可能的接近其原生态状态,那么,我们的文学史的描述从源头上来说,就比较清楚了。

再者,自20世纪初以来,出土文物已非常丰富,为我们更清晰地研究先秦文学提供了新的材料,为先秦文学史研究提供新的载体。甚至可以说,这些出土文物包括简帛文献资料,更接近于文学史的原生态。如1977年出土的安徽阜阳汉简,有《诗经》和《仓颉篇》,二者是现存最早的古本。其中的《诗经》属"毛诗",就有"诗序"。而阜阳汉墓乃西汉第二代汝阴侯夏侯灶的葬墓,时代当在西汉初,那么,后汉卫宏作诗序的话便不攻自破了。①近年上海博物馆的战国楚简,其中记载的关于《诗经》风、雅、颂的排序,"孔子诗论",都为我们的《诗经》研究提供了新的材料。再如1993年连云港出土的尹湾汉墓竹简,有一篇重要作品《神乌傅(赋)》。《神乌傅(赋)》

---

① 沈颂今:《二十世纪简帛学研究》,学苑出版社2003年版,第394页。

的发现,为赋的起源提供了重要的证据。① 尽管结论可以各有不同,但它无疑的是文学史研究不可多得的材料。其他可以举出的例子还有不少。总之,整个 20 世纪出土的文物包括简帛文献已相当丰富,其时代大部分是先秦两汉时期,它们既提供了文学史的新的可贵资料,甚至提供了散佚失传的作品,为我们研究先秦文学提供了丰富的新材料,是传统的纸本文献材料的重要补充,它们应该进入文学史研究的视野之中,有的,则应进入文学史的叙述之中。

在先秦文学研究方面,我们经常感叹课题的穷尽,似乎再也不容易找到新课题。这也不是毫无根据的忧虑。单一的视角和模式常常会限制我们的思维。如果不发掘新材料,扩大视野,我们的研究很可能陷入困顿。当然,就本文开头所说的原有的几大块的领域,也还有不少问题可以探索,研究并没有穷尽,但如果我们的思路更广阔一些,视野更宽广一些,就必定能够在先秦文学研究中取得新的突破。

原载《中州学刊 》2005 年第 1 期;

《中国社会科学文摘》2005 年第 2 期摘要刊登

---

① 沈颂今:《二十世纪简帛学研究》,学苑出版社 2003 年版,第 394 页。

也谈古代文学研究的"回归本体"与"当下关怀"

近年来,关于古代文学研究的困境和出路,常成为古代文学研究者的话题。可以说,经过 20 世纪后二十年的繁荣之后,中国古代文学研究如何走向深入,的确是一个值得思考的问题。在理念、目的、方法等方面如何寻找新的坐标、新的突破,由此带来新的飞跃,更引起人们的深思。再者,由于近年两个现象的出现,一个是国学热的勃兴,一个是通俗性的对古代文史的解读,也增加了人们思索的急迫感。国学热的勃兴,让人看到国学的回归,其间虽夹杂着一些不和谐音,但还是让人们感到兴奋。通俗性的对古代文史的解读,特别是通过一些重要媒体播出后,见仁见智,甚至沸沸扬扬,热闹之后,又让人们多少有点担忧。"回归本体"和"当下关怀",恐怕就是在这种背景下产生的两个话题。

古代文学研究是否应该"回归本体"和是否应该关注"当下"即体现"当下关怀",这两个问题似乎是个悖论,是同一直线上不同方向的两端。各持一端的论者还认为这两端似乎是不可调和的。要讨论这个问题,我认为首先要明确问题的实质。即所谓的"回归本体"和"当下关怀",其实质指向是什么?弄明白其内涵和指向,我们的态度也就清楚了。

"回归本体"的内涵是什么?"回归本体"应包括观念的回归、文本(原典）的回归和方法的回归。首先是观念的回归。古代文学研究的本体到底应该是什么？对这个问题，好像很明确，但有时候恰恰是并不很清楚。古代文学研究的本体应该是文学研究。正如袁行霈在其主编的《中国文学史》"总绪论"中所说的："把文学当成文学来研究，文学史著作应立足于文学本位，重视文学之所以成为文学并具有艺术感染力的特点及其审美价值。"古代文学研究应该回到文学本身，这就是"回归本体"。从这个本体出发，袁行霈认为："文学创作是文学史的主体，文学理论、文学批评、文学鉴赏是文学史的一翼，文学传媒是文学史的另一翼。"①"文学"的确是一个历史概念，它随着时代的发展其外延也在扩展。从先秦到近代，到当代，"文学"的概念发生了很大的变化。不过我同意袁行霈的说法，历代的文学创作，包括作家、作品，这是文学史的主体，也是文学研究的主体。袁先生所说的两翼，已经把本体的内涵加以拓展了。和当代文学创作与文学批评是相辅相成的一样，古代文学理论、文学批评、文学鉴赏和文学创作也是相辅相成的。要真正了解古代文学创作的发展流变的面貌，当然应该了解当代及其后的文学批评和文学鉴赏。其实历代都有当代的文学批评。建安时期，曹丕、曹植都有对同时代作家的批评，这对于了解建安时期的其他作家是很重要的；江西诗派的创作倾向出现以后，当代及其后人包括张戒、陆游、杨万里、严羽等人都有很值得重视的批评意见，不了解这些情况，怎么能对江西诗派的创作及其影响作出正确的分析和评价呢？再如文学传媒，也是我们研究历代文学的一个重要方面。现在已经有不少学者从事这方面的工作了。可以举一个例子来说明文学传媒的重要性。建安七子中的刘桢，现只留存诗 26 首（据逯钦立：《先秦汉魏晋南北朝诗》）。可是在当时刘桢就很被曹植称赏，曹植称"公幹振藻于海隅"（《与杨德祖书》）；钟嵘《诗品》将刘桢列为上品，称"自陈思以下，桢称独步"；苏轼论陶渊明诗，谓"渊明作诗不多，然其诗质而实绮，癯而实腴，自曹（植）、刘（桢）、鲍、谢、李、杜诸人，皆莫及也"（《与子由书》）；元好问《论诗绝句》说："曹刘坐啸虎生风，四海无人角两雄。"这些，都说明刘桢的成绩和影响。但是现在看来，可以说在建安七子中刘桢的

---

① 　袁行霈主编：《中国文学史》第一卷，高等教育出版社 1999 年版，第 3—4 页。

成就和影响都不大。刘桢留存的 26 首诗,其中残诗不少,比较有影响的是《赠从弟三首》。刘桢这种在诗史上的地位,恐怕与刘桢诗的传播有密切的关系。这种传播,也包括历代的选本所起的作用。文学传媒的确是文学研究的重要一翼。因此袁先生所说的主体和两翼,都是中国古代文学研究的本体。

那么,就袁行霈所说的本体,我们的研究是否已经穷尽了呢?且不说文学传媒这一翼是在近几年才受到重视,就是前面的两项,我看就远非已经穷尽。20 世纪,古代文学研究虽然取得了巨大成果,特别是八九十年代,古代文学研究取得了前所未有的划时代的成就,但随着研究的不断深入,也面临着困境。这一点,在 20 世纪末 21 世纪初人们在总结 20 世纪古代文学研究学术史时都意识到了。刘跃进曾论及秦汉文学史研究所存在的困境。① 笔者也曾就先秦文学研究的现状提出过三点思考。② 其实不仅是先秦两汉文学,其他各个阶段的文学研究也都存在着不同程度的困境。回顾 20 世纪的研究,就是在一些现成的已被大家认同的结论或作法面前,也还有值得我们重新反思的必要。如我们现有的习惯性的文学史分期就是如此。古代文学史的分期,习惯是以朝代来划分的。总体来看,这好像没什么问题。但这样的划分,往往在一些大的时期的结合部,留下了相当多的空白和薄弱环节,如秦代文学、隋代文学、五代文学等。特别是前两个时期,它们真的如现在的文学史著作所表述的那样,只是不值得重视的过渡环节吗?它们在承上启下的文学发展过程中所起的作用到底如何? 比如有人认为秦代时间短,在文学上没多少可以称道的业绩,所以在编写文学史时叙述与否无伤大雅。其实并非如此。虽然秦朝时间短,文学创作成就不大,但它对汉代文学的发展关系重大。试想想,如果没有秦始皇的焚书坑儒,汉代的经学就是另一个样子,那么经学对文学的影响也就是另一个样子了。这好像只是文学外围的问题,其实与文学发展有密切关系。所以,秦代不应该被忽视。隋代文学,有的文学史把它归入六朝,有的把隋唐连称,总之隋代的归属未免令人感到尴尬。文学的发展变化并不像改朝换代那样可以在几天之内甚至在一夜之间完成。所

---

① 刘跃进:《秦汉文学史研究的困境与出路》,《文学遗产》2003 年第 6 期。
② 参见笔者:《关于先秦文学史研究的几点思考》,《中州学刊》2005 年第 1 期。

以,按朝代来划分文学史的分期虽有他方便的一面,但人为的硬性的截断它,并不符合文学发展的规律和真实面貌,由此也给我们描述文学发展历时性的状况造成很多尴尬。这些,都还是我们应当引起重视的。

当然,外延的拓展也是需要的,也正如袁行霈所说的:"我们不但不排斥而且十分注意文学史与其他相关学科的交叉研究,从广阔的文化学的角度考察文学。文学的演进本来就和整个文化的演进息戚相关,……因此,借助哲学、考古学、社会学、宗教学、艺术学、心理学等邻近学科的成果,参考它们的方法,会给文学史研究带来新的面貌,在学科交叉点上,取得突破性的进展。"[①] 外延的拓展也包括方法。我们并不反对文学与相关学科的交互研究,但不管是和哪个学科互相交叉,都还是不应忘了文学自身的立场和目标,落脚点仍然应在于文学。 即如以海登·怀特(Hayden White)为代表的"文化诗学"理论派,虽然他们关注的是文学隶属于其间的社会文化系统,但着重研究的还是共性——社会、文化系统中的个性——文学,着重考察一定时代的文学和它同时代的文化系统之间的关系,因此它的本体还是文学研究。正因为如此,我们看从 20 世纪 80 年代以来,在"红学"研究上已为人们所诟病的不顾《红楼梦》的作为文学作品——小说的内在本质,而演变为"曹学"研究,甚至"秦学"研究等现象,已是偏离了文学本体越来越远的了。对于时下出现的一些偏离文学本体研究的状况,难怪有些古代文学研究学者在大声疾呼:文学到底是什么?

"回归本体"的另一个内涵应该是回归文本,特别是回归原典。刘跃进谈到秦汉文学研究时说:"最基础性的工作当然是回归原典,即根据秦汉文学史的实际,尽可能地勾画出当时的文学风貌、文体特征及文学思想的演变过程。"[②] 赵逵夫说:"回归原典是以发展的眼光去发现和肯定原典中符合中国文学史实际、能引申出积极意义的理论遗产。"[③] 这些见解是很正确的。现在有一些古代文学研究,不重视对原典的把握和解读,未把原典的真正内容搞清楚,就急着下断语的现象时有发生。甚至原典尚未读懂,就能够弄出一本

---

① 袁行霈主编:《中国文学史》第一卷,高等教育出版社 1999 年版,第 5 页。
② 刘跃进:《秦汉文学史研究的困境与出路》,《文学遗产》2003 年第 6 期。
③ 同上。

专著的情况也并不希见。这虽然与当下的浮躁学风有关系,但与不重视对原典的细读是有密切关系的。"观天下书未遍,不得妄下雌黄"(颜之推语)的说法可能有点过激,但应重视对原典的把握,这是毫无疑问的。因时代或理论的种种原因,我们过去对原典的解读,有不正确或不准确的。如过去对《论语》中"学而优则仕"这句话总是持批评态度,其实《论语·子张》里的原话是:"子夏曰:'仕而优则学,学而优则仕。'"优,指有余力,有闲暇。意思是做官,有余力有时间就应该学习;学了知识,有余力就去做做官。这两句话相辅相成,是很辨证的。做官,要不断学习丰富自己,官才能做的更好;学了知识和本事,就去做官,把学到的用到做官上。但是过去总是只抓住"学而优则仕"这一句并加以曲解,再进行批判。这完全是出于某种政治需要。对"中庸"的理解也是如此。再如我们对陶诗"采菊东篱下,悠然见南山"的理解,总是从平淡、自然来分析它的意蕴,这当然不错,其实从整首诗来说,这两句诗虽是全诗的精华,可是还应该从整体上来把握其深意,所以后面的两句不可忽视。"山气日夕佳,飞鸟相与还。"这里"飞鸟"的意象内涵就是陶渊明自己。"山气"句象征着他回归园田的环境和氛围,这是让他感到非常宁静、淡迫的心情舒畅的环境,他回归田园了,"觉迷途而知返",像自由自在的鸟一样飞回来。"山气"两句,和"采菊"两句组成一个共同的图画,相辅相成。陶渊明和谢灵运不同,他有真正回归山林躬耕垄亩的亲身经历和深切感受,这样的"真意"只有他能真正体会到。这样来理解,最后的"此中有真意,欲辩已忘言"也就有着落。所以应该从整体上来理解这首诗。回归本体,应该回到文学的内在本质之中,从阅读态度、情感体验、审美感悟到文学发展变化的规律,来把握文学的内在本质。对原典的把握更应该如此。我隐约有一个感觉,就是本来我们对一些原典的解释是很清楚的,但当下一些学者为迎合某些需要,对原典曲解了,反而把本来清楚的问题搞得复杂或面目全非了。

"回归原典"的另一个重要的方面,是应该注意到越来越多的出土文献,它们是新出土或新发现的"原典",为我们的古代文学研究补充了丰富的材料。这些出土文物包括简帛文献资料,它们更接近于文学史的原生态。如 1977 年安徽阜阳出土的汉简,有《诗经》,它为《诗序》的作者非东汉卫宏作提供了有力的证明。1993 年连云港出土的尹湾汉墓竹简中的《神乌傅（赋）》，为汉赋的起源提供了重要的文献证据。再如上海博物馆整理的战国楚简中的《孔子诗论》，为《诗经》研究和先秦诗歌理论研究提供了重要的文献资料。过去认为汉儒总是把"情"和"志"对立起来，从《孔子诗论》来看，不管它的作者是孔子或卜子（子夏），都可以明白地告诉我们，孔子时代对诗歌中情与志的关系的看法是统一的，并不像汉儒那样把情与志相对立。《孔子诗论》所反映出的诗学思想更符合《诗经》作为文学作品的情感特征，即《孔子诗论》所论更切近诗歌本质，更符合文学本质。在《孔子诗论》中还发现作者使用了评点式论诗的方法，对照后代评点式的文学批评方式，可以启发我们从渊源关系上去理解这种批评方式的特征与内涵。[①] 20世纪出土了大量的简帛材料，为古代文学研究提供了相当丰富的补充文献，扩大了文学研究的视野。不仅是秦汉时期的简帛，唐宋及其后，也有相当多的出土文物、碑志材料，也是值得我们重视的。

"当下关怀"的内涵是什么？如果说"当下关怀"指的是古代文学研究也应关注当代文学的发展状况，为当代文学创作提供借鉴，这本来也是我们研究古代文学的目的之一，"回归本体"的研究，目的在于从古代文学史和古代作家作品的研究中寻找出规律，不但要探索古代文学的原貌，也要通过这种研究推动当代文学的发展，这样的"当下关怀"是没有问题的。但是，历史和现今的两种情况，使我们对"当下关怀"的提倡不免有所担心。这包括两个方面，其一是庸俗社会学的影响。20世纪的中叶，为了某种政治需要，庸俗社会学的理论主宰着古代文学研究，古代文学研究要为政治服务，为阶级斗争服务，这样的"当下关怀"带来的混乱与伤害人们记忆犹新。刘跃进就指出，20世纪50年代以后，先秦两汉文学虽取得划时代的成就，但由于庸俗社会学的泛滥，"有些研究与中国秦汉文学史的实际相去甚远"[②]。庸俗社会学的做法其实质是实用主义，当下的一些研究，仍不免仍受实用主义的影响。古代文学研究要解决的是历史上的文学现象，是总结古代文学发展的规

---

① 参看笔者：《关于孔子诗论研究的几点思考》，《湖北大学学报》2006 年第 1 期。
② 刘跃进：《秦汉文学史研究的困境与出路》，《文学遗产》2003 年第 6 期。

律,它给当下的文学创作或文学现象提供的是间接的启发与借鉴,而不是直接的解决某个问题。就像基础数学理论研究,它虽然不是就解决某个具体问题产生作用,但却关系到科学前沿的探索和发展。古代文学研究也是如此,它在总结中国几千年文学发展规律,继承优秀文化传统,提高人的素质方面,所起的作用也同样不能以能否解决具体问题作为衡量标准,此乃"无用"之大用。如果说古代文学研究一定要紧扣当前的什么现实问题或解决现实问题,那就是一种庸俗的实用主义的态度。其二是不能打着"当下关怀"的旗号,宣传一些糟粕,不能沦为媚俗的工具或借口。古代文学研究,可以尽可能的通俗化,让一般的受众都能了解,就像院士也可以写科普著作一样,但通俗不能媚俗。近年来出现的一种不负责任的戏说式的解读古代文学的方式,看似与"当下"非常贴近,却是一种取媚于俗的行为,其误读了古代文学作品是一方面,而误导了读者,使读者对古代文学甚至古代文化产生曲解,后果更为严重。这并不是严肃的文学研究所可取的。所以,在当下兴起"国学热"的氛围中,坚持严肃的古代文学研究,尤为显得重要。要说"当下关怀",古代文学研究者面对着当下林林总总、五光十色的怪异文化现象,应当深入思考的是,为什么会出现这种状况? 这种状况折射出来的精神困境是什么,它体现出来的精神失落在哪里? 我们如何从古代文学的研究中,为"当下"奉献出一股精神清泉,从自己民族的历史文化中为"当下"提供更多的精神食粮。这,更是"当下关怀"的当务之急。

原载《江西师范大学学报》2007 年第 3 期

跋

　　本书是笔者有关先秦两汉文学和文献研究的已发表过的论文结集,有的还在一些学术会议上报告与宣读。其主要包括三个方面:一是诗,主要是《诗经》《楚辞》研究;二是散文,包括史传文学、《庄子》和先秦两汉寓言研究;三是文论,涉及先秦两汉文学思想研究以及比较宏观的文论与文学史的思考。从时间上看,最早的刊于1983年,最晚的便是近期所发表。史传文学与《左传》《国策》研究的文章,有的已经吸收到过去出版的《史传文学:文与史交融的时代画卷》(广西师范大学出版社1999年版)和《左传国策研究》(人民文学出版社2004年版)中去。这两书中涉及的与先秦两汉文学有关的内容,因未成为独立的文章,本书就不再收入。这些论文所涉及的对象都是先秦两汉和唐前批评史上的经典著作,因此,集结成书时,便取了现在这样的书名。

　　回想我的第一篇有点像论文的习作,是在1975年,题目是《刺破青天锷未残——读黄巢的〈冲天诗〉》,发表在当年的《福建文艺》第2期上。那时候只是自己作为业余爱好乱写一通的读后感而已。1987年研究生毕业之后,自己的研究重点主要在先秦两汉文学,特别是史传文学。现在将相关的文章搜集在一起,亦不过为留些许屐痕。我曾引俗谚说:探龙宫者得骊珠,涉浅滩者拾贝壳。三十年过去了,已是杖乡开外之人,再来看看自己的成果,仅是涉浅滩而得几片贝壳而已。记得业师刘世南先生曾以顾炎武的话激励我们:"其必古人之所未及就、后世之所不可无,而后为之,庶乎其传也与!"① 要求著述必"古所未有,后不可无"。驽钝如我,力所不逮,难以达此境界,实有负师训;然心向往之,当需继续努力。

本书的序言,请孙纪文君撰写。(因丛书已有总序,为避免重复,孙纪文的序改为今之标题。)蒋寅先生曾说到请人为序之难,并举魏禧之言证之:"其文是而人非者,不足叙;其人是而文非,不足叙也;文与人是矣,非其中心所乐道,不足叙也;中心乐道之,而不能知其甘苦曲折之故,亦不足叙也。"②诚哉斯言。故作序需是"文与人是矣",且又"中心所乐道之",乃能中其肯綮。纪文君是我指导的第一届博士,已毕业十年且当了多年的教授。他勤奋努力,聪明颖悟,长于思辨,理论功底扎实,在学术上取得了令人瞩目的成果。他的博士论文《淮南子研究》获得答辩委员一致的激赏,他也成为《淮南子》研究的专门家。其后他的博士后出站论文《王士禛诗学研究》,也获得好评。于今已是青蓝之胜了。纪文君毕业后,我们还多次合作完成国家和教育部科研课题。所以,纪文君确能知拙著之肯綮,"知其甘苦曲折之故",言而有故。作序之事,纪文君曾一再谦辞,今已撰就,我由衷感激。

本书由硕士研究生韩冰、方媛、石伟伟、卓莉、刘文海帮忙输入校对,谨此感谢。本书出版,得到福建师大文学院和郑家建教授、李小荣教授的大力支持,亦表由衷感谢!人民出版社的詹素娟女士,为本书付出辛勤的劳动,在此一并表示谢意!

郭 丹

癸巳冬至前三天记于福州适斋

---

① 顾炎武:《日知录》卷十九《著书之难》,岳麓书社 1994 年版,第 677 页。

② 蒋寅:《古典诗学的现代诠释·引论》,中华书局 2003 年版,第 1 页。魏禧之言可见《魏叔子文集》卷七《与邱邦士》,中华书局 2003 年版,第 313 页。